U0128444

林 泉

——著

晚唐风云

下

河南文艺出版社
·郑州·

二十三　新君即位三把火

　　阳春三月,正是桃红柳绿时节,西京长安却没了往年踏青郊游的热闹与喧嚣。偌大一个都城,处处残垣断壁,一派肃杀凄凉景象。昔日最繁华热闹的东市和西市,商肆大多被烧毁,残砖烂瓦之中,露出一根根烧焦的黑黢黢的木梁椽檩。偶有未被烧毁的店铺,或者门户洞开,一片狼藉;或者屋门紧锁,阒无人迹。

　　自广明元年(公元880年)黄巢义军进入京城以来的八年间,长安城历经战乱,一再遭逢烧杀抢掠的浩劫,只剩下满目疮痍。三大皇宫中最为宏阔壮丽的大明宫,也被藩镇牙兵和神策军焚烧得面目全非,虽然经过两次修缮,依然难以恢复往日容颜。

　　此刻,大明宫月华门西面的中书省政事堂内,几位宰相个个面色忧郁,神情不安。当朝天子李儇,于光启元年被左神策军中尉田令孜胁迫离京,出奔兴元。一年多来,李儇饱尝颠沛流离之苦,受尽惊吓和屈辱,身染重疾,久治不愈,半个月前病情愈重,宰相们急忙扈从圣驾从凤翔返回京城。此刻,李儇病势危在旦夕,御医束手无策。

　　宰相们商定一同面圣,请圣人口谕立皇太子监国,秉持朝政。圣上一旦驾崩,太子便可继位。然而,当四位宰相堂老提出要到灵符殿面圣时,却遭到左神策军中尉、六军十二卫观军容使、魏国公杨复恭的断然拒绝。杨复恭传圣谕说:朕须静养,不得打扰。杨复恭还不屑地说,堂老们有事,可待圣人病体稍愈再奏。

　　宰相们心里清楚，杨复恭是要把圣上禁闭起来，阻止大臣面君，以便独揽朝政。然而，他们对此无计可施。

　　尚书省左仆射、同平章事兼领诸道盐铁转运使孔纬按捺不住，对位居首相的韦昭度说："韦阁老，您身为太子太保兼侍中，乃朝廷百官之首，在此国运艰危之时，岂能坐视阉宦横行？"

　　韦昭度长叹一声，说道："北司掌管宫禁，任意废立君主，由来已久，我辈如之奈何？"

　　韦昭度出身京兆韦氏高门，历任中书舍人、兵部侍郎、翰林学士承旨，扈从僖宗避难西川时晋位宰相。李儇二度离京避难驻跸凤翔，韦昭度主持平定李昌符之乱，晋封太保兼侍中，位极人臣。然而，百余年来，自肃宗至僖宗已历十二帝，皆由宦官掌管禁军，把持朝政，操纵天子废立，积久成习。宦官势力盘根错节，根深蒂固，皇室诸王、公主乃至皇帝皆对其畏惧三分，韦昭度又能奈其何？

　　大唐立国之初，太宗皇帝鉴于前代阉祸之弊，为抑制宦官干政，曾明定朝规：宦官官衔不得高于四品，不得参与朝政，只能从事宫廷洒扫、服侍饮食起居、看守门户之类杂役。

　　玄宗开元、天宝年间，天下承平日久，财用富足，奢靡之风日甚。宫中妃嫔宫女曾多达四万余人，宦官寺人猛增至四万，其中有品秩者达四千余众。玄宗天宝六年，大将高仙芝奉命率军西讨小勃律，宦官边令诚为监军使，宦官监军由此始。边令诚不通军事，横加干涉，遭高仙芝断然拒绝。边令诚心怀不满，蓄意报复，便向玄宗诬告高仙芝、封常清两位大将，终将二人处以斩刑。安史之乱被平定之后，朝廷派出众多宦官到藩镇监军，接着又在藩镇常设监军使院，简称监军院，内设监军使、监军副使以及判官、小使等属官。监军使权力极大，不仅干预军事、民政和各种地方事务，而且拥有亲卫兵马，与藩镇分庭抗礼，和节度使平起平坐，宦官势力达于极盛。

　　德宗朝始设神策军护军中尉，由宦官出任，愈加使得宦官势力膨胀。朝廷禁军中，以左右神策军人数最多，武器最为精良，粮饷最为充足。其常年兵员在十万人左右，由两名宦官任护军中尉统领。由此，宦官掌控禁军，握住了朝廷命脉。

　　枢密使制度的确立,让宦官势力得到更加充分和全面的发展。宪宗朝始设枢密院使二人,由宦官充任。此后,宦官以枢密使身份执掌机要,参与军国大事,侵夺宰相之权。两枢密使与左右神策军中尉号称"内四贵",不仅掌控京师和宫廷禁卫大权,而且握有中央禁军和藩镇监军之权,能够左右朝政,包揽文武大臣任免。宰相、节度使的提名和任免,乃至于皇帝的废立,皆由"内四贵"宦官把持,以至于皇帝也要看"内四贵"眼色行事。英明天纵的玄宗皇帝李隆基,晚年被大宦官李辅国打入冷宫,郁郁而终。宠信放纵李辅国的肃宗李亨病重时,李辅国与另一个宦官头子程元振杀掉越王和张皇后,拥立代宗继位。李辅国公然对代宗说:"你只管在宫中安坐,外面的事有老奴就行了。"代宗不甘心做傀儡,忍无可忍,不得不找刺客把李辅国杀掉。李辅国死后,宦官鱼朝恩把持朝政,任意杀戮大臣,以致吐蕃、党项入侵逼近京师时,将帅无一人用命,代宗皇帝不得不仓皇出逃。一代名将、平叛功臣李光弼,畏惧宦官谗害,忧郁而死;六朝元勋郭子仪,居功至伟,祖坟被宦官挖掉修建宅第;名将仆固怀恩满门忠烈,四十六名亲人子弟为国捐躯,却遭宦官鱼朝恩诬陷,无处诉冤,被迫叛唐投敌。

　　文宗皇帝痛恨宦官专权,立志铲除之。不料打狗不成,反被狗咬。"甘露之变"发生,宦官得势,宫禁喋血,积尸满街,公卿大臣惨遭灭门之祸,受株连者达千人之众。文宗徒唤奈何,只能忍气吞声,纵酒度日,以周赧王、汉献帝自况。

　　宦官由控制内廷到控制外廷,由控制军权到控制皇权,其势力恶性膨胀,宦官之祸愈演愈烈。

　　中唐以后,宦官手握大权,废立皇帝如同儿戏。顺宗、宪宗、敬宗皆死于宦官之手,穆宗、文宗、武宗、宣宗、懿宗、僖宗全由宦官扶立即位。

　　如今,杨复恭成了掌控朝廷大权的第一权阉。

　　僖宗游戏一生,活了二十七岁,只有两个幼子,难以继承皇位,只得从僖宗的兄弟中选立新君。

　　僖宗排行老五,其余皇子,以老六吉王李保最有贤名。中书侍郎、同平章事兼兵部尚书、集贤殿大学士杜让能提议:"吉王饱读经籍,礼贤下士,内外咸服,应立为皇太弟,权监军国事,以继大统。"

杜让能乃大唐开国元勋、太宗朝名相杜如晦七世孙，其父杜审权，懿宗朝拜相，人称"小杜公"。杜让能曾任兵部员外郎，追随僖宗避难西川。僖宗还京后，迁兵部尚书。僖宗出奔凤翔之日，杜让能恰在宫中值宿，他徒步追赶十余里，捡到一匹马，才追上僖宗圣驾。邠宁节度使朱玫兵逼凤翔，僖宗仓皇出奔宝鸡，朝臣中只有杜让能一人随驾。杜让能扈驾抵达襄中，擢升兵部侍郎、同中书门下平章事，成为僖宗倚重的宰相。朱玫之乱平定后，杜让能晋位中书侍郎，封襄阳郡公。

宰相孔纬、张浚和韦昭度皆拥立吉王。杜让能便草就奏表，四位堂老依次亲笔署名。

张浚找来内给使宦官边顺，让他尽快将奏表呈送御前。

边顺乃杨复恭的忠实奴才，杨复恭特意命他专掌政事堂宰相与圣上的通联事务。皇帝对宰相有何敕诏口谕，或是宰相们有何奏章表状，或者请求面圣奏事，皆须经边顺转达，而边顺无一例外都先要报给杨复恭，而后依照杨复恭的授意，向皇帝转奏，或向宰相们传达。

边顺带着四位宰相的奏章，出了中书省后门，径直去殿中内省向杨复恭禀报。

杨复恭思谋良久，将奏章藏于衣袖内，起身乘轺车去西内宫城，探视僖宗病情。

此时李儇双目微闭，大口喘气，已在昏迷之中。

杨复恭上前试探着问道："大家龙体可见好了？"

僖宗似乎没听见，只是不停地喘气。

杨复恭附在僖宗耳边说道："老奴启奏大家：内外大臣请立寿王李杰为皇太弟，权监军国事。"

恰巧僖宗喉咙里咕噜了两声，谁也听不清，也许压根儿就是痰堵塞了喉咙。

杨复恭煞有介事地高声说道："谢大家准奏，老奴这就去办。"

杨复恭命一名粗通文墨的宦官写了册书，用过玉玺，便匆匆而去。

杨复恭坐上肩舆，出了九仙门，来到右神策军署衙，早有护军中尉刘季述接着。杨复恭让刘季述看了册书，命他带五百名神策军前往六王宅，迎接并护卫寿王李杰入住大明宫少阳院，以皇太弟身份权监军国事。

内给使边顺来到政事堂，向韦昭度等四位宰相宣读了立寿王李杰为皇太弟的册书。

韦昭度、杜让能、孔纬、张浚皆愤懑不已：明明是吉王李保英武睿智，深孚众望，且又年长，是皇太弟最佳人选。而寿王李杰，木讷愚钝，畏畏葸葸，毫无天子气象。杨复恭之所以舍弃吉王李保，废长立幼，无非是要独揽拥立新君之功，选一个庸君做玩偶，以便于操弄权柄。

宰相们虽然内心不满至极，行动上却丝毫不敢怠慢，赶忙起身来到朝堂，会齐文武百官，前往少阳院参拜李杰。却见李杰一改往日形象，突然变得从容不迫，雍容大方，对文武百官庄重威严而又彬彬有礼，宰相们暗暗吃惊。

原来，寿王李杰在朝臣眼中，是一个不学无术、无德无能、胆小猥琐之人。李杰的生母王氏，出身微贱，不过是后宫的一个小宫女，偶然被懿宗皇帝临幸，生下李杰后便死掉了，死后连个封号也没得到。由此，李杰在皇子中的地位便可想而知了。

大家却万万没有想到，李杰实则天资聪颖，面对宦官专政跋扈、朝臣党争倾轧、藩镇拥兵自重战乱频仍的局势，身处皇子们觊觎皇位你争我夺、兄弟反目父子相残的险境之中，李杰不得不采取韬光养晦装痴卖傻远身避祸之术。他每夜闭门苦读，饱览经典。白日里，常躲在六王宅某个角落里，独自一人斗蛐蛐，或者玩蚂蚁，有时摆弄屎壳郎，整天浑身脏兮兮的，满脸透出愚昧顽劣之气。若是碰到皇族兄弟，或者遇到有品秩的宦官，李杰都是胆怯地低下头，溜着墙根儿逃避开去。师傅命皇子们背诵诗文，李杰总是背得乱七八糟，令兄弟们哄堂大笑，气得师傅七窍生烟，将他呵斥一通。而李杰见了师傅，犹如老鼠见了猫，避之唯恐不及。在师傅和皇子们面前，李杰的腰板从未挺直过。久而久之，皇子皇孙们人人可以欺负李杰，宦官宫女也总是拿他取笑，逗乐开心。当年僖宗逃往兴元途中，田令孜的马鞭不打别人，专往李杰身上抽，就不是偶然之事了。

然而此刻，韦昭度等人看得分明，多年来李杰一直佝偻着的腰竟然挺得笔直，以至于身材也变得高大起来。他那总是塌眯着的小眼睛，也变得又大又圆，炯炯有神。再看那眉宇之间，竟透出一股遮掩不住的英气来。

宰相们不得不对李杰刮目相看。

文武百官散去后，杨复恭和刘季述来到西内武德殿，李儇已是气息奄奄。二人计议一番，命小太监起草僖宗遗诏：皇太弟、权监军国事、寿王李杰更名李敏，继位大统；太子太保兼侍中韦昭度摄冢宰。

当夜，僖宗皇帝李儇驾崩。

次日天刚蒙蒙亮，杨复恭即命刘季述带领神策军护卫李杰登上武德殿。

李杰一番号哭。

杨复恭赶忙上前劝道："国不可一日无君，此刻还不是哭的时候。大行皇帝有遗诏，命皇太弟继承大统，寿王应遵制枢前即位。"

李杰看过僖宗遗诏，点点头说："李杰不才，谨奉大行皇帝遗命。烦劳杨公公宣召诸位堂老大臣，前来吊祭。"

四位宰相和六部尚书奉召来到西内武德殿，见一口巨棺停在中央，方知皇帝已经驾崩，纷纷仆地号啕大哭。

杨复恭站在灵枢前，高声宣赞："大行皇帝遗诏：皇太弟、寿王李杰更名李敏，可继位大统，即皇帝位。"

李杰接过遗诏，向灵枢三跪九叩，起身立于枢前。

典谒官赞道："众臣拜谒新君！"

杨复恭、刘季述和两位枢密使早已跪在地上，韦昭度等大臣呼啦啦跪倒一片，高呼："臣等参见圣人，吾皇万岁万万岁！"

新君李敏微微领首，从容说道："诸位爱卿平身。李敏受大行皇帝遗命，得继大统，不胜惶恐。先帝骤崩，举国哀痛，此乃国家危难之时，还望众位爱卿齐心协力，共扶社稷，辅佐孤家，励精图治，则国家幸甚，庶民幸甚！"

韦昭度奏道："吾皇英明天纵，臣等愿竭尽愚诚，为圣上效力，万死不辞！"

众臣齐声高呼："为圣上效力，万死不辞！吾皇万岁万万岁！"

继位之后，李敏再次改名，成为死后追封庙号昭宗的李晔。

昭宗李晔深知，宦官势力盘根错节，藩镇帅臣各霸一方，节度使职位父子兄弟相继，由来已久，要限制宦官权力，削弱藩镇势力，恢复朝廷威权，谈何容易！宦官掌控禁军和诸道监军大权，藩镇拥有牙兵，而皇帝却没有直接掌控的军队，时时事事皆受宦官和藩镇威慑胁迫，朝廷号令不出国门甚至不出宫门。朝廷财源近于枯竭,众多方镇不向朝廷输纳贡赋,战乱连年,国库空虚,连六军十二卫的粮饷都难以为继,日后难保不生变乱。

衡量当下情势,昭宗以为,目前朝中几位宰相尚属可用之人。孔纬忠心王事,性情耿介,铁面无私;杜让能老成谋国,任劳任怨,尤为朝中百官所推重。此外,张浚精明强干,勇于任事,之前受杨复恭排挤罢相,眼下也可复位以重用。

思虑之后,昭宗颁诏:韦昭度守中书令,晋封岐国公;杜让能加开府仪同三司、尚书左仆射,兼诸道盐铁转运使,封晋国公,增食邑一千户,赐铁券;孔纬晋位司空,充惠圣恭定孝皇帝山陵使,依旧上朝视事;张浚以户部侍郎判度支、同平章事。

又诏:左神策中尉、六军十二卫观军容使、魏国公杨复恭,赐铁券,晋位金吾上将军。

随即,昭宗开延英殿,分别召见宰相大臣,垂询抑制藩镇势力、剥夺宦官权力和富国强兵的方略。

韦昭度第一个来到延英殿,昭宗优礼相待,殷殷垂问治国之道。

韦昭度稳住心神,缓缓说道:"藩镇拥兵自立、尾大不掉之势由来已久,乾符之后愈演愈烈。方镇赋税自专,不向朝廷纳贡,致使国库空虚,行帑无寸金,连禁军粮饷都难以为继,百官俸禄也无从筹措,遑论其他。长此以往,朝廷威严尽失,君臣之道沦丧,后果不堪逆料。当务之急是抑制方镇势力,严明朝廷法度,督促方镇遵制向朝廷输纳税赋。"

昭宗点头道:"韦公所言甚是。朝政还有哪些弊端,爱卿尽管直言。比如说,中人干政是否多了些?"

韦昭度微微有些脸红,声音不由弱了下来,喃喃说道:"这个……如何说呢? 较之太宗朝,中官干政是多了些。可此乃天宝以来十数朝相沿成习,似乎不必骤加改易,以免禁军人心摇动,生出变故。"

昭宗沉吟不语。

应召来到延英殿的张浚,面对昭宗的垂询,口若悬河,侃侃而谈:"汉、晋两朝宦官干政之弊,陛下尽知,何须臣赘言? 陛下春秋鼎富,英资天纵,定可中兴大唐! 只是内有阉竖专权乱政,外有藩镇拥兵自重,弄得纲纪败坏战乱频仍,天下没有一刻安宁，这正是臣椎心泣血之事！"

昭宗眼睛一亮，问道："依爱卿之见，要矫正此等弊端，达到天下大治，当务之急是什么？"

张浚脱口而出："当务之急在强兵！朝廷兵强，则天下畏服；朝廷兵弱，则天下分崩。臣以为，要尽快募兵，编练十万禁军，方镇强臣便会有所顾忌，不敢冒犯朝廷威权。若有方镇不服朝命，不修职贡，便以武力讨伐之，天下即可立致太平！"

昭宗又问道："宦官本是皇室家奴，可眼下他们手握禁兵，专权跋扈，动辄欺凌朝廷，殊堪痛恨！依卿之见，当如何处置？"

张浚的回答中气十足："阉官本是刑余之人，不知书，不达礼，不通纲常人伦，不守君臣之道，只可在宫中侍奉饮食起居、洒扫庭除而已。如杨复恭之辈，竟以定策国老自居，目无君上，蔑视大臣，真是乾坤颠倒！依臣之见，宦官不可统领禁军，内四贵不得到政事堂议事。杨复恭应当削职，仅留一个金吾将军名号，去东都赋闲养老。"

张浚这个人，性情堪称洒脱，行为却是不检，素喜高谈阔论，颇为自命不凡，士人皆鄙薄之。他原本郁郁不得志，后投靠杨复恭，被保举为太常博士，擢任度支员外郎。僖宗朝田令孜当权，张浚见杨复恭处处受排挤不得势，便背离旧主，转而投靠田令孜。杨复恭鄙夷张浚，几番当面斥责其忘恩负义、卖主求荣。因此二人反目成仇，水火不容。田令孜失势，杨复恭出任左神策军中尉、六军十二卫观军容使，大权在握，便上奏僖宗罢免了张浚宰相职位。昭宗登基后，听说张浚勇于任事，多谋善断，恢复了张浚相位。张浚则睚眦必报，见昭宗痛恨宦官，当即拿杨复恭开刀。

听了张浚一番宏论，昭宗暗自庆幸得人，张浚果然堪当大任。君臣二人又密议许久，直到日落西山，张浚才拜辞昭宗，兴冲冲出宫而去。

接着，昭宗召见孔纬，一见面便把他褒扬了一番。孔纬对宦官专权和藩镇割据表现得更是痛心疾首，他信誓旦旦地说，自己唯圣命是听，为中兴大唐赴汤蹈火、肝脑涂地也在所不辞。昭宗又是一番欢喜。

昭宗最后召见的，是杜让能。

对杜让能，昭宗毫无保留，将张浚、孔纬的主张和盘托出。显然，年轻的皇帝对张浚、孔纬十分赞赏。

杜让能心中明白,大唐国运衰败由来已久,宦官专权、藩镇割据已成痼疾。这便像是一个病入膏肓的老人,身体十分虚弱,万万不可用猛药医之,欲速则不达,结果会适得其反。然而,年轻天子刚刚登基,励精图治之志确乎可贵。作为辅弼之臣,自应尽忠王事,扶正祛邪,重振朝纲,安定天下。

他缓缓开口道:"陛下欲安定天下,最紧要者是安定朝野人心。不论是南衙朝臣或北司宦官,职位不宜骤加变更,但要督责其恪尽职守,勤于王事。对玩忽职守、欺瞒朝廷、贪赃枉法者,须严究问罪。治国理民的根本在于用人。选拔人才,重用贤臣,乃太宗皇帝遗训。太宗朝选用了众多贤臣良相,方有贞观之治。再英明的君主,也不能事必躬亲,所以,选贤任能实为圣君明主治国理民的不二法门。"

昭宗颔首道:"爱卿所言,甚合朕意。朕渴盼名实相符之士、真才实学之人,梦寐以求贤臣良相。"

杜让能接着说道:"圣上要想得到众多俊才贤士,必复兴太学。广明之乱以来,太学房舍焚毁,停办多年,学子流离四散,制科、进士举士时断时续,这极不利于人才养育和选举。臣请陛下颁诏,修缮恢复太学,尽快开科取士,以利国家储备人才、选拔俊秀。"

昭宗兴奋地说:"兴太学,开科举,刻不容缓。爱卿快快草诏,命有司加紧修缮太学!"

杜让能犹豫片刻,叹了一口气,说道:"眼下,方镇贡赋断绝,朝廷财源日蹙,帑藏近于枯竭,禁军和朝官俸料尚且难以为继,恐怕一时拿不出银子修缮太学。"

昭宗踱了几个圈子,猛然说道:"有了!朕要缩衣减膳,后宫和诸王府,也要量减用度,省下银两用以修缮太学。"

杜让能大为感动,说道:"圣上英明!陛下和诸王节衣缩食,我等做臣子的,更应体念时艰,从俸料内按比抽成,以助修葺太学。"

"好!有爱卿表率群臣,朕即颁诏,令方镇和州县大小官佐,均于俸料内抽成,捐助修葺太学。"昭宗兴致勃勃地说。

杜让能又道:"秘书省原藏四库御书十二库,共七万余卷。广明之乱,散佚甚多,仅留二万余卷。至先帝再幸山南,京师遭劫,仅剩一万余卷。臣请陛下颁诏,命方镇州县搜求书籍,送缴秘书省珍藏。"

昭宗朗声说道:"就请爱卿草诏,命方镇州县搜集图书,输纳四库,贡献多者,予以奖掖。命秘书省少监孙惟晟搜集军中及教坊流散书籍;秘书丞韦昌范率秘书郎、著作郎、校书郎赴诸道求购书籍,督促州县,尽快搜集图籍输送四库。"

杜让能连连说道:"臣领旨!臣这就去办!"

昭宗却阻止道:"爱卿不必急着下去,朕还有要事相商。"

杜让能惊讶地抬头,却见昭宗脸色微变,嘴角挂着一丝冷笑,切齿道:"中人干政,飞扬跋扈,祸乱朝纲,目无君上,朕欲剪除之。爱卿以为如何?"

杜让能心中斟酌,口中缓缓说道:"中官专权,独霸朝纲,欺凌百官,要挟天子,罪恶昭彰,罄竹难书。只是宦官干政由来已久,神策军中尉掌领禁军,枢密使参决军国大政,相沿成制。如操之过急,恐引起变乱,生出不测之事。若然,则朝廷无力制之,便会危及陛下,动摇国本。为今之计,只有渐次削夺宦官之权,分而治之。对忠心事主者,予以奖赏,但只赏给财帛、名号,而不可授予实职实权;对横行不法、罪大恶极者,给予严惩;至于多数中官,许其改过自新,只要不再为非作歹,便可照旧在宫中当差。"

昭宗似不满足,又问道:"广明之乱以来,方镇拥兵自重,官属自署,财赋自专,乃至拒绝向朝廷输送赋税贡物。张浚力主招募十万禁军,以震慑方镇。爱卿以为可行否?"

杜让能不由得摇摇头,劝谏道:"安史乱后,河朔三镇帅臣与朝廷离心离德,拥兵自立,不服朝命。广明之乱,诸多方镇乘机拥兵割据,朝廷无力制裁,致使天下藩镇林立,互相攻伐兼并,恃强威逼朝廷,胁迫天子,令人痛心疾首。此种痼疾,一时难以尽除。要恢复朝廷威权,须招募新兵扩充禁军。但,一来朝廷财源有限,现有禁军将士俸料尚且难以供应,十万新兵如何供养?微臣以为,每年可招收三五千新兵,注重训练,增强实战能力,使之成为劲旅,朝廷威权自会慢慢提升。"

昭宗微微颔首,道:"爱卿洞明世理,老成谋国,朕心甚慰!"

数日来,昭宗接连颁布数道敕诏:

修缮太学,选拔人才。宰相孔纬兼任国子监祭酒,主掌太学修葺。王公大臣、文武百官皆须从俸料中抽成,捐资助学。京师及各府州县选送士子,入太学深造。

禁绝奢靡,厉行节俭。削减宫中开支,革除天子每日一套新服、太常寺每日进献一首新曲之旧制。

平反冤狱,纠正错案。前朝右补阙侯禹、常浚等人,皆因上书直言进谏而死,予以褒扬,并追赠侯禹、常浚为礼部员外郎,孟昭图为起居郎。

招募新兵,扩充禁军。命京兆府招募兵员,补入神策军。数日之内,竟募集十万之众,禁军兵员大增。

看到昭宗这一番举措,文武百官精神一振。看来,新君李晔真是一个有志向、有作为的皇帝,大唐复兴有望!

杨复恭却依然如故。他自恃扶立新君有功,时时处处以定策国老自居,将昭宗视作门生天子,对宰相颐指气使,把堂老们当作传声筒。他不仅独揽朝政,而且结党营私,安插亲信,广收义子,让他们出任节度使、刺史、监军使,或者超拔为神策军将领。

昭宗对宦官的厌恶已经越来越难耐。田令孜的鞭子让他永生难忘,杨复恭的肆无忌惮令他痛心疾首。他憎恨宦官操弄权柄,危害朝廷,甚至于弑君谋逆,将好端端的大唐天下弄得千疮百孔。正可谓:庆父不死,鲁难未已;权阉不除,国无宁日!他已下定决心要铲除宦官,然而,他也知道,杜让能的劝谏不无道理,他不能操之过急。在表面上,他依然对杨复恭谦恭礼敬,俨然一个门生天子。

杨复恭浑然不觉,心中径自得意:南衙百官要立吉王李保为帝,我偏偏拥立了寿王李杰。朝官们说我舍长立幼,还说李杰没有李保贤明,如今叫他们看看,我杨复恭拥立的是一位多么英明的天子!

秦宗权自称新蔡国皇帝,欲与朱全忠争夺中原,却在汴州大败,不得不退守到蔡州。

中原州县多为朱全忠所有,朝廷又加封朱全忠为检校太尉兼蔡州四面行营都统。

朱全忠采纳敬翔建言,向郑州、洛阳等州县派遣将佐和官吏,修葺城池,召集流亡百姓,减免赋税,大力开垦荒田。尤其河南府尹张全义,多方举措奖励农耕,大批流亡百姓返回家乡,谷物桑麻连年丰收,河南府境内二十县,一时成为富庶之地。

张全义原名张言,濮州临濮县人氏。他出身农家,本有几亩薄田,乾符年间遇上蝗虫旱灾,张言交不上田赋,便被乡吏捉拿到县里蹲了大牢。牢卒将张言打得皮开肉绽,一连多日不给饭吃,几乎饿死狱中。也是张言命不该绝,黄巢义军打下临濮县城,放出囚犯,张言当即投靠了义军。

张言作战勇敢,屡立大功,被擢升为都将。黄巢建立大齐朝廷后,张言被钦命为吏部尚书兼水运使。中牟王满渡之战黄巢军大败,张言搜集溃散士卒逃至河阳,改名张全义,投靠了节度使诸葛爽。诸葛爽上表朝廷,敕封张全义为泽州刺史。

僖宗光启初年,诸葛爽病故,其子诸葛仲方被部将刘经推举为留后,刘经遂掌控了河阳三城军政大权。

张言与河南留守李罕之带领人马攻打河阳,却寡不敌众,被刘经打败,逃往怀州。李罕之、张言向李克用求援,李克用派大将安金俊来援,赶走了刘经和诸葛仲方。

李罕之占领河阳,自兼河阳节度使,表奏朝廷任张言为河南府尹。

张言上任伊始,常常带着干粮巡视各县,到乡间鼓励农民精耕细作,使河南属县连年丰稔,仓廪充实起来。李罕之不断地向张言要粮要钱,张言开始总是有求必应。然而,李罕之骄横成性,贪得无厌,对张言颐指气使,视若奴仆。李罕之的使者也常常仗势敲诈勒索,稍不如意便辱骂张言。张言终于忍无可忍,乘李罕之出兵进犯晋州、绛州之机,悄悄出兵攻占河阳。

李罕之逃到太原,向李克用求助,李克用命大将李存孝率三万大军围攻河阳。

张言三千人马困守河阳,寡不敌众,被围日久,城中粮草皆尽,危在旦夕。张言无奈,只得以妻子和儿子做人质,到汴州向宣武军节度使朱全忠求救。朱全忠正想吞并河阳,又见张言妻子储氏容貌秀丽,便满口答应,派出大军增援。汴州援军与张言里应外合,打退了李存孝的三万河东军。朱全忠又上表朝廷,加封张言为河南尹、检校司空。张言对朱全忠感恩戴德,全意依附朱全忠,对其唯命是从。张言妻子储氏在汴州侍奉朱全忠,被朱全忠乘机占有。

有河南府供应粮草和军饷,朱全忠遂出动大军进击蔡州。

新蔡国所属山南东道节度使赵德谭见秦宗权势衰,便向朱全忠输诚,投靠了这个中原新霸主。

朱全忠势力大振,更加雄心勃勃,遂奏请朝廷颁诏,任山南东道节度使赵德谭为蔡州四面行营副都统,加上河阳、保义、义昌三镇牙兵,五路大军讨伐秦宗权。

朱全忠将九万大军依照二十八星象图,布列为二十八座营寨,将蔡州城围得水泄不通。

宣武军五万人马布列十二座营寨:城北三座营寨,分别以葛从周、张归霸和徐怀钰为主将;城东三座营寨,以李唐宾、庞师古、王重师为主将;城南三座营寨,以朱珍、李重胤、王檀为主将;城西三座营寨,以氏叔琮、李谠、李思安为主将。山南、河阳、保义、义昌四镇兵马则分列十六座营寨。

秦宗权麾下本有八万兵马。去年,秦宗权为夺取淮南,命弟弟秦宗衡率领一万多兵马渡过淮河,与杨行密争夺扬州。眼下,守卫蔡州的兵力仅有五万之众。

为迎战朱全忠,秦宗权先是抓来民夫,拓宽加深护城河,使其宽达八丈,水深一丈六尺;然后加高加固城墙,并在城墙内侧修建了许多藏兵洞;同时仿照黄巢义军制造了一批大弩机和抛石机,储备了大量弩箭,并在城内储存粮草。

秦宗权吩咐诸将,朱全忠宣武军和诸镇兵马远道而来,宜速战速决。蔡州城高池深,粮草、箭弩充足,宜固守。只要将宣武军挡在城下,挫其锐气,耗费时日,诸镇兵马必然懈怠而丧失斗志。到那时,我军伺机出城袭击敌营,定可大获全胜。秦宗权传令,不经允准任何人不得出城与敌交战。

同时,秦宗权派专使前往淮南,命秦宗衡和孙儒率领人马火速回帅蔡州,里应外合夹击宣武军和诸镇兵马。

五月二十二日,朱全忠命葛从周城北大营和朱珍城南大营同时进攻蔡州城。

葛从周命弩机营列阵,准备向城门和城楼发射火药包和火焰箭。然而,蔡州兵早有防备,见葛从周部的大弩机和抛石机在距护城河二百步外列阵,墙头守军便马上用自己的大弩机向宣武军的弩机营放箭。

宣武军的弩机营还没有列好阵势,大弩机和抛石机尚未安置妥当,城头已经万箭齐发，宣武军弩机手纷纷中箭倒地。葛从周忙命弩机营向后撤退，大弩机和抛石机也都扔下不顾了。

葛从周连续三日攻打蔡州，不但未能靠近城门一步，反而白白地折损了许多将士，丢掉了大弩机和抛石机。

攻打蔡州南门的诸军都指挥使朱珍也同遭败绩。

原来，秦宗权是一个颇有心计之人。当年他随黄巢大军围攻陈州，十个月之久未能攻克，其中一个原因就是赵犨的陈州兵有射程达数百步的巨型弩机，威力远超黄巢义军的大弩机。秦宗权有心，向黄巢借了一些大弩机和抛石机仔细研究，并加以改进，仿造了一百多部射程更远的大弩机和四十多部抛石机。在黄巢败亡后，秦宗权靠着手中威力巨大的大弩机和抛石机迅速崛起，摧枯拉朽连下几十座城池，横行中原无人可挡。

朱全忠观战三日，知道如此攻下去徒劳无益，便传令全军停止攻城，召集诸寨将领会商后，命各营一面改制射程更远的大弩机和抛石机，一面设法引诱蔡州兵出城，以便在城外击破之。

宣武军大将朱珍回到城南大营，与左营主将、滑州夹马指挥使、先锋步军都头李重胤和右营主将、踏白都副将王檀商议破敌之策。

王檀字众美，京兆人氏。其曾祖王泚，乃左金吾卫将军。祖父王曜，曾任渭桥镇遏使，赐号定难功臣。其父王环，官至左仆射。王檀喜读兵书，胸怀韬略。他原为宣武军小校，在蔡州兵围攻汴州之战中，李重胤马失前蹄，仆倒在地，被汴州兵擒获。王檀单人独骑，飞马将李重胤夺回，因此得朱全忠青睐，被超拔为踏白都副将。

王檀思量一番，说：“蔡州城墙高厚，城壕又宽又深。城内囤积了大批粮草，又有坚兵利器，我军攻城一时难以奏效。末将以为，可用计将蔡州兵诱出城来，方可战而胜之。”

李重胤心直口快，脱口而出：“大白天说梦话！你想让蔡州兵出城，蔡州兵便会自己走出来吗？”

王檀却不计较，只微笑道：“蔡贼兵马都指挥使张晊，是秦宗权手下第一大将。此人有万夫不当之勇，手中两把铜锤各重八十斤，碰上者无不粉身碎骨。然而，张晊这厮脾气暴躁,有勇无谋,可用激将法将其诱出城来。"

次日,王檀挑选了五百名士卒,来到蔡州南门外,在城头弩箭射程之外,对着城门齐声喊叫:

"张晊小儿,快快出城交战!"

"张晊小儿,不要做缩头乌龟!"

张晊闻报来到城楼亲自察看,宣武军将士又是一阵高声叫骂。

张晊哈哈大笑,对南门守将萧颢说:"这是朱珍小儿的激将法,不理睬他,看他还有甚高招!"

第二日,王檀又带领五百名士卒来到蔡州城南门外,继续骂阵。

时值六月天气,毒烈烈的日头晒得宣武军将士汗流浃背。他们骂一阵,歇一阵,个个累得口干舌燥,嗓子似要着火冒烟。王檀命伙夫烧了绿豆汤,抬过来让将士们痛饮。

为防中暑,朱珍命将士们运来帐篷,用木棍搭成四面透风的凉棚,让五百名士卒躲在凉棚下面不停叫骂。

时至中午,朱珍派人给五百将士送来了酒肉。将士们一阵欢呼,争抢着大块吃肉,大碗喝酒,好不快活!

萧颢站在城门楼上,气得七窍生烟。他实在看不下去了,提起泼风大刀就要走出城楼。

张晊夺过萧颢手中的大刀,呵斥道:"蠢材!朱珍派兵骂阵,正是想激怒你我,好出城与他交战。你这般莽撞,正中了朱珍奸计!"

萧颢哇哇大叫,恨恨地退下去了。

第三日,王檀照样带领五百名士卒在那里叫骂。

正午时分,王檀和将士们又是酒又是肉大吃大喝起来。他们呼喊着猜拳行令,有的吃醉酒唱起了淫词浪调,真个是忘乎所以,嚣张至极。

萧颢在城楼上看着宣武军将士喧闹,听着一阵高过一阵的叫骂声,胸中怒火熊熊燃烧。他几次想带兵冲出城去,把那些不知死活的宣武军杀个精光,但张晊昨日千般叮咛万般嘱咐,没有主将的军令,一兵一卒不得出城,否则军法论处!萧颢终是忍住了。

午后的太阳火辣辣的，晒得地皮发烫。城头上站立的蔡州将士，顶着白花花的日头，就像顶着一个大火球，被烤得头晕目眩，浑身灼热，皮肤都快要烤焦了。

王檀凉棚内冷眼四顾，忽见蔡州城西南百步之外的一片湖水，计上心来。他招呼将士们说："弟兄们，到湖水中去洗澡喽！"

宣武军将士欢呼雀跃，争先恐后跑到湖边，一窝蜂地跳进湖水中，有的狗刨游，有的互相泼水，追逐打闹，嘻嘻哈哈。

王檀又命人拿来马球，让士卒们分作两棚，在湖中打起水球来。

霎时间，湖面上呼叫声、喝彩声此起彼伏，随着"咚咚"的战鼓声和"呜呜"的牛角号响，健儿们追逐着飞来飞去的红色马球，喧声一片。

萧颢的心肺都要气炸了！他终于不再按捺，哇哇大叫着，带领两千名将士冲出城去，直扑在湖水中嬉戏的宣武军将士。

在瞭望棚观望的朱珍心中大喜，即刻挥动红色旗帜，号令李重胤带领三千名骑兵出击。

萧颢和蔡州兵冲到湖边，宣武军将士全都游进湖心。萧颢命士卒放箭，却怎么也射不到他们，正当萧颢气急之时，李重胤带领大队人马黑压压地向湖边杀过来。

萧颢不得不带领蔡州兵反转身来，与李重胤骑兵背水一战。

王檀看到李重胤杀来，马上带领五百名将士登岸，夹击蔡州兵。

萧颢腹背受敌，渐感不支，将士大多被李重胤骑兵砍杀，萧颢和剩余的几百名士卒被围在垓心。

张晊得报萧颢带兵出城厮杀，即刻返回南门。他登上城楼，看到情势危急，只得带领三千人马出城救援萧颢。

朱珍早在等着蔡州兵出城增援，他一声令下，一阵箭雨射出，蔡州兵即刻倒下一片。

接着，朱珍挥动五千人马吼叫着冲向前去，与张晊厮杀起来。

萧颢拼命厮杀，身边士卒越来越少。李重胤手持一双铁锤，与萧颢缠斗在一起，王檀瞅准时机，手中宝剑如同毒蛇出洞，"嗖"的一声直插萧颢咽喉，萧颢应声滚下马来。

汴州兵争抢上前,立时将萧颢剁成了肉酱。

李重胤和王檀带领数千将士转身向张晊人马杀来。

张晊和三千将士与朱珍五千人马厮杀,本就处于下风,李重胤和王檀又带人马杀来,顿成合围之势。张晊腹背受敌,不敢恋战,带领余众向南门败退。

朱珍、李重胤、王檀三支人马合在一处,紧追不放。

张晊的几十名亲兵拼死抵抗,张晊才得以单人独骑飞奔而去,转眼到了护城河上的吊桥桥头。

李重胤眼疾手快,张弓搭箭,一箭射中张晊后颈。

张晊俯身马上,冲过了吊桥。城楼上的蔡州兵顾不了许多,赶忙拉起吊桥。

张晊回到城内,虽有医者诊治,可他伤势过于沉重,次日便断了气,命归阴曹。

秦宗权折损了两员大将和四五千人马,心中十分懊恼,再次传命:不得御旨擅自出城者,斩!又命守卫北门的副将符道昭做南门主将,同时调派两千人马,补充南门守军。

蔡州兵坚守不出,朱全忠束手无策,气得天天骂娘。

葛从周几番察看蔡州城墙城壕,终于想出一个开挖堑壕接近城垣的办法。

将士们利用夜色掩护,在蔡州城外的高粱地里挖掘运兵堑壕,将挖出的泥土当夜运往他处,以免引起蔡州兵怀疑。

蔡州土质松软,地势低洼,堑壕不能挖得太深,稍深一点,便会渗水垮塌。

十数日之后,葛从周部挖出三条堑壕,壕沟末端距城壕仅有五十步上下。堑壕呈"之"字形,又有一人多高的高粱棵遮蔽,故而未被蔡州兵发觉。

一切准备停当,葛从周选择月末一个阴沉沉的黑夜,将大弩机、抛石机和云梯经堑壕运至蔡州城东北角的护城河边,由选拔出的三百名士卒做先锋,开始偷渡护城河。

围城的宣武军一连十几日没有动静,蔡州兵难免有些松懈。三百名宣武军潜水游过护城河,蔡州兵竟没有发觉。直到宣武军架起云梯,开始登城,才被巡逻哨兵发觉。

哨兵大喊起来，吹响了螺号。蔡州兵从睡梦中惊醒，慌忙拿起兵器抵抗。

葛从周命弩机手向城头放箭，将城上防守的蔡州兵射死许多。

三百名宣武军迅速登上城墙，奋勇拼杀，很快占领了一段城头。后续宣武军将士蜂拥而来，点起火把，顺城头马道向东西两面杀去。

秦宗贤听到呐喊声和厮杀声，料知是宣武军夜袭，便慌忙披戴盔甲，带着一千名将士从北门城楼向东面杀过来。

暗夜中，葛从周与秦宗贤在城头遭遇，二人也不答话，交手厮杀。

秦宗贤使一双铜锏，武艺娴熟，似蛟龙出水。葛从周手中一把镔铁大刀，上下翻飞，虎虎生风。二人你来我往，盘旋缠斗了三十多个回合。

朱全忠乘秦宗贤与葛从周在东北城头厮杀之机，命张归霸三兄弟率领所部偷袭北门。

朱全忠亲自操弄抛石机，将火药包抛射到城楼上，而后用火焰箭将火药包引燃，城楼顿时燃起大火。

接着，城门也燃烧起来。

秦宗贤见城楼起火，情知不妙，心中不免着慌。葛从周看出破绽，乘机一刀砍去，秦宗贤被劈为两段，身子滚落马下。

葛从周正要杀向北门，恰巧蔡州东门守将郭璠带领人马前来增援，双方又拼杀起来。

此时，北门外的张归霸、张归厚、张归弁三兄弟，率领三百名士卒泅过护城河，杀进北门。

蔡州西门守将石璠望见北门城楼燃起大火，料知那里情势一定十分危急，便匆忙带领一千骑兵前来增援。

张归霸三兄弟刚刚冲进北门，正遇前来增援的蔡州大将石璠。石璠手持一柄铁挝，重达百斤，碰上者必死。他见张归霸挥舞着大刀追杀蔡州兵，便截住马头，举起铁挝，照准张归霸马头打将过去。张归霸的战马"扑通"一声倒毙，马头成了血糊糊的一团肉酱。石璠举起铁挝向张归霸打来，被冲上来的张归厚用长枪挑开。张归弁匆忙将张归霸抢回，抱上自己的战马，一同飞速冲出城去。

张归厚敌不过石璠，败退出城而去。

石璠打退张归霸三兄弟，急忙登上城楼救火。

恰在此时，倾盆大雨从天而降，转眼间浇灭了熊熊大火。

石璠借着闪电，望见朱全忠在城壕外正指挥人马攻城，当即命弩机手放箭，朱全忠和身边几名护卫亲兵应声倒地。

朱全忠的亲卫将领朱友恭、刘悍救起主帅，急忙退回中军大营。

这一场大雨，接连下了八天九夜，下得平地积水三尺，蔡州四周数百里一片汪洋。包围蔡州城池的宣武军和诸镇兵马营寨，全被大水冲毁，营帐被冲走，数万将士泡在没膝深的大水中，粮草皆无，惊悚万状。

朱全忠腹部中箭，伤势沉重，再加上连日大雨，蔡州一片汪洋，只得下令撤兵。

二十四　升仙梦破灭

新蔡国皇帝秦宗权派出的敕使到达淮南濠州,向主将秦宗衡和副将孙儒宣读了诏书,命秦宗衡和孙儒带领人马回师蔡州,以解唐军围城之急。

孙儒素怀大志,不甘久居人下。秦宗权汴州大败之后,孙儒觉得秦宗权已走下坡路。如今得知朱全忠统率近十万人马围困蔡州,张晊、萧颢战死,越发感到秦宗权已是穷途末路,自己应该另作打算。他深知秦宗权为人奸诈,不讲信义,只信任和重用秦氏兄弟。眼下自己远离蔡州,正是天赐良机,遂决计杀掉秦宗衡,夺取兵权。

孙儒召来好友先锋大将刘建锋、心腹部将许德勋,向二人说明蔡州危急形势,晓以利害,提议三人结成金兰之好,摆脱秦宗权,夺取扬州,占领淮南,自立一方。刘建锋和许德勋极表赞同,说是不愿再受秦氏兄弟的窝囊气,誓死跟随孙儒打天下。

孙儒决计利用钱别敕使之机,杀掉秦宗衡和敕使,而后挥兵夺取扬州。

次日,秦宗衡和孙儒在濠州衙署摆设酒宴为敕使送行,二十多名将领参加宴会。

秦宗衡和敕使话别,举杯痛饮。

孙儒站起身来,向敕使敬酒,敬到第三杯酒时,突然"啪"的一声把酒杯摔在地上。

许德勋当即率领伏兵闯进来，不由分说将秦宗衡和敕使的脑袋砍了下来。

孙儒向将领们宣告：秦宗权逆天行事，朝廷十万兵马围攻蔡州，新蔡国定然灭亡。我等即日起归顺朝廷，讨伐窃据淮南的贼寇杨行密，攻占富甲天下的扬州城之后，大掠三日！

隋唐以来，扬州是闻名天下的繁华都市，时人有"扬一益二"之说，扬州号称天下第一富庶之地。将士们听孙儒说要攻占扬州，一个个欣喜若狂，纷纷拥上前去，将孙儒和刘建锋、许德勋抬起来，抛向空中，连连高呼："万岁！"

此时的淮南节度使，当是名闻天下的勋臣名将高骈。那么，窃据淮南的杨行密何许人也，他又是何时占据了扬州？

广明元年（880年）七月，黄巢义军北渡长江，威逼扬州。高骈拥兵自保，听任黄巢大军渡过淮河，进兵中原。僖宗朝廷多次诏命高骈出兵截击、追击黄巢，高骈置若罔闻，黄巢义军顺利进占洛阳、潼关，直捣西京长安。

高骈之所以这般行事，一是深知义军难以阻挡，他若出兵堵截黄巢，胜负难料。败则老本赔光，死无葬身之地，朝廷不会救他，也救不了他；若侥幸取胜，也得不到好处，朝廷只会更加顾忌和猜疑。二是他不愿再为朝廷卖命。高骈与朝廷本就积怨已久，此刻唐廷摇摇欲坠，他更不愿为之舍身葬送自己。更为明智的做法是坐山观虎斗，保存实力，图谋割据江淮富庶之地，称雄一方。

及至王铎出任天下兵马都都统，率领诸镇人马围攻长安，李克用统带沙陀铁骑克复两京，黄巢败亡，高骈又为自己失去立功机会、受到朝廷冷遇而懊丧不已。他更加迷恋于方术，醉心炼丹，祈求登仙，不顾自己在方镇和淮南将士中威望大减，部属离心离德，只是一味宠信方士吕用之，甚而拜吕用之为军师，把军政人权统统交给他。

吕用之装神弄鬼，告诉高骈，只有建造高楼危阁，终日在高耸入云的楼阁之上修炼，才能见到神仙，求得仙术，进而羽化成仙，长生万年而永享富贵。

高骈深信不疑，命工匠在府中建成高达八十尺的迎仙楼和延和阁，在上面饰以珠玑金钿，使之光灿夺目，极尽豪奢。他日夜在迎仙楼、延和阁宴饮，命数百侍女羽衣霓服，和声度曲，歌舞不休。

吕用之独掌大权,逐渐将高骈架空封锁孤立起来。他常向高骈进谗言,离间其部属幕僚,再暗中笼络受高骈猜忌冷落的将领,为己所用。

为将同党诸葛殷、张守一召至扬州,辅佐自己掌控淮南,吕用之向高骈煞有介事地说:“玉皇大帝知道高公军务繁忙,选派一位尊神下界来辅佐高公。这尊神就是诸葛大师,要想长久留住他,就要给诸葛大师加封要职。”

高骈笃信不疑,将诸葛殷奉为座上贵宾。诸葛殷也毫不客气,以神仙自居,高谈阔论,诡辩风生,高骈堕入彀中,对其礼敬有加。这诸葛殷患有皮肤病,不停地在身上抓挠搔痒,弄得满手脓血,腥臭无比。高骈本有洁癖,可他却以为,这是神仙在测试他求仙的诚心,为与神仙亲近,便竟日与诸葛殷同席促膝而谈,共用杯器宴饮。高骈的爱犬闻到诸葛殷身上的腥臭气味,时时围着诸葛殷乱转。高骈感到奇怪,询问诸葛殷,诸葛殷说:“我曾在玉皇大帝面前见过它,一别数百年,想不到它还认得我。”

高骈对诸葛殷愈加恭敬,奉为天神。

吕用之趁热打铁,又说张守一是赤松子的化身,也须封赐高官厚禄。

高骈言听计从,将诸葛殷和张守一封为牙将,赐予宽广华丽的府第。

吕用之和张守一、诸葛殷齐心合力,挖空心思迷惑高骈。

一日,吕用之对高骈说,朝廷忌恨高公放纵黄巢,且不纳贡赋。宰相已派出刺客,近日将到扬州刺杀高公。

高骈大惊失色道:“这,这便如何是好?”

吕用之淡然一笑,道:“高公不必惊慌,赤松子不费吹灰之力,即可降伏刺客。”

吕用之让高骈穿上妇人衣装,到军师府中躲藏起来。

晚间,张守一来到高骈府邸,穿上高骈袍服,住进高骈寝室,高卧睡榻之上,专待刺客到来。

深夜时分,吕用之命人在高骈住室和庭院中洒满猪血,胡乱击打铜器,弄出拼死格斗之声。

天亮之后,吕用之对高骈说,刺客已被赤松子杀死了!

高骈回府,见庭院内和寝室中到处鲜血淋漓,张守一安然躺在榻上呼呼大睡。

高骈唤醒张守一，询问他夜间发生了什么事。张守一说，刺客武艺高强，我与他斗了一百多个回合，差一点失手。后来，总算将刺客杀掉了！

高骈感动得热泪盈眶，连连拜谢赤松子——张守一的救命之恩。

吕用之更加神乎其神起来，他自称通神，可与天上神仙自由往来，还说他能呼风唤雨，降魔除怪。

高骈鬼迷心窍，深信不疑，一再请求吕用之请天神下界，让他一睹仙颜，也好与神仙交个朋友。吕用之却说，要想见到神仙，必须禁绝人事，潜心修炼。高骈便一迭连声地说："全都依你！如何修炼，你尽管铺排就是！"

于是，吕用之终日把高骈关在道院密室内修炼，属下文官武将一概不得入内，即便高骈妻妾也不能与之见面。

修炼多日之后，高骈求吕用之无论如何要请天神下界，与他见上一面。吕用之推托不过，与诸葛殷、张守一密谋之后，决计择日请天神下界，现身与高骈会面。

这日深夜，吕用之、张守一和诸葛殷带高骈和他的几个亲信将领来到道院庭中，请他们观天神下界，一睹神仙风采。

吕用之与诸葛殷、张守一身着道袍，腰悬宝剑，炉中焚香，望空顶礼膜拜。继而，他们又起身对着空中连连作揖，口中唧唧哝哝，不知所云，弄得神秘莫测，真假难辨。

高骈部下大将梁缵、毕师铎、俞公楚和高骈的儿子高泸，站立于高骈身后，看着吕用之等人装神弄鬼，忍不住交头接耳，窃窃私语。

吕用之听到将领们嘀嘀咕咕的议论声，向空中作揖打躬道："请上神恕罪！请上神恕罪！"

吕用之转过身来，拔出宝剑，指着梁缵说："梁缵亵渎天神，上神恼怒，命尊神诸葛殷诛杀梁缵这个孽障！"

吕用之话音未落，诸葛殷和张守一早已抽出宝剑刺向梁缵。梁缵猝不及防，被两支宝剑刺中前胸和后背，当即倒地身亡。

梁缵是高骈部下第一大将，手握兵权，正是吕用之要谋害之人。

毕师铎、俞公楚等一个个惊吓得目瞪口呆，他们心中着实畏惧天神，眼睁睁看着梁缵尸体被拖了下去。

吕用之对高骈说："方才梁缵对天神大不敬，惹怒了玉皇大帝，天神们再也不肯下界现身了！"

高骈恨得咬牙切齿，说道："这个梁缵，坏了本帅的好事，真是死有余辜！"

如此这般，吕用之请天神下界的把戏收场了。

不久，吕用之故伎重演，杀了向高骈引荐自己的大将俞公楚。

吕用之要高骈日夜在高达八十尺的迎仙楼和延和阁上修炼，说是如此便可接近天上神仙之气。淮南将领和幕僚长年累月见不到主帅，高骈与部属完全隔绝，无异于自投牢笼，自入陷阱。如此一来，吕用之便可随意假高骈之名，操弄权柄，剪除异己，培植私党。

为愚弄高骈，吕用之和诸葛殷、张守一设计了一只木制仙鹤，置于迎仙楼上。吕用之常常要高骈穿戴羽衣，骑在仙鹤背上，然后开动机关，高骈身子便随着仙鹤上下起伏，呈飘飘飞天之状。

高骈日日如此潜心修炼，举凡军政事体统由军师处分。吕用之和诸葛殷、张守一随心所欲，愈加肆意妄为起来。

吕用之的军师府修建得宏大富丽，比高骈大都督府还要阔气。吕用之生活奢靡，挥金如土。凡是他看上的女子，不管是大家闺秀或是平民妻女，皆要占为己有。如有不从者，便将其亲属投入监牢，或者肆意杀害，弄得许多人家家破人亡。到后来，吕用之竟有一百多个姬妾，他和姬妾们日日宴饮歌舞，俨然土皇帝。

为防止官民反抗，吕用之用金钱收买了一百多名因作恶多端被废黜的吏员，还搜罗来一干市井流氓无赖充当侦探，百姓称其为"察子"，到处窥探将领、官员和百姓市民隐私，无论大事小情或街谈巷议，均向吕用之禀报。若有人说话犯了吕用之忌讳，则灭门之祸来不旋踵。扬州城内外，不论官民士庶之家，日常呵斥妻子，责骂孩子，乃至私房密言隐语，夫妻间悄悄话，吕用之无所不晓。吕用之在府中建造了一座百尺高楼，比迎仙楼和延和阁还要高出二十尺，派人日夜在楼上监视全城动静。一时间，偌大一个扬州城人人自危，妇孺钳口，连父子、夫妻之间也不敢随便说话。

吕用之还招募了两万多名壮汉,配以精良兵器,作为自己的亲兵,号称"左右镇锣军",由他本人和张守一直接统领。自此,吕用之羽翼丰满,更加不可一世,连高骈也不放在眼里。

这日,一名"察子"向吕用之报告说,大将毕师铎的爱妾琼娘明眸皓齿,姿色艳丽,且擅长歌舞。吕用之闻听,即刻带领百余名亲兵前往毕师铎府。

毕师铎知道吕用之定然不怀好意,但碍于高骈面子和吕用之的权势,不得不曲意应酬。在吕用之再三要求之下,毕师铎请出琼娘。吕用之见琼娘果然貌若天仙,便假意请琼娘到军师府歌舞侑酒,哪知毕师铎坚不允诺。吕用之拂袖而去,心中自然不愿善罢甘休。

事有巧合,孙儒此时带领兵马渡过淮河,攻占了濠州,兵锋直指扬州。高骈得报,依然将抗击孙儒军事交吕用之处置。吕用之遂颁下军令,命毕师铎率兵屯扎天长,阻挡孙儒进兵扬州。

毕师铎前脚刚离开,吕用之后脚便命"镇锣军"三百士卒围住毕师铎府邸,声言请琼娘到军师府宴会,不由分说,把她强行掠去。

琼娘进了军师府,如同羊入虎口,被吕用之玩弄凌辱,求生不得,欲死不能。

话说毕师铎有一位族兄,名叫毕颜,在毕师铎府中做管家。琼娘被吕用之掠走后,毕颜溜出城去,赁了头毛驴,奔跑一昼夜来到天长,向毕师铎禀报一切。

毕师铎心中大怒,恨不得即刻带领人马杀回扬州城,将吕用之碎尸万段。可他知道,吕用之握有大权,又有两万兵器精良的亲卫军,自己仅有三百士卒,无论如何也攻不下偌大扬州城。

毕师铎想起淮口守将、怀宁军使郑汉章对吕用之专权心怀不满,便横下心来,秘密赶到淮口,与郑汉章商议起兵攻打扬州,诛杀吕用之妖党。

二人一拍即合,随即一同来到高邮,与镇遏使张神剑联络举事。张神剑欣然允诺,三人遂割臂歃血为盟,结为兄弟。因毕师铎年长,被推为盟主,号称"大丞相",张神剑、郑汉章分别做了左、右大司马大将军。

接下来,毕师铎以大丞相名义向淮南州县发布檄文,号召军民起事,打进扬州城,诛杀吕用之等妖人。数日之内,便有五百多名士卒和三百多青壮前来投靠。加上天长、淮口和高邮原有人马，毕师铎麾下聚集起了三千多名将士。

毕师铎将所有人马分为四都，以唐宏为先锋都将，骆玄真为骑军都将，赵简为步军都将，王朗为后军都将，择日出兵攻打扬州。

四月二日，毕师铎等率领三千人马进抵扬州城下，在城西北大明寺扎营。

吕用之得报，心下慌忙，急召心腹谋士郑杞、董仅和"镆铘军"将领吴迈、许戡商议守城之策。

郑杞宽慰道："叛贼毕师铎区区三千人马，且是刚刚拼凑起来的乌合之众，不堪一击。扬州有三万牙兵坚守城池，还有两万'镆铘军'，城防固若金汤。叛军困于坚城之下，粮草匮乏，不出十日，必然军心散乱，即可一举全歼。"

吕用之连连颔首道："郑先生所言甚是！"

董仅也献计说："军师可令城内所有丁壮，无论商贾、百姓，统统携带兵器，登城守卫。老弱妇孺轮流为守军送水送饭，日夜不停。如此可保扬州万无一失。"

吕用之深以为然。

扬州守军有五万之众，其中高骈旧部三万多将士皆久历沙场，能征善战，由大将古锷统领。其余两万是吕用之招募的"镆铘军"。吕用之对"镆铘军"寄予厚望，亲自召集都将以上将领，命他们死守扬州，并许诺：斩首一级，赏金一饼。

毕师铎命部将唐宏率领一千先锋人马，攻打扬州城西门。

淮南大将古锷登上西门城楼，率部守城。

扬州城壕水深面阔，唐宏人马仅有八九条小船，每条小船一次只能摆渡十几人。唐宏指挥小船一字排开，在"咚咚"的战鼓声中向西门划去。

古锷命一百名弓弩手隐身在城头垛墙后，待唐宏小船划到城壕中流时，用大弩机射之。

第一批乘小船渡壕的士卒，死伤过半，剩下三只小船上的十几名士卒只得划回西岸。

当年毕师铎随黄巢转战杭州，战败后投降高骈，将义军的大弩机也带进高骈军中。他没想到，自己今日会自食其果。

唐宏还要强攻，被毕师铎喝止。毕师铎命唐宏退回营寨，多寻找渡船，再行攻城。

吕用之首战得胜,与谋士郑杞、董仅以及大将古锷、吴迈等置酒相庆。

郑杞又建言道:"毕贼仅有三千乌合之众,且没有战船,单靠几只打鱼小舟,想攻克扬州谈何容易!军师可乘其不备,派兵夜袭敌营,必定胜券在握!"

董仅、吴迈等连连叫好,古锷、许戡皆表赞同。

吕用之手拂长须,眯起眼睛,沉吟半晌,突然说道:"本军师将令:今夜子时,古锷将军率三千人马攻打西门外唐宏营寨,吴迈将军率领五千'镆铘军',突袭大明寺毕贼大营!"

董仅道:"大明寺山门坚固,院墙高厚,易守难攻。不如将毕师铎诱出大明寺,再行聚歼。"

吕用之说:"你说得轻巧,吃根灯草!如何将毕师铎诱出大明寺?"

董仅道:"古锷将军攻打唐宏营寨时,务要虚张声势,使其胆寒。唐宏不足一千人马,会向毕贼求救,毕贼也定会出兵来援。吴迈将军将人马埋伏在大明寺到唐宏营寨途中,便可将毕贼一鼓聚歼。"

吕用之点头道:"嗯,正该如此。今夜子时,古锷带兵出西门,大张旗鼓攻打唐宏营寨。吴迈将军率部出北门,悄悄进兵,埋伏起来,千万不要惊动毕贼。古锷将军用火焰箭点燃唐宏营寨,毕贼看到唐宏营寨燃起大火,定会出兵救援。吴将军的五千伏兵,在中途围攻毕贼,可稳操胜算!"

吴迈拍胸说道:"只要毕贼出了大明寺,管叫他插翅难逃!"

唐宏攻城受挫,回到营寨,心中烦闷,命人取来一坛郢州富水春酒,"咕嘟、咕嘟"灌进肚中,倒头呼呼大睡。

睡梦中,忽听得人马杂沓,有人大喊:"扬州兵劫营啦!"

唐宏翻身而起,来不及穿戴铠甲,手提一口宝剑冲出营帐。只见营中乱糟糟一团,帐篷燃起大火,扬州兵大砍大杀,唐宏所部兵士狼奔豕突,争相逃命。

慌乱之中,唐宏一时找不到战马,只得随着残兵败将向西败退。

一员将领骑着黄骠马迎面杀来,正是扬州大将古锷。

唐宏无路可逃,只得徒步迎战。交手只一个回合,唐宏手中宝剑便被古锷狼牙棒打飞。唐宏一看大事不好，转身便逃，被古锷飞马追上，一棒打在天灵盖上，顿时脑浆迸流，一命呜呼。

古锷传令点燃唐宏营寨，冲天大火烧得半天通红。

正在僧舍安睡的毕师铎，得报唐宏营寨遭袭，急忙起身出殿，登高察看情形。

大明寺建在扬州城西北蜀岗之上，唐宏营寨的大火映照得佛寺亮如白昼。

毕师铎急命骑军都将骆玄真率五百骑兵救援唐宏。

大明寺距唐宏营寨五里之遥，中间有一条渠，虽不甚宽，却水深流急。渠上有一座小木桥，可供二人相对通行。骆玄真带领骑兵疾驰而来，因小桥太窄，暗夜之中，看不分明，先头人马"扑通、扑通"坠入渠中。原来，吴迈已命士卒撤掉了小桥上的木板，骆玄真骑兵飞驰疾进，不及细察，纷纷落水，霎时连人带马被冲走，不见了踪影。

骆玄真见河渠不可洇渡，便命将士沿河另觅桥梁。

忽然间，四面燃起火把，杀声顿起，无数箭支如同雨点般倾泻过来。骆玄真骑兵纷纷中箭，人喊马嘶，乱成一团。

吴迈率领埋伏在四周的"镆铘军"呐喊着杀将过来。吴迈的五六个士卒围住一个骆部骑兵，有人专砍马腿，有人四面围攻。战马纷纷被砍倒，骑兵从马背上栽下来，被"镆铘军"砍成肉酱。

骆玄真见大事不好，带着十几名亲卫骑兵杀出一条血路，逃回大明寺。

吴迈带领五千"镆铘军"紧紧追来。毕师铎仓促迎战，寡不敌众，带领人马仓皇逃出大明寺，至城北山光寺，重新扎营。

毕师铎连败两阵，统共剩下一千多人马，元气大伤。他自知无力再攻扬州，一时犯了大难。

毕师铎思来想去，忽地想到一个人——宣歙观察使秦彦！

秦彦乃徐州人氏，原是徐州牙兵的一个伙长。他因与一帮牙兵兄弟盗窃节度使府金银，被迫逃亡山林。黄巢义军攻克沂州后，秦彦带领一伙人袭占下邳县城，投靠黄巢，成为义军一员战将。

当年，毕师铎与秦彦并肩作战，交谊深厚。杭州之战，毕师铎与秦彦被唐军围困,是秦彦劝说毕师铎一同投降了高骈,毕师铎做淮南牙将,秦彦出任和州刺史。中和二年,秦彦发兵袭取宣州,遂被朝廷封为宣歙观察使。

事不宜迟,毕师铎当即给老友秦彦修书一封,派部将孙约乘夜飞驰宣州,请求秦彦发兵扬州,诛杀吕用之等。毕师铎在信中承诺,攻下扬州城之后,拥秦彦为帅主政淮南。

秦彦早想吞并淮南,毕师铎的邀请正中秦彦下怀。他当即命牙将秦稠为先锋,率领三千兵马,乘船东下赶赴扬州,自己则率领大军随后跟进。

秦稠在扬州南门外扎营,准备与毕师铎合力攻城。

吕用之登上南门城楼,只见秦稠营寨内外遍插旗帜,大小营帐密密麻麻,料不定有多少兵马,心中不由着慌。

郑杞见吕用之六神无主,便建议吕用之请庐州刺史杨行密出兵,双方来个里应外合,如此扬州可救。吕用之连忙给杨行密修书,请他即刻发兵扬州,剿灭毕师铎叛军,击退宣州兵马。他又以节度使高骈的名义,奏请朝廷晋封杨行密为淮南行军司马。

庐州刺史杨行密,原名行愍,字化源,乃庐州合肥人氏。杨行密祖上世代务农,少年时父母双亡,成为孤儿,饱尝人世辛酸。他曾入王仙芝义军,后回家乡庐州,被募为牙兵。杨行密身材高大,武艺超群,能手举百斤,行走如飞。他勇猛善战,因战功升任队长。僖宗中和三年,杨行密策动兵变,诛杀庐州都将,赶走刺史,自封庐州八营都知兵马使。后经节度使高骈上表举荐,被朝廷敕封为庐州刺史。

杨行密接到吕用之书信,暗自欣喜,认为此乃夺取扬州之天赐良机,当即带领庐州五千兵马倾巢出动,向扬州疾进。

退守山光寺之后,毕师铎命将士们拆毁百姓房屋,用梁檩打造攻城云梯,又搜罗了几十只渡船和渔船。秦稠率部到来,又带来了五十多艘战船,进攻扬州的器具已然齐备。

二十一日晨,秦稠指挥宣州兵马乘船进入护城河,从南门攻城。毕师铎则率领人马渡河从西门攻城。

秦稠带领的这支宣州兵,是秦彦在黄巢义军时的旧部,将士勇敢善战,尤擅攻城,几十艘战船坚固异常,云梯、盾牌车等战具齐全。

攻城起始便很顺利,水手、盾牌手和弓弩手配合默契,巨大的盾牌使城头守军射下的弩箭毫无用处,船上弓弩手躲在盾牌后面,反射杀了不少城头守军。

宣州兵抛石机向城楼和城门抛射出火焰箭、火药包,城门、城楼先后着火。宣州兵乘坐战船越过城壕,迅速将云梯盾牌车推进到城墙之下。士卒们爬上云梯,登上城头,与守军展开激战。

另一部士卒推倒燃着的城门,冲进城去。

守军见城门城楼燃起冲天大火,宣州兵已杀进城来,锐不可当,斗志顿时瓦解,纷纷向城内退逃。

秦稠率领宣州兵,呐喊着顺南北大街向牙城追去。

扬州城西门,守将正与攻城的毕师铎部激战,突然看见南门城楼浓烟滚滚,火光冲天,知道南门危急。接着,城内传来阵阵厮杀呐喊声,料知宣州兵已杀进城内。守卫西门的将士人心大乱,纷纷溃退。毕师铎率领人马杀进西门,见守军跑得精光,迅即向城内追去。

吕用之见守卫南门和西门的将士纷纷溃逃回来,知道扬州是守不住了。此时他哪还顾得上高骈死活,连诸葛殷也来不及知会,便急忙在吴迈带领的一千名"镆铘军"护卫下,匆匆逃出北门,向高邮奔去。

诸葛殷听闻宣州兵打进城来,赶忙将金条包裹了,系在腰间,准备逃跑。恰在此时,毕师铎率人马冲进来,将诸葛殷逮个正着。

毕师铎当即命士卒押着诸葛殷游街示众。

本来躲在屋内的市民百姓闻听诸葛殷被押上大街,纷纷聚拢来,指着诸葛殷斥骂道:

"无耻妖贼!"

"丧尽天良的妖道,活该千刀万剐!"

百姓们追着诸葛殷,一边打,一边骂,往他身上、脸上吐痰,弄得他身上淋淋漓漓,痰涎一条条垂挂下来,晃晃悠悠摇摆不停。

忽然,有几个妇人冲上来,揪住诸葛殷狠命地撕扯。诸葛殷胡子、头发被一把把拽下，疼得龇牙咧嘴，杀猪般号叫着。

　　将士们押着诸葛殷来到一家珠宝店铺门前，从店铺中冲出一名壮年汉子，手握一把尖刀，上前抓住诸葛殷的道袍衣领，只听"噗、噗"两声，诸葛殷的两个眼珠子被剜出来，滴溜溜滚落尘埃。诸葛殷浑身颤抖着，惨叫声令人毛骨悚然。不大工夫，诸葛殷仆倒在地，百姓们拳脚棍棒齐下，打得他不停地滚来滚去。

　　渐渐地，诸葛殷不再动弹，像一条死狗般躺在大街上，气绝身亡。

　　百姓们怒火难消，用砖头、瓦块向诸葛殷身上砸过去。转眼之间，砖头瓦块堆成了一座小山包，俨然一丘坟冢。

　　延和阁内，高骈正身穿鹤氅羽衣，骑着木制仙鹤，一上一下飞舞着习练羽化升仙之术。在他如梦如幻般在太空遨游之际，唐宏带兵冲进了道院。就在昨日，吕用之还告诉高骈，玉皇大帝将命九天玄女下界，只需一道符箓，即可将毕师铎叛军化为齑粉！怎知猛然间他便成了秦彦、毕师铎的俘虏。

　　自此，高骈和妻子儿女便被囚禁在阁内，再也没有走出道院一步。

　　接连数日，秦稠的宣州兵在扬州城内大肆抢掠。

　　隋唐三百年间，扬州富甲天下。扬州城位于大运河和长江交汇处，乃航运、漕运枢纽。江淮、江南、吴越、湖湘、岭南乃至巴蜀的贡赋财货大都经长江运至扬州，而后经大运河输送洛阳、长安。唐廷的盐铁转运使驻节扬州，八方商贾和外国商人也多会聚于此。高骈兼任盐铁使，与朝廷闹翻后，断绝贡赋，将钱财和粮食、珠宝等等截留扬州，是以城内外财货山积。而这一场战事，让繁华富庶的扬州城，遭受了一次浩劫。

　　不过，秦稠也不是一个头脑简单的莽夫。三日之后，他传令部下停止抢劫，严密把守节度使衙署和城门、码头，城内秩序随即得以安定。同时，他秘密派人飞驰宣州，请秦彦尽快带领大军来扬州。

　　毕师铎兵寡将微，本来也无取代高骈的野心。战胜之后，他便要给秦彦写信，请秦彦来扬州主持大计。

　　毕颜劝阻毕师铎说："足下以诛杀妖人吕用之为号召，部下将士皆乐于听从，跟随您起事。如今您占了扬州，当还政于高公。只要足下握有兵权，淮南便在您的手中。如此，您在天下人面前不失大义，部下将领也不敢怀有二心。若让秦彦来扬州，足下便会失去兵权。眼下，秦稠已掌控了扬州要害之地，可见其并不信任足下。您若想报答秦彦出兵相助的恩德，最好是馈赠给他金玉女子，而不可请他来扬州。足下若尊奉秦彦为府主，杨行密必夕闻而朝至，前来争夺扬州，彼时必将争战不休。”

毕师铎闻言，犹豫半晌，自以为与秦彦交厚，终是命儿子毕松携书信前往宣州，邀秦彦入主扬州。

秦彦集合三万人马前往扬州。因为舟船不足，秦彦命将士们砍伐竹木，制成数百竹筏，沿江泛流东下，直抵扬州。

一入驻淮南节度使府，秦彦便自称权知淮南节度使，委毕师铎为行军司马，却命他移居牙城之外。

庐州刺史杨行密进兵扬州，途中收容了七八千高骈部下溃兵。吕用之得知杨行密人马到了六合境内，便带领两千将士前去迎接。两军在长山会合，兵力达一万七千余众。

五月二十五日，杨行密进抵扬州城西，结成八座营寨。

次日，秦彦乘杨行密立足未稳，命秦稠、毕师铎带领一万五千人马，出城夹攻杨行密，意欲将其一举击败。

毕师铎率领五千人马出北门，袭击杨行密左翼三个营寨。秦稠统领一万兵马出西门，直捣杨行密中军大营。

秦稠挥动人马冲进杨行密营寨，只见一些老弱残兵慌忙东奔西跑，争相逃命，大营内堆积着金钱、粮食和牛羊肉。宣州将士一哄而上争抢起来。他们背的背，扛的扛，人人负担沉重。秦稠喝止不住，心中暗暗叫苦，知是中了杨行密诡计，便急令退兵。突然间，四周传来“咚咚咚咚”雷鸣般的战鼓声，紧接着飞来无数支利箭，宣州士卒惨叫连连，无数人倒地而亡。

紧接着，杨行密率领大队人马杀了过来。

秦稠催马退向营门，一员战将拦住去路，正是庐州牙将李涛。李涛手持一柄方天画戟，直刺秦稠咽喉。秦稠举起偃月刀相迎，被李涛用方天画戟一钩，那偃月刀竟脱手而出,掉落于地。李涛戟刺秦稠前胸,正中心窝,秦稠惨叫一声,栽下马来。庐州兵拥上前去,将秦稠首级砍下,身子剁成肉泥。

宣州兵见主将秦稠毙命,四散奔逃。李涛率将士猛追猛杀,宣州兵非死即降,侥幸逃回城者不足千人。

毕师铎带五千人马出扬州北门,向西直扑庐州兵营寨。

庐州将领张颢带领一彪人马,立于河桥之上,挡住去路。毕师铎早年绰号"鹞子",勇锐非常,此刻一把大刀舞得虎虎生风,向前杀去。

张颢挺枪来迎,二人在桥头厮杀起来。

毕师铎杀性大起,一刀比一刀沉重。张颢抵挡不住,且战且退。毕师铎岂肯放过,在后紧追不舍。

须臾之间,毕师铎杀过河桥一里之遥,只见张颢反身立马,又一次挡住去路。毕师铎喝道:"你这厮战又不战,逃又不逃,是何道理?"

张颢冷笑道:"在下在此张网,正要活捉你这只'鹞子'哩!"

毕师铎大怒,炸雷般吼道:"看刀!"

毕师铎挥舞大刀,照准张颢劈头盖脸砍下来。张颢挺枪相迎,将大刀轻轻一挑,那刀竟被拨向斜空,差一点脱手而去。毕师铎吃了一惊,不敢马虎,一招一式与张颢交起手来。

毕师铎与张颢正斗得难解难分,却听身后号角齐鸣,左右各有一支人马杀出。左边一军,为首将领是庐州兵马指挥使蔡俦;右边一军,为首一员小将,年纪不过十八九岁,却是校尉徐温。

蔡俦和徐温直扑桥头,将正在通过河桥的毕师铎部将士截住厮杀。于是,毕师铎的人马一半过了河,另一半却被阻隔在河东。由于桥头被庐州兵夺占,河渠水深流急,不能徒涉,滞留河东的毕部将士束手无策,只能眼睁睁看着河西两军激战。

河西战场庐州兵马越来越多,跟随毕师铎杀过河桥的将士不过两千余人,而庐州兵马已达五六千之众,将毕师铎人马团团围住厮杀。

毕师铎部寡不敌众,死伤累累。毕师铎知道大势已去,只得勒回马头,拼死退向河桥。

徐温和蔡俦截住毕师铎，左右夹击，缠斗起来。

此刻，张颢追杀过来，从背后挺枪直刺毕师铎。

毕师铎一人敌三将，并不畏惧，只是身边将士越来越少。他使出浑身解数，杀上河桥，向河东奔逃。庐州小将徐温张弓搭箭，射中毕师铎左臂。毕师铎忍痛催马疾驰，落荒而走。

这一仗下来，秦稠战死，毕师铎负伤，秦彦折损一万两千人马，元气大伤。

秦彦兵力锐减，守城尚感人马不足，更不敢出城与杨行密厮杀，遂命部下坚守城池，再不出战。

庐州兵马四面围住扬州，兵力也显单薄，几次攻城无果，杨行密只得采用长围久困之计，待城内粮草匮乏时再行攻城。

秋末，杨行密围困扬州已三月有余，城中粮草耗尽，将士煮皮革充饥。因为没有柴烧，便拆掉房屋、捣毁寺庙木像做燃柴。

高骈及其眷属被囚延和阁，衣食菲薄，只好拆掉阁上的木栏当柴烧。扬州城内米价飞涨，斗米高达五十缗即五万钱，且有价无市。百姓饿极，用堇泥做饼充饥。百姓饿死者越来越多，每日都要用大车向城外运送上千具尸体。

宣州兵捉到百姓，押到食肆贩卖，像杀猪宰羊一般，将人活活杀死，肉体挂起来出售，弄得坊市上白骨成堆，血流遍地。

却说扬州城内有一个尼姑，名叫王凤仙，也是吕用之、张守一、诸葛殷一般人物。她宣扬说，夜观星象时看到扬州分野有大灾象，须有一个大人物死掉，才能躲过这场灾难。秦彦本就担心高骈党羽做杨行密内应，听闻此言，索性命亲信将领刘匡时带领人马，去延和阁将高骈全家及张守一全部杀掉。

高骈、张守一及其眷属等七八十人口，被刘匡时押下延和阁，驱赶至道院北墙下。高骈见此处挖了一个大坑，方知死期临头。他此时如大梦初醒，也只能恨恨骂道："妖道吕用之误我！吕用之死有余辜！"

刘匡时并不多言，只一挥手，数十把鬼头大刀一起劈下，高骈、张守一及一众家眷人头纷纷落地，鲜血喷射像是下了一阵血雨。士卒们将众人的尸体胡乱扔进大坑，用土匆匆掩埋作罢。

一代名将、文武全才高骈的升仙梦和皇帝梦，就此破灭。不知死前，高骈可曾想起自己那首《遣兴》诗：

> 浮世忙忙蚁子群，莫嗔头上雪纷纷。
>
> 沈忧万种与千种，行乐十分无一分。
>
> 越外险巇防俗事，就中拘检信人文。
>
> 醉乡日月终须觅，去作先生号白云。

高骈即便想做"白云先生"，尚可得乎？

杨行密屯兵扬州城下足有半年之久，将士疲惫不堪，杨行密无奈，正打算退兵，忽有城内守将张审威派一名小校潜出城来，面见杨行密，说是张审威愿带本部三百士卒为内应，打开城门，接应庐州兵入城。杨行密大喜，当即约定，次日黎明时分张审威打开西门，引领庐州兵马进城。

原来，这张审威是张守一族侄，在"镆铘军"中做都将。他平日亲近士卒，甚得人心。张审威见秦彦、毕师铎倒行逆施，城中饿殍遍地，士兵掳掠百姓杀掉卖人肉，实在惨无人道。且部下千余人马饿死七百多，群情汹涌，请求出城投奔杨行密，以免活活饿死。张审威料想扬州城早晚必破，与其坐以待毙，不如带领弟兄们寻一条生路。于是，张审威决计铤而走险，投靠杨行密。

当天夜里风雨大作，张审威带领三百名士卒，顶风冒雨潜伏在西门内。待到天色黎明之时，张审威和弟兄们突然冲进关城，打开城门，放下吊桥。早已埋伏在西门外的庐州兵马，蜂拥进城。

张审威引领杨行密及其人马，冲进牙城。

秦彦尚未起床，忽听人马杂沓和呐喊之声，方知大事不好，来不及穿戴盔甲，跳上战马，仓皇奔逃。

居住外城的毕师铎，比秦彦早一刻得知庐州兵入城消息。因事起仓促，毕师铎来不及调集人马，匆忙率一百多名亲兵抵抗。然而，一来寡不敌众，二来毕师铎部将士忍饥挨饿，个个面黄肌瘦，少气无力，哪里抵得住庐州兵？毕师铎的亲兵大部被杀，他只得和十几名卫士逃出北门，追赶秦彦去了。

杨行密就此占了扬州，自称淮南留后。

话说孙儒杀了主帅秦宗衡，与刘建锋、许德勋带领陈州兵马，直奔扬州，抵达扬州城西后，在杨行密庐州兵舍弃的旧垒中安营扎寨。

秦彦、毕师铎、郑汉章得到消息，带领千余名残兵败将前来投靠孙儒。几方合兵一处，共同攻打扬州。

杨行密坚守城池，不与孙儒交战。孙儒以万余人马围攻扬州，兵力不足，且粮草匮乏。于是，孙儒便对扬州围而不攻，派出数路人马掳掠附近州县，将掳获的丁壮编入队伍，充实兵力，以抢夺来的粮草供应军需。

孙儒先带兵攻打高邮，已投靠杨行密的镇遏使张神剑寡不敌众，弃城逃至扬州。杨行密见张神剑仅仅带来五六名亲兵，已无用处，便借口张神剑不战而逃、损兵失地，将其斩首示众。

不久，孙儒人马增至三万余众，号称"土围白条军"。由于掳来的青壮未经训练，又不愿替孙儒卖命，故"土围白条军"围城多日，徒劳无功。

严冬降临，蔡州兵露营冰天雪地之中，缺衣少食，苦不堪言。将士怨声载道，秦彦、毕师铎也心存不满，时有怨言。

孙儒唯恐秦彦、毕师铎动摇军心，索性以"散布流言、煽动军变"的罪名，将秦彦、毕师铎、郑汉章处死，并悬首营门，示众三日。

为除后顾之忧，孙儒向朱全忠示好，派使者将秦宗衡、秦彦、毕师铎头颅解送汴州，献给朱全忠，说愿与之携手讨伐杨行密。

昭宗见到朱全忠奏状，方知杨行密与秦彦、毕师铎及孙儒争夺扬州，战祸蔓延已久。昭宗遂敕命朱全忠兼淮南节度使、东面行营招讨使，敕封孙儒为检校司空、招讨副使，共同讨伐杨行密。

朱全忠接到敕诏，心中甚为得意。但他明了，眼下杨行密占着扬州，绝不会轻易拱手让人。于是，他要弄起两面手法，一面命自己部属行军司马李璠为淮南留后，并派庞师古带兵护送他前往扬州赴任；一面派出使者，到扬州向杨行密宣示朝廷敕旨，并说朱全忠愿表奏朝廷，晋封杨行密为淮南节度副大使。

杨行密一眼看穿朱全忠的诡计，遂复函拒绝李璠进入淮南。

见杨行密不入套，朱全忠有意带兵讨伐，只是他眼下正发兵郓州与朱瑄、朱瑾交战，一时还腾不出手来，只能先笼络杨行密，便奏请朝廷晋封杨行密为淮南留后。

不久，杨行密被敕封留后，正式成为淮南主帅。

得知朝廷敕封杨行密为淮南留后，孙儒大怒，当即挥兵猛攻扬州。杨行密抵挡不住，逃归庐州。

孙儒终于进入扬州城，宣布自任淮南节度使。

过了新年，孙儒发兵攻打宣州，杨行密乘机袭占扬州。孙儒又回过头来进攻杨行密，重占扬州，杨行密遂逃奔宣州。

如此这般，江淮之间你杀过来，我打过去，战祸连连。

二十五　两只拳头同时出击

登基不到一个月，昭宗就接到东川节度使顾彦朗和利州刺史王建的奏表。王建请求朝廷出兵，讨伐拥兵自重、不纳贡赋的西川节度使陈敬瑄，顾彦朗则请求朝廷调开陈敬瑄，使得东西两川和平相处。

王建、顾彦朗与陈敬瑄的仇怨，需要从头说起。

僖宗中和年间，顾彦朗曾率部与黄巢义军作战，参与收复京师，因功擢升右卫大将军。光启二年，西川节度使陈敬瑄扩张地盘，出兵杀了东川节度使。朝廷命顾彦朗继任东川节度使，赴任途经剑门关时，陈敬瑄命守关关吏抢走顾彦朗的符节印信，顾彦朗只得返回利州，向朝廷上表告状。僖宗下诏严责陈敬瑄，顾彦朗才得以到梓州赴任。然而，陈敬瑄贼心不死，时常派兵攻掠东川，弄得军民不得安宁。因此，顾彦朗与陈敬瑄互为仇雠，各自不断上表朝廷，争执不休。

利州刺史王建，许州舞阳人氏，少年时乃乡间无赖，以屠宰牛羊、偷盗驴骡、贩卖私盐为生，里人称之为"贼王八"。他后来投军，随杨复光入援京师，与黄巢义军作战，被擢为都将。杨复光死后，王建率领三千人马到成都投靠权阉田令孜。田令孜认王建为义子，擢拔王建为"随驾五都将"之一，成为僖宗的亲卫将领。后田令孜失势，其六军十二卫观军容使之职被杨复恭取代。杨复恭记恨王建忘恩负义，卖主求荣，便将王建贬为利州刺史。

利州属山南西道，王建赴任利州，按照礼制应先参拜节度使杨守亮。杨守亮是杨复恭的义子,自然与田令孜一党势不两立。王建不敢前往兴元参拜,杨守亮心中愤然,几次派遣使者召见王建。王建恐惧遭逢不测,惶惶不可终日,心腹谋士周庠便建议王建拥兵自立,免受他人宰割。

然而,利州乃古葭萌之地,人烟稀少,且四面受敌,难以安身立命。周庠的建议是夺得阆州,作为立足之地。阆州虽地处偏僻,可百姓富裕。且阆州守将杨茂实是田令孜、陈敬瑄心腹同党,不服朝命,不修职贡,只听陈敬瑄差遣,王建可以先上表朝廷讨伐杨茂实,如此便出师有名。

王建依计而行,先是招募山中豪酋,扩充州兵达八千之众,而后率部沿嘉陵江顺流而下,突袭阆州。

守将杨茂实仓皇逃走,王建夺占阆州,自称防御使。

阆州属剑南东川节度使顾彦朗管辖,杨守亮鞭长莫及,对王建莫可奈何。顾彦朗与王建在神策军时是故交,对王建侵占阆州不仅不责怪,反多次派使者前去慰问,并向王建提供粮草,以图其不再进攻梓州,两下相安,进而共同对付西川陈敬瑄。

陈敬瑄得知王建与顾彦朗沆瀣一气,要与自己为敌,便向兄长田令孜请教对策。

田令孜"嘎嘎嘎嘎"大笑一通,道:"这个'贼王八'王建,是我的干儿子呀! 只要我修书一封,便可把他召来,为西川效力!"

王建接到义父田令孜书信,听了使者转达陈敬瑄的殷切邀请之意,好似喜从天降。他命幕僚张虔裕、綦毋谏留驻阆州,召集流民,奖励农耕,安定民心,自己则带着侄子王宗镓,义子王宗佶、王宗瑶、王宗弼、王宗侃、王宗涤等,统领三千精兵赶往成都。

王建人马进抵鹿头关,成都震荡,人心惶惶。陈敬瑄的幕僚李义进谏说:"王建乃当今枭雄,鹰视狼顾,一心图谋他人土地城池。若让他进入成都,主公给他什么职位?'贼王八'野心甚大,不会甘居人下,主公不要养虎遗患啊!"

陈敬瑄斟酌再三,觉得李义言之有理,心中不免懊悔。他急忙派使者前往鹿头关,阻止王建继续西进,同时增派鹿头关守备兵力,以防不测。

　　王建正打算到成都大展宏图，不料陈敬瑄出尔反尔，毫无信义，竟然不许他进入成都，不禁勃然大怒。他命义子王宗弼为先锋，自己率领人马继进，杀进鹿头关，又接连攻占汉州、绵竹、德阳，兵临成都。在成都北门外青远桥扎营，准备攻城。

　　陈敬瑄派使者责问王建，为何违抗军令，肆意攻占州县？王建反驳道："阿父召我到成都效命，你却拒我于关门之外，是何道理？"

　　陈敬瑄只能请田令孜出面安抚王建。

　　田令孜登上城楼，隔着护城河向王建喊话："王八我儿，城内缺乏粮草，无法接纳你的人马，你还是退回阆州去吧！"

　　王建带领义子王宗瑶、王宗弼、王宗侃、王宗涤一干将领，剪掉头发，站在青远桥上，向田令孜施礼，高声喊道："儿王建今日即便想回阆州，也已没有退路了。既然义父和陈太师不愿接纳，儿等只好辞别阿父，去做强盗了！"

　　次日，王建率人马猛攻成都。

　　成都本无城垣，在高骈主掌西川时，为防御南诏进犯，才修筑了城池。王建区区三千兵马，要攻打数万蜀军坚守的城池，谈何容易。

　　王建率部接连三日猛冲猛打，没能越城池一步，反白白折损了许多人马，只得退兵汉州，转攻彭州、蜀州、邛州，闹得西川十二州不得一刻安宁。

　　西川州县不断向成都告急求援，陈敬瑄只得频频出兵，弄得顾此失彼，焦头烂额。

　　自此，陈敬瑄以追剿王建为由，不再向朝廷输纳贡赋。

　　王建和顾彦朗的奏表，正中昭宗下怀。

　　昭宗与宰相大臣们制定的国策，首要一条便是削弱藩镇势力。当初陈敬瑄靠着田令孜的权势，以打马球获胜窃取了西川节度使之职，成为一方之霸。昭宗和大臣皆对田令孜恨之入骨，欲除之而后快，昭宗即位之初便颁诏将田令孜贬谪流放，然田令孜依赖陈敬瑄庇护，竟然拒不奉诏。如今有了王建、顾彦朗的奏表，西川又断绝贡赋，不服朝命，朝廷讨伐陈敬瑄、田令孜，便可谓师出有名。

　　此次在撤换陈敬瑄一事上，南衙大臣和北司宦官竟然空前一致。于是，昭宗颁诏，加封韦昭度为中书令，充西川节度使兼两川招抚制置等使，陈敬瑄迁任龙武统军。

陈敬瑄接到诏书,知是朝廷的调虎离山之计。所谓龙武统军,不过是一个虚衔。禁军之六军十二卫早已名存实亡,连最精锐的神策军都已衰败不堪,龙武军不过是个仪仗队而已。田令孜心中也明了,这是杨复恭和小皇帝铲除陈氏兄弟的一步棋。

田令孜与陈敬瑄索性不奉诏,只是加固城池,准备与朝廷及王建、顾彦朗决一死战。

文德元年十二月,昭宗命守中书令、同平章事、成都府尹、剑南西川节度使韦昭度兼行营招讨使,率兵征讨陈敬瑄。同时,诏命山南西道节度使杨守亮为招讨副使,剑南东川节度使顾彦朗为行军司马,一同出兵讨伐西川。朝廷还划割西川琼州、蜀州、黎州、雅州四州建置为永平军,以王建为节度使,充行营诸军都指挥使,协助韦昭度讨伐陈敬瑄。

接着,昭宗又下诏削夺陈敬瑄官职爵位,一场讨伐西川的大战拉开了序幕。

朝廷敕封给王建的永平军州县,皆须一一从陈敬瑄手中夺取,才能占为己有。

王建率军屯驻新都,命义子王宗瑶等率领人马先攻绵竹。

绵竹县守军甚少,但当地土豪何义阳、安仁豪等却有许多乡兵。他们割据山寨,拥兵自保,多者万人,少则千人,很难扫平。王建要王宗瑶攻心为上,尽可能将何义阳、安仁豪等人收归麾下。

王宗瑶先去游说何义阳。何义阳是绵竹最大土豪,拥有一万三千多人马,当地官府也要看他的脸色行事。王宗瑶先是拿出朝廷任王建为永平军节度使兼行营诸军都指挥使的敕诏,接着摇动唇舌,向何义阳许诺,若能归顺王建麾下,便可做永平军副将,官居七品。何义阳不由心动,便率全部人马投入王建麾下。

有了先例,游说安仁豪等其他寨主就容易了。王宗瑶不负所托,将绵竹十几个山寨的人马一一收入王建麾下,永平军兵力达五万余众,一时声威大振。

接着,王宗瑶受命攻打彭州。彭州守将杨晟向陈敬瑄告急求援,陈敬瑄命眉州刺史山行章率五万兵马增援彭州。

山行章率领大军进抵新繁,与王宗瑶人马相遇。山行章遂在新繁扎营,与王宗瑶大营隔沱江相持。

因为山行章人马众多，两军兵力悬殊，王宗瑶派人飞马至新都，请求王建发兵，来击山行章。王建即命王宗佶率一万人马为先锋，自率王宗弼、王宗侃、王宗涤等两万人马随后向新繁进兵。

王建人马在距新繁三十里之地扎营后，王宗瑶便率领本部人马从正面佯攻山行章大营，待山行章人马出营交战时，王建率大军从背后袭击，占领山行章大营，而后包抄过去，与王宗瑶前后夹击，大杀山行章。

此战王建人马杀敌二万，俘虏一万余众，山行章溃败逃到濛阳。

守将杨晟眼见彭州难保，只得带领人马逃走，一直逃至凤翔府宝鸡县西三交镇，才停驻下来。

王建占领彭州，随即统领大军进逼濛阳。陈敬瑄急命西川镇将宋行能率七万人马增援濛阳。

王建用围城打援之策，一边命王宗瑶率本部一万七千人马包围濛阳，却围而不攻，攻而不破；另一边命王宗涤率一万兵马，搜走所有船只，开至沱江北岸，堵截宋行能人马，不放其一兵一卒踏上沱江北岸。同时命王宗佶、王宗弼、王宗侃、王宗弁带领大队人马，埋伏在沱江南岸，伺机偷袭宋行能。

西川兵马过江不能，被挤压在沱江南岸，七万人马有两万多人被杀，三万余人投降，其余一万多将士溃散，仅有十几名亲兵紧随宋行能在混战中冲出重围，逃回成都。

山行章见宋行能七万大军覆没，知道大势已去，只得打开城门，自己绑了，出城向王建投降。

王建乘胜带领五万人马进军成都，在东阃门外安营扎寨。

千里蜀道，崇山峻岭，栈道狭窄，崎岖难行。

韦昭度带领三万神策军，在难于上青天的蜀道上跋涉，日行三二十里，在半年之后，终于到达成都北郊。

山南西道节度使杨守亮和剑南东道节度使顾彦朗，只顾自己保存实力，各自派出一两千人马敷衍塞责。

王建却不同，他当即携带猪羊和剑南烧春酒，前往唐桥拜谒韦昭度，犒劳神策军将士。

王建向韦昭度行跪拜大礼，恭谨异常。韦昭度心中欢喜，对王建褒奖有加。王建向韦昭度提议，为了瓦解成都守军，请神策军将士高举相公的节度使和招讨使旌节仪仗，绕城宣示一周，使成都军民知晓朝廷严令讨伐陈敬瑄、田令孜，神策军已经兵临城下，号召城内军民归顺朝廷，不再为陈敬瑄效力。

韦昭度连连点头说："将军言之有理，言之有理！"

次日，韦昭度命神策军一百名将士排列仪仗，高举"中书令剑南西川节度使兼两川招抚制置等使韦"旌旗节钺，围绕成都游行一周，齐声呼喊："招讨韦公，奉旨讨贼，城内军民，不得抗拒，归顺立功，必有重赏！"

陈敬瑄听闻呼喊，心中难忍惶恐，忙派心腹将领站在城头高声喊叫："陈太师有先帝免死铁券，你韦昭度怎敢冒犯？"然而，这一番喊叫，并没有止住城内军民的人心浮动。

陈敬瑄愈加不敢怠慢。为加固城防，田令孜和陈敬瑄在城内大街小巷张贴告示，规定城内民户皆须出一人当差，白天运砖石、竹木，夜间登城击柝巡哨。

田令孜又传令分驻西川各地的所有义子将领，带兵进至成都附近郫县、导江等地安营扎寨，夹击神策军。

韦昭度神策军和王建部共十万人马开始攻城。

神策军士卒多是刚刚招募而来，没有经历过战阵。他们应募从军不过是为填饱肚子，并不愿离开京城到千里之外去打仗。现下一个个心怀恐惧，战战兢兢地来到护城河边。突然城头上射来一阵利箭，不少士卒中箭死伤，其余士卒纷纷溃逃，将领们也随着退回营寨。

韦昭度虽做过兵部侍郎，但从未带兵打仗。此时更是不敢出营，只是在营寨内瞭望台上观阵，眼睁睁看着士卒溃败下来，束手无策。

成都城内的气氛却是不同。百姓们唯恐城破之后遭屠杀抢掠，便尽心尽力守城，许多青壮百姓参战，防守人马暴增十万之众，其余民众不停地向城头运送滚木礌石，送饭送水，守军士气大振。

神策军和王建部众数次攻城无果，反损伤不少人马。神策军不得不冒着风雪在野外扎营，再加上粮草也日渐不济，上上下下惊恐疲乏，军心涣散。

雪上加霜的是，驻守导江、郫县的西川军，又数次夜袭神策军营寨，弄得韦昭度和将士们日夜不安。

王建见状，便向韦昭度提议，采用谋士周庠之计，暂停攻城，由他自己率领永平军去攻占蜀州、简州、邛州，筹集粮草，扫清成都外围，使成都变成一座孤城，而后长围久困，终必破之。

对于攻战谋略，韦昭度一窍不通，听了王建之言，连连称善。于是，王建命王宗侃、王宗涤率领两万人马，协助神策军继续围城，自己带上三万人马，进攻成都东南方的简州。

防守简州的西川将领杜有迁，部下只有千余人马。他晓得王建的厉害，山行章和宋行能十二万大军，尚且被王建打得落花流水，全军覆没，他的这点儿人马，不够王建塞牙缝儿，抵抗下去只能死路一条，便干脆一不做，二不休，伺机将刺史绑了，打开城门向王建投降。

没动刀枪拿下简州之后，王建挥兵顺沱江南下，包围资州城。资州守将侯元绰是个十分狡黠之人，他效法杜有迁，依样画葫芦，带兵冲进刺史府，将刺史捆绑起来，押出城外向王建投降。

王建继续挥兵攻打嘉州。嘉州刺史朱实见简州和资州刺史皆被守将出卖，落得身首异处，索性自带文武官员出城投降了。

王建随即掉头，挥兵北上，进攻邛州。邛州刺史毛湘是田令孜和陈敬瑄的心腹，自然不愿意投降，要带领守军坚守城池，但几番出城与王建交战，都被打得丢盔卸甲狼狈逃回。

陈敬瑄派大将杨儒增援邛州。杨儒见王建兵马强盛，锐不可当，便对将士们说：唐祚已尽，王建治兵有方，说不定他可庇护一方百姓呢。遂带领部众投降。王建大喜，将杨儒收为义子，改名王宗儒。

王建命王宗儒、王宗佶、王宗弼率领人马将邛州城严密围住，日夜猛攻。城中粮草匮乏，将士忍饥挨饿，毛湘束手无策，自感守城无望。他召来部署将领，流泪说道："我不能背叛田军容，你等拿我的人头去投降王建吧，如此或可保一城生灵免遭涂炭！"

毛湘说罢，沐浴更衣，拔剑自刎而死。

邛州将领打开城门，出城投降。

王建带兵继续北上，攻克蜀州，蜀州刺史只身逃回成都，被陈敬瑄问罪斩首。

王建绕成都转战一周，攻城克地，所向披靡。西川州县官吏见陈敬瑄大势已去，纷纷投降。王建获取钱粮无数，且大大扩充了部伍，麾下人马竟达十万之众。

兵马已足，王建挥兵直扑成都。

就在此时，韦昭度接到朝廷诏书，命他撤兵回京，且命王建、顾彦朗各自率领人马回归本镇。

原来，朝中宰相张浚、孔纬与昭宗共谋削藩，在韦昭度讨伐西川的同时，出动兵马征讨河东李克用。张浚亲自带兵出征河东，结果被李克用打得大败而逃。李克用上表朝廷，声称"必率轻骑，叩首丹陛，诉奸佞罪恶"。朝廷为了自保，只得命韦昭度撤兵，回师拱卫京城。

谋士周庠向王建建言说，陈敬瑄已四面楚歌，即将众叛亲离，成都旦夕可破。眼下正是将军独占西川的大好机会，应设法劝韦相公早日回朝，将军便可独占成都。

王建心有灵犀，当即参见韦昭度，说："关东藩镇拥兵割据，李克用出兵威逼朝廷，此皆心腹大患。相公应尽早带兵回朝，护卫京师，安定社稷。请将西川军事交给末将，我一定替相公攻破成都，生擒陈敬瑄，献俘阙下。"

这一番说辞，正中韦昭度下怀。他当天即将西川节度使和招讨使印信符节交付王建，带领神策军踏上回京之路。

王建恭恭敬敬护送韦昭度至新都，跪在韦昭度马前，奉上送行酒，泪流满面地说："相公奉旨讨贼，奔波劳碌，风餐露宿，艰辛备尝，末将不胜感动。相公还要跋涉千里，蜀道艰险，旅途颠簸，请多保重。今日一别，不知何时能再见相公，真令末将肝肠寸断啊！"

听了这一席话，韦昭度不禁流下热泪，接过王建敬献的送行酒，一饮而尽，唏嘘说道："王将军重任在肩，平定西川的大业，全都拜托将军了！"

王建信誓旦旦地说："相公尽管放心，末将一定不负相公和朝廷重托，即便肝脑涂地，也要攻克成都，平定西蜀，报答朝廷和相公大恩！"

王建说罢，匍匐在地，失声痛哭。

为表赤诚，王建命王宗涤带领人马护送韦昭度。然而，韦昭度刚出剑门关，王宗涤便遵王建密嘱，将剑门关和巴蜀栈道严密把守起来，朝廷兵马再难进入剑南。这也意味着，王建摆脱了朝廷节制。

不久，王建猛攻成都，陈敬瑄、田令孜抵挡不住，不得不迎接王建入城，将西川军政大权拱手相送。

景福二年（893 年）四月，王建杀掉陈敬瑄和田令孜，朝廷遂晋封王建为检校司徒、成都府尹、剑南西川节度副大使知节度事、管内观察处置云南八国招抚等使。王建自此成为西川雄主，最终建立前蜀登基称帝。

昭宗大顺元年二月，雁门关以北的山川原野上，积雪刚刚开始融化，山岭背阴处依然白雪皑皑。塞外寒风吹来，山坡上的荒草枯茎，不停地瑟瑟抖动着。

雁门关至云州大道上，一队人马正在向北开进。走在最前面的是一支骑兵队伍，为首大将乃河渻团练使安金俊。

先锋骑兵后面，卫士擎着一面黑色大纛，上书"检校太师兼侍中河东节度使李"十三个大字。

在十几名将领簇拥下，三十二岁的河东节度使李克用骑在马上，左眼微闭，右眼圆睁，放射出灼人的光芒。

李克用的沙陀族与吐谷浑部落互相攻掠，世代为敌，仇恨甚深。李克用做了河东节度使，吐谷浑首领赫连铎为云州防御使。云州本属河东道管辖，赫连铎却与李克用不共戴天，双方摩擦不断，几次刀兵相见。

今次李克用北出雁门关，即是要攻打赫连铎。李克用命小弟李克宁镇守太原，自己带领大将盖寓和薛铁山、马步都校李存信、万胜军使申信、亲卫将军史俨、掌书记李袭吉等，从太原发兵，直奔云州。

云州防御使赫连铎得报，心中不免惊慌。李克用已今非昔比，他是朝廷赐号的功臣,职位之高,比肩三公。沙陀兵强马壮,锐不可当。赫连铎人马虽有三万之众,但云州一座孤城,势难久守。他便给幽州卢龙军节度使李匡威和汴州宣武军节度使朱全忠修书,派遣专使前往幽州和汴州求援。

幽州卢龙军节度使李匡威雄心勃勃,自以为兵强马壮,妄图称霸河朔,不断派兵南侵定州,向西攻掠云州、代州,因此与定州义武军节度使王处直、河东节度使李克用结下冤仇。定州义武军地面狭小,北有强敌不断入侵,南有镇州成德军节度使王镕虎视眈眈。王处直的兄长王处存生前任义武军节度使时,与河东节度使李克用修好,两家婚姻结盟,以抗击卢龙军和成德军侵扰。

李匡威接到赫连铎的求援书信,以为这是他扩充地盘、吞并代州的绝好时机,便满口答应出兵救援云州,并欣然同意与赫连铎、朱全忠联名上书朝廷,请圣上降诏讨伐李克用。

朱全忠更是一个野心勃勃之人,且他与李克用早就结下梁子。早在六年前,黄巢义军攻打汴州,朱全忠苦苦哀求李克用出兵相救。李克用带领数万沙陀铁骑,在中牟大败黄巢。朱全忠邀恩人李克用到汴州,说是要表达感激之情,为其补充粮草,却摆下鸿门宴,夜间派兵围攻上源驿,火烧驿舍,阴谋害死李克用,意图除掉这个将来与自己争夺天下的对手。李克用侥幸逃出汴州,自此与朱全忠成为冤家对头。

对赫连铎的请求,朱全忠当即满口答应,并说他会即刻出兵攻打潞州,要赫连铎发兵进攻代州,南北夹击李克用。

又一场混战拉开了帷幕。

云州城池已被李克用大军四面包围。

先锋将安金俊负责进攻东门。他刚被李克用擢拔为邢州团练使,一心要在此战抢得头功,以报答李克用知遇之恩。凌晨时分,他亲自带兵前往偷袭,和将士们趁护城壕结冰,滚动身体越过城壕,悄无声息地爬上城头。待守军发觉,安金俊已带领将士杀进城楼,将睡梦中的东门守将一刀杀死。

东门打开,河东兵马蜂拥入城。

赫连铎得知东门失守,忙派出三千精锐兵马增援,与沙陀兵展开巷战。

李克用命李存信带领五千人马前往东门入城，增援安金俊。

忽有探马来报：幽州节度使李匡威率领三万大军增援赫连铎，已攻占蔚州，正向云州进兵。

李克用马上命万胜军使申信率领骑兵，前往蔚州以西截击李匡威。

申信带领三千人马向云州东南疾驰，至恒山脚下扎营。次日，李匡威三万大军铺天盖地潮水般涌来，将申信营寨团团包围。申信无奈，只得硬着头皮与十倍之敌交战。

申信冲杀终日，身上多处重伤，所部将士大都阵亡，最后仅剩下十几个士卒，被幽州兵围住厮杀。李匡威骑马站在高坡上，向申信喊话："申将军，只要你归顺本帅，我一定厚待于你。"

申信无力再战，下马投降。

李匡威迅即率领人马西进，次日午时，前锋骑兵抵达云州城下，与正在入城增援安金俊的李存信人马厮杀起来。

李存信见幽州兵马甚多，心中惊惶。他顾虑李匡威截断后路，被城内外敌军夹击，便传令停止进城，速速撤退。

李匡威见李存信不敢交战匆忙退兵，便挥动大军猛冲猛杀，将沙陀兵杀得人仰马翻，争相逃命。李匡威命两万人马追击李存信，自己带领一部人马入城包抄安金俊。

李存信狼奔豕突，仓皇逃命，将士多半被俘，仅有千余人逃回大营。

安金俊正在云州城内与赫连铎巷战，背后突然杀来上万幽州兵。安金俊腹背受敌，寡不敌众，士卒伤亡殆尽。安金俊被云州兵和幽州兵围在一条小巷中，身中十数箭身亡，尸身倒地像是一只刺猬。

李克用正欲挥兵与赫连铎、李匡威决一死战，忽有潞州守将来禀报说：潞州发生兵变，牙将安居受杀死新任潞州节度使李克恭，投降朱全忠。朱全忠命河阳节度留后朱崇节为权知潞州留后，率领人马占据了潞州。

李克用惊怒交加，潞州是河东通往中原的门户，万万丢失不得。

盖寓进言道："眼下局势突变，李匡威、朱全忠出动大军进攻河东，潞州又生兵变,搅得将士人心不安。郡王应传令退兵,首先平定潞州之乱,安内而后攘外,待扭转危局之后,再收拾赫连铎。"

李克用以为盖寓言之有理,便命人马一边阻击赫连铎和李匡威,一边向太原撤退。

赫连铎和李匡威带兵紧紧追击,进逼代州、雁门关。

李克用回到太原,当即命大将康君立和李存孝率领人马夺回潞州,平定叛乱。

昭宗李晔陆续接到云州防御使赫连铎、幽州卢龙军节度使李匡威和汴州宣武军节度使朱全忠的奏疏,得知李克用被赫连铎和李匡威打得损兵折将大败而逃,朱全忠已派兵占了河东重镇潞州,心中很是高兴。三镇主帅一致请求朝廷下诏讨伐李克用,更是正对李晔的心思。

昭宗与宰相们决意削藩,而河东正是天下第一强藩。李克用不仅占着河东要地,而且兵强马壮,沙陀铁骑天下无敌,无人可挡。李晔对沙陀族首领李克用顾虑深重,心中不忘太宗遗训:"非我族类,其心必异。"李克用和王重荣曾以"清君侧"为名出兵关中,威逼京师,迫使僖宗再次离京逃难,昭宗也随着饱尝颠沛流离之苦。故而,河东李克用是昭宗削藩的首要目标。如今有了天赐良机,昭宗激情难耐,跃跃欲试,他马上在紫宸殿召来堂老和内四贵,商议讨伐河东之事。

紫宸殿乃是便殿,皇帝和大臣日常议事多在此殿。宰执大臣与皇帝商决国政,礼数要简便些,说话也较为随便。

昭宗让堂老们和两神策军中尉、两枢密使传阅了朱全忠、赫连铎和李匡威的联名奏疏,要他们对是否出兵讨伐李克用建言献策。

在韦昭度出任西川节度使、招讨使之后,杜让能被昭宗加封为太尉、太清宫使、弘文馆大学士、延资库使、诸道盐铁转运等使,成为首相。看到昭宗如此兴奋,他斟酌再三,还是说道:"神策军多是新近招募,未曾受过操练,更没有经过战阵,谈不上精壮,不宜与如狼似虎的沙陀兵交战;幽州李匡威和汴州朱全忠,嘴上说共同讨伐河东,实则各有打算,同床异梦。所谓联军,不过是乌合之众,很难打败强悍的河东军。即使联军能够击溃沙陀兵,河东之地也必被三镇瓜分抢占,同样非朝廷所有。眼下当求天下安定,不宜生事,望陛下三思。"

中书侍郎、同平章事兼兵部尚书刘崇望,是韦昭度带兵入川后擢任的宰相。他遇事沉着,曾做朝廷使者到河中说服王重荣从关中退兵,对王重荣、李克用有些好感,以为二人心中尚有"朝廷"二字。于是,刘崇望接着杜让能话头说道:"李克用是有功之臣,曾带兵入京勤王,为平定黄巢之乱立下首功。若是下诏讨伐,师出无名,难以服众。况且,出动神策军讨伐河东,胜败难料,万一出师不利,则朝廷危矣!"

昭宗面色变幻不定,却没有说什么。

宰相张浚不同于杜让能和刘崇望,他打定主意,力主出兵。当然,他自有盘算。一是李克用早先就看不起张浚投机取巧、卖主求荣、背叛杨复光投靠田令孜。因张浚自比谢安石和裴度,故李克用曾说张浚"好虚谈而无实用,倾覆之士也。主上采其名而用之,他日交乱天下,必是人也"。张浚对此怀恨在心。若朝廷出兵讨伐李克用,正是他公报私仇的好时机。其二,若他以宰相身份带兵出征,即可将兵权握于手中,南衙的权势就会超过北司宦官,有利于排挤权势熏天的杨复恭,进而改易宦官擅权的朝局,达成他与昭宗抑制宦官的谋划。其三,昭宗一心一意削藩,张浚力倡出兵讨伐藩镇中势力最强的河东,必合圣意,利于巩固他在朝中的地位。

于是,张浚大义凛然地说:"先帝再幸山南,就是被李克用沙陀兵威逼所致。臣常常忧虑李克用和河朔藩镇联手,与朝廷分庭抗礼,使朝廷难以辖制。如今河南河北藩镇共同请求讨伐河东,正是难得之良机。若现在不乘机讨伐河东,将来必后悔无及。请陛下命臣带兵出征,臣可放言,旬月之间河东可平。"

话音刚落,却见杨复恭冷冷地瞥了张浚一眼,道:"先帝播迁山南,虽因藩镇跋扈,亦因朝中大臣处置军国大事不当所致。如今韦堂老正带兵围攻成都,胜负尚未见分晓,朝廷不宜再出兵河东,另启战端,以免动摇天下,损耗国力,涂炭生灵。"

杨复恭和已故兄长杨复光与李克用父子称得上世交,当初正是由于杨复光的保举,李克用才得以进兵关中,战败黄巢,收复京师,建立大功。自然,杨复恭极力反对出兵讨伐李克用。

两位枢密使和右神策军中尉见"内四贵"之首杨复恭发了话,也跟着振振有词地反对出兵讨伐李克用。

昭宗见宰执大臣反对讨伐河东者居多,有些灰心,也不甘心。他有意转向张浚,问:"李克用有平定黄巢之乱、收复京师的功劳,如今趁其刚刚打了败仗身处危局之时加以讨伐,天下人会如何看朕?"

张浚还未张口,迁直宰相孔纬着急了,抢先回答:"陛下所顾虑的是一时体面,而张堂老说乃是万世之利。昨日臣计算了朝廷用兵、运送粮草和犒赏将士所需钱粮,即使战事延续一两年,帑藏也不至于匮乏。一旦张堂老率神策军渡过黄河,李克用必然溃败,眼下只须圣上决断便可。"

昭宗心里原本就想削弱李克用势力,此刻有孔纬、张浚两位宰相坚主出兵讨伐,心下暗喜,便顺水推舟说道:"讨伐河东之事,就交给孔爱卿和张爱卿去办。二位爱卿要不辱使命,不可让朕蒙羞。"

不日,昭宗便下诏削夺李克用职爵,收回朝廷所赐姓氏,敕命张浚为河东行营兵马都招讨制置宣慰使,京兆尹孙揆为招讨副使兼潞州昭义节军度使,华州镇国军节度使韩建为都虞侯兼供军粮料使。同时,诏命宣武军节度使朱全忠为太原南面招讨使,镇州成德军节度使王镕为东面招讨使,李匡威、赫连铎为北面正副招讨使,共同出兵讨伐河东。

二十六　一箭双雕

昭宗大顺元年五月二十七日，张浚率领神策军五十二都兵马开拔，征讨河东，昭宗在皇城安上门城楼（亦称安喜楼）设宴，为张浚饯行。南衙宰相大臣和北司"内四贵"宦官赴宴，为张浚、孙揆送行。

酒过三巡，张浚请昭宗屏退众臣，对昭宗奏道："陛下英明睿智，却处处受制于强臣，臣为此日夜不安，痛心疾首，这种日子不会太久了。陛下，让我先替您除掉外忧，而后再铲除内患！"

昭宗心知肚明，张浚所说的"内患"，自然是指专制朝政的宦官杨复恭等人，不由微微点头。

此时在昭宗身边侍奉的，正是杨复恭的心腹小宦官。张浚的秘奏不多时便被禀报给了杨复恭。

杨复恭万分恼怒，心中暗暗发誓：绝不能让张浚得逞！

依照惯例，左右神策军中尉要到长安城东长乐坡为出征统帅送行。杨复恭也不例外，在长乐坡设宴，送别张堂老。

宴会上，杨复恭手持酒杯向张浚敬酒，客客气气说道："张相公挂帅出征，定会马到成功。请堂老满饮此杯！"

此时的张浚，满以为兵权在握，平定河东后班师回朝，便可将杨复恭之流阉官铲除干净，便不愿与杨复恭周旋，竟毫不客气地拒绝道："圣上在安喜楼赐宴，我已喝醉了。待我平定了河东,凯旋回朝再喝这杯酒吧!"

杨复恭见张浚张扬跋扈不可一世的模样,暗自发笑,讥讽道:"张相公手握尚方宝剑,持天子节钺率领大军出征,何必扭扭捏捏连一杯酒都不肯喝呢? 看来,堂老是一点面子也不肯给了?"

张浚却越发放肆,说道:"张某班师回京之日,你便知何为扭扭捏捏了!"

杨复恭仰头将杯中酒一饮而尽,哈哈大笑道:"张相公,在下专候你得胜回朝!到那时,我杨某人在此设宴为你接风洗尘,庆祝凯旋!"

二人话不投机,匆匆而别。

张浚统领五十二都神策军,行军半月,六月中旬抵达晋州,与奉诏讨伐河东的华州镇国军、邠州靖难军、鄜州保大军、夏州定难军以及凤翔府等诸镇兵马会师,浩浩荡荡开赴太原。

潞州叛将安居受,得知河东大将康君立和李存孝率领一万五千人马前来平叛的消息,大为震恐,慌忙携带金银,和几个心腹卫士一道出城逃跑。

出城不久,安居受一行遇上兵变中溃散的十几个士卒。这些散兵游勇见财起意,为首者发一声喊,众人赶上去将安居受和几个卫士杀死,劫了财货,逃往山中去了。

潞州另一叛将冯霸,带领一帮弟兄在山林安营扎寨,招兵买马。他听说安居受逃出潞州,城内无人主事,便带着自己网罗的一帮人马开进潞州,住进军府,自称节度留后。

待康君立和李存孝带领人马到达潞州城下,冯霸自知抵挡不住,趁康君立安营扎寨之机,派出飞骑前往汴州,请求朱全忠派兵来援。

朱全忠命大将葛从周带领千名骑兵,经壶关星夜驰往潞州。朱全忠还另派河南留守、佑国军节度使张全义和大将朱友裕,带领人马进抵泽州以北,策应李谠、李重胤、邓委笄大军进攻泽州。

葛从周冲破河东军营阵,进入城内,与冯霸联兵守城。

李谠、李重胤、邓委笄率领人马,攻向泽州城。

朝廷和诸镇兵马讨伐李克用的大战,在南线打响。

河东北面战场,李匡威、赫连铎在雁北向河东军猛烈进攻。赫连铎带领两万吐谷浑兵马,从云州一路攻克朔州、雁门关,直逼太原西北重镇岚州。李匡威夺取代州,兵锋直逼太原。

张浚率领神策军和诸镇联军五万人马驻扎晋州,命韩建带领本镇一万人马为先锋,北上攻占阴地关,从西南面直捣太原。

黑云压城城欲摧,四路讨伐大军进逼太原,河东岌岌可危。

议事厅内,李克用与盖寓、薛铁山、李存信、李袭吉等文武僚佐,连夜商议应敌之策。

因为天气燥热,薛铁山脱掉上衣,袒胸露背,胸前黑乎乎的长毛生得蓬勃兴旺。他用上衣襟擦了一阵汗水,恨恨地骂道:"李晔全不念大帅哥哥勤王平乱、收复京城的功劳,恩将仇报,居然下诏命神策军和诸镇兵马讨伐河东,气死我了!"

李存信愤愤不平地说:"那个狼心狗肺的朱温,居然打着朝廷旗号,派出三路人马来抢占地盘,真是黑白混淆、是非颠倒,天下没有一点点公道了!"

薛铁山:"早晚有一天,大帅哥哥带领咱们杀进京城,将宰相堂老一帮鸟官扒皮抽筋!俺还要问问小皇帝,他的良心是不是叫狗吃了?"

李克用那只小眼睛瞪得溜溜圆,手指着薛铁山斥道:"胡说!你竟敢对圣上如此无礼?真是目无王法!还不给我下去!"

薛铁山气呼呼地站起身,大步流星走出门去,黑塔般的身躯卷起一阵风。

李存信等见薛铁山受到呵斥,便低下头不再言语,厅内一时寂静无声,显得异常沉闷。

李克用平静下来,询问盖寓:"仆射有何高见?说来听听嘛!"

盖寓将几案上的一把茶壶摆在中央,说:"这是太原。"又把两只茶碗摆在茶壶北面,说,"这是赫连铎、李匡威。"接着,他在茶壶南面摆上两只茶碗,说道,"东南面是汴州兵,西南面是张浚带领的联军。敌军人多势众,四面来攻,咱们如何应付呢?"

众人都不吭声,一个个瞪圆了眼睛看着几案上的茶壶、茶碗。

盖寓接着说:"赫连铎有一万多兵马,李匡威三万人马,三股汴州兵合起来一万有余，张浚联军有五万之众。四路大军，共计十一万。我河东统共六万人马，若四面同时出击，是最笨的战法。咱们兵力不够，分兵乃下下之策，不仅难以取胜，且有被各个击破的危险。"

李存信有些忍耐不住，焦急地催促道："你就说怎么个打法吧！"

盖寓并不着急，款款说道："这四路大军中，哪一路是咱们的死敌？即是说，哪个是拼死也要和咱打到底呢？"

李克用端起茶壶西北方的茶碗，将茶水"咕嘟嘟"一饮而尽，抹了一下嘴巴，说道："赫连铎的吐谷浑部落，世世代代与沙陀为敌。沙陀和吐谷浑在同一块地盘上，一山不容二虎，有他无我，有我无他。不灭掉赫连铎，河东便不得安宁！"

众人纷纷说："连帅说得对！"

盖寓接着说："四路敌军中，赫连铎是出头鸟，这场争战原就是赫连铎挑起的。只要打败了赫连铎，灭了吐谷浑，釜底抽薪，李匡威在河东就待不下去了。朱温虽兵强马壮，是咱们的劲敌，可他眼下正与朱瑄、朱瑾争夺郓州、兖州，抽不出更多人马来攻河东。只要北面赫连铎和李匡威败了，朱全忠便不敢进攻太原。至于张浚统领的联军，虽人马众多，不过是乌合之众。神策军号称天子禁军，可皆是临时招募而来。邠宁、鄜州、夏州和凤翔兵马，不过是应付朝廷做做样子，必是一触即溃，逃跑得最快。"

听到这里，李存信等人哈哈大笑起来，沉闷气氛一扫而光。

李克用一拳砸在几案上，震得茶壶茶碗"叮叮当当"跳起舞来，咬牙切齿地说："先北后南，灭了赫连铎，逼退李匡威，而后回过头来，打垮朱温的汴州兵，剩下的就是追击张浚联军了！"

众人纷纷附和。李克用随即议定，义子、马步都校李存信带一万兵马，增援岚州，阻截赫连铎；薛铁山率五千人马为先锋，前往代州迎击李匡威；李克用和盖寓、李袭吉统带两万大军，随后向代州进兵，迎击李匡威。

岚州小城，只有百十户人家、两千名守军，且城池简陋，经不住赫连铎两万强兵猛攻，城池很快陷落。待李存信带领人马赶到岚州城下，赫连铎已牢牢占据城池，且在城外安扎了吐蕃军和黠戛斯部落两座大营，布成掎角之势。

李存信挥兵猛攻，赫连铎坚守城池，两军展开激战。吐蕃军和黠戛斯部落乘机包抄李存信后路，"嗷、嗷"怪叫着从河东军背后杀来。赫连铎见状，率领吐谷浑部落人马，人人手执弯月似的胡刀，从城内杀将出来。

李存信被三路胡兵围攻，寡不敌众，赶忙撤退。吐谷浑、吐蕃和黠戛斯部落全是骑兵，飞奔起来如同风驰电掣，追杀得河东兵积尸盈野，血流满川。李存信和护卫亲兵拼命逃奔，一口气跑出四十里，方停下脚步，清点人马，拢共剩下不足两千将士。

李克用刚刚抵达忻州便接到李存信败报，急命大将李嗣源率三千骑兵驰援岚州。

李嗣源一路飞奔，一个昼夜便来到岚州城东南，恰与赫连铎大军遭遇。李嗣源不知李存信下落，以为他可能仍被包围在岚州城下，便身先士卒，猛冲猛杀起来。

李嗣源的一把开山钺，重达百斤，碰上者死。赫连铎命弓弩手向李嗣源射箭，飞蝗般的箭支向李嗣源倾泻而来，他身上连连中箭，如同一只刺猬。李嗣源忍着剧痛，吼声如雷，舞动开山钺斧，像砍瓜切菜似的，一连杀死几十个云州兵。沙陀骑兵见主将大发神威，个个血脉偾张，杀性大起，像刮起一股沙漠风暴，将云州兵冲得五零七散，漫山遍野都是尸体。

兵败如山倒。赫连铎的兵马和吐蕃、黠戛斯部落人马争相逃命，自相践踏，如同被大火烧了老巢的一群马蜂。赫连铎声嘶力竭地叫喊着、怒骂着，然而，似乎没有人听得见。云州兵四散奔逃，转眼间踪影全无。赫连铎徒唤奈何，只得策马逃走。

吐蕃和黠戛斯部落本就是趁火打劫来的，见赫连铎一败涂地，便像兔子一般迅疾逃走了。

会同李存信进驻岚州城后，李嗣源奉命返回忻州，随李克用迎击从代州南下的李匡威卢龙军。

李匡威带领三万幽州兵马，一路接连攻占蔚州、繁峙、代州等地，接着挥军南下忻州，预备与赫连铎在太原城下会师，一举攻占太原，吞并河东，称霸河朔。

李克用带领大军进驻崞县，命薛铁山统带五千人马守卫石门关。

李匡威进至石门关，见薛铁山带兵严密防守，便在关外扎营。

次日，李匡威命先锋大将刘仁恭带领五千人马攻关。

石门关正当代州至忻州咽喉通道，是李匡威南下忻州攻打太原必经之路。关西侧是山峰高地，东侧是宽达百步的一条大河，名曰滹沱河。此时正值夏季，河水暴涨，水深流急，不可徒涉。

刘仁恭带领先锋人马攻至关前，薛铁山命五百名弓弩手轮番射箭，幽州士卒纷纷中箭倒地。刘仁恭顾不得许多，督催将士爬上山坡逼近关门，关上的河东兵用滚木礌石将幽州兵砸得脑浆迸裂筋断骨折。

刘仁恭连攻三阵，损失千余人马，却未能靠近关门一步，只得退回营寨。

李匡威大怒，斥骂道："你这个'刘窟头'，看来只会挖地道。一个小小的石门关，居然白白损失我一千多人马，真是个酒囊饭袋。来人，把刘仁恭推出去砍了！"

四名武士应声跨进帅帐，将刘仁恭捆绑起来。

谋士李抱贞赶忙劝解道："当年尊府南取易州，久攻不下，刘将军带兵日夜挖掘地道，突进城内，夺取易州，立下大功。为此，尊府夸奖刘将军，称他绰号'刘窟头'。看在尊府面上，还是让刘将军戴罪立功吧。"

李抱贞所说的尊府，便是李匡威之父、幽州卢龙军原节度使李全忠。李全忠死后，李匡威继承父位，做了幽州节度使。

李抱贞是李匡威心腹谋士，李匡威不愿拂了他的脸面，便恨恨地对刘仁恭说："看在李判官面上，权且饶你一条狗命，许你戴罪立功。若明日再拿不下石门关，提头来见！"

刘仁恭尽管心中不服，口中也只得连连说道："谢连帅不杀之恩！"

次日黎明时分，刘仁恭和将士们饱餐一顿，开始攻关。

薛铁山以逸待劳，故伎重演，用弩箭和滚木礌石将幽州兵杀退。

刘仁恭督催将士再次进攻，刚刚抵达关城之下，突然从西面山坡上冲下来许多人马，却是李嗣源奉了李克用之命，带领人马前来侧击刘仁恭。

刘仁恭急忙掉转马头迎战李嗣源。沙陀兵居高临下，如同猛虎下山，将幽州兵冲得溃不成军，纷纷向东面溃逃。

恰在此时，薛铁山带领沙陀铁骑冲出关来，两面夹击刘仁恭。

滹沱河水奔腾咆哮着，向西南方汹涌而下。幽州兵被沙陀铁骑紧紧追杀，慌不择路，"扑通、扑通"跳进湍急的河水中，很快便被冲走，黑压压的尸体漂浮在水面上，顺流而去。

刘仁恭逃至滹沱河边，回头看去，身后只有五六名卫士跟随。

李嗣源追了上来，他认出是当年挖地道攻进易州城的名将刘仁恭，便勒住马头，向刘仁恭抱拳施礼道："刘将军别来无恙？我家主帅仰慕将军大名，可否屈尊前往一见？"

此时刘仁恭被层层围困，插翅难逃。他心中知道，即使逃回李匡威大营，也难免一死。既然李克用相邀招降，"识时务者为俊杰"，暂且投靠李克用，也可逃过眼前这一劫，或许有出人头地之日也不好说。

刘仁恭翻身下马，拜倒在地，说道："败军之将，谢过大将军不杀之恩！"

李嗣源、薛铁山带刘仁恭来到崞县，李克用热情相迎，摆设宴席，为刘仁恭接风洗尘。幕僚将领盖寓等人轮番敬酒，对刘仁恭开诚相见。

刘仁恭千恩万谢，信誓旦旦地说要鞍前马后追随，即便是上刀山下火海，粉身碎骨肝脑涂地，也在所不辞。

李克用朗朗大笑，当即任刘仁恭为河东镇将，赐给良田一千亩，太原豪宅一处。

刘仁恭拜伏于地，呜咽流涕，长跪不起，向李克用请求带领先锋人马反戈一击，攻打李匡威营寨，以报大恩。

盖寓趁热打铁，对李克用道："今日可夜袭李匡威营寨。李匡威自以为有十几万大军，又是奉朝命讨伐，定然马到成功。他定想不到咱会出兵石门关外，偷袭他的大营。咱们就给他一个出其不意！"

石门关东北十五里处的幽州兵大营，李匡威与两个营妓宣淫之后刚刚入睡，忽听人喊马嘶，号角齐鸣，知道大事不好。可他浑身酸痛，头脑昏昏沉沉，几乎动弹不得。两个营妓吓得吱哇乱叫，躲在角落里瑟瑟发抖。

盖寓人马杀进大营，无数幽州兵来不及披戴盔甲，便丢了脑袋。

李匡威的卫士们慌慌张张闯进帅帐，拖出李匡威，把他扶上马，仓皇向北逃窜。

盖寓带领沙陀兵放火焚烧营帐，一时火光熊熊，照耀得满天通红。幽州兵乱哄哄像一群群没头苍蝇，东奔西窜，胡乱逃命，多被沙陀兵杀死，或跪地投降。一些侥幸逃出营寨的将士，惊慌之中奔至滹沱河边，又被薛铁山带领人马截杀。有幽州兵跳进河中逃命，转眼间被河水冲走，不见了踪影。

李匡威和儿子李仁宗刚刚逃出营寨，却被李嗣源和刘仁恭兜头截住，只得拼命逃窜。李嗣源和刘仁恭紧紧追杀，李匡威吓得魂飞魄散，掉转马头向东逃去，正碰上杀人魔王薛铁山。

薛铁山将一条狼牙棒横在胸前，高声叫道："李匡威小儿，快快下马受死！"话音未落，便举起狼牙棒向李匡威打来。

李仁宗连忙挺枪迎战。李匡威走投无路，策马冲进滹沱河激流之中。

薛铁山挥动狼牙棒，一下子把李仁宗打落马下，沙陀兵一拥而上，将其捆绑起来。

薛铁山骑在马上，望着滔滔河水，见李匡威时沉时浮，狼狈之极，不由哈哈大笑道："李匡威小儿，自己到东海喂鱼鳖去吧！"

他以为李匡威必被汹涌的河水淹死无疑，哪承想李匡威坐骑通水性，竟驮着他游向东岸，转眼间消失在黑暗之中。

薛铁山好不气恼，高声叫骂道："李匡威，下次碰上我，定将你碎尸万段！"

在李嗣源追击之下，赫连铎带领残部逃进大漠深处，此后再也不敢窥视河东。

李承嗣带兵进占云州，扫平了雁北。

李匡威逃回幽州，李存璋一路追击，占领了代州、蔚州，直至幽州边境，方停下来扎营屯驻。

雁北大捷，李克用统带大军掉头南下，迎击张浚联军。

汴州骁将葛从周带人马突入潞州城之后，被河东军围困日久，城内粮草不济，军心涣散。葛从周惧怕生变，派人突出城去向朱全忠求援。朱全忠大军正在郓州、兖州与朱瑄、朱瑾兄弟激战，抽不出兵力救援潞州，便心生一计，修书一封派使者前往晋州面呈张浚。他在信中冠冕堂皇地说："我已派人守卫潞州城池，请张相公命潞州昭义节度使孙揆赴任，接管潞州。"此实乃朱全忠一箭双雕之计，他将这只烫手山芋扔给朝廷,让孙揆与李克用为争夺潞州厮杀,自己既可以坐山观虎斗,坐收渔人之利,又显出毫无私心,对朝廷忠心无二。

张浚正担心朱全忠占据潞州,接到他的书信,心中暗喜,当即拨给孙揆三千人马,命他赴任潞州昭义军节度使。

孙揆带领人马,排开朝廷赐予的旌节仪仗,身穿长袍大袖官服,乘坐华盖高车,前呼后拥威风凛凛地向潞州开进。

傍午时分,孙揆前卫人马进入长子县西山谷,仪仗队高举着一面"潞州刺史昭义节度使河东行营都招讨副使孙"黑字大旗。孙揆乘坐的辎车前面,一队乐伎吹吹打打,演奏着《破阵乐》。辎车后面,朝廷敕使韩归范骑在一匹棕色川马上,摇晃着身子,昏昏欲睡。

韩归范是朝廷派到晋州宣布孙揆任潞州昭义节度使敕命、授予旌节的敕使,本已完成使命,应打道回京,张浚和孙揆为震慑潞州军民,便极力挽留韩归范留下来,随孙揆到潞州,以显示孙揆乃天子钦命的藩镇节帅,官军已经收复了潞州。

孙揆坐在辎车上听着乐曲,正要进入梦乡,忽听一阵战鼓雷鸣,号角呜咽,山坡上冲下来无数沙陀兵,一下子把孙揆、韩归范的仪仗队和亲兵冲得五零七散,像无头苍蝇一般乱跑乱撞。

原来,李存孝早得到探报,亲自带领三百名骑兵抄小道潜至西山谷中,隐蔽下来,等待伏击孙揆。

李存孝号称河东第一猛将,身披重铠,腰悬弓箭,髀间一支长槊,手中一柄铁挝,万人莫敌,所向披靡。

李存孝舞动铁挝,碰上者非死即伤。孙揆的两个镇将,顷刻之间丢了性命。牙兵们一见,个个心胆俱裂,惊慌逃命。后面的神策军,多是刚刚招募而来的乞丐或市井无赖,见牙兵纷纷逃跑,顷刻崩溃,呼啦啦四散奔逃。

李存孝一路追杀四十里,直追至刁黄岭,将牙兵全部杀死,神策军将士大多做了俘虏,孙揆、韩归范被生擒。

孙揆被押至太原,李克用以礼相待,诚恳邀请他留下来,充任河东节度副使。

孙揆却十分硬气,高声说:"我乃朝廷大臣,兵败身死,命该如此,岂能屈身侍奉逆臣!"

李克用勃然大怒,叫道:"来人! 将孙揆推出去,锯成两半!"

刽子手将孙揆捆绑在木桩上,开始用锯木头的锯子锯解孙揆,但是费尽力气,锯条也无法拉进柔软的肌肉中去。

孙揆面色如常,嘲骂道:"死狗奴! 锯人要用木板夹,连这都不知道吗?"

刽子手找来两块木板,夹住孙揆身子,用锯再拉,果然奏效。孙揆忍着剧痛,破口大骂,直至气绝。

宦官敕使韩归范可没有孙揆那般硬骨头,向李克用跪求饶命。李克用正要他带回给朝廷的申冤奏书,便饶他不死,让他带上奏书回京去了。

汴州大将李谠、李重胤和邓委筠带领一万人马,围困泽州两个月之久,泽州刺史李罕之坚不出战。

泽州城内粮草断绝,李罕之急得像是热锅上的蚂蚁,连连向李克用告急,李克用命李存孝带领五千精锐骑兵驰援泽州。

李存孝驰至泽州城下,正碰到汴州兵在城外叫骂:"如今张浚相公围了太原,葛从周将军占了潞州,不出十日,沙陀就是挖穴也无处藏身。到那时,看你等如何求生!"

李存孝顿时怒不可遏,挥动五百名骑兵直冲敌阵。

李存孝手舞铁挝,沙陀铁骑的胡刀寒光闪闪,恰似一阵狂风横扫过去,汴州兵四散奔逃,惊恐地喊叫着:"快逃命吧,沙陀鸦儿军来啦!"

汴州兵关闭营门,再不出战。

李存孝便命将士们整日在汴州兵营门前骂阵:"我等就是沙陀求穴自藏的人,想捉汴州兵充饥,快让肥胖一些的出来交战!"

汴州大将邓委筠性情刚烈,听了沙陀兵的叫骂,气得肚皮都要炸了。邓委筠本是黄巢义军骁将,在朱温麾下转战万里,所向无敌。此刻,邓委筠忍无可忍,带了五百人马,出营与李存孝交战。

邓委筠挥舞着一杆银枪,气势汹汹杀来,照准李存孝胸口猛刺。李存孝闪过身,用铁挝往邓委筠腰间轻轻一扫,邓委筠翻身落马,重重摔在地上。沙陀兵抢上前去,将邓委筠活捉。

李存孝挥军掩杀,邓委筠五百人马或死或降,仅有几十名士卒逃回营寨。

李谠、李重胤紧紧关闭寨门,不敢出战。二人在帐中愁眉苦脸,束手无策。

李重胤说:"李存孝骁勇无敌,我等不可与之争锋。大军久困泽州城下,若李存孝和李罕之内外夹攻,我等矣休! 不如暂且退兵,保全将士性命,来日再图反攻。"

李谠思虑再三,别无良策,只得乘着夜色,与李重胤带着人马悄悄退出营寨,逃向河阳。

天亮之后,李存孝得知李谠、李重胤已经带领人马逃走,便与李罕之一同追来。

李谠、李重胤刚刚逃至马牢山,李存孝、李罕之两路大军追到,将汴州兵杀得落花流水。数千汴州兵放下兵器,乖乖地做了俘虏。

李谠、李重胤侥幸逃回河阳,检点人马,仅剩下两千将士,损失达一万三千余众。

朱全忠恼羞成怒,召集众将,当众斥责李谠、李重胤:"你二人不遵军令,损兵折将,辜负了我,按军法斩首示众!"

李谠、李重胤在河阳桥被斩。

泽州之围解除,李存孝乘胜北上,助康君立围攻潞州。

葛从周久困潞州城内,得知邓委筠被俘,李谠、李重胤兵败被处斩,援军已绝。如今李存孝带领沙陀骑兵前来攻城,再困守城池只能一败涂地。于是,他星夜带领人马出城,逃回河阳。

李存孝、康君立进驻潞州,李克用当即任康君立为潞州刺史、昭义军节度使。

潞州、泽州之战,李存孝活捉孙揆、邓委筠,大败李谠、李重胤,斩俘万计,自以为功勋卓著,而康君立寸功未建,却升任节度使。李存孝气愤难平,蒙头大睡几日,饭也吃不下去了。

张浚联军滞留晋州、阴地关三个月之久,虽说韩建先锋人马占了阴地关,前锋逼近汾州,可数万讨伐大军粮草不济,几至断粮,已无法进攻太原。

出征前张浚言之凿凿地对昭宗说,朝廷钱粮可支撑两年之久。此言与实情其实大相径庭。

首先，朝廷财赋来源几近枯竭。江淮争战不已，财赋早已不再输入京师；靠长江、汴水输送的江南、湖湘等地贡赋，被阻于扬州而不能送达两京；两浙、江西方镇互相攻杀，战乱不休，再加运河航运受阻，输送贡赋已无从谈起。其次，东西两川和山南西道，山高皇帝远，陈敬瑄、王建等互相攻并，战火弥漫，早已断绝贡赋输送。

再看关东各镇。河南府、河阳、汴州宣武军奉诏出兵讨伐河东，朱全忠大军正在进攻郓州、兖州、徐州，粮草自用尚且不足，何谈向朝廷输纳？而兖州节度使朱瑾、郓州节度使朱瑄和徐州节度使时溥，忙于应付朱全忠侵逼，对朝廷听任朱全忠吞并邻镇怨气冲天，既无心也无力向朝廷输送税赋。

河朔藩镇之中，魏博节度使罗弘信和镇冀节度使王镕，奉朝廷之命出兵讨伐河东，要自备粮草，自然不须再向朝廷缴纳贡赋。幽州节度使李匡威，南侵易州，西征河东，年年用兵，岂会向朝廷输纳赋税？定州节度使王处存，与李克用系儿女亲家，自不愿助朝廷讨伐河东。况且，定州义武军仅辖两州，地面狭小，却要抵御幽州卢龙军和镇州成德军南北两面入侵，战事连连，同样既无心也无力输纳贡赋。

再看关西方镇。华州、鄜州、夏州、邠州、凤翔府皆奉朝命出兵讨伐河东，不仅不须再缴纳贡赋，且可名正言顺地要朝廷供给粮草军饷。剩下一个京兆府所辖京畿数县，能缴纳多少财赋？京城之内，皇族、宫女、宦官数万之众，京朝官吏、六军十二卫将士又是十万之众，巨额粮饷耗费全赖京畿州县，早已是寅吃卯粮竭泽而渔了。

张浚讨伐大军出动之后，宰相杜让能百般筹措粮草，整天忙得焦头烂额，依然捉襟见肘，概巧妇难为无米之炊也！他想从禁军和后宫的供料中酌减几分，首先遭到杨复恭等"内四贵"批驳。杨复恭说："六军十二卫乃天子禁军，若是惹得将士怨恨，激起兵变，京师震荡，危及朝廷，罪责何人承当？"

昭宗也以为杨复恭言之有理。六军十二卫，尤其神策军，待遇优厚，骄横成习，眼下已是供料不足，若再加缩减，万一生出变乱，后果难料。于是，他对杜让能说，后宫和禁军的供料就不必再减了。

杜让能为筹集粮饷，日夜在政事堂办公，三个月没有进家门，仍然无济于事。

数万大军人吃马喂，一日不可或缺。张浚连章催促毫无结果，急得像热锅上的蚂蚁，团团乱转。他忽地异想天开，要向魏博节度使罗弘信和镇冀节度使王镕求助。

罗弘信和王镕虽然乐见李克用被削弱，却不愿其被灭，河东被朝廷直接控制。那样一来，魏博和镇冀就失去了屏障，朝廷削藩的下一个目标就轮到他们了。于是，罗弘信和王镕皆说连年灾害，粮食歉收，如今奉朝命出动大军讨伐河东，粮饷不足，请朝廷从国库中拨充，以解燃眉之急。实则，魏博和镇冀牙兵只是待在边境，压根儿没有踏进河东一步。

张浚无奈，最终横下心，逼迫蒲州两个盐池预交明年税银，总算可以购买一些粮草，分发给各军，勉强维持下去。

危机暂缓，张浚即命韩建带领先锋人马，火速向太原进兵。

此时情势已不同往日，李克用已经打败赫连铎、李匡威，又在泽州大败李谠、李重胤，收复了重镇潞州，四路讨伐军仅剩下张浚联军，李克用可以从容应对。

见张浚联军从阴地关、晋州排列至蒲州、蒲津关，成一字长蛇阵，盖寓便向李克用提议，派出精锐人马，直插阴地关和晋州之间，将这条长蛇拦腰斩断，使其首尾不能相顾，而后再一口一口吃掉。

李克用即命大将薛铁山、李承嗣率领三千兵马袭占洪洞县，李存孝带五千人马占领赵城，将阴地关和晋州完全隔断，自己则亲率领大军从太原直指阴地关，先灭掉韩建前锋人马，再围攻张浚的晋州大本营。

见沙陀兵攻占了赵城和洪洞，韩建知道自己的后路已被截断，况且李克用大军又向阴地关扑来，他担心自己被沙陀兵围歼，便急忙挑选了三百精锐士卒，在夜间偷袭李存孝营寨，以期打通退路。

不料李存孝早有防备。韩建突进李存孝营寨，里面空空如也，不见一个人影，情知中计，连忙喝令退兵。此时突然传来"呜呜"的牛角号声，沙陀兵举着灯笼火把，从四面八方"嗷嗷"吼叫着杀过来。韩建的三百士卒，在沙陀兵面前如同豆腐渣一般，霎时被砍杀殆尽。

韩建在几名亲卫骑兵护卫下，拼死冲出营寨，逃向晋州。邠州兵和凤翔兵如同丧家之犬，轰然溃散。鄜州兵、夏州兵也随着邠州兵和凤翔兵一路狂奔，从蒲津桥渡过黄河,逃回老家去了。

李存孝和薛铁山、李嗣源马上挥兵南下,包围晋州。

韩建逃回晋州城内时只带回几名骑兵卫士,而张浚在城内的兵马,也仅剩下万余名神策军,其余联军人马轰然而逃。张浚无奈,只得下令关闭城门,无军令不得出战。

晋州乃河东重镇,城池坚固,易守难攻,河东军一时难以攻克。李存孝遂南下攻占绛州。

张浚和韩建乘李存孝转兵南下之机,连夜出城逃跑。晋州西、北、东三面,皆有薛铁山和李嗣源带领的沙陀兵,通往蒲津桥的道路已被截断,张浚和韩建只得从南门逃出晋州,经含口向东南翻越王屋山,一口气逃至河阳。

河东兵马一路追杀,张浚联军死伤殆尽,到达河阳者不足千人。

张浚唯恐河东军追来,传令拆毁民房,强取木料,制成木筏,匆匆摆渡过了黄河,逃往长安去了。

韩归范忐忑不安地回到京城,向昭宗呈上李克用奏表。

表曰:"臣父子三代,受恩四朝,破庞勋,翦黄巢,黜襄王,存易定,致陛下今日冠通天之冠,佩白玉之玺,未必非臣之力也!若以攻云州为臣罪,则拓跋思恭之取鄜延,朱全忠之侵徐、郓,何独不讨?赏彼诛此,臣岂无辞!且朝廷当阽危之时,则誉臣为韩、彭、伊、吕;及既安之后,则骂臣为戎、羯、胡、夷……"

昭宗张口结舌,半晌说不出话来。

不日,张浚大败而归,丧师殆尽,昭宗沮丧、恐惧之感顿生。他懊悔决断失误,以致削藩谋划付诸东流,连辛辛苦苦重建起来的神策军也损失大半。他忧惧一旦李克用挥兵入关,向朝廷问罪,关中藩镇难免生出觊觎之心,乘机谋叛,则天下分崩朝廷倾覆便为期不远了!

昭宗越想越怕,整日惶惶不安,杨复恭趁机奏道:"李克用原本并无危害朝廷之心,只是张浚刚愎自用,穷兵黩武为己树威而已。如今他丧师失地,使朝廷蒙羞,该当何罪?老奴请大家下诏,罢免张浚、孔纬,恢复李克用国姓和原有官爵,抚慰河东将士,以安定天下。"

宰相杜让能、刘崇望皆表赞同。

昭宗别无良策，只得颁诏，恢复李克用原有职爵及其国姓，并加封守中书令；孔纬贬为荆南节度使，张浚贬为鄂岳观察使；为填补空缺宰相职位，制命翰林学士承旨、兵部侍郎崔昭纬同平章事；御史中丞徐彦若为户部侍郎、同平章事。

孔纬离京赴任鄂州，然而，刚出长安城到长乐坡，便遭杨复恭派出的武士打劫，毁掉节仗，撕破旌旗，诰身和川资行装被劫走。孔纬仅保住一条性命，无法赴任，只得在关中流浪。

李克用得知张浚、孔纬被朝廷任为节度使、观察使，依然位高权重，以为此乃祖护包庇，敷衍塞责，便上表拒绝奉诏。

杨复恭遂面奏昭宗："孔纬、张浚虽罢去相位，却改任方镇节帅，官高位显，李克用岂能咽得下这口气？若他带兵入京，向张浚、孔纬问罪，如之奈何！"

昭宗和宰相们面面相觑，谁也拿不出主意。

杨复恭说道："张浚、孔纬，降、降、降！贬降到蛮荒之地去！"

昭宗无奈，只得将孔纬再贬为均州刺史，张浚贬作连州刺史。

杨复恭仍然不依，昭宗便又下诏，将张浚再贬降为秀州司户参军。

张浚正在赴任连州途中，行至蓝田关，又接到昭宗再贬他为秀州司户的诏书，不免心惊胆战，忧心说不定何时会突然接到诏书，命他饮鸩自裁。他越想越怕，思来想去，觉得投靠华州刺史、镇国节度使韩建，或许可得到庇护。至少，韩建和他一样，也是李克用仇敌，不至于向李克用出卖自己。

主意已定，张浚便不顾一切掉头北上，前往华州投奔韩建。

到了华州之后，张浚极力恭维韩建，说他精心治理华州，召集流亡，出入闾里，亲问疾苦，劝课农商，不数年间，军民充裕，州县大治云云。他吹捧韩建是当今天下能臣，国之栋梁，日后必位列卿相。

韩建被张浚奉承得十分受用，便对这位刚刚罢任的宰相优礼相待，邀他留在华州，共扶社稷。

张浚顺水推舟，做了韩建幕客。他又给孔纬写信，邀他来华州投奔韩建，共图东山再起。

孔纬接信犹如接到救命稻草，放下圣人后裔的架子，投奔华州。

得知张浚、孔纬未尊奉朝命前往贬所，而是投奔了华州韩建，昭宗反倒松了一口气，乐得睁只眼闭只眼，听之任之。

杨复恭将张浚、孔纬排挤出朝，心中很是得意，更加肆无忌惮起来。常朝日，杨复恭坐轿入宫，命人把轿子抬到紫宸殿前才下轿。大朝之日，杨复恭居然乘轿直达太极殿。

朝廷规制，宰相上朝奏事，神策军中尉可随侍在皇帝身边，枢密使却须在殿外等候，待宰相们退出朝堂后，才能入殿承接圣命。即是说，枢密使没有参决军国大政之权，只能奉命办差。因而，枢密使权势虽重，却连个办公的厅堂都没有，只有三间收藏文书的屋子。

杨复恭对此不满，向昭宗请准，枢密使日常也在政事堂公干，与宰相平起平坐，同样可以"堂状贴黄"。所谓"堂状"，也称"堂帖"，即宰相们处置政事批签的文书。知制诰起草的敕书、诏书，宰相有修改之处，便用黄纸贴之，谓之"贴黄"。而且，平日皇帝和堂老们议事，枢密使也参与廷议。

杨复恭总领禁军，广收义子，号称"外宅郎君"，委任他们做节度使、刺史。这班"外宅郎君"，依仗杨复恭的庇护，目无纲纪，横行霸道，蔑视朝廷。如龙剑节度使杨守贞、武定节度使杨守忠等，不惟不向朝廷缴纳贡赋，反而时常上书讪谤朝廷。

杨复恭还在宫中收养了六百多个宦官做义子，多派至各地做监军使，掌控军政，成为其耳目和鹰犬。

不仅如此，杨复恭大言不惭地对昭宗说："我收养义子，是为朝廷笼络人心，让他们出力保卫国家。"

昭宗实在忍耐不住，驳斥道："你口说为朝廷着想，可为何不让那些义子姓李，而全都姓杨呢？"

杨复恭面红耳赤，无言以对。

大顺二年（891年）八月十五日，中秋节。

昭宗乘坐安车顺着夹城复道前往敦化里，去探望舅父王环。

昭宗崇尚节俭，轻车简从，天子仪卫车仗，卤薄、鼓吹之类，能俭省的一概免去。

前后武卫、随行宫女宦官,安而不哗,静穆前行。

王环是昭宗生母王太后胞弟,是她娘家唯一亲人。王太后出身微贱,生下昭宗后就去世了,昭宗即位后才被追封为恭宪皇太后。

昭宗每逢节日都要前来探望舅父王环。王环出身贫苦,虽读过几年书,却无缘仕途,如今年过不惑,仅有一个检校工部郎中名号。像天下多数读书人一样,王环总想弄个一官半职,得展抱负。

甥舅相见,王环谈起姐姐王太后生前之事,呜咽流涕,昭宗也十分伤感,潸然泪下,感慨母亲一生卑微,又早早故去,舅父多年来郁郁不得志。

王环乘机请求昭宗赐给官职,也好报效朝廷,光宗耀祖,告慰姐姐恭宪皇太后在天之灵。

昭宗满口答应了舅父的请求。一则按照惯例,国舅身份做到三公九卿也不为过,舅父只想做个州县官便满足了。宦官杨复恭的义子做刺史、节度使、大将军者数不胜数,我一个当朝天子的舅父,做方镇节帅名正言顺。再则,昭宗一心削藩,自己舅舅做节度使,也可放心许多。

然而,杨复恭听昭宗说要赐封舅舅王环做节度使,当即一口回绝道:"吕产、吕禄倾覆汉室,武三思危害唐祚,大家岂能不晓? 后族万万不可持节拜帅。大家如若爱惜国舅,可赐他检校官,不宜主掌方镇,恐日后割据一方,难以辖制。"

杨复恭的理由冠冕堂皇,昭宗无奈,只得在宫中给王环派了一个事务官,料理杂务,算是一个"内官",近于宦官的勾当。

见昭宗把王环留在宫中,杨复恭心中又生疑虑。王环是昭宗亲舅,若日日在昭宗身旁,恐怕于己不利。于是,他想出一条调虎离山之计,奏请昭宗敕封王环为黔南节度使。

昭宗闻奏,欣喜不已。黔南虽是偏远荒僻的羁縻州,但舅舅好歹做上了节度使,杨复恭总算是给了自己一些面子,便当即敕封王环为黔南节度使,即日赴任。

王环踌躇满志地出发,带领家人和随从宾客,穿骆谷,走栈道,来到山南西道利州城,打算歇歇脚,再继续赶赴黔南任所。

山南西道节度使杨守亮乃杨复光养子,后被杨复恭保举为山南西道节帅。他热情接待了王环,设宴为其接风洗尘,又奉送一笔丰厚川资,将王环一行送至船上,而后依依惜别。

王环乘船沿嘉陵江南下,顺风顺水,很快到达益昌县吉柏津。

渡口江面上停着几艘船,挡住了王环的航路。

王环命人喊话,说是黔南节度使王国舅奉旨赴任,渡船快快避让。哪承想,渡船上的人丝毫不予理睬。

说话间,王环一行的官船靠近了那几只渡船。突然,渡船上一伙黑衣大汉"扑通""扑通"跳入江水中,将王环的官船掀翻。

王环和家人在江水中挣扎呼救,哪里有人答应? 不一时,王环和家人灌饱了江水,尸体顺水漂流而去。王环几个随从,识得一点水性,在江水中拼命挣扎,被黑衣大汉一刀一个结果了性命。

数日后,山南西道节度使杨守亮向朝廷奏报:黔南节度使王环一行,在益昌县吉柏津遭遇江船失事丧命,云云。

昭宗心知肚明,舅舅王环必是被杨守亮谋害,而杨守亮定是受了杨复恭暗中指使。

昭宗对杨复恭愈加恨之入骨,必须除之而后快。然而,要除掉杨复恭,必先解除其兵权。杨复恭身为六军十二卫观军容使,掌管禁军多年,根深蒂固,党羽众多。他的许多义子、养子又在禁军中担任要职,弄不好便适得其反,一旦引起禁军哗变,必将危及昭宗自身。

如何既削夺杨复恭兵权,又不致禁军哗变呢? 昭宗煞费苦心,日夜与杜让能密商,谋划计策。

这日,杜让能向昭宗献出一条一箭双雕的妙计。

杨复恭养子杨守立,在禁军中任天威军使。此人本名胡弘立,勇猛过人,武艺高强,在六军将士中很有些声望。僖宗光启三年,杨守立与凤翔节度使李昌符在大街上争道,互不相让,殴斗起来,酿成一场大乱。杨守立驱逐李昌符,名声大震。

杜让能说,眼下若突然解除杨复恭兵权,杨守立必反无疑。不如采用以毒攻毒之计,用官职、兵权做诱饵,拉拢杨守立,使之背叛杨复恭,效忠朝廷,为陛下所用。

而后,借他之手,排挤杨复恭出京,再治其罪。元凶铲除之后,再回过头来除掉杨守立。

昭宗闻言大喜。

这日,天气晴好,昭宗在宫中闲来无事,召杨复恭陪伴闲聊。

东拉西扯一番之后,昭宗漫不经心地问:"你那位姓胡的养子现在何处?听说他武艺精湛,为人忠诚,要不,就让他统领御前侍卫军,如何?"

杨复恭自然非常高兴,随即应道:"老奴这个养子是天威军都头。此人勇猛忠诚,统领宫中侍卫再妥当不过。"

不日,杨守立进宫面圣,昭宗一见杨守立,龙颜大悦,当即赐他国姓李,赐名顺节,擢升天武都头、同平章事,遥领镇海节度使,统领宫中侍卫禁军。

杨守立变成了李顺节,荣膺节度使和宰相职衔,可谓直上青云,一步登天。有唐以来,以都头兼宰相衔者,绝无仅有。

昭宗对李顺节恩宠有加,有求必应。李顺节自以为得势,日渐趾高气扬起来。他开始对将领颐指气使,甚而与杨复恭争权夺利,摩擦不断。每到这时,昭宗也总是祖护李顺节。李顺节自恃皇帝撑腰,越来越不把杨复恭放在眼里。杨复恭以养父和主子身份,对李顺节的忤逆行为多次训斥,李顺节哪里听得进去,常把杨复恭顶撞得七窍生烟。一次,杨复恭气急,当面骂道:"你这个不忠不孝的东西,真是个忘恩负义的小人!"

李顺节反唇相讥:"我不忠不孝?满朝文武百官,谁人不知你才是一个欺凌圣上的佞臣!"

杨复恭气愤至极,上前打了李顺节一个耳光,骂道:"不肖之子!天打雷劈!"

李顺节捂着半边脸,边跑边喊:"走着瞧!"

李顺节跑到昭宗面前哭诉,揭发杨复恭诸多恶行。昭宗对李顺节百般抚慰,命他将杨复恭罪行写成奏章,奏报朝廷,由朝廷治罪,为他出气。

待李顺节呈上奏章,昭宗当即颁诏,历数杨复恭之罪:"结党营私,图谋不轨。目无王法,专擅朝政。勾结外臣,祸乱宫廷。横行无忌,荼毒百姓。……着即罢去杨复恭神策军中尉、六军十二卫观军容使之职。念其多年微劳,可凤翔监军,即日赴任,不得滞留。"

杨复恭万没料到,收养多年的养子会反目成仇。更没想到,他一手扶持的天子恩将仇报,羽翼尚未丰满,便将他一脚踢开,赶出京城。人情何在,天理何在? 他气急难耐,提笔写奏章说是自己身体有恙,请圣上恩准致仕,回家养病。

昭宗看了奏章,正中下怀,即日颁诏,允准杨复恭所请,命他以上将军身份致仕。

昭宗派敕使到杨府宣读诏命,并赐给杨复恭手杖和鞋子,让他安心颐养天年。

敕使走后,杨复恭火冒三丈,当即命他的心腹都将张绾去追杀敕使。

敕使刚刚走到来庭坊附近,被张绾追上,一刀毙命。

杨府所在的广化里,驻有神策军的玉山营。玉山营军使杨守信,也是杨复恭的义子。杨守信原名訾信,与訾亮即杨守亮是亲兄弟,原是王仙芝义军大将。当年申州战败后,訾亮訾信投靠了杨复光。杨复光收訾亮为义子,訾信认杨复恭为义父。

訾信是一个重情重义之人,不忘义父杨复恭提携之恩,时常到杨府探望。父子二人往来密切,情义深厚,杨复恭常常向杨守信倾诉心曲。

墙倒众人推,破鼓万人捶。势利之徒见杨守信与杨复恭往来频繁,便向朝廷告发杨氏父子密谋造反,昭宗遂决意据此治死杨复恭。

十一月八日,昭宗登上安喜楼,亲自指挥神策军天威都将李顺节和军使李守节带兵攻打杨府。

杨复恭命心腹将领张绾率领家兵,拼死抵抗。

玉山营军使杨守信得到消息,随即带人马救援杨复恭。李顺节、李守节率领神策军正围攻杨府,背后突遭玉山营攻击,双方混战起来。

驻守含光门的禁军,乘乱冲出营门,到大街店铺抢劫,正碰上骑马路过的宰相刘崇望。

刘崇望勒住马头,厉声呵斥道:"尔等要做甚? 圣上正在安喜楼督战,尔等皆天子禁军,应当前去杀贼立功!"

将士们跪倒在地,表示全听宰相之命。刘崇望随即带领这支三千人的队伍前往广化坊,增援李顺节。

杨守信见神策军大队人马来到，自知难以抵抗，便护着杨复恭及其家人撤出杨府，经通化门逃出京城，最终逃至兴元府，投靠了山南西道节度使杨守亮。

杨复恭出逃之后，李顺节自以为功高盖世，更加骄横，出入宫廷前呼后拥，好不威风。

平日里，他对左神策军中尉刘景宣、右神策军中尉西门君遂不屑一顾，二人忍无可忍，决心将其除掉。

这日，刘景宣和西门君遂一同进宫陛见昭宗。西门君遂奏道："天威都头李顺节，骄横不法，带兵乱闯宫禁，蔑视朝廷，居然要文武百官列班拜见他一个小小都头，说是他贵为同平章事，当受百官礼敬。真乃不知天高地厚，日后必祸乱朝廷！"

刘景宣接着奏道："近日，李顺节密谋造反，他要做太尉兼神策军中尉、观军容使，独掌朝纲。若是大家不答应，他便要弑君篡位！"

鸟尽弓藏，兔死狗烹。昭宗顺水推舟，命刘景宣、西门君遂设计除掉李顺节。

十二月十一日清晨，小黄门宦官向李顺节传昭宗口谕，命他进宫随侍。李顺节带领三百名天威军，来到银台门。宫门侍卫拦住随行卫士，说是圣上口谕，命李都头一人入宫。刘景宣、西门君遂便请李顺节进入北司厅堂，三人坐下说话。突然之间，早已埋伏在厅堂西厢的卫士，在李顺节身后一刀将其头颅砍了下来。

杨复恭避难兴元，心中不甘，便联络各地义子干儿，申明冤屈，要他们一同起兵反抗朝廷。杨守亮和武定节度使杨守忠、龙剑节度使杨守贞以及绵州刺史杨守厚相继响应，以讨伐李顺节为名，宣称"进兵京师，以清君侧"。

凤翔节度使李茂贞，早就觊觎山南之地，梦想将其吞并据为己有。他见杨复恭和杨守亮盘踞兴元对抗朝廷，可谓天赐良机，遂拉拢邠宁节度使王行瑜、华州镇国军节度使韩建，一同上表朝廷，请求出兵攻打山南兴元府，讨伐杨复恭和杨守亮，为朝廷除害。

昭宗重施以毒攻毒、借力打力的故技，诏命李茂贞为山南西道招讨使，王行瑜、韩建为副使，带领三镇八万兵马讨伐兴元。

山南崇山峻岭，人烟稀少，杨守亮、杨守信人马合起来不过两万有余，与李茂贞、王行瑜八万大军相比，众寡悬殊。在李茂贞和王行瑜联军进攻之下，杨守亮等节节败退,兴元遂被李茂贞攻占。

杨复恭和杨守亮、杨守信决计投靠河东李克用,遂带领一千多残兵败将,经蓝田关来到华州地面。

华州刺史、镇国军节度使韩建亲自带兵拦截,将杨复光和杨守亮、杨守信等人擒获。

韩建曾是杨复光部下爱将,由其鼎力举荐,方得以扶摇直上,赐节藩镇。杨复光死后,韩建改换门庭,认田令孜为义父,与杨家翻脸为敌。杨复恭鄙视韩建为人,将其排挤出朝,韩建恨入骨髓。二人互相仇视,水火不容。

韩建亲自审问杨复恭:"杨军容世受国恩,为何反叛朝廷,与杨守亮同做乱臣贼子?"

杨复恭对韩建嗤之以鼻,反唇相讥:"我好像听见一声狗叫唤,是不是我杨家喂过的一条狗?田令孜祸乱朝廷,正所谓国贼大奸。你忘恩负义,卖主求荣,投靠田令孜,认贼作父,岂非地地道道的乱臣贼子?"

韩建暴跳如雷,连连喝道:"将反贼杨复恭拖出去,乱棒打死!"

立时上来七八个猛汉,挥动水火棍,一阵暴打,杨复恭皮开肉绽,仍叫骂不休。韩建提剑在手,一剑下去,将杨复恭头颅砍了下来。

韩建将杨复恭首级和杨守亮、杨守信等"外宅郎君"押送京城,昭宗命将兄弟二人在西市独柳下斩首示众。随后,散处各地的"外宅郎君"皆被杀,显赫四十余年的杨氏宦官家族,自此风流云散。

二十七　强藩与权臣

凤翔节度使李茂贞攻占兴元后，上表朝廷，自请充任山南西道节度使，镇守兴元，实则是兼并山南西道之意。

昭宗对李茂贞勃勃野心洞若观火，早就想把他调离凤翔，让他远离京师，以减轻其对朝廷的威胁。于是，昭宗顺水推舟，改任李茂贞为山南西道节度使，同时诏命中书侍郎、同平章事徐彦若接任凤翔节度使。为诱李茂贞尽快赴任，给他一些甜头，朝廷又将果州、阆州二州划归武定军，让李茂贞兼任武定军节度使。

昭宗深感方镇拥兵割据对朝廷威胁甚大，而宦官掌握禁军大权，更属心腹之患，遗祸无穷。但军权谁来掌握合适呢？宰相等文臣难以掌军，张浚带兵讨伐河东损兵折将大败而归就是明证。昭宗思来想去，觉得只有宗室诸王才是可以信赖托付军权之人。常言道，"打虎亲兄弟，上阵父子兵"嘛！

昭宗雷厉风行，颁诏将禁军中听命于宦官的将领调出京师，明升暗降，剥夺其掌控禁军之权。这班宦官离京赴任，全被拥兵割据的方镇拒之门外，成了悬在半空的闲员。

昭宗册命嗣覃王等宗室诸王掌领禁军，宰相杜让能晋封太尉、弘文馆大学士、诸道盐铁转运等使，将军国大政托付给他。杜让能成为昭宗最为信用的首相。

李茂贞一心兼并山南，却从未想过放弃根本之地凤翔。他接到昭宗改任其为山南西道节度使的诏书，得知由徐彦若接任凤翔节度使，不禁勃然大怒，以为这是宰相从中作梗，便给杜让能写信，极尽诋毁谩骂之能事。

昭宗见李茂贞出言不逊，公然蔑视朝廷，不由气愤，当即召集群臣，商议讨伐凤翔。

左神策军中尉刘景宣暗通李茂贞，很快向其通报消息。李茂贞当即上书昭宗，公然讽刺、挖苦、恐吓道：陛下虽贵为天子，却无力保护自己舅公；称尊九州，却不能诛杀杨复恭一个宦官。如今朝廷对藩镇只观强弱，不计是非，见人势衰则兴兵讨伐，势强则加恩封赏。若圣人再次离京出逃，能够到哪里去呢？

昭宗气愤至极，决计讨伐李茂贞，狠狠地惩罚这个目无君上的乱臣贼子！

昭宗召来杜让能，以不容置疑的口吻说道："李茂贞蔑视朝廷，欺凌朕躬，大逆不道，罪不容赦！朕决意讨伐凤翔，爱卿须全力替朕筹划。"

杜让能自是对李茂贞异常痛恨，但他深知，眼下朝廷尚不具备讨伐李茂贞的实力。一则，讨伐河东损兵折将，大败而归，禁军凋零，无力与李茂贞交战；再则，朝廷财政困窘，粮饷无着，何谈出兵打仗？

杜让能思虑再三，道："李茂贞欺凌朝廷，殊堪痛恨！只是陛下即位未久，国事维艰，万机待理。李茂贞盘踞凤翔，近在国门，微臣以为当下不宜与之翻脸，更不宜出兵讨伐。若凭一时之气而轻动刀兵，万一出师不利，则朝野震动，京城危殆，悔之晚矣！"

昭宗正在气头上，哪里听得进规谏，极不耐烦地说："朝廷威权日降，号令不出国门，令人痛心疾首。朕不做孱弱之主，屈辱度日，坐以待毙。你不用劝朕，只管替朕征调军队筹集粮饷便是。至于带兵出征之事，朕会交付诸王，成败与爱卿无涉。"

杜让能还想再谏，昭宗摆摆手，说："爱卿不必多言，朕意已决，快去操办吧！"

杜让能深知事关重大，非同儿戏，便急切说道："臣知陛下愤恨藩镇跋扈，意欲讨伐凤翔以固朝廷威权。但此等军国大事，须文武大臣齐心协力承办，而不应只交给臣一人。"

昭宗闻听此言，以为杜让能有意推脱，心中很不高兴，便大声斥责道："卿位居元辅，当与朕同舟共济，不宜逃避责任！"

杜让能一片忠心却遭误解，不由泪流满面，哽咽说道："臣安敢避责！陛下要削藩，眼下时机尚未成熟。臣所忧心者并非身家性命，而是国家安危，是有朝一日臣虽然像晁错那样被杀身死，却不能使国家免祸，百姓免灾。既然陛下决计讨伐，臣赴汤蹈火，在所不辞。"

杜让能遂留居中书省，日夜筹划讨伐凤翔诸般事务。

宰相崔昭纬善于见风使舵，他早时曲意逢迎杨复恭，得以官运亨通，升任中书舍人、翰林学士。杨复恭失势后，他竭力讨好昭宗，擢升户部侍郎、同平章事。王行瑜得势，他派自己侄子崔铤去做王行瑜的判官，依王行瑜做靠山。崔铤时常向王行瑜通气，朝廷有何动向，他即时通报王行瑜。大臣在朝堂上"朝发一言"，王行瑜"夕必知之"。故而，朝廷讨伐凤翔之事，当日崔铤便密告了王行瑜。

无独有偶，左神策军中尉刘景宣也当即将朝廷讨伐凤翔计划尽行通报了李茂贞。

李茂贞觉得事情有些麻烦。眼下虽说朝廷钱粮匮乏，兵力衰微，但反抗朝廷毕竟要担负叛逆罪名，朱玫、李昌符、杨守亮等人身败名裂即是前车之鉴。果真朝廷诏命诸道方镇出兵勤王，单凭凤翔的兵力，确无取胜把握。于是，李茂贞想出两手招数：一是加紧练兵，准备迎战朝廷讨伐军；二是派出密使，与刘景宣联络，请他设法阻止朝廷出兵，来个釜底抽薪。

李茂贞密使来到长安，向刘景宣奉上可在京城兑换十万缗钱的"便换"券，请刘景宣设方"平息事态"，使凤翔"免于战祸"。

刘景宣满口答应尽力阻止朝廷出兵，随即召来几名心腹干将，吩咐他们各自带上银钱，收买京城内的市井无赖，到皇宫正门承天门聚众闹事，抗议朝廷出兵讨伐凤翔。

上千名市井无赖在文武百官早朝时刻齐聚承天门外，齐呼乱叫：

"岐帅李茂贞无罪，不应出兵讨伐！"

"朝廷兴兵打仗，黎民百姓遭殃！"

右神策军中尉西门君遂上朝来到承天门，被市井无赖团团围住，责问为何出兵讨伐凤翔。西门君遂为了脱身，便推诿说："朝廷是否出兵是宰相的事，与我无干。"

恰巧此时宰相崔昭纬和郑延昌来到承天门，市井无赖又把二人乘坐的轿子围了起来,西门君遂乘机溜走。

面对逼问,崔昭纬说:"此事圣上命杜太尉一人操持,他人不得与闻。"

郑延昌也推诿说:"朝廷出不出兵,何时出兵,我二人毫不知情。"

宰相不知道朝廷出不出兵,市井无赖们岂肯相信?他们以为两个宰相是在谎言欺骗,纷纷上前叫骂撕扯,把二人的官服、印信夺下来。更有亡命之徒捡起砖石瓦片,向崔昭纬和郑延昌的轿子一阵乱砸,二人慌忙从轿中爬出,狼狈地跑进附近民宅躲避。

西门君遂、崔昭纬和郑延昌向昭宗哭诉了在承天门的遭遇,昭宗气得连连顿足,叫道:"反了!反了!这成何体统!"

昭宗急命金吾卫驱散市井无赖,金吾卫大将军带领数千兵马,来到承天门外,将市井无赖包围起来,用马鞭和棍棒狠抽猛打,市井无赖们抱头鼠窜。

金吾卫捕去七八十个闹事者,将其关进京兆府大牢。很快,京兆府奉昭宗口谕,将这些市井无赖押赴东市狗脊岭,斩首示众了。

昭宗讨伐李茂贞的决心毫不动摇,他诏命嗣覃王李嗣周为京西招讨使,率领三万神策军将士,护送徐彦若赴任凤翔。凤翔军民,有敢违抗朝命者,一概杀头!

朝廷要出兵凤翔的消息很快传遍京城,百姓们人心惶惶,纷纷为躲避战乱逃出城去,躲进山谷荒野栖身。

翰林学士陆扆,文思敏捷,挥毫如飞,昭宗十分欣赏其文采,特恩擢为翰林学士。陆扆深感出兵讨伐凤翔不仅于事无补,反会招致战乱,向昭宗直言进谏道:"时值黄巢乱后,百废待兴,不宜与大藩交恶,轻启战端。众臣对亲王统兵颇有议论,恐怕于事无补,反遭不测,祸及朝廷。"

昭宗闻言大怒,斥责陆扆扰乱人心,阻挠朝廷大计,降诏罢去其翰林学士之职,贬为峡州刺史。其余大臣,见昭宗不听谏言,一意孤行,皆噤若寒蝉,无人再发一言。

景福二年九月十日,嗣覃王李嗣周带领三万禁军,护送徐彦若赴任凤翔,进抵兴平县。

李茂贞联合邠宁节度使王行瑜,出动六万大军,在周至阻截讨伐军西进,大战一触即发。

神策军士卒多是新近招募的市井少年，不仅未经训练，且十分害怕打仗。听说李茂贞、王行瑜六万大军汹涌而来，一个个吓破了胆。他们害怕战死沙场，再也回不了京城，见不到爷娘，整日胆战心惊，惶恐不已，胆小者吓得日夜哭泣。一时军心大乱，逃跑者日多。

嗣覃王束手无策，讨伐军已无法继续西进，只得滞留兴平，催运粮饷，想着给将士们多发些银钱，以鼓舞士气。

李茂贞见禁军人马停滞不前，知道这班市井少年不堪一击，便带领人马向兴平杀来。

讨伐军士卒听到李茂贞大军向兴平打来的消息，一下子炸了营，纷纷逃跑。将领们约束不住，也随着溃乱士卒往回逃。嗣覃王方寸大乱，斩杀了几名士卒，仍止不住溃逃的人群，不禁仰天长叹："苍天，这是要亡我大唐啊！"

讨伐军不战自溃，李茂贞、王行瑜带领大军乘势追击，兵临京师，屯驻三桥。

京城内乱成一团，官民惊慌逃窜，店铺关张，两市停业，一片肃杀景象。

李茂贞搜罗一帮市井无赖，聚在承天门前喧哗闹事，逼迫朝廷惩办首倡用兵之人。继而，李茂贞陈兵临皋驿，上书朝廷，罗列杜让能诸般罪状，威逼昭宗将其处死。

杜让能见情势万分危急，便向昭宗请求说："臣此前所言今日应验了，眼下唯有将一切罪名加诸臣身，或许能够解除京师危机，让李茂贞退兵。"

昭宗无奈，当即诏告天下，数列杜让能之罪，说他身为宰相，竟"弃卿士之臧谋，构藩垣之深衅，咨询之际，证执弥坚"，贬杜让能为梧州刺史，右神策军中尉西门君遂流放海南儋州，两位内枢密使分别流放崔州、欢州。

李茂贞尚不解恨，再次上表逼朝廷杀杜让能。

昭宗只得玩弄舍车保帅伎俩，亲临安福门，监斩西门君遂和两位枢密使，并下诏再贬杜让能为雷州司户参军。

市井无赖却仍喧嚣不已，叫嚷说，朝廷若不杀杜让能，便要擒住他碎尸万段！

权倾朝野的"内四贵"杀掉三个，只剩下与李茂贞、王行瑜暗中勾结的刘景宣一人。李茂贞、王行瑜仍然不满意，因为二人最忌恨的是杜让能。

崔昭纬为了自己独掌大权，也欲将杜让能置于死地，乘机煽动王行瑜和李茂贞，说是出兵讨伐凤翔并非圣上本意，皆由杜让能一手策划。李茂贞和王行瑜遂上书声称：不杀杜让能，决不退兵。

昭宗知道李茂贞不会善罢甘休，如今除让杜让能代己受过，别无良策。他不由痛哭失声，对杜让能说："今日朕只得和爱卿诀别了！"

当日，昭宗诏命杜让能和胞弟杜弘徽自尽，宣称"让能举枉错直，爱憎系于一时；鬻狱卖官，聚敛逾于巨万"。

但是李茂贞并不放心，竟亲自派兵捉住杜让能，当即杀掉。

昭宗又颁制命，晋封李茂贞为守中书令、凤翔节度使兼山南西道节度使。李茂贞尽有凤翔、兴元、洋州、陇州等十五州之地，这才从京师退兵。

自此以后，李茂贞成为称霸关陇的雄藩大帅，时时威胁朝廷，左右朝政。朝廷南衙北司文武官员，多依附李茂贞和王行瑜，一切看二人眼色行事。李茂贞、王行瑜动辄训斥宰相大臣，对昭宗亦出言不逊，愈加为所欲为。

杜让能被杀，崔昭纬凭借李茂贞、王行瑜之力，获取首辅之位，把持朝政，一意孤行。对于别个宰相的主张甚或皇帝旨意，只要崔昭纬认为对己不利，便命崔铤密告王行瑜和李茂贞，让二人出面干预，迫使朝廷屈从。他荐举同族子弟崔胤，先后当上给事中、中书舍人、兵部侍郎、吏部侍郎，旋即又升任宰相。

昭宗前后册拜了几位宰相，皆因不合崔昭纬之意，只得朝令夕改收回成命。

昭宗先是选中了右散骑常侍郑綮。

郑綮前朝时历任监察御史、左司郎中，因家中贫困，薪俸难以养家糊口，便自请出任庐州刺史。当年黄巢义军从采石渡江，北攻淮南，所向披靡。郑綮情知难以抵御，便写信给黄巢，痛陈庐州百姓之苦，请他不要攻掠庐州。黄巢想不到还有这般关爱百姓的刺史，便爽快地答应郑綮请求，勒令部下绕过庐州。庐州百姓和城池得以保全，僖宗颁诏褒奖郑綮。郑綮离任庐州时，只有一点简朴的行李，余钱数千缗皆留存府库，一文不取。

郑綮回朝任给事中，赐紫袍金带，后升任左散骑常侍。他直言敢谏，指陈时弊，不趋炎附势，不曲意逢迎，得罪不少权贵豪门。

此前，昭宗擢拔宰相杜让能之弟杜弘徽做中书舍人，郑綮以为，按朝廷规避制度，杜让能身为宰相，其亲属不宜在中书任职。因此，郑綮退还昭宗敕书，不予发布。

朝中权贵皆不喜郑綮，宰相们一致排挤他，将其改任国子祭酒，去教导监生。众多朝官以为对郑綮不公，上章论列说：散骑常侍职责是规谏过失，敕诏有不妥者可驳正涂改封还。郑綮忠于职守，不应贬降。朝廷无奈，不得不收回成命，让郑綮官复原职，仍任散骑常侍。

昭宗闻听郑綮清廉正直，便亲笔在其名侧御批："郑綮可礼部侍郎同平章事。"

政事堂一名小吏名曰卞宝，在传送文书时见到昭宗御批，便抢先跑到郑綮家报喜，以便巴结新任宰相，得到一些赏钱。

平日里郑綮爱开玩笑，同僚们也常取笑他。郑綮听了堂吏卞宝的话，笑着对他说："你弄错了，即便是天下人都死光了，也轮不到我郑綮当宰相。"

卞宝见郑綮丝毫不信，便郑重其事说道："圣人亲笔御批，还能有假？拜相制书明日便会颁下！"

郑綮感到卞宝不像是玩笑话，收敛笑容问道："果真如此？"

卞宝急赤白脸地说："这种事怎开得玩笑！"

郑綮拍着卞宝的手说："万一是真，岂不笑煞他人！"

次日，拜相制书果然颁发，贺客接踵而至。

郑綮哭笑不得，不断用手搔着头皮，自言自语："歇后郑五做宰相，时事可知矣！"

原来，这郑綮也擅长诗文，语多俳谐，寓意讽喻，幽默风趣，常常使用口语歇后语，故时人称其诗为"郑五歇后体"。比如他的《题卢州郡斋》：

　　　　九衢尘里一书生，多达逢时拥斾旌。

　　　　醉里眼开金使字，紫旂风动耀天明。

好个郑綮，不仅不进宫谢恩，反闭门不出，在家中连日书写奏章，八次上奏说自己才疏学浅，只会诌几句歪诗，毫无经邦济世之才，请圣上收回成命，以免误国误民,云云。

昭宗好不容易找到一个德才兼备之人,岂肯轻易放手? 于是连传口谕,不准郑綮推托,即日上任,勉力报效朝廷。

郑綮无奈,只得到政事堂报到值班。

崔昭纬见昭宗一心擢拔郑綮为相,觉到圣人对自己有不满之处,重用郑綮便是要分权。他原就瞧不起郑綮,如今更多了一分防范之心。

崔昭纬和郑綮在政事堂共事,除了说些天气晴晦,或取笑"歇后体"诗之外,大事小情都不与郑綮商议,且在同僚中散布流言蜚语,贬损诽谤郑綮,说郑綮任庐州刺史时,黄巢来攻,他吓破了胆,便给黄巢写信,赞誉黄巢贼寇是仁义之师,还与黄巢约定如何如何。又说郑綮和皮日休同类,都是以诗文讽刺朝政,明明脑后长有反骨。

四位宰相之中,刘崇望代时溥出任徐州节度使,郑延昌明哲保身,见面点头哈腰,从不忤逆崔昭纬。堂吏们多是势利之徒,争相巴结崔昭纬,逢迎拍马,阿谀奉承,奴颜婢膝。对郑綮,他们始则敬而远之,继而冷嘲热讽,甚至指桑骂槐,说郑綮无德无才,只会诌几句歪诗,却窃据相位。等等等等,不一而足。

郑綮每日里无所事事,只有看不完的白眼,听不完的冷言冷语。但他不以为意,只在心中暗暗发笑。

这日,郑綮提笔挥毫,在政事堂墙壁上写下一首"歇后体"五言诗《题中书壁》:

　　侧坡蛆蜭蜦,蚁子竞来拖。

　　一朝白雨中,无钝无喽啰。

随后回到家中,谢绝宾客,闭门不出,连上十道奏章,坚辞宰相之职,请求致仕回乡。

昭宗无奈,只得恩准郑綮以太子少保致仕。

相位出缺,昭宗又决意起用李溪。

李溪博学多才,文章隽秀,著作百卷,时人号称"李书楼"。昭宗喜李溪文采,召为翰林学士,不久又擢升礼部尚书、翰林学士承旨。

六月二十七日,昭宗在两仪殿召集群臣,命中书舍人宣制:翰林学士承旨、吏部尚书李溪可同平章事。

不料，水部郎中、知制诰刘崇鲁从班列中跳出，一把抢下中书舍人手中制书，号啕大哭起来。

满朝文武目瞪口呆，不知就里。

昭宗责问刘崇鲁："你为何如此无礼？"

刘崇鲁道："李溪为人奸邪，不可为相。虽说当今朝廷缺少贤德之士，可也不能用此人为相。李溪投靠杨复恭、西门君遂，才得以入翰林院做学士。此前杜让能也是以翰林学士擢为宰相，弄得朝政一片狼藉，使朝廷遭受奇耻大辱。如今国力被削弱到这般地步，陛下难道还要重蹈覆辙吗？"

昭宗询问崔昭纬："爱卿以为如何？"

刘崇鲁公然跳出来，不顾朝廷礼仪抢夺皇帝制书，拼命诋毁阻挠李溪命相，正是受崔昭纬指使。崔昭纬从近侍宦官那里得知圣人要起用李溪为相，唯恐李溪受重用，削弱了自己权力，便唆使刘崇鲁出面参奏，阻止李溪命相。

崔昭纬见昭宗询问，不觉有些面红耳赤，嗫嚅道："刘水曹所言，似不无道理。"

其时文武官员皆有别称，水部郎中别称"水曹"。

朝中官员多与崔昭纬沆瀣一气，此时跟在崔昭纬后面乱哄哄地诽谤李溪，弄得朝堂上一片乌烟瘴气。

昭宗心知肚明，刘崇鲁背后主使者必是崔昭纬。如今日颁下命相制书，崔昭纬定会勾结李茂贞、王行瑜，连番上奏逼迫朝廷收回成命。

昭宗只得摆摆手说道："也罢，日后再议，退朝。"

数日后，昭宗改任李溪为太子少傅，再次起用韦昭度为相。

到手的相位丢了，李溪越想越气，决计以眼还眼，以牙还牙，上书批驳刘崇鲁。

李溪在奏章中写道："刘崇鲁之父为官贪赃枉法，事情败露后自杀；其弟刘崇望与杨复恭勾结甚深；刘崇鲁曾拜在田令孜门下，替乱臣贼子朱玫写劝进表。如今刘崇鲁说臣交结中官，岂非贼喊捉贼？依照朝规，若臣确属才疏学浅，刘崇鲁应上书论列，岂可在朝堂上号啕大哭！如此对国家不吉利，也有失为臣之礼，应按律治罪。"

　　李溪在两个月之内连上十表,将刘崇鲁诋毁得猪狗不如。昭宗乘势下诏,罢去刘崇鲁官职。

　　刘崇鲁胞弟刘崇望在徐州得知刘崇鲁行状之后,气得几天吃不下饭,对身边人说:"我刘家子弟进身为官早有规矩,从未有人因假公济私败坏名声。家门不幸,会有此等子弟!"

　　昭宗急于选拔人才,诏命开春闱,科举取士,礼部侍郎崔凝为知贡举,即主考官。

　　户部侍郎卢渥之子卢赓,是京城闻名的纨绔子弟,每日里和一般权贵子弟斗鸡走狗、架鹰畋猎,或打马球,或出入歌楼酒肆娼馆,听曲狎妓赌博,就是不肯读书习文。卢渥望子成龙心切,把卢赓送进太学,进习五经。卢赓哪里读得进书,日夜和几个同窗玩闹,挖空心思"恶作剧"戏弄太学博士和助教。博士几次将卢赓赶出太学,卢渥只得请客送礼,好话说尽,再把卢赓送回太学。后来,卢赓闹得实在不像话,卢渥便用马鞭子狠狠抽他,可是卢赓是宁死也不愿再进太学之门。

　　朝廷开科取士,卢渥一心想给儿子求个功名,也好承继祖业,光耀门楣,便上下打点,花了不少银钱,送出去无数玉石珍玩,终于打通关节,卢赓方被举为进士,获得省试资格。

　　与后世称科考试子为举人、省试中榜者为进士不同,唐代凡经乡试被州府或太学推举参加礼部试的试子,称为进士;参加进士科省试中榜者称为进士及第、前进士;明经科省试中第者,称为明经及第。

　　唐代开科取士,为庶族士人进入仕途开了门径。科举取士,较以出身门第取士的"门荫"制度是一大进步。出身平民的下层士人,可经科举进入官场,参与国家和地方事务。其科目有秀才、明经、俊士、进士、明法、明字、明算、史科、童子科等等,其中常设的是进士、明经两科,而又以进士科为贵。进士科不仅要试时务策五道,且加试诗、赋各一篇。试子不惟要熟读四书五经,胸有治国方略,洞察古今,文笔流畅,富于文采,且须谙熟诗词格律。唐太宗李世民曾经得意地宣称:"天下英雄入吾彀中矣!"

　　进士及第之难,还在于录取名额极少。全国每年选送尚书省参加礼部考试的贡士常在千人以上，多则达两千余人，而及第进士少则仅数人，多则不过二三十人。参加省试的贡士之中，高门权贵子弟要占五六百人，其余名额分配至州府，平均每县不足一人，竞争激烈。县考之后，州府举行乡试，从州县学子中选拔录取乡贡士，进奉给朝廷作为试子，称为进士。许多才华出众之士，因出身贫寒，无有背景，得不到州县官员举荐，不能取得乡贡士资格，便无法参加礼部试。因此，天下学子无不东奔西走，干谒州府官员，投送诗文，以求荐举。

在省试之前，进士们还要奔走豪门权贵和文坛名宿之门，投递名刺，呈送诗文，称为"行卷"，以期获得高官显贵或名士青睐，请其代为鼓吹荐引，以便进入主考官内定的预选及第者名册。进士们在第一次送上诗文之后，若没有回音，便须再三再四干谒权贵呈送诗文，称为"温卷"。若不得达官贵人举荐，即便试卷做得再好，也难以中榜及第。白居易就曾赋诗慨叹曰：

　　袖里新诗十余首，吟看句句是琼琚。

　　如何持此将干谒，不及公卿一字书。

卢渥先带着儿子卢赓来到礼部侍郎、知贡举崔凝府中"行卷"，向崔凝送上五百贯的"便换"，崔凝欣然笑纳，连称："好说，好说！"

卢渥又带卢赓来到宰相崔昭纬府邸"行卷"，送上一千贯的"便换"，请崔阁老在"通榜"时予以关照。卢渥是崔昭纬一手擢拔的心腹之人，如今又有千贯贡献，自然格外热情。

崔昭纬满面笑容，拿起卢赓的行卷，赞道："好诗，好诗！令郎确有诗仙李太白之才！"

崔昭纬兴致满满地朗诵起"行卷"上的诗作来：

　　大道青楼御苑东，玉兰仙杏压枝红。

　　金铃犬吠梧桐月，朱鬣马嘶杨柳风。

　　流水带花穿巷陌，夕阳和树入帘栊。

　　瑶池宴罢归来醉，笑说君王在月宫。

卢渥有些尴尬地笑道："让阁老见笑了。"

崔昭纬忙说："哪里，哪里！公子诗才，堪称天下第一！"

卢赓见当朝宰相夸奖自己,很是得意,便从怀中取出一纸诗稿,说道:"这是晚辈近日咏牡丹之作,还请阁老过目。"

崔昭纬接过诗稿,略略一看,便读出声来:

> 闺中莫妒新装妇,陌上须惭傅粉郎。

> 昨夜月明浑似水,入门唯觉一庭香。

读罢,崔昭纬瞪大眼睛,盯着卢赓看了又看,看得卢赓心中直发毛。

却听崔昭纬赞道:"贤郎之才,必荣登甲榜,即便定为状头亦不为过!"

卢渥连连拱手施礼道:"谢崔阁老吉言!还望阁老在崔侍郎面前替犬子美言几句,玉成此事。卢某当永世感念,定有重谢!"

崔昭纬点头道:"为国荐才,理所应当,责无旁贷!"

崔昭纬却不知道,卢赓"行卷"中的篇什,皆是从韦庄处求得。

中和元年,韦庄遭遇"文字狱",被尚让、朱温捕获,与两千多名文人一道关进禁苑飞龙院的马厩,经皮日休竭力营救免于一死,逃出京城。

中和二年,韦庄逃至东都洛阳。其时中原一带兵连祸结,战乱频仍。除黄巢义军与唐军的战争之外,藩镇之间你争我夺、互相攻杀,没有一日消停。尤其是官军,烧杀抢掠远甚于农民军,洛阳城一遍一遍惨遭洗劫。官军战车上装满劫掠来的妇女,号哭之声响彻云霄。

韦庄目睹凄惨景象,满怀悲愤,写下七律《睹军回戈》:

> 关中群盗已心离,关外犹闻羽檄飞。

> 御苑绿莎嘶战马,禁城寒月捣征衣。

> 漫教韩信兵涂地,不及刘琨啸解围。

> 昨日屯军还夜遁,满车空载洛神归。

韦家在洛阳、河阳一带的庄田,全都荒芜了,一家人生计没了着落。怀着国破家亡的无限悲愤,韦庄写下了长篇叙事史诗《秦妇吟》。

生计无着,韦庄听说镇海节度使周宝治理有方,爱惜百姓,喜交文士,便决意前往江南润州投靠周宝。

晚秋时节,韦庄带着弟弟韦蔼和妹妹韦婉,从洛阳乘船,沿洛河、汴水东下。一个月之后，兄妹三人经瓜洲渡过长江，来到润州。

韦庄兄妹三人找了一家小客栈住下，暂且安身。打听得镇海节度使周宝衙署所在，韦庄写了名刺，带上诗文，前往使府拜谒。

这周宝乃平州卢龙人氏，其父周怀义曾任检校工部尚书、天德西城防御使。周宝承父荫充千牛备身，在武宗朝被选入京师，与高骈同为神策军校尉。周宝和高骈都是马球高手，受武宗青睐，一同被擢拔为军将。数年后，周宝未得到升迁，心中着急，便请求为武宗表演击球。周宝球艺精妙绝伦，武宗观后大喜，擢拔周宝为金吾将军，每日职事却是陪武宗击鞠，或为武宗表演击鞠。无论步击或打马球，周宝总是出尽风头。在一次为武宗表演步打球赛时，周宝被木球击伤了一只眼睛，顿时血流满面。他用巾帻擦了擦脸，继续击球，且越战越勇，频频打出绝妙险球，赢得球场上万名禁军欢呼。武宗龙心大悦，加封周宝为检校工部尚书、泾原节度使。

周宝在泾州奖励农耕，屯田种谷，积聚起二十万斛军粮，牙兵丰衣足食，百姓安居。周宝一时名声大噪，号称当朝良将。

广明元年，黄巢义军攻占宣州、歙州，兵临长江。朝廷命周宝改任润州镇海节度使兼南面招讨使，与高骈一同围堵黄巢。周宝到任后，训练士卒，加强守备，将牙兵分为八都镇守州县，一时境内安堵如故。黄巢义军从宣州沿江东下，经采石渡江，润州未受攻击，境内晏然。周宝招贤纳士，招兵买马，建立起千余人马的亲卫军，号称"后楼兵"。朝廷为抑制高骈，加封周宝为汝南郡王、检校司空、同平章事兼天下租庸副使，成了名副其实的"使相"。

周宝看了韦庄名刺，知他出身京兆韦氏高门，且是前朝宰相韦见素后人，十分高兴，请韦庄客堂叙话。

韦庄向周宝行过大礼，说道："不才在西京和洛阳时，闻听人言府相治理有方，兵强马壮，百姓安居乐业，如今来到润州一看，果然名不虚传。"

周宝摆摆手，说："端己先生过誉了。本镇闻听人言，端己先生号称'秦妇吟秀才'，只是还没有拜读过先生大作呢！"

韦庄双手呈上长诗《秦妇吟》，说道："请府相指教，不才献丑了。"周宝命掌书记崔绾诵读《秦妇吟》，崔绾展卷朗诵起来：

> 中和癸卯春三月,洛阳城外花如雪。
>
> 东南西北路人绝,绿杨悄悄香尘灭。
>
> 路旁忽见如花人,独向绿杨阴下歇。
>
> 凤侧鸾欹鬓角斜,红攒黛敛眉心折。
>
> 借问女郎何处来,含嚬欲语声先咽。
>
> 回头敛袂谢行人,丧乱漂沦何堪说!

崔绾停顿下来,由衷赞叹:"好诗,好诗!"

周宝却听得有些昏昏欲睡。

崔绾提高了声调,继续朗诵道:

> 适闻有客金陵至,见说江南风景异。
>
> 自从大寇犯中原,戎马不曾生四鄙,
>
> 诛锄窃盗若神功,惠爱生灵如赤子。
>
> 城壕固镬教金汤,赋税如云送军垒。
>
> 奈何四海尽滔滔,湛然一境平如砥。
>
> 避难徒为阙下人,怀安却羡江南鬼。
>
> 愿君举棹东复东,咏此长歌献相公。

朗诵到此,崔绾转头对周宝说:"相公,端己先生在诗中说您'爱民如子'呢!"

周宝一下子来了兴致,顿时容光焕发,喜笑颜开道:"端己先生谬奖了!"

不日,周宝请韦庄到州学充任经学博士,韦庄和弟弟韦蔼、妹妹韦婉便在附近租赁三间草屋,安顿下来。

韦蔼一边跟着哥哥读书,一边在城内外贩卖菜蔬,以糊口度口。妹妹韦婉平日里给学生们缝补浆洗衣裳,挣几文铜钱贴补家用。一家人背井离乡,辗转千里,历经磨难,总算有了一个安身之处。

周宝兵精粮足,境内安宁,渐生怠惰之心。他疏于处置军政事务,沉溺游乐宴饮声色犬马之中,最喜畋猎,时常带领大队人马,浩浩荡荡出行。一路之上,旌旗猎猎,鼓乐喧天,仙姬美酒,载歌载舞,不亦乐乎!

韦庄见识了周宝畋猎的情景,以诗记之曰:

> 十万旌旗十万兵，等闲游猎出军城。
>
> 紫袍日照金鹅斗，红旆风吹画虎狞。
>
> 带箭彩禽云外落，避雕寒兔月中惊。
>
> 归来一路笙歌满，更有仙娥载酒迎。

不仅如此，周宝还对"后楼兵"优待有加，不断地赏赐衣物钱财，使之成为一支骄兵，更引起镇海军其他将士不满。

光启三年三月，周宝役使牙兵修筑润州罗城，周长达二十余里。由于工役繁重，军士不堪其苦，一时怨声载道，变乱一触即发。有人提醒周宝加以防备，周宝不以为意，只说：乱则杀之！

牙将刘浩对周宝不满日久，见此时良机难得，便串通度支催勘使薛朗一同哗变。

刘浩召集将士，煽动说："周宝准备杀掉我们，只有起来造反，才可免于一死！"

将士们摩拳擦掌，纷纷响应。

夜半之时，刘浩和薛朗带领牙兵围攻周宝府邸。

周宝夜宴吃醉了酒，刚刚入睡。他在梦中被阵阵呐喊声惊醒，光着脚跑去呼唤后楼兵。不料这班后楼兵不仅不听使唤，反乱哄哄地加入哗变队伍，乘乱烧杀抢掠起来。

周宝无计可施，慌忙带领家人从青阳门逃走。

刘浩和薛朗带领牙兵攻入军府，捉住掌书记崔绾和兵马使陆锷、判官田倍，当即将其斩首示众。接着，刘浩和薛朗指挥将士在城内搜查周宝僚属、宾客，到处杀人放火，一时浓烟滚滚，火光冲天。

深夜时分，韦庄被呐喊声和哭叫声惊醒，急忙穿衣起床，唤醒弟弟韦蔼和妹妹韦婉。街巷之中，牙兵挨家挨户砸门，随意杀人，他们名曰搜捕周宝，实则抢劫财物掳掠妇女，闹得乱成一锅粥。

韦庄急忙收拾了一点钱财，带领弟弟、妹妹跑出家门。乱兵见韦婉是个妙龄少女，便追赶过来。韦庄催促弟弟妹妹快跑，但韦婉毕竟跑不快，韦庄时不时停下来等待韦婉。

兄妹三人跑到十字路口,迎面碰上一队骑兵,将三人冲散。

韦庄逃至常州、苏州,后经湖州、杭州抵达婺州,在东阳县兰芷村搭一间茅屋住了下来。

韦庄惊魂初定,前途难料,隐居山野,渔樵为生:

> 兰芷江头寄断蓬,移家空载一帆风。
>
> 伯伦嗜酒还因乱,平子归田不为穷。
>
> 避世漂零人境外,结茅依约画屏中。
>
> 从今隐去应难觅,深入芦花作钓翁。

昭宗龙纪元年,浙西发生战乱,韦庄在婺州兰芷村不能安居下去,当年冬天离开东阳,乘船经衢州前往江西。

韦庄先后在袁州、南昌居留了一些日子,而后乘船沿赣水北上,经鄱阳湖抵达九江。

在九江的日子里,韦庄收到长安和洛阳友人书信,得知昭宗即位后励精图治,广揽人才,恢复科举选士。他似乎看到一线光芒,归心似箭,要尽快回到家乡参加科考,求取功名。

然而,由于杨行密和孙儒在江淮争战不已,运河交通受阻,韦庄只得溯江而上,打算从夏口入汉江,经襄阳转陆路再到洛阳。

江船缓缓西上,两岸青山映绿波。韦庄流落他乡多年,如今终于得以回乡,参加朝廷科考,他的心情也开朗起来,不由吟道:

> 西望长安白日遥,半年无事驻兰桡。
>
> 欲将张翰秋江雨,画作屏风寄鲍照。

船到夏口,韦庄要换乘汉江小船,遂登岸住进客栈。

客栈中纷纷传言,长安又生变乱:当今天子为铲除宦官杨复恭,将其罪恶诏告天下,罢免其神策军中尉和观军容使之职,命其退休养老。杨复恭心中怨恨,鼓动义子玉山营军使杨守信,起兵对抗朝廷。神策军围攻杨府,和杨守信的玉山营打了起来,京城大乱,市人纷纷避乱外逃,云云。

闻听此信,韦庄如五雷轰顶,目瞪口呆,不知所以!

　　整整一冬，韦庄滞留夏口。翌年春天，他不得已南下湘中谋生。

　　他本来要回归故乡，如今却背道而驰，渐行渐远。前途遥遥，吉凶难料，可谓"感时花溅泪，恨别鸟惊心"！

　　景福元年（892年），韦庄终于结束十年漂泊生涯，返回家乡杜陵。他怀着游子归乡的急切心情，奔走在家乡的路上，一切是那样熟悉而又陌生：

　　　　一径寻村渡碧溪，稻花香泽水千畦。

　　　　云中寺远磬难识，竹里巢深鸟易迷。

　　　　紫菊乱开连井合，红榴初绽拂檐低。

　　　　归来满把如渑酒，何用伤时叹凤兮。

　　事情还算顺利，韦庄干谒万年县令，得以万年县举子身份应京兆府解试，获第一名，被选举为贡士。

　　韦庄出身杜陵韦氏高门，又是名相韦见素后人，自他写出《秦妇吟》之后，朝野闻名，因而不少参加省试的贡士慕名求见韦庄，与之交游，谈诗论文。

　　就在此时，卢渥让卢赓前往嘉会坊找韦庄攀亲。

　　原来，卢渥祖上与杜陵韦氏有姻亲。卢渥高祖母是韦氏之女。按辈分，卢渥与韦庄也算是表兄弟。不过，韦见素这一房，家道衰落，此时已经无做官之人。卢渥与韦庄从未有过来往，互不相识，韦庄也从不知有卢渥这么个远亲在朝中做户部侍郎。

　　卢赓找到韦庄家，尊称韦庄"表叔"，弄得韦庄丈二和尚摸不着头脑。待卢赓说明原委，韦庄也感到高兴。卢赓乃高官子弟，登门拜访他这个落魄之人，前来攀亲，显是卢赓父子没有以贫富待人。

　　卢赓将韦庄恭维一番，说表叔是当今才子，"秦妇吟秀才"的大名家喻户晓，卢家为有这等表亲感到荣光。卢赓还说，家父一直到处打听表叔行止，就是得不到确切消息。表叔在外漂泊多年，受了不少苦。如今回到京城，定有不少难处。家父命我带来一万钱的"便换"，请表叔笑纳补贴家用。

　　二十七八岁的卢赓，在韦庄面前毕恭毕敬，使韦庄感到异常温暖。

　　卢赓盛情邀请韦庄，一同前往玉华楼宴饮。韦庄推托不过，便随卢赓来到崇仁坊玉华楼。

崇仁坊正对皇城景风门,靠近尚书省选院,东南侧与东市相邻,南面是娼妓云集的平康里。此地风流蕴藉,人物荟萃,昼夜喧呼,灯火不绝,是京城极热闹去处。卢赓常来此游乐,或嫖妓,或宴饮,唱歌跳舞其乐无穷。玉华楼是文人骚客、富贵人家公子小姐宴游之所,厨子手艺堪称上乘,能烧出不少宫廷名菜。

卢赓是玉华楼的常客,老板娘名秦五娘,与卢赓相熟。秦五娘原是教坊乐伎,年轻时能歌善舞,咸通年间受到懿宗皇帝赞赏,名噪京师。

秦五娘四十来岁,风韵犹存,走起路来风摆杨柳,说起话来莺声燕语。她见公子哥卢赓登门,行云流水般旋过来,灿若菊花般的脸上,笑得粉末似乎要掉落下来,欢天喜地说道:"哎哟,今儿个是甚日子? 卢大公子可是有三天不进奴家门啦!"

卢赓摆摆手:"不须聒噪。今儿个有贵客,这是我的文友,也是我表叔——杜陵韦进士,人称'秦妇吟秀才'的便是。"

秦五娘夸张地瞪大了眼睛,口中"啧啧"连声:"哎哟喂,奴的天! 今儿个果真是文曲星下凡喽! 秦秀才,奴家可是也姓秦啦,咱们可是一笔不写两个秦字哩! 秦秀才大名,谁人不晓,连奴家也记诵得郎君的曲词呢!"

唐代文人词客,以优伶能歌唱自己的诗词为荣,韦庄自然也不例外,他笑着点头说道:"秦五娘果然是教坊名流,在下惭愧,惭愧!"

秦五娘将卢赓和韦庄让进楼上雅座,斟上茶水,方袅袅婷婷下楼安排酒食去了。

须臾工夫,庖童送上四色"茶食"点心:五福饼、千里碎香饼、生进鸭花汤饼和水晶龙凤糕。点心之精美,韦庄见所未见。单说那五福饼,上面雕就的莲叶青翠欲滴,荷花粉红透明。莲叶上匍匐着两只青蛙,眼放光明,栩栩如生。

韦庄看得呆了,卢赓笑嘻嘻地催促道:"表叔,请用点心吧?"韦庄如梦方醒,连连点头说:"好,好。"他舍不得弄坏了五福饼上的景致,用箸夹了一块水晶龙凤糕含在嘴里,那糕立时融化开来,满口生香,似有一股甜润爽滑的琼浆从喉咙流淌腹中。

又一刻工夫,庖童呈上一个拼盘,向客人唱名道:"五生盘一只。"

韦庄抬眼瞅去,见盘内之物拼成一朵梅花形状,五个花瓣分呈青、黄、红、白、黑五色，却不知是何物事。

卢赓见韦庄疑疑惑惑地看着五色盘，并不动箸，便绍介说："五生便是五种禽兽，用羊、豕、牛、熊、鹿肉细治而成。熊肉、鹿肉皆大补之物，表叔尝尝味道如何？"

其时秦岭山中熊、鹿皆寻常猎物，京城酒楼饭铺之中，多有鹿肉、熊肉出卖，像卢赓这等人家，早已司空见惯，不过平常之物而已。

卢赓吩咐庖童上酒，微笑着问韦庄："表叔喜饮哪样酒？"

韦庄问庖童："此处有什么酒？"

庖童唱道："天下美酒，玉华楼尽有：汝州杜康酒、荥阳土窟春、京城西市腔、虾蟆陵郎官清、阿婆清、富平石冻春、剑南烧春、松醪春、杭州梨花春、金陵春、宣城老春，还有洞庭春、留都春、庆云春、玉露春、风光春、万里春……"

卢赓不耐烦地打断庖童，说道："不要啰唆许多，来一坛西市腔吧。"

韦庄知道，京城平民所饮之酒，不过三四百文一斗，农夫所饮之村醪，一杯酒三五文钱而已。这西市腔乃京城名酒，斗酒十千钱，亦即十缗，便是一万钱，只有富贵之家才能享用得起，平民百姓哪里晓得西市腔何等滋味？

庖童抱来一坛西市腔，刚一开坛，酒香顿时扑鼻而至。

卢赓端起酒杯，站起身，依待客之道行"蘸甲"礼，即是用指甲蘸酒弹出，而后恭恭敬敬说道："小侄敬表叔一杯！"

卢赓说罢，将杯中酒一饮而尽。

唐代习俗，宴会之时，从年龄最小的晚辈开始饮酒，年龄最长者最后饮之，称为蓝尾酒。

韦庄为表谢意，端起酒杯一饮而尽。哇！这西市腔不愧是长安名酒，韦庄顿时觉得有一团火在喉咙里燃烧起来，烧得他连气也喘不过来。火团慢慢地、艰难地往下滚动，所到之处，火辣辣地灼痛。

三杯酒下肚，韦庄面庞发烧，连脖颈都红了起来。

卢赓笑眯眯地问道："表叔，玉华楼乐伎闻名京师，请她们来歌舞侑酒，如何？"

唐代文人雅士在歌楼酒肆宴饮，喜以听曲观舞助兴，李白、贺知章、白居易、李商隐、杜牧等概莫能外。十余年间韦庄避难异乡，飘零江湖，此时还真想一观京城乐伎歌舞，便点了点头。

卢赓吩咐秦五娘一声，七八个乐伎走来，调弄箫、笛、筚篥、琵琶、羯鼓之类，奏起幽怨缠绵之曲。一位头绾高髻、身穿红衣绿裙的歌舞伎边舞边唱起来：

> 恩重娇多情易伤，漏更长，解鸳鸯。朱唇未动，
>
> 先觉口脂香。缓揭绣衾抽皓腕，移凤枕，枕檀郎。

> 髻鬟狼藉黛眉长，出兰房，别檀郎。角声呜咽，
>
> 星斗渐微茫。露冷月残人未起，留不住，泪千行。

唱的正是韦庄的《江城子》，卢赓不由得高声叫起好来。

韦庄心下疑惑，自己远离京城多年，这玉华楼优伶如何能够演唱此曲词？便向歌伎问道："请问娘子芳名？还能唱何曲子？"

歌伎飘然一拜，道："奴家名唤秦十三娘，学唱曲儿不久，习得秦妇吟秀才的《菩萨蛮》《荷叶杯》，请郎君指教！"

韦庄："那便再唱一曲来听。"

乐伎们奏起《菩萨蛮》曲子，只听秦十三娘唱道：

> 洛阳城里春光好，洛阳才子他乡老。柳暗魏王堤，此时心转迷。
>
> 桃花春水渌，水上鸳鸯浴。凝恨对残晖，忆君君不知。

卢赓夸张地拍掌叫好起来。

韦庄问十三娘："可会唱别的曲词吗？"

秦十三娘笑了一笑，点点头，乐伎们奏起《长相思》曲调：

> 汴水流，泗水流，流到瓜洲古渡头，吴山点点愁。
>
> 思悠悠，恨悠悠。恨到归时方始休，月明人倚楼。

韦庄不由连连击掌叫好。

卢赓喜笑颜开，赐给歌女两贯赏钱，乐伎们千恩万谢地退去。

韦庄已醉意醺醺，卢赓唤过四名酒妓前来陪酒。

四名小娘子浓妆艳抹，袒胸露乳，分坐卢赓和韦庄两旁，皆用一条胳臂搭在二人肩上，娇滴滴地端起酒杯劝酒。时人将酒妓唤作"两头娘子"，即一边一个之意。

日暮时分，街鼓"咚咚"响起，卢赓和韦庄方大醉而归。

次日，韦庄前往卢府拜见卢渥，二人互相认了表亲。

从此，卢赓不时邀约韦庄宴饮游乐，自然还要向韦庄讨教诗文，轻而易举获得韦庄为应试预备的诗文和策问答案。

不久，韦庄和卢赓进了礼部贡院，一同参加"春闱"，便是礼部侍郎崔凝主持的进士科考试。

放榜之日，试子们齐聚贡院大门前看榜，卢赓和韦庄早早来到，挤在人群中翘首以待。

金榜张挂出来，上面写有二十五人名讳，卢赓名列第九，其余多是权贵子弟，却不见韦庄名号。

韦庄将榜单看了五六遍，心中发急，头有些眩晕，口中喃喃自语道："不能啊，怎会这样呢？"

一千多名试子，悲喜迥异。有人又蹦又跳地高喊着："中了，我中榜了！"更有人摇头叹气，甚而有人捶胸顿足号啕大哭起来。

只听一位试子骂道："中榜者皆高官显贵子弟，庶民试子无一人及第，这分明是官官相护，通同作弊，公道何在？天理何在？"

另一人叫道："我等天下贡士联名上书朝廷，追究科场舞弊案！"

更多试子面色灰暗，神情沮丧，默默无言地离去了。

日暮时分，空空荡荡的贡院门前广场上，韦庄形单影只久久徘徊。他仰起头，似乎在向灰暗的天空发问："卢赓那般文笔尚且能够中第，我却怎的落榜了呢？上苍不公啊！"

韦庄眼泪夺眶而出，汩汩流淌，濡湿了花白胡须，滴落在胸前褐色袍衫上。

二十八　水向东流

得知今年省试录取者皆权贵子弟,朝中大臣争相营私舞弊,昭宗既震惊,又十分气恼。他决计对礼部录取的进士再行复试,一看究竟。他亲自拟出试题,交付翰林学士陆扆和秘书监冯渥,命二人主持复试。

朝廷举行金殿复试的消息传开之后,中榜权贵子弟慌了手脚。

卢赓吓得连连询问父亲该如何是好,卢渥毕竟老于世故,不慌不忙告诉儿子,只管声称有病在身,不能赴考场复试便是。

卢赓如释重负,向礼部侍郎、知贡举崔凝告了病假,欢欢喜喜出门打猎去了。

复试在西大内武德殿举行,昭宗驾临考场,坐镇监考。

翰林学士、主考官陆扆向昭宗禀道:应到试子二十五人,实到二十四名。中榜试子卢赓因病请假,不能前来赴考。

昭宗断然命内侍省派四名小黄门,将卢赓抬至武德殿参加复试。

一名内寺伯带领四名小宦者,抬着肩辇一路飞奔,来到卢渥府中。

卢渥着实吃了一惊,头上冒出豆大汗珠。他急中生智,向内寺伯连连作揖道:"请寺伯奏明圣上,犬子到华阴县养病去了,实在无法赴试。"

说着将十缗钱的"便换"塞进内寺伯手中。

内寺伯不再坚持,笑容可掬地告辞说:"好说,好说。卢公最好写个奏状,请圣人裁落贤郎。咱家告辞了。"

殿试已毕,昭宗亲自审阅试卷。他越看越失望,越看越气恼,尤其是苏楷、崔砺、杜承昭、郑稼四人卷子,胡涂乱抹,狗屁不通。昭宗提起御笔,将此四人名字狠狠地勾掉,并在卷首批道:四人落选,此后不许再考。

还有中榜者张贻范、李枢等五人,字体不工,文辞拙劣,东拉西扯,言不及义。昭宗御批:本科黜落,可再应考。

其余黄滔、封渭、王贞白等人,文理稍通,字体工整,时务策答问差强人意,昭宗恩准予以录取,钦定进士及第。

审过试卷,昭宗就要惩处科场舞弊案主犯崔凝。崔凝着了慌,急急忙忙找到宰相崔昭纬,求他在昭宗面前通融缓颊。

崔昭纬在昭宗面前极力为崔凝辩解,昭宗情知他乃崔凝后台,也是科场舞弊案幕后操纵者,便冷冷说道:"科场舞弊,欺君罔上,荼毒天下士子,败坏纲纪,国法难容!若不对崔凝严加惩处,朝廷颜面何存?又何以收服天下士子之心?"

崔昭纬张口结舌,无言以对。

浙东节度使刘汉宏,原是王仙芝麾下大将,归降荆南节度使、诸道行营都统王铎后,被朝廷敕封为宿州刺史。刘汉宏嫌朝廷恩赏太薄,便带领人马攻掠州县,抢劫财货。其时僖宗流亡剑南西川,朝廷内外交困,焦头烂额,无力约束刘汉宏,对其莫可奈何。恰巧浙东观察使柳瑫犯罪被罢官,朝廷为笼络刘汉宏,便授予他浙东观察使之职,以示恩宠。不久,朝廷又授予刘汉宏浙东节度使旌节,刘汉宏遂成为统揽浙东军政的藩镇主帅。

刘汉宏据有浙东七州之地,雄心勃发,大肆招兵买马,训练士卒,囤积粮草,图谋吞并浙西,以武力扩充地盘。

僖宗中和二年,刘汉宏和其弟刘汉宥、刘汉容率领七万大军进攻杭州。杭州刺史董昌命都知兵马使钱镠带兵抵御守城。

钱镠乃杭州临安人氏,出身寒微,世代农渔。钱镠出生后,其父钱宽因家中贫困,怕养不起,便要把他丢掉。其祖母爱孙心切,将其强留下来,因此取乳名"婆留"。钱镠长大成人后,"不喜事生业,以贩盐为盗",和王仙芝、黄巢、毕师铎一样,是食盐贩子,被官府视作"无赖""强盗""罪犯"者也。

钱镠以刺史名义，号令杭州所辖八县，每县招募一千壮士，编为一都。而后，钱镠率八都将士在浙水北岸布阵，与在西陵扎营的刘汉宏浙东军隔江对垒。

深夜，钱镠带领三千水手泅渡浙水，偷袭浙东兵营。刘汉宏没有防备，营寨被火烧，将士在睡梦中被杀死许多。

刘汉宏不甘失败，不久后又统领浙东十万人马，乘坐数百艘战船，浩浩荡荡溯浙水西犯，进抵西陵、萧山，气势汹汹向杭州杀来。

钱镠见浙东军战船密密麻麻布满江面，船与船绳索相连结成阵势，不觉好笑，胸中已有破敌之策。

钱镠挑选出三百名谙熟水性的士卒，乘坐二十多只小船，船上装满柴草火油，半夜时分从浙水上游顺流而下，迅速接近浙东军战船。

浙东军哨兵发觉有小船从上游漂移过来，却不见船上有人，正疑惑间，小船已靠近战船，突然着起火来。

哨兵大喊大叫，睡在船舱中的浙东将士，迷迷糊糊爬起身，跑出船舱，战船已被引燃着火。将士们赶忙砍断绳索，要掉头逃跑。哪承想，由于战船相互靠得太紧，横竖掉不过头来。

说时迟，那时快，浙东军位于前列的战船相继起火，将士们惊慌失措，跳进江水中，向后面的战船游去。

小船上的杭州兵，手提鬼头大刀，跳上浙东战船，一刀一个，将来不及逃走的浙东兵杀死。接着，这拨杭州兵"扑通、扑通"跳进江水中，追杀落水的浙东兵。

钱镠亲自带领千名将士在下游截杀浙东兵。浙东战船前进不得，后退不能，接连被燃着，火光照耀得江面一片通红。

浙东军无数将士掉落江中，顺水漂流。杭州兵手持长矛，将他们一一刺死。短短半个时辰工夫，浙东兵被斩杀五千多人，淹死者不计其数。

刘汉宏乘坐大船逃走，正遇上钱镠战船。刘汉宏匆忙换上厨子衣衫，拿着一把菜刀，仓皇逃命。

一个杭州兵截住刘汉宏，喝问："你是什么人？"

刘汉宏举起菜刀让他看："我是厨子。"

杭州兵不屑地摆摆手，刘汉宏慌忙溜走。

刘汉宏弃船登岸，骑马向曹娥埭逃窜。

钱镠率领杭州八都将士紧紧追击，在曹娥埭截获浙东军战舰五百艘、战马五百匹。

刘汉宏仅仅带领六百人逃至台州，以为杭州兵已追赶不及，便停留下来。台州守将杜雄假意设宴犒劳刘汉宏，将他和六百个将士灌醉，而后捆绑起来，送交钱镠处置。

钱镠将刘汉宏押至杭州，向董昌报捷。董昌命钱镠将刘汉宏押赴市曹，斩首示众。

不久，朝廷敕封董昌为越州刺史、浙东节度使。

董昌上表朝廷，申奏钱镠战功，朝廷遂敕封钱镠为杭越管内都指挥使、上武卫大将军、杭州刺史。

钱镠出任杭州刺史后，关心民瘼，奖励农桑，他十分重视兴修农田水利，尤其注重防治水涝。他在杭州所辖八县之内，倡导乡民开挖沟渠排积水，修建水塘灌农田，稻谷连年丰稔，民生改善，人心粗安。

除了治水兴农以安百姓之心，钱镠还广罗人才以收士人之心，其部下大将成及、顾全武、杜稜、阮结等，皆智勇双全能独当一面之人。

一日傍晚，东安都将杜稜从军营回到家中，刚刚坐下来喝杯茶，儿子杜建徽便带着一位士人前来拜访。

杜稜打量此人，见他约莫五十岁上下，两鬓染霜，胡须灰白，身材又矮又瘦，且高眉头、深眼窝、脸庞瘦削黝黑，其貌确乎不扬。正要开口询问，便听儿子杜建徽说道："这位先生，是新城县同乡，姓罗名隐，字昭谏……"

杜稜急忙打断儿子的话："原来是新城才子江东生，失敬，失敬！快请坐！"

杜稜连连呼唤苍头："上茶，上好茶！"

罗隐拱手谢过，一旁落座。

苍头送上茶水，罗隐啜了一口，满颊生香，果然是湖州顾渚山紫笋名茶。

湖州茶乃茶中上品，而顾渚山紫笋又是湖州茶之极品，十分名贵。杜稜戎马倥偬，并不善品茶。前不久，他平定润州薛朗之乱，回军时路过湖州，偶然得了些顾渚山紫笋茶，奉送刺史钱镠多半，家中剩有少许，以待贵客。

杜稜微笑问道："昭谏诗文名扬天下，家乡父老无不引以为荣。闻听先生几番赴京应考不曾中第，黄巢之乱后再无消息。不知昭谏先生在何处高就？"

罗隐心中戚然，一时不知从何处说起。他沉吟许久，方缓缓答道："说来话长，在下这些年到过不少地方，还真是一言难尽哩！"

三人正说话间，苍头过来向杜稜禀报："郎主，酒菜已备好。"

杜稜一挥手，说道："摆上来。"

菜肴很快摆上，虽品色不多，倒也精致。糕点有君子饼、含浆饼、乾坤夹饼和甜雪八方寒食饼；菜肴有交加鸭脂、剪云析鱼羹、吴兴连带鲊和金丸玉叶脍，多是杭州名贵菜品，有些竟是从京城传过来的宫廷菜。

苍头抱来一坛杭州梨花春酒，三人边饮边谈，罗隐断断续续向杜稜诉说了他乾符末年应试不第、离京南下之后的遭际。

僖宗乾符二年，罗隐第十回赴京应进士科省试再次落第。他心灰意冷，贫病交加，独卧旅舍，愁绪万千，提笔赋诗：

　　病想医门渴望梅，十年心地仅成灰。

　　早知世事长如此，自是孤寒不合来。

　　谷畔气浓高蔽日，蛰边声暖乍闻雷。

　　满城桃李君看取，一一还从旧处开。

罗隐决计不再应考，辞别郑畋、灵珠和诗友皮日休、杜荀鹤，南下荆楚谋生。

当年八月，罗隐离开京城，乘船经运渠趋往潼关。

夜半秋声，客船泊岸。罗隐回首长安，不禁百感交集，思绪万端，赋诗曰：

　　半夜秋声触断蓬，百年身事算成空。

　　祢生词赋抛江夏，汉祖精神忆沛中。

　　未必他时能富贵，只应从此见穷通。

　　边禽陇水休相笑，自有沧州一棹风。

罗隐出潼关，过洛阳，遵照宰相郑畋嘱咐，打算前往鄂州，投奔鄂岳观察使韦保义，遂自荥阳南下，经许州来到夏口。

罗隐在客栈住下，次日到鄂州观察使衙署投递名刺，拜谒韦保义。

韦保义出身京兆韦氏高门，"城南韦杜，去天尺五"，朝野仰慕。韦氏世代簪缨，有唐一代位居卿相者不可胜数。韦保义自恃门第高贵，对庶族出身同僚尚且鄙视，像罗隐这般出身寒门的白衣秀才更是不屑一顾。及至见到罗隐，看他其貌不扬，一副落拓寒酸之相，更是嗤之以鼻。

罗隐说明来意，请求进入鄂岳幕府效力。

韦保义言不由衷地敷衍说，眼下幕宾众多，待有空缺时，再请先生前来屈就。遂命人拿出两贯铜钱，送给罗隐作川资。

罗隐婉言谢绝。回到客栈，罗隐独对青灯，长夜难眠。

离开夏口，罗隐乘坐江船南下，过洞庭湖，溯湘水抵达潭州，前往湖南观察使衙署拜谒于环。

于环正在湖南广揽俊才，他久闻余杭才子罗隐大名，知其诗文俱佳，热诚欢迎罗隐到来，很快任罗隐为衡阳县主簿。

唐代官制，县设县令，县丞、主簿、县尉为佐官。主簿品阶为从九品上，虽说品秩甚低，却是许多及第进士经吏部"关试"方能授予的入门官职。士人多自此脱去"布衣"褐衫，踏入仕途，成为朝廷命官，故世人谓之"释褐官"。

罗隐泛舟湘水赴任衡阳，一路山色明媚，水光潋滟，鱼翔浅底，鸥鹭群集。诗人遥想当年，洛阳才子贾谊被佞臣排斥，贬为长沙王太傅；诗圣杜甫飘零江湖，流浪湘沅，便情不自禁，赋诗追怀前贤：

> 晴江春暖兰蕙薰，凫鹥莘莘鸥著群。
>
> 洛阳贾谊自无命，少陵杜甫偏有文。
>
> 空阔远帆遮落日，苍茫野树碍归云。
>
> 松醪酒好昭潭静，闲过中流一吊君。

到任衡阳后，罗隐随即给皮日休和郑畋写信通禀行踪。然而，此时王仙芝、黄巢人马攻占了郑州、汝州，正向洛阳进军。中原州郡，官军望风披靡，官吏逃的逃，降的降，天下大乱，驿路和邮传已然不通了。

其时,主簿、县尉的差事,便是遵从县令指使,带领衙役皂隶到四乡催粮逼捐。除官府定额赋税之外,老百姓还要交纳名目繁多的各种"捐"。

这些时日来,衡阳县令布告四乡,百姓凡不按时缴纳捐税者,抓进大牢问罪。无数"囚犯"惨遭毒刑拷打,往往九死一生。

更令罗隐难以容忍者,是官家收田赋时用来量稻谷的"斗",比官制标准斗多出一倍,衙役们还要把稻谷盛得冒尖。农夫们明明送来一石稻谷,用这种黑心大斗量过,便只有五斗了。农夫们无法交足田赋,一个个苦苦哀求,却招来衙役们棍打鞭抽,而后被丢入牢房。

此种惨景,罗隐每日里都要亲眼目睹,看得他气愤难平,心中滴血。他忍无可忍,多次冲上去,夺下衙役狱吏手中皮鞭或水火棍,训斥他们太过狠毒。衙役和狱吏自然不服,三番五次向县令告状,说是罗隐阻挠办差,一再袒护刁民。

县令半信半疑,便亲自带着罗隐一道下乡催收粮捐。

有县令坐镇,衙役和狱吏有恃无恐,进了村子如狼似虎,威逼勒索。农夫尽其所有,把收获的稻谷全交上来,还是不能满足县令和衙役们的贪欲,一个个被打得皮开肉绽。

罗隐实在看不下去,对县令说:"您是百姓父母官,须以民为本,爱民如子,岂可竭泽而渔?"

县令冷笑道:"罗少仙,如今多事之秋,朝廷督催甚急,正税之外,剿寇兵捐刻不容缓。你我吃的是朝廷俸禄,岂可玩忽职守?此等乡野刁民,若不示以威权,如何能俯首帖耳缴税纳捐?"

罗隐还要争辩,县令不耐烦地挥挥手,说道:"请少仙免开尊口,不要再妨碍公务!"

"少仙"乃主簿别称,看来县令还算客气。罗隐一时也无可奈何。

次日,罗隐便向县令告假说身体不适,再也不肯下乡催粮逼捐。

县令见罗隐格格不入,便向观察使于环进谗言,指责罗隐心怀异志,与刁民串通一气抗粮拒税。如不将其罢职,他这个县令便要辞官。

于环无奈,只得召罗隐回潭州。

罗隐在衡阳任职不足一百天,便被县令排挤回潭州闲居。此时,王仙芝义军接连攻占申州、随州、郢州、复州,兵锋直指江陵,湖南官绅震恐,惶惶不可终日。

罗隐觉得在潭州吃闲饭终归不是长久之计,便向于环辞行,说是要回家乡新城,耕读渔樵,了此残生。

于环沉吟良久,说道:“既是昭谏思乡心切,在下不好强留。池州刺史窦潏,是我同年好友。待我修书一封,你可到池州一游,若有合意差事,不妨屈就。”

次日,于环设宴为罗隐饯行,并馈赠二十缗钱作旅途盘费。县主簿九品官月俸一千五十钱,食料二百五十钱,杂用钱二百,合计每月一千五百钱。于环的馈赠,超出九品官一年俸禄,已属不菲。

罗隐启程时,于环亲到码头送行,二人挥泪而别。

罗隐沿湘水北上,经洞庭湖入长江,顺流而下,再过夏口,抵达池州。

池州刺史窦潏与罗隐相见恨晚,在使府大宴三日,为其接风洗尘。

窦潏为罗隐收拾出一个偏院,差派一名苍头、一个厨子,将罗隐安顿下来。

窦潏要为罗隐在州衙安排职位,罗隐顾忌鞭打黎庶、勒索百姓,便说还是做清客最好。窦潏见罗隐执意如此,便不再勉强。

从此,罗隐成了刺史窦潏门客。闲暇之时,二人诗酒相娱,谈古论今,倒也乐在其中。

池州西南有一处山水胜地,名曰秋浦,是一个长八十余里、宽三十里的湖泊,秋浦县即由此得名。李太白当年漂泊池州,穷困潦倒,生计维艰,但他酷爱秋浦风光,在此地一住三年,留下了著名诗篇《秋浦歌十七首》。

罗隐对秋浦十分向往,亟盼一游。

这日,罗隐向窦潏告了假,骑上一头毛驴,与苍头一道,出得池州西门,往西南迤逦而行。

夕阳西下时分,苍头和罗隐到达秋浦东岸。

罗隐抬眼望去,只见彩霞映照湖面,与岸边蓊郁苍翠的山林构成一幅绚丽的山水画卷。百鸟在林间喧闹,一群群白鹭在水面上往来飞翔。几叶渔舟在湖面上缓缓游弋,荡漾起一波波水纹,搅得水面不停地抖动起来。

此刻,罗隐如同醉了酒,好似身在梦中游。

一叶渔舟靠上岸,渔翁父子从船上抬下一桶活蹦乱跳的鱼儿,令人惊羡。

罗隐上前与渔翁答话,方知渔翁姓杜,在湖北岸滨居住。罗隐请老人家划一趟船,说是想看一看湖里风景,要付给老人家船资。

渔翁爽朗大笑道:"划一回船,要甚的银钱?郎君是读书人,也忒小看俺渔家了!"

罗隐谢过老伯,和苍头跳上渔船,向西南划去。

罗隐站在船头,只觉凉风习习,暑热顿消,好不惬意。船行湖上,岸边山林排列而来,步步物换景移。水鸟追逐着渔船,鸣叫着上下翻飞。南面栎山和东南方九华山,一座座山峰在夕阳照耀下,闪烁着金色光芒。

此刻,罗隐忘记了忧愁烦恼,整个身心融化在山水之中。他忘乎所以,"扑通"一声跳进湖水中,向着远处游去……

不觉间天色暗淡下来,渔船缓缓划回岸边。

杜老伯盛情邀请罗隐到家中用餐,罗隐也不推托,随老伯穿越一片竹林,路过一方菜地,来到老伯家中。

杜老伯家有三间草屋作正房,两间西屋,另有一个炊棚烧饭。正房屋用稻草盖顶,墙壁用竹篱泥巴糊就,勉强可遮风挡雨。

老伯蒸了糙米饭,房前屋后栽种有葫芦、豆角、南瓜,现摘现煮,又煮了几条鲜鱼,拾掇出一顿丰盛的晚餐。

鱼肉鲜美可口,鱼汤清香扑鼻,罗隐尝过,直觉珍肴细脍、玉液琼浆都难以与之媲美。

杜老伯拿出自己酿造的村醪,与罗隐共饮。

罗隐大嚼大饮,酣畅淋漓,醺醺微醉,飘飘欲仙。

饭毕,杜老伯和罗隐在高大的楸树下纳凉,闲话家常。

罗隐问老伯一天能打多少鱼,能卖几多钱。老伯连连叹气,说是鱼打得不算少,可眼下渔税和兵捐太重了。往年,平日里一天打二百多斤鱼,在湖边卖一文钱一斤。丁税之外,渔税一日百文,还要给里正缴三十文"孝敬",向乡正纳二十文"孝敬"。每日剩下五六十文钱,要买口粮、油盐、麻布,还要修补渔船、房屋等等,日子只能凑合过下去。今年,官府又增派兵捐,说是王仙芝、黄巢作乱,要募兵剿寇,每日增加兵捐三十文。老天哪,缴过这种税那个捐,剩下十文八文钱,只够买一升米糊口。碰上大风大雨日子,下不得湖去,打不了鱼,依然要缴捐税和"孝敬"。有时劳碌一天,卖了鱼,还不够缴纳捐税钱,还要亏欠官家。天下哪有这般道理,官府还要百姓活命不?

罗隐只能安慰老伯说,待战乱平息便会好些,总不至没完没了地打仗吧?

次日一早,罗隐告别杜老伯,和苍头沿秋浦湖岸游览一番,晚间方回到池州。

窦潏见罗隐游览颇为尽兴,便又告诉罗隐,池州东面四十五里有一绝佳之处,名曰梅根浦,又称梅根河,风景秀丽,幽静雅致,足可一游。

这一日,罗隐和苍头早早出城,骑驴游览梅根浦。

在梅根浦码头,二人雇了一条小船,驶入梅根河。

船行梅根河,满眼绿水青山,红花翠竹,美不胜收。梅根浦虽不像秋浦烟波浩渺,却幽静宜人。

罗隐舍舟登岸,信步走去。山路随着河流曲折蜿蜒,在一片片竹林和树荫下穿行,正可谓曲径通幽。

中午时分,罗隐来到一个小山村,约莫有五六户人家,竹篱茅舍,鸡犬之声相闻。一条溪流从茅舍间流过,溪水清澈见底,游鱼嬉戏,旁若无人。顺溪流向上望去,百步之外是一个高约七八丈的瀑布,水声訇然作响。

溪边一块巨石,约有三四丈宽广,石上平滑如砥。巨石下一方潭水,深不见底。潭畔几棵高大的银杏树,绿荫如盖,正好遮蔽着巨石。

罗隐攀上巨石,顿觉清风拂面,心旷神怡,不禁赞道:好一处钓矶!

顺着一条细流上行,罗隐走进一户人家,见有一位五十多岁老妇正在舂米,便向老妇深施一礼,说是行路之人,想讨一顿饭食,饭钱照付。

老妇请客人坐在竹杌上,奉上茶水,说道:饭钱不须说,只是家中没甚好饭食,怕委屈了客人。

老妇用刚刚舂好的米,连同新鲜菰米放进锅内蒸煮,顺手从池塘里捞出两条鱼,收拾得干干净净。接下来,她又从篱笆墙上摘下瓠瓜、豆角,麻利地做好饭菜。

罗隐和苍头坐在树荫下,老妇捧来雕胡饭。罗隐品尝了一口,但觉菰米清香可口,稻米香甜嫩软,妙不可言。

罗隐用过饭,询问老妇家境如何。老妇说,老郎下湖打鱼去了,傍晚才能回来。儿子今年三月被官家抽丁从军,再没有消息,说是在北边打仗。家里有两亩山田,儿子走后,无力耕种。家中有一条破渔船,老头子打鱼没了帮手,难啊,日子越过越难了。

老妇告诉罗隐,这村子名叫梅根浦,总共六户人家。因为男丁大多抽丁走了,只剩下老人和孩童,也就二十多口人吧。因为缺男丁,不少田地撂荒了!

罗隐不由为梅根浦惋惜,多好的鱼米之乡,竟荒废如此,战乱带来多少苦难!罗隐拿出一百文钱,老妇无论如何不肯收,罗隐顾自放下钱,告别而去。

回到池州,罗隐便对刺史窦潏说,他要到梅根浦居住。

窦潏有些意外,道:"梅根浦风光虽好,可距州城四五十里路,不便日常向先生请教,还是住在城里方便些,也好对先生有所照料。"

罗隐却笑道:"使君过谦了。罗隐一介书生,百无一用。梅根浦那里清净,且有不少荒田。在那里可耕田、钓鱼、读书,最为适宜,还望使君成全。"

窦潏见罗隐心意已决,遂笑道:"恭敬不如从命,既然先生喜欢梅根浦,在下就命人买下几亩山田,修间茅屋,供先生居住便是。"

窦潏差遣一位从事,和罗隐一同来到梅根浦,买下山坡上五六亩荒田,修起三间茅屋,罗隐和苍头便在梅根浦住了下来。

茅屋临近那条山溪,距巨石不过百步之遥。罗隐每日里耕田、读书,也常坐在巨石上垂钓。他为巨石取名"钓矶",倒也名副其实。从这里放眼南望,九华山群峰竞秀,齐山翠黛如画。山脚下的梅根河,水光潋滟,清澈碧透,鸟鸣鱼跃,确是一个修身养性的好去处。

罗隐有了安身之所,便给郑畋写信禀报行踪。他在湖南衡阳时,给郑畋写过两封书信,一直没有回音,战乱不断,邮传不通。罗隐日夜萦怀灵珠姑娘,但自己身如飘蓬,辗转万里,再加战乱,音信不通,奈何奈何。

不久，罗隐得到消息：王仙芝草军接连攻占庐州、寿州、舒州，江淮糜烂，狼烟四起。看来，世事不可料矣！

这日，罗隐心绪烦乱，夜不能寐，在月光下徘徊。忽地，他想起杜荀鹤家乡池州石埭县，距秋浦不远，便急切想与老友相见。

次日，罗隐骑上毛驴，前往石埭县长林乡寻访杜荀鹤。

然而，老天不遂人愿。杜家族人告诉罗隐，荀鹤正在庐山隐居读书，以备再赴西京春闱。罗隐兴冲冲而来，梦想着能够老友相逢，诗酒相娱，不料却被兜头浇了一盆凉水，只得败兴而归。

罗隐回到梅根浦，思念故人之情愈来愈浓，以至夜不能眠，只得起身抚琴，聊慰寂寞：

> 故人不可见，聊复拂鸣琴。
>
> 鹊绕风枝急，萤藏露草深。
>
> 平生四方志，此夜五湖心。
>
> 惆怅友朋尽，洋洋漫好音。

不久，池州刺史窦滫升任宣歙观察使，赴任宣州，门客们皆追逐而去。窦滫邀请罗隐随他到宣州充任幕僚，罗隐却执意留在梅根浦，婉言谢绝了窦滫一番好意。

窦滫到宣州后，又写来书信邀罗隐去使府任职，罗隐赋诗回复道：

> 双鱼迢递到江滨，伤感南陵旧主人。
>
> 万里朝台劳寄梦，十年侯国阻趋尘。
>
> 寻知乱后尝辞禄，共喜闲来养精神。
>
> 时见齐山敬亭客，不堪戎马战征频。

罗隐在梅根浦耕读渔樵，诗酒自娱，安适恬淡，倏忽已是半年。

这一日，罗隐正在钓矶垂钓，去池州购买食盐布匹的苍头匆匆忙忙跑回来，告诉罗隐，黄巢大军过了长江，正在攻打宣州。宣州一带百姓都跑来池州避乱。眼下池州城内人心惶惶，守城官军关闭城门，不许百姓出入，看样子随时要开战呢！

罗隐被这消息惊得呆在那里，半晌无语。苍头急切追问道："咱们要不要躲避一下？"

罗隐叹了一口气,说道:"躲避?往哪里躲?到何处避?天知道黄巢什么时候打过来?听天由命吧!"

次日又传来消息,说是黄巢没打下宣州,转攻杭州去了。罗隐一则以喜,一则以忧。喜的是自己可在梅根浦住下去,一时不用逃难。忧的是家乡杭州即将陷入兵火之灾,百姓又要遭难。

罗隐牵挂着家乡父老安危,不断打听消息,终于得知黄巢没有攻进杭州,却在仙霞岭开劈山路七百里,经福建转往岭南去了,方才舒了一口气。

不料,来年春黄巢大军突然从广州北上,攻克衡阳、江陵,接着顺长江东下,于广明元年六月攻占宣州,池州官民人等又恐慌起来。

窦澣在宣州城破之前便逃往润州,投靠镇海节度使周宝去了。

好在黄巢大军并未在宣州停留,很快就渡过长江,进兵淮南,直捣中原。罗隐在梅根浦存身,方得一时苟安。随后不断有消息传来,令罗隐心惊肉跳:黄巢大军势如破竹,占洛阳,克潼关,年底进入西京长安,当今天子仓皇出逃西川,天下大乱!

罗隐忆起安史之乱时,醉生梦死耽于享乐的唐玄宗李隆基,带着杨贵妃逃出京城,上演了一出历史悲剧;当今皇帝李儇步其后尘,逃出长安,避难巴蜀,重演悲剧,不禁百感交集,感慨万端,顺口咏诗讥刺僖宗朝廷:

> 马嵬山色翠依依,又见銮舆幸蜀归。

> 泉下阿蛮应有语,这回休更怨杨妃。

黄巢占领西京长安,罗隐不能不牵挂灵珠安危。几年来,二人音信断绝,罗隐魂牵梦萦,思念愈深。如今传言黄巢在长安杀了很多人,王公贵族斩无孑遗,文人士子血流成河,凡识字者皆捕之杀之。灵珠是宰相郑畋之女,能否逃过此劫?

罗隐想进京去寻灵珠,但又不知她是否随父去了凤翔。若灵珠仍留在京城,必是凶多吉少。罗隐忧虑焦思,大病一场。

为探听灵珠消息,罗隐准备前往长安,动身前忽又得到消息,说是郑畋统率数镇兵马,围了京城,正与黄巢大军激战。关中狼烟四起,你打过来,我杀过去,到处积尸如山,血流成河。中原一带道路不通,运河阻塞,舟楫难行。

罗隐心中茫然,不知何去何从,既不能西上长安,又无法东归钱塘。浙东观察使刘汉宏为兼并浙西，正与杭州刺史董昌争战不已，战火连绵，百姓涂炭，何有了时！

又是一年秋风劲，有消息传来，说是黄巢败逃泰山狼虎谷，自杀身死。僖宗要回驾长安，天下有望太平。

此时，在高骈幕府做从事的诗友顾云，回家乡池州省亲，得知罗隐在梅根浦隐居，专程前来探望。

咸通年间，顾云与罗隐赴京同场应试，成为诗友。二人暌违已久，见面各诉思念之苦。回想当年，二人双双落第，困居旅舍，缺衣少食，同病相怜，患难与共。顾云回乡时，罗隐置酒长亭送别，二人频频举杯，泪眼相望，依依不舍，罗隐口占七律赠别：

> 行行杯酒莫辞频，怨叹劳歌两未伸。
>
> 汉帝后宫犹识字，楚王前殿更无人。
>
> 年深旅舍衣裳敝，潮打村田活计贫。
>
> 百岁都来多几日，不堪相别又伤春。

咸通十五年，顾云再次赴京应考，终于进士及第。乾符五年，顾云入高骈幕府做从事。从事乃幕职，又称幕宾，非朝廷官职，亦无品阶，却是执事官员，乃节度使或刺史亲从官。

此次故人相见，顾云想邀罗隐前往扬州，投入高骈幕府，二人便可朝夕相处，携手共进。顾云说，高骈文武兼备，能诗善文，且最喜招揽人才。罗隐若愿去扬州效力，高骈定会倒履相迎。

扬州乃东南第一大都会，人文荟萃之地，罗隐早就心向往之，便决意前去碰碰运气。只不过，眼下已是年尾，罗隐离开梅根浦之前还有些善后之事，二人便约定来年春天扬州相会。

春暖花开时节，罗隐辞了苍头，告别梅根浦共话桑麻、同舟捕鱼的父老乡亲，来到扬州，在南城"祥云"旅馆歇脚。

旅馆楼下兼有酒肆饭铺，罗隐沽得一斗金陵春酒，要了一个"小天酥"拼盘，自斟自饮起来。

不一时，两个术士模样的汉子十分无礼地横在罗隐面前，盯着他打量不休。

罗隐不耐烦地问道："两位先生有何事？"

其中一位胖汉斜着眼睛问道："你这措大，来扬州做甚？"

罗隐好生奇怪，反问道："我又不认识你，你问这个做甚？"

另一位黑瘦汉子不屑地斥道："好个不晓事的措大，你是刚到此地吧？我等奉军师之命，巡查混入城中的盗贼和奸细。你要小心说话！"

罗隐道："军师？哪个军师？"

朝廷官制，方镇或州县皆无"军师"这一职名。

胖汉一拳砸在案上，将盘子、杯子和碗、筷震得叮叮当当跳舞，接着厉声喝道："找死！你连我家吕大军师都不知道？可见是故意蔑视天神！"

说话间，瘦汉子已从腰间抽出绳索，上前要捆绑罗隐。

店主一看要出事，忙跑上来打躬作揖赔笑脸，说道："两位上差息怒，这位郎君今日刚来扬州，恕他无知。小的这就给二位上好酒！"

胖汉依然不依不饶道："这个老儿忒不晓事，须得教训教训他！"

店主捧来一坛好酒为两个术士斟上，恭恭敬敬道："这是地道的玉薤春酒，请二位品尝！"

接着，庖童又送上几味佳肴，两个牛头马面便大嚼大饮起来。

瘦汉子连灌下去三杯酒，眯起眼睛问罗隐："你这厮从哪里来？到扬州做甚营生？"

罗隐端起最后一杯酒，仰起头一饮而尽，道："在下余杭罗隐，前来扬州访友。"

胖子追问："你朋友姓甚名谁？"

"淮南高相公帐下从事顾云。"罗隐说罢，拂袖而去。

胖子口里嚼着鹿肉，呜呜啦啦嘟囔道："一个破从事，有、有甚了不得？在我家军师爷面前，狗屁不是！"

罗隐出了饭铺，径直向扬州夜市走去。他想散散心，也好驱散一身晦气。

罗隐举目望去，只见歌楼幢幢，商肆如林，只是少有顾客出入，显得冷清。往年罗隐赴京应考，每每路过扬州，留下许多美好记忆。

扬州繁华，天下第一，风华人物，荟萃于此，杜牧、李绅、王建、张祜等众多文人骚客，皆有诗歌咏扬州。罗隐不由记起杜牧的《扬州三首》诗句：

　　　　街垂千步柳，霞映两重城。

　　　　天碧台阁丽，风凉歌管清。

　　　　纤腰间长袖，玉佩杂繁缨。

　　　　拖轴诚为壮，豪华不可名。

　　　　自是荒淫罪，何妨作帝京。

罗隐来到往昔夜市热闹之处，却见许多铺面关张，即便仍在营业的商肆，也是门前冷落，出入歌楼酒肆者更是寥寥无几。当年，街巷夜市中纱灯万盏，照耀得一片通明，如今却灯盏稀落，一片暗淡，阴气沉沉。

罗隐瞅见一处茶楼，幡旗上书"芳蕊斋"三个大字，显系虞世南笔法。罗隐踱进店门，在靠窗一张青竹茶几边坐下来。

茶博士殷勤询问："请问先生用甚茶？"

罗隐："柜上有甚好茶？"

茶博士如数家珍："本店有四十多种名茶：湖州顾渚紫笋，剑南蒙顶石花，东川神泉、小团，福州方山露芽。还有婺州东白、睦州鸠坑、蕲门团黄、洪州西山白露、寿州霍山黄芽、夔州香山茶、湖南衡山茶、江陵南木茶，应有尽有。不过，本店最有名的是峡州碧涧、明月、芳蕊茶。"

罗隐好奇地问："这却为何？"

茶博士笑道："我家主人公是峡州人呗！"

罗隐笑道："那便来一壶峡州芳蕊茶！"

茶博士唱道："来喽，峡州芳蕊一壶！"

不多时，茶博士提来茶壶，为罗隐斟上茶汤，说："此茶是用天下第一等的扬州大明寺水冲泡，请先生慢慢品味。"

罗隐问道："这泡茶之水还有许多讲究？"

茶博士卖弄道："这个自然。单有好茶，没有好水，便煮不出好茶。常言道，三分茶，七分水嘛！水以山水为上，江水次之，井水又次之。泡茶最宜者，有惠山石泉水、庐山康王谷水、蕲州兰溪石下水、峡州扇子峡虾蟆口水、虎丘水、桐柏山淮源水、庐州龙池山顶水、归州玉溪洞香溪水、天台千丈瀑布水、商州武关西路水、郴州圆泉水、富春严陵滩雪水,这等皆天下佳水。"

罗隐笑着点点头,抿了一口茶水,顿觉一股清香从口、鼻、咽、喉直下五脏六腑。再饮一口,浑身通泰,头脑灵醒,不禁赞道:"好茶,好茶!"

茶博士脸上笑成一朵花,道:"先生高明,是会饮茶之人!"

罗隐正自品茶,忽听大街上吵闹起来。罗隐从窗口望去,却见一高一矮两个术士,头戴方巾,身穿道袍,从迎香楼走来,各自拉扯着一名娼女。娼女哭哭啼啼,老鸨儿追在后面,叫喊道:"两位仙师,高抬贵手! 你二人在院里吃了、喝了、嫖了,不给银子也便罢了,如何把姑娘也要带走,叫老身如何做得营生?"

高个儿术士骂道:"好个不识相的,带走你家姑娘,是看得起你迎香楼,别不识抬举!"

老鸨儿紧紧扯住术士道袍不放,哀求道:"请仙师不要把姑娘带走!"

矮个儿术士一脚将老鸨儿踢翻在地,恶狠狠骂道:"呸! 你这个不要脸的老婊子,给脸不要脸,快滚! 不然,连你带走,送给镇锣军弟兄们消遣,够你好受的!"

老鸨儿在地上半天爬不起来,两个术士拉扯着姑娘扬长而去。

罗隐问茶博士:"这两个道士如此霸道,莫不是有甚靠山吗?"

茶博士压低嗓门说:"先生是初到扬州吧? 你却不知,如今高府相一心求道,修炼仙术,聘道士吕用之为军师,大小事务全交军师处置。扬州的地痞无赖,皆投在军师门下做了徒弟。军师命他们各处刺探消息,号称'察子',凡有言语不逊者,统统抓去坐牢、杀头! 这可不是好耍的,先生还是小心为妙咯!"

罗隐的茶水再也吃不出味道,便付过茶资,转回旅馆去了。

次日,罗隐来到淮南军府,向门吏递上名刺,求见顾云。

不一时,顾云来到门房与罗隐相见。

顾云略作寒暄,便问罗隐栖身何处旅馆,说是今日还有公务,他明日一早便到旅馆寻罗隐叙话。

罗隐有些纳闷,看来顾云似乎有些淡漠,莫非……也罢,明日见面再问个明白吧！

次日清晨，顾云寻到祥云旅馆，向罗隐连连打躬作揖道："昭谏兄，慢待了！"

罗隐正要问话，顾云摇手道："此地不是说话处，请随我到寒舍一叙。"

顾云引领罗隐来到东城家中，宅院方方正正，有半亩大小，院中花木葱茏，显得幽静雅致。坐北面南五间正房，东首两间偏房是厨屋，两间西屋用作书房。

顾云请罗隐在客厅落座，说话间仆人送来茶食早点，却是君子饼和乾坤夹饼，即有馅的蒸饼，各一碗茗粥。这茗粥用茶叶汁和米煮成，味道清香扑鼻，爽利可口。

二人用过早点，在书房攀谈起来。罗隐说了来到扬州的奇闻怪事，向顾云追问端底。顾云摇头叹气，说起眼下扬州令人扼腕的种种景况。

高骈初到淮南时，励精图治，礼贤下士。自从受了吕用之蛊惑，被其妖术蒙蔽，便专心修炼，企望得道成仙，长生不死。吕用之自谓能通天神，怂恿高骈霸占民宅，大兴土木，修建道院，造迎仙楼、延和阁，皆高达八丈，邈入云汉。吕用之给高骈造了一只仙鹤状木鹄，内设机关，让高骈身穿羽衣，乘坐上去，开动机关，做翩翩欲飞之状。吕用之说，如此习练日久，便可得道成仙。高骈笃信不疑，摒弃人事，日夜闭门修炼，佐官、幕僚一概不得相见，连他的妻妾都不能入内会面。但凡军事民政大小事体，一概委军师吕用之处分。吕用之又招来同党诸葛殷、张守一，将毕师铎等将佐尽行排斥，又自募两万"镆铘军"，从此大权独揽。吕用之等网罗上千地痞流氓做门徒，称为"察子"，无孔不入地刺探扬州官民隐私，凡对吕用之师徒有不恭不敬之言者，一概捕去，关进大牢，统统处死，甚而诛灭全族。"察子"们依仗吕用之赫赫权势，以军师弟子自居，扮作道士、术士模样，耀武扬威，抢夺民财，欺男霸女，无恶不作。因此，偌大一座扬州城，富绅倾家，商贾破产，市井萧条，人人自危，昔日繁华荡然无存矣！

顾云说得痛心疾首，罗隐听得目瞪口呆。二人坐了半日，不知再说什么好。罗隐一腔热血，被兜头浇了一瓢凉水，心中一片茫然。

"既来之，则安之。贤兄不妨在扬州住上几日，看看迎仙楼、延和阁，那也是天下少有的景致呢！"顾云安慰道。

罗隐苦笑道："依贤弟之意，愚兄便在扬州盘桓几日。我还真想看看高骈的迎仙楼甚般模样哩！"

顾云说旅馆人多眼杂，不可久留，请罗隐搬来家中，免生不测。罗隐也不推辞，当即回旅馆将行李取来，住进顾宅。

次日，顾云告了假，陪同罗隐游览扬州。顾云和同僚们本就无事可做，即便十天半月不去衙门应卯，也无人过问。

途中，顾云对罗隐说，道院有吕用之的"镇锣军"把守，不经吕用之允准，任何人不得入内。好在迎仙楼和延和阁高耸入云，在道院墙外也可看得分明。

顾云引领罗隐来到道院东侧僻静之处，指点着院内两座气势巍峨的楼阁说："东面那座是延和阁，西面的便是迎仙楼。"

罗隐举头望去，只见延和阁乃一座四角九层楼阁，每层皆回廊环绕，红柱绿檐，雕梁画栋，门楣和廊檐皆饰以珠玑和金钿，在日头照耀下闪闪发光。

顾云说，延和阁是高骈修炼仙术之所，而迎仙楼则是高骈为神仙演奏歌舞、迎仙娱仙之处。

罗隐向迎仙楼望去，见是一座阔大的八角琉璃塔，红墙黄瓦，金碧辉煌。恰巧此时从中传出一阵仙乐，隐约可见第八层回廊之上，身着羽衣霓裳的舞女们在翩翩起舞，恰赛天宫仙子。

从道院归来，顾云命人取出一坛宣城老春酒，与罗隐对酌。

一坛老酒见了底，二人皆酒意醺醺。顾云问罗隐，看了迎仙楼、延和阁，作何感想？罗隐将杯中酒一饮而尽，开口诵道：

> 鸾音鹤信杳难回，凤驾龙车早晚来。
>
> 仙境是谁知处所，人间空自造楼台。
>
> 云侵朱槛应难到，虫网闲窗永不开。
>
> 子细思量成底事，露凝风摆作尘埃。

罗隐在扬州逗留数日，觉着再留无益，便向顾云告辞。顾云知其不可强留，便取来十贯钱作罗隐川资，将罗隐送至城南门外，二人挥泪而别。

罗隐南行不远，见有一座后土庙，料是吕用之作弊处，便走进庙内，在壁上挥毫题诗：

四海干戈尚未宁，又于淮水建仪形。

九天玄女犹无圣，后土夫人岂有灵。

一带野云侵鬓绿，两条官柳入眉青。

韦郎年少知何在，端坐惟看太白经。

吕用之的"察子"见到后土庙题壁诗，忙向吕用之禀报，说是余杭才子罗隐所题。吕用之忙派人追捕罗隐，然而罗隐已从瓜洲渡过扬子江，只得作罢。

罗隐来到润州，投书干谒镇海军节度使周宝。周宝与罗隐原是旧相识，便挽留他做幕僚。

罗隐在客舍住下不几日，周宝麾下将领刘浩和度支催勘使薛朗策动牙兵叛乱，周宝被迫出奔常州，其佐官多人被杀，润州城内刀光剑影，人心惶惶，乱作一团。

罗隐遭此变乱，只得随逃难人群南奔，经常州至苏州，再辗转湖州、杭州，终于回到家乡新城县……

二十九　大鱼小鱼和虾米

杜稜要来罗隐一卷诗文,呈给杭州刺史钱镠,举荐罗隐做幕宾。

钱镠家乡临安与新城县毗邻,他早闻余杭才子罗隐大名,可谓如雷贯耳。他看了罗隐诗文,当即请孔目官章鲁风给罗隐写了回书,以表竭诚欢迎之意。

罗隐见书中有这样两句感人至深之语:"仲宣远托刘荆州,都缘乱世;夫子辟为鲁司寇,只为故乡。"钱镠这是将罗隐视作汉末大诗人王粲,又将其比作孔子,实在是尊崇无比。罗隐命运多舛,十举不第,漂泊天涯,备尝艰辛,年过半百仍孑然一身,心中苦痛有谁知! 如今回到家乡,得此知遇,真是苍天有眼!

罗隐前往杭州拜见钱镠,钱镠亲自到衙门口相迎。

钱镠牵着罗隐的手,来到客厅,亲为罗隐斟茶。罗隐虽孤傲之士,亦不能不为之动容。

钱镠说,他自幼在乡间田野玩耍,上树捉鸟,下河摸鱼,压根儿不识几个大字。长大后做私盐贩子,那是被官府视作盗贼的勾当,不料想今日忝居郡守之位,真是诚惶诚恐,寝食难安! 昭谏回乡屈就幕职,日后有先生指教,非惟钱某之大幸,也是杭州百姓之福啊!

罗隐连连作揖道:"使君过誉了! 罗隐一介书生,一事无成,穷措大而已。如今既蒙使君抬爱,江东生只有鞠躬尽瘁,死而后已!"

钱镠要将罗隐留在幕府,以便随时顾问。罗隐说,自己多年来只是舞文弄墨,徒具虚名，眼下愿从底层做起，以便增长些才干，也好为使君效力，为家乡百姓贡献绵薄。

钱镠也觉罗隐言之有理，便请他出任钱塘县令。

县令，被讥称为"七品芝麻官"，似乎无足轻重，此大谬也！

秦行郡县之制以来，"县"便成为治理一方民政、军事、文教、财赋的基层政府，"麻雀虽小，五脏俱全"，朝廷政令皆须经由县令实施推行。"宰相出于郡县"，是说只有经过郡县主官的实际历练，方能积累治国理政才干，成为国之栋梁。唐朝官制，及第进士再经吏部考试即"关试"之后，方能授予县尉、主簿等八、九品官。簿、尉任职期满后，经考察政绩优异者，方可擢升县令。不少进士出身者，终身任职簿、尉而不得升迁。著名诗人聂夷中，便是在县尉任上致仕。何况钱塘县乃杭州首县，州治所在，其职任之重可想而知。

罗隐履任钱塘县令后，兴水利，劝农桑，均赋税，救灾荒，境内人心安定，士农工商各业日渐有了兴旺的趋势。

罗隐忙里偷闲，接连往京城写信，打听灵珠消息，却不得回音。

秋雨连绵，金风萧瑟，霜菊怒放，木叶凋零。罗隐惆怅难解，这日傍晚时分来到钱塘湖畔漫步。

钱塘湖俗称西湖，原与浙江、东海相通，后因泥土淤塞，与浙江隔开，变作湖泊。西湖历经几代修治，成为天下闻名的风景胜地。

罗隐踏上白堤，自然想到杭州前刺史、大诗人白居易。白居易生前酷爱杭州，迷恋西湖。他主政杭州时，兴修水利，疏浚西湖，造福百姓，杭州父老至今感念不忘。

罗隐边走边吟起白乐天名篇《余杭形胜》：

> 余杭形胜四方无，州傍青山县枕湖。
>
> 绕郭荷花三十里，拂城松树一千株。
>
> 梦儿亭古传名谢，教妓楼新道姓苏。
>
> 独有使君年太老，风光不称白髭须。

忽然，一阵吵闹声从不远处传来，罗隐加快脚步，前去看个究竟。

湖岸边有一渔翁，看上去约莫六十多岁，正在苦苦向两位州衙皂吏哀求："请两位上差高抬贵手。俺在湖上忙活一天，不过打上来十几斤鱼，上差要拿去九斤'使宅鱼'，还要再拿走五斤'孝敬'，俺一家人可不要喝西北风？"

年纪较长的皂吏说道："渔户每日上缴九斤'使宅鱼'，这是刺史老爷定的规矩。我等日日跑腿受累，你孝敬几条鱼岂不是该当的？"

一脸横肉的年轻皂吏厉声喝道："少聒噪！不守官府规矩，就不能下湖捕鱼！这西湖中的鱼，岂能白打？"

一位中年渔户插话说："官府的'使宅鱼'俺缴过了，你等又胡乱收取'孝敬'，想拿多少便拿走多少，不是明抢硬夺吗？"

年轻皂吏骂道："反了，反了！你这厮竟敢辱骂官差，无法无天，跟俺到衙门去走一遭！"

皂吏拿出锁链，上前要锁渔户。中年渔户挣扎着喊道："你等打着官府旗号，欺压渔户，天理不容！"

年轻皂吏用锁链抽打着渔户，口中骂道："老子就是欺压你，看你能怎的？"

罗隐早已忍耐不住，厉声喝道："住手！"

年轻皂吏瞅瞅罗隐，见他穿了件分不清颜色的破襕衫，一个又黑又丑的穷措大，竟敢呵斥官差，便不由冷笑道："怎的，你也想跟这厮一道去南牢享几天清福？"

罗隐问道："这'使宅鱼'规矩是何人所定？"

年轻皂吏不屑地反问道："这是杭州刺史钱大老爷定的规矩，岂是你这穷措大能过问的？好一个不知天高地厚的东西！"

罗隐气极，喝道："混账！这'孝敬鱼'难道也是钱使君定的规矩？明明是你等假借官府名义，敲诈盘剥渔户！"

年长皂吏仔细瞅瞅罗隐，似乎有些面熟，便疑疑惑惑地问道："敢问你是——"

罗隐不客气地说："在下罗隐，新任钱塘县令。请尔等今后不要再向渔户索取'孝敬'！"

年长胥吏连忙打躬作揖，赔笑道："在下不识得罗明府，多有得罪，望乞见谅！"

他转身对渔户们说道："今日看在罗明府面上，'孝敬'就免了，你等回去吧！"

"明府"是县令的别称、敬称。

两位皂吏将几筐"使宅鱼"装上驴车,匆匆忙忙赶走了。

渔户们呼啦啦跪倒一片,向罗隐叩头。

老渔翁说道:"小民谢过县令大老爷!"

罗隐急忙搀起老渔翁,说道:"不必如此。请问老人家,这西湖之上有多少渔户?"

老渔翁:"禀老爷,官府发牌的渔户统共二十四家。"

罗隐:"渔户每日都要缴纳'使宅鱼'吗?"

老渔翁:"不管刮风下雨,每日必缴。若一日不捕鱼,还要买鱼缴纳。可恨衙门的差官,天天索取'孝敬',白吃白拿,像强盗一样,明抢明夺,弄得咱渔家都活不下去了。"

罗隐:"老人家,这'孝敬鱼'自今以后就不须缴纳了。若是衙吏再勒逼,你等便去县衙告状。"

老渔翁和渔户们又一次跪倒在地,口呼:"谢青天大老爷!"

钱镠派人请罗隐到州衙聚饮。罗隐进了衙署客厅,见钱镠满面红光,欣喜异常,便问道:"使君召唤属下,不知有何吩咐?"

钱镠兴高采烈地说:"我昨日得到王摩诘的《磻溪垂钓图》,请昭谏君前来鉴赏!"

王摩诘,即肃宗朝尚书右丞、诗人、画家、音乐家王维。王维在中唐时被推为一代文宗,诗、书、画号称"三绝",上自天子,下至寒儒,无不推崇备至,无怪乎钱镠得到王维一幅画,就像遇到天大喜事一般了。

钱镠命人挂起王维的《磻溪垂钓图》,顾全武、成及、杜棱、章鲁风等人围拢过去,仔细端详起来。

顾全武是杭州余姚人氏,少时曾入寺为僧。他博读经书,富有韬略,将士们称其为"顾和尚",实乃钱镠麾下得力将佐。他细细观看着图画,口里却说道:"我是门外汉,只知王摩诘乃南宗画派之祖,其画以水墨为上,仅此而已。还是请鸿济兄点评才是。"

鸿济是杭州都将成及的字。成及出身书香门第，性情敦厚，多谋善断，乃钱镠心腹智囊。此刻成及摆摆手，说道："成某哪里懂得绘画，还是听一听昭谏和鲁风高论吧。"

表奏孔目官章鲁风，与罗隐同为浙西名士，能诗善文，对王维诗书画自不生疏。他微微一笑，侃侃而谈："王摩诘山水诗，上承谢灵运、谢朓，青出于蓝胜于蓝，开我大唐一代山水诗风。摩诘山水画，首创'破墨法'，力倡水墨渲染，用浓墨破淡，淡墨破浓，相互渗透，故画作滋润鲜活，水晕墨章。李思训擅长青绿山水，被称为北宗画派之祖，而王摩诘水墨技法，开启南宗文人画风。"

钱镠听得晕晕乎乎，忍不住询问罗隐："昭谏兄，这《磻溪垂钓图》究竟有甚佳处？"

罗隐道："使君请看，王维这幅图中，人、物、山、水、云、林，俱是用墨染成，可又浓淡相宜，层次分明，灵秀隽永，意蕴无穷，为何？盖摩诘用墨，分为五色：枯、湿、浓、淡、焦。一墨而五色，运用之妙，存乎一心，画风典雅、恬淡，自然天成。这与王摩诘信奉释教、崇尚自然有莫大干系，摩诘二字，即源于佛教。王维画作与诗相通，诗中有画意，画中蕴诗情，故其诗其画皆幽静淡然，境界高远，无人可及。"

章鲁风击掌叫道："高，妙！昭谏所言，真知灼见，鞭辟入里，堪称经典之论。"

成及道："使君得此《磻溪垂钓图》，若再请昭谏兄题诗图上，使之成为诗书画'三绝'，岂不美哉？"

钱镠道："正该如此！昭谏诗不须说，字也写得好嘛！"

章鲁风接言道："昭谏文名太盛，遮蔽了他的高妙书法。昭谏书艺，师承二王、智永、欧阳询，堪与李北海媲美，尤其行书，笔力遒劲，险峭爽朗，却又兼具翩翩自肆飘逸雍容之风，一派浩然气象！"

罗隐连连摆手："鲁风过奖了。恭敬不如从命，在下就勉为涂鸦，请诸位指教。"

书童早已备好纸墨，罗隐提笔在手，一气呵成七绝《题磻溪垂钓图》：

　　　吕望当年展庙谟，直钩钓国更谁如？

　　　若教生在西湖上，也是须供使宅鱼。

众人齐声叫道："好字！好诗！"

章鲁风却是细心之人，一再品读诗句，不禁脸色微变："这……昭谏兄，这是何意？"

成及也已悟出诗中讽谏意味，不由笑道："自今而后，使宅鱼怕是吃不得了！"

钱镠虽读书不多，但天资聪颖，且这西湖"使宅鱼"只杭州才有，当下便心中了然，忍不住大笑道："姜太公的'使宅鱼'我可吃不起！昭谏爱民如子，题图诗也不忘为民请命，我钱婆留谢过了！自明日起，不再征缴使宅鱼便是！"

杜稜却是个急性子，插言道："使君何不传命，从今日起便停征使宅鱼呢？"

钱镠道："今日停了，诸位在酒宴上就没有西湖鱼可吃了！"

说罢，仰头哈哈大笑起来。

众人哄堂大笑，罗隐也开心地笑起来。

转眼到了仲冬季节，天气又阴又冷。傍晚时分，空中飘舞起雪花，东北风"呜呜"地吹来，搅得周天寒彻。

夜已经很深了，罗隐却没有一丝睡意，就着火炉在烛光下读书。

忽然门夫来报，一个名叫郑二的老汉，说是从西京赶来，求见明公。

罗隐闻听"郑二"两字，顿时浑身热血上涌，心口"突突"跳个不停，连忙叫道："请，快请进来！"

门夫搀进来一位老者。罗隐仔细看去，只见老人长发犹如蓬草，灰白胡须好似乱麻，手中拄着一根棍子，身上衣衫烂成一条条，分不清是何颜色，活脱脱一个叫花子。

老者看见罗隐，扔掉手中木棍，"扑通"一声匍匐在地，哭叫道："罗郎！我总算找到你了！"

这一声喊叫，罗隐方确定他竟是郑畋相府管家郑二！

罗隐急忙搀起郑二，发觉他气息奄奄，浑身打战，站立不稳。罗隐和门夫将郑二抬到火炉边椅子上，向他口中灌进一些茶水，郑二方才慢慢缓过气来。

原来，郑二多日奔波，冻饿交加，已耗尽力气，勉强支撑着而已。

罗隐急命厨子熬了热粥，慢慢喂进郑二口中，郑二不再发抖，却又昏沉沉睡去。

郑二一直昏睡三昼夜，方才醒转，向罗隐哭诉了灵珠的不幸遭遇，以及他十年来九死一生寻找罗隐的种种情形……

当年灵珠和郑二逃出西京，进入南山后，见逃难的官绅和百姓众多，唐军和齐军人马你来我往，厮杀抢掠，混乱不堪，郑二只得将灵珠扮成男子模样，以防不测。

灵珠和郑二随着逃难人群，一路打听着，前往东南方商洛山中避难。快要到达蓝田时，二人被一队巡逻的黄巢义军骑兵截获。

这支骑兵是黄巢弟弟黄揆部下，他们将二人携带的银钱搜去，一再追问郑二和灵珠身份，来此何干。郑二说他叫胡周，灵珠叫罗云，家住汝州，来西京经商，正巧遇上战乱。骑兵不再怀疑，命二人做了火头军，为齐军烧水做饭。

不久，这支骑兵奉命随黄揆守卫华州，灵珠和郑二也被挟持到了华州。二人每日给齐军做饭，也曾被强迫去挖护城壕。在唐军攻打华州时，他们上城头为齐军送过饭食。

后来，黄巢齐军退出西京，转战内乡、蔡州、陈州，郑二和灵珠又被挟持到陈州。二人被指派到葛从周部做厨子，前往雍丘县阻击汴州节度使朱全忠的宣武军。

灵珠二人随葛从周人马驻扎瓦岗寨，汴州宣武军夜间偷袭寨子，齐军死伤过半，将士多被俘，葛从周在几名骑兵护卫下匆忙逃走。郑二和灵珠被汴州兵俘获，押至雍丘县城。

朱全忠正在此地驻扎，他的一大嗜好是亲手斩杀俘虏，杀得越多越痛快。

这日，郑二、灵珠和俘虏们被押到西门外，朱温要亲自杀俘取乐。

朱全忠不愧"杀人魔王"称号，举刀接连砍杀了十几个俘虏，尚不过瘾，又一口气砍杀数人。轮到斩杀灵珠时，朱全忠手中鬼头刀高高举起，却又慢慢地放了下来。

朱全忠掀掉灵珠的头巾，搬起灵珠脸庞看了又看，喝道："你是何人？"

郑二赶忙答道："他是我兄弟，名叫罗云。"

朱全忠又是一声断喝："闭嘴！老子让他自己说！"

灵珠一声不响，就是不说话。

朱全忠用大刀划开灵珠胸前衣衫，立时便露出白花花的胸脯。朱温哈哈大笑道："灵珠小娘子，果然是你！你与俺朱小三有缘哩，想不到在这里遇上了！"

灵珠"呸"地向朱全忠吐了一口痰,骂道:"朱温,你这个丧尽天良的贼寇,必遭天谴!"

朱全忠嘻嘻笑着说:"今日老天爷把你千里迢迢送给我,岂不是天谴吗?这般天谴真是妙极了,哈哈哈哈……"

当日,朱全忠便将灵珠和郑二送至雍丘城北汴河码头,派专人押解二人乘船去汴州,朱全忠则和他的护卫骑兵从官道驰回汴州。

灵珠自知大祸临头,此番落入朱温魔掌,定然难逃虎口。几年来,她日夜思念罗隐,离开京城后,尝尽百般苦,遭过千般罪,心想只要能找到罗隐,再苦再难也值得。如今苍天不佑,落入贼手,在劫难逃,只有以死殉情了!

灵珠主意已定,擦干眼泪,悄悄嘱咐郑二:"我死之后,你要设法逃走,一定要找到罗郎,让他将我的尸骨运回新城。"

郑二惊问:"姑娘,你……叫我如何向罗公子交代?"

灵珠却道:"我宁死不受贼人侮辱,只有以死相拼,方不负罗郎一片真情!"

郑二泪如泉涌,哽咽着点了点头。

灵珠不再多说,只向押解的士卒喊道:"我要解溲!"

士卒并不怀疑,将灵珠带出船舱,来到船尾。

灵珠又喊道:"你转过身去!"

士卒走开几步,背身而立。

灵珠面向东南方,叫了一声:"罗郎,我来了!"

"扑通"一声,灵珠纵身跃入河水中。此时正值雨季,河水汹涌东下,立时不见了灵珠身影。

在宣武军将士看来,死一个俘虏如同死掉一只鸡,甚而连一只鸡也不如。朱全忠虽一再交代要他们看牢这女子,可又不说明原委,将士们觉得,女子与朱全忠非亲非故,一个厨子俘虏,死便死了,无须大惊小怪,自然不会去打捞寻找。

船行至陈留,天色已晚,将士们在码头停船,登岸用饭。剩下一个看守郑二的士卒,靠在船头打盹,渐渐入了梦乡。

郑二悄悄爬出船舱,身子轻轻地出溜进河水中。他乘夜色游至河北岸,顺河堤向东南方去寻找灵珠尸体。

郑二沿汴河寻访三十多里路,终于在北岸罗村渡口处找到了灵珠尸体。郑二在村中挨门乞求,有好心人家施舍给他一张苇席,他便将灵珠尸身裹了,在汴河北岸寻一处荒岗,草草掩埋。

郑二在灵珠坟边守护三日三夜,哭得几次昏厥过去。他想起灵珠死前嘱托,便一路乞讨往杭州寻找罗隐。

路途中,郑二被徐州感化军掳获。他被充作役夫,为徐州兵运送粮食、烧火做饭,一年之后方得逃脱。

这年腊月,郑二冒着大雪,沿路乞讨来到宿州。他栖身破庙,冻饿交加,大病一场,险些性命不保。多亏住在破庙内的乞丐给他喂些讨要来的残汤剩饭,郑二居然死而复生。后来,他在宿州境内给一户豪绅家做奴仆、当厨子,渐渐恢复体力,积攒了一点盘缠。

半年之后,郑二从豪绅家潜逃出来,进入淮南境内。不料想,他先后又被杨行密和孙儒部下俘获,被迫做苦役,喂马,做饭,挖护城壕,什么重活累活都干过。他被迫参加扬州之战,最后从死人堆里爬出来,渡过长江,到达润州。

在润州,郑二又遭遇兵乱。他随着逃难人流,从润州到常州、苏州,再经湖州来到杭州。郑二找到新城县罗隐家乡,方知罗隐做了钱塘县令。

听着郑二的叙说,罗隐陷入刻骨铭心的愧悔和痛苦之中。他泪如泉涌,心如刀绞,却一句话也说不出。

郑二说完,放声大哭,那是撕心裂肺惊天动地的痛哭。

罗隐连续数日不吃不喝,怔怔地坐着,任谁劝说也没用。

罗隐终于病倒在床,整日昏昏沉沉躺着,不说一句话。钱塘县署内,县丞、主簿、县尉一干人等着了慌,只得禀报刺史钱镠。

钱镠亲到钱塘县署探望,见罗隐病势沉重,便命人请来杭州名医诊治,又命自己两个丫鬟侍奉汤药,照料罗隐饮食起居。

经过三个月精心调养,罗隐病体渐渐康复。此间,钱镠委任了新的钱塘县令,便把罗隐留在幕府做掌书记。

　　罗隐身子刚恢复，便向钱镠告假，说是要和郑二去汴州雍丘县取回灵珠尸骨。钱镠说，眼下淮南杨行密、秦彦、孙儒争战不已，道路不通，待战事稍息路途较为平安时，再前往汴州为宜。罗隐也担忧路途中灵珠尸骨再有闪失，只好先忍耐一时。

　　润州节度使周宝遭遇兵变，逃至常州，常州刺史丁从实素来与周宝亲善，便将周宝严密保护起来。

　　策动润州兵变的镇将刘浩，推举度支催勘使薛朗做节度留后，自己做了行军司马，掌握兵权。刘浩带领润州兵马南下攻打常州，必欲置周宝于死地。常州刺史丁从实一面加固城防，一面接连派出使者前往杭州，请求刺史钱镠发兵增援常州。

　　钱镠当即召来都知兵马使顾全武、东安都将杜稜、靖江都将成及、浙江都将阮结和掌书记罗隐，商议大计。

　　杜稜、成及主张出兵常州，救援周宝和丁从实，说是周宝乃持节镇帅，使君您的刺史官职便是周宝表奏朝廷敕封。若我等坐视不救，道义上说不过去。

　　顾全武却以为，润州兵变未必就是坏事，眼下出兵时机尚不成熟，待江南再乱一阵子，看情形再作定夺为好。

　　杜稜不解，问顾全武："等到哪年哪月时机才算成熟？"

　　顾全武诡秘地笑了笑，说："若刘浩杀了周宝，出兵更为有利。"

　　成及插言道："若刘浩一时杀不了周宝呢？"

　　顾全武道："这便要看天意了。"

　　杜稜、成及仍不赞成顾全武的主张，双方争执不下，弄得面红耳赤。

　　罗隐一言不发，静静坐在一边品茶。

　　钱镠见状，问罗隐："罗记室有何高见？"

　　罗隐无法再沉默，便说道："我不通军事，怕是说不好。属下以为，顾将军和杜将军说得都有道理。"

　　钱镠苦笑："昭谏兄，你这不等于没说吗？"

　　罗隐摇摇头，说："我想顾将军的意思是说，待刘浩杀掉周宝之后，使君再出兵，便算是师出有名，以为周宝复仇、平定叛乱的名义，攻占苏州、润州，名正言顺地将江南诸州据为己有。若是周宝存活于世，使君出兵只能助周宝夺回失地，如何能冠冕堂皇占有他人地盘呢?"

顾全武点头道:"昭谏明睿,末将正是此意。"

罗隐话锋一转,说道:"智者千虑,必有一失。顾将军所陈方略虽然周全,却须靠天意。天意从来高难问,使君不可坐失良机。眼下若杭州不出兵,周宝和丁从实便会转而向淮南求助,如此一来,我等便失去了千载难逢的时机。此时出兵救援周宝,平定叛乱,已是名正言顺:钱使君秉持大义,济危救难,平叛削乱,功在社稷。出兵占了常州,周宝便在使君掌中,生杀予夺,就看使君意愿如何了。而后,再一鼓作气攻占润州,杀掉刘浩、薛朗。到那时,江南之地已尽属使君,朝廷只会顺水推舟,卖个人情,将江南划归使君统辖。"

钱镠听得睁大了眼睛,张着大嘴巴,涎水都快要流下来了。他兴奋地大叫一声:"昭谏不愧余杭才子! 钱某没看错你!"

顾全武、杜稜、成及等敦请钱镠传令,即刻发兵救援常州。

钱镠遂命杜稜为主将,成及和阮结为副将,带两万兵马疾赴常州,救援周宝、丁从实。

刘浩率领两万润州兵马围攻常州,中军在城北结寨,先锋将赵君度带五千人马在城南扎营。

阮结统领杭州八千先锋人马,进抵常州西北安营,杜稜则在常州西南十里扎寨。

阮结与刘浩隔河对峙,相距不过三里之遥。

赵君度率人马全力攻城,城内五千将士分守城头,拼死抵抗。双方接连厮杀五六日,各自伤亡惨重。赵君度折损一千八百人马,刘浩仍命他日夜攻城。

杜稜命其子杜建徽带领两千将士,乘赵君度攻城之际突袭其营寨,一举得手。与此同时,杜稜和成及各自带领三千人马,从东西两面夹击赵君度所部润州兵。

赵君度正催动人马攻城,忽见自己营寨燃起熊熊大火,只得急忙传令收兵,欲夺回营寨。突然间,东西两面各杀出一彪人马,将润州兵冲得七零八落。常州守将丁从实见两支援兵夹击敌军,便杀出城来,合击赵君度。

转眼之间,赵君度被四面包围,插翅难飞。润州将士或被杀,或投降,顷刻瓦解。赵君度身边只剩下一百多名士卒,困兽犹斗,拼死一战。

杜建徽年轻气盛,手持一杆倒马槊,一下刺中赵君度心窝,赵君度登时坠马身亡。

杜稜命成及带领三千人马入城,把守州衙、粮仓、钱库和要冲道路,并派一队士卒专事护卫周宝。

随后,杜稜和儿子杜建徽挥动大队人马,进击刘浩大营。

刘浩带人马正与阮结厮杀,突然从背后传来呐喊声,原来是杜稜领军杀到,直冲刘浩营寨。刘浩要回军救护大营,阮结又从后面追过来,将润州兵杀得人仰马翻,纷纷逃命。

此时,丁从实率领常州守军也杀将过来,三支人马将刘浩团团包围。刘浩情知不妙,带领百多名骑兵左冲右突,杀开一条血路,向润州退逃。

杜稜命阮结带领八千人马追击刘浩,直捣润州,他和儿子杜建徽则带兵进入常州城。

杜稜骑马来到衙门口,周宝已在此恭候多时。杜稜反客为主,大步跨进客厅。周宝躬身施礼,一揖到地,感谢杜稜、成及援救之恩,并言要专程前往杭州面谢钱使君。

杜稜派杜建徽驰回杭州,向钱镠禀报一切。钱镠和顾全武、罗隐秘议之后,命杜建徽携密令返回常州。

次日,成及代钱镠邀请周宝巡视杭州,并将钱镠亲笔书信呈上。钱镠书信言辞谦卑,对周宝极表尊敬,说是刘浩、薛朗叛军盘踞润州,杭州将士遵照府相您的将令,要与叛军展开血战,不扫平叛贼,绝不收兵。府相安危重于千钧,属下不敢让府相身处兵燹之中。万一叛军危及府相,属下百身莫赎。为万全计,属下恭请府相莅临杭州,以便就近聆教,云云。

周宝看过书信,心中欢喜不尽,遂在杜建徽护卫下前往杭州。

钱镠亲往郊外樟亭驿迎接周宝,在马前行跪拜大礼,而后亲手为周宝牵马,恭恭敬敬请他进入驿馆歇息。

周宝在客厅坐定,钱镠亲手为周宝奉上茶汤,毕恭毕敬。

钱镠向周宝请罪说："府相蒙受凌辱,都是属下之罪。我等没有护卫好府相,请治钱某重罪!"说毕,钱镠伏地叩头,痛哭失声。

周宝感动得热泪盈眶,慌忙搀起钱镠,道:"具美君忠心赤胆,义薄云天,力挽狂澜,功莫大焉! 我要上奏朝廷,表彰使君和杭州将领剿除叛乱之功,为诸位功臣加官晋爵!"

钱镠率文武官员向周宝叩拜,齐声高呼:"谢府相提携之恩!"

午间,钱镠为周宝大摆接风宴席。

钱镠搀扶着周宝进入宴会厅,甫一落座,乐伎们便奏起燕乐。

宴席之上,美酒珍肴,水陆俱陈。周宝是北方人,久在朝中任神策军大将军,后又在富丽繁华的江南做使相,享尽人间富贵,遍尝天下美味。钱镠特命庖厨烹制南北风味名菜珍肴,竭尽其能款待周宝。

周宝一个落难之人,被迫流亡,惊魂甫定,今日得此厚遇,感激莫名。他抬眼望去,只见食案上美酒佳肴,水陆俱陈,琳琅满目,令人眼花缭乱,不禁笑逐颜开,将多日烦忧抛至九霄云外。

庖童川流不息,陆续送上各色点心:芙蓉饼、梅花饼、枣䭔荷叶饼、金银炙焦牡丹饼;子母仙桃、寿带龟仙桃;乳糕、栗糕、镜面糕;水晶包、虾鱼包、笋肉包;鹅眉夹儿、金铤夹儿、江鱼夹儿⋯⋯

接下来,菜、羹、汤类名目繁多,交替呈进:三脆羹、五软羹、百味韵羹;酒蒸鸡、红熬小鸡、柰香新法鸡;绣吹鹅、闲笋蒸鹅、五味杏酪鹅;蒸软羊、绣吹羊、五味杏酪羊;酒炙青虾、撺望潮青虾、鲈鱼脍;酒蒸石首、酒吹鲟鱼、清供野味、清撺鹿肉;酿黄雀、野味假炙、野味鸭盘兔糊;醋赤蟹、辣羹虾、五味酒浆蟹;另有润熬獐肉炙、十色蜜煎鲍螺、生脍十色事件。

钱镠特意为周宝奉上几味京城名菜:乳酿凤凰胎、剪云析鱼羹、白猩唇、升平筋头春。此外,还有宫廷美食,如杨贵妃最喜吃的小食贵妃蒸饺、红绫馅饼。

酒宴甫毕,钱镠十分抱歉地说:"由于事起仓促,在杭州为府相准备的府邸需整修一番,故而要委屈您在樟亭驿暂住几日。待府邸整修完备,便迎接府相入住。"

周宝忙说:"钱使君费心了。樟亭驿食宿方便,在这里多住一些日子无妨。"

钱镠一再叮咛杜建徽和馆驿官员,一定要仔细侍奉府相,如有丝毫怠慢,小心尔等狗头!

最后,钱镠说杭州兵马正在润州以南与刘浩、薛朗叛军激战,军务繁忙,依依不舍辞别周宝,一步三回头地去了。

周宝住在樟亭驿,天天美酒佳肴,夜夜歌舞不休,日子过得倒也快活。

不料,三日之后,周宝突然在馆驿中病故,享年七十四岁。

钱镠带领杭州文武官员,披麻戴孝,痛哭哀号,为周宝举行隆重葬礼。接着,钱镠上表朝廷:汝南郡王、同中书门下平章事、润州镇海军节度使周宝,因年高体衰,受兵变惊吓,暴病身亡。

钱镠命杜棱任常州制置使,镇守常州;阮结为主将,率大队人马继续进攻润州,扫平刘浩、薛朗叛军。

文德元年春节刚过,阮结带兵猛攻润州。

刘浩、薛朗叛军,只知抢劫钱财和女人,哪个也不愿守城。阮结大军一到,将士争相逃命,一哄而散。

薛朗在衙署被杭州兵活捉,刘浩随散兵游勇逃出润州,亡命江海,不知所终。

阮结奉钱镠之命,将薛朗在衙前广场剖腹挖心,以祭奠周宝。而后割下薛朗头颅,悬挂旗杆示众三日。

钱镠随即任阮结为润州制置使。

次年三月,杭州兵马攻占苏州,江南之地尽归钱镠。

昭宗敕封钱镠为金紫光禄大夫、检校司空,升杭州为武胜军,擢升钱镠为武胜军防御使。不久,朝廷又晋封钱镠为杭州刺史、镇海军节度使,驻节杭州。钱镠集军政大权于一身,辖有江南和浙西数州,在东南吴越富庶之地崛起。

杭州老城地域狭小,原有衙署和兵营十分简陋,作为藩帅驻节之地,过于局促。于是,钱镠下令扩建杭州城,以坚固城防,筑牢浙西大本营。

钱镠、罗隐、顾全武等人亲自谋划,最终确定杭州新罗城周长达七十余里,规模空前。

杭州十三都兵马加上募集的民夫,共二十余万人修筑新城,百姓自愿筑城者不计其数。工地上人声鼎沸,热气腾腾。到了夜间,灯笼火把一片通明,施工片刻不停。

所谓"罗城",即外郭城。其时州郡大城规制,多分为三城:外郭城、内城、牙城。外郭城只是一道城墙,且多用土筑就,用以防洪、防匪盗,防敌兵来犯;内城为百姓集居之地,外城与内城之间本无居民,后因人口增多,渐有百姓在内城城门之外修屋居住,形成关城,至今人们习称之东西南北四关,即由此而来;牙城,即衙城,州郡官署四周筑有高墙,与市井民居分隔开来,"衙"与"牙"同音通假,史书中亦将"衙城"写作"牙城","衙兵"称作"牙兵"。

罗隐奉钱镠之命,代其撰写《杭州罗城记》,以纪其事。

杭州罗城筑就,城周七十余里,建有十座城门,名曰:朝天门、龙山门、竹车门、新门、南土门、北土门、盐桥门、西关门、北关门、宝德门。其中,朝天门最为高大雄伟:门楼台基叠石砌成,台基高四仞四尺,即三十六尺;东西五十六步,南北二十八步;台基之上,楼高六仞四尺,即五十二尺。楼内列置钟鼓,击鼓鸣钟以报时辰。

罗城之内,新建六座军营,依次为白璧营、宝剑营、青字营、福州营、马家营、大路营。

杭州罗城的修筑,奠定了杭州发展繁盛之基。此后,杭州逐渐成为东南大都会,富丽甲于天下。

杨行密战胜孙儒之后,据有扬州、庐州、舒州、宣州等八州之地。昭宗遂敕封杨行密为淮南节度副使、知节度事,后又晋封其为检校太傅、同中书门下平章事、弘农郡王。淮南节度副使代行大使职权,此为惯例。

杨行密不甘钱镠独占江南数州,对鱼米之乡润州、常州、苏州虎视眈眈,垂涎欲滴,遂派部下大将安仁义渡江袭击润州,与钱镠争夺江南。

此时,润州守将阮结病故,成及接任制置使。

成及刚到润州,安仁义大军已杀将过来。润州守军皆阮结旧部,因主将故去,一时军心散乱,抵挡不住淮南兵猛攻,一战即溃。

成及无奈,只得随乱兵退逃。

攻占润州之后,安仁义又乘胜攻下常州。

杨行密正要命安仁义继续攻占苏州,忽接急报,庐州刺史蔡俦叛附汴州宣武军节度使朱全忠,将杨行密祖坟挖毁,并迎接宣武军大将庞师古带兵进入庐州境内,联手抵御扬州兵马。

原来,在杨行密与孙儒相互攻杀之时,朱全忠为吞并淮南,上表朝廷出兵讨伐孙儒,朝廷遂命朱全忠兼任淮南节度副使、东南面招讨使。朱全忠以行军司马李璠为淮南留后,命庞师古为先锋,发兵进攻宿州、泗州,以武力护送李璠赴任扬州。宿州刺史无力抵抗,举城投降。庐州刺史蔡俦见朱全忠兵力雄厚,势不可当,便向朱全忠输诚归顺,投靠了新主。

杨行密见老巢庐州生变,不得不救,便命安仁义从苏州退兵,开赴庐州,迎击庞师古大军。

朱全忠在光启三年打败秦宗权之后,成为中原强藩,邻近方镇州郡如忠武节度使赵犨、河南府尹张全义、郑州刺史李璠、山南东道节度使赵德諲等,纷纷依附朱全忠。朱全忠势力大振,野心随之膨胀,遂专意扩充地盘,吞并邻藩。

朱全忠谋士、左司马敬翔为其谋划方略,远交近攻,首先并吞郓州朱瑄、兖州朱瑾和徐州时溥。接下来再进军淮南,占有东南财赋重地。而后征服魏博、镇冀、卢龙等河朔三镇,与河东李克用争雄。最后扫平关中,成为天下霸主。

敬翔为何主张先吞并郓州呢?

当年,黄巢大军兵临汴州,朱全忠急忙请求朱瑄、朱瑾发兵救援。朱瑄、朱瑾带领郓州、兖州兵赴援汴州,助朱全忠截击黄巢,最终将其战败,解除汴州之危。不久,秦宗权数十万大军围攻汴州,朱全忠再次向朱瑄、朱瑾兄弟求援,兄弟二人再次全力以赴驰援汴州,战胜秦宗权,解了汴州之围。所以,朱瑄兄弟有大恩于朱全忠。朱全忠遂尊朱瑄、朱瑾为兄长,礼敬有加,并与二人叙为同宗之亲。时间刚过去两个月,朱全忠便背信弃义,撕破脸皮进攻朱瑄、朱瑾,岂非恩将仇报?

强盗自有强盗的道理。朱全忠认为要称霸中原,进而争霸天下,就不能讲信义,就不能讲道德,谁让郓州、兖州靠近汴州呢!

郓州天平军节度使朱瑄所辖曹州与汴州接壤,卧榻之旁,岂容他人鼾睡!于是,朱全忠把曹州作为攻占的首要目标。

朱全忠要吞并郓州、兖州还有一个因由：郓州、兖州乃兵员重地。此地百姓吃苦耐劳，勇敢顽强，豪爽仗义，具有尚武传统。这里盐贩众多，山林大泽多为盗匪出没之地，容易招募兵员。君不见黄巢、王仙芝及其麾下将领，多为曹、濮人士，朱全忠部下将士，亦多是黄巢、王仙芝旧部，其中曹、濮人居多。故而，占有曹州、濮州，是朱全忠及其麾下将士的共同愿望。

然而，要进攻刚刚救援过自己的同宗兄弟，总要找一个借口，以便师出有名，这就叫盗亦有道。

朱全忠问敬翔："用甚罪名才能名正言顺攻打郓州？"

敬翔沉吟不已，斟酌许久。李振耐不住，跳出来说道："曹州与汴州接壤，我等可声言朱瑄纵容部下将领，挑唆宣武军守边士卒逃往曹州，以扩充天平军人马。太傅可给朱瑄写信，斥责他不顾兄弟情谊，居心不良，要他公开道歉赔罪，退还宣武军士卒。朱瑄定然恼怒出言不逊，如此，太傅不就可以动武了吗？"

朱全忠哈哈大笑："兴绪这厮鬼点子就是多！子振以为如何？"

敬翔笑道："太傅只须找到理由，有个借口便是了。"

朱全忠道："说得好，理由不过是个借口，端底要看谁兵强马壮。自古以来，成则为王，败则为贼嘛！"

于是，李振便以朱全忠名义给朱瑄修书一封，极尽造谣诽谤之能事，指责朱瑄不顾兄弟情谊，专意挖宣武军墙脚，招降纳叛，煽动宣武军守边士卒哗变后逃往曹州，弄得汴州将士纷纷攘攘，军心大乱。信中威逼朱瑄三日内遣返所招纳的宣武军士卒，否则，兄弟之间恩断义绝，兵戎相见。

朱瑄接到朱全忠书信，自然气得暴跳如雷，命掌书记给朱全忠回了一封书信，责骂几句，但并未将此事放在心上。

孰料三日后，朱瑄便接到曹州刺史丘弘礼军情急报，说是汴州宣武军都指挥使朱珍和大将葛从周率领两万人马，突然围攻曹州，情势万分危急，请求火速派兵增援！

朱瑄这才明白，原来朱温这小子蓄意扩张地盘，要占我曹州，不禁破口大骂："朱温，朱小三，你这个小人，无赖之徒！你忘恩负义，丧尽天良，老子要活剥你的皮!"

此前,朱瑄对朱全忠毫无戒备之心,故而曹州驻军极少,不过两千人马。汴州大将朱珍和葛从周,皆身经百战,率有两万精锐之师,曹州刺史丘弘礼只有两千守卒,自然难以御敌,曹州城遂被攻破。

朱瑄随即传令出兵救援曹州,同时派人知会兖州朱瑾,邀他发兵曹州,与朱珍、葛从周决一死战。

得知曹州已破,朱全忠随即传令朱珍、葛从周挥师北攻濮州。

朱瑄在途中闻报朱珍进军濮州,遂带领两万人马掉过头来,向濮州疾进,并派人知会朱瑾赶往濮州。

朱瑄、朱瑾在濮州以南二十里刘桥扎营,迎击汴州兵。

朱珍、葛从周率部进抵刘桥,与朱瑄、朱瑾人马遭遇,葛从周遂向朱珍提议后退五里扎营。

心高气傲的朱珍不肯后退,葛从周便耐心劝说:"依末将看来,眼前的郓州兵马有两万以上,朱瑾兖州兵约一万,加上濮州城内有五千兵马,共计三万五千之众。将军麾下只有两万人马,兵力处于劣势,且又是在人家地盘上交战,对手占有地利、人和,我等不得不谨慎用兵。"

朱珍觉得葛从周说得有理,便传令退兵五里,安营扎寨。

次日,两军交战,各自损伤一些人马,未分胜负。

葛从周建议深夜偷袭,火烧敌营。夜半子时,葛从周命弩机手向敌营发射火焰箭,朱瑄、朱瑾营寨先后起火。天平军、泰宁军将士正在睡梦之中,许多士卒被烧死烧伤,余众惊慌奔跑,争相逃命。

朱珍带领人马杀进朱瑄营寨,葛从周杀进朱瑾营寨,炸了营的天平军和泰宁军毫无抵抗之力。

朱瑄眼看无法收拾,慌忙跳上战马,夺路而逃。朱瑾混在溃逃士卒之中,跳进河沟,潜水逃命。朱瑄、朱瑾兄弟三万人马,两万多人被杀,数千人逃散,回到郓州、兖州者只有几十名将士。

朱珍、葛从周率领两万人马,将濮州城池围困起来。

濮州刺史朱裕乃朱瑄堂兄,得知朱瑄、朱瑾战败,只得督催将士和城中百姓坚守城池,拼死抵抗。树木被守军和老百姓锯掉,搬上城头。百姓家中的大水缸,也被运至城门和城楼,以备灭火。城中青壮上城守卫,日夜巡逻。老弱妇女为守军磨面、做炊饼、烧茶水,守军将士衣食无忧,斗志不减。

朱珍和葛从周接连三天攻打濮州南门,皆未得手。宣武军伤亡惨重,将士疲乏至极,朱珍和葛从周不得不休兵。

这日深夜,汴州兵正在酣睡,忽被喊杀声惊醒。朱珍出帐一看,见许多军帐已经起火。原来,濮州刺史朱裕料定汴州兵不备,派出千余精悍将士夜袭敌营。待朱珍和葛从周集结好队伍,已有七八百名士卒被杀死烧死。

朱全忠接到朱珍军情急报,与敬翔等人商议对策。

敬翔说,朱珍、葛从周围攻濮州,一时难于破城,朱瑄还会前来增援。那时,我军久困城下,腹背受敌,恐有不测。太尉可派一支人马增援濮州,协助朱珍攻城。再派一支劲旅,绕开濮州,突袭朱瑄郓州老巢,出其不意,攻其不备,必收奇效。

朱全忠连连叫好,他在心中盘算再给朱珍调派一万人马,但又顾虑朱珍自恃功高,狂妄自大,若他握有数万人马,攻占濮州后会不会尾大不掉?不得不防!若朱珍攻占濮州后再破郓州,其功劳更大,势必愈加难以辖制。故此,攻占郓州之功,决不能让朱珍独占!

于是,朱全忠命与朱珍素来不和的都押牙李唐宾任排阵斩砍使,带兵五千大张旗鼓增援濮州,同时秘密监视朱珍。朱全忠自带两万精兵,晓行夜宿,奔袭郓州,图谋打朱瑄个措手不及,一举攻占城池。

朱瑄连连接到濮州刺史朱裕的求援急报,搜罗了一万人马,命胞弟朱罕为主将,增援濮州。

这日,朱罕率领人马行至郓城北程屯附近,突遇一支宣武军人马拦住去路。朱罕大吃一惊:"此处如何会有汴州兵?"

排阵将刘矫应声道:"待末将前去察看!"

刘矫打马趋前,正碰上汴州骑军主将邓委筠。

刘矫厉声喝问:"来将何人?快报上名来!"

邓委筠也不答话,拍马挺枪便刺。刘矫慌忙躲过,拨回马头便走。邓委筠追上去,轻舒猿臂,将刘矫从马上提起,夹在腋下活捉过来。

朱罕看得目瞪口呆,正不知如何是好,却见汴州兵包抄上来。左边是长剑军指挥使王重师,右边是骑军主将邓委筠,中间是诸军都指挥使朱友恭。

朱友恭本名李彦威,寿春人氏,少年时投归朱温部下,受到朱温青睐,将其收为养子。他随朱温驰骋沙场,身经百战,屡立战功,被擢拔为诸军都指挥使。

朱友恭身后,一匹乌骓马上坐着一个矮胖汉子,身边竖起一面大纛,上书"检校太尉同平章事汴宋兼领淮南节度使吴兴郡王朱"一行大字。朱罕大吃一惊,心中叫道:"不好,朱温如何会在此地?"

正疑惑间,宣武军万马奔腾杀声震天从三面围攻上来。天平军士卒胆战心惊,纷纷后退。

朱全忠杀性大起,手持开山长斧,一路向前砍杀,十几个天平军士卒命丧长斧之下。朱友恭、王重师、邓委筠三路人马,将郓州兵冲得稀里哗啦,溃不成军。

不消半个时辰,郓州兵被杀得积尸盈野,血流成河。朱罕策马狂奔,拼命逃跑。无奈将士争相逃命,自相践踏,朱罕竟被撞下马来,朱友恭上前将其生擒。

汴州兵将朱罕捆绑起来,推至朱全忠面前。

朱全忠厉声喝问:"你是何人?快报上名来!"

朱罕高声骂道:"朱温,朱小三,你这个忘恩负义狼心狗肺的强盗,竟亲自带兵犯我郓州,真是恩将仇报的无耻小人,有何面目活在光天化日之下!"

朱全忠被骂得面红耳赤,气急败坏。他抡起开山长斧,将朱罕脑袋砍飞出去两丈多远。他尚不解气,又用斧头将朱罕尸身剁成肉酱,方才罢手。

朱全忠消灭了朱罕的一万援军,正待挥兵东进攻打郓州,忽然接到庞师古军情急报,说是他带领五千人马护送淮南留后李璠前往扬州,宿州刺史大开城门迎降。不料人马行至泗州,突遇徐州感化军节度使时溥带领两万大军挡住去路。两军众寡悬殊,请求火速增援。

朱全忠只得放弃郓州,命朱珍、李唐宾、葛从周继续围攻濮州,他自率两万大军,增援泗州庞师古部。

朱珍带领宣武军人马围困濮州月余,待城内粮食吃光之后,破城而入,占领濮州。

朱裕带着十几名骑兵一路狂奔逃回郓州。朱珍和葛从周率领大军东进追击,直达郓州城下。

郓州节度使朱瑄连吃败仗,损兵折将,曹州、濮州接连失守,心中好不懊恼。如今眼看朱珍大军进逼城下,自己却缺少兵力御敌,急得像是热锅上的蚂蚁一般,团团打转。情急之下,朱瑄忽然心生一计:诈降!

朱珍正在郓州西门外布阵攻城,忽有小校来报,说是从城头上射下来一封书信,信封上写都指挥使大名。

朱珍打开书信一看,却是朱裕所写。信中说,濮州一战,汴州兵神勇无敌,锐不可当。眼下郓州城内仅有三千人马,城池早晚必破。他几次劝朱瑄归顺太尉,可朱瑄无论如何听不进去,只是命他坚守西门。为保全城百姓性命,他愿做内应,在半夜时分打开城门,迎接都指挥使带兵进入郓州。他只有一个请求,便是不得屠戮城中百姓。至于本人,只求给一个县令职位,或到汴州做一名幕府从事,有碗饭吃足矣!

朱珍和葛从周将朱裕来信反复看了几遍,不觉有诈,便给朱裕复信,约定时刻,赚开城门。

次日夜半,朱珍命副将吴真带领一千人马,按约来到郓州西门外。

吴真发出约定暗号,命士卒学三声鹌鹑叫,城门果然吱吱呀呀打开。吴真刚刚带领人马拥进瓮城,城门却突然关闭起来。霎时间,城头灯笼火把一片通明,无数箭支雨点般射下,汴州兵呼啦啦倒下一片。吴真提刀要与守军厮杀,却如同公牛掉进水井,只能瞎扑腾,有力使不上。瓮城城墙三丈多高,井壁般又陡又直,守军居高临下,吴真及其人马只有受死,毫无还手之力。片刻工夫,吴真和上千汴州兵全都做了冤死鬼。

朱珍得报吴真和千名将士被坑杀,方知中了朱瑄、朱裕诈降之计,恼羞成怒,喝令将士强行攻城,发誓活捉朱瑄、朱裕,剥皮抽筋,碎尸万段!

城内早有防备,朱瑄指挥守军,用滚木礌石杀死杀伤许多汴州兵。

朱珍心有不甘，连续三日攻城，又折损了两三千人马，弄得将士怨声鼎沸，士气一蹶不振。

葛从周力谏朱珍，说不可逞一时之勇，应从长计议。

朱珍怒气未消，反问葛从周："你有何良策，怎不早说？"

葛从周说："我军连日攻城，损兵折将，死伤惨重，其余将士疲劳过甚，士气低落至极，不宜久困城下。末将以为，可先退兵濮州，休整部伍，补充粮草，恢复元气，而后再图攻取郓州。"

朱珍别无良策，只得率领人马退回濮州。

朱珍败归濮州，心情烦躁，对前来增援濮州的斩斫使李唐宾也没有好脸色。李唐宾与朱珍本就不和，且他负有暗中监视朱珍之命，见朱珍粗鲁无礼，心中愤然：你朱珍吃了败仗，不作检讨，反盛气凌人，真是岂有此理！他对朱珍也毫不客气，冷嘲热讽，讥刺朱珍是无能之辈。二人针锋相对，剑拔弩张，大有要动武一决雌雄之势。

葛从周见朱珍、李唐宾势同水火，觉得长此以往后果难料，便劝朱珍说："我等打了败仗，且不可再妄自尊大。将军应多与斩斫使商议军事，同心协力，方可克敌制胜。明日，请使君宴请诸将，检讨濮州、郓州胜败得失，听取各位将领建议，集思广益，重新谋划攻战方略。"

朱珍冷静下来，觉得葛从周言之有理。

李唐宾心中正愤愤不平，朱珍突然邀他赴宴，心中疑云顿生：朱珍这厮一向高高在上，盛气凌人，为何突然宴请诸将？他刚吃了败仗，是否怀疑我禀报太尉告他黑状？害人之心不可有，防人之心不可无！若朱珍乘宴会之机加害于我，如何是好？不如我先下手为强，即日驰回汴州，禀明太尉，惩治朱珍战败之罪，方为万全。

于是，李唐宾召来几名亲兵护卫，作了秘密布置。

当日夜晚，李唐宾和护卫亲兵骑马来到濮州南门，让守门士卒打开城门，说是有紧急公务出城。守门火长请李唐宾出示令牌，李唐宾自然拿不出。火长说，请将军谅解，没有主将令牌，我等不敢擅开城门。

李唐宾心中怒火升腾，索性一不做，二不休，一剑将守门火长刺死，亲兵们将守门士卒尽数杀死，打开城门，策马疾驰而去。

朱珍得报排阵斩砍使李唐宾夜间砍杀守门士卒,带领亲兵从南门出逃,不禁大吃一惊。他猜测李唐宾定是误会了自己的好意,以为要加害于他,因而回汴州向太尉告状去了。若是太尉听信李唐宾谗言,下令制裁于我,可如何是好?

思来想去,朱珍决计回汴州向朱全忠辩白。他将濮州一应军务交付葛从周,自己带上几名亲兵,飞马驰往汴州。

李唐宾和朱珍先后回到汴州,方知朱全忠带兵增援庞师古尚未回师。朱全忠长子、衙内马步都指挥使朱友裕奉命留守汴州,李唐宾和朱珍分别向他禀报了濮州之事,朱友裕对二人再三劝慰,善加安抚,要他们暂且待命,待向太尉禀报后再作区处。

朱全忠带领人马进抵泗州境内,与庞师古前后夹击时溥。

时溥腹背受敌,抵挡不住,带兵逃还徐州,自此紧闭城门,坚守城池,再不出战。

时溥是徐州彭城人氏,原为牙将。广明年间,黄巢义军攻占两京,徐州节度使支祥奉朝廷之诏,命牙将时溥和副将陈璠带领五千兵马入关勤王,围攻黄巢义军。时溥带领人马到了河阴县,将士们因缺衣少食,不愿继续前往关中。时溥约束不住,唯恐发生兵变祸及自身,便与陈璠商议回师徐州。

此时方镇牙兵哗变成风,杀掉或者赶走节度使拥立新主之事屡见不鲜。待时溥人马回到徐州之后,节度使支祥不仅不敢责怪,反而大加慰勉,犒劳将士。

如此一来,时溥反而生了野心,与陈璠密谋策动兵变。将士们一哄而起,把节度使支祥囚禁在驿馆,拥立时溥为徐州留后。时溥假惺惺地对支祥说要派兵保护他回京,并送上许多金银财宝。支祥信以为真,对时溥很是感激。时溥命陈璠带领人马护送支祥回京,行至七里亭,陈璠将支祥及其家人斩尽杀绝。时溥假装恼怒,将陈璠贬为宿州刺史。陈璠还没有到任,时溥便给陈璠安上一个罪名,派人将其杀掉。接着,时溥上表朝廷,声言效忠唐室,并派三千人马入关勤王,僖宗朝廷遂敕封时溥为徐州感化军节度使。

后来,黄巢败退中原,时溥带领人马围剿黄巢义军,朝廷授其东面兵马都统之职。时溥连战克捷,在陈州、太康、中牟大战黄巢齐军,斩首万级,并降伏大将尚让。其部将李师锐,追击黄巢至泰山狼虎谷,取黄巢首级,时溥将之献给僖宗。因此,时溥被朝廷封为平叛第一功臣，官拜检校司徒、同中书门下平章事，不久又晋封为检校太尉兼中书令，晋爵巨鹿郡王。

在围攻秦宗权时，时溥被敕封为蔡州四面行营兵马都统，成为兵马统帅。后来，时溥都统一职被朱全忠取代，对朱全忠自然心怀不满，再加上朱全忠对徐州虎视眈眈，屡屡进犯，必欲吞并，二人已然势同水火，互为仇敌，争战不休。

秦宗权在汴州被朱全忠战败后，朝廷敕封朱全忠为淮南节度使，更令时溥异常忌恨。其一，时溥资历老于朱全忠，他任节度使比朱全忠要早。何况，朱全忠原是黄巢麾下头领，乃叛归朝廷的降将，受到世人鄙视。再则，徐州与淮南毗邻，时溥早已对财赋半天下的淮南垂涎三尺。如今，朝廷居然舍近求远，把淮南划归朱全忠，时溥怎能不怨气冲天？故此，朱全忠派李璠赴任淮南留后，致书时溥要借道徐州，被时溥一口回绝。庞师古护送李璠赴任途中遭到阻拦，庞师古大打出手，攻占州县，恰如火上浇油。时溥怒气冲冲带领兵马阻截庞师古、李璠，誓言绝不让朱全忠占有淮南之地。

此番时溥虽被朱全忠战败，但他多年来经营徐州，城池坚固，易守难攻。朱全忠命诸将带领人马攻城数日，折损三四千将士，却没能靠近城门一步。

朱全忠正要调兵增援徐州，忽接朱友裕急报，说是李唐宾与朱珍内讧，二人擅离职守，已先后跑回汴州。朱全忠震怒，立即传令从徐州撤兵，回师汴州，命庞师古断后，防备时溥追击。

三十　江淮河朔战未休

朱全忠怒气冲天回到汴州，声言要将朱珍和李唐宾一同治罪，斩首示众。

谋士敬翔劝阻道："请太尉息怒。如今四面用兵，正是用人之际，不可擅杀大将。朱珍、李唐宾勇猛善战，战功卓著。二人犹如太尉左右手，岂可自残手足？"

朱全忠气哼哼地反问："朱珍、李唐宾目无军纪，擅离职守，置数万人马于不顾逃回汴州，难道不应治罪吗？"

敬翔笑眯眯地说道："太尉所言，自然有理。朱珍、李唐宾实在可恨。但他们对太尉并无二心，只是相互猜疑而生误会。太尉可严加训斥，命二人和解，戴罪立功。他们自会感激太尉恩德，努力战场立功，早日攻取郓州、兖州。太尉何乐而不为呢？"

朱全忠茅塞顿开。待朱珍、李唐宾先后来向他请罪时，他对二人严加训斥，警告不得再犯，并要二人相互道歉。而后命他们仍任原职，回濮州统兵再战，早日攻占郓州、兖州，将功折罪。

朱珍、李唐宾诚惶诚恐，再三感谢朱全忠不杀之恩，随后二人便一同返回濮州去了。

"家事"安定之后不久，朱全忠便命朱珍、李唐宾率部讨伐徐州节度使时溥。

攻占沛县后，朱珍、李唐宾率领七万人马进抵丰县，与时溥大军对峙。

朱珍夜袭时溥营寨，斩杀万余，时溥仓皇退逃。朱珍和李唐宾一路追击，占领萧县,兵临徐州城下。

朱全忠得报,心下大喜,准备亲往萧县,指挥大军围攻徐州。

为迎接朱全忠前来,朱珍命将士整修道路和马厩。

李唐宾的心腹部将严郊对朱珍颐指气使心怀不满,尤其对朱珍传令整修马厩不以为然,故其所部马厩又脏又乱,一片狼藉。

朱珍巡视严郊军营,见马厩毫无整修模样,火冒三丈,对严郊严厉斥责,并要处分严郊。

李唐宾脸上挂不住,以为朱珍如此小题大做,是故意找碴儿,便不再忍耐,当面指责朱珍借题发挥寻衅报复。

朱珍见李唐宾当众顶撞,公然蔑视主帅尊严,不由勃然大怒,猛然抽出腰间宝剑,向李唐宾当胸刺去。李唐宾未曾防备,轰然倒地,气绝身亡。

事已至此,朱珍便派一名小校驰往汴州,向左司马敬翔禀报说:李唐宾公然违抗将令,煽动兵变,实为叛逆,都指挥使已按军法将其处斩,请司马在太尉面前缓颊。

敬翔心知肚明,这定是朱珍公报私怨,越权诛杀李唐宾。他担心朱全忠在震怒时严厉处置朱珍,便命小校先到馆驿休息,待自己慢慢向朱全忠禀报此事。

不出所料,朱全忠怒不可遏,要立即处置朱珍,将其逮回汴州问罪,斩首示众。

敬翔并不惊慌,先顺着朱全忠说了一通朱珍擅杀监军大将、必须严惩之类的话,让朱全忠心中怒气倾泻出来,而后劝谏道:"请太尉暂且息怒。朱珍眼下正在统领大军与时溥对阵,如公然派人前去问罪,恐会激起变乱,祸生不测。万一朱珍狗急跳墙,与时溥联手,主公不但会白白损失许多人马,反让时溥得利,攻取徐州也会更加困难。这种赔本买卖,主公不会去做吧?"

朱全忠恍然醒悟,却心有不甘,恨恨说道:"莫非要听任朱珍为所欲为不成?"

敬翔微笑道:"主公不妨下令逮捕李唐宾妻子儿女,囚禁起来,而后派使者前往萧县大营,安抚朱珍,稳定军心,待适当时机,主公再处置朱珍。"

半个月后,朱全忠从汴州出发,前往萧县指挥战事。朱珍带了几名亲兵,出营到二十里外的三仙台迎接朱全忠。

朱珍走进朱全忠帅帐，行叩拜大礼。朱全忠端坐床上，突然喝令武士："将朱珍给我绑了！"

几名武士一拥而上，将朱珍捆绑起来。朱珍几名亲兵全被缴了械。

朱全忠怒斥朱珍："你这厮好大胆子，竟敢擅杀都押牙，难道你不知排阵斩砍使有监军之权？"

朱珍连连叩头求饶："末将有罪，末将该死！请太尉宽恕些个！"

朱全忠狞笑道："如今知道后悔了？晚了！你挟私报复，擅杀大将，分明是蔑视本帅！来人，将朱珍推出去砍了！"

敬翔、庞师古、葛从周等人呼啦啦跪倒一片，乞求宽恕朱珍。

朱全忠勃然大怒，反身举起坐床，向跪在地上的将领幕僚掷去，口中怒喝道："都给我滚出去！"

敬翔、庞师古、葛从周等只得唯唯而退。

为朱全忠立下汗马功劳的大将朱珍，当即被斩决。

当日，朱全忠命庞师古接替朱珍任都指挥使，率领人马进攻徐州。

昭宗龙纪元年，杨行密带兵围攻宣州。宣州刺史弃城逃跑，被杨行密部将田頵截杀，杨行密遂占据宣州。不久，朝廷敕封杨行密为宣歙观察使，后又加封其为宣州宁国军节度使。

孙儒为扩充地盘，率领五十万大军围攻宣州。

杨行密采用谋士袁袭之计，避开孙儒锋芒，带领人马北渡长江，攻掠淮南。孙儒回师江北，杨行密便又返回宣州，与孙儒往来周旋。

孙儒带领数十万大军追逐杨行密，奔走于扬州、宣州之间，将士疲惫不堪，却占不到便宜。孙儒便停止追击杨行密，改图江南润州、常州、苏州。

孙儒大军兵临润州，钱镠部将阮结抵挡不住，弃城而走。孙儒占领润州后，又接连攻占常州、苏州。孙儒命大将刘建锋镇守润州、常州，马殷镇守苏州，占据江南数州。

孙儒忧虑朱全忠从背后进攻淮南，便派遣使者，携带财宝，卑辞曲节讨好朱全忠。其时，朱全忠正在徐州与时溥争战不已，无力顾及淮南，便做了一个顺水人情，上表朝廷举荐孙儒。朝廷不敢得罪朱全忠，只得敕命孙儒为淮南节度使。

大顺元年（890年），杨行密出兵争夺江南，攻占润州，命安仁义带兵驻守，不久又攻占常州。

孙儒不禁大怒，出动三路大军反攻江南。孙儒麾下大将刘建锋赶走安仁义，再次占领润州、常州。

接着，朱全忠派大将庞师古带领十万大军争夺淮南，兵临高邮。孙儒不得不从江南撤兵，全力抵御庞师古。

杨行密见有机可乘，命大将安仁义反攻江南，再取润州；田頵战败刘建锋，占领常州。随后，刘建锋率领人马反攻，驱逐安仁义、田頵，再一次占据了常州、润州。

大顺二年，孙儒率领大军再次围攻宣州，杨行密向杭州防御使钱镠求援。钱镠命杜稜统带五千人马，救援宣州。

由于江南连日暴雨，洪水横流，孙儒大军营帐全被淹没。将士缺衣少食，无心再战，孙儒只得退兵，渡江北返，纵兵大肆抢掠和州、滁州之后，返回扬州。

次年，江淮疾疫流行，扬州将士多染病身亡。孙儒束手无策，下令焚毁扬州，带领全部兵马渡江，再围宣州。

杨行密乘孙儒退出扬州之机，派遣徐温带兵长途奔袭，占领扬州。徐温用军粮救济灾民，买来药材为百姓治疗疾病，一时大得民心。

孙儒围攻宣州，一时难以得手，不料军中疾病流行，死者枕藉，兵力锐减。不久，孙儒也染病卧床，无力指挥大军攻城。杨行密乘机出城突袭孙儒营寨，孙儒部下将士四散而逃，大多被俘。孙儒被田頵活捉，杨行密下令将其斩首示众。

杨行密回师北上，迅即占有淮南全境。朝廷见杨行密势力壮大，遂敕封杨行密为淮南节度使。自此，杨行密成为东南雄主。

而孙儒部下大将刘建锋、马殷，率领数千残兵溃退至江西，攻掠洪州、虔州等地，掳掠钱粮，招兵买马，在数月之内，竟然又聚起十万大军。

当年，孙儒杀掉秦宗衡，背叛新蔡国，秦宗权主力人马尽失，实力大减。山南东道节度留后赵德諲本是秦宗权部将，此时见风使舵投靠朱全忠，反戈一击讨伐秦宗权。秦宗权势力愈益衰减，只能困守蔡州小城，一筹莫展。

秦宗权亲卫将领申从乃势利小人，平日里阿谀奉承极力巴结秦宗权，赛似孝子贤孙。如今见新蔡国日暮途穷，便打算另寻靠山，背主求荣。

一日深夜，申从乘秦宗权熟睡之机，带领同伙砍掉秦宗权双足，将其囚禁起来。接着，申从给朱全忠写信请降，派人飞马前往汴州，请朱全忠将秦宗权押至汴州处置。朱全忠大喜，当即上表朝廷保举申从，朝廷遂敕封申从为蔡州留后。

蔡州大将郭璠十分厌恶申从，伺机带领部兵杀死申从，将秦宗权押送汴州，献给朱全忠。朱全忠将秦宗权押送京师，献俘阙下。昭宗谕令将秦宗权斩杀于长安西市独柳之下，新蔡国遂告覆灭，蔡州自此归附于朱全忠。

昭宗大顺二年四月，河东节度使李克用乘战胜张浚等数路讨伐军之威，率师大举北上，讨伐云州赫连铎。

去年赫连铎被李克用战败之后，元气大伤，仅剩下三四千人马，皆是老弱病残，士气十分低落，哪里抵挡得住李克用数万大军。云州城破之后，赫连铎向北逃窜，一直逃至大漠深处，投靠吐谷浑部落，方才保住性命。

李克用占领云州，稳定了北方。河东谋士、检校左仆射、左都押牙盖寓向李克用献策，力主乘胜向东出兵河朔，首先攻取镇州，扫灭王镕；继而征服李匡威，夺占幽州；而后挥兵南下，与朱温争夺中原。

恰巧此时，邢州刺史李存孝请求出兵北伐镇州，说是王镕勾结朱温和李匡威，时常侵扰邢州，觊觎河东。去年王镕与朱温、赫连铎、李匡威共谋讨伐河东，如今该是教训他的时候了。

李克用遂命李存孝率领本部一万人马为先锋，北上进攻临城，李克用亲领五万大军，随后继进。

镇州成德军节度使王镕得报，一面派使者向幽州节度使李匡威求援，一面亲率镇州成德军五万兵马，前往临城迎击河东军。

王镕七岁承袭父亲节度使职位，此时年方十五岁，平日里锦衣玉食，只是在母亲何氏训导下，略读过一些兵书而已，自然谈不上用兵方略，也没有统军打过仗。

王镕在龙尾岗被李克用大将李存贤打得大败而逃，回到镇州，五万大军损失近半，元气大伤。

临城守将杨洽得知镇帅王镕大军战败，只得弃城而走。

随即，李克用率领李存孝、李存贤、李存审三路大军，北上进攻元氏县，距镇州只有一百多里路了，突有探马来报，说是幽州卢龙军节度使李匡威带领五万人马，南下驰援王镕，昨日已达镇州。

盖寓便劝告李克用说，李匡威大军南下增援，镇州兵士气重振，二者合兵一处，共有八九万兵马。而我军只有五万人，千里行军，南北转战，将士疲惫，且粮草供应不足，与两镇联军交战无必胜把握。不如暂且退回邢州，避其锋芒，待敌来攻，时移则势易矣！

李克用遂带兵退回邢州，以逸待劳。

李匡威和王镕两镇八万人马，号称十万大军，浩浩荡荡从镇州南下，经元氏、临城，气势汹汹直扑邢州。

李克用命李存贤带领一万人马在尧山县阻击幽州、镇州联军，迟滞其南下进程。

尧山县城位于镇州经元氏、柏乡至邢州大道上，乃邢州北方门户。李存贤人马驻扎尧山城，深沟高垒，严阵以待镇州、幽州联军来攻。

王镕、李匡威指挥八万大军，将尧山城四面包围，似乎连一只鸟也飞不出去。联军从四面同时攻城，无奈城池坚固，守军又居高临下，联军一时奈何不得。

联军三日三夜不停攻城，却没能越过雷池一步。王镕焦躁万分，心中忧虑，若八万大军攻不下一个小小尧山县城，他在天下人面前便会颜面尽失，永世抬不起头来。

于是，王镕披挂上马，带领精锐之师"黑龙都"一千壮士攻打北门。将士们见主帅亲自攻城，一时士气大振，个个光着膀子，手提大刀，"嗷嗷"叫着冲向护城河。

李存贤站在城头看得分明，传令弩机营排成前后三列，待"黑龙都"士卒跳进护城河时，轮番放箭。果然，"黑龙都"士兵纷纷中箭，即便有人泅过了护城河，也难以逃过雨点般射来的利箭，非死即伤。

王镕连续三次攻城，"黑龙都"将士伤亡达五六百人，尸体几将护城河填平。王镕一看，大叫道："时机到了，快抬起云梯，冲过护城河攻城！"

"黑龙都"人马踏着同伴尸体,越过护城河,冲到城墙下面,架起云梯,一个接一个向上攀登。

李存贤命将士们投放滚木礌石,镇州兵被砸得脑浆迸裂,血肉横飞,接连从云梯上坠落下去,城墙根儿堆起一座座肉山来。

王镕站在护城河边,督催将士不顾一切蜂拥爬城。

终于有几个镇州兵爬上城头,王镕高兴得手舞足蹈,以为很快就会攻进城去。哪料想,爬上城头的士卒,被守株待兔的守军一一擒拿,像杀猪般结果了性命。

日暮时分,"黑龙都"人马,仅剩下一百七八十人,且多半是伤兵,王镕只得收兵回营。

李存贤孤军在尧山被围半月之久,急盼援兵到来。李克用命蕃汉马步都指挥使李存信为主将,邢州刺史李存孝为副将,带领三万人马增援尧山。

李存信原名张污落,回鹘部落人氏,原是李克用之父李国昌亲信将领。他通晓吐谷浑、沙陀、吐蕃等六个民族语言,机智多谋,又熟读兵书,在沙陀军中名声甚大。黄巢攻占两京后,张污落随李克用入关勤王,以军功升任马步都指挥使,改名李存信,成为李克用最为信用的大将。

李存孝本名安敬思,代州飞狐人氏,由俘囚入沙陀军,善于骑射,骁勇无比。他身穿一百二十斤重铠甲,腰悬强弓硬弩,胯上铁钩挂着一支铁矛,手持一百八十斤重铁挝,常充骑兵先锋,冲入敌阵,千军万马纷纷向两旁倒退躲避,无人可敌。他每战都要带两匹马,轮番乘骑,来往如飞。故此,李存孝号称河东第一猛将,威震四方,闻名天下。李克用对李存孝宠信有加,将其收作义子。但李存孝也有致命缺陷,便是狂妄自大,目中无人,使气任性,蔑视同僚,因而与其他将领不和,缺少人缘。

李存信自恃沙陀老将,通晓兵法,又受李克用父子信用,便以第一大将自居,常与李存孝争功,刻意排斥贬低李存孝。因此,二人面和心不和,争风吃醋,钩心斗角。

既然如此,李克用为何要命李存信、李存孝二人联手带兵增援尧山呢?李克用性情豪爽,不善玩弄权术诡计,但他身边有智囊人物盖寓、李袭吉等辈,时不时向其传输御下之术。李克用让李存信和李存孝同领一命,以收相互监督之效,概出于盖寓、李袭吉策划。

李存信命李存孝带领五千人马先行,他自统大队人马跟进。邢州距尧山县城不足百里,李存孝人马抵达尧山城南十里扎营,待李存信大军到达后进攻镇州、幽州联军。

不料,李存信行至中途,距尧山还有四十里便安营扎寨,不再前进。他派人传令,命李存孝攻打联军营寨,说是大军随后策应。实则李存信另有打算:若李存孝进攻顺利,他便带领大军冲上去,抢下战功;如李存孝遭败,他便作壁上观,而后追究李存孝战败罪责。要而言之,他就是不想让李存孝得头功,更不能让他立大功。

李存孝见李存信逡巡不前,心生疑虑,不敢贸然进攻敌军营寨。他只有五千人马,与镇州、幽州十万大军开战,众寡悬殊,若李存信不能及时接应,则后果不堪设想。为此,李存孝只是催促李存信尽快北上,前来尧山会师,却不与联军交战。

如此这般,李存信与李存孝互相观望五六日,毫无进展。李存贤被困尧山城,心急如焚,接连派出几批特使,冲出联军包围,催促李存孝攻打联军营寨,解除尧山之围,可久久没有结果。李存贤不得不派人到邢州向李克用禀报,请求大军尽快北上,早日解除尧山之围。

李克用得知李存孝、李存信按兵不动,十分气恼,即刻要治二人贻误军机之罪。

盖寓以为此时不宜追责,以免战场生变,他婉言劝谏道:"如今最为要紧的是击退镇州、幽州十万联军,解尧山之围,不宜处分阵前大将。大王可派嗣昭前往督战,纠察二将,促其尽快破敌。"

李克用当即命李嗣昭任阵前斩砍使,前往尧山督战。

李嗣昭乃李克用胞弟李克柔养子,深得李克用信任。李嗣昭身材矮小,沉毅坚忍,机敏谨慎,精悍而有胆略,在河东军中将士畏服,威望甚高,李存孝和李存信皆对其敬畏三分。

李嗣昭来到李存信营中,出示李克用手谕,传达严令。李存信不敢多言,随即开拔,向尧山进军。

李嗣昭马不停蹄又飞驰至李存孝军营,传达李克用将令和问责之意,李存孝俯首听命,愿拼死一战。

李嗣昭与李存信、李存孝商定,三人各带一路人马,夜袭敌营。

王镕和李匡威见李存孝、李存信逗留多日,不敢交战,还以为二人被联军气势吓破了胆,便日日在城门外骂阵,夜间则在营中饮酒作乐,让营伎们歌舞不休,好不快活。

忽一日,一位留守幽州的从事飞马来到李匡威营帐,向他禀报说:"连帅胞弟李匡筹,乘留守幽州掌管军政之机,策动兵变,自称留后,驱逐连帅妻妾和亲信,还扬言拒绝连帅您返回幽州。"

李匡威如同五雷轰顶,一时不知如何是好。

幽州将士得知李匡筹兵变消息,立时炸了营。他们的妻儿老小皆在幽州,如若回不去,家人怎么办?于是,将士们纷纷偷逃出营,奔回幽州。

当日夜晚,李嗣昭和李存信、李存孝杀进幽州兵营寨,却见营中空空荡荡。李嗣昭觉得不妙,以为中了李匡威的空营计。仔细看时,营中遗弃许多兵器,还有少数幽州士卒在惶惶逃命。

李嗣昭判定必有变故,便擂响战鼓,带领将士们向敌营深处冲杀过去。

李匡威得知河东军杀进营寨时,将士们多已逃走,他慌忙跳上战马,在亲兵护卫下,拼命逃出营寨,向镇州狂奔。

王镕得报幽州兵溃了营,急得直跳脚。正惊慌间,李嗣昭、李存信和李存孝冲杀而至,王镕无奈,急忙下令撤退。

李匡威逃至镇州,检点人马,只剩下三千多人。此前,潜逃回幽州者约一万人,其余三万多将士,或者被杀,或是做了俘虏,终归是血本无归了。最惨的是,李匡威已回不得幽州,陷入无家可归有国难投之窘境。

唐末兵变频仍,藩镇将帅为争夺权位,父杀子,子篡父,兄弟相残,翁婿翻脸,司空见惯。李匡威之父亲李全忠原为幽州牙将,只因打了败仗,惧怕节度使李可举治罪,便策动兵变,杀进幽州城,迫使李可举全家登楼自焚,随即自称留后,后被朝廷敕封为节度使。此番李匡筹兵变夺了兄长的位子,也并非鲜见之事。

王镕对李匡威百般安慰,将他安顿在驿馆,命人好生侍奉。李匡威仰天长叹,对王镕说："幽州嘛,兄失弟得,都是一家人,我没甚好后悔的。我忧虑的是匡筹才干不足,难以守得住幽州啊!"

王镕诧异道:"同胞兄弟之间,匡筹怎弄起哗变了呢?这也太不讲孝悌了吧?"

王镕却不知,李匡筹发动兵变,驱逐兄长李匡威,亦是不得已而为之。

李匡筹有妻名张十三娘,生得国色天香,美貌绝伦。李匡威色欲攻心,早就对张十三娘垂涎不已,只是一时无从下手。

恰逢河东李克用进攻镇州,王镕求援,李匡威带领大军南下,命胞弟李匡筹留守幽州。李匡筹便设宴为兄长李匡威饯行,妻子张十三娘陪席。在酒宴上,李匡威见到张氏,淫心又起,再也按捺不住。他将李匡筹灌得酩酊大醉,乘李匡筹酣然入睡之机,将张十三娘强行奸淫。

李匡威离开幽州之后,张十三娘向丈夫哭诉李匡威兽行。李匡筹气怒至极,当即召集留守将士,宣布自任幽州节度留后。接着,他带兵驱逐李匡威妻妾及其心腹幕僚,派兵把守城门,声言不许李匡威再回幽州。

李克用来到尧山,要究治李存孝、李存信贻误军机之罪。

李存信先下手为强,向李克用诬告说,他曾几次命李存孝攻打联军,李存孝就是按兵不动,不敢出战。李存孝与王镕、李匡威定有秘密勾连,请大王明察!

李克用甚觉李存信言之有理。李存孝号称勇将,天下无敌,这次却为何一反常态按兵不动?若说他惧怕李匡威、王镕,鬼才相信!

李克用疾言厉色追问李存孝为何迟迟不与王镕、李匡威交战。李存孝辩解说,镇州、幽州联军有十万人马,而李存信只给我五千将士,若被联军重重围困,损兵折将,罪责谁来承担?

李克用冷笑道:"你号称天下无敌,何时临阵畏缩过?五千人马就不能与敌交战吗?如此说来,给你多少人马才能与李匡威、王镕交手?"

李存孝被问得面红耳赤,无言可对。

李克用半真半假地追问道:"该不是你对王镕、李匡威手下留情,为日后留个退路吧?"

李存孝大呼冤枉,却又无法辩白。

　　然而，若说李存孝通敌，却也没有确凿证据，一时尚难以定李存孝之罪。

　　忽一日，王镕派出使者向李克用求和，说是愿意献上价值二十万贯钱的粮草，作为对河东军的补偿。此时，河东军粮草十分匮乏，李克用便答应了王镕请求，带领大军班师，李存孝则仍回邢州驻防。

　　李存孝在戴罪之中，忧心忡忡，烦闷难解，便日夜纵酒，借以浇愁。他此番带兵征讨镇州，不仅寸功未立，且遭李存信陷害，眼下李克用虽未出手治罪，但显然对他心有不满。回想自己多年来追随李克用，攻城克地，斩俘万计，战功累累，却没有受到信任和重用，顿时心生怨愤：前年，朝廷命张浚、朱全忠、李匡威、赫连铎等数路人马进攻河东，我李存孝生擒孙揆，连克晋州、绛州，再下泽州、潞州，功高如山，本应做潞州昭义军节度使，然而，李克用却命康君立做了潞帅，只封我一个汾州刺史职位，显是听信张污落、康君立等人谗言，有意压制。像张污落那般奸诈小人，打一仗败一仗的常败将军，只会在李克用面前溜须拍马，阿谀奉承，陷害功臣，排挤贤良，却受到百般信赖和重用，真是岂有此理！看这样子，张污落必定会在李克用面前继续诬陷自己，不知哪一日便会祸从天降！

　　李存孝思来想去，竟然毫无办法对付李存信、康君立此等小人，不禁激灵灵打了个寒战。他告诫自己，不能引颈就戮，坐以待毙，要寻找一条后路。最好是秘密联络李克用的对头，在危急关头反戈一击，脱离狼窝虎口，远走高飞，另择明主。

　　思虑之后，李存孝分别给王镕和朱全忠写去密信，说愿与他们结好，联手对付李克用。

　　王镕和朱全忠自然大喜，各自派出密使，与李存孝缔结密约，结成同盟。

　　李存孝吃下定心丸，遂公然用本名安敬思名义向昭宗上表，请求邢州、洺州、磁州脱离河东管辖，直接归朝廷统属，并请求朝廷赐给他节度使旌节。李存孝还请朝廷允准他会合镇州、汴州、幽州诸道人马，共同讨伐河东。

　　昭宗接到安敬思奏表，欣喜逾常，随即诏命安敬思为邢洺节度使。

　　李克用得知李存孝叛变，勃然大怒，亲率五万大军讨伐邢州。

　　安敬思得报，忙向镇州节度使王镕和汴州节度使朱全忠求援。

　　其时，朱全忠正带领大军进攻徐州，无暇救援安敬思。王镕出动三万人马南下增援邢州,同时使出缓兵之计,给李克用写信,劝他与安敬思和解。

李克用带领人马出了井陉关,正碰上王镕信使王藏海。王藏海呈上王镕书信,并转达王镕劝和之意。李克用将书信撕得粉碎,怒气冲冲地下令,将王藏海拖出营门斩首示众。接着,李克用挥军北上,进攻平山县。

王镕得报,带领三万成德军人马,在井陉北叱日岭阻击河东军。镇州兵原是沙陀兵手下败将,李克用命沙陀铁骑两面包抄过去,成德军如同惊弓之鸟,纷纷逃窜。沙陀兵一路掩杀,斩首一万多人,其余一万多镇州兵投降,只有百余名将士护着王镕逃回镇州。

李克用率大军直抵镇州城下,王镕无奈,只得故技重演,向李克用屈膝求和。王镕贡献河东军五十万缗钱的粮草,并说愿意出兵,和河东军一同进攻邢州。

李克用又一次允准王镕所请,在栾城会合王镕三万人马,南下邢州。

李存信自告奋勇做先锋,带人马进抵邢州城下,在北门外扎营。

当夜,安敬思乘李存信立足未稳,出城偷袭营寨。李存信于睡梦之中被呐喊声惊醒,顾不上穿戴盔甲,跳上战马,落荒而逃。安敬思带领千名铁骑,杀进营寨,河东军被杀被俘无数,先锋副将被安敬思生擒。

李克用大军抵达邢州,将城池四面围定,日夜猛攻。

安敬思据城固守,李克用三日三夜攻城不止。安敬思带领将士,用强弓硬弩和滚木礌石杀死杀伤无数河东军,使之不能靠近城墙。

李克用气得暴跳如雷,命将士们猛攻。

盖寓献计道:"邢州城高池深,易守难攻,安敬思又善用强弓硬弩,着实不易靠近。大王可命将士轮番挖掘深沟,使之通达邢州城下。待深沟挖掘数十道之后,便可分路从沟内突然进至城下。如此不但可避免将士被弩箭杀伤,还可将安敬思牢牢围困在城内,使其难以出城偷袭我军。"

李克用遂命将士们停止攻城,日夜开挖深沟。

安敬思见河东军在城池四面挖掘壕沟,便不时派人马出城,袭击河东将士。河东军挖沟进程受阻,成效甚微。

李克用又采用盖寓计策,命往日与安敬思交厚的河东牙将袁奉韬混进邢州城去，向安敬思密报说：冬至将临，李克用待深沟挖毕，就要回河东去祭祖。待大王一走，其余人等皆不是将军对手，你还会怕谁？几条壕沟还能阻挡得住将军你吗？

安敬思信以为真，便不再出城袭扰。数日后，河东军数十道壕沟挖成，安敬思被牢牢困在邢州城中，只能坐以待毙了。

河东军围困邢州长达半年之久，到了次年春末，邢州城内粮草用尽，将士们忍饥挨饿，面临灭顶之灾。

安敬思无计可施，只得亲自登上城头，向李克用喊话求饶："启禀父王：孩儿我蒙父王恩典，得享荣华富贵，若不是被谗言陷害，怎会舍弃父子之情去追随仇敌呢？孩儿请求再见父王一面，死而无憾！"

李克用询问盖寓："该如何答复李存孝这个不肖之子呢？"

盖寓微笑道："既然他还认大王为父，便不妨让刘夫人进城走一遭，将李存孝带出城来，那时一切便听由大王处置了！"

刘夫人平日里爱惜将士，广受爱戴，李克用对她甚为敬重。

刘夫人进了邢州城，安敬思又变成了李存孝，以义子身份向刘夫人行跪拜大礼。

刘夫人搀起李存孝，爱惜地说道："孩儿你一时糊涂，误入歧途，只要你出城去向父王请罪，你父王那样看重你，定会饶恕于你！"

李存孝唯唯连声，跟随刘夫人出城，来到李克用中军大帐，匍匐在地，痛哭流涕，向李克用请罪道："孩儿蒙受父王深恩，若非李存信谗言陷害，离间我们父子，孩儿怎会犯下如此滔天大罪？这皆是李存信欺压孩儿，我无处申明冤屈，才误入歧途，落到今日这般地步！"

李克用斥责道："你给朱温、王镕写信，对我百般诟骂，难道也是李存信逼你写的？"

李存孝无言以对，连连磕头："孩儿该死，请父王宽恕孩儿之罪！"

李克用班师太原，如何处置义子李存孝，却让他颇犯踌躇。李存孝武艺高强，作战勇猛，无人可比，可谓天下无敌的常胜将军，李克用心中十分爱惜，舍不得将其处死。可李存孝公然抛弃父子情义，背主求荣，勾结外敌，诟骂义父，是可忍，孰不可忍。若不严惩，以儆效尤，说不定便会有第二个、第三个李存孝。所以，李存孝无可饶恕，死罪是板上钉钉之事。可李克用心中实在不愿处死李存孝，便想出一条计策：先将李存孝定为死罪，文武幕僚必有为之求情者，那时再顺水推舟，免去李存孝死罪。如此，既依罪定刑，显示军法严明，又可保全李存孝性命，岂非两全其美？

李克用盘算已定，便命掌书记李袭吉书写文告，罗列李存孝四大罪状，定为死罪，三日之后行车裂之刑，而后悬首示众。

告示张贴出去，李克用坐立不安，急切盼望有人来为李存孝求情。

掌书记李袭吉情知李克用无意处死李存孝，便找到盖寓，请他出面为之说情。

盖寓笑道："主公爱惜李存孝勇略无双，不愿杀之，人所共知。可李存孝自恃匹夫之勇，两只眼睛长在天上，蔑视同僚，对我等文士视若草芥，不屑一顾。主公麾下将领，人人必欲将其置之死地而后快，我盖寓何德何能，敢冒天下之大不韪，替卖主求荣之徒求情免死呢？"

李袭吉道："存孝神勇无敌，弃之可惜呀！"

盖寓叹气道："常言道，'自作孽，不可活'。安敬思以子背父，叛主投敌，咎由自取，罪不可恕，我等爱莫能助也！"

其余将领如薛铁山、康君立、李存贤、李嗣源、李存璋等，个个与李存孝有嫌隙，皆受过他轻蔑侮辱，心有芥蒂，谁也不肯出面替他求情。

河东文武官员之中，只有一人与李存孝交厚，便是大将薛阿檀。李存孝背叛河东，曾与薛阿檀暗通声气，二人确有勾连。故而，薛阿檀此时唯恐李克用察觉其奸，日夜提心吊胆，哪还敢站出来替李存孝说话？

转眼间行刑之日已到，李克用却没有等来一个为李存孝求情之人。他恼怒、气愤，痛恨幕僚将领们无情无义。他不愿处死李存孝，却又没有理由收回成命。

行刑之日，李存孝被押至十字街头，五马分尸，其状惨烈至极。

李克用痛心疾首，几近丧心病狂，一连数日不理公务，对幕僚将领不理不睬。

文武将佐一个个屏气敛声，战战兢兢，生怕李克用迁怒到自己头上。

大将薛阿檀奉命和全体将领到刑场观看车裂李存孝酷刑时，心胆俱裂，魂飞魄散。他越想越害怕李克用得知实情，将他像李存孝那样车裂治罪，整日里寝食不安,魂不守舍,近于痴癫,濒于崩溃。

数日后,薛阿檀竟举刀自刎而死。

乾宁元年元旦佳节,李克用与诸将聚会,共贺新年。

酒宴之上,李克用忆及李存孝,痛哭流涕,一时举座戚然。

康君立劝慰李克用说:"李存孝以子叛父,大逆不道;勾结朱温、李匡威,公然投敌,又上书朝廷讨伐河东,可谓忘恩负义无耻之极,遭车裂酷刑是罪有应得。大王不必再痛惜他了!"

李克用闻听此言,无名火"腾"地一下蹿上头顶。他素知康君立和李存孝势同水火,李存孝之死正遂了康君立心愿,故而公然在大庭广众面前诋毁死去的李存孝,真是落井下石、无情无义!李克用越想越气,猛然拔出腰间宝剑,向康君立当胸刺去。

康君立惊叫一声:"大王!"随即血流如注,倒地身亡。

在座文武幕僚,个个惊恐万分,股栗不止,连大气也不敢出。

元旦宴会就此不欢而散。

近年来,李克用北征东讨,损兵折将,耗费钱粮无数,弄得师老兵疲,帑藏空虚。尤其是李存孝和薛阿檀、康君立三员得力大将接连惨死,李克用感伤万端,内心受到极大打击。

李匡筹乘李克用邢州之战师老兵疲之机,派三万大军进犯河东。

盖寓审时度势,对李克用说,李匡筹驱逐兄长,自任幽州留后,人心不服,且缺乏干才,没有经过战阵,难以统军打仗。眼下正是攻占幽州,进而吞并河朔的大好时机。

李克用深以为然,遂命降将刘仁恭带领一万人马为先锋,他自己亲统三万大军继进,进击武州。

刘仁恭进兵神速,很快抵达武州城下,将城内守军围困起来。武州将士原本与刘仁恭相熟,刘仁恭便以老友的身份向守军喊话,申明讨伐李匡筹乃平乱之举,要守军打开城门投诚,担保守军人人升职发财。城内将士无心替李匡筹卖命,遂大开城门,迎接刘仁恭入城。

刘仁恭轻而易举地进占武州，李克用率大军进击新州。

李匡筹得报武州失守，新州被李克用大军围困，忙派出两万人马增援新州。

李克用命骑军都将李嗣本带领五千沙陀铁骑，前往新州以东段庄迎击幽州兵。

李嗣本带领五千铁骑赶到段庄，见幽州兵马正在渡河，恰好渡过半数。李嗣本当即传令吹响号角，指挥沙陀骑兵向幽州兵猛冲过去。

幽州兵猝不及防，被旋风般杀来的沙陀兵冲得五零七散，短短一个时辰工夫，被杀万余，被俘无数，将校被活捉者达三百多人，渡过河来的人马全数被歼。

对岸尚未得及渡河的幽州兵，见势不妙，掉头向幽州奔逃。

李嗣本押着大队俘虏，班师新州，向李克用复命。

李克用传令，将俘虏兵用绳索绑成一串串队伍，牵至新州城下让守军观看，威吓他们开城投降。

新州守军见众多援兵被俘，甚为绝望，只得打开城门投降。

李克用又挥兵攻占妫州，乘胜向居庸关进军。

李匡筹见河东大军逼近居庸关，不免惊惶起来，急命三万主力大军增援居庸关，与李克用决一死战。

居庸关地势险要，易守难攻，然而，李匡筹不据关固守，反令守将带兵出关，迎战河东兵马。

打前锋的李嗣本率沙陀骑兵与幽州兵鏖战半日，由于幽州援兵人马众多，一时未能打进关内。

次日，李克用带领大队人马赶到，得知攻关受阻，便亲自带领众将登上山顶，察看居庸关地理形势，商议破敌之策。

李存审提议，派一支步兵偷偷翻过山岭，偷袭居庸关，内外夹击，定可取胜。李克用随即命李嗣本率领骑兵前往关下与幽州兵厮杀，同时李存审带五千步兵，沿小道翻越山岭，从背后偷袭居庸关。

李存审，本姓符名存，陈州淮阳县人氏，出身将门。符存豪侠仗义，机智多谋，深通兵法。他在乾符年间投入李罕之麾下，后归河东，屡立战功，被李克用收为义子，改姓名李存审。他随李克用西入关中，征剿黄巢义军，北伐赫连铎，冒刃死战，身负重伤,血流如注,阵斩赫连铎,名声大噪。李克用亲自为其敷药裹伤,早晚探视慰问,宠遇日隆,命其典领义儿军。

幽州兵在居庸关外与沙陀铁骑杀得难解难分,守关将士紧盯着关外战场,不料一支河东军突然从背后杀来,一时军心大乱,不少守关士卒惊慌逃命。

李存审一举夺取居庸关,将士们随即擂响战鼓,摇旗呐喊。关下幽州兵正在厮杀,望见城头数面河东军旗帜摇摇摆摆,知是关城失守,无心再战,纷纷溃散逃走。李存审带领一彪人马从关城冲下来,与李嗣本的沙陀铁骑前后夹击,只消片刻工夫,幽州兵被杀一万余众,其余将士皆跪地投降,做了河东军俘虏。

居庸关一战,幽州兵几近全军覆没。

李匡筹得报居庸关失守,人马尽失,匆忙携带家眷和金银财宝,在千余亲兵护卫下逃出幽州。

本来幽州距镇州最近,李匡筹应逃往镇州避难。可他的兄长李匡威被迫滞留镇州后,受到王镕厚待,李匡威却不思报答,反而想夺取军府大权,取王镕而代之。事泄之后,王镕忍无可忍,将李匡威杀死。李、王两家算是结下了冤仇。李匡筹不可能避难镇州,只得带领家人逃往沧州,投奔义昌军节度使卢彦威。

卢彦威对李匡筹盛情接待,又说沧州城池狭小,怕照顾不周,将李匡筹全家安置在景州居住。

三日后,卢彦威派兵包围李匡筹居处,杀死李匡筹,将李匡筹妻妾和亲兵连同金银财宝一道,押至沧州。

李全忠、李匡威、李匡筹父子兄弟盘踞幽州十年,自此家破人亡,灰飞烟灭。

乾宁二年正月初三,李克用率大军进驻幽州。城内数万军民举着彩旗,鼓乐齐鸣,夹道欢迎李克用和河东将士。

李克用上表朝廷,以刘仁恭为幽州卢龙军节度留后,拨出五千人马助刘仁恭守卫幽州。

不久,李克用又表奏朝廷,加封刘仁恭为检校司空、幽州卢龙军节度使,辖有十二州,归河东节制。

景福元年二月,朱全忠再次大举进攻郓州。

朱全忠命其长子、衙内马步都指挥使朱友裕为先锋,带领一万人马进驻斗门,朱全忠亲领三万大军随后进至卫南,图取濮州。

郓州天平军节度使朱瑄得报,亲率一万人马增援濮州。

二月九日深夜,朱瑄偷袭斗门朱友裕营寨得手,朱友裕在亲兵护卫下,骑马向南落荒而逃。

朱瑄人马隐藏在朱友裕营寨,偃旗息鼓,准备伏击朱全忠。

十日清晨,朱全忠带领大军增援斗门。

节度副使、先锋将李璠带领五千人马抵达斗门,见营寨内安静如常,便径直开进营门。

突然间,战鼓咚咚,号角齐鸣,一彪人马杀出,为首天平军大将贺瑰,声如炸雷般吼道:"贼将休走,爷爷我等候多时了!"

贺瑰抡起泼风大刀,直取李璠。

李璠心胆俱裂,拨马回头便走。宣武军将士纷纷后退,人马相互践踏,顷刻间队伍大乱。

天平军大将柳存和何怀宝各带一队骑兵,从左右两面包抄,拦住李璠去路。何怀宝手持丈二长矛,向李璠刺来。李璠躲避不及,被长矛贯通腹背,当即毙命。

李璠五千人马顷刻间被斩杀过半,其余全数被俘,无一逃脱。

朱全忠得知李璠被杀,先锋军覆没,忙率大军向南撤退,一直退至百里之外的瓠河镇,方停驻下来。

朱瑄带领大军追击朱全忠,杀向瓠河镇。贺瑰、柳存和何怀宝也带领人马从斗门杀来,将汴州兵四面围住,轮番射箭。

汴州兵连吃两场败仗,折损一万多将士,军心大乱,纷纷后退。

柳存趁机杀进,直取朱全忠帅帐。

张归厚敌住柳存厮杀,朱全忠在亲兵护卫下从南营门逃走。不料何怀宝追来,长矛刺中朱全忠座下乌骓马,乌骓马疼痛难忍,将朱全忠掀翻在地。何怀宝赶上前去,操起丈二长矛要取朱全忠性命。恰在此时,张归厚赶来,抡起长槊,将何怀宝长矛格开,缠住厮杀,朱全忠方得脱险,跳上马落荒而逃。

朱全忠骑着乌骓马向南飞奔,忽有一条两丈多宽的河沟横在眼前。朱全忠一勒马缰,乌骓马前蹄扬起,发出一声长嘶。此刻,何怀宝已追到跟前,身负重伤血染战袍的张归厚大喊一声:"大王快走!"再次截住何怀宝厮杀。

朱全忠猛抽一鞭,乌骓马又是一声长鸣,四蹄腾空而起,"呼"地纵身越过深沟,向南飞驰而去。

张归厚拼死力战,往来冲杀二十多趟,不料战马中箭忽然倒地,归厚只得弃马步战。何怀宝见状,命士卒快速放箭,张归厚身中二十余箭,血流如注,仍力战不退。

眼看张归厚力不能支,情势万分危急之时,张归弁前来接应,拍马敌住何怀宝,张归厚方被汴州兵救出重围。

朱全忠见张归厚浑身上下插满利箭,血肉模糊,抚摸着他的后背,热泪滚滚说道:"今日幸得归厚你拼死力战,我才得保全这条性命啊!"

朱全忠当即传令,用肩舆将张归厚抬回汴州,请医官精心调治,务必使其早日康复。

次日,朱全忠逃回汴州,检点人马,折损三万多将士,心中好不懊恼。

敬翔劝慰道:"大王不必烦恼,胜败乃兵家常事,世上哪有常胜将军? 待麦熟之后,请大王派几支人马,将濮州、曹州麦田掳掠一空,充作军粮。如此一来,朱瑄天平军和朱瑾兵马必定缺乏粮草,大王便可挥军东进,一举攻占郓州、兖州!"

麦熟时节转眼即到,朱全忠派出数路人马,到曹州、濮州等地抢掠麦子,扰得当地百姓苦不堪言。

这日傍晚,检校太尉兼中书令、巨鹿郡王、徐州感化军节度使时溥,带领一群姬妾在燕子楼宴饮。

燕子楼位于徐州闹市区,乃唐代名楼,由德宗朝徐泗濠节度使张建封主持修建。张建封乃邓州南阳人氏,喜好文章,慷慨尚气,交结文士,广纳人才,韩愈、许孟容等皆曾入其幕府,迭相酬唱。待燕子楼竣工,便成为张建封及其幕僚宴饮娱乐之所、风流蕴藉之地。

张建封死后,其子张愔继任徐州节度使。他十分宠爱徐州名妓关盼盼,与其在燕子楼宴饮歌舞，常常夜以继日。后来，他索性将关盼盼纳为小妾，宠幸异常，感情弥笃。

当年，大诗人、校书郎白居易游历徐州，节度使张愔在燕子楼宴请白居易，为其接风洗尘。酒至半酣，张愔让关盼盼为客人歌舞侑酒。关盼盼在席间舞起《霓裳羽衣舞》，白居易即席赋诗，赞美关盼盼及其舞姿，曰："醉娇胜不得，风袅牡丹花。"

如今时溥镇守徐州，燕子楼成为他和幕僚以及豪门巨富宴饮淫乐的风流宝地。

此刻，燕子楼内管弦合奏，鼓乐齐鸣，家伎刘丽娘边舞边唱：

> 春日游，杏花吹满头。陌上谁家年少，足风流。
>
> 妾拟将身嫁与，一生休。纵被无情弃，不能羞。

时溥连声叫好，一把将刘丽娘拉入怀中，往她粉嘟嘟的脸蛋上亲了一口，说道："乖乖，我的宝贝儿！你不用着急，我早晚纳你为妾！"

刘丽娘媚笑着说："贱妾谢过大王，你可不要忘记今日之言啊！"

时溥拉着刘丽娘走进舞场，亲昵地说："宝贝儿，你就放心吧。来，先陪本王舞上一曲！"

刘丽娘风情万种，与时溥对舞起来。

这刘丽娘本是蓝田县令刘襄之女，自幼熟读诗书，琴棋书画无一不精，尤其能歌善舞。中和三年，黄巢义军退出长安，路经蓝田。大齐国太尉、宰相尚让入住蓝田县衙，见到没有来得及逃走的刘丽娘，被其美貌倾倒，遂将其纳为小妾。次年，黄巢军与李克用、朱全忠和时溥诸道兵马在中牟县王满渡大战，黄巢败逃，尚让率部投降时溥，刘丽娘随尚让归于徐州。后来，时溥杀掉尚让，将刘丽娘据为己有。

时溥与刘丽娘舞兴正浓，西门守将徐汶突然闯进燕子楼，向时溥禀报说，朱全忠大军进抵萧县，先锋将庞师古进攻徐州。眼下庞师古率三万人马在徐州西十里扎营，明日即可攻打徐州城。徐汶请求时溥尽快派兵增援西门，抵御汴州大军。

时溥兴致全无，不得不回到军府调兵遣将，应对朱全忠和庞师古来攻。

三十一　关中三镇之乱

自平灭蔡州秦宗权之后，朱全忠连年发兵蚕食徐州地盘，战火连绵，狼烟四起，百姓流离失所，鸡犬不得安宁。徐、泗一带人口锐减，土地荒芜，粮食歉收，民不聊生。时溥为抵御朱全忠侵夺，只得先后向河东李克用和郓州朱瑄、兖州朱瑾请求援兵。李克用、朱瑄、朱瑾皆曾派兵来援，与汴州兵混战厮杀，互有胜负，各自折损了不少人马。去年秋季，徐州、泗州、濠州又发大水，百姓遭灾，饿殍遍野。感化军将士粮饷不继，常常忍饥挨饿，军心动荡不安，逃亡者日益增多。

如今朱全忠亲率十万大军进逼徐州，先锋将庞师古三万人马兵临城下，时溥心中惶急，只得硬着头皮命副将刘知俊带两千骑兵，出城袭击庞师古大营，以图侥幸取胜，暂保徐州城池不失。

刘知俊率队出了徐州城，不免心中抑郁，意志消沉。他十分明白，庞师古有三万大军，兵精粮足，自己只有两千兵马，且粮饷皆无，将士们食不果腹，衣不蔽体，士气低迷，如何去与虎狼之师对阵厮杀？然而将令难违，不得不冒险与庞师古一战。

刘知俊并不是不通兵法的庸将，他深知敌强我弱，只能以智取胜，便决计夜间偷袭敌营。

凌晨丑时，乘汴州将士熟睡之际，刘知俊带领人马悄悄接近敌营，突发一声呐喊，杀死营门哨兵，冲进庞师古军营。

然而，营寨中空空荡荡，不见一兵一卒。刘知俊心知不妙，忽听杀声四起，转瞬

间灯笼火把一片通明。原来庞师古早有防备,将人马埋伏在四周,专候感化军入
瓮,围而歼之。

刘知俊情知中计,喝令后队变前队,相互掩护,拼命杀出重围,向徐州城逃去。
庞师古带领骑兵尾随其后紧紧追击。

刘知俊一路狂奔,逃至徐州西门外,高声呼叫城头守军放下吊桥,让人马退回
城中。

守城士卒未奉将令,不敢在深夜打开城门,便禀报给守将徐汶。徐汶登上城
楼,见吊桥桥头骑马而立者,确是副将刘知俊。他正要命守卒放下吊桥,却见庞师
古带领人马追杀过来,他唯恐汴州兵冲进城,不敢放下吊桥。刘知俊无奈,只得折
返身与庞师古厮杀。

徐汶胆小如鼠,不敢出兵接应刘知俊,只是站在城头坐山观虎斗,做了一名看
客。

须臾之间,庞师古骑兵将刘知俊人马冲散,汴州兵一层一层围住砍杀。不大工
夫,刘知俊身边只剩下十几个士卒了。

战至最后,刘知俊和五六个亲兵被汴州兵围得密不透风,已是插翅难逃。

庞师古勒住战马,向刘知俊抱拳道:"刘将军,我家大王亲率八万大军讨伐时
溥,徐州城破在即,将军何不弃暗投明,追随大王建立大功呢?"

刘知俊晓得时溥军心民心尽失,根本无力抵御朱全忠大军,城破是迟早之事。
眼下自己只有投靠朱全忠,才能有一条生路。于是,他向庞师古抱拳施礼,说道:
"败军之将,不可以言勇。刘某无能,让庞将军见笑了!"

庞师古微微笑道:"刘将军不必过谦。大王深知刘将军英勇善战,时常夸赞将
军。若将军来归,庞某愿在大王面前保举将军。"

刘知俊翻身下马,单膝跪地道:"如此,在下谢过庞将军!"

时溥得知刘知俊降了朱全忠,心中十分懊丧。他知道自己难于抵挡朱全忠大
军,只有用缓兵之计,与朱全忠讲和,日后或许会有转机,便给朱全忠写了求和书
信,派专使送达萧县朱全忠大营。

朱全忠看过书信,对敬翔说:"时溥求和是假,要我退兵是真。哼哼,想得倒美,

我岂能上他的当！"

敬翔："时溥用缓兵之计，主公不妨将计就计。可致书时溥，想要大王退兵，他必须离开徐州，回朝廷任职。此乃调虎离山之计，一旦时溥滚出徐州，这个钉子便好拔去了。"

朱全忠拍掌叫道："好！调虎离山计甚妙！时溥一走，我便除掉了一个心腹之患！"

于是，朱全忠给时溥回书说：你要本王退兵，我可以答应，但你须自己奏请朝廷离开徐州，到别处另谋高就。否则，便只有在战场上见个高低。待到城破之日，悔之晚矣！

时溥自然不愿离开徐州，但他仔细盘算，设若徐州城破之后自己做了阶下囚或刀下鬼，自然不如离开徐州去做一个朝官，因而还是咬咬牙答应了朱全忠。

时溥随即上奏昭宗，请求辞去徐州感化军节度使之位，回京报效朝廷。昭宗即刻允准时溥所请，诏命门下侍郎、同平章事刘崇望出任徐州节度使，时溥回京做太子太师。朱全忠也假意奉诏，带领大军凯旋。

朱全忠刚刚从徐州退走，时溥便开始反悔。他深知朱全忠是个言而无信的奸诈小人，若自己卸任离开徐州，身边无兵无将，路途上遭朱全忠截杀怎么办？岂不是只有束手就擒、引颈就戮吗？

时溥越想越怕，召来几个心腹幕僚商议，决计不奉诏，继续坚守城池。时溥和将领们威逼监军宦官，让他上奏昭宗，说是徐州将士极力挽留，不让他离开徐州，请朝廷收回成命。

昭宗也不啰唆，复又下诏任时溥为侍中、同平章事、感化军节度使。

前来接替时溥的刘崇望已经行至华阴，又接到昭宗诏书，只得折身返回西京。

朱全忠得知时溥反悔，朝廷重又任命时溥为徐州节度使，气得七窍生烟，不日便命朱友裕带领十万大军，再行攻打徐州，讨伐时溥。

朱友裕随父南征北战，现已官居衙内马步都指挥使，执掌兵权。他命庞师古率两万人马进攻宿州、泗州、濠州，迂回包抄时溥后路；自己亲率八万大军，顺利攻占砀山、萧县，兵临徐州。

庞师古攻占宿州之后，兵锋直指泗州、濠州。泗州刺史张谏和濠州刺史张遂，一时吓破了胆，主动献出城池投降。

接着，庞师古带兵北进，与朱友裕会师徐州城下。

时溥惶惶不可终日，忙向兖州节度使朱瑾求救。朱瑾与朱全忠不共戴天，当即答应时溥请求，亲领两万人马驰援徐州。

徐州古称彭城，西临汴、宋，北接青、淄，南达淮扬，自古为兵家要地。徐州城东北有白云山，东南有骆驼山，西北有九里山，西南有云龙山。云龙山南北绵延六里，状若游龙，山东坡上有北魏时期雕刻的释迦牟尼半身造像，方面大耳，气度祥和，高达二十七尺。释迦牟尼造像旁石崖上，又有数百大小不一石龛佛像。故此，云龙山俗称石佛山。

朱瑾率两万兵马在石佛山安营扎寨，与城内守军成掎角之势。

朱友裕命指挥使氏叔琮和王重师各率两万人马，围攻朱瑾泰宁军，庞师古率三万兵马监视徐州守军，使其不能出城支援朱瑾，待击败朱瑾后，再全力围攻徐州。

王重师勇武过人，机谋权变，一柄长槊无人可挡。他和朱瑾厮杀三日，不分胜负，遂命将士回营寨休息，没有将令不得出战。

这日午时，王重师扮作樵夫，围绕石佛山察看形势。

王重师发现，朱瑾中军两千人马驻扎石佛山东北山坡上的兴化寺，其余人马大部在西、北两面山坡扎营。兴化寺内有水井，可供中军饮用，而驻扎在山坡上的兖州兵，每日须到石佛山西南河沟中汲取饮水。王重师心中有了主意，便与氏叔琮商议，由氏叔琮带人马向朱瑾挑战厮杀，他自带一队人马，在夜间开挖引水渠，让河水改道，断绝山坡上兖州兵水源。

两日后，引水渠挖成，河水改道。山坡上兖州兵突然断绝了水源，当天便乱了营。

朱瑾得报，忙命副将带领三千人马下山抢夺水源。

王重师早有防备，命弩机营在河岸上严阵以待，五千骑兵在两侧夹击，将前来抢夺水源的兖州兵杀得丢盔弃甲，狼狈而逃。

如此争夺厮杀三日，山上兖州兵始终得不到水源。时令已是夏季，天气越来越热，兴化寺一眼水井，杯水车薪，难以供应兖州数万兵马，将士们渴得嘴上起了燎泡，纷纷窜下山去找水喝。

王重师见兖州兵军心大乱，以为时机已到，便和朱友裕议定出兵与朱瑾决战。

次日晨，王重师与氏叔琮带领人马开至石佛山下，向泰宁军骂阵挑战。汴州兵挑来十几担河水，摆在阵前，向泰宁军高喊道：这里有又凉又甜的河水，泰宁军弟兄们可随意前来饮用，我军绝不加害。

兖州兵焦渴难耐，见阵前排开一溜水桶，争先恐后拥上前去，鲸吸牛饮起来。朱瑾声嘶力竭喝令阻止，可任凭他喊破嗓子，总也约束不住。前面士卒把持着水桶，后面士卒拥上来争抢，你吵我骂，继而拳脚相加，殴斗扭打，乱成一团。

王重师一声令下，鼓角齐鸣，宣武军两支骑兵左右包抄，将兖州兵围住，大砍大杀起来。

兖州兵纷纷放下武器投降，两万大军顷刻瓦解。

朱瑾见大势已去，急忙带领亲兵杀出重围，向北逃去。

王重师和氏叔琮要带领人马追杀朱瑾，却被朱友裕喝止。

王重师和氏叔琮未说什么，都虞侯朱友恭却发声问道："为何不乘胜追击？"

朱友裕说道："穷寇勿追。我等立马围攻徐州，拿下时溥要紧。"

朱友恭还要争辩，朱友裕摆摆手，传令道："氏叔琮、王重师听令，各自率领本部人马，将徐州城四面围困，不得放一人出城！"

朱友恭不服，与朱友裕争吵起来，二人互不相让，直至破口大骂。

你道朱友恭何人，竟敢明目张胆与统兵主将争吵？

朱友恭，本名李彦威，少年时即跟随朱温四出征战，屡立战功，被朱温收为养子。此人机警狡黠，极善揣摩朱温心思，甚得赏识，被超拔为检校左仆射、诸军都指挥使。朱友裕十万大军征讨徐州，朱友恭任都虞侯，负有监察主帅和全军将士重任，不仅与朱友裕平起平坐，且有向朱全忠专奏之权。

因此，朱友恭并不把朱友裕放在眼里，甚至想取而代之。他见朱友裕睥睨自己，心中很不是滋味，便向朱全忠写了一通密奏，说朱友裕有意庇护朱瑾，不准氏叔琮和王重师乘胜追击，致使朱瑾得以逃脱，留下一个心腹大患。还说，朱友裕手握大军,心有异志,不可不防。

朱全忠是一个多疑之人,对自己儿子也毫不例外,他命朱友恭充任都虞侯,便是要他监视朱友裕和氏叔琮、王重师等统兵大将。接到朱友恭密报,朱全忠当即写了手谕,命庞师古接替朱友裕任都指挥使,统领十万大军,继续攻打徐州。朱友裕革职拿问,解送汴州听审。

传送朱全忠手谕的驿马日行四百里,到达徐州军营后,接待驿使的将领却把手谕呈给了朱友裕。

朱友裕看了手谕,大惊失色。他深知乃父秉性,自感大祸临头,便急急忙忙带着两千骑兵,逃进芒砀山,先躲避起来。

避得了一时,避不了一世,朱友裕进退无措,左思右想,忽然想起,伯父朱全昱此时住在砀山县家中,便悄悄溜回家乡,向朱全昱求救。

朱全昱深知同胞弟弟朱小三不仅疑心特重,且心狠手辣,哪个惹了他,便难逃厄运。眼下救侄儿要紧,朱全昱想到,朱温最敬畏妻子张蕙兰,若是请蕙兰出面,或可保住朱友裕性命。于是,他给张蕙兰写了书信,派管家朱十二星夜驰往汴州,秘密会见张夫人。

朱全忠平时喜怒无常,凶狠暴戾,但对夫人张蕙兰却奉若神明,言听计从。有时,朱全忠带领大军已经出动,张蕙兰觉有不妥,派人追上朱全忠传话,他便会中途回师,听取夫人指教。

张蕙兰命朱十二回砀山转告朱全昱,要朱友裕单人匹马速来汴州,晋见朱全忠。

朱友裕谨遵张蕙兰吩咐,单人独骑驰至汴州,将自己捆绑了,跪在军府后宅门外,痛哭流涕向朱全忠请罪。

朱全忠一见朱友裕,勃然大怒,斥骂道:"你这个逆子!竟敢带领人马叛逃,真是胆大包天!"

朱友裕哭喊道:"父王恕罪!孩儿不是叛逃,是去向伯父求救!"

朱全忠大喝一声:"来人!把这个孽子给我剁了!"

几名武士上前,揪住朱友裕长发,按住膀子便要砍头。

夫人张蕙兰从后宅跑过来,抱住朱友裕,泪流满面地说:"孩儿,你不带一兵一卒回到汴州,自己绑了向父王请求处罚,再明显不过,你对父王没有二心呀!"

朱全忠闻听此言,扑棱棱打了一个激灵:夫人说得有理!这里面是不是有些蹊跷?

张蕙兰对朱全忠说:"大王息怒。裕儿虽说有错,却不至于谋反,请大王三思!"

朱全忠训斥朱友裕道:"你小子要小心了!"

一句话如同特赦令,朱友裕以头触地,哽咽着说:"谢父王不杀之恩!谢过母亲!"

朱全忠吩咐朱友裕:"你不能回徐州了,到许州去权知州军事吧!"

朱友裕连连叩头,口称:"孩儿谨遵父王之命!"

次日,朱全忠前往徐州,亲自指挥大军攻城。

庞师古率领人马,轮番攻打四门。大弩机、火焰箭、抛石机、云梯盾牌车全数上阵,三日三夜不曾停歇。

城内守军伤亡大半,西门守将徐汶眼见不敌,打开城门,向朱全忠投诚。

庞师古带领三千骑兵进入城内,直扑节度使衙署。

时溥见大势已去,聚齐全家男女老幼,登上燕子楼,命士卒放火焚楼。一时燕子楼大火熊熊,浓烟滚滚,时溥和妻妾儿女葬身火海。

刘丽娘在大火燃起时,从窗口跳下,受了轻伤,被赶来的庞师古救起,保住了一条性命。

朱全忠进入徐州衙署,庞师古将掠获的金银珠宝等财物一一造册禀报朱全忠,并把刘丽娘进献上。

朱全忠一见刘丽娘,顿时被她天生丽质迷倒,即命丽娘留在身边侍寝。

刘丽娘如同水晶玻璃人儿,精明剔透八面玲珑,在朱全忠面前施展手段,献媚邀宠,轻启朱唇莺声燕语,粉面含春风情万种,惹得朱全忠心旌摇荡,与丽娘如胶似漆纠缠一起。

昭宗乾宁二年正月,河中护国军节度使王重盈病殁,其兄长王重荣的继子王珂被推举为节度留后。

这王重荣家本是兄弟三人,兄长王重简,弟弟王重盈。王重荣自己无子,王重简之子王珂便做了王重荣的继子。按照礼法,王珂便是王重荣的继承人。当年王重荣有入关勤王战败黄巢收复京城的大功,朝廷便敕封王珂为河中护国军节度使。

王重盈之子、陕州节度使王珙野心勃勃,因河中有解州两大盐池之利,便一心要继承父职做河中节度使。他和胞弟绛州刺史王瑶联名上书朝廷,说王珂不是王重荣亲生儿子,不过是王家一个奴仆,没有资格继位做节度使。

王珂见王珙兄弟竭力要把自己拉下马,便向河东节度使李克用求婚,以图与强藩结成同盟,对付王珙、王瑶。李克用与王重荣交情深厚,自然愿意扶持王珂,便爽快地将女儿许给王珂为妻。

王珙、王瑶见朝廷和李克用皆偏袒王珂,便向汴州宣武军节度使朱全忠求援,请他奏请朝廷敕封王珙做河中节度使。朱温此时正忙于进攻兖州朱瑾和郓州朱瑄,无暇他顾。王珙、王瑶便转向邠州节度使王行瑜、凤翔节度使李茂贞和华州节度使韩建求援,说是王珂已与河东联姻,做了李克用女婿,必会同李克用结盟,与关中三镇为敌,争夺控制朝廷大权。王珙、王瑶请求三镇出兵,扫平河中,铲除王珂。恰巧三镇藩帅皆对朝廷有怨气,便满口答应王珙所请,一同出兵河中。

原来,关中八镇驻有朝廷禁军拱卫京师,皆隶属神策军。其中同州邰阳镇距华州最近,韩建便请求朝廷将驻邰阳神策军划归自己麾下;泾州良原镇接近邠州,王行瑜也想将良原镇禁军据为己有。朝廷没有答应,二人心中便十分不满。王行瑜野心膨胀,公然要挟朝廷封他做尚书令。因唐太宗原为尚书令,之后此职再也不曾授人,故而朝廷不允王行瑜所请,只赐给他一个"尚父"称号,以示荣宠,王行瑜自然不满足。凤翔节度使李茂贞与朝廷结怨更深,前年他与王行瑜联兵攻进京城,逼迫昭宗诛杀了杜让能等朝廷大臣。如今他唯恐天下不乱,正好乘机发难,出兵铲除异己,进而挟制朝廷,号令天下。

李茂贞、王行瑜、韩建进而商定:三镇连兵入京,废黜昭宗,扶立吉王李保继位称帝。

王行瑜急于吞并河中,命其胞弟、同州匡国军节度使王行约为先锋,带兵攻打蒲津关。

四月八日，李茂贞、王行瑜、韩建分率牙兵进入西京长安，城内百姓早已成为惊弓之鸟，纷纷逃出京城，躲避兵祸。

昭宗闻报，当即登上皇城西门安福门城楼，召见李茂贞、王行瑜和韩建。

昭宗责问三人："尔等事先不申奏朝廷便贸然带兵入京，意欲何为？若你等不愿辅助朕躬，朕即刻退位便是了！"

王行瑜、李茂贞和韩建三人六眼相望，说不出话来。他们原以为只要兵临阙下，昭宗便会吓成一摊泥，便可将其禁锢起来，而后宣布废立。哪承想昭宗临危不乱，主动召见，严词训斥，大义凛然，三人一时没了主意。

倒是韩建机灵些，强词夺理辩解说，带兵入京是为"清君侧，除奸臣"。

昭宗不想把事情弄僵，便搭个台阶让三人下来，平和地说道："卿等以为朝中有奸臣，可向朕奏明，朕自会处置，何必兴兵犯阙？罢了，有事情咱们君臣慢慢商量。朕已备下酒宴，三位爱卿随朕进宫，朕要为你等接风洗尘。"

在酒宴上，李茂贞、韩建、王行瑜三人慢慢恢复了元气，胆子逐渐壮大起来。

李茂贞首先发难，强词夺理说道："韦昭度身居宰相高位，率领大军讨伐陈敬暄和田令孜，劳师远征，空耗时日，最终却徒费钱粮，损兵折将。李溪拜相，德薄才疏，不孚众望。臣请陛下将二人斩首，以振朝纲。"

昭宗驳斥道："韦昭度奉诏讨伐陈敬暄，无功而返，已罢去相位；李溪是朕亲自擢拔的宰相，如不孚众望，可降职任用。二人皆无罪名，如何便要处死？朝廷有法度在，岂可草菅人命乱杀大臣？"

李茂贞答不出话来，口中嘟嘟囔囔："陛下……也太……"

为防备三镇加害韦昭度和李溪，昭宗次日便降诏罢免了李溪宰相之职，将韦昭度贬至东都洛阳做太傅，李溪则贬任桂州司马。

降诏当日，韦昭度、李溪二人便来到都亭驿宿夜，打算天一亮就快马加鞭离开京城。

王行瑜得到消息，连夜派出一队骑兵赶至都亭驿，将韦昭度和李溪杀害。

杀了韦昭度和李溪自然不能让王行瑜等满足，他和韩建索性带人马闯进皇宫，将力阻他们吞并驻镇禁军的两个枢密使也杀死。

李茂贞和韩建、王行瑜三人又以"清君侧"为名，威逼昭宗下诏，将宰相刘崇望贬为昭州司马，韦昭度舅父、户部尚书杨堪贬为雅州刺史，封王珙为河中节度使，王行约为陕州节度使，王珂徙任同州。

昭宗无奈，只得一一应允。

王行瑜、李茂贞和韩建三人正准备更进一步，废掉昭宗，扶立吉王李保，忽有消息传来，河东节度使李克用应王珂之请，率领沙陀兵南下，要入关勤王，讨伐凤翔、华州和邠州三镇。

李茂贞、王行瑜和韩建急忙返回本镇，部署防御。王行瑜留下两千人马驻守京城，以其族弟王行实为左军指挥使。李茂贞留下两千人马，由其养子李继鹏任右军指挥使，与王行实联兵把守皇宫和皇城，挟制昭宗和朝廷大臣。

昭宗困居宫中，在王行实和李继鹏监视之下，如坐监牢，寝食难安。

昭宗暗中召来闲居华州的孔纬和隐居河南长水县的张浚，三日内接连擢拔二人官职，诏拜孔纬为司空兼门下侍郎、同平章事，张浚为兵部尚书、同平章事、诸道租庸使。

孔纬年迈，重病在身，入宫拜见昭宗时涕泪横流，泣不成声，说自己病入膏肓，实难担当大任，坚辞相位。可无论孔纬如何求告，昭宗就是不答应。

这日晚膳时，一名侍奉昭宗用膳的小黄门偷偷呈上李克用密奏，昭宗悄悄将其藏在衣袖中，带回寝殿。夜深人静之时，昭宗拿出李克用奏书阅看，不禁大喜过望。李克用在奏书中说：李茂贞、王行瑜和韩建兴兵犯阙，亵渎圣人，杀害大臣，祸乱天下，谋逆之罪不可饶恕，人人得而诛之。臣亲率河东十万将士，同仇敌忾，南下勤王，定会扫平三镇，铲除逆凶，安定社稷。请陛下诏告诸镇，共同兴兵讨贼，早日肃清妖氛，君民永享天平，云云。

昭宗当即给李克用写了密诏，命他速带人马入关勤王，讨伐李茂贞、王行瑜和韩建三个逆贼。

次日，昭宗秘密派一个贴身小宦官潜出京城，将密诏送往李克用处。

李克用率领沙陀铁骑飞驰南下，从蒲津桥渡过黄河，到达朝邑，正遇上进兵河中的匡国军节度使王行约。

李克用当即指挥沙陀铁骑，挥舞着亮闪闪的胡刀，山呼海啸般掩杀过去。

同州兵见黑压压的沙陀兵杀来，早已吓破了胆，惊呼喊叫着："鸦儿军来啦，快跑吧！"将士们争相逃命，自相践踏，乱成一团。

王行约不敢回同州城，带领残兵败将逃回长安。

李克用占领同州，旋即南下沙苑，兵锋直指华州。

王行约向王行实禀报说，李克用沙陀兵实在厉害，难以抵挡，不如避其锋芒，大掠京城之后，挟持昭宗逃归邠州。

于是，王行实与王行约带领人马在京城大肆抢掠起来，尤其是万商云集的西市，金银珠宝等商肆财物被抢掠一空。偌大长安城，被同州兵和凤翔兵搅闹得沸反盈天，百姓纷纷逃奔南山避乱。

次日清晨，王行实入宫面奏昭宗："李克用沙陀兵已占了同州、华州，很快便会逼近京城，请陛下到邠州暂避一时，免遭不测。"

左神策军中尉刘景宣早已投靠了王行瑜，此刻也帮着王行实劝说昭宗巡幸邠州。

昭宗却不慌不忙地说道："李克用眼下尚在河中，离京师还远着哩！"

新任枢密使骆全欢是李茂贞同党，他和李继鹏一道，力劝昭宗去凤翔避难。

昭宗心里明白，凤翔也好，邠州也罢，都是狼窝虎穴，到那里便如同入了囚笼，绝没好果子吃。他摇摇头，说："朕哪里都不要去，就在宫里待着，看李克用能把朕怎的。"

骆全欢虚情假意地说："李克用是沙陀人，太宗说过，'非我族类，其心必异'。若是'独眼龙'带沙陀兵进了京城，不知会做出甚事来。大家乃万乘之尊，一身系天下安危，老奴岂能掉以轻心？大家还是移驾凤翔，方为万全。"

昭宗明了骆全欢的确是李茂贞的内应，气不打一处来，厉声说道："即便是沙陀兵来了，朕也自有办法，不用尔等费心。你等职责是管好部属，不要让军心摇动，更不能纵容部属四处抢掠，扰乱京师。"

左神策军中尉刘景宣还不死心，再次劝说昭宗去邠州，说王行瑜如何如何忠心赤胆，定会保全大家和诸王，云云。

孔纬在一旁看不下去,气喘吁吁地驳斥刘景宣道:"圣人乃一国之主,兆民仰赖,岂可轻易离开京师?"

刘景宣见孔纬病得只剩下一口气,尚如此替朝廷卖命,便不屑地白了他一眼,拂袖而去。

这日,李继鹏和骆全欢一边小酌,一边商议如何将昭宗劫持到凤翔,忽有宦官前来禀报说,刘景宣和王行实正在密谋将大家劫往邠州。

李继鹏唯恐王行实抢了先,便匆忙带兵入宫,逼迫昭宗出幸凤翔。

王行实得报,担心昭宗被李继鹏抢走,便撕破脸皮,率领左军攻打李继鹏统领的右军。一时宫中战鼓雷鸣,号角连天,杀声一片,宦官宫女东奔西窜,惊慌逃命。

昭宗在捧日都头李筠和捧日都将士护卫下,登上宫城正门承天门城楼,试图劝解正在相互攻杀的左右两军。

李继鹏见昭宗上了承天门,想先下手劫持昭宗,便留下一部人马继续与王行实对阵,自带一队人马向承天门杀来。

李筠命弓弩手向攻至城楼下的李继鹏军放箭,右军将士纷纷中箭倒地。李继鹏大怒,命弓弩手向城楼射箭。一时箭雨纷纷,如同飞蝗一般飞来飞去。昭宗站在楼檐下,正欲向右军将士喊话,不料一支利箭射来,穿透昭宗衣襟,钉在城楼木柱上,侍卫忙扶他躲进楼内。

右军一时攻不上城楼,李继鹏气急败坏,命将士们放起火来,霎时间城门着火,浓烟滚滚,烈焰冲天而起。

王行实也率领左军来攻打承天门,争夺昭宗。三方人马战成一团,情势危急万分。

昭宗忽然想起,雄毅军使孙德昭统领的盐州六都兵马正在京城宿卫,急忙派一名宦官召孙德昭带兵入宫护驾。

孙德昭带领盐州六都兵马赶至承天门,李继鹏和王行实见势不妙,慌忙带兵退走。原来,盐州六都兵在边境与胡兵厮杀多年,骁勇非常,邠州兵、凤翔兵向来惧怕盐州兵,不敢与其交手。

接着,邠州兵和凤翔兵在城内大肆抢掠起来。流氓无赖亡命之徒趁火打劫,闯入商肆、民宅,抢夺钱财,奸淫妇女,闹得京城鸡飞狗跳,乱成了一锅粥。

昭宗及妃嫔、诸王躲进李筠军营避难,不断有消息传来,说是李茂贞和王行瑜要亲自进京劫持昭宗。

昭宗唯恐被劫持,便在李筠捧日都护卫下,匆匆从启夏门逃出京城,躲进南山深谷之中。

京城士庶百姓,得知天子已出城避难,便扶老携幼成群结队拥向南山。

时值七月酷暑季节,骄阳似火,炎热至极,数万百姓一路奔逃,到达南山谷口时,已有三成庶民中暑而死,哀号哭叫之声震荡山谷。

夜晚,百姓们在山谷内横躺竖卧,露天而眠。一伙强盗闯进山谷,疯狂抢掠钱财,稍有反抗即被杀害。

朝中文武百官不知昭宗出逃,没有随行,只有薛王李知柔随驾避难。昭宗在莎城镇住了一宿,见莎城混乱不堪,次日又逃至石门,在山中一座小寺院存身。

昭宗命内侍宦官郗廷昱前往李克用军中传诏,催促李克用和河中节度使王珂,疾速带兵讨伐三镇,扫平叛乱,早日迎驾回京。

李克用带领沙陀大军包围华州,日夜轮番攻城。

华州节度使韩建自知抵挡不住,只得登上城头与李克用会话,请求退兵。

韩建恭恭敬敬向李克用施礼,说道:"在下对郡王您并没有失礼之处,郡王为何要打华州呢?"

李克用冷笑道:"你身为华州节帅、封疆大吏,竟兴兵犯阙,威逼圣上,若你这般做派可算是对朝廷有礼,又有谁算作无礼呢?"

韩建狡辩道:"带兵入京的是李茂贞和王行瑜,在下并没出兵呀!"

李克用道:"你和李茂贞、王行瑜联名上表威逼圣上,图谋吞并河中,又擅杀宰相韦昭度和李溪。如今,你等逼得天子离京避难山谷,圣上亲诏要我带兵讨伐尔等逆贼,你还有何话说? 快快打开城门投降,向朝廷负荆请罪,或可免于一死!"

韩建无言可对,匆匆退下。

李克用发起猛攻。

就在此时,宦官敕使郗廷昱来到华州,向李克用宣诏,说是李茂贞率领三万兵马到了周至,王行瑜带兵进抵兴平,逼近京师,要劫持圣人,请郡王尽快带兵阻击李茂贞和王行瑜,以救燃眉之急。

李克用停止攻城,即刻带领人马向渭桥进发。

李茂贞得知沙陀大军抵达京畿,知道大事不好,立即上书昭宗,说是劫持圣上全是李继鹏、骆全欢擅自主张,今日臣已将逆贼李继鹏、骆全欢斩首示众,请求圣人恕罪。他还派出使者,向李克用请求和解。

昭宗见李茂贞表示归顺,便也就坡下驴,命延王李戒丕前往李克用军营,让李克用与李茂贞和解,全力进剿王行瑜。

李克用抵达渭桥,尚未扎好营寨,延王李戒丕和宦官张承业就来到了军中。李戒丕奉旨前来催促李克用进攻王行瑜,宦官张承业奉诏前来充任监军。李戒丕宣读昭宗敕书,命李克用为邠宁四面行营都招讨使,统领诸道兵马讨伐王行瑜。昭宗还赐给李克用御衣、御马,赐给河东将领茶、酒、弓、箭,命延王李戒丕尊李克用为兄长。在李克用面前,延王以小弟自处,恭谨异常。

李戒丕向李克用转达昭宗密旨说:“若不是爱卿出兵关中护驾,朕恐已成为乱臣贼子府中侍奉酒食的仆人了!朕顾虑王、李二人结成死党,难以剪除,故请爱卿暂且姑息李茂贞,待诛杀王行瑜之后,再处置李茂贞。”

李克用当即命亲卫将领史俨带兵前往石门,护卫圣驾。而后李克用亲领大军进攻永寿县,命大将李存信、李存贞、李罕之带领一支人马,与鄜州保大军节度使李思孝联兵,攻打王行瑜驻守的梨园寨。

梨园寨位于京城至邠州的中途,背靠石门山,南控泾水河,地势险要,易守难攻。梨园寨有东、中、西三座营寨,筑于黄土高坡之上,鼎足而立,互为掎角。王行瑜在梨园寨屯驻五万重兵,作为进窥京畿争夺关中的大本营。邠州大将李元福带一万人马驻守东寨,王行瑜儿子王知进统带两万人马驻守西寨,王行瑜亲率三万牙兵驻守中寨,并命云阳镇使王令海带一万人马驻扎云阳,屏障梨园寨。

王行瑜的“门牙”首先被拔,李存贞率一万人马攻下云阳,生擒云阳镇使王令海,随即向梨园寨进军。

李克用攻占永寿后,命李存审带兵驻守,监视凤翔李茂贞,自己亲赴云阳,指挥大军进攻梨园寨。

梨园三寨之中，东寨立于悬崖之上，最为险要。李克用命副都统李罕之率本部人马攻打东寨，李存信率主力大军佯攻中寨，李存贞带领骑兵偷袭西寨，得手后烧毁寨中粮草。

李罕之曾入少林寺为僧，练就一身功夫，能穿山跳涧飞檐走壁。他早年云游蒲州、绛州，聚徒百余人，攻克土匪盘踞的摩云山寨，在江湖上获得"李摩云"称号。李罕之手下有百名高徒，亦是个个身怀绝技，人人能攀崖爬壁。

正值严冬季节，北风怒号，彤云密布，寒气逼人。李罕之带领百名徒众，悄悄来到梨园东寨峭壁之下。

夜黑如墨，伸手不见五指。徒众们将索钩抓牢峭壁，一个个像猴子般轻盈敏捷地攀爬上去。

守寨大将李元福以为此处是七八丈高的陡壁，深更半夜鬼都上不来，故而只在寨门布置了两名岗哨，便高枕无忧呼呼大睡。

李罕之带领徒众来到寨外，见四周有一道一丈五尺高的土墙，便发出一声鸟鸣，徒众们纵身一跃，一个个像燕子似的飞上墙头，又悄无声息地跳进寨中。

李罕之和徒众们分头在寨内纵火，营帐和房屋顿时燃烧起来。

此时，山下面的沙陀兵，竖起云梯爬上峭壁，怒吼着杀进营寨。

李元福来不及穿戴盔甲，急忙提着一把宝剑冲出营帐，正碰上李罕之迎面杀到，慌忙返身逃走。

李罕之在后追赶，李元福转过一座营房，忽然不知去向。李罕之毕竟不熟悉寨内道路，寻找多时，不见李元福踪影，只得命将士们扑灭火焰，占据了东寨。

次日黎明，李存贞带领沙陀铁骑抵达梨园寨背后山沟中，悄悄隐蔽起来。

天亮之后，李存信佯攻中寨，一时鼓角齐鸣，杀声震天。

王行瑜命逃回中寨的李元福出战，与李存信对阵厮杀。

双方正杀得难解难分，突然一彪人马从东寨向中寨杀来，为首大将正是李罕之。

王行瑜亲自出马迎战李罕之，他唯恐中寨有失，传令西寨守将王知进带领人马前来增援。

　　埋伏在山沟中的李存贞，见王知进率人马向东疾进，料知必是前去增援中寨，当即带领三千沙陀铁骑驰出，截住王知进，一阵砍杀，将这支邠宁人马杀得人仰马翻，王知进在几名亲兵护卫下落荒而逃。接着，沙陀铁骑冲进西寨，将留守的邠宁兵斩尽杀绝，又点燃了寨中囤积的粮草，立时狼烟滚滚，遮天蔽日。

　　王行瑜望见西寨一片火海，料知必是被沙陀兵攻占，粮食和草料被烧毁，心中十分懊丧，只得退回寨中，关闭寨门。他传令，不管河东军如何叫阵，不许一人出营交战。

　　李克用并不急于攻寨，只传令各路人马将梨园寨围困起来，他知道邠宁兵断绝了粮草，已成笼中之鸟，瓮中之鳖，只待寨内守军饥饿至极军心大乱时，便可一举破寨，歼灭顽敌。

　　三日后，梨园中寨粮食告罄，将士纷纷出寨潜逃，被沙陀兵一一擒获。

　　王行瑜惧怕邠宁兵一哄而散，硬着头皮带领全军拼死突围，向龙泉镇退逃。终于在儿子王知进护卫下，逃进龙泉寨。

　　李克用迅即包围了龙泉寨。

　　龙泉寨四面悬崖，石壁坚固异常，更加易守难攻。然而，跟随王行瑜逃进龙泉寨的邠宁将士只有五千多人，很难抵挡李克用的沙陀大军。王行瑜无路可走，只得向李茂贞紧急求援。

　　李茂贞派出五千凤翔兵驰援，却被李罕之、李存审带领一万人马打得溃散而逃。

　　王行瑜没了外援，一筹莫展，无计可施，只得乘夜突围，逃回老巢邠州城。

　　王行瑜一到邠州，立马派出使者，向李克用求和。

　　李克用不加理睬，亲率大军西进，兵临邠州城下。

　　王行瑜黔驴技穷，登上邠州东门城楼，号哭着向李克用求饶："启禀大王，在下王行瑜并没有罪过呀！擅自杀戮朝廷大臣，逼迫圣上离京流亡，皆李茂贞和李继鹏所为，请大王移兵凤翔，向李茂贞问罪。我王行瑜愿向圣上负荆请罪，听凭朝廷处罚！"

李克用哈哈大笑道："王尚父何其谦恭之甚！仆受圣上亲诏，讨伐三个乱臣贼子，尚父是其中之一。至于你是否向朝廷负荆请罪，不是在下做主之事。请王尚父出兵，摆开战场，一决雌雄。"

李克用命人猛攻城池，王行瑜自知城破在即，唯恐被李克用活捉，随即带着家眷向西北方庆州逃窜。

护卫王行瑜出逃的骑兵亲将，见王行瑜携带有许多金银珠宝，心生贪念。一行人马途中夜宿旷野，亲将和几个心腹乘王行瑜熟睡之机，挥刀将他头颅砍下来，献给李克用，将金银财宝瓜分罄尽。

李克用占领邠州，上表向昭宗报捷，请圣驾回京。

将王行瑜首级传送京师后，李克用回师云阳，准备讨伐凤翔节度使李茂贞。

昭宗和嫔妃、王子以及陆续前来随驾的一干朝廷官员，终于踏上回京之路。

京畿之地满目荒凉，村落颓败，十室九空。随驾返京的京兆万年人左拾遗韩偓，触景伤情，感慨赋诗曰：

狂童容易犯金门，比屋齐人作旅魂。

夜户不扃生茂草，春渠自溢浸荒园。

关中忽见屯边卒，塞外翻闻有汉村。

堪恨无情清渭水，渺茫依旧绕秦原。

还京之后，昭宗即派延王李戒丕到云阳宣诏，赐封李克用"忠贞平难功臣"称号，爵封晋王，加实封二百户，并将自己的妃子，容貌和才华冠绝后宫的魏国夫人陈氏赏赐给李克用。李克用子孙皆加封官职。同时，敕封河东左都押牙盖寓为检校太保、开国侯，兼领容管观察使，食邑一千户；昭义节度使李罕之兼侍中；李存信为检校司空，兼领邠州刺史；李存审授检校右仆射；节度副使李袭吉授右谏议大夫；史俨授检校右散骑常侍。其余有功将领皆加官晋爵，一时荣耀无比。

李克用命李袭吉进京，代其拜见昭宗谢恩，同时呈上奏表，请求发兵讨伐李茂贞。

昭宗接到李克用奏书，不免踌躇起来。他原本十分怨恨李茂贞，很想将他和韩建一网打尽，永绝后患。然而，他又担心除掉李茂贞和韩建之后，李克用拥兵坐大，称霸关中，威慑朝廷，危及自身。

思来想去，昭宗终于颁诏，盛赞李克用勤王护驾铲除逆贼之功，却不许讨伐李茂贞，诏书中说："不臣之状，行瑜为甚。自朕出幸以来，茂贞、韩建自知其罪，不忘国恩，职贡相继，且当休兵息民。"

按照朝廷惯例，平叛功臣李克用应入朝晋见天子。昭宗因对李克用和沙陀兵心存疑虑，便在诏书中命李克用不必进京面圣。

李克用对昭宗遮遮掩掩养虎遗患的做派大为不满，对敕使说："观朝廷之意，似乎对我李克用存有戒心。可若是不除掉李茂贞，关中便永无宁日。"

李克用麾下将领也颇有怨言，吵吵嚷嚷，牢骚满天。李罕之在李克用面前大叫道："眼下我等离京城咫尺之遥，大王怎能不入京晋见皇帝呢！"

盖寓早已窥破朝廷用意，劝谏李克用说："王行瑜等辈纵兵扰乱京师，以致銮舆播迁，百姓逃亡。如今圣上刚刚回京，席不暇暖，人心纷乱，社稷未安。此时大王若带兵进京朝觐，恐怕京师又要陷入混乱之中。为人臣者要尽忠朝廷，只看其能否勤于王事。至于是否入京觐见天子，还请大王三思而行。"

李克用闻言，笑着对部下将领们说："就连盖寓都不赞同我入朝晋见圣人，何况京城百姓呢！"

于是，李克用命节度副使、右谏议大夫、掌书记李袭吉草表，上奏昭宗，曰："穴禽有翼，听舜乐以犹来；天路无梯，望尧云而不到。臣不敢擅入京师，烦劳圣躬；亦不愿扰乱渭北百姓，即日班师东归，回驻河东。"

昭宗悬在半空中的一颗心，这才放了下来。

朱全忠攻占徐州之后，专意吞并郓州、兖州。

乾宁二年九月，朱全忠亲统大军进击郓州，命大将葛从周攻打兖州。

郓州天平军节度使朱瑄率领三万人马，在梁山设下埋伏，迎击汴州兵。

朱全忠命张归弁带领一支人马与天平军交战，而后佯装败退，将天平军引进一处荒坡。此处遍地蒿莱，草深数尺，便于隐蔽周旋。朱瑄带领将士在草丛中追击张归弁人马，却总是捉不到他们。

事有巧合，突然间西北风大起，将天平军旗帜刮得东倒西歪。敬翔提醒朱全忠说:"赶快放火!"

朱全忠命士卒点燃草丛,火势借着西北风疾速蔓延,大片荒草燃烧起来。朱瑄见天平军许多将士被烧死烧伤,急忙发令撤退。朱全忠见时机已到,遂带领大军追杀过去。天平军丢下无数尸体,一路奔命,逃回郓州。

此后,朱瑄固守城池,坚不出战。

朱全忠见郓州城池坚固,一时难以攻克,便转兵进攻齐州。

齐州刺史朱琼是朱瑾堂兄,此人胆小如鼠,畏惧怯战。他见朱全忠统领大军将齐州层层围困,竟然献出城池,向朱全忠投降。

朱全忠留下朱友恭驻守齐州,自率大军转攻兖州。

朱瑄见朱全忠大军围攻兖州,后方兵力空虚,遂命大将贺瑰、柳存会同河东来援将领何怀宝带领一万人马,奔袭曹州,截断汴州兵后路,迫使朱全忠从兖州、郓州退兵。

贺瑰等人带领人马在曹州大肆抢掠,将曹州的粮食、牛羊劫夺一空,而后装上百余辆牛车,运往郓州。

朱全忠只得从兖州撤兵,日夜不停地急行军,回救曹州。两日后行至巨野,恰与贺瑰带领的天平军相遇。

朱全忠命指挥使氏叔琮、王重师率领骑兵左右包抄,行营都指挥使张存敬率步军正面冲锋,围住天平军厮杀起来。

贺瑰、柳存和何怀宝押着大批粮草和牛羊,得胜凯旋,心中正自得意,突然与朱全忠大军遭遇,毫无防备,只得仓促应战。

朱全忠大军三万余众,贺瑰等只有一万人马,众寡悬殊。况且,郓州兵正在行军之中,来不及排列阵势,即被氏叔琮、王重师带领的骑兵分割包围。

短短一个时辰工夫,天平军大半被杀,三千多人投降。贺瑰、柳存皆身负重伤,何怀宝身中数箭,血流如注,三人先后被汴州兵生擒。

朱全忠带领大军,押着贺瑰、柳存、何怀宝和三千多俘虏兵回师兖州。正行走间,突然狂风大作,飞沙走石,天地间一片昏暗。朱全忠勒住马头,对麾下将领们说:"这是我等杀人还不够多,惹得上天发怒了!"随即喝令氏叔琮、王重师,将三千俘虏统统杀掉。

回到兖州城下，朱全忠命士卒押解着贺瑰、柳存和何怀宝，在兖州城池四周游行示众。宣武军将士齐声呐喊："朱瑾，你家老哥已惨败成这个样子，你为何还不早日投降？"

朱全忠记恨何怀宝、柳存在斗门之战中曾死命追杀自己，便将何怀宝、柳存在城下斩首示众，而将贺瑰收为部将。

朱全忠五六万大军围攻兖州，朱瑾见势不妙，派使者前往太原，向李克用求援。为拖延时日，等待河东援兵到来，朱瑾又想出一条诈降之计，图谋骗过朱全忠。

朱瑾派使者出城，向朱全忠转达归降之意，并约朱全忠面商开城投降之事。

朱全忠如约来到兖州延寿门外，与朱瑾会话。

朱瑾站在城头上，对朱全忠说："在下愿意投诚，把符节印信送交太尉，只是希望太尉派我兄长朱琼来取，我才放心。"

朱全忠信以为真，便命朱琼进城，去取回朱瑾的兖州节度使符节和印信。

到了约定时辰，朱瑾骑马立在护城河的吊桥上，迎接朱琼到来。

朱琼走上吊桥，与朱瑾答话。突然，埋伏在桥下的朱瑾帐下勇士董怀进跳上来，扭住朱琼，押进城去。朱瑾立即策马回城，命守城将士拉起吊桥，将城门关闭起来。

不一刻，朱琼的人头被扔出城外。

朱全忠恼羞成怒，跳脚大骂朱瑾，传令大军加紧攻城。

朱瑾拒不出战，在城头上指挥将士，用滚木礌石杀死杀伤汴州兵。

朱全忠攻城数日不能得手。忽有探马来报，说是李克用派大将史俨和李承嗣率领三千沙陀铁骑前来救援兖州，河东大将李存信带领两万人马随后跟进。朱全忠深知沙陀兵的厉害，惧怕自己腹背受敌，只得停止攻城，带领大军匆匆退走。

李承嗣、史俨带领人马救援郓州、兖州，途中必经魏州、博州。李克用派出使者前往魏州借道，向魏博节度使罗弘信请求过境。

在众多藩镇之中，魏博镇举足轻重。魏州、博州地处太行山以东黄河北岸，南控汴、宋中原平野，东连青、兖齐鲁大地，北通燕赵河朔重镇，依山带河，阻隔山东山西，牵连河南河北，诚为天下要冲。

魏博节度使罗弘信，乃魏州贵乡县人氏，原为本州牧马裨将，后被魏博牙兵拥戴为留后，朝廷遂晋封其为节度使、检校司空、同平章事，成为使相，晋爵豫章郡公。

大顺元年，朱全忠筹划进攻河东，曾向罗弘信借道，罗弘信不允。朱全忠便派大将庞师古、葛从周率一万多人马，渡过黄河进犯魏州，罗弘信亲自带兵到内黄迎战宣武军。双方接连五次交战，宣武军连战皆捷，罗弘信一败涂地。罗弘信无计可施，只得向朱全忠输纳五十万贯求和。朱全忠知道要想征服河东和河朔，必结纳魏博，方可顺利进兵，便答应了罗弘信请求，命庞师古、葛从周退兵。

此番李克用派人来请求借道魏博，进兵兖、郓，罗弘信本不想答应。但他知道李克用和朱全忠一样，同为当今天下枭雄，不好得罪。若不答应借道，惹得李克用发来大兵进犯，得不偿失。两害相权取其轻，罗弘信便勉强答应了河东借道之请。

史俨、李承嗣带领三千沙陀骑兵路经魏州，渡过黄河，疾速向郓州进兵。

接着，李存信率领河东两万后续人马，开进魏州境内。

李存信志大才疏，自以为深通兵法，通晓四国语言，又深得李克用宠信，便一味高傲自大，蔑视群僚。实则，他统军无方，治军不严，部属军纪涣散，士卒骄横难治。李存信大军进入魏州后，如入无人之境，将士们随意让战马啃噬庄稼，见到在野外放牧的牛羊，随意捉来宰杀食用，大饱口福。

魏州百姓受尽李存信人马祸害，纷纷向官府告状，诉说河东兵种种恶行。罗弘信天天接到州县报告，说是河东兵践踏百姓，胡作非为，肆意抢掠。罗弘信强忍怒气，暂且没有发作。

这一日，罗弘信又接到几个县令奏报，说河东兵所到之处，公然抢劫百姓粮食和猪羊，光天化日之下奸污妇女，无恶不作。罗弘信气得七窍生烟，大骂河东兵猪狗不如。他独自在署衙喝酒解闷，三坛老酒被他喝了个精光，已是醉意醺醺。

恰在此时，汴州节度使朱全忠的使者来到，呈上书信一封。

朱全忠在信中说："李克用志在吞并河朔三镇，河东兵马从兖、郓回师之日，定会乘机占领魏博。公岂不晓晋人假道灭虢故事乎？前车之覆，不可不鉴。"

罗弘信看了来书，越想越怕。常言道，害人之心不可有，防人之心不可无。罗弘信决计先下手为强，出动大军灭掉李存信的河东兵马，以免后患。

罗弘信派使者前往汴州，邀朱全忠共同出兵，夹攻李存信河东兵马。他亲自带领三万人马，前往莘县攻打李存信大营。

半夜时分，李存信和将士们正在酣然大睡，做梦也想不到罗弘信会攻打营寨。沙陀兵毫无防备，被突然从背后杀来的魏博兵杀得丢盔弃甲，人仰马翻。

此时，史俨、李承嗣带领的骑兵早已渡过黄河，李存信来不及与其联络求救，只得弃营逃回河东。

李存信回到太原，向李克用大诉其苦，说是罗弘信假意允许河东兵马借道，却暗中设下陷阱，与朱全忠共谋，偷袭我军营寨，却只字不提祸害魏州百姓激起众怒之事。李克用向来宠信能说会道擅于献媚取宠的李存信，一时被他激得暴跳如雷，大骂罗弘信言而无信，和朱全忠一样，是个背信弃义的小人！

次日，李克用亲领五万大军东进，讨伐魏博罗弘信。

河东大军杀入魏州境内，罗弘信一面带领人马据守洹水，一面派使者飞驰汴州，请求朱全忠发兵救援。

两方开战，李存贞、李存贤带领沙陀铁骑冲击魏博兵阵，斩杀万余魏州兵，一直追至魏州城下。

李克用大军围住魏州，昼夜攻城。忽报汴州宣武军大将葛从周带兵前来救援魏州，人马已渡过洹水，正在北岸列阵。朱全忠亲自率领大军抵达洹水，已在南岸扎营。

李克用命李存审、李存贤继续攻打魏州，他自带大军迎战葛从周。

葛从周久经沙场，深通兵法，智勇兼备，威名远扬，诸镇军中盛传"山东一条葛，无事莫撩拨"之说。但葛从周也深知沙陀铁骑的厉害，他仔细谋划，苦思冥想，终于想出一条阻遏沙陀骑兵的妙策：在阵地前面横向挖掘七八道深沟，将挖出的泥土培高八尺，筑成一道道土墙，以阻挡沙陀骑兵。

洹水北岸，李克用带领人马排开阵势，向宣武军挑战。

李克用之子、铁林军指挥使李落落，少年气盛，急于立功，向李克用请求道："父王，孩儿愿打头阵，带领骑兵冲锋！"

正巧李克用也想让落落在战场上历练历练，便点头应允。

李落落带领三千人马,向敌阵冲去。

李落落一马当先,奋勇直前。一道土坎横亘在面前,落落催马上前,黄骠马高高跃起,跨过土坎。不料,土坎后面是一丈有余的深沟,黄骠马猛然间收束不住,栽倒沟内,落落被甩出去两丈开外。

在土坎后面埋伏的汴州兵拥上前去,将落落活捉,捆绑起来。

李克用见落落被敌军生擒,急忙催动战马,上前搭救,李存贞、李存信带领骑兵一起杀出。李克用见前面有一道土坎,并不介意,催马一跃而过。然而,战马跌进深沟,把李克用狠狠地摔了下来。一名汴州将领跃马挺枪,前来捉拿李克用。李克用扯出腰间弓箭,一箭将敌将射死马下。

葛从周跳进深沟,要活捉李克用。恰巧李存贞杀到,从土坎上跃下深沟,与葛从周厮杀起来。

李存信等人乘机冲上来,将李克用救回本阵。

葛从周挥动人马掩杀过去,河东军败退三十余里,方才稳住阵脚。

李落落成为人质,李克用无奈,只得派出使者,向葛从周求和:河东军不再进攻魏州,双方同时休战退兵,请葛从周释放李落落。

朱全忠本来正在围攻郓州、兖州,无意与李克用在此纠缠,便命葛从周答应李克用同时退兵的请求。但朱全忠不许葛从周释放落落,而是使用"借刀杀人"之计,将落落交给罗弘信处置。

罗弘信毫不犹豫,当即杀掉落落,以雪心头之恨,也使魏博与河东自此成为死敌。

李克用失掉爱子,痛彻心扉,便欲举兵再次进攻魏州。盖寓劝阻道:"罗弘信据城坚守,朱全忠大军已经沿洹水列好阵势。我军新败之后,若两面受敌,胜负未可知也! 不如暂且退兵,徐图进取为妥。"

李克用明白盖寓言之有理,只得心有不甘地班师返回河东。

朱全忠见李克用带领沙陀兵退走,便挥动人马返回郓州、兖州,继续攻城,志在占取齐鲁全境。

三十二　兔子上金床

董昌升任越州刺史、浙东观察使之初,在判官黄碣、从事吴镣和张逊等人襄助下,安抚流亡百姓,奖励农桑盐渔,勤政廉政,浙东大治,仓廪渐丰,士民渐安。

其时天下藩镇皆割据自立,互相兼并,争战不休,以致朝廷贡赋断绝,国库空虚。董昌为争得朝廷宠信升官晋爵,便极力效忠朝廷,输纳进献的钱粮贡物超出常例数倍。董昌下令,每十日派出一个船队,称为一"纲",向朝廷输送黄金一万两、白银五千铤、越绫一万五千匹,其余贡品不可胜数,由五百名将士专程押送。董昌严格规定到达京城的日期,不管有无大风或雨雪天气,误期者斩首示众。

朝廷对董昌屡屡下诏褒奖,擢升董昌为浙东义胜军节度使、检校太尉、同平章事,晋爵陇西郡王。

向朝廷输纳巨额财赋,须向州县分派,大肆搜刮民脂民膏。浙东田赋、商税、杂捐超出两税定额数倍,百姓被敲骨吸髓,以致家破人亡,纷纷聚众抗捐抗税。董昌将成千上万人抓起来,关进大牢,严刑拷打,动辄夷灭全族。越州城有一座白楼,楼前地面开阔,官府便在此设置刑场,每日斩杀缴不上税捐的百姓。由于杀人过多,刑场土地一片赤红。后来,越州大牢中同时关押的死囚竟达五千之众。董昌心血来潮,突发奇想,下令将死囚全部充军,建为"感恩都",在士卒手臂上刻字为记,还要个个宣誓效忠董昌。

董昌越来越骄横自大,阿谀奉承、献媚取宠之徒云集麾下。门客吴繇、倪德儒等人,到处吹捧董昌功高盖世,德比尧舜,鼓动富豪为董昌建了生祠。官府规定,民间赛神、祈祷之事不得再去禹王庙,均须前往董昌生祠祈拜。

董昌做了使相,爵封郡王,阶比三公,尚不满足,又上表朝廷,请求册封其为越王。

唐代官爵制度,非皇族宗室不得封为藩王。异姓大臣爵至郡王,已是登峰造极。昭宗鉴于祖宗规制,没有答应董昌封王请求。董昌大为不满,对属下说:"朝廷辜负了我一片忠心,我进贡金银财物不计其数,朝廷却吝惜得连个越王封号都不肯赐予,我当自取之!"

吴繇为迎合董昌讨得欢心,献媚道:"大王与其做越王,还不如称越帝。"

董昌心动,问道:"如何才能称越帝呢?"

吴繇摇唇鼓舌,向董昌进献了一通称帝的计谋。董昌大喜,命吴繇、倪德儒速去操办。

吴繇来到山阴县,寻访到一位九十岁老人,此人略识些文字,吴繇便口授给他一首歌谣,又给了他一笔银钱,让他到越州军府去拜见董昌,进献歌谣。吴繇对老人说,只要他一字不差地背诵出这首歌谣,保管他得到官府奖赏,会有莫大好处。

山阴老人来到军府衙门,吴繇早已帮他安排妥帖,门吏一溜小跑向董昌禀报说,有一位老者前来进献谶言,董昌当即接待老者。

老者向董昌行过跪拜大礼,说道:"山阴县三十多年来流传着一首歌谣,歌谣里面含有谶言,这谶言便应在大王身上。"

董昌兴致勃勃:"请老郎口诵一遍歌谣,让我听听。"

老者一字一句背诵道:

　　　欲知圣人姓,千里草青青。

　　　欲知圣人名,日从日上升。

老人接着说道:"千里草分明是'董'字,曰上日,自然是'昌'字。上天早已降言,大王您就是圣人,百姓们盼望大王顺应天意,早日称帝,为越州万民百姓造福。"

董昌闻言,高兴得手舞足蹈,赶忙离座,亲自搀扶起老者,高声叫道:"来人! 赏给老人家白银一千两、缣一百匹。永久免除老人全家赋税徭役!"

吴繇和倪德儒到处煽惑百姓，说是山阴老人向大王进献了谶言，得到千两赏银，且永世免除田赋税捐。不管谁向大王进献谶言和祥瑞，都会得到重赏！

一时间，远近州县的方士、巫婆、神汉和无赖之徒，纷纷向董昌进献歌谣、谶言和祥瑞，可谓五花八门，无奇不有。其中进献谶言、祥瑞最灵光者，有方士应智、王守贞、朱思远，巫婆韩媪，神汉王温，等等，他们得到的赏钱分别有八百缗、五百缗，各有所差。

由于进献歌谣、谶言和祥瑞之物的人越来越多，赏钱便越来越少，最后只有五百文、三百文了。

吴繇和倪德儒越来越受董昌宠信，他们又策动浙东大将李畅之、薛辽、秦昌裕和幕宾李邈、蒋环、卢勤、朱赞等人，整日吵吵嚷嚷，要拥戴董昌称帝。还让方士朱思远、应智、王守贞和神汉王温、巫婆韩媪等人到处游说，鼓动游手好闲之人和无赖之徒，到军府门前请愿，一干人等高声喧哗，慷慨激昂地请求董昌顺应民意，早日登基称帝。

董昌见状大喜，吴繇、李畅之等人乘机进言，请董昌顺天应人，尽快登上皇帝大位。

董昌沾沾自喜："谶言中说'兔子上金床'，指的正是本王，我就生在兔年嘛！明年正是兔年，二月卯日卯时，便是称帝的良辰吉日！"

乾宁元年正月初一，浙东文官武将齐聚军府大堂，庆贺新春，给董昌拜年。

众人拜贺已毕，分班而坐。董昌站起身说道："近日符瑞迭出，谣谶多多，皆应我身，该当称帝，不知诸位意下如何？"

李邈、蒋环、李畅之、秦昌裕等喧喧嚷嚷，请求董昌尽快称帝。

节度副使黄碣坐在那里，一言不发。

董昌见黄碣不开口，咄咄逼人地问道："黄公有何见教啊？"

黄碣起身说道："如今唐室虽已衰微，但人望还在。太尉受朝廷厚恩，从一介布衣升至使相，爵封郡王，富贵已极。卑职以为，太尉当效法齐桓公和晋文公，辅佐王室，开创霸业，今日却为何生出这般毁家灭族的念头？我黄碣宁为忠臣死，不做叛逆生！"

满堂文武官员面面相觑,无人出言。

董昌恼羞成怒,大骂黄碣:"你这个狗才,竟敢辜负于我!你放着公卿宰相不做,反要找死不成!"

黄碣横眉冷对,昂首答道:"我乃朝廷命官,不是你董家奴才。你就是杀了我,我还是大唐的臣子!"

董昌咆哮起来:"侍卫!把黄碣这个狗才推出去砍了,头颅扔进茅厕里去!"

几名侍卫冲上来,将黄碣拖出大堂。

黄碣边走边骂:"董昌,你这个乱臣贼子,不得好死!"

须臾,侍卫回到大堂,向董昌禀报说:"已将黄碣斩讫,头颅扔进了茅厕粪坑。"

董昌又恶狠狠地下令:"将黄碣全家人口全都处死!"

越州首县会稽县令吴镣,一直冷眼旁观,沉默不语。

董昌逼问他:"吴明府,你有何高见哪?"

吴镣直言相谏:"大王,您不做真诸侯以传子孙,却为一个假天子之名而招来灭族之祸吗?"

董昌大怒,咬牙切齿说道:"吴镣,你这个混账东西!真是榆木疙瘩脑袋,棒打不开。老子先灭你全族!"

董昌向两旁侍卫喊道:"将吴镣推出去斩首示众,全族男女老少一概处死!我倒要看看,还有哪个敢阻挡老子称帝!"

幕僚将领个个惶然无语,大堂内一片沉寂。

董昌见山阴县令张逊低头不语,便勉强微笑着说:"张明府,我知道你很有才能,待本王登基称帝之后,让你主掌御史台,如何?"

张逊向董昌拱手施礼道:"太尉从石镜镇起兵,建节浙东十余年,爵封郡王,富贵已极。浙东僻处海隅,虽然管辖六州,但你若自立为帝,诸州未必服膺。只怕到时候太尉你困守孤城,徒遭天下人耻笑。"

董昌火冒三丈,声嘶力竭地号叫起来:"侍卫!快把张逊这个不知好歹的东西拖出去砍了,诛灭九族!"

侍卫如狼似虎地把张逊拖出大堂,乱刀砍死。

　　董昌威严地扫视了一遍大堂内战战兢兢的文武官员，厉声喝道："三个狗才都杀掉了，还有谁敢阻挡老子称帝？"

　　大堂内一片死寂。

　　董昌哈哈大笑，边起身离座边吩咐道："李邈、蒋环、吴繇、倪德儒，你等加紧筹办登基之事，二月三日是卯日，我要准时举行登基大典！"

　　数日来，吴繇和李邈、蒋环等人忙得不亦乐乎，夜以继日加紧筹备登基大典。

　　首先要定国号、年号，制作天子玉玺、冠冕、车辇和后妃、百官袍服，还要选定举行登基大典的场所，命名宫殿名称，修筑祭告天地的天坛、地坛，等等。

　　在商议制定国号时，李邈、吴繇等人已颇费周折，争论不休。

　　门客倪德儒向董昌献言说："据咸通末年《越中秘记》所载，有一种鸟叫作罗平鸟，能主越州人的祸福。中和年间，这种鸟曾在民间出现，四目而三足，鸣声若'罗平天册'，百姓纷纷拜祭之，以祈福攘难。如今大王建国立朝，可定国号为大越罗平国，年号定为顺天，以符祥瑞。"

　　董昌闻言大喜，当即拍板定案。

　　吴繇、蒋环、李邈等人商定，越州子城南门城楼改名"天册楼"，作为举行登基大典之所。军府内董昌寝房名曰"明光殿"，衙署大堂定名曰"黄龙殿"。

　　不久，天子玉玺、冠冕、车辇等，由越州民间工匠王百艺等制作完毕。天子印玺分别用银、铜、铅、石制成，银玺方四寸，文曰"顺天治国之印"。

　　接着，方士朱思远统领工匠修筑天坛、地坛，先后顺利完工，大越罗平国皇帝董昌登基大典如期举行。

　　二月三日为辛卯日，清晨卯时，越州内城南门外，数万军民人等，黑压压跪成一片。广场中间的五千名"感恩都"将士，最为引人注目。这帮人原是因缴纳不上赋税，被关进大牢的囚徒。他们受尽酷刑，有的被挖掉眼珠，有的被割去耳朵、鼻子，还有人被砍掉胳臂或者腿脚。

　　时辰已到，天册楼上鸣鞭二十四响，接着金石齐鸣。天子大纛、伞、盖、翠羽等等仪仗鱼贯而出。

　　董昌下了玉辂，登上天册楼。

楼上楼下数万官民人等跪地齐呼:"圣人万岁! 万万岁!"

董昌头戴平天冠,身穿衮龙袍,面带笑容,坐上皇帝宝座。

大太监宣读过即位诏书,内常侍宦官宣读大越罗平国天子制诏,册封李邈、蒋环为宰相,李畅之、薛辽、秦昌裕、卢勤为大将军,吴籎、倪德儒为翰林学士,应智、朱思远、王温、韩媪为国师,王百艺为将作监。其余拥立有功者,分封大小不等官职。

官民人等跪拜如仪,一次次高呼:"圣人万岁! 万岁! 万万岁!"

杭州,钱镠接到董昌书信,信中告知建国立朝之事,并敕封钱镠为两浙都指挥使。

钱镠不由连连叹气,对众人说道:"董昌是我的乡党,又是邻藩节帅。他曾建立大功,名高爵显,我一直敬重他,拥护他。不料如今他听信妖言,叛逆朝廷,僭号称帝,我等当何以待之?"

幕府从事屠环智,字宝光,海盐人氏。他文韬武略兼备,却屡试不第,便投笔仗剑从军,跟随钱镠做了乡兵,成为钱镠的参谋佐将。他首先向钱镠进言,主张讨伐董昌,铲除叛逆,扫平浙东。

左都指挥使许再思力言不可,右都指挥使徐绾也主张与董昌和平相处,并水不犯河水。

文官武将争论不休,莫衷一是。

钱镠见罗隐沉默不语,便指名问道:"昭谏有何高见?"

罗隐站起身,侃侃而谈:"董昌听信妖言,迷信符谶,不自量力,妄称帝号,不过是小丑跳梁罢了。倘若连帅奉天子之命,讨伐叛逆,兼并浙东,上可立功于朝廷,下可拯救黎民百姓,且可使浙东浙西连成一片,经营吴越全境,奠定千年基业,何乐而不为哉!"

一番话说得钱镠眉开眼笑。节度副使杜稜、都知兵马使顾全武等人,纷纷赞同罗隐主张。

钱镠遂决计一面向朝廷奏报董昌叛逆罪状,请命讨伐;一面出兵渡过浙水,进击越州。他命顾全武为先锋将,率领一万人马渡江,自己亲率两万大军跟进。

大越罗平国皇帝董昌沉浸在美梦之中,日夜与一干嫔妃宴饮取乐,哪里顾得军政民生。李邈、蒋环等文臣武将，陡然间飞黄腾达，日夜欢宴，歌舞不休。杭州人马一路畅通无阻，直抵越州城下。

罗隐受命为信使，前往越州城，劝说董昌取消帝号，否则，兵戎相见。

罗隐来到"皇宫"晋见董昌，长揖不拜。

董昌责问罗隐："钱婆留是朕的部属，是我董某人一手提拔于他。如今朕做了大越罗平国皇帝，敕封他做两浙都指挥使，婆留为何还要执意与我过不去？这岂非恩将仇报、不仁不义吗？"

罗隐冷笑道："大王出身土团，原本是一介乡勇。朝廷论功行赏，擢拔大王为藩镇节帅，又晋爵郡王，宠荣备至。大王身受国恩，不思报效朝廷，反僭称国号，自立为帝，不仅是恩将仇报、不仁不义，实为乱臣贼子、叛国祸首，人人得而诛之！如今我家大帅体念旧情，命在下前来劝告大王，请大王悬崖勒马，取消帝号、国号，重新归顺朝廷。如此，大王仍不失为一方藩帅，终身富贵。若大王一意孤行，朝廷必诏命天下方镇兴兵讨伐。到那时，大王身败名裂，传首阙下，九族诛灭，悔之晚矣！在下请大王三思。"

董昌心有所动，沉吟半日，方叹气道："我想与婆留见一面，如何？"

罗隐遂与董昌约定，次日午时在迎恩门与钱镠会面。

钱镠按时赴约，来到迎恩门外，向董昌跪拜，泪下如雨，说道："大王于我有恩，钱镠没齿难忘。大王您坐拥旌节，奄有数州，非不贵也，非不富也！一旦僭位称帝，祸不旋踵。今日钱某率兵至城下，专待大王改过自新。若大王不听在下忠言，惹得朝廷震怒，必定诏命诸道兵马讨伐，彼时不但大王危在旦夕，乡党百姓皆遭战祸，以致生灵涂炭、血流成河。眼下大王您只要悔过，钱某愿保大王永享富贵！"

钱镠说着，泣不成声。

董昌见钱镠兵强马壮，气势汹汹，且被钱镠诚心打动，说道："钱郎言之有理！我听信了吴繇、秦昌裕和应智、王温一干妖人妄言谶语，方才误入歧途。我愿听从钱郎忠告，即日取消帝号，向朝廷上表谢罪，并把应智等人交钱郎处置。本王愿出二百万钱犒劳浙西将士，就请钱郎即日退兵，如何？"

钱镠再拜道："大王深明大义，真是两浙万民之幸！钱某谨遵大王之命，尽快退兵便是。"

当日,董昌命人将应智、吴繇、秦昌裕、王温和巫婆韩媪押送出城,交钱镠处置,并送来二百万犒军钱。

钱镠将应智、吴繇一干人等斩首示众,随即回师杭州。

昭宗接到钱镠奏表,得知董昌立国称帝,遂下诏削去董昌职爵,赦免其罪,令其归田务农。

董昌取消帝号,上表请罪,一时威风尽失,军心大乱。越州义胜军都指挥使马绰和指挥使骆团,见董昌失势,遂带领人马投归钱镠,董昌麾下兵力锐减。

顾全武趁机对钱镠进言说,董昌不会遵从朝廷旨意,服服帖帖回乡耕田务农。他必会扩充军伍,操练人马,以图东山再起。到那时,浙西必是其首先觊觎之地。为今之计,应上书朝廷,言明董昌贼心不死,必然再叛,请求朝廷明令讨伐。我军即可一鼓作气,铲除董昌,占领浙东六州之地,使两浙划一,奠定千秋霸业。

成及、罗隐皆赞同顾全武的主张,建议钱镠出兵讨伐董昌。

于是,钱镠命罗隐草表,上奏朝廷,说董昌不遵圣上诏旨,毫无归田之意,反而招兵买马,图谋再行叛逆。

昭宗接到奏章,心中十分不安。万一董昌再次称帝,会愈加损害朝廷威权,使朝廷颜面扫地。更有甚者,那班野心勃勃的方镇帅臣会群起效尤,称帝称王,一发不可收拾。于是,昭宗颁诏,晋封钱镠为彭城郡王、浙江东道招讨制置使兼两浙盐铁发运使,带兵讨伐董昌。

钱镠接到诏书,命顾全武为主将,带领三万人马渡过浙水,向越州进军,再讨董昌。

董昌得报,急忙命镇将汤臼带人马抵挡顾全武,同时向淮南节度使杨行密求援。

多年来,杨行密与钱镠争夺苏州、常州、润州等江南地盘,自然不愿看到钱镠吞并浙东。杨行密派出两位专使,分别前往杭州和越州调停,以图保住董昌,牵制钱镠。

淮南使者戴友规来到杭州,向钱镠献上礼品,呈上杨行密书信,说道:"浙东府相、陇西郡王董昌已取消帝号,改过自新,大王就不必再动刀兵了!"

钱镠笑眯眯地对戴友规说:"哪里是本王想动刀兵,实在是朝廷严命讨伐叛逆,本王不得已而为之。再则,董昌虽宣称取消帝号,可并未遵从朝廷之命归田务农,反招兵买马,图谋不轨!"

戴友规说:"我家大王已派使者前往越州,劝告董昌效忠朝廷,谨修职贡。请大王网开一面,休兵罢战,则两浙万民之福!"

钱镠哈哈大笑道:"只要董昌诚心赎罪,遵奉朝命,本王求之不得,定然退兵!"

哪知戴友规刚刚离开杭州,钱镠便命顾全武加紧进兵。钱镠还连章飞奏朝廷,说董昌贼心不死,又在加紧谋划登基称帝;浙西大军已攻入越州境内,不日即可平定浙东,云云。

董昌只好再次向杨行密告急,请求速派援兵。杨行密谋划一番,命泗州防御使台濛带兵攻打苏州,宣州宁国军节度使田頵和润州团练使安仁义进攻杭州,以迫使钱镠回军,解救越州董昌之危。

董昌见杨行密派出三路人马进攻浙西,一时勇气倍增,旋命镇将徐淑会合淮南副将魏约围攻嘉兴,呼应淮南军进攻苏州、杭州。

润州团练使安仁义率领舟师经太湖抵达湖州,图谋渡过钱塘江救援董昌,却被屯驻西陵的钱镠大将顾全武阻击,无法渡江,只得班师退回润州。

董昌见淮南援军退走,只得命部将汤臼守石城,袁邠守余姚,阻挡钱镠浙西大军。然而,顾全武挥军大败汤臼,占领石城,随即进攻余姚,要切断董昌逃跑的海路。雪上加霜的是,浙东明州刺史黄晟宣告脱离董昌,归顺朝廷,带领人马襄助顾全武攻打余姚。

董昌又命大将徐章率一万兵马增援余姚,却被顾全武在途中设伏,将徐章生擒。

顾全武兵临越州城下,将城池四面围定。

董昌困兽犹斗,几次命部将出战,皆大败而归。董昌黔驴技穷,只得龟缩城池,紧闭城门,再不出战。

泗州防御使台濛带领三万兵马围攻苏州,此人精通兵法,骁勇善战。他察知苏州水军在城外皇天荡屯泊,拥有大小战船五百余艘,遂决计破之。

四月下旬,本来多南风,不料二十九日傍晚,偏偏刮起西北风。台濛计上心来,命水军将士用干芦苇装满十几只小船,再浇上猛火油,每只小船乘坐两名水手,在亥时初悄悄出发,战船随后跟进。

夜空一片漆黑,西北风呼呼劲吹,苏州水军将士早已进入梦乡。装满芦苇的小船慢慢靠近苏州战船,小船水手点燃芦苇,纵身跳入水中,游回后面的战船。

芦苇船靠上苏州战船,很快燃烧起来。火借风势,风助火威,苏州水军数百艘战船顷刻间烧成一片火海,船上水军将士或被烧死,或被俘虏。

台濛收买了几个俘虏,让他们逃回城内,游说北门守将陆郢献出北门,接应台濛入城。台濛许诺,事成之后,保举陆郢做苏州刺史。

五月三日深夜,陆郢下令放下苏州北门外吊桥,大开城门,迎接台濛人马进入城内。苏州巡检郭用引导淮南兵直扑州衙,将成及生擒。

台濛抄检成及府邸,钱财寥寥无几,却有不少图书和药物。原来,成及最喜读书,药物是为救治百姓疾病所用。

台濛将成及和抄没的家产押送扬州,向杨行密报捷。

成及是钱镠心腹将领,二人还是儿女亲家,成及儿子成仁璲是钱镠的女婿。杨行密若能降伏成及,对瓦解浙西将士大有裨益。于是,杨行密对成及大加称赞,说他学富五车,爱惜百姓,实乃人杰,并当即任命成及为淮南行军司马。

杨行密赏赐给成及的官位不可谓不高。唐末官制,藩镇节度使属官设置依次为:行军司马、副使、判官、支使、掌书记、推官、巡官、衙推各一人。行军司马统领军队,主掌军事,实权仅次于节度使。杨行密的用意十分明了:以成及做榜样,招降更多浙西将领和官员。

成及对杨行密用心洞若观火,匍匐在地泣不成声地说:"成及家中百余口人,全在杭州钱公身边,在下不能战死任所,还敢贪求富贵吗? 我愿用自己一人性命,换取全家百余口人性命。"

成及说罢,抽出佩剑就要自刎。

杨行密慌忙拉住成及的手说:"使君不必如此,若是您不愿在扬州屈就,在下日后送使君回杭州便是！"

当日，杨行密命人寻找了一处宅邸，安顿成及住下。

钱镠接到苏州陷落的军情急报，忙命顾全武从越州回师，转兵苏州，阻遏台濛淮南兵马南下。

顾全武接到军令，却并未退兵。他心中思虑：越州是董昌巢穴，我等很快便可攻占，为何要退兵？杨行密出兵浙西，原是打着救援董昌旗号，只要我等攻占了越州，灭了董昌，如同釜底抽薪，淮南便失却了借口。而后挥军北上，收复苏州易如反掌。

拿定了主意，顾全武便给钱镠写信，分说情势，提议先克越州，除掉董昌，而后回军收复苏州。

钱镠接到顾全武的书信，颇犯踌躇，召来罗隐等商议大计。

罗隐道："顾将军提出的主张很有见地。越州董昌是这场战事的根源，庆父不死，鲁难未已；董昌不除，浙无宁日。一旦顾将军拿下越州，两浙一统，连帅便可专意江南，收复苏州如同探囊取物耳！"

钱镠连连点头，当即要罗隐草写将令，命顾全武为诸军都虞侯、东面都知兵马使，率诸将全力进攻越州。

五月十四日夜，顾全武带领人马，同时猛攻越州五座城门。

董昌亲临五云门督战，他见浙西兵潮水般涌来，不禁惊骇万状。

双方激战至凌晨，浙西军占领越州外郭城。

董昌困守内城，不得已再次宣告取消帝号。部下将士人心惶惶，不少将领反水，向浙西军投诚。

钱镠派董昌的旧部将领骆团进入越州城，谎称奉诏而来，要董昌致仕回家乡临安养老。

董昌思来想去，觉得此时趁坡下驴回家养老，强似城破被俘为囚。于是，他恋恋不舍交出符节印信，出城向顾全武投降。

顾全武即命武勇都监使吴璋带一队人马，乘船押董昌去杭州。

吴璋船队驶出越州，进入小江，与越州渐行渐远。

董昌被禁闭在船舱内，一时五味杂陈。他知道此番离开越州再难回来，大越罗平国皇帝的日子一去不返，不免凄凄然，流下伤心之泪。董昌正自伤情，吴璋带领一帮士卒闯进船舱，并不搭话，举刀便砍，将董昌及罗平国宰相李邈、蒋环等一百多名官员杀死。分别押在其余几艘船上的董昌家人，统共三百余口也全被砍头，尸体投入江中，顺水漂流而去。

船队抵达杭州，钱镠当即派人将董昌头颅传送京师，向朝廷奏报浙东大捷，伪大越罗平国已被荡平。

不久，昭宗降诏，加封钱镠兼中书令，然而并未将浙东划归钱镠管辖，却命宰相王抟出任浙东威胜军节度使。

钱镠费尽九牛二虎之力攻占越州，灭了董昌，岂肯轻易将浙东拱手让人？他气急败坏，责骂朝廷薄恩寡义。

罗隐劝谏道："相公不必焦躁，可命两浙州县官员鼓动百姓，一同上书朝廷，请求敕命相公兼领浙西、浙东两镇。朝廷见民意不可违，必降诏命大王身兼两镇。"

钱镠即刻请罗隐书写万民表，传送两浙各州县，命大小官员和万民百姓具名，而后申奏朝廷。

昭宗连番接到两浙官民奏表，皆是恳请朝廷敕封钱镠为两浙节帅。昭宗明白，除非让钱镠兼任两镇，另派谁人出任浙东节度使，皆难以到越州就任。

此前昭宗未将浙东划归钱镠管辖，正是不愿他日渐坐大，以免尾大不掉。如今看来，钱镠对浙东志在必得，且越州军政已在其掌控之下，只得送上一个顺水人情，敕命钱镠兼任浙东威胜军节度使。

顾全武带兵进驻越州，打开府库，只见五百间库房中装满了金银绸缎和珍宝财物，粮仓储米多达三百万斛。钱镠传令顾全武，将金银绸缎赏赐给将士们，打开粮仓向百姓发放粮食，赈济饥民。

顾全武在越州刚停稳脚跟，即命行军司马杜稜增援婺州，阻击淮南安仁义军；顾全武又受钱镠之命，率部从水路增援嘉兴，驱逐进攻嘉兴的淮南大将魏约所部兵马，迎击已经进至湖州的宁国节度使田頵率领的宣州兵。

顾全武带领三千人马抵达嘉兴，于一夜之间，攻占了魏约三座军营。

嘉兴守将曹圭已守城两个月之久,此人勇略非凡,在强敌围攻、矢石交集之际,屹立城头,谈笑自若,指挥若定。眼下嘉兴城虽粮草匮乏,军民皆安然如堵,让攻城的淮南兵久困于坚城之下,毫无能为。

曹圭在城头上望见杭州兵接连夺取三座敌营,便于次日一早出城,来到杭州兵大营参见都知兵马使顾全武。

顾全武与曹圭定策,城内外互相策应,夹击淮南兵马。

此后,每逢顾全武人马进攻淮南营寨,曹圭总是适时带城内守军杀出,前后夹击,使淮南兵腹背受敌。

如此这般,顾全武与曹圭里应外合,接连攻破淮南兵十八座营寨,最终将淮南主将魏约生擒活捉,其余淮南兵全数被俘。

解了嘉兴之困,顾全武马不停蹄,又带领人马迎击进抵嘉兴西五十里的田頵宣州兵。

田頵得知魏约全军覆没,急忙下令撤退,一路逃回宣州去了。

湖州刺史李彦徽见情势不妙,弃城逃回扬州。都指挥使沈攸献出城池,宣告归附镇海节度使钱镠。

接着,顾全武带领人马乘胜攻克松江、无锡、常熟、华亭,占领苏州四围各地,随即兵临苏州城下,将城池四面围困起来。

九月正是秋收季节,顾全武命各部将士严密封锁道路,不许一粒粮食运进苏州。

苏州已成一座孤城,驻守苏州的淮南大将、苏州刺史台濛只能向杨行密求援。

苏州城内粮草越来越少,几至断绝,且得不到城外任何消息。守城淮南将士忍饥挨饿,军心涣散,台濛焦虑不已,于九月十七日夜率部弃城逃跑。

顾全武进占苏州,并不停驻,即刻去追击逃跑的淮南军。

杨行密派往增援苏州的三千人马,在大将周本带领下,经五六天急行军,刚刚抵达苏州北面六十里望亭镇,还未及安营扎寨,顾全武已带领一万大军杀奔过来。

被追击的台濛部淮南兵已被斩杀大半,侥幸逃脱者成了惊弓之鸟,边奔跑边惊呼:"浙西兵杀过来了,快逃命啊!"

台濛的残兵败将把周本人马冲得七零八落，乱成一团。顾全武率军杀到，周本所部将士像一群无头苍蝇，随着台濛败兵退逃。周本声嘶力竭喝止溃兵，可无人听从。周本万般无奈，只得随着溃兵奔逃，一直败退到润州，方才停下马来。

顾全武横扫千军，占领了江南大部州县。钱镠任顾全武为苏州制置使，并用俘获的淮南大将魏约交换成及。杨行密无奈，只能将成及送回杭州。

昭宗李晔从石门回到京城之后，痛定思痛，决意出重拳整顿朝纲，扩充禁军，擢拔人才，清除奸佞。

最令昭宗痛恨者，莫过于宰相崔昭纬。他在朝中结党营私，勾结藩镇，戕害大臣，已让昭宗忍无可忍。昭宗降诏罢去崔昭纬宰相之职，贬作梧州司马。

崔昭纬启程前往梧州，刚刚行至江陵驿馆，朝廷敕使突然追至，当即宣敕，罗列其五大罪状赐死，就地斩决。

紧接着，崔昭纬族侄崔铤也被赐死。由崔昭纬荐拔的新任宰相崔胤，被贬为武安节度使。

昭宗急于擢拔有才能而又忠于王室之士，旋册命文辞优美、挥翰如飞的翰林学士、尚书左丞陆扆为户部侍郎、同平章事，不久又晋封为中书侍郎，兼判户部，成为首相。

接着，昭宗破例赏给翰林学士院五十万光院钱，以示对学士文人的特别恩宠。

李晔笃信道教，十分宠信道士许岩士。许岩士时常出入宫闱，不离皇帝左右，洞察昭宗心思，知其对文武朝臣皆怀有疑虑，而对方外之人最为信任，便向昭宗举荐好友朱朴。朱朴时任国子监《毛诗》博士，官阶为正五品上。

昭宗李晔听许岩士说朱朴有经国济世之才，心中大喜，立即传命朱朴入宫觐见。

朱朴口才确实了得，在昭宗面前大谈治国之道，并毛遂自荐做宰相，说他若做了宰相，一个月之内便可天下大治。

朱朴一席话，说得李晔龙心大悦，以为总算找到了一个贤能之人。昭宗心中十分得意，对朱朴说："朕虽非太宗皇帝，但得到你就像太宗得到魏徵一样。"

当日，昭宗便制命朱朴为左谏议大夫、同平章事，旋即晋位中书侍郎，判户部。

　　朱朴拜相的消息一出，朝中文武百官人人惊诧不已。

　　昭宗痛感朝廷之所以受制于藩镇，皆因禁军虚弱无力。他将招募禁军之事委托给新任宰相朱朴，传檄四方州郡，选拔青壮甲士，送入京师。

　　两个月之内，朱朴竟招募了两万多人，编为安圣、捧宸、保宁、宣化四军，分别由延王李戒丕、通王李滋和覃王李嗣周等统领，声势一时大振。

　　凤翔兼山南西道节度使李茂贞，得知朝廷新近招募编练数万禁军的消息，心中甚感不安。

　　在李克用兴兵关中期间，李茂贞对朝廷极为恭顺。李克用从关中退兵之后，李茂贞故态复萌，本相毕露，贡献渐疏，表章言辞日益傲慢。在他看来，朝廷此次扩充禁军是要对付自己，于是，他加紧操练兵马，还扬言要带兵入京诉冤。

　　李茂贞要带兵进京的消息传来，长安官民惶恐不安，纷纷弃家逃亡山谷。昭宗有前车之鉴，忙命延王李戒丕带兵把守渭水三桥，命通王李滋、覃王李嗣周带兵守卫外郭城，阻挡李茂贞凤翔兵。

　　李茂贞借机统领凤翔兵马向京城开进，同时上疏朝廷，威胁说："延王戒丕无缘无故出兵讨伐凤翔，我今率大军入京，自请朝廷处罚！"

　　昭宗急派宦官专使前往河东宣召李克用，命他尽快出兵勤王。同时，昭宗又命覃王李嗣周带领保宁军一万多将士，前往兴平县阻击李茂贞。

　　覃王李嗣周率保宁军抵达兴平，继续西进，在娄馆镇与李茂贞人马相遇。保宁军刚组建不久，士卒未经训练，毫无作战能力，一与凤翔兵接战，当即溃散，将士争相逃窜。

　　李茂贞率人马一路追击，直达三桥。在此驻守的安圣军，同样不堪一击，被凤翔兵杀得溃不成军。

　　李戒丕狼狈逃回宫中，惶惶不已，对昭宗说："新招募的禁军远不是李茂贞对手，凤翔兵已攻占三桥，京城难保。眼下李克用正在和魏博罗弘信、汴州朱全忠交战，抽不出人马来救援京师。关中几个藩镇，没一个可以依靠。请圣驾即刻离京，绕开华州韩建，从鄜州东渡黄河，前往太原避难。"

　　昭宗叹气道："只好如此了！"

李戒丕说："我先走一步，前往太原知会李克用，要他派兵迎接圣驾。"

昭宗叮嘱道："你到了太原，务必请晋王派人马到同州迎驾。"

李戒丕当即带了一百名骑兵，出禁苑昭远门，经坊州、鄜州东渡黄河，驰往太原。

乾宁三年七月十三日，昭宗带领嫔妃、宗室诸王和文武百官离开西京，在千名禁军护卫下渡过渭河，抵达了高陵。

华州镇国军节度使韩建，得知李茂贞带兵入京，昭宗和朝廷官员已逃离京师前往河东避难，便急忙召来谋士李巨川商议对策。

李巨川乃前朝宰相李逢吉曾孙，僖宗乾符年间进士及第，入河中节度使王重荣幕府做掌书记。他文思敏捷，诗赋俱佳，曾为王重荣写过不少表章檄文，名闻天下。王重荣死后，李巨川被贬为兴元府参军，后在华州被韩建俘获。李巨川在羁押之中，于树叶上题诗赠给韩建，请求网开一面。韩建虽是个粗人，但素知李巨川乃天下名士，又是相门之后，便有意笼络以装点门面，遂将李巨川召为幕宾，成为其心腹谋士。

李巨川献计道："当今圣上若真的到了河东，圣驾驻跸太原，李克用必以护驾还京之名进兵关中。华州首当其冲，无可幸免，后果实在难料。到那时，连帅您何以自保？为今之计，莫若将圣驾迎至华州，连帅便可假天子威权号令天下，命诸道贡赋输往华州，用以富邦强兵。如此，天下藩镇必以连帅马首是瞻，哪个敢与您争锋？"

韩建茅塞顿开，忙请李巨川书写奏章，恳请昭宗驾幸华州。

昭宗收到韩建奏章，拿不定主意，召来宰相陆扆、朱朴等商议行止。

陆扆道："韩建乃李茂贞同党，去年他二人伙同王行瑜联兵犯京，逼使圣上移驾南山，数十万百姓流转山谷。圣人若驾临华州，无异于自入虎口！"

昭宗心有所感，又询问朱朴："朱爱卿有何高见？"

朱朴对于跋涉千里投奔太原心怀疑虑，吞吞吐吐地说："太原李克用……毕竟是沙陀异族枭雄，用之勤王尚可……若是圣上驻跸太原，必受其辖制，微臣恐怕……后果难料。"

陆扆反驳朱朴道："去年，李克用带领数万大军入关勤王，扫平三镇逆凶，诛灭王行瑜，迎驾回銮，安定社稷，功比南山！然而，李克用功高不居，驻兵渭北却不入京，朝廷和京师百姓得以安然无事。这足以显示晋王没有不臣之心，实为我大唐朝廷和陛下的忠良之臣！"

朱朴面红耳赤地争辩道："太宗皇帝遗言：非我族类，其心必异！党羌、吐谷浑、沙陀部落，皆狄寇也！"

昭宗回想起去年避难山谷的情景，若非李克用出兵关中勤王，真不知该如何收场。李克用诛灭王行瑜后，数万大军屯驻渭北，朝廷和文武百官无不惧怕李克用带兵入京，引发祸乱。按照朝规和惯例，李克用必要入京觐见，可他这个沙陀人，竟主动上表说不敢进京扰乱朝廷和京城百姓，悄然班师回了河东。李克用如此做派，当今天下藩帅哪个做得到？眼下朝廷遭遇危难，自己之所以要移驾河东，不正是由于李克用忠心可用吗？

思想至此，昭宗挥挥手说道："两位爱卿不用争了，朕意已决，命驾河东！"

陆扆又奏道："陛下不去华州，却也不必冷落韩建，可对其多加慰勉，加官晋爵，以示天恩。"

昭宗心中明了，陆扆是要笼络韩建，使其不与李茂贞沆瀣一气，便连连点头道："爱卿老成谋国，思虑周全。传朕谕旨：华州镇国军节度使韩建，可兼京畿都指挥、安抚制置及开通四面道路、催促诸道纲运等使。"

李晔一口气赐给韩建四顶高帽子，随即起驾前往鄜州。

韩建得知昭宗启程奔赴河东，心急如焚，又赶忙召来李巨川。

李巨川笑眯眯地说："当今天子可是一件无价之宝，谁手中有了它，谁便可挟天子以令诸侯！连帅当亲自前往行在，务必将圣驾迎来华州。"

韩建疑虑道："若圣上不肯来华州，奈何？"

李巨川仍旧笑眯眯的，温言说："精诚所至，金石为开嘛！在下相信连帅定有高招请圣上移驾华州！"

韩建心中一凛，随即哈哈大笑道："先生高见！不过，你也不能在这里图凉快，还是跟我走一遭吧！"

李巨川笑眯眯地答道："在下遵命！"

傍晚，两匹骏马出了华州西门，向西疾驰。骑在枣红马上的是节度使韩建，紧随其后骑白马者是李巨川。不久，十几名骑兵卫士紧紧追赶而出，马蹄踏过荡起一串串烟雾。

韩建和李巨川从高陵追至富平，终于追上了昭宗君臣一行。韩建一路上已将说辞熟记于心，便让李巨川和卫士留驻城外，自己一人前往行在晋见昭宗。

韩建一见昭宗，"扑通"一声跪倒在地，泣不成声地说道："陛下受惊了！这是我等做臣子的罪过。如今嚣张跋扈的藩镇，岂止李茂贞一个。陛下若是远离宗庙和祖宗园陵，到遥远的边鄙之地避难，我担心圣人一旦渡过黄河，便永无回京之日了！"

韩建此言正触到昭宗痛处。他心中实在不愿远离京城，最顾虑一旦离去，便再无归期。

昭宗语带颤音："朕也不想远离京师，可李茂贞大军进逼，朕又能到何处去呢？"

韩建跪步趋前，拉住昭宗衣角，泪流满面，说："臣在华州经营十多年，可谓兵强粮足，凭借关河之险，足保圣驾万无一失。华州距京城不远，军民一心盼望陛下驻跸华州，以便早日回銮，中兴大业。"

韩建言辞恳切，昭宗不由连连点头，当即传谕移驾华州。

昭宗君臣来到华州，韩建显得恭恭敬敬，请圣上驻跸镇国军节度使衙署作为行宫，自己及僚属迁往龙兴寺署理公务。

不久，昭宗便制命韩建兼中书令，主持朝政。同时，罢免李茂贞所有官爵，命孙偓为凤翔四面行营节度、招讨、处置等使，诏命诸道藩镇出兵勤王，讨伐李茂贞。

韩建随即以朝廷名义诏令天下：天子驻跸华州，四方藩镇皆须将贡赋钱粮输送华州。

自此而后，韩建独霸朝纲，即便宰相们也不敢议决朝政，军国要事均须看韩建脸色行事。

然而，韩建目不识书，平日署理朝廷公务，皆随心所欲，弄得笑话百出。

有华州郑县百姓状告县令崔某放高利贷盘剥乡民，韩建随即命御史台、刑部和大理寺"三司"以贪赃罪论处。

御史台、刑部依照韩建意旨，将县令崔某拟为绞刑，大理寺拖延数月之久，迟迟不予定罪。

韩建十分气恼，召来大理寺卿李克勤，责问道："郑县县令是你家亲戚吗？为何迟迟不定罪？"

李克勤回答："我这样做，不过是为了遮掩你的过失。"

韩建大怒："哼哼，好大胆子！本相有何过失？"

李克勤不紧不慢地说："郑县县令崔某所放高利贷数额不大，且以盈利充作公费。听说你所放高利贷已有数十万缗之多，可有其事？"

韩建辩解道："我是华州节度使，华州民便是我韩建之民，以高利贷之，有何不可！"

李克勤哂笑道："华州民乃天子之民，非相公之民。照相公之言，郑县之民乃崔县令之民，崔明府又何罪之有呢？"

韩建张口结舌，面红耳赤，一句话也说不出来，气恼地拂袖而去。

崔胤被罢去相职后，十分不甘，便暗中联络汴州宣武军节度使朱全忠，请他出面向朝廷和韩建施加压力，恢复自己宰相之位。

崔胤给朱全忠写了一封密信，向朱全忠献计营建洛阳宫室，而后逼使昭宗移驾东都，进而迁都洛阳。

朱全忠心领神会。洛阳是他的地盘，昭宗若迁都洛阳，朝政便全在朱全忠掌握之中，他即可挟天子以令诸侯。

于是，朱全忠和河南尹张全义联名上疏，请求迁都洛阳，并声称要带领两万兵马前往华州迎驾。

为在朝中扶持一个代理人，朱全忠又威逼昭宗恢复崔胤相位，说崔胤是大忠臣，不该贬出朝廷。

韩建惧怕朱全忠带兵入关劫持天子，只得向朱全忠妥协，奏请昭宗重新起用崔胤为相，还让昭宗派使者前往汴州，诏命朱全忠不要带兵迎驾。

其实，朱全忠不过是虚张声势罢了。他此时正在忙于吞并郓州、兖州，与朱瑄、朱瑾争战不已，已抽不出兵力到关中来。不过，他用一纸奏书，便达成了扶持崔胤之目的。

崔胤恢复相位，自是对朱全忠感恩戴德，遂与朱全忠深相交结，互为表里。

韩建自然不愿崔胤掌控朝廷大权，便又逼使昭宗敕封自己为权知京兆府，兼任把截使，进一步掌控京畿军政大权。

通王李滋、延王李戒丕、覃王李嗣周等诸王统领着朝廷禁军，韩建对此十分顾忌，几乎成了一块心病。因为，只要诸王掌控禁军，韩建便不能为所欲为，将昭宗玩弄于股掌之上。

乾宁四年正月初一，韩建和文武百官来到行宫，向昭宗拜贺新年。

韩建三跪九叩，匍匐在地，山呼"万岁"。接着，文武百官向天子敬觞。随着通事舍人不断地礼赞"跪""兴"，文武大臣跪拜叩首，疾步趋前，徐徐退后，手之舞之，足之蹈之，弄得韩建晕头转向，浑身不自在。加之看到统领安圣、捧宸、保宁、宣化四军的诸位亲王带甲上殿，羽林军刀枪林立，警戒森严，韩建心中更不是滋味。他恨不得立时将宗室诸王斩尽杀绝，禁军统统驱散，一个不留。

韩建从行宫回到龙兴寺，心中闷闷不乐。

天空彤云密布，西北风呼呼地刮着，零零星星的雪花飘洒下来，渐渐变成了鹅毛大雪，漫天飞舞着，搅得周天寒彻。

韩建在方丈室的炭火炉前坐下来，命侍卫取出酒坛，他要以酒驱除透骨的寒意，浇灭心中不快。

侍卫取来富平名酒"石冻春"，在火炉上筛好，给韩建斟满酒杯。

韩建端起酒杯，啜了一口，觉出有一种怪味，随即吩咐道："换酒来！"

侍卫取来长安名酒"西市腔"，重新筛酒，斟上。韩建举杯一饮而尽，霎时间一股辛辣之气上冲脑门，下贯胃、肠、心、肺，便"噗"地一下喷吐出来，叫骂道："这是他娘的什么玩意儿，简直是辣椒水！"

侍卫惊慌失措，不知如何是好。自从昭宗驾临之后，数十个州的贡物输送华州，全归韩建掌控。韩建喜欢美酒，往日多次饮过西市腔和石冻春酒，赞不绝口，不知今日为何这般难以侍奉起来。

韩建又骂道："蠢猪！快去取杜康酒来！"

侍卫恍然醒悟：府相是许昌人，自然喜饮家乡的美酒了！

韩建刚饮下两杯酒，便有僚属冒雪前来拜年。韩建将他们打发走，吩咐侍卫，来客拜年者，一概不见！

西北风渐渐弱了，雪却越下越大，大地和天空成了一片银白世界。

李巨川骑着白马，身披白色斗篷，来到龙兴寺山门。门吏熟识军府记室，跑上前接过马缰，请李巨川进入山门，到门房里取暖。

李巨川在火炉上烤了一阵冻得发僵的双手，询问门吏："今日新年，喜降瑞雪，来相府拜年之人一定不少吧？"

门吏笑道："您别看今日这么大雪，却有许多朝廷文武官员前来拜年。不过，府相刚刚有吩咐：来客一概不见！"

李巨川问道："这却为何？"

门吏摇摇头，叹了一口气，说道："在下也不晓得。府相自己在方丈室里喝闷酒，任谁都不许打扰哩！"

李巨川突然笑起来，说道："我去找府相讨杯酒吃！"

李巨川踏着碎琼乱玉，绕过天王殿、大雄宝殿，来到方丈室门外，站在廊檐下的两个侍卫冲着他直摆手，示意不要惊动韩建。

李巨川站在高大的古松下，朗声吟诵起魏武帝曹操的《短歌行》：

> 对酒当歌，人生几何。
>
> 譬如朝露，去日苦多。
>
> 慨当以慷，忧思难忘。
>
> 何以解忧，唯有杜康。

韩建在室内高声问道："何人在那里聒噪？"

李巨川朗声答道："莫非府相连在下的声音都听不出来了吗？"

韩建走出室来，见李巨川站在没过脚踝的雪地之中，连忙上前拉住他的手说："快进屋子里暖和暖和！"

李巨川摘去斗篷，进入方丈室，在火炉上烤手取暖，而后坐下来与韩建对饮。

　　李巨川执杯在手,向韩建恭贺新年:"元旦佳节,在下恭祝府相万事亨通,功业大成!"

　　韩建眉头不展,盯着李巨川说:"万事亨通?恐怕不那么容易!"

　　李巨川笑道:"在下愚钝,猜想府相所虑之事,是否在诸王身上?"

　　韩建被李巨川说破心事,便开门见山说道:"诸王统带两万多名禁军,这不合祖制,有违朝廷惯例。延王、通王对我等本就心怀敌意,万一生变,怎生得了!"

　　李巨川微微一笑,向韩建附耳密语一番,说得韩建眉开眼笑,连连点头,夸赞道:"你这厮不愧是智多星,活脱脱诸葛孔明转世呀!"

　　正月初二,韩建召来华州防城将张行思,面授机宜,张行思诺诺连声,领命而去。

　　正月八日,韩建向昭宗上奏章说:"华州防城将张行思等,告发通王李滋、彭王李惕、韩王李克良和睦王、济王、韶王、仪王、陈王等八王,阴谋杀害卑职韩建,而后劫持陛下投奔河中。"

　　昭宗大惊失色,心中明白,韩建这是要对诸王下毒手,便急忙召见韩建。

　　韩建却谎称有病,拒绝入宫见驾。

　　昭宗在行宫急得团团转,召来陆扆商议对策。

　　陆扆既感震惊,又感气愤,却实在想不出对策,只得谏言:"韩建不肯入宫晋见,陛下只好命八位亲王前往龙兴寺,向韩建陈诉冤情,使其找不到借口。"

　　通王李滋、彭王李惕、韩王李克良等八位亲王奉昭宗旨意来到龙兴寺,请求面见韩建。

　　韩建闭门不纳,命侍卫将八王驱逐出去。

　　随即,韩建又向昭宗上奏说:"诸位亲王突然来到敝府,不知意欲何为。臣担心他们叛乱,为了防不测,我不能与八王见面。诸王当自避嫌疑,不要轻举妄动。陛下因手足之情而庇护他们,便须遵循祖制,令诸王重归十六王宅,选择好的师傅教导他们读诗书,不可让其典兵干政。"

　　韩建还要挟说:"请陛下传诏,解散乌七八糟的禁军,以光大麟趾教化。陛下只要选贤任能,便足以澄清天下,何必另行设置安圣、捧宸、保宁、宣化等殿后四军!

此难免教人感到陛下对军队有亲疏之分，背离无偏无党之道。况且，四军皆市井无赖和奸猾之徒，平日里只会惹是生非，遇到危难之时，派不上用场。这等人张弓携刀，守在圣人身边，容易策动变乱，臣很不放心，请将四军解散，所有将士卸甲归田。”

这番强词夺理之辞，自然出自李巨川生花妙笔。

朝廷好不容易建立起殿后四军，昭宗哪里愿意将其解散。

为向昭宗施压，韩建命张行思率兵包围行宫，不断上奏疏，要求立即解散禁军。

昭宗无奈，只得下诏解散殿后四军，所有将士纵归田里，兵器交由韩建收存。诏令诸王回到十六王宅，日后不得干政。

如此一来，昭宗的侍卫禁军仅剩捧日都头李筠带领的百名士卒，但对这些人，韩建依然不肯放过。

没多久，韩建又命李巨川书写奏章，说是李筠要策动兵变，祸乱朝廷，须即刻诛杀。

昭宗心里明白，李筠忠心耿耿，护驾有功，尤其是前年李茂贞逼京之时，若没有李筠护卫，他早已成为李茂贞的阶下囚。然而，如今昭宗已无力庇护李筠，只得把他交给韩建处分。

韩建命人将李筠押至华州大云桥下，将其砍成肉泥。

昭宗见韩建步步紧逼，动辄威慑朝廷，不免终日惶恐，想与宰相朱朴密议应对之策。由于韩建监视严密，朝廷大臣晋见天子已十分不易。昭宗想起道士许岩士出入行宫较为方便，便命许岩士向朱朴传口谕，要朱朴谋划一切。

朱朴写了密奏，请许岩士带进行宫，转呈昭宗。他提议迁都襄阳，以摆脱韩建挟制。

朱朴是襄阳人，在奏表中说，江南人心浮巧，暗指杨行密不可信。说河北人心狠戾，暗指李克用不可靠。说襄、邓人心质良，暗指襄州刺史、山南东道节度使赵匡凝忠于朝廷。

昭宗对朱朴密奏极为赞赏，命道士许岩士、马道殷与朱朴、孙偓筹划迁都襄州之事。

昭宗特又颁诏，封许岩士为将作监，马道殷为太子詹事。

韩建察觉许岩士、马道殷与宰相朱朴、孙偓往来频繁，顿生疑窦。他派人多方打探，终于获知昭宗正与朱朴、孙偓密谋迁都襄州，心中好不气恼！

韩建带兵进入行宫，将许岩士和马道殷抓捕起来，而后面见昭宗，要挟道："许岩士、马道殷这等方士，随便出入宫禁，荧惑圣听，扰乱朝纲，罪该万死。请圣上传谕，将许岩士、马道殷处死。"

昭宗无奈，只得照准。

马道殷、许岩士被拖出牙城西门，斩首示众。

接着，韩建又上奏说：朱朴、孙偓等与许岩士、马道殷暗中勾结，私相往来，居心叵测，须罢免其相位，贬谪远荒。

昭宗不得已，降诏罢去朱朴、孙偓相位，朱朴贬为郴州司户参军，孙偓贬作衡州司田参军。刑部尚书朝臣，受到韩建指责，皆被贬边远之地，形同流放。

此后，朝臣与昭宗咫尺天涯，人人噤若寒蝉。

韩建决意诛杀诸王，使昭宗变成孤家寡人。但因为顾忌已在太原的延王李戒丕，担心李克用出兵关中勤王，韩建一时对诸王无从下手。

身在太原的李戒丕，得知昭宗被韩建引诱到了华州，急得顿足长叹。他多次请求李克用出兵关中，将昭宗迎至太原。可李克用正在与魏博节度使罗弘信及汴州朱全忠鏖战，实在抽不出兵力前往关中勤王。

李戒丕实在担心昭宗安危，终于决定前往华州，意欲设法让昭宗移驾太原。

然而，到了华州，见到昭宗，李戒丕方知，一切为时已晚。

韩建见李戒丕来到华州，又得知李克用无力出兵关中，心中大喜，遂放胆下手铲除诸王。他上疏昭宗说："自陛下即位以来，与藩镇交恶，皆因诸王典兵所至，凶顽之徒趁机滋事，致使陛下銮舆播迁，不得安宁。此前我奏请罢黜诸王兵权，便是担心变生不测。近日臣闻延王、覃王等图谋叛乱，请陛下诛灭诸王，铲除大患，则社稷之福也！"

昭宗怎肯诛杀自己的亲族，便压下韩建奏章，不置可否。

韩建见昭宗故意拖延时日，便与宦官头目枢密使刘季述密谋，伪造诏书，声称诸王谋反，于凌晨发兵，包围了十六王宅。

通王李滋、延王李戒丕、覃王李嗣周等被惊醒，披头散发爬上墙头，或登上屋顶，或攀上树木，想要逃命。可韩建兵马围得水泄不通，他们插翅也难以逃脱。诸王只有声嘶力竭地呼喊，请求大家救命。

华州城驻防将领张行思奉韩建之命，将通王、延王、覃王、沂王、济王、韶王、彭王、韩王、丹王、睦王、陈王等十一人驱赶至华州城西石堤谷，一同杀害。

韩建命刘季述向昭宗奏报说：通王、延王等十一王谋反，张行思已将他们处死。

昭宗愣在那里，欲哭无泪，整整一天没说一句话。

宗室诸王被害，朝廷大臣又不能见面，昭宗身边的宦官宫女，不是投靠了李茂贞，便是做了韩建耳目。昭宗形影相吊，成了孤家寡人。

三十三　我是曲江临池柳

秋风乍起,黄叶飘飞。

多日来,昭宗李晔心中郁结,难以排解,便告诉韩建,要带领宫廷乐伎登高赏秋。

昭宗登上西门城楼,楼高八十尺,直冲霄汉,号称齐云楼。

此时此刻,昭宗无心观赏景色,最让他日夜思念的是西京长安的皇城宫殿。然而,极目远眺,只见一条渭水浩荡东流,千山万丘茫茫一片,却看不见京城,眼前只有一双双燕子飞来飞去。远处望去,烟雾笼罩碧树,陌上行人来去匆匆,哪里有扭转乾坤的英雄好汉,把我迎回皇宫大内呢?

昭宗心潮奔涌,思绪万端,一阕新词《菩萨蛮》随口吟出:

> 登楼遥望秦官殿,茫茫只见双飞燕。渭水一条流,千山与万丘。
>
> 远烟笼碧树,陌上行人去。安得有英雄,迎归大内中?

随行乐伎记下曲词,奏起《菩萨蛮》曲牌,在城楼上演唱起来。

乐伎们连续演唱了三遍,昭宗早已泪流满面,乐伎们也一个个珠泪滚滚,城楼上一片呜咽抽泣之声。

忽有常侍向昭宗奏报:"检校太尉兼中书令、同平章事、华州镇国军节度使、京畿安抚制置等使兼京兆尹、京城把截使韩公,已到齐云楼下,请求面圣!"

乐伎们大惊失色,一片惊慌,昭宗也觉惶恐,呆愣了许久,方转过神来,吩咐道:

"请,快请韩爱卿晋见!"

韩建向昭宗行过大礼,恭恭敬敬奏道:"微臣监修西京宫阙,已接近竣工,臣恭请圣上再等待几日,即可起驾回京!"

昭宗闻听此言,喜不自胜,说道:"爱卿辛苦了! 朕回京之后,一定重赏爱卿和有功之人!"

韩建跪地叩头道:"微臣谢圣上隆恩!"

昭宗一行欢欢喜喜走下齐云楼,回行宫去了。

崔胤虽然复了相位,但有韩建凌驾于朝廷之上,横行无忌,为所欲为,不仅解散了禁军,还公然诛杀诸王,将昭宗皇帝弄成了傀儡,崔胤又能有何为?

崔胤出身高门,乃文宗朝宰相崔慎由之子,累世簪缨,受国厚恩,心存忠君报国之念。但他生逢季世,内有宦官乱政,外有藩镇称雄,文人处于任人宰割之境,于国事无能为力。崔胤眼见昭宗处处受制于韩建,宗室诸王惨遭屠戮,朝廷岌岌可危,不免心急如焚。他昼思夜想,只得求助强藩以救危局。如今藩镇势力最强者,莫过于汴州宣武军节度使朱全忠。崔胤以为,汴州远在千里之外,不像凤翔、华州,近处京畿之地,动辄威胁朝廷,便暗中与朱全忠结交,其意在依靠朱全忠,抑制关中李茂贞、韩建和朝中"内四贵"宦官势力。

崔胤给朱全忠修书一封,诉说韩建把持朝政并图谋废立皇帝情形,请求朱全忠出兵关中,制服韩建,而后迁都洛阳,如此便可使朝廷摆脱韩建、李茂贞等关中强藩挟制。

朱全忠接到崔胤书信,当即召来敬翔、李振,商议大计。

李振力主兴兵关中,说道:"大王一声令下,大军开赴华州,铲除韩建,将圣驾迎至洛阳,大王掌控朝政,此为千载难逢之良机!"

朱全忠说:"眼下我军正攻打兖州、郓州,并在河北与李克用激战,抽不出兵力进攻关中。若三面用兵,力不能及,可又不能眼睁睁看着韩建鼠辈窃取朝廷大权,如之奈何? 子振,你说说看!"

敬翔进言道:"韩建胸无大志,兵力也不强。眼下大王军不宜出兵关中,不妨派使者前往华州,声言迎驾迁都洛阳,实则恫吓韩建,使其不敢为所欲为,向大王低头驯服。"

于是，朱全忠命敬翔草表，请昭宗迁都洛阳。接着，派节度副使韦震做专使，前往华州晋见昭宗。

韩建畏于朱全忠势力强大，不敢阻拦，只得请昭宗召见韦震。

韦震当着韩建的面，强迫昭宗答应朱全忠兼任郓州、兖州节度使。昭宗感到惊诧，心中很不情愿。

韦震蛮横地说："太尉要亲自带领十万兵马来关中迎驾，请圣上迁都洛阳。"

韩建最怕朱全忠出兵关中，挟持昭宗迁都洛阳。他见韦震一副不达目的誓不罢休模样，便赶忙劝昭宗道："朱太尉于朝廷有大功，圣上还是恩准太尉兼领郓州、兖州为好。"

昭宗叹了一口气，轻轻点了点头，算是允了朱全忠所请。

韦震还不罢休，逼迫昭宗答应迁都。

韩建急忙向韦震赔笑道："大使莫急，兹事体大，容圣上三思，明日答复如何？"

韦震喝道："洛阳宫室已修葺完备，圣上若不尽快起程，太尉便亲自带兵前来迎驾。"

韩建拉着韦震衣袖说："在下备好了酒宴，为大使接风洗尘，快请吧！"

韦震这才半推半就随着韩建下殿去了。

打发走韦震之后，韩建连忙给李茂贞修书，说是朱全忠很快会带兵入关，挟持昭宗迁都洛阳。他劝说李茂贞尽快退出西京，让昭宗回銮。不然，后果堪忧。

李茂贞此时正与剑南西川节度使王建争夺山南西道，王建出动五万大军进攻东川，占领梓州、绵州，接着又攻占阆州、利州，与李茂贞、顾彦晖打得难解难分。李茂贞一则分不出手来东顾长安，又十分惧怕朱全忠带兵挟持昭宗迁都，以致他挟天子以令诸侯的美梦落空。于是，李茂贞上书昭宗，说他决意改过自新，已整修好京城宫阙，恭请圣驾回銮。

李茂贞又致信李克用，声称圣上经年滞留在外，非国家和百姓之福。我等应当和睦相处，共同辅佐朝廷，迎驾早日还京，云云。

昭宗接到李茂贞奏疏，大喜过望，心中暗祷：天佑大唐！

为尽快回京，昭宗下罪己诏，恢复李茂贞官爵、姓名。

光化元年八月二十二日，昭宗从华州起程，于二十五日回到西京，长达两年多的流亡生涯暂告完结。

昭宗回京，住进大明宫。虽说李茂贞、韩建派人将大明宫修葺了一番，实则只是维修了三两座宫殿，许多宫殿被烧毁，成为废墟，无法修复，更无力重建。一些宫殿虽加修缮，依然百孔千疮，斑驳陆离，令昭宗感到十分刺眼。

更令昭宗心中抑郁者，乃是朝廷禁军所剩无几。十一位亲王被韩建诛杀，皇室和朝廷声威扫地，强藩大镇拥兵割据，蔑视欺侮朝廷，动辄兵临京师，挟制天子。如此下去，国将不国！

銮驾回京之后，一些被遣散的禁军将士又悄悄跑回来，神策军又恢复少许，仍由宦官统领。这班宦官不是投靠了韩建，便是做了李茂贞走狗，昭宗对其早已恨入骨髓。昭宗最信任的是那些没有随驾去华州而幸免于难的宗室亲王，但鉴于前车之覆，昭宗再也不敢让他们统领禁军。

昭宗苦思冥想，终于想出一个两全其美的法子：让宗室亲王到外藩做节度使。如此一个亲王便可掌控数州，统领一镇兵马，且还可向朝廷进贡赋税，供养朝廷和京师禁军。

恰在此时，广州清海军节度使、岭南东道观察处置等使刘崇龟病故，昭宗即制命薛王李知柔为检校司徒、同中书门下平章事、清海军节度使，即日出任。

岭南濒临南海，最为遥远，境内多有乱民、盗匪聚集，久久难以平定。

因天高皇帝远，广州军府的牙将牙兵，心中少有"朝廷"二字。镇帅刘崇龟死了，军府奏报给朝廷，朝廷再除制命节度使，不知何年何月才能来到广州就任。牙兵牙将们没有了节制，整日浪饮豪赌，窜入商肆打劫，闹得广州城鸡犬不宁。

卢琚原是高州云雾山强盗头领，被刘崇龟收服后，做了一名牙将。刘崇龟刚去世，他就到处抢劫财物，奸淫妇女，接连杀害五六条人命。行军司马陈建看卢琚太不像话，便按军法将他责打四十军棍。

卢琚被打得皮开肉绽，在牙兵面前颜面尽失，耿耿于怀，决意报复。

这日，卢琚的伤刚好一些，便邀约牙将谭弘玘到海天阁酒楼吃酒。

谭弘玘粗识文字,精于算计,机警狡黠。卢琚吃了几碗酒,破口大骂陈建。谭弘玘为卢琚打抱不平,说是要寻机报复陈建,替卢琚出这口恶气。

卢琚是个急性子,叫嚷道:"眼下刘崇龟死了,新任节度使猴年马月才能到广州?你我索性哗变,带领弟兄们将陈建一刀砍了,有何不可?大不了,你我带领弟兄们重回云雾山做强盗,岂不快活?"

谭弘玘笑眯眯地说:"杀了陈建,大哥便做镇帅,岂不更好?"

卢琚道:"哥哥我做了镇帅,贤弟便做行军司马!"

谭弘玘击掌道:"咱弟兄说干就干,今日夜间,你我带领牙兵杀进军府,把陈建大卸八块,以雪哥哥心头之恨!"

卢琚大叫道:"好!痛快!"

当日深夜,卢琚和谭弘玘带领早年在云雾山为匪的一百多名牙兵,冲进军府,将行军司马陈建和节度副使、节度判官等尽数杀死,而后打开府库,赏给起事牙兵每人十两银子,其余牙兵愿拥戴卢琚为帅者,每人赏给一万钱。

牙兵们欢呼雀跃,一窝蜂拥进府库,将金银财宝洗劫一空。

卢琚便自称清海军节度留后,谭弘玘则做了行军司马。

广州兵变消息传遍岭南,各州县主官纷纷拥戴卢琚做镇帅,只有封州刺史刘隐不置可否。

封州刺史刘隐,蔡州上蔡县人氏,祖父蔡安仁,经商至闽中,后定居南海。刘隐之父刘谦原为广州牙将,后擢任封州刺史、贺江镇遏使。刘谦死后,清海军节度使刘崇龟表奏朝廷,敕封刘隐为封州刺史。刘隐通兵法,有谋略。他招揽人马,广造舰船,一时兵强马壮,境内安然。在岭南诸州中,封州兵精粮足,势力最盛。

谭弘玘见刘隐态度暧昧,放心不下,疑虑重重地对卢琚说:"刘隐有兵万人,战舰百艘,不可小觑。如今他对我等不卑不亢,不加理会,显然有二心。倘若刘隐表奏朝廷,出兵发难,顺西江而下,则广州危矣!"

卢琚急忙问道:"贤弟以为如何是好?"

谭弘玘道:"防人之心不可无。为万全起见,小弟我带领兵马驻守端州,一则可扼守封州至广州间水陆通道,再则可笼络刘隐,使其归顺连帅。"

卢琚高声叫道："如此甚好，贤弟便兼任端州刺史，快快领兵就任，以防不测！"

于是，谭弘玘带领五千兵马，前往端州驻守。

封州刺史刘隐礼贤下士，招揽了两名幕客做心腹谋士。

首席谋士杨洞潜，字昭元，原为邕管巡官，任职期满后被刘隐召为幕宾。杨洞潜博通经史，眼界开阔，颇富谋略。刘隐以师礼待之，对其尊敬异常，言听计从。

另一位谋士倪曙，字孟曦，福建侯官人，中和年间进士及第，官居太学博士。黄巢之乱时，倪曙离京避乱回到故乡，后漫游岭南，被刘隐挽留做了幕宾。

近日，刘隐听到卢琚、谭弘玘在广州策动兵变消息，与杨洞潜、倪曙商议进退之策。

杨洞潜说："卢琚本是云雾山土匪，嗜杀成性，鼠目寸光，不足与谋。谭弘玘虽有些谋略，但性情偏狭，狡黠奸诈，利欲熏天。此等人成不了气候，不过机缘巧合，小丑跳梁而已。"

倪曙接言道："听说朝廷命薛王李知柔接替刘崇龟任岭南节度使，已到了湖南，因卢琚、谭弘玘兵变而滞留衡阳。使君可派人前去联络，请薛王奏请朝廷，讨伐乱臣贼子卢琚、谭弘玘，而后辅佐薛王治理岭南，使君即可为朝廷建立大功。"

刘隐连连点头，说道："二位先生金玉良言，刘某获益匪浅。请孟曦博士辛苦走一遭，前往湖南拜见薛王，请命讨伐叛贼。"

倪曙爽快地答应道："倪某不才，愿做使君前驱。"

倪曙刚离开封州前往衡阳，谭弘玘使者就到达封州，前来拜见刘隐。

使者带来谭弘玘亲笔书信，信中对刘隐大加赞誉，极力表示要与刘隐结好，并说愿将自己十六岁女儿许配刘隐为妻。

刘隐假意答应谭弘玘，与其结为姻亲，热情款待使者，并馈赠丰厚礼物。

杨洞潜替刘隐给谭弘玘写了回书，约定婚姻，尊称谭弘玘为泰山老岳父。杨洞潜又自告奋勇做使者兼媒人，带着纳采聘礼前往端州，与谭弘玘商议迎亲吉期。

其时礼俗，婚嫁之事须行"六礼"：纳采、问名、纳吉、纳徵、请期、亲迎。平民百姓尤其穷苦人家，往往将六礼合而为三，即：纳采、纳徵、亲迎。

谭弘玘与杨洞潜商定，索性再将纳采、纳徵合二为一，当下写就并交换大帖，定下四月十六日为迎娶日期。

杨洞潜不辱使命回到封州，恰巧次日倪曙也从湖南归来。

倪曙带回薛王李知柔的亲笔教命：封州刺史刘隐权任青海军行军司马，带兵讨伐叛贼卢琚、谭弘玘。

刘隐当即与杨洞潜、倪曙议定，四月十六日以迎亲为名，在船队中隐藏甲兵，奇袭端州衙署，诛杀谭弘玘，夺取端州，而后向广州进兵。

四月十四日清晨，刘隐带领三十六艘船的船队，内伏八百精兵，沿郁江顺流而下，前往端州迎亲。

十六日酉时，夜色降临，迎亲船队抵达端州码头，端州百姓熙熙攘攘扶老携幼前来观看，码头上鞭炮齐鸣，鼓乐震天，热闹异常。

谭弘玘在部属将领陪同下，亲自到码头迎接新郎官刘隐，只见娶亲的三十六只船一字排开，船上红绸扎彩，旌旗招展，灯笼火把，一片通明。

刘隐下了船，在杨洞潜陪伴下登上码头。刘隐身后，一百二十名吹鼓手使出吃奶力气，如癫似狂地吹吹打打，锣鼓声震耳欲聋；一百二十名旗牌手，高擎着彩旗随后跟进；一百二十名壮汉，抬着箱笼聘礼，浩浩荡荡，其中执雁的、抱鹅的、牵猪的、赶羊的、抬绢帛的、携果盒的，应有尽有；再后面，舞龙、舞狮的队伍，踩高跷、跑旱船、演杂耍的队伍，络绎不绝；队伍后尾，是一百二十名穿戴崭新盔甲的武士，刀手、枪手、弓箭手、盾牌手各三十名，个个英姿飒爽，精神十足。

刘隐来到谭弘玘面前，双膝跪地，口称："岳父老泰山在上，请受小婿一拜。"说罢连磕三个响头，喜得谭弘玘连忙上前将他搀起，说道："贤婿一路辛苦，快到府中饮茶歇息。"

刘隐随同岳父谭弘玘，在大队人马簇拥下，一路鼓乐齐鸣，向刺史府进发。

谭弘玘将刘隐等引进衙署客厅，早有侍女斟上茶水，请客人饮用。

刘隐端起茶杯，高高举起，用力往地上一摔，茶杯"啪"的一声粉碎飞崩。

几名化装为宾客的武士"嗖"地蹿进来，"噗"地一刀插进谭弘玘心窝，只见他眼睛爆裂，用手指着刘隐，一句话也没说出，便见了阎王。几位端州将领，被武士绳捆索绑，押了下去。

　　跟随刘隐前来迎亲的吹鼓手、旗牌手一干人等，皆是化了装的将士，早已将刺史府卫士制伏，将府邸大门、通道一并掌控起来，不准他人出入。刘隐和部众押着一干端州将领，来到端州兵军营，逼使他们向士卒喊话。端州兵得知刺史已死，将领们皆降了刘隐，谁还愿拼死抵抗？于是，谭弘玘麾下五千人马一同归降。

　　刘隐命倪曙留守端州，他和儿子刘岩、谋士杨洞潜带领一万两千人马，进军广州。

　　卢琚在广州衙署日夜宴饮，骄奢荒淫，军事民政一概不问。他的帐下将领，原是云雾山土匪，如今整日横行市井，敲诈客商，抢劫财物，掠夺南洋商人珠宝，肆意妄为。将士们出入歌楼酒肆，博彩嫖娼，欺男霸女，无恶不作，广州百姓恨之入骨。

　　刘隐计赚端州数日，卢琚竟浑然不知。

　　前不久，卢琚迷恋上岭南名妓苏珠儿，几乎天天要苏珠儿为他歌舞侑酒。这日深夜，卢琚照例在军府大厅观看苏珠儿轻歌曼舞。

　　在悠扬的乐曲声中，苏珠儿边舞边唱道：

　　　　霏霏点点回塘雨，双双只只鸳鸯语。灼灼野花香，依依金柳黄。

　　　　盈盈江上女，两两溪边舞。皎皎绮罗光，青青云粉状。

　　卢琚喝得半醉半醒，听得似懂非懂，忽然高声叫道："别他娘的文绉绉酸溜溜的，我等山里汉子，喜欢直通通的大白话！"

　　乐伎们演奏起《望江南》乐曲，苏珠儿缓缓起舞，一唱三叹：

　　　　莫攀我，攀我太心偏。我是曲江临池柳，这人折了那人攀。恩爱一时间。

　　卢琚哈哈大笑道："心肝宝贝儿，我与你恩爱天长地久，还要与你白头偕老呢！"

　　话音未落，刘岩已带着一群如狼似虎的封州兵冲进来，歌伎舞女们吓得尖声惊叫。刘岩挺剑直刺卢琚心窝，一下穿了个透心凉。刘岩拔出宝剑，卢琚惨叫一声，鲜血喷涌而出，随即一命呜呼。

　　卢琚牙兵或逃或降，顷刻间风流云散。

　　杨洞潜写了安民告示，张贴大街小巷；刘隐派出多支人马，到街头巷尾巡逻，城内秩序竟很快安定下来。

　　广州清海军原节度使刘崇龟的侄儿刘浚，在卢琚、谭弘玘兵变时藏匿民间，如今得知卢琚被杀消息，前来使府投靠刘隐。

刘隐对刘浚多方慰勉，并留他做了幕府从事，自此，刘浚成了襄助刘隐的心腹谋士。

接着，刘隐命倪曙带领三千人马，迎接薛王李知柔来广州履任。李知柔一到广州，随即表奏朝廷，敕封刘隐为清海军行军司马。

薛王李知柔成功履任清海节度使，他知趣地将一应军政事务托付刘隐署理。

刘隐在杨洞潜、倪曙、刘浚等辅佐下，削平岭南匪盗，大力扶持南洋贸易，如此，广州日渐繁荣起来。

乾宁四年正月，朱全忠命大将庞师古、葛从周带领五万大军，再次进攻郓州。

郓州天平军节度使朱瑄麾下只剩一万多人马，不敢出城与宣武军交战，便下令将城壕灌满水，紧闭城门，坚不出战。

庞师古察看过天平军为城壕注水开挖的引水渠，遂命葛从周带领人马将引水渠的堤岸掘开，使渠水改变流向，断绝了护城壕水源。而后，庞师古命将士们乘夜在护城壕上搭建浮桥。

一夜之间，宣武军铺成三座浮桥。

凌晨寅时，庞师古和葛从周分别带领人马，越过浮桥，突然攻进郓州西门和南门。

南门和西门相继被攻破，朱瑄知道郓州已无法再守，便带领护卫骑兵出东门逃走。

葛从周率三千精锐骑兵，追上朱瑄一行，大砍大杀。

朱瑄在骑兵护卫下且战且退，拼死抵抗，但人马越来越少，战至最后，朱瑄身边只剩下两名卫士了。

恰在此时，葛从周一马当先杀来，朱瑄的两名护卫反身迎战葛从周。朱瑄趁此机会，与夫人荣氏骑在一匹马上，拼命向中都方向逃窜。

朱瑄催马飞奔，不料前面一条大河拦住了去路。朱瑄在河岸上往来察看，河水太深，且冰冷刺骨，无法泅渡。朱瑄寻不见桥梁，也觅不到渡船，心中焦急万分，只得顺着河流寻找下去。

约莫跑了一里多路，朱瑄望见岸边田野里有一老一少两个农夫在耕田，便上前向老农打听何处有渡船。老农摇摇头，说此地没有渡口，也没有渡船。

朱瑄拿出一串钱，塞到老农手里，说自己是郓州节度使，请他务必寻到船只送自己渡过河去。

老农得知面前站着的人竟是节度使朱瑄，不由得睁大了眼睛，盯着他看了一阵子，随后给儿子使了个眼色，二人乘朱瑄不备，突然将其摁倒，用牛鞭捆住了他的双手。

朱瑄暴跳如雷，大骂不止。老汉儿子用脚将朱瑄踢得在地上翻来滚去，哀号惨叫。老汉操起牛鞭，使尽力气抽打朱瑄。

朱瑄鬼哭狼嚎，大喊救命。

葛从周带领人马追到河边，正好看见老农在痛打朱瑄。

葛从周走上前去，向老农施礼说："老丈，把狗官朱瑄交给我好了。我是汴州将军葛从周。"

老农又狠劲抽打朱瑄几鞭，方才住手。

朱瑄及夫人荣氏被押解至郓州，朱全忠遂命人将朱瑄押送汴州，将荣氏留下纳为小妾。

朱全忠任庞师古为郓州天平军节度留后，又命葛从周带三万人马南下，进攻兖州。

兖州连年遭受汴州兵劫掠，百姓被杀或被迫流亡者十之七八。土地无人耕种，大片荒芜，粮食连年歉收。朱瑄和朱瑾兄弟横征暴敛，仍不能满足军需。今年春天，将士们没有食物，军心愈益动摇。河东来援将领李承嗣和史俨的五千沙陀骑兵，也断了粮，处于饥饿之中。朱瑾心中感到愧疚，觉得对不起千里驰援的河东将士，便和李承嗣、史俨商议，一同带领人马到徐州境内抢夺粮食，以解燃眉之急。

初春时节，朱瑾带领泰宁军一万人马，和李承嗣、史俨带领的河东骑兵一道，前往丰县、沛县一带就粮。

葛从周得知朱瑾统领主力人马远离兖州，遂迅速进兵，一个昼夜进抵兖州城下，将城池四面围住。

葛从周命部下在兖州四个城门之外支起大锅,煮熟米粥,高声呐喊,邀城头守军出城来随意吃粥,且保证安全,任其来去。

城头守军饿得肚子里"咕咕"直叫,眼看着城门外大锅里面热气腾腾的米粥,馋得直流口水。有胆大的士卒在傍晚时分溜下城头,来到大锅前求饭吃。葛从周命将士们热情款待,让他们吃饱喝足,而后客客气气地说:"明日再来!"

城头守军一传十,十传百,饥饿难忍的士卒便成群结队出城前来就食。汴州兵对他们说,留在这里天天可吃饱肚子。于是,城内兖州兵纷纷投归宣武军,不再回城。

三日内,兖州城内守军流失大半,只剩下两千人马。

兖州守将康怀贞知道大势已去,只有向葛从周投降,才能保兖州百姓不被屠戮。于是,他命亲卫将士挟持朱瑾儿子朱用贞,打开城门,向葛从周投诚。

葛从周带兵进入兖州城,将朱瑾妻儿押往郓州,向朱全忠报捷。朱全忠大喜,遂命葛从周权任兖州泰宁军留后。

这日,朱全忠心血来潮,亲自去察看押送来的朱瑾妻妾,一眼便瞧上了朱瑾的妻子齐丽娘。

齐丽娘是兖州原节度使齐克让之女,当年,齐克让看中了年轻有为的小将朱瑾,便将女儿许配他为妻。朱瑾却野心勃勃,在迎亲之夜袭击节度使府,驱逐齐克让,自己做了泰宁军留后。朝廷更是不问是非,顺水推舟,敕命朱瑾做了兖州节度使。

朱全忠见齐丽娘天姿国色,禁不住心旌摇荡,将她带回后宅,昏天黑地厮混数日之后,索性将她收为姜室。

朱全忠班师后,在封丘暂住下来,仍旧与齐丽娘日夜厮混。

朱全忠沉溺于齐丽娘美色,种种形状早有人暗中禀报了张惠兰。

夫人张惠兰心知朱全忠乃好色之徒,但凡攻占一座城池,必将战败者妻妾占为己有。可像今番如此迷恋齐丽娘,多日闭门不出、不理军政的情景,尚不多见。

张惠兰从汴州来到封丘,对朱全忠慰劳有加,百倍温柔体贴,趁着朱全忠大为感动,她劝诫朱全忠说:"郎君志在天下,多年来南征北战,攻城克地,辛苦备尝,身边有几个小妾侍奉也是该当的，这样妾身也好放心。只是眼下夫君大业未竟，敌手如林，尚不可高枕无忧，沉湎酒色，荒废军政大事。夫君，不知为妾我说得是也不是？"

朱全忠连连点头道："夫人说得极是！"

张蕙兰进而言道："郎君虽占了徐州、郓州、兖州，然而强藩众多，皆虎视眈眈，要与夫君争夺天下。北面有李克用、刘仁恭，东有王师范，东南有杨行密、钱镠，西南有巴蜀王建，关陇李茂贞、韩建，皆虎狼之辈。郎君正艰苦创业之时，狐媚如齐丽娘者，安可久居军中？"

朱全忠尴尬地笑道："让夫人见笑了！"

张蕙兰笑道："郎君曾与朱瑄、朱瑾结为兄弟，安可占有兄弟之妻？名义上须是不好听吧？"

朱全忠点头说："那是，那是！"

"依贱妾之见，莫若将齐丽娘和荣氏夫人送往尼院，让她们出家修行，方为妥当，夫君以为如何？"张蕙兰笑着询问朱全忠。

朱全忠连忙说："夫人说得是，就依夫人好了。"

次日，张蕙兰前去看望齐丽娘。齐丽娘慌忙下拜，跪地叩头。张蕙兰也跪下来，向齐丽娘叩头回拜。两个女人跪在地上，抱头大哭。

朱全忠回到汴州，传令在城内最热闹的汴桥将朱瑄斩首示众。

蕙兰与齐丽娘盘桓了几日，丽娘说她想到佛寺出家为尼。张蕙兰叹了一口气，说道："这也许是姐姐最好的归宿呢！"

不久，张蕙兰亲自护送齐丽娘和朱瑄夫人荣氏，来到汴州西北一百二十里的阳武县，入观音庵做了尼姑。

朱瑾率部返回兖州途中，得知兖州城池已经被葛从周占领，只得转往东南沂州。

朱瑾来到沂州城下，呼叫守门将士打开城门。

沂州刺史尹处宾，本是朱瑾部将，如今得知兖州失守，朱瑾日暮途穷，遂传令紧闭城门，不许朱瑾进城，以免引火烧身。

朱瑾勃然大怒,正欲挥军攻城,忽有探马来报,说是葛从周带领大军向沂州追杀过来。朱瑾无奈,只得再向东南海州退逃。

朱瑾率部刚刚抵达海州,葛从周又从沂州追击过来。朱瑾与李承嗣、史俨商议后,决计南渡淮河,投奔淮南使杨行密。

朱瑾、史俨、李承嗣带领人马抵达高邮,杨行密亲自前来迎接。杨行密见史俨、李承嗣的五千沙陀骑兵彪悍凌厉,十分高兴。淮南多水军,却没有骑兵。如今有了一支闻名天下的沙陀骑兵,真是如虎添翼,把个杨行密乐得喜笑颜开合不上嘴。

当日,杨行密设宴款待朱瑾和李承嗣、史俨等人,他解下自己身佩的玉带赠给朱瑾,又送给朱瑾、史俨和李承嗣上佳的府舍和众多美貌姬妾,并请朱瑾、李承嗣出任淮南节度副使。

不久,杨行密又上奏昭宗,敕封朱瑾遥领徐州感化军节度使,李承嗣遥领镇海军节度使。

幽州卢龙军节度使刘仁恭,原是一个志向远大、智谋超群之人。乾宁二年,他由李克用保举,被朝廷敕封为检校司空、幽州刺史、卢龙军节度使之后,便蓄谋摆脱李克用,自立自强。于是,他招兵买马,扩充部伍,安插亲信将领,羽翼逐渐丰满,势力日益雄厚起来。

乾宁三年,李克用出兵进攻魏博罗弘信,曾命刘仁恭出兵相助。刘仁恭正欲摆脱李克用,便借口幽州兵马正在抵抗入侵的契丹大军,竟没有派一兵一卒进攻魏博。次年,李克用应朱瑄之邀,出兵救援郓州、兖州。李克用派出使者,传令刘仁恭进军魏博,进击汴州兵,以援助朱瑄、朱瑾兄弟。刘仁恭不愿救援与己毫不相干的朱瑄、朱瑾兄弟,便寻找种种借口,拖延时日,迟迟不肯发兵。李克用先后派出二十多名使者,向刘仁恭传令,刘仁恭皆置若罔闻。李克用又亲笔写信,派使者前往幽州,严厉责备刘仁恭,命他立即出兵。刘仁恭勃然大怒,将书信撕得粉碎,掷之于地,破口大骂李克用,喝令卫士将使者捆绑起来,关进牢房。接着,刘仁恭又下令将河东派驻幽州的督察官员全数逮捕,囚禁起来。

刘仁恭如此背信弃义,李克用怒不可遏,遂亲自带领人马,大举讨伐幽州。

李克用人马抵达蔚州,稍作停留,便向幽州进兵。次日,大军行至木瓜涧,天色已晚，李克用命大军靠近洞水扎营。

晚间，李克用与李存信、李存璋等人在中军大帐聚饮。时过三更，李克用酒兴仍浓，举起大碗鲸吸牛饮起来。

正值秋末，夜间山中生起浓雾，五步之外一片混沌。

此时刘仁恭带兵阻击李克用，进至距河东兵营寨二十里处扎营。是夜刘仁恭夜不能寐，走出帐外思谋破敌之策。他见夜雾越来越浓，立时计上心来，遂召来骑军主将单可及和步兵军主将刘守文，命他二人带兵夜袭河东兵马营寨。

单可及带领三千骑兵，乘夜色浓雾进入木瓜涧，杀死河东军营寨门哨兵，冲进营中。

寨内巡逻哨兵发现幽州骑兵，慌忙向李克用禀报："大王，幽州兵杀进来了！"

李克用醉醺醺地问道："刘仁恭来了没有？刘仁恭何在？"

哨兵报告说："是燕将单可及带骑兵杀来了！"

李克用撇撇嘴，说："单可及何足为敌？李存信，你带兵迎战单可及！"

李存信醉眼蒙眬，晕晕乎乎去召集人马。他唤醒睡梦中的将士，搜罗了两三千来不及穿戴盔甲的步兵，迎战单可及。

李存信在马上摇摇晃晃，结结巴巴地问道："刘仁恭为何没有来？"

单可及举起大刀拍马上前，喝道："鼠辈，且吃我一刀！"

李存信赶忙用蛇矛去挡单可及大刀，只听"当"的一声，手中蛇矛飞向了半空。

李存信打了一个激灵，酒醒大半，慌忙打马抱头鼠窜。单可及带领骑兵大砍大杀，河东兵死伤累累，乱成一团。

此时刘守文带领大队步兵杀到，一时战鼓雷鸣，杀声震天，河东兵马狼奔豕突，溃不成军。

不知不觉天色大亮，李存璋命卫士将李克用扶上战马，带领几十名骑兵护卫李克用逃出营寨。

单可及和刘守文指挥幽州兵马追杀过去，十里木瓜涧，到处都是河东兵尸体。

单可及穷追猛打，距李克用只有百步之遥，情势危急万分。

须臾之间，狂风大作，飞沙走石。空中乌云翻滚，电闪雷鸣，倾盆大雨轰然降临。幽州骑兵人马纷纷仆倒，个个像落汤鸡一般，雨水打得连眼睛也睁不开，单可及只得下令收兵。

木瓜涧一仗，李克用损失两万人马，元气大伤，不得不退回代州。

刘仁恭战败河东大军，名声大噪，朝廷遂加封他为同中书门下平章事。刘仁恭成了"使相"，志气高扬，野心愈加膨胀，自认天下无敌，不可一世。

刘仁恭对沧州的盐利垂涎三尺，早想据为己有。木瓜涧之战获胜之后，刘仁恭加紧谋划吞并沧州。

光化元年三月，刘仁恭命儿子刘守文率领两万人马奔袭沧州。

沧州刺史、义昌军节度使卢彦威，性情凶狠残忍。他连年横征暴敛，对部属将士和黎民百姓动辄杀戮，暴虐异常，沧州百姓和牙兵们对其恨之入骨。

刘守文人马进入沧州境内，一路之上，地方官吏和戍守将士开门迎降，青壮年纷纷来投，到达沧州时，人马已增至三万余众。

卢彦威妻妾成群，但他仍不满足，掠来许多美貌女子，日夜宣淫。幽州兵打进了沧州城，卢彦威却还不知，待到幽州兵攻打子城时，卢彦威听到呐喊声和厮杀声，方知大事不好，慌慌张张如丧家之犬，出城狼狈逃窜。

刘守文占领沧州之后，又不费吹灰之力占了景州和德州。于是，刘仁恭任刘守文为义昌军留后，奏请朝廷加封刘守文为节度使。

刘仁恭势力大振，雄心勃发，图谋并吞镇冀、魏博两镇。

此时恰逢魏博节度使罗弘信病故，朝廷敕命罗弘信之子、节度副使罗绍威为魏博留后。刘仁恭决计趁机吞并魏博，遂于光化二年初春时节，集结幽州、沧州等十二州共十万兵马，浩浩荡荡南下，首先进攻贝州。刘仁恭的打算，先打败实力最强的魏博天雄军，而后回过头来消灭镇州成德军和定州义武军，河朔便成了他的一统天下。

贝州只有一万多人口，两千兵马，如何抵挡得了刘仁恭十万大军？刘守文率领先锋人马，很快攻陷贝州州治清河县城。

为威吓魏博军民，造成恐慌，刘仁恭下令屠城。

清河县城一万多口百姓，几乎全被幽州兵屠杀，侥幸逃脱者寥寥。刘仁恭见大街小巷到处都是百姓尸体，便命幽州兵将尸体统统扔进城南永济渠。上万百姓尸体将永济渠堵塞，渠水为之断流，惨烈之状，骇人听闻。

紧接着，刘仁恭挥动十万人马，南下进攻魏州。

魏博节度使罗绍威见刘仁恭大军来势凶猛，便派出使者，飞马向汴州宣武军节度使朱全忠求援。

朱全忠早就图谋吞并河朔，只是未遇时机。如今魏博镇帅求他出兵救援，正中下怀。于是，朱全忠命检校右仆射、行营都指挥使张存敬带两万人马为先锋，经滑州、内黄救援魏州，朱全忠亲率三万大军随后跟进。

刘仁恭抵达魏州城下，得知宣武军大将张存敬率领两万先锋人马进至内黄，朱全忠带三万人马进驻滑州，便命儿子刘守文和妹婿单可及统领五万精兵前往内黄，迎击张存敬。

张存敬得报幽州兵马前来迎战，便与将领们定下预设埋伏、诱敌入瓮之策：大将袁象先统领一万五千人马，在内黄县城东北十里永济渠南岸埋伏，张存敬自带五千人马，前往内黄东北二十里繁阳镇迎击幽州大军。

张存敬带领五千骑兵刚抵达繁阳，便与单可及幽州骑兵相遇。单可及勇猛异常，带领精锐骑兵直冲过来。张存敬指挥本部骑兵与幽州兵厮杀一阵，佯装寡不敌众，败退下来。

单可及带领一万骑兵追赶张存敬，刘守文统带四万大军随后跟进，向内黄追击。

张存敬且战且退，将单可及人马引进袁象先预设的埋伏阵中。

单可及正纵兵猛追，突然间战鼓雷鸣，杀声震天，袁象先带领人马猛然杀出。张存敬也带领骑兵回过头来，围杀单可及人马。

幽州兵眼见中了埋伏，不免心惊，纷纷后退。袁象先、张存敬分别从东、南、北三面冲杀过来，将幽州兵冲得七零八落，溃不成军。单可及喝止不住潮水般溃逃的士卒，被裹挟着向西败退。

一条大河拦住幽州兵去路，这便是隋朝时开挖的大运河之永济渠，在内黄又称清水。这条运河，从洛阳经黄河北通涿郡，虽没有黄河宽广，河水却深达两丈。

幽州兵被河水所阻,在永济渠岸上东逃西窜。张存敬、袁象先指挥汴州兵杀上河堤,幽州兵惊慌失措,纷纷连人带马跳进永济渠逃生。张存敬命弓弩手向河水中的幽州兵放箭,无数幽州兵中箭而死,许多水性不好者被河水淹没,尸体顺水漂流而去。

单可及身中数箭,只得俯身马背,沿着河堤向北逃窜。袁象先飞马追来,看看只有十步之遥,用力掷出手中长槊,飞槊从单可及后背穿透前胸,只听他大叫一声,栽下马来。

眼见主将单可及被杀身亡,幽州残兵败将心胆俱丧,纷纷投降,幽州骑兵全军覆没。

张存敬和袁象先整理队伍,回过头来迎击刘守文带领的步兵。

刘守文统领四万步兵刚到达繁阳城南,遇上从永济渠逃回的几名幽州骑兵,方才得知单可及阵亡,全部骑兵覆灭。刘守文惊得目瞪口呆,将士们军心大乱。

刘守文稳稳神,询问逃回的骑兵:"前面有多少汴州兵马?"

骑兵禀报说:"约莫两万。"

刘守文心想,我有四万精兵,难道打不过两万汴州兵? 于是传令:全军跑步迎敌,后退者斩!

刘守文催动数万大军拥向内黄,正遇上张存敬五千骑兵,分成左、中、右三路杀来。左、右两路骑兵东西包抄,中路骑兵直冲过来。

汴州骑兵对付幽州步兵,居高临下,势如破竹,再加上幽州兵已是惊弓之鸟,士无斗志,哪里抵挡得住乘胜而来的汴州骑兵。刘守文连杀几名士卒,也喝止不住潮水般溃退的士卒,只得连连后退。左右两面包抄的汴州骑兵,将幽州兵拦腰斩断,杀得幽州兵屁滚尿流,争相逃命。半个时辰的工夫,幽州兵被杀一万多人,更多将士缴械投降。

刘守文眼见大势已去,慌忙纵马逃回魏州。

刘仁恭带领五六万兵马攻打魏州,罗绍威坚守城池,刘仁恭一时难以得手。

三月十五日,刘仁恭挥军进攻魏州北城上水关馆陶门,激战正酣,忽有一支人马从背后杀来,原来是在邢州阻击李克用河东军的宣武军大将葛从周,奉朱全忠之命前来救援魏州。

罗绍威见援军杀到，幽州兵纷纷后退，便大开城门，带领魏博兵杀将出来。刘仁恭腹背受敌，军心大乱，两个幽州将领竟被葛从周活捉。

两军厮杀至傍晚时分，各自收兵。刘仁恭带着两万多名残兵败将，退回营寨坚守，葛从周带兵随罗绍威进入魏州城。

十六日傍晚，朱全忠率领五万大军进抵魏州。

第二天，朱全忠、罗绍威指挥八万联军，围攻刘仁恭幽州兵营寨。

刘仁恭情知寡不敌众，只得紧闭寨门，不敢出战。

朱全忠使出看家本领，命弩机营用抛石机、大弩机发射火焰箭和火药包，焚烧刘仁恭营寨。

幽州兵马排列的三十八座营寨，有十几座先后起火燃烧起来。葛从周、张存敬、袁象先等率部猛冲猛打，一连攻占八个营寨。

刘守文看情势不妙，劝父亲赶快退兵，以免全军覆没。刘仁恭无奈，下令烧毁营寨突围。刘守文带领五千骑兵，护住刘仁恭，杀开一条血路，向临清退逃。

朱全忠命葛从周指挥汴州、魏博、兖州、郓州十万大军，紧紧追击刘仁恭。

刘仁恭逃至临清县城，还没有歇口气，葛从周带领联军已经杀到城下。刘仁恭只得带着人马，出临清北门向沧州逃跑。

葛从周带领联军追上来，杀得幽州兵血流成河，尸积如山。刘仁恭折损三万多人马，已溃不成军。

在葛从周的一路追击下，刘仁恭先至德州，又到沧州，最终仓皇逃回幽州。

刘仁恭惧怕汴州兵马乘胜进击幽州，苦苦思索对策。他明白，只有李克用出兵，才能帮助自己挡住朱全忠来攻，保幽州不失。若李克用不肯出兵相助，一旦幽州被攻破，自己便死无葬身之地。

于是，刘仁恭厚着脸皮给李克用写信，深表痛悔之意，乞求李克用救援。他急急忙忙派出使者，携厚礼前往太原求见李克用。

李克用将刘仁恭书信扔到一边，大骂刘仁恭厚颜无耻。

盖寓劝道："请大王息怒。刘仁恭背叛大王，固然可恨，只是眼下河东大敌乃是朱温。刘仁恭虽连吃败仗，却还能搜罗几万人马，和大王一同抗拒朱温。若大王不出兵救援刘仁恭,待朱温攻占了沧州、幽州,征服了河朔三镇,则河东危矣!"

李克用恍然醒悟,点头说道:"郡公言之有理!"

李克用遂命检校左仆射、牙军副使周德威带领五千兵马,进攻邢州,阻击汴州兵,救援刘仁恭。

刘仁恭得知李克用出兵消息,精神大振。他重新征集了五万人马,南下增援沧州,不日即到达沧州北百里处的乾宁军,扎下营寨。

葛从周带领两万兵马,从沧州城北上,迎击刘仁恭。

次日,葛从周带领三千骑兵,前往刘仁恭大营挑战。汴州兵在营门外高声叫骂,口出污言秽语,逼使刘仁恭出战。

刘仁恭被骂得狗血喷头,气得火冒三丈。他见葛从周人马寥寥,便带领全军出营,分为左中右三路,图谋一举将汴州兵全歼,以解临清战败之恨。

葛从周三千骑兵处于幽州兵马半包围之中,幽州兵仗着人多势众,以十打一,潮水般猛扑上来。

葛从周带领骑兵奋勇厮杀,边战边退。刘仁恭带领将士紧紧追杀,一直追到阳通河边。

汴州兵从一座木桥上退逃至河南岸,只有葛从周单枪匹马立在木桥上,高声喝道:"刘仁恭,你这个'窟头',有本事钻地道,却为何不敢到桥上来与我斗上一百个回合?有我山东一条葛在此,你的五万人马便休想过河!"

刘仁恭见葛从周如此狂妄,心中暗笑道:"骄兵必败,葛从周真是不知死活!"

刘仁恭命弓弩手向葛从周放箭,霎时间箭如飞蝗。葛从周的战马立时中了数箭,葛从周左臂中箭负伤,慌忙向河南岸疾驰而逃。

刘仁恭大叫一声:"不要走了一条葛! 活捉葛从周者,赏钱十万!"

幽州兵争先恐后拥上木桥,追赶葛从周。

葛从周和战马皆受了伤,跑不快,眼看就要被幽州兵追上。这时,一个汴州骑兵冲过来,将自己的战马与葛从周交换过,葛从周上马飞奔逃命。

刘仁恭在河堤上看得分明,宝剑一挥,喝道:"全军过河,追上葛从周! 打到沧州去!"

幽州兵源源不断地通过木桥,向南追击过去。

葛从周向南跑出五里,勒住马头,回身看去,幽州兵黑压压地正追杀过来,已有两三万人马过了阳通河。

汴州骑兵早已在此等候,葛从周命号角手吹响号角,一时间方圆数里之内号角齐鸣,上百面战鼓如同雷震,千军万马从四面八方杀出,围住幽州兵厮杀起来。

幽州兵大多是新近招募而来,既没经过操练,更没上过战场,他们见汴州兵怒吼着如狼似虎般冲杀过来,一个个惊得魂飞魄丧,慌忙后退。

刘仁恭喝止不住,挥剑接连斩杀了三名士卒,督催将士们往前冲杀。幽州兵有的向后溃退,有的被逼往前冲杀,互相冲撞,自相践踏,乱成一团。

葛从周身先士卒,挥舞着一把泼风大刀,冲进乱作一团的幽州兵中,像砍瓜切菜一样,转眼间杀死几十个幽州兵。紧随葛从周身后的三千骑兵,横冲直撞,把过了河的三万多幽州兵杀得鬼哭狼嚎。幽州兵蜂拥退逃,争相窜上阳通河桥。可怜那一座木桥,只有七八尺宽,数万人马拥上前来,如何过得桥去?将士们互不相让,挤成一团,抢着要过桥,不断有人被挤得掉入湍急的河水中,扑腾着呼喊救命。

葛从周带领骑兵追至河边,只见长长的老鸭堤上,黑压压挤满了幽州兵马。葛从周指挥人马冲上老鸭堤,杀得幽州兵尸积如山,血水与河水汇流,转眼间成了红水河。

无数惊慌失措丧魂丢魄的幽州士卒,不得已跳进河水中逃命。

刘仁恭靠着如狼似虎般的卫士开道,争先过了木桥,逃回大营。他惊魂甫定,检点人马,统共只剩下一万多将士了。

因刘仁恭再次请求,李克用帐下大将、都指挥使李嗣昭率领五万大军,前往援助。

李嗣昭带兵攻克邢州、洺州,生擒洺州刺史朱绍宗,而后挥军直逼魏州,以截断葛从周汴州兵后路。

朱全忠率五万大军增援葛从周,进击洺州,同时传令葛从周带领五万人马西进洺州,意图合击李嗣昭河东军。

幽州刘仁恭与魏博罗绍威的兼并争夺,终于演变为汴州朱全忠与河东李克用的生死大战。

三十四　却忧蚊响又成雷

从华州回到京城之后，昭宗皇帝仍旧住在东内大明宫。

在外流亡了两年多的昭宗李晔，回到长安后并没有多少喜悦心情。面对颓败溃烂的朝局，他深感无力回天，遂常常以酒浇愁，或者与妃嫔宫女日夜缠绵厮混，虚度时光。他知道，众多藩镇早已不把朝廷放在眼里，财赋没有来源，禁军仅剩空名，宗室诸王被杀戮殆尽，国脉一线仅存。更可恨者，是那些日夜摆不脱的宦官。这些个奴才，竟然勾结外藩，蔑视天子，在宫中横行霸道，为所欲为。尤其是枢密使宋道弼、景务修这两个阉竖头目，凭借管理宫廷事务大权，公然勾结李茂贞、韩建，欺凌朝廷，把持朝政，飞扬跋扈，文武百官无不切齿痛恨。

右拾遗张道古见昭宗心灰意冷，志气消沉，便上书痛陈时弊，直言责备说："目下国家有五危、二乱。汉文帝即位不久便明习国事，陛下登基已经十余年，仍未熟悉驭臣之道。太宗贞观年间，国家安定，四夷宾服。如今，疆域日蹙，刘备、孙权似的人物已出现于世。臣位鄙职微，尤虑陛下终将落入贼臣之手！"

张道古戳到了昭宗痛处，他一度以中兴之君自居，如今张道古竟指责他毁坏了祖宗基业，骂他败家子！昭宗不由勃然大怒，将奏疏撕得粉碎，咆哮道："竖子张道古，目无王法，蔑视朕躬，即刻贬出朝堂，到边远州郡去做个小参军！"

虽然被张道古激怒，但昭宗也陡然间焕发了精神，他心想，朕对那些拥兵割据的强藩大镇莫可如何，岂能治不了几个家奴宦官？他决意孤注一掷，重用与宦官积怨甚深的宰相崔胤,共同谋划,铲除专权横行的权阉及其同党,以整肃朝纲,重塑天子威权。

崔胤与宦官的积怨,要从其父崔慎由说起。

崔慎由在文宗朝官居翰林学士。这日深夜,他正在宫中值班,一个太监奉旨将他召入秘殿。崔慎由进入殿内,只见四周严密地拉着帷幔,左神策军中尉加特进、右骁卫大将军仇士良,正在和右神策军中尉、右卫上将军鱼弘志密谈。

仇士良轻轻咳嗽了一声,示意崔慎由靠近前来,压低声音说道:"大家许久以来龙体有恙,即位后便荒殆政事。皇太后有制,要册立新君,你身为翰林学士,须尽快草诏。"

崔慎由如同五雷轰顶,慌忙回绝道:"天子圣明,德被天下,安可轻易废之? 慎由亲族千余人,同辈兄弟近三百个,岂可做这等灭族之事? 你就是杀了我,也不能从命!"

仇士良和鱼弘志满面怒容,默然良久。

最终仇士良摆摆手,命侍从小黄门打开秘殿后门,领崔慎由来到一个小偏殿。崔慎由抬眼望去,只见文宗皇帝坐在床榻上,便慌忙趋前行参见大礼。

接着,仇士良和鱼弘志一唱一和,历数文宗种种过失。文宗坐在那里,始终低头不语。

而后,仇士良又指着文宗说:"若非崔学士不听话,你就不能坐在这里了!"

仇士良将崔慎由送出偏殿,告诫说:"此事千万不可泄露出去,不然,你崔家全族都会遭祸!"

崔慎由回到家中,将此事记录在麻纸上,密藏于枕下。他临终前将麻纸交给儿子崔胤,要他小心提防宦官祸乱朝廷。从此之后,崔胤在心中深忌宦官。

如今昭宗决意铲除宦官,正合崔胤心意。

此时朝中首相乃是司空、门下侍郎、同平章事王抟。王抟老成明达,性情温和,有度量。昭宗垂询王抟铲除宦官之事,王抟担心激起变乱,便进谏道:"宦官专权由来已久,人所共知。其势力盘根错节,故而难以一下子根除,只能因势利导,用国法律条惩之。请陛下不要随便与臣下谈论此事,以免引起变乱。"

昭宗闻言,心中不悦,便对崔胤说:"王抟忧虑过多,对中官心存顾忌,不可与谋。"

崔胤与王抟向来不和。光化元年崔胤罢相,他便怀疑是王抟蓄意排挤。在崔胤看来,王抟似乎有意袒护宦官,于是心中愤愤,向昭宗进言道:"王抟阴险奸诈,已被宋道弼、景务修等权阉收买,成了同党,故意阻止圣上处置内官。"

昭宗对王抟本就怀疑,听了崔胤之言,更加留意王抟与宦官之间的往来。

宋道弼、景务修通过昭宗身边的小宦官,得知崔胤与昭宗的密谋,而宰相王抟持有异见,便有意拉拢王抟。宋道弼等常向王抟示好,通报隐秘消息。这些都被人密报昭宗,于是李晔认定王抟与宋道弼等宦官相互勾结,便有意罢免王抟。

宋道弼和景务修见崔胤杀气腾腾,恨不得将所有宦官杀光,自然不甘束手就擒。二人决计先下手为强,制造崔胤勾结朱温胁迫皇帝迁都洛阳的舆论,以便把崔胤拉下马来。

宋道弼和景务修煽动宫中大小宦官和宫女,散布崔胤勾连朱温要挟持朝廷迁都洛阳的消息。朝官中不少人早已投靠了宦官,也秉承宋道弼等人意旨,传布流言蜚语,中伤崔胤。

许多宫女、宦官和朝臣向昭宗告密,说崔胤与朱温频繁往来,图谋不轨。李晔自然知道,崔胤正是依仗朱温才重新获取相位。他痛恨宦官专权,但更忌恨藩帅骄悍跋扈,胁迫朝廷,动辄兵临京师,逼使朝廷流亡。此类言语正中他忌惮之处,由不得昭宗不信。于是,昭宗突然颁诏罢去崔胤相职,将其贬为广州青海军节度使。

崔胤晓得中了宋道弼等宦官的暗箭,只有借助朱全忠威势,才能挽回败局。于是,他在离京之前,给朱全忠写了一封密信,说他受到王抟和宦官宋道弼等人排挤,而圣人也受阉党和王抟胁迫,将他罢相排挤出朝,请求朱全忠主持公道,铲除朝中奸臣王抟和权阉宋道弼等人。

朱全忠心中盘算,若能将王抟赶出朝廷,让崔胤做首相,再除掉宋道弼等权阉,则崔胤必会听命于己,便等于掌控了朝廷大权。于是,朱全忠让敬翔代自己给昭宗写了一通措辞强硬的奏章,蛮横地说:"崔胤不能离开辅弼之位,王抟与宦官相互勾结,把持朝政,危害社稷,须罢职问罪。否则,臣将出兵关中,清君侧,除奸佞,灭阉党,安社稷。"

朱全忠连上三道奏表,语气愈加严厉,以迫使朝廷就范。

昭宗明白,汴州如今是天下第一强藩,朱全忠万万得罪不起。于是,当即诏命崔胤回京听用。

不久,昭宗册封崔胤为司空、门下侍郎、同平章事,代替王抟成为首相。王抟贬为溪州刺史,宋道弼贬作荆南监军,景务修贬作青州监军。诏下次日,再贬王抟为崖州司户参军,宋道弼流放欢州,景务修流放爱州。第三日,诏令王抟、宋道弼和景务修自尽。

王抟接到贬谪诏书,被逼立即启程。刚刚行至灞桥驿,又接到再贬海南崖州的诏书,焉知次日行至蓝田驿,又接到赐死的诏书,敕使不容分说命卫士将王抟脑袋砍下,回京复命去了。

宋道弼、景务修被押送至灞桥,接到赐死诏书,二人一同被杀。

崔胤终于做了首席宰相,大权在握,又有雄藩大帅朱全忠做靠山,便踌躇满志起来,决意施展拳脚,打压宦官。

宰相徐彦若知道崔胤不好共事,便自请出朝外任地方官。其时诸道藩镇皆被武将霸占,只有广州青海军薛王李知柔听命于朝廷,昭宗便召回李知柔,命徐彦若出任青海军节度使。另一宰相崔远和中书舍人钱玥,平日与崔胤不甚投合,崔胤便一再请求昭宗,罢免了二人。

为补充相位,昭宗擢任刑部尚书裴贽为中书侍郎、同平章事,翰林学士韩偓兼中书舍人。

韩偓少年时即有才名,昭宗对韩偓赞赏有加,常命他随侍身边,陪同游猎宴饮。韩偓与南衙朝官们一样,对宦官专权祸国切齿痛恨,一力赞同贬抑宦官。为此,韩偓深得昭宗信赖。

韩偓心思缜细,他劝告昭宗,宦官专权由来已久,积重难返,只能各个击破,分化瓦解。可先铲除首恶,而后逐步贬抑其他,且不可操之过急。昭宗却觉得,宋道弼、景务修已经铲除,其余宦官不足为虑,便对韩偓谏言一笑置之。

宋道弼、景务修被赐死之后,左右神策军中尉刘季述、王仲先等心惊胆战,十分恐惧。他们探知昭宗与崔胤、韩偓正在谋划处置宦官余党,一个个如同热锅上的蚂蚁,惶惶不可终日。

这日,新任枢密使王彦范、薛齐偓和右神策军中尉王仲先来到东内苑太和门外的左神策军军营,在刘季述的中尉衙署密谋对策。

右神策军中尉王仲先说:"李晔举止乖张,日夜酗酒,醉后肆意斩杀宫女和内官,越来越难以侍奉了!"

枢密使王彦范接言道:"大家与崔胤日夜密谋要除尽中官,剥夺我等掌控禁军之权,早晚有一天我等要遭殃!"

左神策军中尉刘季述年方四十,长得膀大腰圆,气壮如牛,却有一副女人般尖细嗓子。他本是一个不知名的小宦官,投靠西门君遂后崭露头角,被擢拔为枢密使,后又当上左军中尉,可谓飞黄腾达。刘季述年轻气盛,胆大包天,仗着统领神策军,目空一切,不可一世。

听了王仲先和王彦范的话,刘季述一拍食案,震得酒杯和碗碟乱蹦乱跳,气呼呼地尖叫道:"李晔算个鸟! 天下方镇,还有几人听他的? 李晔不知死活,还要和崔胤密谋诛杀内官,我等先把这两个鸟杀了再说!"

枢密使薛齐偓生得一张瓦刀脸,细眯着一双眼睛,一副城府甚深的模样,开口说道:"崔胤想除掉我等,可他手中没兵权,难以得逞。我等不妨先下手为强,扶立太子即位,让李晔到冷宫去做太上皇。我等再结交朱温等方镇帅臣,里应外合,除掉崔胤,大事可成也!"

刘季述扯着尖细的嗓子叫道:"好! 就这么着了! 我等尽快联络方镇驻京进奏官,共图大举!"

事不宜迟,薛齐偓伺机找到汴州宣武军驻京进奏官程岩,约其联络诸道方镇进奏官,联名上表朝廷,废黜李晔,拥立太子李裕继位,许诺事成之后,擢拔程岩官职,军国大事由朱全忠裁决。

程岩以为此乃天赐良机,他借此便可为朱全忠立下大功。于是,他一面派人驰报朱全忠,一面联络诸道藩镇驻京进奏官,在废立皇帝的奏表上签名。

进奏官是藩镇节帅驻京代言人,进奏官签名,就等于藩镇帅臣联名上表朝廷。

一场闹剧又拉开了序幕。

转眼到了十一月，京城下了一场大雪。李晔连日在宫中喝闷酒，心情越来越烦躁，想到禁苑去打猎，以释抑郁情怀，便让内侍宦官传谕：政事堂诸位堂老、枢密使、左右神策军中尉，一同陪驾到禁苑狩猎。

傍午时分，昭宗带领一干文武大臣和宫女宦官，出大明宫银汉门，进入广阔的皇家禁苑。

西京有三大皇家园林，即宫城北邻的西苑，大明宫内的东苑和外郭城以北东西二十七里、南北二十三里的北苑，亦称禁苑。三大内苑中，各有三千名年轻仆役，称为内苑小儿。他们在苑中植树、种花、养鱼、喂鸟、调鹰、驯马，饲养猎狗、家禽、野兽，以供帝王后妃畋猎燕游玩耍娱乐。

禁苑中，杨柳等高大乔木落叶已尽，松、柏、桧等常绿树木，二十四座宫殿楼阁和湖、潭、亭、台，被大雪笼罩，恰似银装素裹。抬眼望去，浩渺无垠的禁苑，成了一片银白世界。李晔眼前一亮，心情随之豁然开朗。他不由自主用双脚磕了一下马腹，胯下青骢马会意地一声嘶鸣，四蹄腾空跃起，向前奔跑起来。紧随其后的侍卫、宦官、宫女和文武臣僚，纷纷扬鞭策马，向北面禁苑深处驰去。数百匹骏马腾起的雪团雪粒，纷纷扬扬飞洒在半空中，散落在大道旁树丛上，惊起一群群鸟雀，呼啦啦飞向远方。

禁苑内设四位监官，由苑总监统领。昭宗一行人马在苑总监引领下，越过鱼藻宫、九曲池，在望春宫佩带上弓箭等围猎武器、用具，即向西北方围猎场进发。

禁苑中的围猎场，实则是一片十多里宽广的森林，高大的杨、柳、梨、银杏，高达五六十尺，其余松、柏、槐、榆、桑、椿、楝、梧桐等无所不有。树木间隙，荆棘荒草一人多高，密不透风，夏秋时节人马很难通行。到了冬季，草木凋零，再加上大雪压盖，才显出空隙来，正好围猎。

昭宗一行来到围猎场外南北大道上，随从文武官员、宦官、宫女和神策军侍卫，一字排开，等候昭宗发令。

此刻，李晔身着武弁服，头戴平巾帻，脚蹬乌皮靴，显得英姿勃勃，精神抖擞。他身背箭囊，腰悬宝剑，俨然一个临阵杀敌的虎贲勇将。昭宗左侧，宰相崔胤、左军中尉刘季述、枢密使王彦范等带领左神策军百名侍卫为一队；右侧，宰相裴贽、右军中尉王仲先、枢密使薛齐偓等带领右神策军百名侍卫为一队。其余宦官、宫女跟随昭宗身后侍候。

崔胤骑在马上，向李晔施礼道："请陛下传谕，围猎可以开始了。"

李晔从腰间"唰"的一声抽出宝剑，向空中高高举起，喝道："三军听令：冲上去，杀！"

众人纷纷催马，争先恐后向树林中驰去。

跟随李晔身边侍奉的两个宫女，一个名唤彩娥，一个叫作青云，平日里最得李晔欢心。彩娥明眉大眼，丰乳肥臀，不笑自笑，妖冶迷人；青云亭亭玉立，唇红齿白，肌肤凝雪，风情万种。李晔在宫中常常饮酒至深夜，多是彩娥、青云侍奉，且时常让二人侍寝。

青云看见草丛中有两只兔子，便喊叫起来："官家快看，那里有两只兔子！"

李晔张弓搭箭，"嗖"的一声射出，兔子应声倒地，挣扎了几下，渐渐地伸开四肢，一命呜呼。彩娥翻身下马，跑上前去，捡起兔子，笑吟吟地对昭宗说："好肥的一只兔子啊！"

李晔接连射死了五六只野兔，正疑惑为何不见有大野物，彩娥忽地嘘声说道："官家快看，前面有两只梅花鹿！"

李晔望过去，看见确有两只梅花鹿在一棵松树下草丛中啃啮尚未枯死的草心。松树下面，草丛虽稀薄，可上面有苍翠的树冠罩着，霜打不着，雪落不下来，故而草就枯死得晚一些。

梅花鹿臀部中了李晔射出的利箭，趔趔趄趄往前跑着。李晔又射出一箭，梅花鹿侧翻倒在雪地上，四肢剧烈地抖动着。彩娥和青云下了马，跑到梅花鹿身边，却不敢伸手去捉。内侍五儿跑过来，抱起梅花鹿，请昭宗过目。昭宗看后摆摆手，五儿便将梅花鹿交给专门侍候扛抬猎物的内苑小儿们。

接下来，李晔又射死三头鹿、五只狍子，渐渐进入密林深处。

突然间，奔跑在前面的猎犬狂吠起来，一只母豹从荒草中蹿出，挟带起一阵狂风，将七八尺深的枯草劈开一道沟壑，枯草像海浪一般起伏翻卷着。

在彩娥等宫女宦官一片惊叫声中，李晔张弓搭箭，一箭射中母豹脊背。那母豹怒吼一声，腾空跃起，向李晔猛扑过来。彩娥、青云、五儿等宫女和宦官目瞪口呆，不知所措。刘季述、王仲先吓得魂飞魄散，勒马转身而逃。

宰相崔胤和中书舍人韩偓挺身仗剑向母豹刺去，那母豹掉转身子，泰山压顶般扑向崔胤。崔胤只觉一股强风骤然刮来，眼睛也睁不开，只得拼尽全力，猛刺过去。不承想没有刺中要害，剑从母豹颈侧皮下刺出。母豹恼羞成怒，将崔胤扑翻在地，张开血盆大口，就要撕咬崔胤脖颈。韩偓见状，飞步蹿至母豹左侧，使尽力气，挺剑向母豹腹部刺去。

母豹被刺中肚腹，疼痛难忍，猛然带着韩偓的佩剑蹿至半空。崔胤瞅准时机，用手中宝剑照准母豹心窝猛刺。母豹惨叫一声，轰然倒地，在地上接连翻滚起来，将荆棘荒草碾压得像碌碡滚过一般，倒下半亩地大一片。

昭宗翻身下马，冲到母豹跟前，往它身上连刺了七八剑，母豹浑身血污，渐渐没有了力气。这时，刘季述、王仲先和一些神策军侍卫跑了过来，刀枪齐下，把那只母豹刺得千疮百孔，血肉模糊。

刘季述和王仲先匍匐在昭宗面前，恭贺道："大家神勇，上天护佑！"

昭宗笑道："一只豹子算得了什么，倒是崔爱卿和韩右螭忠勇可嘉！"

右螭是中书舍人的别称。其时，文武官员皆喜以别称相呼，皇帝有时也用别称呼唤臣下。

崔胤横扫了刘季述和王仲先一眼，冷笑道："二位军容跑得何其快哉！"

刘季述和王仲先尴尬之极。

王仲先嗫嚅道："那豹子……老奴……吓坏了！"

李晔鄙夷地扫了刘季述和王仲先一眼，转身吩咐崔胤："摆驾梨园亭，朕要犒劳爱卿和韩右螭！"

昭宗君臣一行人离开林子，向南路过青门亭、含光殿和葡萄园，来到禁苑西南方光化门北侧的梨园。

此梨园为高宗时修建，成为帝后及朝廷官员游乐宴饮之所，内设球场，可打马球、蹴鞠，中宗皇帝曾在园内广场上观看文武官员拔河比赛。梨园一班乐伎，常常在园内演出乐曲、歌舞及参军戏、踏摇娘、木偶戏和杂耍等。

在内侍宦官和彩娥、青云服侍下，昭宗净手、净面，脱去武弁服，换上绛纱袍。内侍奉上茶点，昭宗随意用过，靠在榻上小憩。

片刻工夫，午膳已经备齐，昭宗步入宴会厅，文武百官皆躬身迎候。

昭宗坐于北首食案之后，随从官员文东武西按官阶排列，两人一张食几，落座杌上。殿中省奉膳局大夫立于厅门内，奉膳局书令史一人、书吏二人、主食四人一字排开，立于奉膳大夫之后。

乐伎们奏起燕乐，奉膳大夫手中拂尘一抡，高唱道："传膳！"

侍者用木盘托举着食物，鱼贯而入。

从奉膳大夫始，其余奉膳局书令史、书吏、主食官依次分别品尝果点菜肴，而后布列于李晔面前食案之上。

在宣宗、懿宗朝，君臣宴会时，茶食果点、菜肴皆在百种以上。黄巢之乱尤其是三镇犯京焚烧宫阙之后，京城凋敝，皇宫内苑残破不堪，天下贡赋几近断绝，财政和帑藏捉襟见肘，朝廷和皇室用度日蹙，一切今非昔比，宫中膳食大减，尚且难以为继。

今日围猎，李晔因杀死一只凶悍母豹，兴高采烈，口谕优待群臣，也不过二三十种果品糕点，菜肴多是今日猎获野物烹制而成。

奉膳局奉昭宗之命，取来藏于地窖未被掠走的剑南烧春酒，还有新近进奉的虾蟆陵阿婆清酒，以助君臣兴会。

群臣向昭宗敬酒，李晔连饮三大杯，而后起身说道："今日围猎，幸有崔堂老和韩右螭护驾，方才除掉大虫，朕赏给两位爱卿剑南烧春各一坛。来来来，两位爱卿满饮此杯！"

崔胤和韩偓出班，齐声说道："微臣谢陛下恩赏！"

崔胤和韩偓举起酒杯，一饮而尽。

群臣见昭宗兴致高涨，便放开胆子，大嚼大饮起来。

酒过三巡，李晔说道："今日畋猎，满载而归，不能无诗以记其事。韩爱卿，你诗名满天下，十岁赋诗，走马而成，今日可要一展风采啊！来来来，朕命你即席赋诗，十步必成，到朕面前来满饮三杯。如若不成，罚酒三杯！"

韩偓站起身，向昭宗躬身施礼道："微臣不才，谨奉圣命！"

韩偓离席，边走便吟道：

> 猎犬谙斜路，宫嫔识认旗。
>
> 马前双兔起，宣尔羽林儿。

> 小镫狭鞦鞘，鞍轻妓细腰。
>
> 有时齐走马，也学唱交交。

> 蹀躞巴陵骏，毵毸碧野鸡。
>
> 忽闻仙乐动，赐酒玉偏提。

昭宗连连点头说："韩爱卿才思敏捷，不愧当今诗仙！来来来，朕赐酒三大杯！"

早有侍者用三只玛瑙杯斟满了酒，托至韩偓面前。

韩偓跪下来叩头谢恩，将三大杯酒一一饮尽。

接着，崔胤和朝官们纷纷向韩偓敬酒，韩偓终于喝得酩酊大醉，不禁诗兴大发，随口诵道：

> 上苑离宫处处迷，相风高与露盘齐。
>
> 金阶铸出狻猊立，玉树雕成猰㺄啼。
>
> 外使调鹰初得按，中官过马不教嘶。
>
> 笙歌锦绣云霄里，独许词臣醉似泥。

崔胤和文臣们纷纷叫道："好诗！好诗！"

宴会厅里热闹起来，文武官员吆五喝六，相互斗起酒来。

乐伎逐次演奏《美唐风》《放鹰乐》《柳含烟》《醉花间》《醉思乡》《阿也黄》《天外闻》《月遮楼》《巫山一段云》，接下来又奏《折红莲》《濮阳女》《胡相问》《泛涛溪》《风流子》《西国朝天》《苏幕遮》等法曲。

由于连年战乱，梨园乐器师星散，乐伎们演奏技艺已无法与前朝相比，只有王六六的笛子不减当年，笛声悠扬清脆，动人魂魄。

此刻,歌伎边舞边唱起韦庄的《上行杯》:

　　芳草灞陵春岸,柳烟深,满楼弦管。一曲离声肠寸断。

　　今日送君千万,红缕玉盘金镂盏。须劝! 珍重意,莫辞满。

昭宗问道:"哪位内人能唱韩右螭的新词?"

大明宫内设有宜春院,其中乐伎是从教坊挑选出来的佼佼者,被称为"内人"。

宜春院歌伎华华袅袅婷婷出场,委婉而深情地唱起韩偓的新词《生查子》:

　　侍女动妆奁,故故惊人睡。那知本未眠,背面偷垂泪。

　　懒卸凤凰钗,羞入鸳鸯被。时复见残灯,和烟坠金穗。

昭宗连连叫好,频频干杯。崔胤等人也纷纷附和,向韩偓敬酒。

舞伎们接连跳起软舞《兰陵王》《回波乐》《春莺啭》《垂手罗》;健舞则有绿腰舞、柘枝舞、剑器舞、胡旋舞。

李晔多饮了几杯酒,兴致勃发,高声叫道:"浑脱舞! 朕要到球场上观看浑脱舞!"

浑脱舞又名泼寒胡舞、泼寒胡戏,是从西北游牧民族传入内地的"胡舞",因在冬日演出,故又名"乞寒"舞。此舞不仅人数众多,且乘马出场,故必须在广场上举行。

文武官员们拥出宴会厅,来到球场,昭宗坐上北首专为皇帝观看击鞠而设的御座。

教坊、宜春院、云韶院和梨园的器乐伎、歌舞伎统称"音声人",盛唐时多达一万余人。如今国运衰微,音声人风流云散。昭宗回銮返京之后,陆续召集来的不过七八百人,今日全都奉命前来侍奉君臣宴会。

此刻,球场上东西两端竖起彩旗,十面大鼓一字排开,鼓声轰然响起,震天动地,摄人心魄。

紧接着,身穿彩衣的两队音声人从球场东西两端跨马出场。那些马匹,皆久经训练的"舞马",专供皇宫舞蹈之用。舞马在球场上奔驰时,皆合于鼓点;舞马漫步时,步伐整齐,犹如仪仗队员操练,不会有一匹马迈错步子。昔日飞龙院有上千匹舞马,如今多被藩镇掠走,供节帅们赏玩,宫内只剩下一百多匹,今日已是尽数出场。

鼓声突然停止，骑马的音声人纷纷下马，脱去身上衣装，赤身露体，只戴有一副面具。

鼓声再起，裸身舞者在球场上大步跳跃，互相泼水嬉闹。

昭宗一边观看浑脱舞，一边不停地饮酒，已是醉意醺醺。他兴之所至，难以自抑，便脱去衣袍，奔进球场，与音声人共舞起来。

文武群臣齐声叫好。

崔胤觉得昭宗过于孟浪，内四贵刘季述、王仲先、王彦范和薛齐偓则站在那里，皮笑肉不笑，口不应心地附和着叫好。

球场上浑脱舞毕，君臣又返回宴会厅，晚宴接续进行。

刘季述等人频频向昭宗敬酒，昭宗喝得醺醺大醉。

"内四贵"带领宦官宫女，将昭宗抬回东内大明宫，在承欢殿就寝。刘季述与彩娥、青云、五儿密语一阵，便和王仲先、薛齐偓、王彦范匆匆出宫去了。

昭宗和衣躺在御榻上酣然入睡。彩娥、青云和五儿见状，以为昭宗会沉睡到天明，便坐卧在殿内的杌子上胡乱睡去。

约莫过了两个时辰，李晔觉得胸腹内像是有一团火在燃烧，头疼欲裂，口渴至极，便呼唤彩娥倒些茶水来。哪知他呼唤了五六遍，彩娥只是不理，也没有人应一声。

李晔连番呼唤青云，只是没有应声。再叫五儿，五儿口中咕噜几声，又没了回音。

李晔忍耐不住，翻身坐起，借着烛光觑看，却见彩娥和青云坐在杌子上，倚着殿柱睡得死猪一般；五儿坐在殿门口高门槛上，靠着门扇在呼呼大睡。

李晔气不打一处来，用脚踹了彩娥几下，不料彩娥睁开眼，看了看昭宗，口中嘟嘟囔囔说道："别吵我，正困着呢！"

李晔又往青云大腿上踢了两脚，青云惊醒过来，不耐烦地斥责道："闹甚闹？黑更半夜的，还让不让人家睡觉？讨厌！"

李晔不得已，来到殿门口，呼唤五儿。五儿睁开眼，看看昭宗，又转过身睡去，口里唧唧哝哝地说："你等美酒佳肴……吃饱了……喝足了,不好好睡觉……瞎折腾甚? 聒噪!"

李晔气得七窍生烟,想起近日来彩娥等人与内四贵眉来眼去,嘀嘀咕咕,神神秘秘,不知背地里干了些什么勾当,不由胸中怒火"腾"地燃烧起来。藩镇节帅和"内四贵"欺负朕,难道尔等下贱的狗奴才也不把朕放在眼里? 他浑身热血沸腾,胸中怒气冲天,三步并作两步,拔出挂在床头的镆铘宝剑,向彩娥胸口猛刺过去。彩娥惨叫一声,魂儿迷迷糊糊飘去了枉死城。

青云被惊叫声惊醒,见昭宗凶神恶煞一般,手中宝剑还在滴血,立时打了个激灵,清醒过来。她看看身边的彩娥,胸口"汩汩"冒血,口大张着,眼睛瞪得吓人,便不由自主站起身向殿门外跑去,口中惊呼道:"杀人啦! 官家杀人啦!"

李晔趋前一步,用宝剑照准青云后背猛力刺去,青云"哇哇"大哭大叫起来。昭宗拔出宝剑,向青云颈间一挥,青云头颅骨碌碌飞到了惊醒的五儿脚下。

五儿这下机灵得很,站起身拔脚便向殿外跑去。李晔挺身追出殿门,喝令五儿:"站住,你这个狗奴才!"

由于太过慌张,五儿在殿阶上摔倒,昭宗赶上前去,一剑劈下,五儿的左臂齐刷刷落地,疼得大叫,哀求昭宗:"官家开恩,官家饶命! 奴才再也不敢了!"

昭宗用剑指着五儿胸口,厉声喝道:"你这个狗奴才! 平日里朕待你如何? 是哪个让你欺侮朕,从实招来!"

五儿浑身颤抖着说:"是……刘军容和……王枢密……教我的。"

李晔怒不可遏,用剑一挥,五儿脑袋当即搬了家,骨碌碌滚出去老远。

李晔连杀数人,转身回到殿内,抱起茶瓶"咕嘟咕嘟"一阵牛饮,将带血的镆铘剑往地上一扔,倒在榻上呼呼睡去。

次日巳时,后宫宫门仍然紧闭不开。刘季述、王仲先进不得宫去,便来到中书省,找到宰相崔胤。刘季述说:"现已日上三竿,后宫大门紧闭,必是生了变故。我身为内臣,得便宜从事,要入宫查看,特来通报堂老一声。"

刘季述、王仲先带领禁军,破门闯进后宫,看见地上横着彩娥、青云、五儿等人尸体,又见昭宗的天子宝剑血迹斑斑,而昭宗却躺在榻上呼呼沉睡,便急匆匆带领禁军来到中书省,对崔胤和大臣们喊道:"大家杀了好几个宫女和内侍小黄门,如此作为,岂可治理天下? 废昏立明,自古有之,我等为社稷计,只得请圣人退居宫中养老,恭迎太子监国秉政!"

崔胤见刘季述等人带兵干政,气势汹汹,不容辩驳,一时竟说不出话来。

十一月六日,刘季述等"内四贵"带兵围了中书省,陈兵政事堂前。接着,召来文武百官,拿出草拟好的联名状,逼令朝官们签名,请太子监国秉政。

在上千名手执刀枪如狼似虎的神策军威逼下,崔胤为首的文武官员一一在联名状上署上自己名字。

刘季述带领禁军来到东内太子宫,宣读伪造的皇后诏命:以太子李裕监国,临朝听政。而后不容分说,驾车护送李裕来到紫宸殿。

文武百官在紫宸院跪迎,山呼万岁。

此时昭宗还在乞巧楼内酣睡,对外面的事全然不知。

当日,刘季述等人带领数千名禁军,呐喊着冲进大明宫宣化门,见人就杀,逢人便砍。

昭宗在睡梦之中,忽被呐喊声惊醒,睁眼望去,看到神策军正在宫中杀人,不免大惊失色,一下子从榻上栽了下来。他匆匆忙忙从地上爬起,正要逃走,刘季述、王仲先带兵冲进来,拽住昭宗胳臂,强命他坐下来,不许乱走乱动。

小黄门绿狐狸是昭宗心腹宦官,一看情形危急,悄悄溜进何皇后寝宫告急。

何皇后急匆匆来到乞巧楼,向刘季述请求说:"请刘军容不要惊吓了官家,朝中大事都交给军容处置好了。"

刘季述拿出崔胤等文武百官的联名状,对昭宗说:"既然陛下已经厌倦国事,朝野上下都请求太子监国,就请陛下到东宫休养去吧!"

李晔心有不甘,说道:"昨日朕还与卿等在一起围猎畅饮,只不过是喝多了一点酒,何至于此?"

"这并非臣等所为,乃是南衙百官的意愿。众情难违,请您暂到东宫住下,待事情平息之后,再将你迎回大内。"刘季述有些不耐烦地说道。

李晔无奈,取出传国宝玺,交给刘季述。

　　刘季述等人将昭宗和何皇后架上一辆小辇,命小黄门推至少阳院,将昭宗与何皇后带进一座偏殿,板起面孔,用银挝在地上边画边训斥李晔:某时某事,你不听从我的话,其罪一也……某时某事……其罪二也……

　　刘季述一口气罗列了昭宗三十多项罪名,而后亲手将殿门、院门锁上,又命人化锡水将锁孔熔固起来,派左军副使李师虔带兵严密把守,不许任何人出入。

　　刘季述还吩咐李师虔,一切用品包括衣服、笔墨纸砚皆不准进少阳院;李晔等人饭食,从墙壁上挖开一个小孔送入;李晔一举一动都要随时禀报。

　　时值寒冬季节,昭宗等人囚居在偏殿内,没有炉火,没有被褥。夜间寒气逼人,昭宗、何皇后和小公主没有铺盖,冻得瑟瑟发抖。小公主号哭不止,就连那班凶神恶煞般的守卫也觉得于心不忍。

　　昭宗请求李师虔,给皇后和小公主取几件御寒衣物。李师虔禀报给刘季述,刘季述阴笑道:"皇后和公主穿着绫罗绸缎,还取衣裳做甚?不要理睬!"

　　李晔等人被锁在偏殿里,无法洗脸洗头,一日两顿稀粥,成了真正的囚犯。

　　十一月七日,刘季述在宣政殿召集文武百官,宣读伪造的李晔传位诏书:太子李裕改名李缜,继皇帝位。尊李晔为太上皇,何皇后为太上皇后,少阳院更名为问安宫,太上皇和太上皇后居住问安宫,颐养天年。

　　刘季述和王仲先、薛齐偓、王彦范议定,对文武官员采用拉拢和威吓两种手段,使其就范。

　　为收买人心,刘季述宣布,文武百官人人晋升一级官阶,并厚赏拥立新君的禁军将士。

　　接着,为了恫吓朝廷官员和宫中杂使、宫女人等,"内四贵"大开杀戒以立威。首先杀掉李晔弟弟睦王李倚,继而将昭宗宠信的宫女、方士、僧侣尽行诛杀。"内四贵"每夜都要在宫中杀人,白天大张旗鼓地把尸体用大车运出宫去。一辆车每次只拉一两具尸体,天天都要用大车拉十几趟。

　　朝廷官员不断有人被杀害,谁也不知道厄运何时降临在自己头上,故而一个个如临深渊,如履薄冰,战战兢兢,食不甘味,寝不安席,惶惶不可终日。

　　刘季述最想杀掉的人是崔胤,他与王仲先、王彦范和薛齐偓密议,谋划除掉崔胤。

薛齐偓说："崔胤与朱温勾连紧密，如今朱温是天下方镇第一强臣，手握十万雄兵，无人可与之比肩。我等若是惹翻了朱温，他必会以勤王的名义出兵犯京，让李晔复位。果若如此，我等将死无葬身之地！"

右军中尉王仲先说道："朱温心狠手辣，一向仇视我等。他野心勃勃，图谋独霸天下，日夜梦想入关犯京，夺取朝廷大权。我等不可轻易招惹此人，否则，后果难测！"

薛齐偓接着说："崔胤骨子里仇恨我等，必欲将我等置之死地而后快，不可不对其予以警告。朱温的进奏官程岩在联名状上签了名，想必程岩已向朱温转达了我等的好意。只要朱温不发难，其余方镇不足虑矣！"

刘季述沉吟一下，狠狠说道："先罢去崔胤度支盐铁转运使之职，以示惩戒吧。"

朱全忠和葛从周带领两路大军进攻洺州，大败李嗣昭率领的河东军，收复了洺州，然后继续挥军北上，讨伐成德军节度使王镕，包围镇州。

王镕惧于朱全忠大军威势，派出使者求和，向朱全忠"赠送"花绢二十万匹，并将自己儿子、节度副使王昭祚送到汴州当人质，镇州其余大将也都遵令将儿子送到汴州做了人质。

朱全忠不战而屈人之兵，挥军继续北进，兵临定州。

宣武军大将张存敬先后攻占瀛洲、莫州、瓦桥关和祁州，而后来到定州，与朱全忠、葛从周大军会师。

定州义武军节度使王郜，继承父亲王处存职位，却是一个不中用的主儿。他无胆无识，又不通兵法，在朱全忠兵临城下之际，只得命自己叔叔后院都知兵马使王处直带兵出城，迎战宣武军。

王处直带领五万人马刚刚来到沙河北岸，便被朱全忠十万大军包围，被杀得四散溃逃，纷纷投降。王处直随着残兵败将逃回定州城内，检点人马，只剩下三千多人。

王郜眼看大势已去，当夜便带着五百骑兵逃出定州，前往太原投奔李克用去了。留在定州的义武军将士遂拥戴王处直充任留后。

王处直深知,定州这点残兵败将,无论如何难以抵挡朱全忠大军。于是登上城墙,向朱全忠喊话求和,表示愿意归顺。王处直许诺,赠送绸缎和棉布十万匹,犒劳宣武军将士。并且发誓,此后,断绝与河东联盟,一切听命于朱全忠。

朱全忠答应了王处直的请求,许诺不再进攻定州。

然后,朱全忠一面上表朝廷,请求敕命王处直为定州义武军节度使;一面派大将张存敬带领五万人马继续北上,进兵幽州。

张存敬突袭在易水河畔扎营的刘仁恭军营,斩杀六万幽州兵。刘仁恭大败,万般无奈,只得屈膝求和,表示诚心归服朱全忠。

至此,朱全忠横扫河朔三镇,收服河北全境。

正要班师凯旋,朱全忠却收到了程岩紧急文书,方得知刘季述等人策动宫廷政变,废黜了昭宗,扶立太子李裕即位当了皇帝。朱全忠当即在三千骑兵护卫下,日夜兼程先行回到汴州。

刘季述养子刘希度作为特使,秘密来到汴州,转告朱全忠,只要朱全忠愿意与"内四贵"联手,便可把大唐江山让于朱全忠。

不日,刘季述又派遣供奉官李奉本作为敕使来汴州,向朱全忠宣示了伪造的太上皇诰书,声称愿意禅位。

朱全忠觉得兹事体大,一时拿不定主意,便召来幕僚商议。

幕僚们七嘴八舌,议论纷纷,大多以为朝廷内乱,藩镇不应参与。

节度副使李振力排众议,朗声说道:"皇室有难,正是大王争霸天下之良机。大王您就是大唐的齐桓公、晋文公,国家安危系于一身。刘季述不过一个阉竖宦官,竟敢幽禁天子、废立皇帝,大王若不出兵讨伐这个乱臣贼子,又如何能够号令天下!况且,幼主的帝位一旦稳固,则朝中大权尽归于宦官,大王岂不是将权柄拱手送人吗?"

朱全忠豁然醒悟,点头道:"兴绪所言,正合我意,我等切不可听信刘季述这帮阉宦一面之词。既如此,便烦劳兴绪到西京走一遭,察看朝中情势究竟如何,再作区处。"

李振又说,要尽快将刘季述的使者刘希度和供奉官李奉本囚禁起来,封锁消息,使刘季述等人和各地藩镇不知大王意图,以免节外生枝。

朱全忠当即传令,将刘希度和李奉本秘密逮捕,打进铁牢。

李振以朱全忠特使身份来到西京长安,刘季述等人热情款待,奉若上宾。李振虚与委蛇,却秘密会见了宰相崔胤、裴贽和翰林学士户部侍郎王溥、吏部侍郎裴枢等人,并与中书舍人韩偓彻夜长谈。李振得知,南衙大小官员与宦官势不两立,几乎所有文臣都反对刘季述等人擅自废立皇帝;天下众多藩镇,也少有人上表拥戴太子即位;京师百姓惶恐不安,神策军军心不稳,宦官难以掌控局面。

了解了情况,李振不再停留,日夜兼程回到汴州,向朱全忠禀报一切,并建议帮助昭宗复位,铲除刘季述等叛乱宦官。

朱全忠甚以为然,当即命心腹亲卫将领蒋玄晖驰赴京师,与崔胤共谋昭宗复位之事。

刘季述、王仲先等“内四贵”废黜昭宗,扶立李裕为帝,一时间掌控了朝廷大权。然而,天下藩镇节帅并无人拥戴新帝,也极少有人买宦官的账。方镇所做的,是乘机停止向朝廷进贡赋税,使得京师钱粮更加匮乏。朝廷文武百官薪俸无以筹措,禁军粮饷也没了着落,将士们食不果腹,怨声载道,整日里吵吵嚷嚷,沸反盈天。

神策军中尉王仲先,本是一个聪敏而严酷之人。他知道神策军将领多年来贪污成性,多有积蓄,便下令稽查军中财物。凡查出私藏财物者,严刑拷打,追索钱财,以充军需。如此一来,闹得神策军中鸡飞狗跳,人人自危,军营里像是一座将要喷发的火山。

左神策军指挥使孙德昭,原任盐州雄毅军使,前不久才奉诏带领雄毅军补入神策军。盐州雄毅军原为边防军,将士多胡人,勇猛彪悍,能征善战,久负盛名,在神策军中独树一帜。此次孙德昭被查到私吞过五千缗军费,王仲先便当众责打孙德昭,令其限期还清。孙德昭备感屈辱,他本就对刘季述等人策动宫廷政变愤愤不平,如今更是恨得咬牙切齿。

崔胤得知孙德昭和神策军诸般情形后,便派判官石戬私下与孙德昭联络。

石戬瞅住机会,邀请孙德昭到东市一家名为“梨花村”的酒肆聚饮。

这家酒肆的“梨花春”酒,闻名京师,驰誉天下。孙德昭是一个豪爽之人,酒量惊人。石戬与孙德昭一人一坛"梨花春"，用大碗对饮，毫不客套。

孙德昭的一坛酒很快见了底，石戬的酒坛中也已经滴酒不剩。二人都觉得遇了知音，惺惺相惜，敞开心扉互诉衷肠，越来越是亲密。

石戬要酒保又捧来一坛酒，不消一刻工夫，这坛酒又见了底，二人已是醉意醺醺。

孙德昭突然号叫一声，伏在食案上痛哭起来。石戬赶忙让店家做了一碗酸梅汤，给孙德昭醒酒。

用过酸梅汤，孙德昭安定下来，抽泣着说："贤兄，孙某身为神策军军使，心中愧得很呀！圣上蒙难，被几个阉竖宦官囚禁，我却无能为力，只能袖手旁观，这是不忠不孝的弥天大罪呀！"

孙德昭说着，又痛哭流涕起来。

石戬也流下泪来，伏在孙德昭耳边说道："自从圣人被囚禁之后，朝廷内外大臣，以至于军中士卒，哪一个不痛心疾首！如今反叛的只是刘季述、王仲先等几个宦官头目，贤弟若能杀掉这二人，迎接圣上复位，则是天大功勋，忠义之名必流芳千古！将军若迟疑不决，功劳便会落入他人之手！"

孙德昭说："非是小弟胆小迟疑，我只不过是一名军使，如此国家大事，安敢自行其是。若有宰相大臣之命，孙某万死不辞！"

石戬向孙德昭一揖到地，说道："贤弟义薄云天，愚兄感佩之至。石某不才，一定冒死求来堂老手谕，助贤弟建立不世之功！"

孙德昭也向石戬抱拳施礼道："一言为定，多谢兄长相助！"

拿到崔胤诛杀乱臣贼子刘季述和王仲先的手谕，孙德昭立即联络右神策军清远都将董彦弼和周承诲，约定除夕之夜一同起事，先杀掉宦官头子刘季述、王仲先等人，再迎接太上皇复位。

除夕深夜，孙德昭、董彦弼、周承诲带领部属，埋伏在了王仲先、刘季述、王彦范早朝时必经的安福门内。

每年正月一日，朝廷要举行元旦大朝会庆贺新年，皇帝登上大明宫含元殿，接受文武百官和方镇驻京使者及藩国来宾的拜贺。前些年，含元殿被关中三镇乱兵焚毁，至今无力修复，今年元旦大朝会，只得移至初唐时举行大朝会的西内太极殿。

初一清晨五更二点，宫中传出"咚咚咚咚"连续不断的鼓声，在各条大街值守的金吾卫同时擂响官街鼓，沉睡中的京城苏醒过来。三千点鼓声响过，宫门、坊市门、城门相继打开，新的一天、新的一年开始了。

孙德昭指挥军士打开安福门，而后隐藏在门内，一双双眼睛紧盯着内侍省临街大门。鼓点甫一停歇，便听见内侍省大门吱吱呀呀地慢慢打开，随后，四只红灯笼游动到大门两侧停了下来。

不一刻工夫，在两只红灯笼引导下，一伙人影影绰绰地出了内侍省大门。

红灯笼越来越近，孙德昭清楚地看到灯笼上有"右军中尉"四个大字，便知这是右神策军中尉王仲先要进宫上朝。孙德昭向身后的军士举起右手示意，雄毅军士卒纷纷抽出了刀剑。

转眼间，红灯笼进入安福门门道，孙德昭这才看清楚，王仲先乘坐的是二人扛抬的肩舆。

见王仲先一行人全都进入大门以内，孙德昭用力劈下高举着的右手，大喝一声："杀贼！"

军士们如狼似虎扑上前去，将两个扛抬肩舆的小黄门砍翻，王仲先一下子从肩舆上摔下来，不停地在地上翻滚。孙德昭冲上去，一刀将王仲先头颅砍了下来。顷刻之间，雄毅军士卒已将两个提灯笼的小黄门和王仲先的四名卫士杀光。

孙德昭取下王仲先身上的紫色袍服，将他头颅包裹了，对董彦弼和周承诲说："请二位将军在此等候，务必将三个贼人一网打尽。在下先去少阳院，解救出圣上，大功即可告成！"

孙德昭带领一队将士，沿东西横街冲向大明宫。一行人马来到建福门，杀死守门禁军，闯进宫内，来到少阳院门外。

孙德昭拍打着门环，高声呼叫道："右神策军军使孙德昭启禀圣上：逆贼王仲先已伏诛，请陛下升殿犒赏将士！"

三十五　皇帝佬个个是色鬼

　　昭宗李晔和何皇后被囚少阳院偏殿已五十多日。时值隆冬,饥寒交迫,昭宗和皇后度日如年。

　　昭宗正靠在冰冷的墙壁上暗自垂泪,忽听殿外人声喧哗,不知发生何事,战战兢兢地问何皇后:"外面何人喧闹? 又出了甚事?"

　　何皇后向外大声询问:"你等为何高声喧哗? 不要扰了官家。"

　　孙德昭又禀报一遍,何皇后这下倒是听明白了,但她不敢相信。

　　孙德昭将王仲先的头颅扔进院内,说道:"请圣上和皇后看清楚,这是逆贼王仲先的人头。"

　　何皇后从门缝向外望去,确是王仲先头颅,这才赶忙对昭宗说:"王仲先真的被杀掉了!"

　　昭宗急忙问道:"是谁杀了王贼?"

　　何皇后:"来人自称是军使孙德昭。"

　　李晔拍拍脑门,长出一口气,说道:"朕知道了! 这个孙德昭,原是雄毅军军使,三个月前朕诏命将他和雄毅军人马补入神策军。想不到,孙德昭如此忠勇可嘉,为国杀贼,立下如此功勋!"

　　何皇后听罢,向外面喊话道:"孙爱卿,圣人和哀家被锁在殿内,你等快救圣人出去啊!"

孙德昭和将士们推倒一截院墙，进入院内，砸开偏殿门上铜锁，搀扶着昭宗和皇后走出偏殿。

来到殿外，孙德昭见昭宗和皇后蓬头垢面，衣衫脏兮兮的，如同乞丐，便"扑通"一声跪倒在地，流着眼泪说道："圣上蒙难，我等做臣子的罪该万死！"

昭宗连忙上前扶起孙德昭，语声微颤地说："爱卿请起。你诛杀逆贼，前来救驾，立了大功，何罪之有？朕要大大奖拔爱卿！"

孙德昭站起身，擦去眼泪，说道："臣启奏圣上：这次平叛靖难，全凭崔堂老和中书舍人韩偓谋划，微臣和右军都将董彦弼、周承诲皆是遵崔堂老手谕行事。"

孙德昭说着，从怀中取出崔胤手谕，呈给昭宗。

昭宗看了手谕，流下热泪，哽咽着说："崔爱卿和韩右螭赤胆忠心，为国除奸，功高如山！"

孙德昭和周承诲护送昭宗和何皇后来到太极宫长乐门城楼，接受文武官员拜贺。昭宗和宰相崔胤、中书舍人韩偓等人相见，恍如隔世，不禁泪如雨下。

正说话间，董彦弼、周承诲将刘季述和王彦范五花大绑押上门楼。

昭宗趋前两步，指着刘季述斥责道："你这个奴才、逆贼！竟敢擅自废立天子，真是狗胆包天！"

清远军士卒上前一阵乱棒，刘季述和王彦范当即毙命。

次日，昭宗接连颁诏：崔胤晋位司徒；王溥擢升翰林学士承旨；韩偓充左谏议大夫；孙德昭赐姓名李继昭，充静海军节度使、同平章事；周承诲赐姓名李继诲，充岭南西道节度使、同平章事；董彦弼赐姓名李彦弼，充宁远节度使、同平章事；刘季述、王彦范、王仲先、薛齐偓族诛；李裕年幼无知，为凶竖所立，非其罪也，削去李裕太子封号，贬为德王，闭门思过。

昭宗李晔又度一劫，重新振作起来，连日在延英殿与宰臣们商议国是。

昭宗对宦官统领禁军专权干政痛心疾首，决计先削弱枢密使的权力。正月二十三日，昭宗颁布敕书：此后，朕与宰相大臣议政，枢密使不得在侧，只能在殿外等候。待议事毕，传唤枢密使进殿，方可进殿领旨。这便是说，枢密使不得参与御前议政。

宰相崔胤、陆扆等人想趁机解除宦官的兵权,便和南衙朝官联名上书,称:"祸乱之兴,皆由中官典兵。乞令胤主左军,扆主右军,则诸侯不敢侵凌,王室尊矣。"

李晔接到奏疏,却踌躇起来。他何尝不想解除宦官兵权,只是大唐有文臣不典兵的祖宗旧制,李晔也从没有想过将禁军交宰相统领。

接连几日,李晔犹疑难决。

此时,尚书令、凤翔节度使、岐王李茂贞进京祝贺昭宗复位,有宦官向他通报说崔胤等人欲掌控禁军,以威慑藩镇。李茂贞大怒,立即入宫觐见昭宗。

李茂贞先假惺惺地拜贺昭宗平定刘季述等人叛乱,恢复了帝位,而后话锋一转,声色俱厉地责问:"崔胤早有剪灭诸侯之心,陛下却想把兵权交给崔胤,是要让他与天下方镇作对吗?"

昭宗连连说道:"哪有此事?爱卿不要听信传言。"

李茂贞威胁道:"文臣不典兵乃大唐祖制,陛下若命崔胤统领禁军,臣等只有拼死抗争。陛下不要乱了朝廷规矩,以免祸生不测,后悔莫及!"

昭宗安抚道:"祖制不可违,朕非昏庸之君,不会自毁祖宗基业,爱卿不必多虑!"

李茂贞遂提出,让枢密使韩全诲和凤翔监军使张彦弘做左右神策军中尉,说二人是最合适不过的人选,其余人等皆不可信。

昭宗点头说:"爱卿为国荐才,朕心甚慰。容朕思量思量,再作定夺。"

次日,昭宗便召来李继昭、李继诲和李彦弼"三使相",商议崔胤、陆扆统领禁军之事。

李继昭、李继诲和李彦弼本是宦官同党,南衙文臣崔胤等人要取代宦官掌控禁军,等于剥夺"北司"武官的兵权,他们岂能甘心拱手相让?昭宗与他们商议此事,无异与虎谋皮。

李继诲奏道:"臣等世世代代在军中为将,从没听说过让书生统军之事。若将禁军交给南衙文臣统领,公然变更祖制,必会引起军中变乱,不如仍由北司掌领稳妥。"

李继昭和李彦弼急忙附和,纷纷说了一通文官不宜统兵的道理。

此时，昭宗正宠信"三使相"，见他们极力反对崔胤等文臣典兵，便顺水推舟，说三位爱卿所言极是。实则，李晔自己对宰相掌兵心存顾虑，征询"三使相"，不过官样文章而已。

不日，昭宗将崔胤、陆扆召至延英殿，对二人说："禁军将士皆不愿受文臣节制，两位爱卿就不要强求了！"

崔胤愤慨莫名，说道："臣等请求统领禁军，原为朝廷和陛下安危着想，岂有非分之念，要抢占兵权？"

李晔脸色微红，遮掩说："朝廷旧制，文臣不典兵。祖制不可违啊！"

见李晔抬出祖制，崔胤、陆扆不便再多言。

昭宗又说，朕已决意敕封枢密使韩全诲、凤翔监军使张彦弘为左右神策军中尉，以宦官袁易简、周敬容充枢密使。

崔胤和陆扆明知韩全诲和张彦弘皆李茂贞的同党，心中愤慨，可也不便再说什么。

禁军之事就此作罢，崔胤提出朝廷有三项急务：一是稳定民心，恢复经济，请陛下颁诏，免除京畿百姓一年的租税徭役和往年所欠赋税；二是多方选拔和重用人才，以贤才充任地方官吏；三是革除时弊，改革酒曲专卖制度和典卖奴婢旧弊等。

昭宗欣然应允。为彰显天命复归、图治更新之意，昭宗改元"天复"。韩偓奉旨草就《改元天复敕文》，推行崔胤等南衙大臣提出的新政。敕文明令减轻百姓徭役，鼓励通商贸易，解除酒曲专卖，禁止军镇在关津设卡收取杂税，掠取百姓财物。战乱以来被掠卖的奴婢，家人要求索回者，命有司严加勘问，使其回归本家，并对卖主进行惩处。敕文命各级官员搜罗举荐俊士，公平选拔任用各类人才。

左补阙韦庄读了昭宗敕文，激动不已，感慨良多。他想到天下多少才子报国无门，老死荒丘，死不瞑目！像罗隐那样的才志之士，十举不得中第，令天下士人心寒，天道不公啊！韦庄决意上书昭宗，为带着无限遗恨逝去的贤才正名，替遭受朝廷冷遇的人才呼吁。

韦庄自己对落地才子的遭遇感同身受，二十多年间，他屡屡落第，其中辛酸和屈辱悲愤，真是难以言表。乾宁元年，五十九岁的韦庄终于中榜，释褐授官校书郎，当上九品小官。乾宁三年,韦庄随昭宗流寓华州。次年,昭宗封谏议大夫李询为两川宣谕使,韦庄做判官,前往成都宣谕西川节度使王建罢兵。回京后,韦庄擢升左补阙,进秩从七品朝官。

左补阙虽品阶不高,却是常朝官,或曰常参官,是皇帝侍从言官,天子近臣,其职责是讽谏朝廷过失,拾遗补阙,可以随时上书言事。

韦庄满腔激愤,在奏书中说:

> 词人才子,时有遗贤,不沾一命于圣明,没作千年之恨骨。据臣所知,则有李贺、皇甫松、李群玉、陆龟蒙、赵光远、温庭筠、刘德仁、陆逵、傅锡、平曾、贾岛、刘稚圭、罗邺、方干,俱无显遇,皆有奇才。丽句清词,遍在词人之口,衔冤抱恨,竟为冥路之尘。伏望追赐进士及第,各赠补阙拾遗。现存惟罗隐一人,亦乞特赐科名,录升三署。

昭宗览奏,兴奋异常,当即亲笔御批,嘉奖韦庄,命中书门下提出落第贤才应赐名分,及时奏闻。

此事传遍朝野,文人士子莫不欢欣鼓舞。然而,不久京城又生变乱,昭宗再一次被劫持离京,韦庄自己也不得已避难西川。

崔胤本想解除宦官兵权,自己掌控禁军,却未能如愿,便想先剥夺宦官财权,压缩神策军军费来源,以求削弱阉党;同时,采用以毒攻毒之计,借用藩镇势力抑制宦官。

距离京城最近而又最具实力的藩镇,莫过于凤翔李茂贞。

恰巧,李茂贞此时正滞留京师,崔胤便乘坐肩舆,布衣素裳,来到休祥坊拜访李茂贞。

李茂贞与宦官勾连甚深,宦官们在他面前多方诋毁崔胤,故而李茂贞对崔胤心怀芥蒂。对崔胤的到来,李茂贞不冷不热。

崔胤却并不在意,开门见山说道:"圣上刚刚复位,朝廷局势未稳。宦官掌控禁军,宿卫京师宫禁,变乱随时可生。您位居尚书令,爵封岐王,手握十万雄兵,拱卫京师、维护朝纲责无旁贷啊!"

李茂贞皮笑肉不笑地说:"崔堂老言重了!堂老乃当朝首相,朝廷第一重臣,自是春风得意、宏图大展喽!"

崔胤连忙道:"大王取笑了!崔胤一介书生,才疏学浅,手中没有一兵一卒,只能眼睁睁看着刘季述等权阉废立天子而莫可奈何,实在惭愧莫名!听说大王要归镇返回凤翔,崔某忧心如焚,恳请大王留兵宿卫京师,以防阉党策动变乱,保障京师安全!"

李茂贞闻听此言,惊奇地睁大眼睛,问道:"崔堂老……是……要我……"

"大王要回凤翔,崔胤不敢阻拦,只是请大王留下三千精兵,护卫圣人和皇宫大内!"崔胤恳求道。

李茂贞仰天大笑,然后正色道:"崔堂老莫笑谈!宿卫大内有六军十二卫,岂能用得上我凤翔兵?"

崔胤皱起眉头,说道:"大王岂不晓刘季述、王仲先带领神策军囚禁圣人之事?二人虽已被诛,可禁军仍由宦官统领,难保此等事不再发生!大王名列宗室房籍,封王建藩,位居尚书令,百官之首,朝廷安危岂非大王分内之事?"

李茂贞哈哈大笑道:"如此说来,本王必须留兵宿卫京师了?"

崔胤点头道:"正是此话!"

李茂贞:"圣人也有此意?"

崔胤:"不才奏请圣上,已获恩准。"

李茂贞笑眯眯地说:"既是这般说,本王只得从命了!"

崔胤:"谢岐王!"

李茂贞上前拉住崔胤之手,亲热地说道:"崔堂老屈尊寒舍,本王略备薄酒,还请赏光!"

三日后,李茂贞西归凤翔,留下义子李继筠,统领三千精兵驻守京师,禁卫皇宫。

崔胤兼领三司使,制定出了取消酒曲专卖的律令。

自德宗朝廷严格推行酒类专卖,酿酒者不得自造酒曲,所用酒曲须向度支指定专卖之所购买,由酒曲专卖之所代酒商纳税。杨复恭任神策军中尉时,掌控朝廷大权,向度支借用酒曲专卖权一年,由神策军制造酒曲售卖,得利用作神策军饷银。

杨复恭被杀后,继任神策军宦官仍旧把持酒曲专卖,不肯归还度支。

朝廷敕令取消酒曲专卖,酿酒者可自造酒曲,由度支改向酒商收税。掌控神策军的宦官自然十分不满,而关中几个藩镇有制曲特权,利益也受到损害。

左右神策军中尉韩全诲和张彦弘对崔胤此举恨得咬牙切齿,便一边鼓动神策军将士哗变闹事,一边致信李茂贞,请他尽快带兵入京,逼使朝廷收回成命。

李茂贞自然不愿失去生财之道,当即上书昭宗,出言不逊,极力诋毁取消酒曲专卖。接着,他又率领强兵进京,威逼朝廷就范。

李茂贞乘辇来到太极宫,当面威迫昭宗说:"若非神策军护卫,有凤翔、华州作屏藩,圣人能安坐太极宫否?一旦左右军和凤翔兵衣食无着,生出哗变,圣人将驾临何处?"

昭宗心中不悦,但又不好得罪李茂贞,说道:"爱卿何出此言?"

李茂贞:"崔胤欲将宦官斩尽杀绝,陛下圣明,后宫能离开宦官吗?崔胤如此乱政,必危及朝廷,损害陛下。果若取消酒曲专卖,断绝了神策军粮饷,将士们岂能坐以待毙?神策军生变,朝廷必乱,京城必乱,天下必乱,则社稷危矣,陛下危矣!"

昭宗问道:"依爱卿之见,如何是好?"

李茂贞愤愤说道:"崔胤乱政误国,当罢相,而后复行酒曲专卖。"

昭宗沉吟道:"此事……容朕斟酌一二。"

"微臣留在京里,恭候圣裁!"李茂贞说罢,拂袖而去。

次日,昭宗单独召来韩偓,在立政殿密议。

突然,从两仪门外传来阵阵喧哗鼓噪之声:

"崔胤不许左右军卖酒曲,是断了我等粮饷!"

"崔胤不要我等活命,跟他拼了!"

"奸相当道,天下必乱!"

一名小黄门匆匆跑进立政殿,向昭宗禀报:几百名将士聚在两仪门外,求大家赐给衣食,不然便要去街头觅食!

昭宗忙道:"传韩全诲、张彦弘晋见。"

韩全诲、张彦弘来到立政殿,外面吵闹声更加甚器尘上。

昭宗板起面孔责问:"左右军闹事,你二人为何不加约束?"

韩全诲冷冷说道:"大家怎知臣等没有约束?度支削减左右军的衣装和粮饷供养,将士们食不果腹,衣不蔽体,亲眷无法活命,岂能不激起变乱?臣等无能,请大家开恩,允准臣等辞官。"

昭宗没料到韩全诲竟如此无礼,气得浑身颤抖,厉声喝道:"朕擢拔你做神策军中尉,你竟这般报效朝廷吗?"

韩全诲争辩道:"奴才受大家厚恩,永世难忘。只是如今崔胤把持朝政,恨不得把我等宦官斩尽杀绝。奴才们早晨入宫服侍大家,晚上是否能活着回去,只有天知道!近日,崔胤指使度支,连神策军和内侍省中官的粮料和月俸都克扣了去,将士们怨声四起,责骂奴才私吞军饷,奴才百口莫辩。与其如此里外不是人,奴才不如一死算了!"

韩全诲一席话,说得昭宗张口结舌。李晔确想杀尽宦官,以绝后患,但他又害怕韩全诲等人像刘季述那样,策动兵变,再行废立天子。少阳院事变的种种情景,至今想起来仍令他不寒而栗。

为安抚韩全诲等宦官和神策军将士,昭宗故作姿态,说道:"尔等对崔胤判三司有怨言,朕免去他的盐铁转运使便是。传谕:左右军依旧专卖酒曲,所得利钱充作军费!"

韩全诲"扑通"一声趴在地上叩头:"奴才代左右军将士叩谢大家隆恩!"

八月中秋,天高气爽。

深夜时分,皓月当空,辅兴坊神策军军营内,传出一阵阵鼾声。

护军中尉公廨内,韩全诲和上、下枢密院使袁易简、周敬容,"使相"李继诲、李彦弼,李茂贞的义子、都指挥使李继筠等人,紧闭门窗,交头接耳,嘀嘀咕咕密议许久。

胖嘟嘟的李继诲,光亮的脑门上滚动着汗珠,压低尖细嗓子说道:"崔胤日夜与大家密谋,要夺取禁军兵权,诛杀我等,已是迫不及待了!"

李彦弼身子像一根麻秆,枣核般的脑袋上,长着一双绿豆样大小的王八眼。他看看韩全诲,眨巴了几下眼,努力挤出一串眼泪,抽泣着说:"宫女和内官纷纷传言……崔胤接连几次撺掇大家……要将宦官杀尽，一个不留……"

李继海像是受了感染，鼻子一酸，眼泪涌流下来，说道："咱们如今哪像是人过的日子，不知何时，就成了人家刀下之鬼。咱家那些相好的，还有那班孩儿们，日夜提心吊胆，恐怕被赶尽杀绝哩！"

韩全海鼻子里"哼"了一声，咬牙切齿地说："要将我等斩尽杀绝？我等不是砧板上的肉，任人宰割！"

年轻气盛的李继筠有恃无恐，"嗵"的一声，拳头砸在茶几上："管他娘甚堂老、天官八座，老子带兵闯进皇城，一时三刻便将他们全砍了脑壳！"

李彦弼擦了擦眼泪，问韩全海："我等总要想个法子才好。"

韩全海瞥了李彦弼一眼，说道："崔胤想谋害我等，没那么容易！其一，崔胤手下没有一兵一卒，只有南衙那班手无缚鸡之力的文官瞎起哄。其二，我等手中有数万禁军，还有上万内侍、宫女。其三，岐王有十万大军，又有李继筠的精兵屯驻京师，对付崔胤那帮措大绰绰有余！眼下要紧的是将李晔控制在手，措大们便无所能为了。"

李继海挪动了一下肥胖的身躯，竭力向前倾着脑袋，追问韩全海："韩军容，你说说，如何才能让他乖乖听咱的？"

韩全海摸了摸光秃秃的下巴，皱了一下眉头，说："要想叫他全听咱的，一时还办不到。他从少阳院出来之后，对中官怀恨在心，日思夜谋着要除掉我等呢！"

李继筠跳将起来，比画了一个杀人的手势，恶狠狠地说："索性把他抹了，再扶立一个听话的！"

韩全海摇摇头，慢条斯理地说："前车之覆，不可不鉴。刘军容扶立德王，后果如何？"

枢密使袁易简急切地说："横竖要想法掌控住上头那个人！"

韩全海眯起眼睛，咧嘴笑道："法子嘛，自然是有的。"

袁易简、周敬容、李继海、李彦弼和李继筠的脑袋一起凑过来，同声问道："军容有何妙计？"

韩全海狡黠地笑笑，故作神秘地说："自古以来，皇帝佬个个是色鬼。三宫六院七十二妃，宫人成千上万，尚不满足，只要看到或者听说何处有一美女，总要不管不顾弄到手。本朝自太宗到明皇帝，再到当今，哪一个不是不讲人伦不知廉耻的色鬼？依我之见，诸位不妨留心搜罗几个美女，献给当今，让美女们做眼线，李晔一举一动，便逃不过我等耳目了。紧急时刻，咱出动禁军，制住上头和南衙大臣，一切还不是我等说了算？"

枢密使周敬容点头如同鸡啄米，连连赞道："好！妙！高！韩军容道行高深，咱家佩服！佩服！"

李继海淫笑着说："皇帝佬都是色魔，美人计一用准灵！"

韩全海道："物色美女之事，还请二位枢密偏劳。"

枢密使袁易简手掌拍胸膛说："此事包在咱家身上，三日之内，给当今送上几个绝色美女，让他拜倒在石榴裙下，乖乖听从我等摆布！"

众人计议停当，走出密闭屋子，一阵清风吹过，顿觉神清气爽。

李继海浑身通泰，不由哼起自诌的小曲：

十二三，花正新，小苞初露真可人。

罗帷帐，鸳鸯衾，翻云覆雨直销魂……

宦官们虽都是阉鸡，已算不上真男人，七情六欲却还是有的。

宦者被阉割两到三个月之后，胡须开始脱落，喉结随之变小，声音逐渐变细。身材大多变臃肿，肌肉柔软无力，从背后看去，形似妇人。

宦者本来就出身卑贱，地位低下，再加上身体被阉割，成为生理残缺之人，不能繁育后代，受到世人歧视，使其生出更为自卑的变态心理，导致宦官群体对社会人群的仇视、怨恨。在举目无亲的宫禁之中，宦官缺乏亲情与温暖，心中磨砺得冷酷无比。他们没有婚姻，没有子女，享受不到异性之爱，日益变得自私狭隘、性情乖戾、喜怒无常，甚而歇斯底里报复他人。

宦官一旦得势，便会将仇恨发泄出来。他们往往贪婪成性，为所欲为，甚至杀人不眨眼，视人命如草芥。赵高诛灭李斯家族，仇士良在"甘露之变"中大杀朝臣，血洗朝廷，便是明证。

宦官最希望得到他们得不到的东西，如爱情、婚姻、子女。有的宦官捕杀儿童，取其脑髓而食之,更有宦官千方百计搜寻人的阳具吃掉,因为他相信,吃了这东西,自己的阳具便会重新生长出来。宦官们疯狂追求宫女的"爱情",平日与同样寂寞的宫女眉来眼去,进而互相如同情人一般亲昵抚慰。后宫许多宫女,由于长年处于性苦闷之中,遂与宦官结为性伴侣,称为"对食"。《宫词》有云:"莫怪宫人夸对食,尚衣多半状元郎。"有权势的大宦官,公然娶妻纳妾,妻妾成群。高力士见刀笔吏吕玄晤的女儿容貌秀美,举止娴雅,遂娶之为妻。肃宗时大宦官李辅国娶元擢之女为妻,元擢因此升任梁州刺史。侍奉过六个皇帝的大宦官仇士良,娶开府仪同三司、检校太子宾客兼御史大夫胡承恩之女为妻,胡女妇以夫贵,被晋封为鲁国夫人。宦官们以玩弄妇女为乐,甚至公然抢劫百姓妻女,霸为己有。宦官娶妻纳妾,不拘一格,多多益善,教坊和娼楼的乐伎、妓女,也往往被宦官纳为"外宅"姬妾。

宦官不能生育子女,便收养义子以传宗接代。唐朝廷曾规定,宦官只许收养一个十岁以下的阉童为假子。中唐以后,宦官收养假子数目大增,一个宦官收养几十人乃至数百人,屡见不鲜。晚唐以来,有权势的杨氏、西门氏宦官家族,皆广收义子养子。枢密院使袁易简,有妻妾八十多人。前不久,他在杏花村酒楼收养了一个十五岁妓女宋柔,不但貌若天仙,且知书达理,能歌善舞,甚是惹人爱怜。

为在李晔身边安插眼线,袁易简忍痛割爱,将宋柔进献给昭宗。袁易简向昭宗奏报说,宋柔是他收养的幼儿,十多年来在家中调教,熟读诗书,通晓音律,擅长歌舞,特意进献给大家侍奉龙体,以尽奴才本分,报答大家知遇之恩。

李晔看到宋柔,突觉眼前一亮。宫中美女娇娃可谓多矣,然而宋柔却显得玲珑剔透,清爽可人。她生就一双丹凤眼,似笑不笑自来笑,看似无情胜有情,真个是秀色可餐,风情万种。

李晔龙心大悦,当即召来宜春院乐伎,为宋柔伴奏伴舞。

宋柔盛装入场,翩翩起舞,如同弱柳扶风,恰似出水芙蓉,惹得李晔睁大眼睛,张大嘴巴,恍若梦中见到蟾宫嫦娥。

箫声咽,琵琶急,笙簧宛若情人语。宋柔飘飘下拜,向昭宗微微一笑,颔首致意,接着转身起舞,似有天籁自空中飘来:

　　　怅望前回梦里期,看花不语苦寻思。露桃花里小腰肢,眉眼细,鬓云垂,唯有多情宋玉知。

李晔叫道:"好!妙!妙极!"

此时的宋柔,情思万缕,泪洒粉面,李晔顿生怜香惜玉之情。

昭宗正在那里萦怀,却听宋柔又唱起温庭筠的《南歌子》:

> 手里金鹦鹉,胸前绣凤凰。偷眼暗形相,不如从嫁与,作鸳鸯。

李晔心花怒放,情急难耐,高声叫道:"好!朕便许你作鸳鸯,作鸳鸯!"

当下,昭宗便封宋柔为才人,带回了寝宫。

天复元年正月十七日,朱全忠命大将张存敬带领三万人马为先锋,从汜水北渡黄河,翻越太行山,奇袭含口,朱全忠则亲率大军随后跟进。

张存敬率军疾速前进,绛州刺史、晋州刺史先后开城投降。张存敬人马掉头南下,进攻河中府。

河中节度使王珂接连派出使者驰往太原,向岳父李克用求援。李克用命大将李存信统领一万人马救援蒲州,却不料李存信在晋州被打得大败而逃。

王珂见援兵无望,病急乱投医,转向凤翔节度使李茂贞求救。李茂贞畏惧朱全忠兵力强盛,对王珂不加理睬。

王珂求告无门,只得准备丢弃蒲州,逃往京城避难。孰料天公不作美,蒲津桥浮梁被流凌撞毁,人马不能通行。

王珂不敢停留,吩咐下去,今夜乘舟船渡过黄河,再赶往京城。

牙兵们知道,在流凌季节夜渡黄河非常危险,弄不好便会船毁人亡。牙将刘训劝谏王珂说:"如今人心涣散,军情汹汹,若夜间乘船渡河,将士们必然争夺渡船,造成纷乱。彼时有一人发难,事情便不堪设想。不若向张存敬输诚纳款,日后或可东山再起。"

王珂是一个懦弱之人,遂听从刘训之言,命他在城头竖起白旗。刘训持河中护国军符节印信,前往城外张存敬大营请降。

张存敬要王珂打开城门,出城投降。

王珂畏惧张存敬加害于己,又觉叔父王重荣对朱全忠有恩,若朱全忠亲自前来受降,或许对自己有利。于是,王珂给张存敬写信说:"在下与朱公乃世交,请将军退军三舍,待朱公到来,在下即将蒲州献给朱公。"

张存敬飞报朱全忠,朱全忠遂采用敬翔之谋,特意从洛阳绕道虞乡,祭拜王珂叔父王重荣之墓,以示不忘旧恩。

当年,朱温乃黄巢部下大将、同州刺史,后向王重荣投诚,尊王重荣为"舅父"。由王重荣鼎力保荐,朱温被朝廷敕封金吾卫大将军,充河中行营招讨副使,赐名朱全忠,方有今日之贵。

朱全忠匍匐在王重荣墓前,哽咽着说:"太师舅父英年枉死,怎不叫外甥我悲痛万分!几年来,我日夜思念舅父,永世难忘舅父提携大恩!今日,外甥我专程赶来,祭奠舅父在天之灵!"

朱全忠说罢,号啕大哭。

围观的军民人等见朱全忠如此感念旧恩,一个个感动得热泪盈眶,纷纷称赞朱全忠是一个有情有义之人。

王珂得知朱全忠到达虞乡拜祭叔父,连忙亲笔写信,派使者前往虞乡拜迎朱全忠。王珂在信中说,他要背缚双手,牵着羊出城迎降。

朱全忠让敬翔给王珂回信说:"太师舅父之恩岂可忘怀!郎君若这般做法,叫我日后在九泉之下难与舅父见面!"

数日后,朱全忠来到蒲州城外,王珂大开东门,出城拜迎朱全忠。

朱全忠紧紧握住王珂双手,泪流满面,说起舅父王重荣不幸遇难之事,唏嘘不已。

河中将士看到朱全忠如此感念旧情,与王珂亲如兄弟,无不动容。

朱全忠与王珂骑上马,并辔入城。

当日,朱全忠布告安民,蒲州市井晏然,人心安定。

接着,朱全忠表奏朝廷,以张存敬为河中护国军节度留后,王珂举族迁往大梁。

王珂和全族人口被押到大梁之后,对朱全忠已没有用处,每日还要供应饭食,成了一个累赘。谋士李振遂向朱全忠献计:让王珂入朝晋见天子,派人在途中截杀之。

不久,王珂奉朱全忠之命动身前往京城。一家人连同丫鬟仆夫行至华州,被朱全忠的刺客屠杀净尽。

朱全忠占有河中之后，兵分六路进攻河东：氏叔琮带领五万人马，从孟州北上，翻越太行山，经天井关攻打泽州、潞州，而后经石会关进兵太原；魏博都将张文恭率领两万天雄军，经新口越过太行山，进攻太原；洺州刺史张归厚统带两万人马，经马岭关攻打辽州，而后进击太原；宣武军大将葛从周，率领兖、郓兵和镇州五万兵马，自土门过井陉关，向太原进军；定州义武军节度使王处直率军两万，经飞狐关进攻代州、忻州，从北面围攻太原；晋州刺史侯言，带领两万人马，经阴地关攻占汾州，而后从西面进逼太原。以上六路大军，总计十八万人马。

部署停当，朱全忠和张存敬带领八万人马从蒲州西进，经蒲津渡越过黄河，声称奉皇帝密诏，铲除祸害朝廷的宦官阉党，气势汹汹直扑关中。原来，经昭宗允准，崔胤已给朱全忠写了密信，敦促朱全忠带兵进京，诛杀宦官。

四月中旬，朱全忠六路大军先后抵达太原四围。

太原城内，军民人心大恐。

城头守军四面告急，李克用日夜登城指挥防御，常常连吃饭都顾不上，弄得焦头烂额，精疲力竭。

屋漏偏遭连夜雨。进入夏季，一连十数日阴雨连绵，太原城墙多处崩塌颓毁，李克用带领军民日夜冒雨修补，以防敌军突入城内。

盖寓见情势危急，便向李克用建议，派出智勇兼备的将领，带领小队精兵，夜间出城袭击敌军，使之军心慌乱，不能专意攻城。再令驻守清徐的李存进从氏叔琮背后突袭其营寨，以图战势有所转机。

李克用遂命大将李嗣昭、李嗣源率领精锐士卒，在城墙上挖掘"暗门"，即只保留城墙外面一层砖，待夜间捅破之，人马突然杀出城去，进攻宣武军营寨。如是几回，汴州兵防不胜防，不知何时守军会从何处出城袭击，日夜惊慌不定，斗志锐减。

再加上一连十几数日大雨，宣武军粮食、柴草运不上来，将士忍饥挨饿，在泥水中苦不堪言，许多士卒潜逃，大有溃营之势。

更加危急的是，军营中疾病流行开来，许多将士染上痢疾和疟疾，战力锐减。

氏叔琮眼见攻城难以继续，只得一面派人将军情驰报朱全忠，一面从太原退兵。其余各路围城人马,同样困于阴雨和疫病,陆续撤围退走。

李克用命衙内指挥使、大将周德威和李嗣昭、李存审带领骑兵,分路追击氏叔琮等宣武军人马,斩获甚众。李存审率部攻占汾州,周德威、李嗣昭收复阴地关,向隰州、磁州进兵,继而挥兵南下,进逼晋州、绛州。

正带领人马西进关中的朱全忠,得报围攻太原的数路大军溃退,只得火速退回蒲州,接应氏叔琮人马。

朱全忠命氏叔琮任晋州刺史,带人马驻守晋州。接着,朱全忠请求朝廷派人接任河中护国军节度使,暗中却命部属将士和河中缙绅上书朝廷,拥戴朱全忠兼领河中。

昭宗知道,这不过是朱全忠玩的把戏,但他还指望着朱全忠出兵勤王,铲除权贵宦官,便诏命朱全忠兼任汴州宣武军、郓州天平军、兖州泰宁军和河中护国军四镇节度使。朱全忠成为天下第一强藩统帅,名副其实的中原霸主。

朱全忠铺排好河中和晋、绛、潞诸州军事之后,便带领人马再次开进关中。

崔胤得知朱全忠统领大军前来勤王,精神大振,敦促昭宗下定尽诛宦官的决心。他反复向昭宗进言,说是待朱全忠大军一到,即可将阉党铲除干净,一劳永逸,以绝后患。

然而,昭宗仍在犹豫。

这日晚间,李晔单独召见韩偓。

昭宗告诉韩偓:"朕听崔胤说,朱全忠已带兵进入关中,不日即抵京,要杀尽宦官,根除后患。其忠心可嘉,朕心甚慰。如今李继诲、李彦弼愈益骄横,竟伙同李继筠等奸党,随意闯入内殿,令梨园乐伎歌舞助酒,目无君上,扰乱朝纲,可气可恨!"

韩偓奏道:"当初李继诲、李彦弼等人平乱时,立有功劳,朝廷只可赏赐其官爵、田宅或金帛,而不应命其入宫禁卫。此等人素无知识,妄论朝政,越权跋扈,稍有不从,便生怨恚。此辈唯利是图,必会被宦官收买结成奸党。眼下,韩全诲等与李继诲、李彦弼、李继筠深相勾结,势必策动叛乱,危害朝廷。"

昭宗点头道:"此言不虚。崔胤请求将尽诛宦官,一个不留,爱卿以为如何?"

韩偓道:"去年刘季述之变,宦官们哪一个没有追随奸党叛逆朝廷?在诛杀刘季述时，就应同时处置参与叛乱的宦官，如今已经错过时机了。"

昭宗责备说："那时爱卿为何不提出此议？"

韩偓："当时，臣看到陛下在诏书中说：刘季述四人之外，其余同党，概不追究。微臣以为，天子之德，莫大于信，既然圣上已经下诏，则必遵行之。只要再多杀一人，则宦官便人人恐惧。正因后来又诛杀了许多宦官，此辈才会惴惴不安，图谋不轨。"

昭宗追问道："既然如此，如何处置方为妥当？"

韩偓："微臣以为，陛下不可能杀光上万名宦官及其眷属，宫中也不可一个宦官不用。如今，只有选择阉党中罪恶昭彰者，向天下昭示其罪，依法处决。其余宦官，还须加以安抚，使其不再怀疑虑而生歹心。而后，可选择宦官中忠厚之人，统领中官。其有善行者，予以奖赏，有罪行者，给予惩罚，才能使之循规蹈矩。天子御下，应光明正大，赏罚分明。若采用欺诈之术，施展阴谋诡计，则终不能成大事，反会越理越乱，不可收拾。朝廷已被藩镇钳制，如能从宦官手中收回禁军之权，则局势尚有转圜之机。"

昭宗点点头，嘱咐道："此事全靠爱卿运筹。"

三十六　万乘烟尘里,千官剑戟边

天复元年十月,朱全忠带领七万人马,从蒲津渡过黄河,包围同州。同州留后司马邺无力抵抗,只得打开城门投降。

接着,朱全忠挥师南下,兵临华州。韩建自知抵挡不住朱全忠,只得命节度副使李巨川携带白银三万两,出城向朱全忠输诚。

朱全忠入住华州节度使衙署,将韩建多年经营所得钱财宝货,一概据为己有,单是现钱即达九百万贯。韩建保住小命要紧,岂敢有半句怨言。

闲居长水的前宰相张浚,赶来华州拜会朱全忠。张浚告诉朱全忠,韩建是李茂贞同党,曾逼迫圣驾巡幸凤翔。若不除掉韩建,必留后患。

朱全忠借机召来韩建,责问道:"你上书朝廷,逼使圣驾播迁凤翔,是何居心?"

闻听此言,韩建惊惧万分,额上冒出豆大汗珠,忙为自己开脱说:"在下韩建,目不识丁,所有表章檄文,全出自掌书记李巨川之手。"

朱全忠帐下谋士敬翔和李振,忌惮李巨川文名远播,唯恐朱全忠重用他而冷落自己,便撺掇朱全忠杀掉李巨川。

为显示威风,震慑华州文武官员,朱全忠杀鸡给猴看,命卫士将李巨川推出军府门外,斩首示众。

朱全忠又对韩建说:"你是许州人,如今可以衣锦还乡了!"

韩建像是被兜头浇了一盆冷水,浑身打了个寒战,结结巴巴地问道:"大王要如何处置在下？"

朱全忠仰头哈哈大笑道："许国公言重了！敢请国公回到家乡，充任许州忠武军节度使，如何？"

韩建赶忙伏地叩头："在卜谢大王厚恩！"

朱全忠又是一阵大笑，说道："不过，国公暂时还不能履任。眼下阉狗们把持朝政，欺凌天子，祸乱朝廷，你我做臣子的，受国厚恩，岂能不勤王护驾？本王奉密诏带兵入京，清君侧，杀宦官，国公愿意与本王一同讨贼吗？"

韩建连连点头奉承道："大王赤胆忠心，感天动地，在下愿追随大王，进京讨贼，万死不辞！"

朱全忠大叫道："好！好！那就委屈国公随本王进京走一趟了！"

次日，朱全忠上表朝廷，说是此番奉诏带兵入京，清君侧，除宦官，护卫圣驾巡幸洛阳。

朱全忠在华州补充钱粮，随后带领人马攻占零口，兵锋直指京师。

韩全海、李彦弼、李继海等探知汴州大军已逼近京城，异常惊恐。

韩全海与李茂贞信使往来，决计劫持昭宗前往凤翔，如此即可牢牢地把天子握于手中，同时又可防备朱全忠将圣驾劫往洛阳。

这日傍晚，韩全海命李继筠、李彦弼带兵把守各宫门，严密检查进出官员，并暗中将李晔和何皇后软禁在思政殿。

昭宗被困思政殿，心急如焚，给宰相崔胤写了一道密诏，命贴身小宦官交给韩偓，韩偓将密诏藏在身上，悄悄带出宫去。

次日，韩偓潜入开化坊崔胤府邸，将密诏面交崔胤。昭宗在密诏中悲戚地说："朕为保全宗社计，势必西行。爱卿当疾速东行。切记，切记！惆怅！惆怅！"

昭宗是在暗示崔胤，要他尽快东下，催促朱全忠带兵西进，勤王救驾。

崔胤鼻子一酸，两行热泪滚滚而下，哽咽着对韩偓说："我等身为朝廷大臣，食君厚禄，却不能保圣驾平安，致万乘之尊受阉狗欺凌，真真愧杀人也！"

韩偓拭去眼泪，说道："眼下韩全海等人幽禁圣上，命禁军把守宫门和城门，严密搜查出入人等，堂老怕是已出不得城去了。"

崔胤不免着急，问道："这却如何是好？"

韩偓提醒说："为今之计，只有请李继昭带兵保护相府，以待梁王朱全忠入京。堂老可请朝官们来相府避难，以防韩全海奸党胁迫他们去凤翔。否则，堂老和朝廷百官人身安全堪忧！"

一句话提醒了崔胤，他急忙书写一道手谕，命李继昭带领本部人马进驻开化坊，护卫相府和朝廷百官。

李继昭毫不含糊，当即集合本部六千人马，直奔开化坊，封锁街口道路，严密把守坊门，以防不测。

韩偓想出种种办法，告知朝官们到开化坊崔胤相府避难。

十月二十五日，韩全海逼迫昭宗来到延英殿，要他向朝官宣诏，废止正月二十三日诏书，恢复枢密使与宰相在政事堂共同议事制度。因朝官们大多已经避入崔胤相府，来到延英殿者寥寥无几。

为探询昭宗和宫内情形，韩偓坦然而至。

昭宗望见韩偓站在殿角，不由潸然泪下。韩偓面向昭宗，轻轻颔首三下，昭宗已明白其意，心中稍觉安慰。

散朝时，昭宗命宠妃赵国夫人嘱咐韩偓："官家与皇后日夜相对涕泣，一切全靠大夫运筹了！"

韩偓哽咽道："请夫人转奏圣人，韩偓誓死效忠朝廷，追随圣上！"

二十九日凌晨，神策军都指挥使李继筠派兵将皇宫内库的宝货、法物、仪仗抢掠一空。韩全海带领人马，驱赶诸王和宫女至思政殿前，要将他们随同昭宗一道押往凤翔。

思政殿内外，布满韩全海人马，刀枪林立，寒光闪闪，一片肃杀之气。韩全海威逼昭宗说："朱温统领大军逼近京师，要劫持大家前往洛阳，图谋篡位。臣等恳请大家巡幸凤翔，聚集兵马，抗拒朱温！"

昭宗斥责道："朱全忠尚未入京，尔等便吓成这个样子！即便是朱全忠真的来到，朕也不怕他。朕要亲率神策军，捍卫宫城。朕倒要看看，朱全忠究竟意欲何为！"

说罢，昭宗"唰"的一声抽出天子宝剑，走出殿门，来到乞巧楼下。韩全诲不敢怠慢，带领神策军紧紧追上来。

昭宗稳步登上乞巧楼，腾挪闪跃，一招一式舞起剑来。

昭宗舞了一阵，收起剑来，足蹬栏杆，眼望苍穹，泪如雨下。

今日恰逢冬至，本是祭祀天地和宗庙之日，而今昭宗身边不仅没有文武大臣，且连一个宦官宫女都没有，只有一群如狼似虎的军士，虎视眈眈监视着他。

韩全诲等不及，气急败坏叫道："朱温带兵打进通化门了，快护卫圣驾出城！"

神策军将士不由分说，架起昭宗下了乞巧楼。

李晔被架着走到青春殿，望见宫中已经燃起大火。

韩全诲命人将昭宗和后妃、诸王扶上马，出宫城广运门，经皇城安福门，再出外郭城开远门，向凤翔驰去。

李晔不时回头望去，只见皇宫和市井燃起大火，诸王和后妃们哭声不绝，一片号啕。

街市间，百姓哭爹叫娘，惊慌逃窜。许多神策军将士在抢劫财物，百姓身上衣衫竟被掠去，穿着亵衣在寒风飕飕的大街上狼奔豕突，哀号奔逃。还有一些被军士剥光衣裳者，穿着纸衣遮羞避寒。

乌云笼罩四野，西北风撕扯着漫天雪花，搅得天地茫茫，混沌一片。

韩偓和未及走避的朝官们，被手执刀枪的神策军押解着，徒步出了京城，在通往凤翔的大道上蹒跚而行。对年迈体弱行路迟缓者，神策军动辄用枪杆或刀背一阵痛打，挨打的朝官们顾不得昔日体面，磕头作揖求饶，哀号之声不绝于耳。

此刻，长长的朝官队伍后尾，行走着一位老者。此人须发皆白，长髯飘胸，看上去约莫六十多岁年纪，身材高大而瘦削，挺直的身板显得很是硬朗。他不时望着南面的群山，只见丛林和沟壑之上，白雪皑皑。远处一座山峰直插天际，那便是天下闻名的终南山了。

再往前走几十里路，就是盩厔县城，李茂贞带领人马正驻扎在那里，准备迎驾。

老者突然停住脚步，蹲下身子，双手捂着肚腹，"啊呀，啊呀"地叫唤起来。

一名神策军伍长跑过来，向老者厉声喝道："聒噪什么？快起来赶路！"

老者喊叫得更厉害，在雪地上不停地翻滚着。

伍长见老者须发皆白，正要打下去的枪杆停在半空，喝问道："你到底怎的了！"

"军爷，我……肚子……疼得……厉害……啊呀！"

伍长皱了皱眉头，口中骂道："你这老不死的东西，晦气！"

说话间，老者和伍长离前面的队伍已越来越远。

老者翻身坐在地上，从怀中取出一只玉佩，对伍长说："这是我家祖传的玉璧，请军爷笑纳。"

伍长接过玉璧，在手中翻来覆去仔细察看。玉璧晶莹剔透，洁白无瑕，实在温润可人，喜得他眼睛眯成了一条缝。

伍长将玉璧收入怀中，假意喝道："老东西，你在这里暂且歇息一阵，肚子不疼了，便赶快追上前去，不得逃跑！"

老者连忙作揖道："在下不敢！谢过军爷！"

伍长头也不回地追赶队伍去了。

老者慢慢站起身，看看四周确已无人，仰天长叹道："天不佑唐，韦庄去也！"

昭宗去了凤翔，眼下京城已无天子，崔胤召集隐藏在城中的文武官员，商议进退。

崔胤与王溥、卢渥等人，皆主张敦请梁王朱全忠尽快带兵进击凤翔，降伏李茂贞和韩全海，迎接昭宗还京。

于是，崔胤给朱全忠写了一封书信，请太子太师卢渥前往零口，面交朱全忠。

待卢渥启程之后，崔胤却得知，朱全忠已带兵返回赤水，心中不由焦急起来，便又派王溥到赤水，请朱全忠火速进京，共商大计。

朱全忠退兵回到赤水正是谋士敬翔的主意。敬翔对朱全忠说，如今朝官们心急火燎，大王反而不必着急，以免有人说闲话，此刻须是避嫌才好。

朱全忠心领神会，退到赤水做起了姜太公。

王溥、卢渥接踵而来，催促朱全忠发兵西进，朱全忠却慢条斯理，假惺惺地说："堂老、阁老们的心意，在下愧领了，可在下也有难言之隐。我若是带兵西进呢，怕有人诽谤在下胁迫君主；若要退兵呢，又怕辜负了朝廷厚恩，心中有愧！"

王溥着急道："梁王若不尽快进兵，则朝政势必为李茂贞、韩全诲等辈掌控。若李茂贞一旦护驾还朝，则功劳全归他人，大王何以自处？彼时悔之晚矣！"

朱全忠慷慨言道："在下不敢奢望建立大功，只是不敢忘国家大恩，一心报效朝廷而已！如今在下蒙圣上密诏，堂老大臣一再敦请，敢不承命？至于他娘的流言蜚语，也便顾不得许多了！"

卢渥连连向朱全忠致谢："梁王不愧国家栋梁，勤王护驾匡扶社稷之功，非大王莫属！"

朱全忠随即传令：明日辰时，三军开拔，进兵西京！

入京两日后，朱全忠带领人马西上，进兵凤翔。

朱全忠人马一路西进，势如破竹，顺利进抵凤翔，在城东安营。

李茂贞见势不妙，只得登上城头，谦辞邀请朱全忠会话。

朱全忠骑马来到凤翔东门外，向站在城楼上的李茂贞喊话："在下奉圣上密诏和宰相手谕，前来勤王护驾，讨伐劫持天子的阉狗奸党。请岐王将天子送出城外，将叛贼韩全诲阉党一并交出问罪。"

李茂贞道："圣上为躲避火灾移驾凤翔，并非受中官劫持。密诏乃崔胤伪造，请梁王不要听信谗言，退归本镇才好。"

朱全忠仰天大笑道："韩全诲等阉狗劫持圣上，国人尽知。岐王若没有参与宦官奸党预谋，为何会替阉党开脱罪责？"

二人话不投机，不欢而散。

朱全忠回到大营，当即传令：明日辰时攻城！

李茂贞夜不能寐，忧心忡忡。他料定朱全忠不肯善罢，便连夜与韩全诲、李彦弼、李继诲等人商议对策。

韩全诲献计道："朱全忠假称奉诏讨伐，如今天子在我等手中，岐王何不请大家颁诏，命朱全忠退兵呢？"

李茂贞连连击掌叫好，说道："着呀！我等快去请圣上颁诏！"

李茂贞和韩全诲一干人等急匆匆赶到行宫，威逼昭宗颁诏。李晔心中不肯，但人在屋檐下，怎敢不低头？便极不情愿地亲笔书写了命朱全忠退兵的诏书。

待天色微明，李茂贞和韩全海等人来到东门城楼，命人向城下汴州兵喊话："圣上有诏，请梁王听宣。"

此刻，朱全忠已将攻城事宜部署完毕，不怕李茂贞和韩全海玩鬼把戏，便骑马来到东门外，用马鞭往城楼上一指，高声叫道："尔等有话快说，有屁快放，不要误了老子攻城！"

城头上，一名宦官手捧诏书，趋前一步，喊道："圣上有诏，梁王听宣：朕为避火灾巡幸凤翔，非受他人挟持。梁王宜速速退兵，免生是非。"

朱全忠连马都没有下，哈哈大笑道："阉狗们听着，圣上被尔等劫持到此，甚般假诏书造不出来？你等莫要将本王看作三岁小儿！"

李茂贞挺身上前喊道："梁王，你居然不奉诏命带兵犯阙，岂不是犯上作乱吗？"

朱全忠勃然大怒："宋文通！犯上作乱的是你和韩全海这班阉狗！不必再耍甚花招了，你若有种，便带人马出城，与老子决一雌雄！"

朱全忠说罢，从腰间抽出宝剑，用力指向城头，雷霆般怒吼一声："三军听令：即刻攻城，先登上城头者重赏！"

在震天动地的战鼓声中，宣武军将士潮水般扑向城墙。

李茂贞见状，急忙传令："放箭！快放箭！"

凤翔兵急忙向城下射出无数箭支，宣武军士卒登时倒下一片。

朱全忠急命后退，传令弩机营向城楼发射火焰箭和火药包。

城楼和城门很快燃起火来，好在李茂贞早就知道，汴州兵的看家本领是用火焰箭和火药包进行火攻，因而已有防备，在城头安置了许多大缸，里面注满了水，凤翔兵很快便把火扑灭了。

汴州兵再次发射火药包和火焰箭，片刻间又被凤翔兵扑灭。

朱全忠气得暴跳如雷，指着城楼骂道："宋文通，你小子不要做缩头乌龟，敢出城来与老子斗上一百回合吗？"

任凭朱全忠百般叫骂，李茂贞就是不出战。他传令守军紧闭城门，任何人不得出城交战。

回到府内，韩全海计上心来，对李茂贞说："朱温说诏书是假的，圣上一个大活人就在凤翔城里,我等何不请圣人到城楼上去,当面口谕朱温退兵,看他还有何话说?朱温若当面抗拒圣命,那他便是犯上作乱的谋逆之人,其罪孽登时大白于天下,汴州将士立马就军心涣散,不战自乱。"

李茂贞一拍脑袋:"高!妙!真是妙极了!我等快去见驾!"

于是,韩全诲、李茂贞等不由分说,将李晔抬上东门城楼,逼使他向朱全忠当面喊话。

朱全忠望见昭宗站在城头,口谕要他晋见,只得徒步赶到城下,跪在地上,行三跪九叩大礼。

昭宗眼含热泪,对朱全忠说:"爱卿千里迢迢,前来勤王护驾,忠心可嘉!只是朕确是来躲避火灾的,在此地甚为安全,爱卿不必担心,赶快退兵回归本镇去吧。若尔等在此开战,岂不是将朕置于战火之中吗?爱卿是个明白人,就不用朕多说了吧?"

朱全忠伏地叩头,说道:"臣,谨遵圣命!"

朱全忠回到大营,与敬翔、李振等人商议何去何从。

敬翔建言道:"圣上面谕不可不遵,否则,大王便会失信于天下。在下以为,大王不妨转攻邠州、泾州等地,扫荡李茂贞在关中州郡的人马,摧毁州县官署,使凤翔成为一座孤城。到那时,李茂贞还不得乖乖地交出圣上?"

朱全忠如同醍醐灌顶,下令即刻拔营,向邠州进军。

邠州靖难军节度使李继徽,原名杨崇本,乃是李茂贞养子。李茂贞命其镇守邠州,与凤翔互为掎角,也是李茂贞威震关中、控制京师的前哨。

李继徽见朱全忠七万大军来势汹汹,将邠州层层包围,自知不敌,只得大开城门,向朱全忠请降,并恢复本名杨崇本。朱全忠将杨崇本妻子儿女押送河中做人质,命他仍镇守邠州。

接着,朱全忠挥军东进,攻占三原。随后命朱友贞为前锋将领,带兵西进,攻打鳌屋、凤翔。

就在此时,与山南西道相邻的金州昭信节度使冯行袭派人前来,与朱全忠约定共同讨伐李茂贞。冯行袭杀死韩全诲、李茂贞派去的多名使者,出兵向山南西道进攻。

天复二年正月，朱全忠率军占领武功，直逼凤翔。

李茂贞陷入四面危机之中。韩全诲又出一计，逼使昭宗颁诏，赐朱全忠李姓，与李茂贞结为同姓兄弟，共同辅佐天子，匡扶朝廷。

李茂贞别无他策，便去晋见昭宗，花言巧语，口吐莲花，说是愿与朱全忠结为兄弟，共同护卫圣驾返京。

昭宗自然明了李茂贞用心，但果若朱全忠能与李茂贞和解，自己即可安然返回京城，结束流亡生涯。于是，昭宗顺水推舟，颁诏朱全忠，情真意切地劝说他与李茂贞和解。

敕使来到武功，向朱全忠宣诏，赐给他李姓，命他与李茂贞结为兄弟。

朱全忠料定这是李茂贞和韩全诲故技重演，逼迫昭宗降诏，图谋不战而屈人之兵，便对敕使说："请大使奏禀圣上，李茂贞勾结阉狗韩全诲等辈，劫持天子，祸乱朝廷，实在是乱臣贼子，天下人皆可杀之。朱全忠岂能与此辈同流合污，充当不忠不义欺君罔上的叛贼？请圣人恕臣不能奉诏之罪。朱某誓死铲除韩全诲阉党，护驾回京，匡扶大唐社稷！"

李茂贞得知朱全忠断然拒绝和解，心中沮丧不已，只得命将士坚守城池，紧闭城门，拒不出战。

韩全诲又向李茂贞献计，要他给李克用写信，请李克用出兵关中，与凤翔东西夹击，朱全忠腹背受敌，必然退兵。

李茂贞以为此计甚妙。如今天下藩镇能与朱全忠一较高下者，唯有河东李克用。他们二人是死敌，李克用出兵，与凤翔夹击朱全忠，正是可遇不可求之良机，何乐而不为呢？

于是，李茂贞又让昭宗颁诏，命李克用出兵关中勤王。昭宗不敢违拗，随即派敕使驰往太原，向李克用宣诏。

李克用接到昭宗诏书，一时踌躇，便与盖寓、李袭吉等人商议进退。

盖寓思虑片刻，道："朱全忠带领大军进攻凤翔，确是河东反攻好时机。只是，氏叔琮等带领数万人马驻扎晋州、绛州，河中府已经被朱全忠霸占，且有重兵驻守，故而我军无法出兵关中。”

掌书记李袭吉接着说：“氏叔琮率军屯驻晋州、绛州，就像一把大刀悬在头顶，诚为我河东心腹之患，只有将晋州、绛州夺回来，才能确保太原。”

李嗣昭说：“朱全忠占领河中，氏叔琮屯兵晋、绛，虎视眈眈，时时觊觎太原。朱全忠战败李茂贞之后，必然回过头来进攻河东。我军应趁此时机南下，夺回晋、绛二州。若再夺取河中，占领潼关，截断朱全忠退路，而后与李茂贞联手夹攻朱全忠，必可战而胜之！”

见几位心腹幕僚将领皆主张出兵南下，李克用一只独眼睁得又大又圆，断然喝道：“即刻出兵，夺回晋、绛！”

李克用命李嗣昭带领五千骑兵，先攻占隰州、慈州，再夺晋州；命周德威统领三千人马，攻取绛州。

李嗣昭带领沙陀骑兵，突然袭占慈州、隰州，继而挥军南下，进攻晋州。

不久，周德威攻占绛州，北上与李嗣昭会师，南北夹攻晋州。

晋州城高池深，且有氏叔琮两万兵力驻守，李嗣昭、周德威统共不足一万人马，一时难以攻克。两军在晋州城下激战，连日厮杀不休。

朱全忠收到氏叔琮请求增援晋州的消息，连夜与敬翔、李振等人商议方略。

李振侃侃而谈：“我军应一鼓作气攻占凤翔，迎驾回京；而后进兵太原，扫荡李克用老巢，一举底定天下，成就千年大业！”

朱全忠闻听此言，兴奋得大叫一声：“干他娘，先打下凤翔，再扫平河东！”

敬翔却微笑道：“先克凤翔，回头再荡平河东，固然是好。可李克用并非等闲之辈，沙陀铁骑亦非豆腐兵，岂能一战而灭之！况且，我军眼下孤悬西岐，远离汴州大本营。河中和潼关，乃是我回师途中咽喉之地，不容有分毫闪失。”

李振反问道：“子振君可有两全之策？”

敬翔道：“为今之计，须暂且放弃凤翔，回师河中，先战败李克用，解除后顾之忧。而后回过头来收拾李茂贞，方为万全。”

朱全忠仔细想想，觉得敬翔言之有理，点头道：“当今之世，我朱全忠的敌手，只有独眼龙李克用一人。待我击败沙陀，再来活捉宋文通！”

于是,朱全忠人马星夜疾行,回师河中。

话说韦庄摆脱羁绊,离开大道,顶风冒雪往南疾行,从终南故城附近沟壑进入南山。傍晚时分,他来到一个小村庄,借宿一个猎户人家。

猎户主人姓赵,排行老五,因名赵五。赵五一家四口人,家中还有妻子、女儿和一个八岁的儿子。

韦庄问过赵五,方知这小山村名南寨。

赵五在深山中打猎,用猎物换来粮食、麻布及日用物什。偶尔猎到老虎、麋鹿,用虎皮、虎骨或鹿茸到盩屋县城或京城行市里换些钱来,故而日子过得还算宽松,比山外农家要好过很多。

山里汉子淳朴厚道,猎人赵五更是侠肝义胆。他见韦庄偌大年纪,只身在山中跋涉,便热情挽留,盛情款待,煮好鹿肉、狍子肉,取出家中窖藏的烧酒,与韦庄共饮。韦庄深为感动,将自己遭遇如实相告。

赵五得知韦庄是朝廷官员,碰上战乱,弃官到山中避难,对其愈加敬重。

二人大块吃肉,大碗饮酒,韦庄喝得酩酊大醉,倒头呼呼睡去。

凌晨时分,韦庄醒来,觉着有些冷,起身察看炭炉,果然是木炭快要燃尽了。他给炉子加了炭,坐在木榻上,辗转反侧,万般愁绪无处排遣,口中不觉吟道:

> 睡觉寒炉酒半消,客情乡梦两遥遥。
>
> 无人为我磨心剑,割断愁肠一寸苗。

次日,赵五没有进山打猎,在家中专意陪同韦庄。午饭酒肉丰盈,二人举碗痛饮,已无一丝生分。赵五热情挽留韦庄,要他安心住下来,就算是住上三年五载也无妨。

韦庄说:"五郎的情义我记下了。只是南寨虽好,可距离盩屋县城只有几十里路,离京城也不算远,万一走漏了消息,被奸人侦知,在下和五郎都会有性命之忧。"

赵五说:"我在深山里给你盖一间房子,等闲人去不到那里,我每日打猎时给您老人家带去酒肉饭食,可使得吗?"

韦庄向赵五作揖道:"多谢五郎美意! 只是,这也不是长久之计。"

赵五着急道:"老伯还有甚长久之计呢?"

韦庄沉吟道:"我想……到西川去,那里离京城遥远,就不怕宦官和奸人迫害了。"

赵五更加着急,道:"去西川?千里迢迢,深山大谷,人烟稀少,路不好走哇!老伯偌大年纪,一个人跋山涉水,如何使得?"

韦庄笑道:"五郎莫小看了老朽,我这二十年来,到过天南地北,走过千山万水,行程何止万里!蜀道艰难,不过两千里路,老朽不怕。"

赵五道:"即便老伯非去西川不可,也要明年开春才能上路。如今正是寒冬,大雪封山,商旅不通,单人独行万万使不得!"

韦庄想想也是,山中到处白雪皑皑,道路不通,看来只能在南寨多住些日子了。

韦庄长叹一声,道:"既如此,就叨扰五郎一家人了!"

赵五高兴地笑起来,说道:"我就说嘛,老伯安心住下便是。家中虽寒酸些,吃饱穿暖是不消说的。"

于是,韦庄在赵五家住了下来。屋子里有炭火炉子,并不觉冷。每日晚间,赵五陪着韦庄在炉边饮酒闲话。

虽是严冬时节,赵五仍然时常出门打猎。韦庄有时跟随着赵五到山里去,看他如何捕获野兽,倒是忘却了许多烦忧。

寒冬腊月终于过去,天气渐渐暖和起来。到了春分时节,万物复苏,草长莺飞,韦庄决意离开南寨,启程前往兴元,而后再入剑南西川。

韦庄去往西川,是为投奔王建。

早在乾宁四年,昭宗命谏议大夫李询宣谕东西两川,韦庄作为判官,随同李询入蜀,受到王建礼遇。王建不但对韦庄学识才干赞赏有加,且上表朝廷,请求恩准韦庄留在西川任职。由于其时变乱频仍,朝廷没有顾及此事,韦庄只好随李询回朝缴命,但韦庄已对王建和西川留下了良好印象。

王建出身贫寒,干过屠牛、盗驴、贩盐等营生。后因风云际会,王建带兵进入西川,占据成都,在几位谋士辅佐之下,严明军纪,保境安民,西川百姓得以休养生息。王建在西川站稳了脚跟,扩充人马,安抚民众,向东川和山南西道扩展地盘,成为西南三川最强盛的藩镇。

近些年来，王建留心政事，容纳直言，谦恭朴素，敬贤下士，对读书人十分尊重。他欣然采纳新津县书生王先成的七项建议，招纳流亡百姓，严禁士兵掠夺人口财物，设置招安寨，容纳流亡百姓居住，由执纪严明的大将王宗侃主持招抚事宜，招安寨中的流民，按人口发给粮食和物料，县乡设置曹局乡，扶持农耕，鼓励百姓种麻、沤麻，发展种麻业。

王建将王先成七项建言作为规章，颁布州郡县乡，晓谕军民一体遵行，招抚安置了众多躲避战乱逃匿山林的百姓，使之安居乐业，农业生产大大发展，西川乡村趋于安定，日渐富庶。

王建麾下有两个谋士，一个是浙江东阳人冯涓，另一个是龙州原司仓周庠。

冯涓乃前朝吏部尚书冯宿之孙，进士出身，昭宗敕封其为眉州刺史。西川节度使陈敬瑄抗拒朝命，不许冯涓到眉州赴任，冯涓滞留成都，一边灌园耕种，一边著书立说，有《怀秦赋》与《蜀驮引》闻名于世。王建入主西川，奏请朝廷辟冯涓为节度判官，辅佐他治理民政。冯涓借王建生日之机献上《生日颂》，先是赞颂王建安抚流民、奖励农耕的功德，而后指出当今两川生民由于赋敛过重的种种疾苦，建议王建减轻百姓赋役。因王建不识文字，冯涓作颂皆用大白话，朗诵给王建听：

> 百姓富，军食足；
>
> 百姓足，军民欢。
>
> 争那生灵饥且寒，
>
> 吾主有术应不难。
>
> 但令一斗征一斗，
>
> 自然百姓富于官。

此前，西川官府向白姓征收田赋，存有种种弊端。县宰乡正层层加码，常常是正额一斗却实征一斗半甚或两斗，百姓不堪盘剥，陷于贫困。冯涓在《生日颂》中提出一斗税额只许征收一斗粮食，简捷明了，却是关乎西川民生的大事。

王建听了生日颂词，深感惭愧，当即向冯涓表示感谢，赏给冯涓黄金十斤还有绢帛等物。

另一谋士周庠，是王建做利州刺史时的幕宾，渐渐成为其须臾不离的高参。王建袭取阆州，表请朝廷讨伐陈敬暄，进而谋取邛州，后又逼劝韦昭度交出兵权，最终取得成都，成为西川节帅，实多赖于周庠的谋划。

如今朝局混乱，天子播迁，风云诡谲，前途叵测，韦庄思前想后，觉得王建似乎是他可以投奔之人，西川或是他避难的容身之地。

赵五见韦庄去意已决，无法挽留，便在村中为韦庄淘换了一头毛驴，又为他制作了许多干粮，整备一套衣被行装，以备旅途之需。

韦庄启程之日，赵五做向导，引领韦庄沿着猎人踩出的崎岖小道，向洋州跋涉而去。

朱全忠从凤翔回师，从蒲津渡过黄河，在蒲州稍作休整，便挥兵直抵晋州，会合氏叔琮，聚起十万大军，大举反攻河东。

李克用得报，急命儿子李廷鸾带领两万人马增援周德威、李嗣昭。

朱全忠命氏叔琮、朱友宁指挥五万人马，围攻周德威营寨。

周德威见宣武军人马众多，周围十数里营寨密布，知道寡不敌众，遂命李嗣昭率军先行突围，他自带骑兵随后撤退。

氏叔琮、朱友宁带领骑兵长驱直进，截断河东军退路，随即展开厮杀。漫山遍野的汴州兵，呐喊着扑向正在撤退的河东军。

河东将士抵挡不住，纷纷溃逃。

氏叔琮、朱友宁带领骑兵紧紧追杀。周德威拼死厮杀，血染战袍，最后只身脱逃。李嗣昭身中三箭，栽下马来，眼看就要被擒，幸被亲兵抢回，方才保住一条小命。李克用之子李廷鸾被氏叔琮活捉。河东将士战死一万余人，粮草辎重全被宣武军截获。

李克用接到败报，急命亲信大将李存信率两万衙内亲军，南下接应周德威、李嗣昭，阻挡氏叔琮。

李存信带人马行至晋祠西南三十里清源，与氏叔琮大军遭遇。

氏叔琮命骑兵从左右两翼包抄，自领中军呐喊着掩杀过去。李存信见敌军人马众多，来势凶猛，不由惊慌失措，遂带领中军率先撤退。其余河东将士，见主帅自顾逃命，遂訇然而散，像是没头苍蝇一般，东奔西逃，乱成一团。

氏叔琮、朱友宁挥军追杀三十里，河东军争相奔命，两万人马折损大半。

李存信拼命奔窜，一直逃回太原城内，向李克用禀报说，汴军有十万人马，我军兵力单薄，寡不敌众，只好退兵。

当日傍晚，氏叔琮、朱友宁率领大军围住太原府城晋阳，大本营设于晋祠之内。

次日，氏叔琮指挥人马猛攻晋阳，尤其西门厮杀最为惨烈，城门、城楼皆被烧毁。李克用不分昼夜登城巡视，督率将士随时将烧毁的城门和残破的城墙用土封严。

氏叔琮自恃兵力雄厚，以为太原早晚必克，因此十分从容。他每日出营巡视，或到阵前督战，竟然褒衣博带，宽袍大袖，显得轻闲自在，优哉游哉。

李克用坐困愁城，心中焦急如焚，召集幕僚将领商议对策。

李存信说：“如今关东、河北之地皆为朱温所有，太原兵微将寡，地域狭小，且没有外援，已是孤城一座。眼下汴军正在修筑堡垒，环城挖掘壕沟，正是要长围久困。我等不能飞出城去，到时候走投无路，只能坐以待毙，活活困死在这里。情势危急，刻不容缓，不如避其锋芒，退兵漠北，投奔胡人部落，徐图东山再起。”

李嗣昭站起身，激动地对李克用说：“父王，有我等做儿子的守卫太原，定保城池不失。请父王不要作退兵塞外的打算，那样会动摇军心，益发不可收拾！”

李存信不屑地瞪了李嗣昭一眼，斥道：“我等靠甚坚守晋阳？一则兵少，二则粮草匮乏，三则疆域狭小，四则没有援兵。你空谈坚守，岂不是大白天说梦话？”

周德威手指李存信，气愤地说：“依你之见，我等只有弃城逃命一条路了？”

节度副使李袭吉见三人争辩不已，出面调解道：“国家贫富，不在于仓廪是否丰实；兵力强弱，不在于士卒多少。人民归附有德者，连神仙都厌恶骄傲自大之人。若一味横征暴敛，苛政猛于虎，则百姓宁肯归顺强盗。所以，武王散发鹿台财货，周室得以兴起；齐国仓库失火，晏婴入宫向国君庆贺。”

见李克用和将领们都在全神贯注倾听，李袭吉继续说道：“当今之世，韩建蓄财无数，却第一个向朱温屈服；王珂变法如麻，却认贼作父；定州城墙不谓不高，蔡州兵力不能说不多，王处直和秦宗权却都被朱温战败。眼前这些事例，可作鉴戒。且霸国无贫主，强将无弱兵。愿大王崇尚道德，爱护人民，戒除奢侈，俭省徭役，在险要之处设立坚固工事，加紧训练士兵，奖励农人耕种。再就是选拔优秀将领指挥作战，遴选勤政文官治理地方，收取钱粮赋税皆有一定尺度，刑罚遵照法律规定，杀伐赏赐全由大王裁决，则下属便不会有作威作福贪赃枉法之弊。亲近正人君子，则人无谮谤之忧；顺天时而绝欺诬，敬鬼神而禁淫祀，则不求富而国富，不求安而自安。外破强敌，内振风俗，名高五霸，道冠八元，千古功业必成！"

李存信冷笑道："副使所言，全是书生迂腐之论！朱全忠兵临城下，大敌当前，迫在眉睫。副使不通兵法，没有破敌之策，却高谈阔论治国安民之道，犹如远水不救近火，岂不是白说？"

李克用："眼下要商议的大事，是坚守太原还是退兵云州，诸位要拿出一个计策来！"

检校太傅、成阳郡公盖寓正欲答言，忽又想到，如此争论下去，未必能定下良策，便把已到口边的话又咽了回去。

果不其然，文官武将争吵半天，也没争出个方圆，终是不欢而散。

其实，盖寓心中另有计谋。他乘李克用登城巡查督战之机，来到晋王府邸，拜见李克用夫人刘氏。

盖寓向刘氏扼要禀报了目下太原危急情状，告诉刘氏："李存信竭力主张全军退向塞外，投靠北狄部落。在下以为这是一条绝路，万万使不得！大王向来偏爱李存信，在下唯恐大王受其蛊惑。请夫人劝说大王，定下心来坚守晋阳城池，终究可以击退汴州兵。万不可动摇军心，自毁坚城。"

刘氏爽快地应道："多谢郡公指教！待大王回府后，妾身一定劝他坚守太原便是。"

盖寓出了晋王府，长长地出了一口气，道："苍天保佑太原，保佑全城百姓！"

当日晚间，李克用回到府邸，刘夫人侍奉他沐浴更衣，而后回房歇息。

李克用为汴州兵围城之事长吁短叹，刘氏温香软语，问他有何疑难。李克用和盘托出，并告诉刘氏，他有意采纳李存信主张，弃守太原，带领河东人马退往塞外，投奔胡族，以图东山再起。李克用像往昔一样，询问刘氏有何主意。

刘氏款款说道："李存信这个北川牧羊小儿，哪有什么深谋远虑？大王常常耻笑王行瑜轻易弃守城池而招致败亡,今日为何反要效法于他?想当年,大王投奔鞑靼,几乎难逃性命,幸赖朝廷诏命勤王,才得以重归家园。而今,只要大王一只脚迈出城门,随即便有不测之祸降临,哪里还能到达塞外漠北!"

李克用如梦方醒,对刘氏作揖道:"多谢夫人提醒,我差一点误入歧途!"

次日,李克用传令:誓死坚守太原,再有言弃城不守者,斩!

李克用命李嗣昭、李嗣源等选拔精锐士卒,组成敢死队,专在夜间出城,偷袭汴州兵营寨,杀死汴州将士,烧毁营帐无数,闹得氏叔琮寝食不安,军营内一片混乱。

时至仲春季节,天气渐暖,瘟疫肆虐流行开来。晋阳城内守军,有医有药,并无大害。在荒郊野外扎营的汴州兵,缺医少药,陆续有人不治身亡。西山一面山坡上,半个月内就新添了上千座坟。后来,竟有上万汴州将士身染瘟疫,高烧不退,呕吐不止,营寨中一片哀号呻吟之声。

氏叔琮惧怕瘟疫流行下去,无力攻城,反遭河东军袭击,得不偿失,甚而一败涂地。于是,氏叔琮请准朱全忠从太原撤围,退往河中屯驻。

崔胤见汴州兵围攻太原,日久不下,战事陷于胶着,朱全忠滞留河中,无暇西顾,心中十分焦急。若李茂贞将昭宗劫持到汉中,则距京城更远,圣驾回京将遥遥无期。于是,崔胤决计亲至河中府,劝说朱全忠暂时放弃太原,带领大军西进凤翔,迎回昭宗,安定社稷,而后再回师河东。

朱全忠大摆宴席,为崔胤接风洗尘。宴席之上菜肴丰盈,多是将士们捕获的野味,鹿、豹、熊、獐,五色杂陈。氏叔琮从汾州缴获的杏花村美酒,芳香馥郁,沁人心脾。崔胤酒性大发,用硕大的牛角杯连干了十数杯。

酒宴之上,崔胤在朱全忠面前谦恭礼敬,曲意逢迎,颂扬备至:"梁王文韬武略,天下英雄无人比肩。铲除奸佞,迎驾回京,匡扶社稷,非大王莫属!"

朱全忠被崔胤恭维得浑身熨帖,不由扬扬得意,忘乎所以,连连举杯畅饮,高声叫喊道:"快快动乐,以助酒兴!"

随营乐伎闻风而动,用箫、笛、筘和铙、鼓、觱篥奏起《破阵乐》,男歌伎以粗犷、洪亮的歌喉唱道:

　　受律辞元首,相将讨叛臣。

咸歌破阵乐，共赏太平人。

崔胤一边以乐板击节，一边独自唱起曹操的《蒿里行》：

关东有义士，兴兵讨群凶。

初期会盟津，乃心在咸阳。

军合力不齐，踌躇而雁行。

势利使人争，嗣还自相戕。

淮南弟称号，刻玺于北方。

铠甲生虮虱，万姓以死亡。

白骨露于野，千里无鸡鸣。

生民百遗一，念之人断肠。

崔胤唱罢，不禁号啕大哭起来。

朱全忠走过来，询问崔胤："崔堂老何以如此动情？"

崔胤哽咽道："如今圣人蒙难，被韩全诲和李茂贞之辈劫持凤翔，以致京城无天子，行在无朝臣。长此以往，国将不国。在下身居相位，有何颜面苟活于世？即便以死谢罪，也无颜到九泉之下去见高祖和太宗！"

崔胤说罢，更加伤情地痛哭起来。

朱全忠不免有些尴尬，遂劝慰崔胤说："堂老不必太过伤心，待朱某扫平河东之后，带领大军踏平凤翔，活捉宋文通，杀尽韩全诲等阉狗，迎驾回京也就是了。"

崔胤向朱全忠深施一礼，说道："在下谢过大王！只是当今圣上困居岐下，日夜盼望梁王前去救驾；京城文武百官，翘首以盼大王带兵西征，若大旱之望云霓。然而，大王十万人马滞留河中，与李克用纠缠到何时方是了局？若大王即刻出兵凤翔，扫除妖氛，迎回圣驾，便可以不世之功领袖百官，举天下之力奉旨讨伐河东，犹如苍鹰搏兔，岂非易如反掌？"

朱全忠哈哈大笑道："崔堂老说得好！朱某明日便挥军西进，一举荡平凤翔，迎驾回京！"

崔胤破涕为笑，一躬到地拜谢道："在下代朝廷百官和天下臣民叩谢大王！"

朱全忠挺着硕大肚皮，仰天大笑，忽又高声叫道："拿酒来，本王要与崔堂老再干三大碗！"

次日，朱全忠统领五万大军，从蒲津越过黄河，向凤翔进兵。

昭宗被劫持到凤翔后，行在没有宰相大臣，无法署理朝政。昭宗便擢拔追赶而来的韩偓做翰林学士承旨，以为"内相"，依作股肱。

李茂贞为把持朝政，向昭宗荐举给事中韦贻范为相。

韦贻范擅于投机钻营、巴结逢迎，且惯于落井下石。僖宗朝末年，宰相郑畋等举荐罗隐入朝为官，身为言官的韦贻范从中作梗，诽谤罗隐狂妄自大，鄙薄朝官，编造谎言说：有一次他和罗隐同船而行，二人并不相识，船家告诉罗隐船上有朝官，罗隐竟然说，此辈朝官，我用脚夹笔，也抵得上他们数人！韦贻范还居心叵测地说，罗隐若做了官，恐怕我等朝官在他眼里只算是秕糠了！由此，擢拔罗隐之事遂被搁置下来。

后来，韦贻范被贬官通州。他见李茂贞和韩全诲将昭宗劫持到凤翔，掌控了朝政，便与另一佞臣洋州刺史苏检一道，跑来凤翔投靠李茂贞，以求飞黄腾达。

韦贻范频繁参拜李茂贞，说他是匡扶社稷第一功臣，是扭转乾坤、再造大唐的活周公，是当今天下无与伦比的大英雄。李茂贞被韦贻范奉承得心花怒放，便一再保举他做宰相。

昭宗心中鄙薄韦贻范人品低下，但如今他身处凤翔，在别人屋檐之下，朝政大权握在李茂贞手中，只得屈从于人，遂敕封韦贻范为工部侍郎、同中书门下平章事，兼判度支。

韦贻范来到凤翔不足十日，便攫取宰相高位，可谓一步登天。

物以类聚，人以群分。苏检与韦贻范臭味相投，也是一个擅长阿谀奉承的无耻之徒。韦贻范遂向李茂贞举荐苏检为相，不久，苏检如愿以偿，登上宰相之位。

做了宰相的韦贻范，一心要发大财。他公然卖官鬻爵，专意收受贿赂。然而苍天有眼，韦贻范刚当上宰相几个月，他老娘就病故了。

韦贻范不得不遵制辞官，为老娘守孝。那班给他送了钱还没得官之人，眼见人财两空，便天天到韦贻范府上鼓噪吵闹，要他兑现承诺，否则便须退钱。

韦贻范急于恢复相位，以便偿债，便多次拜见李茂贞和韩全诲，请求二人强迫昭宗下诏"夺情",终止他的"丧期",回到朝廷任职。

昭宗受不过李茂贞和韩全诲苦苦相逼,只得让翰林学士承旨韩偓草写制书,命韦贻范停止守孝,恢复相位。

韩偓见韦贻范如此厚颜,李茂贞、韩全诲欺凌天子横行无忌,气得浑身打战,断然回绝道:"吾腕可断,此制不可草!"

韩偓拂袖而去,李茂贞和韩全诲岂肯罢休? 在二人逼迫下,昭宗命翰林院院使、宦官马从皓追赶韩偓,劝他尽快草麻。

朝廷规制,天子诏书,皆由翰林学士或知制诰书写在麻纸上,故草诏又称为"草麻"。

韩偓越想越气,奋笔疾书奏章,内称:韦贻范丁母忧尚不足两个月,与朝规三年丧期相差甚远,便要中止守孝,恢复相位,实在是骇人听闻,有伤国体! 故此,臣绝不奉诏。

翰林院院使马从皓见韩偓公然抗拒圣命,弄得自己无法向韩全诲和李茂贞交差,随即恼羞成怒,威胁道:"韩学士,请你不要拿生命当儿戏!"

韩偓把写好的奏章交给马从皓,请他面呈圣上,而后径直回到卧室,脱下袍衫,躺下睡觉。

马从皓气嘟嘟回到行宫,向昭宗奏报韩偓宁死不草麻。昭宗说道:"罢,罢,那就不用再草制了。"

当日傍晚,李晔命两个小黄门向韩偓传谕,对其维护朝纲之举大加褒扬。

次日早朝,李茂贞和韩全诲带领文武百官排班站定,等候宦官宣读恢复韦贻范相位的制书。马从皓向李茂贞和韩全诲禀报说,韩偓违抗圣命,拒不草麻,故今日没有制书可宣。

李茂贞勃然大怒,和韩全诲一道气冲冲去见昭宗。

李茂贞声色俱厉地质问昭宗:"陛下制命宰相,翰林学士却不肯草麻,这岂不是要造反吗?"

昭宗道:"卿等举荐韦贻范,朕不反对;翰林学士不草麻,朕也不好说甚。韩偓奏章说得道理很明白,朕岂能不从?"

李茂贞追问道："韩偓奏章有何道理？"

昭宗冷冷一笑，说道："忠孝节义，乃纲常大礼。无论官职大小，父母过世皆须辞官丁忧三年，否则，是为不孝，乃悖逆纲常人伦之大罪！爱卿爵封王位，身兼将相，莫非连这个也不懂吗？"

李茂贞闹了个大红脸，悻悻而退。他越想越气，急匆匆跑到政事堂，对苏检大发牢骚："我实在不懂得那些劳什子礼教，被韦贻范所误，丢尽了脸面。快把韦贻范贬出朝去！"

昭宗李晔困居凤翔，经冬历春，一日如同三秋，慢慢挨到了夏天，天气渐渐闷热起来。

一日，忽然狂风大作，乌云滚滚，惊雷接连在半空炸响，闪电刺得人睁不开眼睛。昭宗行宫内，树枝被狂风揉搓得像麻花一般，前俯后仰。

突然间，一道闪电撕裂黑色天幕，接着一声惊雷爆响开来，震得屋瓦哗啦啦直颤。宦官宫女惊恐地哭叫着，乱躲乱藏。一棵高大古槐被拦腰劈断，枝干被电火烧得黑黢黢的，腾起一片蓝色烟雾。

街市上的人们，惊叫着，呼喊着，东逃西窜，惶惶然如同丧家之犬。狂风裹挟着铜钱大的雨点从空中砸下来，打在人们脸上，火辣辣地疼。瓢泼大雨铺天盖地，天地之间一片混沌，什么都看不见了。

风雨过后，凤翔城一片狼藉。许多树木被狂风摧折，或被雷电击中烧毁。王府、公廨和坊市间，到处是倒塌的房屋，断垣残壁，满目疮痍。乡间田野中，禾稼先是被大风吹倒，继而又被浸泡在一尺多深的雨水中，自然不会有收成了。有富庶人家，牛、驴被雷电击死，照百姓的话说，是被"龙"抓去了。

暴雨成灾，洪水泛滥，凤翔一带继春荒之后，又遇夏粮绝收，百姓们或者饿死，或者逃亡，村村寨寨十室九空。

凤翔城内早已买不到粮食，饿死街头者越来越多。不少人将街头死人身上的肉割下来，用以充饥。渐渐地，有人做起了人肉生意。李茂贞的凤翔兵和韩全诲统领的神策军，同样忍饥挨饿。他们已抢劫不到粮食，只得到街头寻来死尸充作食物。死尸吃光了，就把横卧街头尚没有断气的男女拖回来，煮熟之后争抢而食。再后来，将士们到处掳掠人口，活活宰杀分割，烹而食之。

百姓们始则易子而食，继则父子相食。一些将领抢掠的人口较多，就把人宰杀后拿到街市上售卖。人肉市价每斤一百钱，狗肉每斤五百钱，只是狗肉早已买不到了。

行宫之内，昭宗、后妃日常饮食自比百姓和将士们好得多。李茂贞把昭宗视作一件法宝，自不会轻易让他饿死。起始，李茂贞给昭宗和妃子们送来一些粮食、蔬菜，甚至还有猪肉；到后来，猪肉无处寻觅，只能送来一点狗肉。

皇子公主及嫔妃们，早先是一日喝两顿米粥，后来连米粥也难以为继，每日只有半碗稀汤果腹，一个个饥饿难耐，哭哭啼啼。昭宗无奈，命人出卖自己的御衣和珠宝，买回三五升秕谷，在宫中架上一盘小磨，让宫女太监磨碎了，煮一些稀粥让皇子公主和后妃们分食，才算是没有饿死。

至于宫女宦官们，日常饮食更是无人问津。行宫内每日都要饿死人，用芦席卷了，抬出去扔掉。

先后来到凤翔的文武朝臣，情形更加凄惨，一个个饿得骨瘦如柴，衣衫破烂，形同乞丐。他们日夜被凤翔兵看守着，一如囚犯。李茂贞命手执刀枪的士卒押着官员们上朝、下朝，以防逃跑。若是哪个官员违忤了李茂贞、韩全诲的旨意，轻者被毒打，重者即被诛杀或活埋。文武官员日夜战战兢兢，像在刀尖上过日子，不知哪日便会丢了性命。韩偓在《秋霖夜忆家·随驾在凤翔府》一诗中记述了这般胆战心惊朝不保夕的日子：

> 垂老何时见弟兄，背灯愁泣到天明。
>
> 不知短发能多少，一滴秋霖白一茎。

李茂贞等人得报朱全忠带领大军再入关中，正向凤翔进兵，知其来者不善，遂生出一计：逼使昭宗颁诏，声讨朱全忠劫持天子迁都洛阳之谋逆大罪，命诸道藩镇出兵勤王，讨伐朱全忠。

昭宗迫不得已，诏命河东节度使李克用、淮南节度使杨行密、平卢节度使王师范、剑南西川节度使王建、镇海节度使钱镠等，出兵讨伐逆贼朱温。朱温官爵被罢免，连先皇赐给他的“全忠”名号也被取消。

诏命并没有挡住朱全忠西进的步伐。他率领五万大军行至临潼，天降大雨，三日三夜不停，平地水深三尺。朱全忠见道路积水横流无法通行，便传令停驻下来。

半月之后，积水退尽，朱全忠挥军西进，过西京长安、咸阳，接连攻占兴平、奉天、武功、岐山，直抵凤翔南三十五里虢县，结寨扎营，准备攻打凤翔。

李茂贞养子李继筠见朱全忠攻来，心中焦急，撺掇李茂贞说："朱温大军占了虢县，不日会必进击凤翔。我等不能坐以待毙，儿我愿带兵出城迎战朱温，挫其锐气。"

李茂贞点头道："我儿言之有理。明日我亲自带领人马，与朱温决一雌雄！"

六月十日晨，李茂贞留下一万人马守城，自统五万人马，出凤翔南门，进击虢县。

两个时辰之后，凤翔人马来到虢县北七八里路之遥的石羊坡。

石羊坡两侧山丘不高不低，连绵不断，上面生长着密密麻麻的乔木、灌木，一片葱茏。

此地离虢县县城不远，却不见有汴州一兵一卒。李茂贞心下正自疑惑，山坡密林中突然响起雷鸣般的战鼓声和呜呜哇哇的号角声，紧接着又传来山呼海啸般的呐喊声，数万汴州兵排山倒海般从山冈上压了下来。

数月以来，凤翔兵食不果腹，一个个瘦骨嶙峋，少气无力，再加上天气炎热，将士们跑了几十里路，浑身冒汗，又渴又累，连半点力气也没有了。

汴州兵以逸待劳，犹如猛虎下山；凤翔兵胆战心惊，吓得屁滚尿流。汴州兵冲进溃退的凤翔兵队伍中，恰似虎入羊群，杀得人头乱滚，血流遍地。凤翔兵有的向来路退逃，有的往东西两面山沟里乱躲乱窜，只顾争着逃命，互相践踏，乱纷纷成了一窝蜂。

李茂贞眼看着成千上万凤翔兵殒命，溃乱士卒不顾将令，像是没头苍蝇一般乱窜乱逃，急得头上冒汗，两眼冒火，喊破了喉咙也无济于事，反而身不由己被溃兵拥着退向山口。

此刻，宣武军大将康怀贞带领一队骑兵直向山口杀来。李继筠一看大事不好，带领五百骑兵阻截康怀贞，掩护李茂贞退逃。

李继筠与康怀贞拼死厮杀，身负六处刀伤，须臾间只剩下百余人马。他见李茂贞已退出山口，不敢恋战，奋力杀出重围，向凤翔奔逃。

石羊坡一战，凤翔兵阵亡一万多人，另有万余将士逃散。随同李茂贞、李继筠逃回凤翔者，不足两万人，且有一半是伤兵，不能不说是元气大伤。

朱全忠带领人马追至凤翔城下，在四周安扎五处营寨，将城池团团围困起来。

朱全忠再次围住了凤翔城，怎奈李茂贞紧闭城门，固守城池，绝不出兵交战。

汴州兵日日叫骂挑战，李茂贞皆装聋作哑。十日之后，汴州兵锐气大减，斗志消磨殆尽。

朱全忠又气又急，苦无良策。

这日，朱全忠身穿朝服，来到凤翔南门外，跪倒在地，泪流满面地向昭宗喊话：

"陛下，臣千里迢迢前来凤翔，是奉旨迎驾回京，并非是与岐王争胜负啊！耿耿丹心，天日可鉴！"

朱全忠说罢，匍匐在地，号啕痛哭起来。

李茂贞在城楼上看得分明，不由冷笑道："朱小三这个无赖，学会猫哭耗子假惺惺的一套把戏，定是受了敬翔、李振教唆！不理他，老子不出战，看朱小三还有甚招数！"

朱全忠无奈，只得命将士们日日在城门外叫骂挑战。城头守军奉了李茂贞将令，只是不加理睬。朱全忠气得跳脚大骂："宋文通，你这个缩头乌龟，真他娘的不是玩意儿！你有本事出城来与老子较量一番，你若得胜，老子立马全军退回汴州。若老子得胜，你便老老实实把圣人交出来，如何？"

李茂贞站在城头，笑呵呵地答道："本王斗智不斗力，凤翔府城池坚固，坚守一年两年不在话下。你朱小三愿意在这里观风景，老子奉陪到底就是！"

朱全忠气得暴跳如雷，传令全军猛烈攻城。城头上箭如雨下，再加上滚木礌石，汴州兵死伤累累，肢断身残者哭叫连天。朱全忠攻城三日，白白损失了无数人马，只得下令停止攻城。

朱全忠心中焦急，召来敬翔再议破敌之策。

敬翔献计道："宋文通经营凤翔多年，城池坚固，城头上又备有许多滚木礌石。

况且，城内凤翔兵和神策军加起来还有三万人马，足以坚守凤翔小城。"

朱全忠闻言，愈加焦躁，说道："难道凤翔城是铁打的，再也无法攻破了？"

敬翔微微一笑，说道："据不才所知，城内粮食已然不多，三万守军，再加上从京城来的宦官宫女等，一个月之后就会粮草断绝，无物可食。到那时，城内不战自乱，取之易如反掌！"

朱全忠问道："依子振所言，难道我等还要在这里晒一个月的日头不成？"

敬翔大笑道："大王莫急，不妨派出三两个将领，分别带一队人马，去攻占凤翔府属下州县。如此，一来可为我大军筹集粮草，二来可断绝凤翔的援兵和粮饷，使凤翔变成一座孤城、死城，早晚必破！"

朱全忠听罢，喜笑颜开，连连赞叹道："子振妙算！好，就照你说的办！"

于是，朱全忠命康怀贞、孔勍带领一万骑兵，出大散关，先后攻占凤州、成州、陇州、秦州，缴获了许多粮草。

朱全忠又依照敬翔之计，命将士们日夜不停挖掘出数百道蚰蜒状壕沟，逐步逼近城池，以便日后突袭攻城。

李茂贞得知境内州县接连陷落，凤翔已成一座孤城，急命自己的堂弟、鄜州保大节度使李茂勋率本镇兵马南下，攻占朱全忠后路要冲，救援凤翔。

朱全忠得报李茂勋带领一万人马南下，已占领三原，截断了汴州兵后路，遂命康怀贞、孔勍从秦州回军，奔袭三原，击破李茂勋保大军，以解除后顾之忧。

康怀贞、孔勍带领一万轻骑，两日两夜飞驰八百里，如同神兵天降抵达三原，随即攻击李茂勋大营。

李茂勋猝不及防，仓促应战，抵挡不住，营寨迅即被攻破，李茂勋在亲军护卫下向北退逃。

康怀贞和孔勍率领骑兵一路追杀，长驱三百里，直抵坊州。李茂勋不敢守坊州，继续向北逃窜回到老巢鄜州。

康怀贞、孔勍追至鄜州城下，将城池包围起来。

李茂贞得知李茂勋败回鄜州，援兵无望，知道大势不妙。城内断粮多日，就连昭宗和后妃们保命的稀汤也供应不上了，凤翔兵饿死无数，再熬煎下去，只有死路一条。

此时，汴州兵也遇到了天大麻烦。

时令已过中秋，秋雨淅淅沥沥连绵不断，整整下了十日，还没有停歇的样子。汴州兵马住在荒郊野外，夜晚风寒露冷，将士们身着单衣，又无被褥，患病者日益增多。近日，军营中疟疾又传播开来，不少将士染病，高烧不止。由于缺医少药，病死者越来越多。

屋漏偏逢连阴雨，朱全忠又得到急报：淮南节度使杨行密，声言奉旨讨伐朱温，发兵八万沿运河北上，大军前锋已抵宿州。

朱全忠心急火燎，召来幕僚将领会商进退之策。

朱全忠开宗明义说道："我军久困凤翔城下，因路途遥远，粮草难以为继。半个月来，他娘的老天爷不长眼，秋雨下个不停，兄弟们缺衣少食，再加上疟疾流行，军营中天天死人。偏偏此时，淮南杨行密小儿，又乘机出兵，从背后进攻汴州，眼下大军已达宿州。我等是否先撤兵，先杀败杨行密，来年春天再入关攻打凤翔？你等都白话，有屁早放！"

河中护国军亲从指挥使高季昌是个性急之人，高声说道："凤翔已是一座孤城，且城内粮草断绝，不日即可攻破，为何却要撤兵？"

左开道指挥使刘知俊接道："天下方镇和英雄豪杰，皆注目凤翔之战。大王用兵关中，至今一年之久，宋文通已成瓮中之鳖，很快便会城破被擒，若此时撤兵，岂不是功败垂成？"

朱全忠望望敬翔，敬翔轻轻点了点头，朱全忠遂大叫一声："好！待我活捉了宋文通，再收拾杨行密小儿！"

高季昌献计说："大王可在军中遴选勇士，潜入凤翔城内做间谍，引诱宋文通出城，战而胜之。"

朱全忠觉此计可行，立即命高季昌去军营中挑选精明强干之人。果然有一个骑兵小校，名曰马景，机智勇敢，身手不凡，自告奋勇入城做诱饵。

次日，朱全忠在中军大帐召见马景。马景说："属下这次前去凤翔，决心以死报效大王，定然有去无回。请求大王善加抚恤属下妻子儿女。"

铁石心肠的朱全忠,此刻竟然面露不忍之色,说道:"本王不忍心让你前去送死,还是不要去了吧?"

马景感激流泪道:"士为知己者死!属下能为大王效命,实为大幸。在下此番入城,定然不辱使命,请大王放心!"

朱全忠不由流下几滴眼泪,慨然说道:"勇士只管放心前去,你家中老小自有本王精心照料!"

朱全忠大军拔营班师,大队人马向东退走。

突然骑兵队伍冲出一骑,正是马景,只见他逆向而驰,向凤翔城狂奔而去。随即有数十名骑兵在后面叫喊追杀过来,直追至凤翔南门外。

马景身上中了一箭,对着把守城门的凤翔兵大叫道:"我是汴州骑兵马景,前来投奔岐王,快放下吊桥!"

凤翔守将见汴州兵追杀一个骑兵,且此人已经中箭,知是汴州叛兵前来投诚,便命守卒放下吊桥,将马景接入城内。

马景说有紧要军情,须向李茂贞禀报。南门守将信而不疑,引领马景晋见李茂贞。

马景禀报说,近日来,汴州兵营中疟疾流行,因缺医少药,已死掉了数千人。眼下有上万将士染病,性命难保。有不少士卒逃亡,军心大乱,朱全忠不得不撤兵,却把万余名伤病士卒丢弃在营寨中。请大王尽快发兵,出城袭击汴州兵营寨,定可大获全胜!

李茂贞闻言大喜,他已接到哨探报告,说朱全忠带领大队人马向东退走,因而对马景所言深信不疑。

当夜子时,李茂贞大开城门,带领人马倾城出动,向汴州兵营寨猛扑过去。

凤翔人马冲进汴州兵营寨,不料营中空空如也,见不到一兵一卒。李茂贞直冲中军大帐,却见帐内烛光下坐着一员大将。

李茂贞来到大帐前,那员大将哈哈大笑道:"宋文通,别来无恙?请恕在下未能远迎,快进帐内叙话!"

宋文通大叫一声:"不好!朱温怎生还在营中?"

朱全忠“嘎嘎嘎嘎”大笑一通，朗声说道：“本王奉诏讨贼，迎驾回京，王命在身，岂能轻易退兵？宋文通！你还不下马投降吗？”

李茂贞暗自叫苦，情知中计，连忙拨回马头逃走。恰在此时，四面八方战鼓雷鸣，无数汴州兵呐喊着杀将出来。

凤翔兵胆战心惊，急忙后退。朱全忠手下大将刘知俊、高季昌、朱友贞等带领几路人马，围住凤翔兵大砍大杀起来。

李茂贞在骑兵护卫下，拼命奔逃，高季昌带领一支骑兵在后面紧紧追去。突然间，斜刺里又杀出一队汴州骑兵，将李茂贞护卫冲散。

李茂贞夺路而逃，终于逃回城内。其余大队凤翔兵，被汴州骑兵截断退路，被杀得尸积盈野，血流遍地。

凤翔兵知道，他们即便逃回城内，也只能饿死，便乖乖投降。

李茂贞清点人马，回到城内的将士不足八千人，加上留守人马和韩全诲的神策军，凤翔守军仅剩万余。

朱全忠又将凤翔重重围来，继续挖掘蚰蜒壕，准备攻城。汴州兵在凤翔四周设立若干犬铺，并架设警铃，几百只警犬日夜在城池四周警戒巡逻，以断绝凤翔城内外交通。

城内守军已经难忍饥馑，不断有士卒缒城出降。不几日，李茂贞义子李彦询带领三营将士，乘夜出城向朱全忠投诚。接着，李茂贞义子李彦韬也投归朱全忠。

朱全忠索性命人在城外摆出饭摊，上面堆满炊饼、米饭，高声呼唤凤翔兵出城就食。

城头守军饥饿多日，看见白花花的米饭和炊饼，顾不得许多，成群结队缒城前来就食，投降者越来越多。

不久，再次前来增援凤翔的李茂勋被汴州兵重重包围，走投无路，只得投降。

李茂贞人马损失殆尽，仅剩凤翔一座孤城，且腹背受敌，面临灭顶之灾。

三十七　嗟尔远道之人,胡为乎来哉

韦庄与赵五从南寨向西南穿行,山越来越高,坡越来越陡,树林越来越密。起初尚有山间小道可走,渐渐只有猎人攀登的足迹可寻。碰上陡坡,赵五便将行李从毛驴脊背上卸下,自己背负着爬上去,而后在树干上系牢一根绳子抛下来,让韦庄拉住绳子攀登上去,赵五再费尽九牛二虎之力,将毛驴拖拽到坡顶。

赵五和韦庄辛苦攀爬一日,来到一处山窝,天色昏暗下来。二人在一棵大树下歇脚,吃了些炊饼,在山泉边用手掬了冷水解渴。而后,赵五寻来干树枝,燃起篝火,在篝火旁展开棉被,二人遂抵足而眠。

六十五岁高龄的韦庄,已累得筋疲力尽,倒头便呼呼地睡着了。

睡梦之中,韦庄被一阵狼嚎声惊醒。他翻身爬起,看到三五十步之外的丛林中,有许多只发着绿光的眼睛朝自己张望着,不禁浑身打了个激灵,睡意顿消。

赵五说,老林中狼群甚多,不必害怕。他往火堆上添加了许多干柴,火势猛然增大起来,狼群嚎叫着退去。

韦庄重新躺下,却难以入眠。赵五说,狼怕火,只要有篝火,狼就不敢过于靠近。他用树枝削成两根棍子,放在韦庄身边一根,说道:"在山里行走,少不得一根棍子防身。真的有狼来了,用棍子击打它的腿,狼便会逃走。"

韦庄心下疑惑,但想到赵五毕竟是猎户,长年与野兽打交道,想必有道理。

赵五躺下睡去,韦庄却再也睡不着。狼嚎声不断传来,间或杂有野鸡、猫头鹰叫声,有时还能听到虎啸猿啼。

黎明时分,韦庄终于睡熟了。待他醒来时,日头已照进山林,在树木缝隙间闪射出道道光芒。

赵五起身,收拾行囊。二人吃过干粮,喝了山泉水,又在山林间穿行,向大山深处攀登。

韦庄和赵五在崇山峻岭之中攀爬许久,终于踏上骆谷道。

骆谷道,是关中通往兴元即汉中再到剑南的三条通道之一,从盩厔向南经骆谷关进入骆谷路,经洋州到达汉中。这条道路程最短,仅有六百二十里,但路途最险。广明元年,黄巢农民军兵临长安,僖宗即是从这条路逃往兴元。另一条是斜谷路,全长九百多里。第三条是驿道,全长一千二百里,路程最长,却算是最好走的路。

骆谷路虽难走,但总是有路可循,途中有馆驿,接待过往官员。

赵五说要将韦庄送到兴元,韦庄觉着自己可以上路,便婉拒了他的好意。已烦劳赵五太久,韦庄着实不想再耽搁他。

赵五见韦庄心意已决,便从褡袋里取出五百文铜钱,给韦庄做盘缠。韦庄本想拒绝,但无奈路途遥远,自己身上一文不名,便流着眼泪接过,连连作揖,却说不出一句话来。

赵五嘱咐韦庄:"老伯到了西川,若是不好存身,就一定回南寨来,有我赵五一口饭吃,就不会让您老人家饿着。"

韦庄哽咽道:"好兄弟,你便放心吧。若西川不能容身,我一定回南寨去投靠你。赶快回去吧,咱兄弟俩后会有期!"

赵五让韦庄骑上毛驴,看着他走远了,还在挥着手,高声喊道:"老伯,你要早投宿、晚上路,多小心,多保重啊!"

韦庄一步三回头,不停地挥手,泪如泉涌。

骆谷道西侧不远处,便是太白山,海拔高达三千七百米,道路崎岖,十分难行。石径小道依山开辟,犹如天梯。韦庄举头仰望,峰壁如削,高与齐天;俯视脚下,山谷幽深,云雾缭绕,深不见底。向南眺望,只见群峰奔涌,莽莽苍苍,无边无际,心中慨叹不已,不由得吟起李白的《登太白峰》:

西上太白峰,夕阳穷登攀。

太白与我语,为我开天关。

愿乘泠风去,直出浮云间。

举手可近月,前行若无山。

一别武功去,何时复更还?

骆谷道险峻,韦庄多是牵着毛驴行走。夜间往往无处投宿,便只得在山道上过夜。好在他遵从赵五嘱咐,每晚捡拾些干柴燃起篝火,故而没有遭到野兽侵害。山中到处是树丛草坡,毛驴不缺食物,山间泉水溪流随处可见,人畜有水可饮,可谓天不绝人。

韦庄翻过秦岭之巅,往南跋涉数日,来到洋州地面。

这日晚间,韦庄在洋州城东关一家小店投宿,用过酒饭,洗去一路风尘,稳稳地歇了一夜。

次日,韦庄早早登程前往兴元。一路上人口逐渐稠密,道路也宽敞易行了许多,韦庄骑着毛驴,第二天正午时分抵达兴元府城南郑。

韦庄在南郑停留三日,置办了跋涉蜀道必备的干粮,又花三文钱买了一顶斗笠,骑上毛驴,直奔阳平关而来。

三日后,韦庄来到嘉陵江边的阳平关,自此进入嘉陵江峡谷,踏上了蜀道最为艰险的一段路程。

嘉陵江发源于宝鸡西南嘉陵谷,因以得名。江水在峡谷中蜿蜒穿行,由于山高涧深,两岸悬崖峭壁,无路可通,人们在峭壁上凿洞,插上木桩,用木板搭起悬于空中的栈道,以便通行。

当年,韦庄第一次入蜀做宣谕判官,往返走过栈道,所以对栈道之险并不陌生。他此番踏上栈道,心中沉住气,遇到狭窄处,小心翼翼牵着毛驴慢行。

栈道上无处投宿,韦庄只能日夜赶路,人畜实在疲累了,便停下来,坐在栈道上,靠着山壁歇息一阵,而后继续赶路。

这日午夜时分,韦庄来到栈道上的焦崖阁,在阁内坐下来歇息。焦崖阁建在黑黢黢的山壁之上,不过用几块木板搭了一个顶子,可让行人避雨,便算是名胜了。

阁子统共不过五六尺见方，最多容纳六七人而已。前些年，由于战乱，栈道失修，阁顶木板已经腐朽，有些已脱落下来，人坐在阁内，可望夜空点点繁星。

翌日清晨，韦庄离开焦崖阁，进入明月峡，栈道越来越窄，也越来越难走。最令人惊惧者，是栈道上的木板有不少已经腐烂，人畜踏上去，扑哧一声便会陷落下去。韦庄战战兢兢，摸索着走了三四里路，早已汗流浃背，气喘吁吁。他停下歇息一阵，擦去汗水，再慢慢地试探着往前走。突然，前面栈道接连几块木板不见了，只有插在石壁中的两根木头横在那里。韦庄看看脚下，深谷中的嘉陵江水，在星光照耀下闪射出粼粼波光，奔腾喧嚣着汹涌南去。

韦庄一阵头晕目眩，喘了几口气，竭力定下心来。他将布褡子紧紧捆绑在身上，攒足劲儿，跃上第一根木梁。他不敢停留，再向第二根木梁跳去，不料用力过猛，脚底踏空，整个身子失去平衡，迅即向深谷中坠落下去。韦庄"哎呀"大叫一声，浑身激灵灵打了个寒战，心中闪念：这下全完了！

韦庄"扑通"一声坠入嘉陵江湍急的水流中，一阵透心的寒凉漫过全身。他奋力地挣扎着，想靠近岸壁。然而身不由己，汹涌的江水将他裹挟而下，口中接连灌进江水，韦庄慢慢失去知觉，身子时沉时浮，顺水漂流而去。

利州城北十五里嘉陵江上，有一渡口名叫须家渡。此处两岸谷地开阔了些，江面渐宽，水流较缓，便于行船摆渡过往客商。

须家渡只有三四户人家，一户须姓人家有只木船，长年在渡口摆渡行人。

船家须瓠瓜四十来岁，儿子名叫葫芦，年方十八，早就在船上帮着爹爹撑船。女儿今年不满十三岁，每日到山上挖野菜，帮着母亲做些洗衣造饭的活计。

这日天刚蒙蒙亮，须瓠瓜父子来到渡口，在船上等候摆渡行人。

蓦然间，须瓠瓜看见上游江面上漂下来一团黑乎乎的东西。他眼睛已经花了，看不清远处，就喊叫葫芦看漂过来的是甚物件。

葫芦眼睛明亮，当即看出江水中浮漂过来的是一个人，惊声叫道："郎爸，快看，江上漂过来一个人！"

此时，漂浮物越来越近，须瓠瓜已看分明，那确是一个溺水之人。

瓠瓜大叫一声："葫芦，快下水救人！"

话音未落，瓠瓜"扑通"一声跳进江中，向落水者游去。葫芦不敢怠慢，接着也跳入江中救人。

须葫芦年轻力壮，很快游至落水者身旁，抓住他一只脚向岸边拖。瓠瓜在后面推，儿子在前面拽，不大工夫，二人将落水者拖上岸来，这才看清是一位须发皆白的老者。

瓠瓜在渡口摆渡多年，曾搭救过不少落水人。他用手探出落水老者一息尚存，便将老人伏放在一块圆滚滚的大石头上，而后用力挤压老者腰背。老者口中流出许多江水，慢慢苏醒过来。

瓠瓜和葫芦将老者平放在地上，将他轻轻扶起。稍歇片刻，瓠瓜让葫芦背起老人，回到家里。

须瓠瓜父子二人替老者换上干衣，女儿端过来一碗面汤，用勺子慢慢给老者喂下去。

老者吃下一碗面汤，身子缓过劲儿来，含泪说道："谢谢，老朽多谢了！"

瓠瓜摆摆手，说道："老伯，不谢，你好好歇息吧！您老偌大年纪，却怎的掉江里去了？"

老者长叹一声，潸然泪下，说道："说来话长啊！"

韦庄在须瓠瓜家中将息两日，身子大体恢复，自觉可以走路了，便千恩万谢别过瓠瓜一家人，又上路南行，来到利州城。

利州以南，驿道较为平坦、宽敞。驿道两旁，高大苍翠的古柏，树龄看上去有数百年之久。

在嘉陵江落水时，韦庄盛放钱物的麻布褡子被江水冲走，毛驴和行囊不知所终，如今身上一文不名，一无所有。三日后，瓠瓜赠送的干粮吃光了，他不得不时常寻找驿道旁的山村，挨门挨户乞讨。夜间，韦庄便在树下席地而卧，只有一根木棍放在身边。

韦庄来到大剑山下，抬眼南望，只见七十二峰屏列耸峙，蜀道在高山峭壁和深不见底的峡谷间蜿蜒盘旋，状若游丝，却看不到哪里有人家。

韦庄在石阶小道上攀登，几乎整天吃不到一点儿饭食，只能饮山泉充饥。

夕阳西下时分,韦庄来到剑门关下深谷之中。

韦庄仰望剑山,但见双峰耸立,横断天穹,连日头都被它遮蔽了,正可谓"连峰去天不盈尺,枯松倒挂倚绝壁"。大剑山裂开一个狭窄的缺口,一座小小的关城隐现在云雾之中,像是悬在半空,那便是天下闻名的剑门关。通往剑门的磴道,在山壁上开凿而出,曲曲折折,盘旋而上,陡峭恰似天梯,令人望而生畏,不寒而栗。

韦庄在山谷中宿夜,摘了些榆树叶子,嚼碎吞咽下去,又捧起山泉水饱饮一通,而后在青石板上躺下来,呼呼睡去。

次日黎明,韦庄鼓足勇气,向剑门攀登。

剑山北坡三十里磴道,韦庄用了整整一天,汗水无数次湿透衣衫,终于在傍晚时分登上剑门关。

剑门关两侧壁立千仞,在大剑峰顶设有一个小小的军营,供守关军士驻扎。此处没地方可容置客栈,即便有,韦庄也无钱住店。

韦庄离开峭壁如削的剑门,顺着栈道下山。常言道,上山容易下山难,韦庄双腿打战,膝盖疼得钻心,可又不敢停下来。天色越来越暗,山中刮起了狂风,乌云翻滚着从西南方压过来。蓦地,一道闪电划破夜空,将山川照耀得如同白昼,紧接着,一声惊雷在头顶炸响。韦庄心胆俱裂,着实慌乱起来。看样子大雨顷刻将至,在这荒山野岭中,陡峭狭窄的栈道之上,哪有容身避雨之处!韦庄的行囊在嘉陵江上全被江水卷走了,就连在兴元买来防晒遮雨的那顶斗笠,也已随着江水漂流而去。如今他身上穿着的破衣烂衫,还是须瓠瓜慷慨相赠,若是暴雨降临,可如何是好?

韦庄心中正自着急,铜钱大的雨点噼里啪啦砸了下来。山野间电闪雷鸣,震耳欲聋,紧接着瓢泼大雨兜头浇下,转眼之间,韦庄已成了落汤鸡。

一阵巨大的悲凉袭上韦庄心头。他多年漂泊异乡,流亡江湖,备尝艰辛,但从未遭遇今日之绝境。

不一刻工夫,暴雨在山坡上汇成大大小小的激流和瀑布,哗哗水声响成一片,天地间喧闹沸腾起来。风声、雨声、雷声、水声交响轰鸣,反倒使韦庄振奋起来,浑身血脉偾张,口中呼喊出李太白《蜀道难》诗句:

　　飞湍瀑流争喧豗,砯崖转石万壑雷。

其险也如此,嗟尔远道之人胡为乎来哉!

韦庄抖擞精神,以壮士赴死之气概,在栈道上摸爬滚打,跌跌撞撞行了十几里路,雨渐渐变小,终于停歇下来。风婆、雷神远去了,山川之间,满耳只有飞瀑流泉轰然作响。

韦庄下得山来,走进谷底,来到一条宽阔溪流东岸。洪流淹没了道路,无法通行,韦庄只得顺着溪流向下游踅摸,看看能不能找到人家,乞讨些食物填一填肚子。

乌云渐渐散去,一方弯月在薄云中露出羞涩的脸庞,东方天际,启明星已然闪闪发亮。

韦庄晕晕乎乎,在没膝的草丛中穿行,只觉浑身酸软无力,头疼得厉害。他拐过一个山脚,看见前面山坳中有一座茅屋,正冒出缕缕炊烟。韦庄心中豁然一亮:总算有了人家,真是天无绝人之路啊!

他加快脚步走近茅屋,见周遭用石块垒了一圈半人高的院墙,矮墙内木棍架上,晾着一张渔网,柴门敞开着。韦庄一边呼唤着主人,一边走进院子,看到茅屋东山墙外背风处,用蒲草搭了一个炊棚,一位六十来岁的老翁正在灶前烧火做饭。

韦庄扶着茅屋墙壁挨到灶棚前,正要与老翁搭话,忽觉天旋地转起来,随即一头栽倒在地,失去了知觉。

正在烧火煮粥的老翁,听到身后"扑通"一声响,转过头看去,见是一个白发苍苍的老人躺在地上,慌忙趋前扶起老人上身,让他半躺在自己胸前。老翁见韦庄浑身湿透,估摸着是在山中遇上了暴雨。他用手探了探韦庄额头,热得烫人,便赶忙将韦庄拖至灶门前,加了几把干柴,把火烧得更旺些,让韦庄暖暖身子。

老翁煮熟米粥,盛起一碗,用勺子慢慢给韦庄喂下去。

韦庄被火烤得身子暖和起来,咽下米粥后,渐渐缓过气息,睁开了眼睛。

老翁搀扶韦庄进了茅屋,让他躺在用干草铺成的地铺上。

韦庄又迷迷糊糊地昏睡过去。

韦庄再次醒来的时候,老翁正在给他喂汤药。汤药是用山上采挖的草药熬成,在韦庄昏睡的三日内,老翁每天都要上山为他采挖草药。多亏老人识得草药,又懂药性,使韦庄躲过了死神。

　　老翁每天采药、熬药，还要撑起小船在溪潭中打鱼，熬些鱼汤给韦庄喝，韦庄身子渐渐康复。

　　老翁对韦庄说，他住在这条名叫后溪的水边，打鱼采药为生，已有七八年了。渔翁老家在南边梓州盐亭县，一家人在潼江上打鱼糊口。前些年，因为西川王建和东川顾彦朗、顾彦晖争战不休，他的女儿被乱兵掠走，儿子被抓去充军，战死沙场，连尸骨也没下落。剩下他孤身一人，为避战乱来到这深山之中，将就着过日子。

　　韦庄身体渐好，便跟着老翁撑船打鱼，上山采挖药材。不几日，韦庄便认识了十几种草药。

　　夜晚，韦庄辗转难眠，感慨赋诗：

　　　　山行侵夜到，云窦一星灯。

　　　　草动蛇寻穴，枝摇鼠上藤。

　　　　背风开药灶，向月展渔罾。

　　　　明日前溪路，烟萝更几层。

　　经七八日治疗调养，韦庄已然康复。他含泪拜别老翁，带着老翁为他制作的干粮，又上路了。

　　韦庄在山中跋涉数日，终于抵达梓州。从梓州前行，路途就平坦多了。进入西川平原，更是沃野千里，黄澄澄的油菜花灿烂开放，韦庄眼前豁然明亮，愁闷抑郁的心怀也变得舒展开朗起来。

　　韦庄终于来到成都，他走在大街上，看到路面整洁，坊市秩序井然，心中感到一丝宽慰。

　　故地重游，韦庄不须打问，径直来到西川节度使衙署，向门吏报上自己名讳、籍贯、职位，请求拜见节度使王建。

　　门吏觑眼打量韦庄，见他上穿分不出颜色的麻布衫，下穿刚刚没过膝盖的画裤，且衫裤多处开裂，烂成了布条条。再看他头发胡须乱蓬蓬的，鸟窝一般，脸上手上脏兮兮的，活脱脱一个叫花子。门吏知道，当今西川镇帅招贤纳士，许多文人雅士和流亡官员前来投靠，也有不三不四的人冒名前来博取赏赐。眼前这老乞丐，必是前来骗顿饭吃！

门吏厌恶地挥挥手，斥道："去，走开去，正正经经去讨你的饭，不要在此取闹！"

韦庄说，他确是朝廷官员，身居左补阙之职，再次请求门吏予以通禀。

门吏冷笑道："怎的说？你是朝廷左补阙？七品官？笑话！你还不如说是太子太保哩！去、去、去！此地不是要笑处，不要找打！"

韦庄说他乾宁四年曾奉旨来成都做宣谕判官，烦请通报一声，大王一定会见他的。

门吏怒道："滚，你这老乞丐，不要胡说八道，在此招摇撞骗，看老子怎的教训你！"

门吏一拳打来，韦庄踉踉跄跄，后退几步，仰面跌倒在地。

门吏蹿上来，照准韦庄后腰猛踢了两脚，口中骂道："打死你这老白毛、老乞丐，看你还敢不敢搅扰衙门！"

门吏正要再打，身后突然传来一声断喝："住手！"

门吏回头看去，却是节度判官冯涓。

唐朝末年，节度判官是取代长史、司马而掌握实权之官，主掌民政、刑法，与行军司马、掌书记同为节度使重要辅佐官员。冯涓本是出衙公干，见门吏在暴打一位老者，便上前喝止，怒斥门吏道："你为何这般欺侮老者？"

门吏赶忙叉手施礼道："这老乞丐，竟冒充朝廷命官，私闯公衙，不听劝阻，还非要见大王不可。"

冯涓顾不得与门吏啰唆，俯下身来询问韦庄："老人家，你要见大王，可有何事，能对我说吗？"

当年韦庄来成都做宣谕判官时，与冯涓相识。

韦庄抬起头来，看到冯涓，坐起身道："冯使君，久违了！"

冯涓心中惊奇，仔细打量老者，却记不起他是何人，便疑惑地问道："老人家是——"

韦庄慢慢站起身，拱手施礼道："在下杜陵韦庄，特来西川投奔琅邪王，烦请阁下引见。"

冯涓大吃一惊，不由仔细察看，方认出确是前宣谕判官韦庄，心下不免惊异，道："果然是韦中谏！阁下为何落拓至此？"

韦庄苦笑道："一言难尽啊！"

冯涓心中已然明了，韦庄定是在蜀道上长途跋涉，吃尽万般辛苦，方才来到成都。他赶忙上前搀住韦庄，道："中谏辛苦了！请，快请到衙内叙话！"

冯涓回头狠狠盯了门吏一眼，门吏面红耳赤，头上冒出冷汗，连连作揖道："小人有眼不识泰山！小人该死！"

冯涓将韦庄搀进客室，亲手斟上一碗热茶，又一迭连声吩咐手下吏员，快去知会炊房给客人送饭食来。

韦庄饮了茶，用过饭，慢慢缓过神来，便将自己如何逃脱宦官韩全诲等人羁押，九死一生跋涉蜀道来到西川的经历，一一告诉冯涓。

冯涓听得心惊肉跳，不由潸然泪下，一再安慰韦庄说："中谏吃苦了！不过，阁下投奔西川，可谓明智之举。大王求贤若渴，必会倒屣相迎阁下呢！"

韦庄道："如今，朝中宦官横行，欺凌百官，挟持天子，没有我等读书人立足之地啊！"

冯涓入川前，在朝中职任祠部郎中，对朝廷种种弊端十分明了。他与韦庄感叹一番，遂陪同韦庄来到馆驿，安排他住进上等客舍，命馆驿巡官好生侍奉。冯涓亲自到衣铺给韦庄买来两套衣衫，嘱他洗浴后换上新衣，耐心静养身体，待禀报过琅邪王之后，再来接他到衙署与大王相见。

韦庄在馆驿住下，每日里醇酒佳肴，事事有人侍奉，俨若贵宾。吃饱睡足之后，他时常在庭中散步，或与驿吏下棋，或摆一通龙门阵，身体很快得以恢复。

这日上午，韦庄正与一个修剪花草的花工弈棋，忽见馆驿巡官跑来，说是大王已来到馆内，要见韦庄。

韦庄慌忙跟随巡官来到客厅，见西川节度使、琅邪王王建和冯涓坐在那里。韦庄上前施礼，被王建一把拉住，请他坐下叙话。

韦庄问候了王建，表明投奔之意。王建哈哈大笑道："韦中谏是当今名士，天下谁人不知'秦妇吟秀才'大名？几年前，在下曾挽留中谏在西川屈就，今日中谏光临成都，正是我王某人大幸，也是西川百姓之福哩！"

韦庄连忙摆手,谦辞道:"大王过誉了。韦庄一个落难之人,如蒙大王不弃,便是三生有幸,愿为大王效犬马之劳。"

王建鼓掌大笑道:"好! 好! 我已与冯君、周庠议过,就请中谏屈就军府掌书记,如何?"

韦庄顿首道:"谢大王!"

冯涓拉住韦庄的手,微笑着说:"大王已上表朝廷,请求敕封端己兄为西川掌书记,仁兄今日便到衙署赴任吧!"

韦庄又忙谢过王建、冯涓。

冯涓说:"大王已知会军府文武官员,今日要在衙署举办盛宴,为端己兄接风洗尘。"

韦庄随王建、冯涓出了客厅,早有三顶轿子在庭中候着。

王建请韦庄坐上前面一顶轿,自己上了第二顶轿子,冯涓随后,依次出了驿馆大门。

衙役一声吆喝,鸣锣开道,三顶轿子在牙兵护卫下,摇摇晃晃向节度使衙署而去。

王建举行宴会,军府一干文武官员,除判官冯涓和都虞侯周庠之外,另有节度副使张琳、行营都指挥使李简以及王建的诸多义子,像大将王宗佶、王宗侃、王宗涤、王宗弼、王宗瑶、王宗儒等,全都出席作陪,与韦庄一一相见。

王建据蜀,民事政务靠文人冯涓、周庠等辈,杀伐征战开疆拓土则靠诸多养子、义子。史载王建有义子一百多人,军中凡有勇略或战功者,王建即收为干儿,靠这些义子打天下。单是《十国志》有传的王建养子、义子,即达四十二人之多。

席间,众人纷纷向韦庄敬酒。韦庄一一应酬,喝得酩酊大醉。

次日清晨,韦庄从馆驿起身,乘坐轺车前往节度使衙署,就任掌书记之职。

韦庄走马上任伊始,便与冯涓、周庠谋划,草拟出鼓励农桑、保护市易、维护军纪和巩固边防的条陈。在请准王建之后,诏告四方官民一体遵行。

韦庄自此成了王建的股肱之臣。

天复二年五月,王建命养子王宗佶为戡驾指挥使,率领五万兵马北出剑门,声言救援凤翔李茂贞，实则要乘机夺占山南西道诸州。

王宗佶先锋将王宗播顺利占领利州，王建当即命义子王宗伟任利州制置使，传令王宗佶和王宗播带人马继续北上，进攻兴元。

为迷惑李茂贞，暗中联络朱全忠，王建命韦庄以西川贡使名义，前往凤翔觐见昭宗，进贡财物，向李茂贞转达王建全力支持其抗拒朱全忠。王建要韦庄秘密会见朱全忠，与之暗通款曲，以便南北呼应，联手打败李茂贞。

韦庄又一次踏上千里蜀道，北出剑门，抵达利州，而后经阳平关、大散关前往凤翔。

这条路虽遥远，且有许多艰险之处，但韦庄作为西川大使，不但有官吏随从，且有五百兵马护卫，旌旗猎猎，锣鼓开道，粮草充盈，食物丰沛，与入川时只身跋涉骆谷道情形迥异。道路宽敞处，韦庄骑马而行，道路狭窄时，便乘坐肩舆，有壮士轮班扛抬。一日三餐，自有下人侍奉。途中馆驿，皆盛情款待。

韦庄一行晓行夜宿，行走二十余日，来到宝鸡。韦庄命随员王从事装成樵夫，前往凤翔城南汴州兵大营卖柴，与梁王朱全忠联络，约定二人秘密会见日期。

是日，韦庄扮作粮商，带领四个化装成伙计的卫士，用驴骡驮运了十数石粮食，于傍晚时分进入汴州兵营，见到了正在等候的朱全忠、敬翔和李振。

韦庄向朱全忠呈上王建信函，信中对朱全忠出兵凤翔、勤王救驾之举大加赞扬，并表示唯朱全忠马首是瞻，全力进攻山南。

朱全忠笑道："琅邪王果然是当今豪杰，英雄所见略同。宋文通欺凌天子，劫持圣驾，确是乱臣贼子，人人皆可杀之！请韦大使禀告琅邪王，尽快发兵北上，合击李茂贞！"

韦庄说："为迷惑宋文通，西川要以勤王护驾、救援凤翔、讨伐汴州之名义发兵，攻占山南州郡，还请大王谅解则个！"

朱全忠哈哈大笑道："不消说，这个自然！"

实则，朱全忠心中并不愿兴元被王建夺占，他早就觊觎山南西道，只是眼下一时鞭长莫及而已。

李振阴阳怪气地说："琅邪王这次出兵，既得了勤王美名，又扩展了地盘，捞到莫大便宜，可谓名利双收。端己兄此番出使凤翔，为琅邪王立了大功呢！"

韦庄连忙谦让道："此皆依托琅邪王洪福，也多亏敬尚书与兴绪大使玉成！"

去年，由朱全忠奏请，朝廷授予敬翔检校礼部尚书职衔；兴绪则是李振的字，他此时官职是郓州天平军节度副使。

当日夜，韦庄匆匆返回宝鸡。

次日上午，韦庄带着一队人马，排列旌旗，鼓角齐鸣，十几辆牛车满载贡品，招招摇摇开赴凤翔。

昭宗李晔困居凤翔数月，极少有藩镇前来进贡财物。如今，韦庄前来朝贡，带来了不少贡品，诸如锦、绢、绫、罗、羚羊角、麝香、蔗糖、生春酒等，还有黄金千斤，昭宗不由大喜，这真是雪中送炭啊！韦庄原就是昭宗朝臣，几个月之前还在京城随班常朝，君臣之间自是融洽无间。

韦庄代王建问候昭宗起居，恭请昭宗保重龙体。

此前，昭宗曾密诏王建，命他同河东李克用、汴州朱全忠、淮南杨行密、平卢王师范一道出兵勤王，讨伐李茂贞，迎驾回京。此刻，因韩全诲等"内四贵"不离左右，昭宗与韦庄不能直言。韦庄作为王建特使前来朝贡，昭宗心中已明察其意，话却只能反着说："爱卿回到成都之后，禀告琅邪王，朕命他尽快出兵讨伐朱温，勤王护驾，速解凤翔之围！"

韦庄心知肚明，俯身应道："微臣遵旨！"

韦庄拜辞昭宗，又分别拜见了韩全诲和李茂贞。韦庄带来的贡品，帮韩全诲、李茂贞解了燃眉之急，"内四贵"和随驾宦官都分得一些钱物，可补无米之炊。

李茂贞、韩全诲知道王建有意争夺山南，但此时朱全忠大兵围城，二人也想笼络王建，请他出兵解凤翔之围，便交口赞誉王建，并对韦庄多方慰勉。

韩全诲急切地询问韦庄："眼下朱温围困凤翔已有数月之久，大家几次诏命诸道藩镇出兵勤王，讨伐朱温。不知琅邪王何时出兵？"

韦庄道："我家大王已命王宗佶为扈驾指挥使，带领十万大军出剑门关，从利州、兴元进兵凤翔。"

李茂贞狐疑地问道："我接到利州节度使李继忠谍报，说是西川王宗播带兵占了利州，却是为何？"

韦庄笑道："岐王误会了！西川奉诏出兵勤王，救援凤翔，必然借道利州、兴元。利州李镇帅误以为王宗播将军要夺占利州，早早弃城而走，王宗播将军追之不及，实属意外之事。"

韩全诲插言道："琅邪王出兵救援凤翔，自须借道利州、兴元。岐王可传令沿途守将，让西川兵马顺利过境，避免误会，生出意外。"

李茂贞点点头，说："好吧。"

韦庄不辱使命，顺利回到成都。王建听了禀报，心中大喜，传令王宗涤迅速进兵兴元。

王宗涤带领人马进抵兴元城下，山南西道节度使李继密在城外安扎四座营寨，抵御蜀军，拱卫兴元。王宗涤命先锋将王宗播攻破李继密安扎城外的三泉寨，接着又攻破其金牛寨。

李继密四座营寨接连失陷，残兵败将退回城内。

接着，王宗涤指挥大军包围兴元府城南郑。

南郑城内，李继密守城人马所剩无几，见蜀军人多气盛，势不可当，只得开城投降。

而后，王宗涤接连攻占山南诸州，山南西道全境尽归王建。

为犒赏韦庄出使之功，王建表奏朝廷，擢拔韦庄为节度判官，并下令为韦庄建造宅第。

王建让韦庄自选宅基，韦庄在城内巡察数日，未遇合意之处。韦庄乃词人秀士，意在寻找一个僻静幽雅之地，以便读书为文。

韦庄想到，杜甫曾在成都西郊浣花溪畔建有草堂，便骑上毛驴，带了一名苍头，前往西门外浣花溪畔杜甫草堂察看。

令韦庄感到吃惊和感伤的是，草堂已荡然无存！

韦庄在浣花溪畔草堂旧址徘徊逡巡，只见荒草萋萋，蓬蒿遍地，野兔成群，鸟雀乱飞。溪水边草丛中跑出两只梅花鹿，见有人走近，惊慌地奔窜逃去。

韦庄苦苦寻觅，在一片荒草中见到茅屋墙基和几个柱砥。杜甫当年栽植的四棵小松树，如今仅剩一株，而杜甫种植的一百棵桃树，竟然连一株也不见了。杜甫在溪水边栽种的千竿竹林，如今也没了踪影。

遥想当年，诗人杜甫漂泊万里，辗转来到成都，成为剑南节度使严武的幕宾，严武表奏朝廷，赐封杜甫为检校工部员外郎。杜甫在严武帮助下，于浣花溪畔营建草堂，作为安身之所。如今，韦庄以白发之年，远离京师，千里跋涉，流亡巴蜀避难，与少陵野老乖蹇命运何其相似乃尔！

秋风瑟瑟，霜叶飘零。韦庄站在草堂旧基上，面对无边荒草和东流溪水，不由吟诵起杜甫的《寄题江外草堂》：

> 我生性放诞，雅欲逃自然。
>
> 嗜酒爱修竹，卜居必林泉。
>
> 遭乱到蜀江，卧疴遣所便。
>
> 诛茅初一亩，广地方连延。
>
> 经营上元始，断手宝应年。
>
> 敢谋土木丽，自觉面势坚。
>
> 台亭随高下，敞豁当清川。
>
> 虽有会心侣，数能同钓船。
>
> 干戈未偃息，安得酣歌眠？
>
> …………

叹息之后，韦庄打起精神，找来工匠，铲除了杜甫草堂旧址上的蒿莱，他要在旧址上重建草堂。

这日，彭州九陇县民二百多人来到节度使衙门口喊冤，说是唐昌县令贾一鸣截断了他们灌田的水源，使得田中禾苗多已干死，请求大王为九陇县百姓做主。

王建得报，命判官韦庄署理此案。

韦庄不敢怠慢，请九陇县领头喊冤告状的三位乡绅进入衙内，询问详情。

原来，早在唐高祖武德三年，彭州长史刘易从主持在唐昌、九陇两县开挖灌渠，引来沱江之水灌溉农田，约定两县各得一半渠水。今年春天久旱少雨，农田干涸，急需灌溉。然而，由于沱江水浅，灌渠引水量大为减少。唐昌县位居上流，县令贾一鸣收受了唐昌县几个豪绅大户的银钱,便私下允准他们在唐昌、九陇两县边界处截断渠水,致使九陇县境内农田无水可浇。旱情越来越重,九陇百姓心急火燎,遂聚集起数百壮汉,到两县交界处强行掘通灌渠,引起两县百姓械斗,双方受伤者达二十多人。

韦庄问明案情,弄清来龙去脉之后,便知会唐昌县令贾一鸣和九陇县令陈少和,前来成都会商处置此案。

九陇县令陈少和说:"旱情发生后,卑职曾带着礼品到唐昌县拜会贾明府,请求贾兄高抬贵手,给九陇百姓留一些江水灌田,贾明府很爽快地答应了。可时隔不久,唐昌乡绅竟再次截断灌渠,以致一滴水也流不到九陇县境内。卑职无奈,又亲赴唐昌县,拜会贾明府,贾兄推说不知灌渠被截断之事。卑职请求按照二百多年来的旧规,将灌渠之水分给九陇县五成。孰料贾明府竟说靠山吃山,靠水吃水,天时不如地利。大旱之年,唐昌百姓岂能眼睁睁看着渠水白白流走,而让自家田中禾苗干死?"

韦庄责问贾一鸣:"贾明府,陈明府所说可是实情?"

贾一鸣面红耳赤,狡辩道:"唐昌百姓说,灌渠是先从他们田中开挖的,天下万事万物,总有个先来后到。待唐昌百姓浇过田之后,自会放渠水流入九陇县境。"

韦庄问道:"如此说来,你也是这般想法啰?"

贾一鸣回道:"正是。卑职以为,唐昌百姓先灌田,合情合理。人常说,近水楼台先得月嘛!"

韦庄又问道:"当年两县百姓共同开挖灌渠,用水可有约定?"

陈少和说:"当年开挖灌渠,九陇县出钱赎买了唐昌境内渠道占地。并且,开挖灌渠费用全由九陇县承担。彭州刺史和两县县令在渠首处刻石立碑,碑文明载:两县各得渠水之半灌田,永世不得违反此规。石碑现仍立于渠首,完好无损。"

韦庄问贾一鸣:"陈明府所言,是否属实?"

贾一鸣嗫嚅道:"石碑……是有的。只是……"

韦庄又问道:"以今年的旱情,若渠水照例平分,两县百姓田禾是否可保不死?"

陈少和答道:"若照例平分渠水,虽不够两县百姓灌田,但可保田禾不致旱死。

待雨季到来,旱情便可缓解,秋粮尚能有七八分收成。可如今九陇县十几万亩田禾已经枯死,今冬乃至明年春天,百姓日子怎么过?"

韦庄喝问:"两县百姓为争抢渠水械斗,你二人是如何处置的?"

陈少和说:"卑职得到消息,立即骑马赶往事发地,两县百姓正在大打出手,已有二十多人受伤。卑职不敢怠慢,喝令九陇百姓立即罢手,放下手中器械,若有违抗者,严惩不贷! 九陇百姓退了下来,卑职被唐昌百姓打了两棍,却万幸没有致死人命。"

韦庄追问贾一鸣:"你可曾处置打伤人者?"

贾一鸣头上冒出冷汗,结结巴巴地回答说:"卑职事后……才得知……械斗之事。伤人者……还没……来得及查明。"

韦庄一拍几案,道:"贾一鸣! 你知罪吗?"

贾一鸣惊慌起来:"卑职……不知……"

韦庄喝道:"你玩忽职守,擅自毁弃定规,怂恿劣绅截断渠水,致使十几万亩良田禾苗枯死,引发两县百姓械斗,殴伤数十人,你该当何罪?"

贾一鸣脸色大变,吞吞吐吐答不出话来。

"我再问你,有没有收受乡绅贿赂?"韦庄厉声厉色追问。

贾一鸣汗流满面,战战兢兢地说:"没……没有,卑职……不敢!"

韦庄喝道:"唐昌县令贾一鸣,单就你玩忽职守之罪,已不适宜再做百姓父母官! 待我禀报大王之后,再作处置。你不用回唐昌了,就在馆驿住下,等候处分!"

贾一鸣擦擦汗水,结结巴巴地回答:"在下……遵命。"

韦庄向王建禀报过案情根由,王建依从韦庄提议,罢免了贾一鸣县令之职。

接着,韦庄亲赴唐昌、九陇两县,处置争抢渠水聚众械斗案。

在唐昌县渠首石碑前,韦庄召集两县乡绅,重申碑文约定,宣读了朝廷罢免贾一鸣县令之职的敕书。紧接着,韦庄派出干练吏员,驻守两县交界处,监督灌渠放水流入九陇县境。

韦庄以节度使王建名义,发布安民告示,劝诫唐昌、九陇两县百姓遵守约定,利用灌渠和本地河、塘之水,加紧灌溉农田,抵抗旱灾。各地百姓均不得堵截灌渠,聚众械斗；要同心协力，同舟共济，争得秋后好收成。

　　韦庄在唐昌、九陇两县公务尚未了结，王建突然派书吏到来，要韦庄速速返回成都，说是有紧急军情相商。韦庄询问有何军情，书吏说不清楚，只是听说凤翔有变，李茂贞杀了许多大宦官，究竟如何，不得而知。

　　韦庄不敢怠慢，打马驰往成都。

三十八　还乡夫子遇贤侯

寒冬降临,北风怒号,大雪纷飞。凤翔城内,军民缺衣少食,没有烧材,冻饿而死者越来越多。

李茂贞知大势已去,整日愁眉不展,长吁短叹,心中懊丧不已。掌书记王超见状,劝谏道:"如今凤翔城内兵力单薄,粮草断绝,已无力对抗朱全忠大军。如继续困守孤城,无异于坐以待毙。请大王因势利导,变换策略,与朱全忠谋和,方为上策。"

李茂贞既想和解,让朱全忠退兵,又不愿朱全忠迎驾回京,自己失去权柄,故而犹豫不决。

其实,凤翔城外的汴州兵,情形也好不到哪里去。连日大雪,天寒地冻,将士们衣被单薄,粮草匮乏,许多士卒和战马冻饿而死,士气十分低迷,人人盼望早日班师,返回汴州。

朱全忠没有下令强力攻城,是因他投鼠忌器,心有顾忌。

敬翔曾对朱全忠说,圣上和后妃、宗室诸王皆在城内,若攻入城内,宋文通便会乘机谋害圣人,嫁祸于大王。那时,大王怕是有口难辩。为今之计,以与宋文通谋和为上策。只要他愿交出圣人,大王即可护驾回京,韩全诲等一干阉官,还不得听凭大王处置?朝廷军国大事还不是大王说了算?

朱全忠觉着敬翔言之有理。他在心中盘算:我出动数万大军,千里迢迢来凤翔，餐风宿露数月之久，所为何来？不就是迎驾回京，而后铲除宦官，掌控朝廷大权吗？只要李茂贞交出李晔，便一切由我！

于是，朱全忠命敬翔草表，派专使赍表入城拜见昭宗，并向朝廷许诺贡献粮食、熊油、绸缎和布帛。

韩偓也向昭宗进言说，眼下只有让李茂贞与朱全忠和解，护送陛下尽快回京，方为上策。若朱全忠打进城，与凤翔兵厮杀起来，恐怕会危及陛下和诸王。

昭宗遂命一名宦官出城，向朱全忠宣诏，要他与李茂贞和解。

对于和解，目前只有李茂贞还未下定决心。

两月来，凤翔牙兵忍饥挨饿，许多士卒饿死。军营人心浮动，将士怨气冲天，随时会生出变乱。

这日，凤翔中军都指挥使李继远带领牙兵，在行宫左银台门截住韩全海马头，破口大骂道："凤翔百姓生灵涂炭，满城军民饿死殆尽，全是因为尔等宦官！"

韩全海见牙兵们一个个怒气冲冲，不敢造次，打马灰溜溜走了。

次日，李继远便带领千余名凤翔兵，出城向朱全忠投诚了。朱全忠素知李继远勇猛善战，待之甚厚，表奏朝廷，敕封李继远为秦州节度使、同平章事。自此，李继远恢复本名符道昭，以示与李茂贞恩断义绝。

李茂贞担心凤翔牙兵再生变故，终于下定决心，与朱全忠讲和。他又担忧朱全忠不会善罢甘休，觉得只有杀掉韩全海和李彦弼、李继诲等人做替罪羊，方能获朱全忠谅解。

于是，李茂贞来到行宫，单独晋见昭宗，奏道："韩全海等权阉欺凌圣上，干预朝政，罪恶累累，按国法该当处死。微臣愿与梁王和解，而后护送陛下回京。不知圣意如何？"

昭宗大喜过望，对李茂贞慰勉有加。二人当即商定，分别派出使者，前往朱全忠大营讲和。

次日，昭宗命殿中侍御史崔构为钦差大使，来到朱全忠大营，传达昭宗和解的旨意。接着，李茂贞遣使至汴州兵营寨，缔结和解盟约。

天复三年正月初六，李茂贞派兵包围行宫内侍省和枢密院。昭宗派一名宦官随凤翔牙兵一道前往,向韩全诲等人宣旨赐死。凤翔牙兵当即将韩全诲、张彦弘、李彦弼、李继诲、李继筠等斩首。李茂贞宣称,胁迫圣驾播迁,干政乱政,全是韩全诲阉党所为,其谋逆之罪,神人共愤,铲除阉党,刻不容缓。李茂贞又擅自发令,处死了七十多名宦官。

翌日,昭宗命爱妃赵国夫人和翰林学士承旨韩偓一道出城,向朱全忠宣诏,并展示了韩全诲等十数人首级。诏书中说,以往劫持銮驾、离间君臣、阻挠和解者,皆系韩全诲等人所为。今朕与茂贞已尽诛之,爱卿即可回军,护驾还京。

紧接着,昭宗又亲笔书诏,恢复崔胤宰相职位,命他尽快来凤翔迎驾。同时,擢任宫廷御食使第五可范、宣徽南院使仇成坦为左、右神策军中尉,宦官王知古、杨虔朗为上、下枢密院枢密使。

正月二十二日,李茂贞大开城门,恭送昭宗一行人马出城。

昭宗进入汴州兵军营,朱全忠身穿素服,跪在地上迎驾。他以头触地,痛哭流涕,哽咽着说道:"圣驾蒙尘,皆臣之罪!"

昭宗命客省使宣旨,免除朱全忠之罪。

昭宗令韩偓搀起朱全忠,流着眼泪说:"宗庙社稷,赖卿再安;朕与宗亲,赖卿再生!"

接着,昭宗解下自己腰间玉带,亲手赐给朱全忠。朱全忠涕泗交流,连连叩头,拜谢隆恩。

当日午后,朱全忠亲做前导,护送昭宗启驾回京。

傍晚,昭宗一行抵达兴平,司空、门下侍郎、同平章事崔胤,带领文武百官前来迎驾。

君臣相见,抱头痛哭,泪如泉涌。

天复三年正月二十七日,昭宗和文武大臣终于回到京城长安。

早在光化四年,刘季述之乱平定之后,昭宗为笼络方镇帅臣,颁诏为藩镇节帅加官晋爵。镇海、镇东节度使,彭城郡王钱镠此次被晋封守侍中、彭城王,加食邑一千户。此前昭宗已敕封钱镠家乡临安县石镜乡为广义乡,临水里为勋贵里,安贵营为衣锦营,钱镠画像入凌烟阁。这一次又诏命升衣锦营为衣锦城,钱镠家乡石镜山为衣锦山，大官山为功臣山。

去冬十一月，昭宗被挟持到凤翔，朱全忠入关勤王，出兵凤翔。昭宗在韩全诲、李茂贞胁迫下，诏命天下方镇出兵讨伐朱全忠。

钱镠得知昭宗被劫持，不禁号啕大哭。待接到讨伐朱全忠的诏书，钱镠便慌不迭地召集幕僚将领商议大计。

都知兵马使顾全武说："韩全诲等宦官与李茂贞勾连，劫持圣驾播迁凤翔，实是犯上作乱，大逆不道。此诏必是李茂贞、韩全诲等辈逼迫圣上所为，不必遵奉！"

节度副使成及接言道："朱全忠名曰出兵勤王，实则为争夺朝廷大权，他与李茂贞同为一丘之貉，其狼子野心，尽人皆知。"

钱镠见罗隐低头无语，催促道："昭谏为何不说话？对于朝廷诏命，当如何回复？"

罗隐此时职任节度判官兼盐铁发运副使，朝廷授衔著作佐郎，在幕府中算是身居要职。他见钱镠发问，开口答道："成副使与顾都知所言甚是。圣人在李茂贞、韩全诲胁迫之下，不得不颁此诏书。朱全忠乃当世奸雄，意图掌控朝政，独霸天下。大王远处吴越，既不能入关勤王讨伐李茂贞，又不宜奉诏出兵讨伐朱全忠。"

钱镠笑道："依昭谏之言，是进退不能了？"

罗隐微笑道："大王不妨明里派出使者，前往凤翔驾前问安，暗中与朱全忠联络，表明赞同其出兵勤王、进攻凤翔之意。"

顾全武插言道："昭谏高见！派使者前往凤翔，既可探察朝廷情势，且能获取圣上真实旨意。与朱温暗中结好，对牵制杨行密、确保两浙有益。"

钱镠击掌赞道："好！英雄所见略同！就请吉甫草表，命从事曹师鲁为贡使，赴凤翔面圣，问候起居。其间，要相机拜会朱全忠，与之商讨共御淮南之事。"

掌书记沈崧字吉甫，他连忙答道："属下遵命。"

罗隐又向钱镠建言："大王要招贤纳士，在下以为，可在杭州设置择能院，招徕天下才俊，因人施用，使之为大王效力。"

钱镠点头道："甚好！甚好！烦请昭谏操办此事，兼做择能院使，如何？"

顾全武："昭谏做院使，再合适不过！"

罗隐也不推辞,说道:"在下尽力效命便是!"

钱镠嘱咐道:"设置择能院,选址须适中,最好在风景幽雅之处,又不能过于偏僻,道路还要畅通! 房舍修筑要讲究些,多耗费几两银子是该当的。"

罗隐拱手领命:"属下谨记。一旦寻到合适院址,会请大王和众位同僚前往视察!"

接连数日,罗隐带着一名推官和书童,在杭州城内外奔波,为择能院选址。

这一日,罗隐在西湖周遭宝石山、葛岭山和栖霞山转悠踏勘,傍晚时分方才回到府邸。门吏禀说有客人来访,现在客厅等候。

罗隐顾不得喝上一杯茶,匆匆洗了一把脸,来到客厅。

一位客人背对厅门,正在背着双手欣赏壁上字幅,那是聂夷中赠罗隐的五言古诗《客有追叹后时者作诗勉之》:

后达多晚荣,速得多疾倾。

君看构大厦,何曾一日成?

在暖须在桑,在饱须在耕。

君子贵弘道,道弘无不亨。

太阳垂好光,毛发悉见形。

我亦二十年,直似戴盆行。

荆山产美玉,石石皆坚贞。

未必尽有玉,玉且间石生。

精卫一微物,犹恐填海平。

客人吟毕诗句,不禁赞道:"好个坦之兄,真真是文如其人,字如其人!"

罗隐听声音,已知来者正是阔别二十二年的杜荀鹤,不由高声叫道:"彦之贤弟! 什么风把你吹到杭州来了?"

杜荀鹤转回头,不禁怔了一下:眼前的罗隐,白发苍苍,银须飘胸,满脸皱纹,瘦骨嶙峋,已是垂垂老矣!

罗隐跨步上前,与杜荀鹤拥抱在一起,禁不住热泪盈眶。

杜荀鹤再次仔细打量罗隐,感慨道:"如今的江东生,已非当年钱塘才子模样!"

罗隐："愚兄已届古稀之年，日薄西山，朝不保夕矣！彦之贤弟正当壮年，怎的也须发皆白了呢？"

杜荀鹤叹道："小弟已五十有六，迟暮之年矣！"

罗隐："贤弟年富力强，前程不可估量，万不可自暴自弃。"

书童珠儿送上茶水，二人边饮茶边叙话。

广明元年秋，杜荀鹤与罗隐、皮日休、聂夷中在长安分手后，相互间不断有书信往来。其后由于战乱，道路不通，邮传中断，渐渐没了消息。这次杜荀鹤来浙西游览，方知罗隐在钱镠幕府做判官，经多方打问，寻到清波门内罗隐宅邸。

当年杜荀鹤应试不第，回家乡在九华山隐居读书。大顺二年，杜荀鹤再次进京应试，以第八名登科及第。然而，其时正逢宰相张浚讨伐河东，大败而归，传说李克用要带兵入京"清君侧"。接着，京城发生杨复恭之乱，禁军与杨复恭义子杨守信的玉山营激战，京城一片混乱，官民人等纷纷出逃避祸。杜荀鹤眼见朝政混乱，国事不堪，便无心再求官，离开京城到庐山隐居八九年之久。后来，他回到九华山旧居，依旧做"九华山人"，每日里吟诗读书，赏玩风月。去年，太常博士顾云将荀鹤三百首诗作编成了《唐风集》三卷，并为之作序。

杜荀鹤取出《唐风集》，赠给罗隐。

罗隐接过诗卷，翻阅一番，连连赞道："好诗！好诗！诚如垂象君序言评介，'可以左揽工部袂，右拍翰林肩'矣！"

杜荀鹤心中怆然，缓缓吟道：

　　四海欲行遍，不知终遇谁。

　　用心常合道，出语或伤时。

　　拟作闲人老，惭为识者嗤。

　　如今已无计，只得苦于诗。

罗隐劝勉道："彦之贤弟心怀天下，志在济世救民，只是未遇明主而已。如今贤弟既已来到杭州，不妨屈就钱王幕府，做一番事业，如何？"

杜荀鹤问道："钱镠此人，究竟如何？"

罗隐将钱镠如何招贤纳士、兴农安民大致叙说一番，尤其说了近日钱镠要他操办建造择能院之事。罗隐以为，以杜荀鹤进士及第身份，诗名满天下之声誉，钱镠定会待若上宾，不吝委以重任。

杜荀鹤笑道："据小弟所知，钱婆留出身无赖，曾贩盐为盗。这且不论。他投靠董昌做部将，方得腾达。后来却落井下石，公然抗拒朝命，非要剿灭董昌不可。待董昌做了阶下囚，他又假意礼敬，暗中谋害，吞并了浙东。他待润州藩帅周宝，当面逢迎，背后捅刀。凡此种种，不是足证钱镠乃背恩负义、两面三刀的伪君子吗？"

罗隐道："如今天道沦丧，人心不古，纲常败坏，信义无存。方镇之间，钩心斗角，尔虞我诈，互相吞并，毫无是非可言。钱王为兼并浙东，自是不择手段。这怪不得钱王一人，春秋无义战嘛。世情如此，天下大势如此，奈何，奈何！"

杜荀鹤："小弟在山中隐居数十年，闲云野鹤，懒散惯了，恐怕受不得衙门拘束。贤兄美意，小弟记下了。待我回到九华山，安排妥当家事，再作计较，如何？"

罗隐也不勉强，只说："贤弟既来杭州，便多盘桓些日子，咱二人也好畅叙别情！"

杜荀鹤哈哈大笑道："那是自然！小弟正要畅游西子湖和越中名胜哩！"

书童珠儿进来禀报说，厨下已备好酒饭。罗隐吩咐道："快把梨花春酒取来！"

不一刻，珠儿将点心、酒、菜铺排在几案上。罗隐请杜荀鹤入席，说道："杭州梨花春，算得上天下名酒。今日你我二人开怀痛饮，一醉方休！"

杜荀鹤笑道："江东生诗云'今朝有酒今朝醉'嘛！"

珠儿打开酒坛，梨花春酒香扑鼻而来。

罗隐请杜荀鹤随便用些点心，杜荀鹤举箸一看，叫道："好精美的糕点！"

罗隐微笑着说："请贤弟品一品杭州名点！这是金银炙焦牡丹饼，那是活糖沙馅诸色春卷、金铤裹蒸茭粽、糖蜜韵果、七宝酸馅、鹅眉夹儿，还有枣䭔荷叶饼。"

杜荀鹤尝了几样点心，只觉味道各有千秋，美不胜收，一时赞不绝口。

接着，荤素菜肴陆续上席，荀鹤多不识品名，罗隐逐一绍介，方知有锦丝头羹、百味韵羹、清撺鹿肉、荔枝腰子、清供沙鱼拂儿、五味酒浆蟹、酒法白虾、麻姑丝笋臊子、石首玉叶羹、撺鲈鱼清羹。

二人推杯换盏，不多时，一坛梨花春见了底。珠儿又打开一坛，二人喝得酣畅淋漓,醉眼蒙眬起来。

　　杜荀鹤晕晕乎乎,终于眼睛也睁不开了。罗隐命书童将荀鹤扶进客房歇下,自己头重脚轻步履跟跄地回到卧房,倒头呼呼睡去。

　　次日,直到日上三竿,杜荀鹤方才醒来。书童早已候着,侍奉他洗漱甫毕,罗隐进了客房。

　　罗隐问道:"彦之,晚间歇息得可好?"

　　杜荀鹤笑道:"好得很哩! 这梨花春酒喝起来清香甜软,想不到却这般有后劲儿!"

　　罗隐笑道:"钱塘人有句口号:梨花春,梨花春,绵甜清香醉煞人。外乡人来杭州,被梨花春醉倒者不知几许呢!"

　　说话间,珠儿送来早点,杜荀鹤和罗隐都觉没有胃口,各自喝了一小碗稀粥,便漱口作罢。

　　罗隐说:"彦之来杭州,西湖自然非游不可。今日湖上泛舟如何?"

　　杜荀鹤笑道:"客随主便。在杭州,九华山人自然要听江东生铺排了。"

　　于是,罗隐与杜荀鹤、书童珠儿三人出了清波门,来到西湖岸边,沿白堤西行漫步。

　　杜荀鹤举目四望,好一派如画风光! 绕岸杨柳垂千条,舞姿婆婆随风摇。万亩绿波连青岱,十里白堤断蓝桥。鱼翔鹰击惊素水,燕飞莺啼绽碧桃。画舫载酒笙歌远,靓男倩女乐陶陶。

　　触景生情,杜荀鹤不由赞道:"白乐天疏浚西湖,修筑沙堤,既兴了水利,又添了美景,功垂千古啊!"

　　罗隐笑道:"还有,乐天饱览西湖美色和杭州胜景,留下了脍炙人口的篇章,诚为杭州之幸。我乃余杭人,也做过钱塘县令,却没有吟西湖诗,真是惭愧之至!"

　　杜荀鹤诧异道:"这却为何? 以昭谏兄手笔,若咏西湖,岂不是信手拈来?"

　　罗隐摇摇头,说道:"彦之贤弟诗才,当今之世无人可比。面对湖光山色,满眼美景,必有好诗!"

　　杜荀鹤斟酌再三,方省悟道:"眼前有景道不得,崔颢题诗在上头。有白乐天的

《钱塘湖春行》,我辈可以搁笔矣!"

书童珠儿闻听二人对话,一时来了兴致,随即开口诵道:

> 孤山寺北贾亭西,水面初平云脚低。
>
> 几处早莺争暖树,谁家新燕啄春泥。
>
> 乱花渐欲迷人眼,浅草才能没马蹄。
>
> 最爱湖东行不足,绿杨阴里白沙堤。

罗隐对荀鹤夸赞珠儿道:"珠儿才十二岁,已可背诵《诗经》《文选》和唐人诗词五百余篇,大有长进呢!"

此时,恰有一艘画船岸边揽客,罗隐遂邀荀鹤登船游湖。

杜荀鹤随罗隐上了船,早有两名乐伎飘飘下拜,将三人迎入船篷内。二人刚坐下,乐伎便给他们沏上了新茶。

画船荡开清波,向湖心小岛划去。

杜荀鹤端起茶盅,品了一口茶,顿觉清香满口,一股馥郁之气贯通五脏六腑,精神不由为之一振,眼睛忽地明亮起来,不禁连声赞道:"好茶! 好茶!"

罗隐笑道:"这是湖州顾渚山紫笋茶,陆羽《茶经》将其与剑南蒙顶石花并列为茶中上品。每年采茶季节,都要有三万茶工辛劳一个月,采制新茶,供奉朝廷。杭州人近水楼台,方得有此口福。不过,顾渚山紫笋名贵至极,一两即需八百钱呢!"

杜荀鹤感叹道:"陆鸿渐不愧'茶圣'称号。"

此时乐伎碧云走上前来,笑吟吟地问道:"两位郎君皆儒雅之士,何不点几支曲子听呢?"

罗隐道:"敢问音声娘子,能唱甚曲?"

歌伎羞月在一旁答道:"妾身浅陋,不过是李翰林、王司马、刘梦得、白乐天、杜牧之、李义山、温飞卿、江东生、杜彦之之流罢了。"

杜荀鹤:"哟嗬,娘子好大口气! 且唱几支曲子听一听再说。"

乐伎碧云吹玉笛,羞月操箜篌,管弦协奏,乐声顿起,恰似泉水叮咚,溪流淙淙,闻之如饮玉液琼浆,令人心驰神往。

碧云唱起白居易的《湖上招客送春泛舟》:

> 欲送残春招酒伴，客中谁最有风情。
>
> 两瓶箸下新开得，一曲霓裳初教成。
>
> 排比管弦行翠袖，指麾船舫点红旌。
>
> 慢牵好向湖心去，恰似菱花镜上行。

杜荀鹤不由连连击掌叫好。

又听羞月唱道：

> 望海楼明照曙霞，护江堤白踏晴沙。
>
> 涛声夜入伍员庙，柳色春藏苏小家。
>
> 红袖织绫夸柿蒂，青旗沽酒趁梨花。
>
> 谁开湖寺西南路，草绿裙腰一道斜。

书童珠儿高声叫道："她唱的是白乐天的《杭州春望》！"

碧云姑娘接唱道：

> 买莲莫破券，买酒莫解金。酒里春容抱离恨，水中莲子怀芳心。
>
> 吴宫女儿腰似束，家在钱塘小江曲。一自檀郎逐便风，门前春水年年绿。

罗隐问珠儿："晓得是谁人的曲子词吗？"

珠儿低头嗫嚅道："不晓得。"

杜荀鹤道："这是温庭筠的《苏小小歌》，不晓得没甚要紧。《诗三百》之外，诗赋曲词汗牛充栋，单是李太白就有三千多首呢！"

此时，船家送上糕点，为客人斟上梨花春酒。

罗隐举起酒杯，以酒蘸甲，向荀鹤敬酒。二人一边饮酒听曲，一边欣赏湖光山色。

却听羞月唱道：

> 怒声汹汹势悠悠，罗刹江边地欲浮。
>
> 漫道往来存大信，也知反覆向平流。
>
> 任抛巨浸疑无底，猛过西陵只有头。
>
> 至竟朝昏谁主掌，好骑赪鲤问阳侯。

书童珠儿叫喊起来："她唱的是我家主人的《钱塘江潮》！"

杜荀鹤用目光询问罗隐，罗隐微笑着点了点头。

罗隐问乐伎："两位娘子，可能唱九华山人的曲词吗？"

碧云笑答："这个不难。"

她转头轻声招呼羞月："《春宫怨》。"

箜篌、琵琶奏起柔婉缠绵的乐曲，碧云缓缓唱道：

> 早被婵娟误，欲妆临镜慵。
>
> 承恩不在貌，教妾若为容。
>
> 风暖鸟声碎，日高花影重。
>
> 年年越溪女，相忆采芙蓉。

罗隐点头称善，道："再来一曲！"

碧云、羞月目光会意，琵琶、箜篌同时奏起，羞月深情地唱起来：

> 别来春又春，相忆喜相亲。
>
> 与我为同志，如君能几人。
>
> 何时吟得力，渐老事关身。
>
> 惟有前溪水，年年濯客尘。

罗隐听得如醉如痴，乐曲终了，如梦方醒，击掌赞道："好诗！好曲！唱得好！"

罗隐当即命书童取出一串钱来，赏给碧云、羞月。

羞月和碧云连连下拜道谢，又唱过几支曲子，画船已靠上湖心岛。

杜荀鹤与罗隐弃船登岸，游览湖心岛，凭吊苏小小墓，一时感慨不已。

天色入暮，二人登上孤山，眺望西湖夜景。

月上柳梢，山水朦胧。灯火点点，画舫星陈。灯光与月光交织在湖面上，粼粼光影闪烁不定。

杜荀鹤与罗隐在白堤漫步，晚风吹动湖中荷叶，似有万千仙子在翩翩起舞。罗隐轻轻地叹了口气，像是有什么心事。杜荀鹤心中有一个难以释怀的疑问，几次张口又咽了回去。

二人到了平湖秋月台榭之上，风又大了些，荷蘋与湖水发出拍击声响，一轮明月升上半空，月中桂树似乎也在随风摇动。

罗隐在台榭上辗转许久，脱口吟道：

> 湖上风高动白蘋，暂延清景此逡巡。
>
> 隔年违别成何事，半夜相看似故人。
>
> 蟾向静中矜爪距，兔隈明处弄精神。
>
> 嫦娥老大应惆怅，倚泣苍苍桂一轮。

杜荀鹤拉住罗隐的手，问道："是在思念灵珠姑娘吧？"

罗隐没有说话，只是微微点了点头，说起灵珠的一些往事来。

十五年前，护送灵珠的郑二来到杭州，向罗隐哭诉了主仆二人逃离京城，千里迢迢艰难跋涉，遭遇宣武军节度使朱全忠，灵珠被逼跳进汴水自杀身死的经过，罗隐悲痛万分。他当时就要动身前往汴州雍丘县去取回灵珠骸骨，可适逢润州牙兵叛乱，接着又是淮南毕师铎、秦彦、孙儒与杨行密争战，你杀过来，他攻过去，兵连祸结，无休无止，闹得江淮烽火遍地，血流成川，舟楫不通，道途阻塞。罗隐徒唤奈何，只得等待时机再往汴州。

直到大顺元年四月，淮南一时无战事，罗隐方与郑二登程，乘船北上，前往雍丘寻找灵珠遗骨。

由于多年战乱，运河失修，河道淤塞，航运不通。罗隐和郑二只得走驿道，还要躲避战乱和匪盗，路上走了两个多月，方至雍丘县境。

郑二引导罗隐在汴水北岸寻觅两日，终于找到掩埋灵珠的荒丘。

二人焚香祭奠，郑二号啕大哭。

罗隐面对草莱丛生的荒坟，不由痛彻心扉，登时泪如泉涌，泣不成声。

罗隐跪在坟前，哀告灵珠："娘子对罗隐情深似海，恩重如山，罗隐未能迎娶你，愧对苍天，抱憾终生！你我有山海盟约，你是我名正言顺的妻子。如今我专程来接你回家乡余杭，将你安葬青山绿水之间，永世陪伴在你身边！"

二人动手挖开坟头，取出灵珠骨骸，装进楠木匣子里，外面用葛布层层包裹了，遂又踏上归途。

罗隐回到杭州，携郑二在西湖周遭为灵珠踏勘墓地。二人跋山涉水，先后察看了葛岭山、烟霞岭、风篁岭、天龙山、秦望山、南高峰、灵隐山、北高峰、玉岑山等山岭,最后选中定山一处向阳山坡,作为灵珠安息之地。此处有秦望山、南高峰和浮山环绕,古木苍翠,恬然幽静。山坡下一条小溪,流水潺潺,清澈见底。

罗隐将朝阳山坡一片山林买下来,为灵珠修成一座小巧的坟茔,择日将骨骸安葬。

郑二一再向罗隐恳求,要在定山为灵珠守墓。罗隐便在山坡上修筑一间茅屋,供郑二居住。郑二除看护坟墓按时节祭奠灵珠外,平日里修剪林木花卉,在林间隙地上种植菜蔬,晨昏练一练五禽戏,倒也舒心惬意,算是有了一个安身之地。

罗隐常来灵珠墓地祭奠,并给郑二送些钱粮和日用之物。

杜荀鹤在罗隐陪同下,专程前往定山祭拜灵珠,看望郑二。

罗隐和荀鹤在山林中徜徉,自然想起老友皮日休和聂夷中来,感慨唏嘘许久。皮日休的遭遇,二人有锥心之痛。他们知道皮日休有一个儿子名光业,当年随父前往毗陵赴任,皮日休投归黄巢之后,光业流落何处,至今毫无消息。

罗隐说,作为袭美故交,我等理应照拂他的后人。荀鹤点头说要慢慢打听光业下落,如能找到他,便让他好好读书,使之成为有用之才,以告慰袭美在天之灵。

杜荀鹤在杭州盘桓半月之久,决意要离开杭州南行。罗隐苦苦挽留,荀鹤总是婉拒,并提醒他谨言慎行,及早退身。

荀鹤特赋《献钱塘县罗著作判官》一诗相赠:

> 还乡夫子遇贤侯,抚字情知不自由。
>
> 莫把一名专懊恼,放教双眼绝冤仇。
>
> 猩袍懒著辞公宴,鹤氅闲披访道流。
>
> 犹有九华知己在,羡君高卧早回头。

荀鹤登程之日,罗隐预备了盘缠和干粮、果品。黎明时分,罗隐携酒到西陵码头为荀鹤送行。

两个须发皆白之人,在长亭中把酒话别,泪眼相看,依依难舍。

罗隐哽咽道:“彦之贤弟,今日一别,不知何日再相逢?愚兄年近古稀,来日无多,不知……”

杜荀鹤也知从此一别或许便是永诀,神情不禁为之黯然,他执着罗隐的手说:

"昭谏兄,多多保重啊!"

罗隐睁开蒙眬泪眼,说道:"彦之,你……也要保重……"

杜荀鹤决然转身,步下码头,登上客船。

罗隐目不转睛,盯着荀鹤身影。

杜荀鹤站立船头,向罗隐拱手道别,口中高声诵道:

> 故国看看远,前程计在谁?
>
> 五更听角后,一叶渡江时。
>
> 吾道天宁丧,人情日可疑。
>
> 西陵向西望,双泪为君垂。

客船扬帆启航,渐行渐远,慢慢消失在天际。罗隐怅然若失,如痴如呆,浑浑噩噩地转身离开码头。

送别杜荀鹤之后,罗隐又忙于辟划修建择能院,直到炎夏七月画出建筑要图,交付士曹按图修筑,才算是稍稍松了一口气。

不料,钱镠忽地传令,要带领文武官员巡行衣锦城。原来,昭宗于五月晋封钱镠为越王,钱镠为光宗耀祖,要衣锦还乡,修治旧居,大宴乡亲父老。

钱镠命长子传瑛留守杭州,三城都指挥使马绰、武勇右都指挥使许再思成卫杭州城。

这日,钱镠带领王子王孙和文武官员,由一万精兵护卫,排开仪仗,浩浩荡荡开赴临安。

临安县令指挥乡吏和百姓,将衣锦乡山林用锦绣绸缎覆盖,装饰得花团锦簇,一片灿烂。

钱镠在家族祠堂和坟山隆重祭奠了先祖,接着大宴家乡父老。衣锦城男女老少加上勋贵乡六十岁以上老人,全都请到衣锦城来,排开宴席,欢宴三日。筵席之上,山珍海味,水陆俱陈。日夜有乐舞百戏,龙舟竞渡,热闹排场不消细说。

接着,钱镠招徕数千名工匠,在衣锦城大造楼宇宫室;命武勇右都指挥使徐绾带领亲卫军人马,开挖护城壕,疏浚河道沟渠,引水灌注壕中。

时值七月酷暑,天气炎热难耐。将士们整日辛苦劳作,夜晚露营,被蚊虫叮咬无法入睡。不少人染上疟疾，发烧打摆子，疾疫在军营中蔓延开来。将士们苦不堪言，人心躁动不安。徐绾和武勇都将士，原是孙儒旧部。当年孙儒战败身死，徐绾带领人马投奔浙西，钱镠见徐绾部众骁勇善战，心中大喜，便封其号为武勇都，作为自己的亲卫军。行军司马杜稜曾劝谏说，徐绾及其部众皆亡命之徒，不可做护卫亲军，钱镠却执意不听。

罗隐得知武勇都兵营疾疫流行，当面劝谏钱镠，请求停止开挖河渠和筑城劳役，让将士们返回杭州。钱镠一心要修建一座宏阔奢丽的衣锦城，以便在乡亲们面前显示富贵，不仅听不进谏言，反命武勇都加紧修筑，限期竣工。

武勇都将士愤慨怨望，吵吵嚷嚷要散伙回乡。徐绾心中忍无可忍，遂与部下将领密谋哗变。

恰巧，钱王要在衣锦城宴会众位将领，徐绾便与部将谋定，在宴席上刺杀钱镠，而后屠灭钱氏家族，带兵杀回杭州。

宴会之日，徐绾怀中揣了一把利刃，按时来到衣锦城，与众位将领进入新近落成的宴会堂。

钱镠居于上席，背后站立着四个带刀武士。

文武官员席位分左右两行排列，依次为都知兵马使顾全武、行军司马杜稜、节度副使成及、判官罗隐、掌书记沈崧、诸军都指挥使阮结、武勇右都指挥使徐绾等。

依照谋划，徐绾要在向钱镠敬酒时突然抽出匕首行刺。然而老天不遂人愿，事情大大出乎徐绾意料。新建成的宴会堂，主人席位设在高台之上，幕僚官员向钱镠敬酒时，皆站在台下，距钱镠甚远。

轮到徐绾敬酒，他同别的官员一样站在台下，不便行事。徐绾心怀鬼胎，举着酒杯敬酒，两眼偷偷观望钱镠背后凛然站立的四个带刀护卫。他知道，四人皆是精心挑选出来的猛士，个个身怀绝技，武艺高强。再看坐在左右两侧席上的顾全武和杜稜，皆虎视眈眈瞅着自己，像是有所防备。若自己冲上台去，四个带刀护卫必会截住厮杀，如此便很难刺到钱镠。再则，身后的顾全武和杜稜，皆有万夫不当之勇，也会不顾一切前来护卫钱镠。他在心中盘算一阵，觉得实在难以下手，只得作罢。

徐绾敬过酒，退回席位，心中依然"咚咚"跳个不停。

酒宴结束，徐绾与在外面准备接应的将领们回到军营，密商进退之策。众人最终商定，先带人马返回杭州，而后与武勇左都指挥使许再思联手，攻占牙城，占领杭州，阻止钱镠回城。

次日，徐绾向钱镠禀报说，由于天气炎热，蚊虫肆虐，军营内疾病流行，大多数将士染上疟疾，已无法继续在此从事劳役，请求回防杭州，让将士们治疗疾病。

钱镠心中十分不快，但他知道武勇都营中疾疫流行，军心不稳，只得挥挥手道："好吧，你带人马先回杭州好了，本王随后也要回去。"

徐绾如逢大赦，匆忙带领武勇都人马奔回杭州。

武勇左都指挥使许再思与徐绾同为孙儒旧部，一同投奔钱镠，分任武勇都左、右指挥使，是一根绳上的两个蚂蚱。两人一拍即合，决计带兵哗变，封锁外城各城门，阻止钱镠返回杭州。二人打算先攻占牙城，而后联络宣州节度使田頵，请他出兵相助，与钱镠决一雌雄。

留守杭州的钱传瑛与三城都指挥使马绰，得到城门守将禀报，随即传令关闭城门，拉起吊桥，严防死守。同时，传瑛派人前往衣锦城禀报钱王，请他速回杭州平定叛乱。

钱镠得知徐绾、许再思公然策动武勇都叛乱，迅即带领人马直抵杭州城北，命成及攻打城门。

徐绾带兵出城，与成及交战。成及部将潘长一马当先，带领骑兵杀入武勇都阵中，斩首二百余级。徐绾抵挡不住，逃回龙兴寺固守，自此坚闭城门，再不出战。

钱镠化装成布衣，与城内牙将周肃取得联络。周肃派部将带了一只小船，迎接钱镠从水门进入外城东北隅。

当日深夜，钱镠攀爬城墙，进入内城，悄悄来到北门内，见值更士卒俯伏在更鼓上睡得正香，不由怒从心头起，抽出腰间宝剑，一剑将其刺死。

钱镠潜回军府，当即命三城都指挥使马绰守卫北门，内城都指挥使王荣和由新城前来增援的武安都指挥使杜建徽把守南门。

顾全武对钱镠说："徐绾势力单薄，必会勾引田頵出兵浙西相助。田頵素怀异志，妄图称霸一方，不甘久居杨行密之下。故此，田頵定会应徐绾之邀，出兵进攻杭州,这是最可顾虑之事。为今之计,大王不若命王子传璙前往扬州,向吴王求婚,请吴王阻止田頵出兵浙西。吴王此时正出兵讨伐朱全忠,必愿与我通好。况且,吴王早已顾虑田頵势力膨胀,尾大不掉,自会愿与大王通好以遏制田頵。"

罗隐等皆赞同顾全武主张,钱镠便命顾全武和王子传璙前往扬州,向吴王杨行密求婚通好。

接着,钱镠派出多路使者,传令各州刺史和守将派兵马救援杭州,协力平定叛乱。

顾全武和钱传璙来到扬州,拜见吴王杨行密,献上厚礼和钱王书札,恳切向吴王求婚。杨行密心中大喜,摆开宴席,款待钱传璙和顾全武。

前不久,杨行密被困居凤翔的昭宗册封为吴王,兼东面行营都统,诏命其讨伐朱温。杨行密正想争夺中原,遂派出两万人马进抵宿州。因为运河淤塞,运粮船难以通行,又只得退兵。

杨行密探知朱温战败李茂贞,护卫昭宗回京,猜测朱温大军班师汴州之后,定会发兵进攻淮南。中原众多方镇已被朱温征服或吞并,淮南已成为朱温卧榻之侧,何况他对淮南垂涎已久,几次亲率大军来犯。若朱温再次带兵来攻,钱镠从背后出兵进攻江南州郡,淮南便会腹背受敌。如今,钱镠派人前来求婚通好,并愿将儿子传璙做人质留在扬州,这正是求之不得之事! 如淮南与钱氏通婚结好,淮南没了后顾之忧,便可全力对付汴州兵的进犯。

杨行密见钱传璙眉清目秀,风度翩翩,爱怜之意顿生,不觉随口赞道:"此子真龙种也! 生子当如钱郎,我那些儿子与之相比,真是如同猪狗一般!"

吴王满口答应钱传璙求婚,将自己女儿许他为妻,命人在扬州城内为钱传璙和顾全武选择府舍,二人遂在扬州留住下来。

宁国军节度使田頵收到徐绾的救援之请,心下暗喜。

田頵粗通文墨,性情沉毅果敢,且素怀大志。他与杨行密同乡同里,青年时曾结拜为兄弟,两人一同起事。田頵身经百战,以军功升任节度使、同中书门下平章事,成为藩镇节帅、封疆大吏。田頵不甘屈居杨行密之下,便专意扩充人马,收揽人才,拓展地盘,吞并邻道。此前,田頵请求杨行密将池州、歙州划归宁国军管辖,杨行密不允,田頵心中怨愤不已。如今杭州内乱,徐绾请他出兵相助,正中其下怀。田頵以为,这是吞并两浙千载难逢之良机,万万不可错过。如能攻占杭州,灭掉钱镠,自己便可独霸江南吴越之地,成就千秋大业。

于是,田頵集合三万精锐人马,杀奔杭州。徐绾在灵隐山迎住田頵,二人合兵一处,直扑杭州北门。

田頵命人向城内守将喊话,要钱镠出面会谈。

钱镠登上北门城楼,见宣州兵马众多,营帐如云,气势甚盛,便决计先挫其锐气。

田頵在马上向钱镠喊道:"本相请大王把杭州城让出来,到越州去享清福,免得你我兵戎相见,如何?"

钱镠哈哈大笑道:"杭州军中确是发生了小小的叛乱,哪个方镇没有过这等事?府相怎的就出兵前来帮助谋乱贼人呢?"

田頵闻言大怒,命旗手舞动令旗,传令攻城。

钱镠张弓搭箭,向田頵身边旗手射去,旗手应声倒地,令旗甩落在地。

田頵暴跳如雷,亲自擂响战鼓,指挥将士们潮水般攻向城门。

钱镠和马绰指挥守城将士,轮番用弩箭射杀敌兵。顷刻间箭如雨下,无数宣州兵立时毙命。

田頵催动人马,一拨接一拨杀到城下,竖起云梯向上攀爬。城头守军用滚木礌石砸下去,攀爬云梯的宣州兵接连坠落城下。

不消一个时辰,宣州兵尸积如山,护城河水为之变色。

田頵怒不可遏,传令宣州兵拼死攻城。

钱镠见状,匆忙与成及、马绰商议破敌之策。

成及献言说:"眼前之势,须选拔勇将和死士,突入敌阵,杀乱其中军,方可退敌。"

马绰部将陈璋自告奋勇,说是愿带领三百勇士,杀出城去,冲入敌阵,血战到底,以死报效大王。

钱镠大加慰勉,当即选拔三百勇士,亲自把盏斟酒为之饯行,并且许诺,战死者必优待亲属,抚养其父母妻儿。

陈璋和三百勇士脱掉盔甲,一个个光着脊梁杀出城去,呐喊着直冲敌阵。

宣州兵被陈璋和勇士们的气势所震慑,一个个目瞪口呆,惊慌失措,纷纷后退。

陈璋率领三百勇士冲进敌阵,如同虎入羊群,刀劈枪刺,杀得宣州兵血肉横飞,哭爹叫娘,四散奔逃。

此时,马绰带大队骑兵趁势杀出城来,追上奔逃的宣州兵,大砍大杀,如同秋风扫落叶,转眼间将宣州兵杀得尸横遍野,血流成川。

田頵声嘶力竭地喝止溃退将士,可兵败如山倒,无论如何也阻止不住潮水般溃逃的大军,反弄得他被人流裹挟着奔逃,一路退回二十里开外。

田頵搜集溃兵,统共剩下不足两万人马,战死和逃亡者万余,遂在杭州城西北扎下营寨。好在宣州水军未遭损失,田頵命水军舰船封锁西陵,从南面夹攻杭州。

钱王命水军指挥使盛造率领水军舰船,开赴西陵,与宣州水军在钱塘江展开激战。

杜建徽沿江岸布置兵马,截断了宣州水军的陆上通道。宣州兵粮草、烧材和菜蔬得不到补充,一时军心慌乱,士气低落,被盛造带领浙西水军杀得连连败退。

田頵正在为连吃败仗而烦恼,不料吴王杨行密的使者来到营中,传达军令,命田頵立即退回宣州,否则,便派人接替宣州宁国军节度使之职。

田頵不甘心就此退兵,空劳一场授人笑柄,便给钱王修书一封,射上城头。书中要钱镠送上犒军钱二十万缗,方可退兵。

钱镠应允田頵索求,送去二十万缗钱,催他谨守诺言,尽快退兵。

徐绾和许再思担心,田頵退兵后,钱镠定会报复其亲眷和族人,便向田頵献计说,为防备钱镠进犯宣州,须要钱镠儿子到宣州做人质。

于是,田頵派人来杭州,要钱王选派一个儿子去宣州做人质,方可退兵。

让王子去宣州做人质,钱王幕府文武官员有赞同者,有极力反对者,双方激烈争辩,掀起一场轩然大波。

马绰、杜建徽等将领说,我军连战皆捷,已送给田頵犒军钱,为何还要派王子去做人质?这不是示人以弱吗?如此以往,田頵必得寸进尺,动则出兵进犯,勒索钱财，如何得了！

沈崧等人赞同派王子去宣州，说是这样不但可使田頵尽快退兵，且可铲除元凶，平定内乱。

钱镠拿不定主意，便问亲家翁成及有何高见。

成及道："徐绾内叛，勾结外藩，致使浙西内忧外患，情势危殆。派一王子去宣州，而内忧外患顿解，不失为权宜之计。况且，大王已经与吴王结亲通好，田頵并不敢随意危害王子。如此，大王便可致力于富国强兵，何乐而不为乎？"

钱镠决意答应田頵，可他有十几个儿子，究竟派哪个去做人质，也是让他犯难。

长子传瑛，带兵镇守杭州，辅佐钱镠署理军国大事，自然不能派到外藩做人质；次子传玑，妻子早丧，至今尚未续娶，且没有子嗣，钱镠不忍心让他做人质；三子传璙，正在带兵镇守浙东越州，不可他派；四子传璹，已在扬州做了人质；五子传寿，其生母李氏夫人疾病缠身，传寿日夜侍奉在侧，亲调汤药，长年夜不解带，不宜年深日久质于外藩；其余诸子年纪尚幼，怎好命他们去做人质呢？

没料到七子传瓘自告奋勇请求去宣州。

钱镠不免惊异："你今年刚刚十四岁，难道就不怕死吗？"

传瓘不慌不忙回答："儿身为王子，舍身以纾家国之难，虽死无恨。"

钱镠不由落下眼泪，拉着传瓘的手说："钱氏有你这般男儿，实在是祖恩庇佑啊！"

次日，传瓘在两个苍头陪同下，来到田頵军营。

田頵心满意足，带着财货，押着钱传瓘，趾高气扬回师宣州。

徐绾、许再思惶急无策，只得带着人马追随田頵去了。

钱传瓘路过家乡临安，不由热泪横流，他在心中暗暗发誓："我一定会回来的！"

三十九　世间何事好，最好莫过诗

在天复二年三月，昭宗曾在李茂贞胁迫下，亲笔书诏，命河东节度使李克用、淮南节度使杨行密、镇海节度使钱镠、西川节度使王建和平卢节度使王师范等藩镇出兵勤王，讨伐朱全忠。

彼时，出兵讨伐朱全忠最有力的藩镇，一是青州平卢军节度使王师范，再是淮南节度使杨行密，皆因两镇与朱全忠有着生死存亡之争。

朱全忠在吞并郓州、兖州、徐州，扫平河北后，野心更加膨胀，继续向东扩张势力，开疆拓土。青州毗邻郓州、兖州，且是山东唯一未被朱全忠征服的方镇。王师范是一个有识见、有胆略之人，自觉唇亡齿寒，强敌迫近眼前，决意与朱全忠抗争到底。

昭宗诏命天下藩镇讨伐朱全忠，对于王师范来说，不啻为天赐良机。王师范接到诏书，号啕大哭，涕泪满衣，痛心疾首地对部下将领们说："我身为朝廷屏藩，岂能坐视天了遭受如此困辱！藩镇节帅手握强兵，莫非只是用来自保的吗？我青州平卢军虽地小兵弱，却要不计成败，全力奉诏讨贼！"

于是，王师范遴选出一班将士，扮作商人，暗藏兵器，分别前往中原诸州，联络义士共同起兵；又派使者前往扬州、杭州、太原，邀约杨行密、钱镠、李克用等一道出兵讨伐朱全忠。

其时，韩全诲命金吾将军李俨为敕使，前往扬州向杨行密宣诏。杨行密特意为之建造制敕院，在先帝画像前跪拜听宣。

昭宗在诏书中加封杨行密为东面行营都统、中书令，晋爵吴王；以朱瑾遥领平卢节度使，朱延寿遥领奉国军节度使。同时，命两浙、宣歙、湖南等方镇兵马，皆由杨行密节制。

于是，杨行密厉兵秣马，图谋乘朱全忠围攻凤翔之机，直捣其老巢汴州。杨行密深知，若朱全忠攻克凤翔，便可挟天子以令诸侯，独霸天下。那时，朱全忠必先攻取淮南，进而兼并江南、两浙等地。

朱全忠对淮南觊觎已久，曾多次派兵来攻，一意兼并。杨行密率领淮南将士，在淮河两岸与朱全忠大军几番生死血战，才击退了汴州兵马，成为东南第一强藩。

杨行密心腹谋士袁袭过世之后，舒州人高勖任掌书记，他向杨行密进言说："淮南兵火之余，十室九空，请大王选拔贤能之士，充任郡守县令，督导百姓，劝课农桑，数年之间，便可仓廪充实，兵强马壮。"

杨行密问道："眼下军费匮乏，我意欲以茶盐易民布帛，赚取军饷，如何？"

高勖劝阻道："百姓穷困已极，若竭泽而渔，便是迫使百姓叛离。不如以淮南特产，与邻道交易，互通有无，贸易所得，足可供给军费。"

杨行密高兴地说："好！就照你说的办！"

杨行密选拔陶雅等贤能之士充任州县长官，奖励农桑，减轻赋税，召集流亡百姓回乡安居种田。外地流民纷纷来到淮南，从事农桑，人口大增，百姓渐富。淮南以其特产海盐和茶叶与外藩交易，赚取军饷，军费供给日渐充裕。

杨行密厉行节俭，禁绝奢靡，常身着补丁衣衫，即便外出巡视也毫不例外。有人劝他说，您身居王位，当有王者体面。杨行密说："我出身寒微，不可忘却根本！"

淮南百姓拥戴杨行密，人们平日里说话，特意避讳其名讳。淮南盛行养蜜蜂，百姓只说"养蜂"，蜂蜜改称"蜂糖"，延用千年，至今依然。

淮南都知兵马使徐温，字敦美，海州人氏，原是私盐贩子。他当年随同杨行密合肥起兵，与陶雅、刘威等号称"三十六英雄"。徐温沉默寡言，不苟言笑，胸怀韬略，腹有良谋。杨行密幕宾中，还有一位高士姓戴名友规，深谋远虑，识多见广。他与高勖一道，为杨行密出谋划策，筹划方略大计，即：北拒朱全忠，固守淮河；南与钱镠争夺江南，但不可与其破裂，以免南北两面受敌；西进夺取光州、蕲州、黄州，进图鄂州、洪州，而与湖南马殷通好。

杨行密从善如流，一一采纳施行。

天复三年正月，昭宗君臣在朱全忠带兵护卫下，从凤翔回到西京长安。朱全忠命侄子朱友伦带领人马驻守京城，禁卫皇宫。

昭宗制命朱全忠为"回天再造竭忠守正功臣"，晋封守太尉、中书令、宣武宣义天平护国等四镇节度使、诸道兵马副元帅，加食邑三千户，实封四百户。其余有功将领和藩镇节帅，一并加官晋爵。

昭宗素服入太庙，祭祀列祖列宗，哭拜于地。礼毕，昭宗拉着陪祭的朱全忠之手，泪流满面说道："朕能够生还京师，全是爱卿的功劳。自古以来，臣子救君危难者，没一个比得上爱卿。朕今日得以再祭宗庙，亲奉觞酒祭奠祖宗，皆是爱卿的大恩大德，朕今生是无以报答了！"

朱全忠连忙伏地叩头，泣不成声道："圣上蒙难，臣等罪该万死！阉狗祸乱朝廷，颠覆社稷，罪不容诛，国人无不切齿痛恨！韩全诲等人虽已伏诛，然追随韩全诲的阉官，还大有人在，难保此辈日后不再生事。臣请陛下允准，将阉党斩尽杀绝，以除后患！"

昭宗咬牙切齿说道："这帮伤天害理的狗奴才，目无国法，蔑视朝廷，无君无父，罪不容赦！"

昭宗固然对宦官恨之入骨，但他却没想到，朱全忠和崔胤已彻夜密谋，要挟持昭宗，将京城内外的宦官斩尽杀绝，永除后患。

朱全忠派兵逮捕了左神策军中尉第五可范等大小宦官头目五百多人，押解到内侍省，朱全忠一声喝令，只见一片刀光剑影，五百多颗人头滚滚落地。

接着，崔胤和朱全忠又逼昭宗颁诏，命京兆府和诸道方镇搜捕朝廷早前派出的宦官使者和监军宦官，统统就地诛杀。京兆府在京城内外搜捕大小宦官，连已经致仕回乡者也被抓起来杀掉。

最后，宫中只留用六品以下黄衣小宦官三十人，以供洒扫。朝廷所有制敕诏令，全由崔胤选出的宫女出入传送。

自此,中唐以来的宦官之祸,终告完结。

朱全忠又让李晔颁诏,命崔胤兼判六军十二卫事,统领禁军。左右神策军和畿辅八镇神策军,归属禁卫六军,由崔胤管领;宰相陆扆贬为沂王师傅,东都洛阳安置;宰相王溥贬为太子宾客,洛阳安置;李茂贞同党、宰相苏检和吏部侍郎卢光启赐死;韩全海等人进献的宫女宋柔及与宦官有牵连的道士、和尚,押送京兆府,乱棍打死。

为扩充地盘,吞并鄂州,杨行密奏请朝廷敕封朱瑾为东面诸道行营副都统、同平章事;升州刺史李神福为淮南行军司马,兼任鄂岳行营招讨使;舒州团练使刘存为招讨副使。

朱瑾、李神福、刘存三人率领六万大军,讨伐武昌节度使杜洪,进取鄂州。淮南人马沿长江西上,一路顺利进兵,州县官员纷纷弃城而逃。

武昌节度使杜洪,本是江夏伶人,擅长演参军戏。光启年间,秦宗权进犯江淮,鄂州守将纷纷逃走。杜洪驱逐节度使,自称留后,朝廷遂敕封其为节度使。实则,杜洪既无安民理政之才,更无治军打仗的本事。如今他得知淮南人马来攻,便急忙派使者前往汴州,请求朱全忠发兵相救。

朱全忠成为中原霸主后,除李克用、杨行密、李茂贞和王师范外,其余藩镇多归附旗下,唯其马首是瞻。接到杜洪求救书信之后,朱全忠即命部将韩勃带一万人马南下鄂州,实为与杨行密争夺江汉地盘。朱全忠又派出使者,督促荆南节度使成汭、湖南潭州武安军节度使马殷、湖南朗州武贞军节度使雷彦威等,出兵救援杜洪,共同抵御淮南兵马。

荆南节度使成汭,本是淮西人氏,因醉酒后杀人,被官府追捕,遂化名郭禹,入寺落发为僧。他后来到蔡州投军,成为军校,奉命带兵戍守荆南。郭禹凶暴异常,荆南节度使欲杀之,郭禹遂亡命江湖,招集流亡,编成队伍,竟达千人之众。接着,郭禹带领人马袭占荆南,驱逐节度使,朝廷遂授郭禹荆南节度使节麾。此时,历经多次战乱的江陵府,仅剩下十七户人家,其凋敝破败之状,可想而知。郭禹招集流亡百姓,复垦农田,奖励蚕桑,与民休息。经过几年精心治理,经济得以恢复。同时,郭禹力倡与邻道通商,江陵商贾云集,人口日渐繁盛,竟达万户以上。因郭禹治绩斐然，世称"北韩南郭"。北韩者，渭州节度使韩建是也；南郭者，即是郭禹。

郭禹上表朝廷，请求恢复本姓。昭宗颁诏允准，并晋封其检校太尉、上谷郡王，郭禹遂变为成汭。

荆南经济繁荣，成汭得意忘形，夜郎自大起来。他一心开疆拓土，侵占邻藩地盘，曾几次想夺取朗州、澧州，均未得逞，遂与朗州雷彦威和湖南马殷结下冤仇，势同水火。

成汭倾尽荆南财力，打造战舰，扩充部伍，图谋进军湖南。三年间，荆南扩军十万，修造舰船千艘，其战舰名号，有旗舰"和舟"号，其余还有"齐山""截海""劈浪"等名号。

如今，朱全忠要成汭救援鄂州，成汭一则惧怕朱全忠，不敢不出兵；再则，他更想乘机吞并鄂州，扩充地盘。于是，成汭率领十万大军倾巢出动，舰船千艘，樯橹如林，浩浩荡荡沿江东下。

掌书记李铤精明干练，头脑较为清醒，劝谏成汭说："荆南水军，每艘战舰可载千名将士，运载稻米的漕船更大，船体沉重，遇有紧急军情，行动迟缓，难以转圜。淮南兵向来剽悍，其行动之敏捷，我军无法与之比肩。更可忧虑者，是湖南马殷、雷彦威，皆我宿敌，太尉此番大举进攻鄂州，不能不防备背后黄雀。一旦其乘江陵空虚犯我荆南，或与杜洪联手，夹击我于坚城之下，则悔之晚矣！"

成汭反问道："梁王命我出兵救援鄂州，岂能不从？"

李铤说："太尉可命一位骁将带兵屯扎巴陵，大军驻守巴陵对岸，坚壁勿战。不出一个月，淮南兵马粮草用尽，必自行撤兵，鄂州之围自会解除。"

成汭不以为然，讥笑道："杨行密、李神福会自动退兵？此乃书生之论，纸上谈兵，白日做梦！不要再说了，以免被人笑掉大牙！"

果不其然，潭州武安军节度使马殷得知成汭大军东下救援鄂州，便与朗州武贞军节度使雷彦威密商，约定一同进兵荆南，袭占江陵。

马殷，字霸图，许州鄢陵县人氏，木工出身，后投入蔡州秦宗权帐下。僖宗中和三年，他奉秦宗权之命，跟随秦宗衡、孙儒略地淮南，与杨行密争夺扬州。后秦宗衡被杀，孙儒败死，刘建锋、马殷带本部人马窜入江西，先后攻占洪州、虔州、吉州，兵马渐至数万之众。乾宁元年,刘建锋、马殷带兵进入湖南,攻占潭州,斩杀刺史,刘建锋自称留后。僖宗诏授刘建锋为湖南节度使,马殷做了马步军都指挥使。后刘建锋因奸淫部将陈瞻之妻,被陈瞻用铁挝击杀,部众推举马殷为帅,朝廷遂敕封马殷为潭州刺史。马殷雄心勃勃,带兵先后攻占连州、邵州、郴州、衡州、道州、永州,又攻取桂管全境,俘桂管观察使,朝廷遂拜马殷为武安军节度使。

天复三年五月,马殷乘荆南节度使成汭出兵东下,江陵城空虚之机,命部将秦彦晖、许德勋带领一万水军北上,与朗州武贞军将领欧阳思联兵,进袭江陵。

秦彦晖、许德勋带领人马与欧阳思在荆江口会师,而后偃旗息鼓,溯江而上,直抵江陵城下。

守卫江陵的老弱士卒不足千人,且毫无防备。湖南兵马深夜突然进攻,几乎没遇到抵抗,便占领了荆南首府江陵城。接着,秦彦晖、许德勋和欧阳思遵照马殷、雷彦威指令,带领将士将城内居民和财物全部掠走,江陵随即成了一座空城。

成汭大军乘坐战舰顺流东进,距离鄂州仅百里之遥时,突然接到急报,方知江陵失守,全城官员百姓和财物尽被湖南兵掠走,不禁大惊失色,沮丧万分。荆南将士家眷多在江陵,得知妻儿和财物被掠走,一个个痛哭流涕,伤心欲绝,纷纷要求夺回家眷和财产。

成汭无奈,只得下令退兵。

秦彦晖和许德勋探知成汭撤兵,遂在荆江口上游百里江州屯扎,截击成汭大军。

荆南水军前锋遭遇秦彦晖阻击,无法通过,成汭只得带领舰队进入洞庭湖,屯驻君山,以图改道退回江陵。

鄂州城下,李神福六万大军营寨林立,将城池围困起来。

李神福登上东山头,察看鄂州城内形势,见城内多处堆放着荻草,心中大喜,便对跟在身边的部将说:"今夜用火攻城,鄂州必克!"

黄昏降临,月上柳梢。

李神福部将秦斐带领一支轻快船队,化装成汴州兵模样,来到鄂州江对岸溾口附近。秦斐命军士爬上树杈,点燃荻草火把,向鄂州城内示意。

杜洪接到报告，登上高处察看，见长江对岸漤口一再点燃火把，心中不由大喜，随即命部下点燃荻草，以示呼应。原来，他与朱全忠约定，汴州援兵到达漤口后，以火把为号，迎接汴州兵入城。

杜洪命守门将士打开城门，迎接汴州兵马进城，秦斐乘机带兵大摇大摆开进鄂州城内。

半夜时分，秦斐照李神福嘱咐，在城内点燃堆积的荻草，烧起冲天大火。李神福望见城内火起，得知秦斐得手，便挥动大军猛攻城池。

秦斐带领人马在城内到处蹿动，高声呼喊："淮南兵杀进城啦，快逃命哇！"

鄂州守军乱成一锅粥，兵不顾将，将不管兵，四散逃命。

李神福带领淮南人马杀进城内，将鄂州兵追杀殆尽。杜洪逃跑不及，被秦斐生擒，随后被押解至扬州，斩首示众。

接着，李神福命秦斐带领五千水军，乘坐轻快战船，溯江而上，前往洞庭湖追击成汭荆南水军。

秦斐水军在荆江口扎下水寨安营。

翌日，秦斐扮作渔夫，驾着一只打鱼小船，前往洞庭湖窥探荆南水军情形。

秦斐一边打鱼，一边慢慢向君山靠近。停靠在君山南侧的荆南水军战舰，艘艘相连，乌压压一片，望不到尽头。

秦斐趑摸着靠近"齐山"号战舰，笑嘻嘻地询问舰上一位水手："敢问军爷，可要买鱼哩？"

水手往日见过不少打鱼人前来兜售鲜鱼，并不猜疑，随口说道："你打有大鱼吗？大军人多，有多少鱼都会买下，只管拿上来便是。"

秦斐挑着两桶鱼，登上"齐山"号战舰，在水手引导下前往灶间。众多荆南水兵，一团团聚在甲板上乘凉，有的在吆五喝六猜拳行令斗酒，有的在博彩耍赌，吵吵嚷嚷，一片嘈杂。不少人喝醉了酒，或号啕大哭，或仰天狂笑，还有人疯疯癫癫，摇摇晃晃，骂骂咧咧，满口胡言，皆因江陵家中亲眷被掠走而伤心欲绝。

秦斐回到荆江口，向将士们传令："明日傍晚酉时出兵，丑时抵达洞庭湖君山南侧，点火为号，攻夺荆南水军战舰。"

次日夜，秦斐带领船队绕至君山南侧，命二十只装满柴草火油的小船悄悄出动，渐渐靠近荆南船队。

此时正值暑季，上半夜酷热难耐，荆南兵全都躺在甲板上乘凉。半夜之后，将士们渐渐沉睡过去，鼾声一片。秦斐带领二十只小船靠上荆南战舰，发一声喊，水手们同时点燃浸过火油的柴草，二十只小船顿时燃起熊熊烈火，很快引燃了荆南水军战船。夏季多南风，风助火势，火借风威，偌大的荆南舰队，舰舰相连，开也开不动，头也掉不开，一个接一个被大火燃着。成汭耗费无数金钱打造的水军战舰，最终化作通天大火，烧红了大半个天空，照耀得湖面上如同白昼。

成汭被惊醒后，冲出大火，窜到甲板上，身上亵衣也着了火。他眼见无处可逃，只得随着将士们跳进湖水中。惜乎成汭是个旱鸭子，不通水性，扑腾一阵，呛了几口水，便气绝身亡，一命归天了。

秦斐带领人马，由放火变成救火，抢救出二百多艘没有烧毁的战船。未被烧死的一万多名荆南水军，全被淮南兵俘获。

鹬蚌相争，渔翁得利，山南东道节度使赵匡凝乘机夺取了江陵。鄂州则被淮南吞并。

天复三年正月，青州平卢军节度使王师范乘朱全忠大军围攻凤翔之机，命行军司马刘寻带兵进攻兖州，命弟弟王师鲁攻打齐州。

此时，兖州泰宁军节度使葛从周奉朱全忠之命，率部进驻邢州，故而兖州兵力十分空虚。刘寻派探卒扮成油贩子，挑着油担混进了兖州城。探卒走街串巷，将城内军营、街道、衙署等处察看得一清二楚，且发现一条排水沟直通城外。刘寻采用探卒建议，半夜时分带领轻装将士从排水沟潜入城内。守军毫无察觉，刘寻轻而易举占领全城，葛从周老母和妻子儿女，全做了俘虏。

留守大梁的马步军都指挥使朱友宁，得报兖州失守、王师鲁带兵围攻齐州，遂亲领一万多人马驰援齐州，同时派人飞驰邢州，命葛从周回师兖州，击退青州兵。

朱友宁人马赶到齐州，王师鲁正带兵攻城，朱友宁随即从背后杀出。城内守军见援军来到，士气大振，冲出城来夹击青州兵。

王师鲁腹背受敌，阵脚大乱，很快败退下来，往青州逃去。

朱友宁挥师北上，追击青州兵。

葛从周回师兖州，围住城池，日夜猛攻。

刘寻向王师范请求增援，王师范遂命王师鲁带兵前往兖州救援。

王师鲁行进兖州途中，遭遇朱友宁人马。王师鲁新败之后，心有余悸，将士毫无斗志，两军一交锋，青州兵便败下阵来，四散奔逃。王师鲁约束不住人马，只得随将士们退回青州。

朱友宁带兵东进，在博昌城下安营扎寨，准备攻城。

此时，王师范得报：朱全忠班师回到汴州后，带领十万大军东进救援兖州、齐州，扬言荡平青州。

王师范知朱全忠来者不善，急忙向淮南节度使杨行密求援。

杨行密遂命部将王茂章率领七千步骑，北上增援王师范。

朱友宁围攻博昌一月有余，未能攻克。朱全忠闻报大怒，派亲军指挥使刘悍前来博昌督战。

刘悍乃朱全忠心腹将领，常受命代朱全忠监军督战，有时代朱全忠入朝奏事。刘悍的到来，使朱友宁如芒刺在背，不得不孤注一掷，决死一战。

朱友宁派兵驱使博昌乡村数万百姓，或肩扛背驮，或牵着牛马驴骡，搬运木头石块和泥土，堆在城壕边。而后，朱友宁命全军出动，将泥土、木头、牲畜和老百姓统统推到城壕中，很快把城壕填平。百姓哀号喊冤之声震天动地，数里外都可听到。

朱友宁令旗一挥，霎时间鼓角齐鸣，汴州兵呼啸着越过填平的城壕，攻进博昌城内。

朱友宁下令屠城，不分男女老幼全杀光，博昌成了一座死城。

接着，朱友宁挥兵南下，再克临淄，兵临青州城下。

王师范率领人马，在青州城西石楼安扎了登州兵和莱州兵两个大营，与朱友宁对垒。

王茂章统领七千淮南兵马，北上增援青州，首克密州，斩杀密州刺史，接着率部进抵青州，在城外安营扎寨。

六月七日夜，朱友宁挥军攻打登州兵大营。王师范一面率军抵抗，一边派人联络王茂章，请他出兵夹击朱友宁。

王茂章命将士们严阵以待，却不出战。

朱友宁攻势凶猛，王师范抵挡不住。汴州兵攻占登州大营，王师范带领残兵败将退守莱州大营，再次紧急向王茂章求救。

黎明时分，王茂章见汴州兵和青州兵厮杀一夜，已疲顿不堪，遂下令全军出动，与王师范前后夹击汴州兵。

果然，汴州兵人困马乏，精疲力竭，无力再战。淮南兵大砍大杀，青州兵也出营截杀汴州兵。

汴州兵腹背受敌，阵脚大乱，将士左冲右突，争相奔逃。朱友宁纵横奔驰，拼命厮杀，力图带领汴州兵突出重围。他从一座丘陵上向西南冲杀，坐骑突然失蹄，仆倒在地，狠狠摔下马来，在地上翻滚着。一名青州将领赶上前去，手起刀落，砍下朱友宁头颅，青州兵发出一片欢呼之声。

紧接着，王茂章、王师范催动两军人马，奋力追杀四散逃命的汴州兵，直杀得山野上尸体遍布，血流成溪，朱友宁万余人马伤亡殆尽。

王师范带人马退回城内，淮南兵驻扎青州城外，与城内守军成掎角之势。

朱全忠得报朱友宁战死，全军覆没，气得七窍生烟，暴跳如雷。他挥动十几万大军，日夜疾行，很快攻占了青州南五十里临朐城，随即兵临青州城下。

王师范紧闭城门，坚不出战。

牙将杨师厚受命围攻城外淮南兵营寨，王茂章闭门拒战，故意显出畏惧模样，迷惑敌军。

杨师厚命将士们在淮南兵营寨大门外叫骂：

"王茂章，不要做缩头乌龟，快出来交战！"

"淮南蛮子，快快出来见阵，别像女人一般蹲着撒尿！"

任凭汴州兵如何辱骂，淮南兵营内寂静无声，始终不见有人回应。

汴州兵连续三日叫骂不休，慢慢懈怠下来。

这日傍晚，王茂章带兵突然冲出营寨，将在大门外横躺竖卧的汴州兵杀得鬼哭狼嚎。待到杨师厚带兵从营寨内杀过来，淮南兵却已退回营内，闭门不出。

杨师厚命人高声叫骂，王茂章却在营内摆开宴席，和将士们饮酒作乐，戏弄汴州兵。

正是七月酷暑季节，日头毒辣辣地照着，汴州兵被晒得头皮发焦，汗流浃背，如同热锅上的蚂蚁。他们叫骂半日，又渴又累，渐渐松懈下来，有的去饮水，有的坐在地上啃干粮。

王茂章见时机已到，便再一次突然出兵，杀得汴州兵四散逃命。

杨师厚急忙带兵来战，王茂章又如法炮制，退回营寨，闭门饮酒作乐。

朱全忠站在高岗之上，把此等情形看得一清二楚。他询问部属将领，得知淮南主将是王茂章，不禁赞叹道：“设若我能得此人为将，天下不足平也！”

原来，王茂章得报后援无望，单靠他的七千人马，无论如何敌不过朱全忠十数万大军。他只能用此等战法与敌周旋，寻机退兵。

王茂章与汴州兵玩了一番老鼠戏猫的游戏，乘汴州兵疲惫已极，在夜间突然撤出营寨，向南退兵。

朱全忠岂肯罢休，命杨师厚带领两万人马尾随追击。

王茂章的先锋指挥使李虔裕奉命断后，在辅唐镇阻击杨师厚，被两万汴州兵团团包围。

李虔裕带领五百骑兵拼死力战，直至日暮时分，随从将士全都阵亡，李虔裕身负七处重伤，被杨师厚生擒。

王茂章赢得了撤退时间，甩开追击的汴州兵，安然退回淮南。

淮南兵退走，王师范仅有万余人马困守青州城内，已成瓮中之鳖。

恰在此时，朱全忠得报，李茂贞再次出兵犯京，要劫走天子。

争夺朝廷大权是第一要务，朱全忠绝不肯将之拱手让人。于是，他命杨师厚统带五万兵马围攻青州，自己率大队人马回师汴州，打算带兵进京，击败李茂贞，胁迫昭宗迁都洛阳。

杨师厚奉命围困青州，严密布防，禁绝粮草入城。到了九月，城内粮草告罄，将士忍饥挨饿，战马没有草料，大多饿死。青州兵人心涣散，毫无斗志，城池岌岌可危。

此时李振奉朱全忠之命前来青州劝降，王师范万般无奈，只得向杨师厚投诚。

杨师厚进驻青州，接着派兵接收登州、莱州、淄州、棣州、密州。

葛从周围困兖州，淮南将领刘寻坚守城池多日，终至粮草断绝。葛从周再三劝降，刘寻知王师范已归降朱全忠，自己孤掌难鸣，遂放弃抵抗，出城投降。

自此，齐鲁全境直至黄海之滨，尽被朱全忠兼并。

葛从周将刘寻押送至大梁，朱全忠多方慰勉，摆设酒宴，为其接风洗尘，并委任他做元从都押牙，即亲军总头领，位居众多功臣宿将之上。

池州东南九华山，方圆二百余里，怪石奇峰，蓊郁葱茏，流泉飞瀑，潭谷洞府，幽深秀丽，号称"东南第一山"。九华山九十九峰，尤以天台峰、天柱峰、十王峰、莲花峰、罗汉峰、独秀峰、芙蓉峰等九峰最为奇绝，其间佛寺遍布，最盛时达三百多座，是以九华山与五台山、峨眉山、普陀山并称中国佛教四大名山。

这日亭午时分，九华山闵园到天台的绝壁峡谷之中，三位游人正在蜿蜒崎岖的山道上攀登。

走在最前面的老者，年近花甲，长髯飘胸，步履矫健，气宇轩昂，正是名闻天下的大诗人杜荀鹤。

杜荀鹤身后的两位文士，穿青色袍子者名殷文圭，四十二三岁模样，是杜荀鹤池州同乡，一同隐居九华山多年。平日里，二人诗文酬唱，抵足而眠，为莫逆之交。殷文圭曾在乾宁四年进士及第，授官宣谕判官。恰逢京师变乱，殷文圭便弃官还乡，回到九华山与杜荀鹤依旧做了邻居。另一位着黄色袍子者，看上去三十岁出头，姓沈名颜字可铸，湖州德清县人氏，前年进士及第，释褐授官校书郎。韩全海、李茂贞劫迁昭宗至凤翔，百官多未随驾，沈颜便辗转回乡，路过扬州，被杨行密挽留，做了淮南巡官。

沈颜是翰林学士沈传师之孙，少承家学，文思敏捷，辞章精妙。他早就仰慕杜荀鹤诗才，入淮南幕府之后，时常向杨行密举荐杜荀鹤，请求招其为幕宾。杨行密早已听闻九华山人杜荀鹤大名，遂修书一封，命沈颜专程来九华，敦请杜荀鹤出山，到扬州做幕僚。

杜荀鹤是池州石埭县长林乡人，旧居就在九华山南麓。他多年隐居九华山神光岭下，自号"九华山人"。登第回乡十余年来，杜荀鹤早已无意仕途，遂专意吟咏，以山林为家，以诗文为业。有《苦吟》诗为证：

> 世间何事好，最好莫过诗。
>
> 一句我自得，四方人已知。
>
> 生应无辍日，死是不吟时。
>
> 始拟归山去，林泉道在兹。

时人传说杜荀鹤生父是大诗人杜牧，以此解释其俊逸诗才其来有自。荀鹤诗直追杜甫，忧国忧民，直斥暴政，曾于破壁上愤然题咏：

> 家随兵尽屋空存，税额宁容减一分。
>
> 衣食旋营犹可过，赋输长急不堪闻。
>
> 蚕无夏织桑充寨，田废春耕犊劳军。
>
> 如此数州谁会得，杀民将尽更邀勋。

愤怒出诗人，可谓字字千钧，血泪控诉！

杜荀鹤是真正的布衣诗人，他一生身处民间，深知民生疾苦。他长期遭受上层社会无情排斥和权贵缙绅歧视白眼，饱受战乱和颠沛流离之苦，以赤子之心，为百姓遭受苦难而痛心疾首，毫不留情地鞭挞腐朽残暴无耻至极的统治者。其诗明白如话，质朴无华，却字字珠玑，血泪铸成，堪与李白、杜甫、白居易媲美。

此刻，杜荀鹤和殷文圭陪同沈颜登上神光岭。沈颜放眼望去，只见一座古刹在绿荫如盖的岭顶露出殿角。荀鹤说，这里是开元末年新罗国王子金乔觉出家修行圆寂之处，其中名胜有金地藏肉身殿，又称为月身殿。

沈颜随二人登上峻绝如大梯的八十四级石阶，气势恢宏的月身殿已然矗立在面前。

三人入殿，瞻仰了金地藏肉身，而后登上寺塔，观览塔中珍藏的梵文贝叶真经，感慨一番，步出寺院。

顺着一道清泉走来，见此泉系从崖头跌落，泻入下面一方深潭之中。再看那潭水，清澈碧透，潭底铺就黄沙，闪烁如金，耀眼夺目，十分罕见。

殷文圭对沈颜说："此泉名金沙泉,旁有李太白亲笔书写的金沙泉摩崖石刻,不可不前往一观。"

三人沿潭边前行,瞅见泉畔崖石上刻有李白草书"金沙泉"三个大字,果然龙飞凤舞,神采飘逸,令人叹为观止。

这便是传说中的"太白洗砚池"。

杜荀鹤情不自禁,吟起往日所作五言诗《经青山吊李翰林》:

何为先生死,先生道日新。

青山明月夜,千古一诗人。

天地空销骨,声名不傍身。

谁移耒阳冢,来此作吟邻。

三位诗人墨客,一时感慨万端,唏嘘不已。

浏览过闵园,三人穿越峡谷,在崎岖小道上攀登,登上九华山正顶天台峰。

站在天台正顶,放眼四顾,只见群峰环列,云雾缭绕。莲花、芙蓉、天华诸峰,恰似朵朵荷花朝天怒放。北望长江,宛若长练;南望黄山,青苍如黛,水濡墨染,如诗如画,气象万千。

天色已晚,三人在地藏禅林寺内客舍借宿。

次日凌晨,三人早早起身,登上天台正顶观看日出。

沈颜置身云山雾海之中,疑惑今日是否能看到天台日出胜景。候了一刻工夫,东方天际显出一抹朝霞,渐渐映红了半个天空。峡谷之间,云雾浮动,如同万马奔腾,又好似大海波涛,汹涌翻滚,舒卷奔腾,其澎湃之势,令人热血奔涌,精神为之振奋。接着,东方天际涌出一枚月牙形的火炭,慢慢向上浮起,变成大半个红球。突然间,红球蓦地一跳,脱开地平线,照耀得天空万紫千红。这便是天下闻名的九华胜景天台晓日了。

回到神光岭下杜荀鹤草舍,主人以九华山土产蘑菇、笋干、石耳做菜肴,招待客人。

酒饭已毕,杜荀鹤沏上九华毛峰茶,请沈颜品茗。

九华山特产云雾香茶,闻名遐迩,其最著名者,有九华毛峰、地藏雀舌和东崖雀舌。

沈颜赞叹九华毛峰不愧茶中上品，却突然问道："彦之兄大顺二年折桂之后，已隐居九华十余年，不知有意出山否？"

杜荀鹤笑道："可铸贤弟是明知故问了。"

沈颜道："彦之兄隐逸山林，似乎悠然自得。然以愚弟看来，只不过未遇明主而已！彦之兄忧国忧民，满怀济世之心，岂是不顾天下苍生只求独善其身之辈可比乎？"

殷文圭击掌赞道："可铸兄真乃彦之知音也！"

杜荀鹤微笑不语，算是默认了。

沈颜爽朗地仰头大笑，然后正色道："不瞒二位说，在下此番前来拜访，其实负有使命。吴王招贤纳士，深得淮南民心，可谓明主。吴王早闻彦之兄大名，亟盼彦之到扬州幕府辅佐。不知彦之兄意下如何？"

杜荀鹤沉吟许久方开言道："在下也闻听人言，吴王礼贤下士，爱惜百姓，算是一位明主。只是山人年事已高，日薄西山，江郎才尽，恐怕帮不上吴王，反会使他失望。"

沈颜道："天下谁人不知彦之兄大才？彦之兄若肯出山，吴王必倒屣相迎，贤兄定可大展宏图！"

杜荀鹤拱手道："谢吴王和贤弟美意，山人感激莫名。只是在下闲散惯了，贤弟猛然提起出山之事，尚需斟酌，来日一定修书禀告，如何？"

沈颜笑道："如此说来，在下便先回扬州敬候佳音了！"

殷文圭："可铸兄既来池州，不妨多盘桓几日，去秋浦、黄山畅游一番，岂不快哉？"

沈颜拱手道："多谢二位兄长高意，在下须赶回扬州复命，吴王日夜翘首以盼哩！"

杜荀鹤、殷文圭将沈颜送至甘露寺码头，依依惜别后，回到神光岭下的山居，正遇到老友沈文昌从宣州匆匆来访。

沈文昌是湖州才子，下笔千言，文章精妙，与杜荀鹤和殷文圭是多年好友，现在宣州刺史、宁国军节度使田頵幕府做掌书记。此次沈文昌前来,实乃受田頵所托,带来了田頵书信,诚邀杜荀鹤、殷文圭出山,到宣州做幕僚。

杜荀鹤、殷文圭皆感事起突兀,一时无语。

沈文昌哈哈大笑道:"李太白诗云:'仰天大笑出门去,我辈岂是蓬蒿人。'两位高士在山中隐居多年,如今出山的时候到了,还犹疑甚哩!"

杜荀鹤说道:"我隐居深山多年,早已闲散惯了,恐怕帮不上田府相的忙,岂能去白食俸禄?"

沈文昌道:"府相诚心相邀,且已专为两位造就宅邸。二位即便不愿屈就幕府,去宣州做一回客人,与府相见上一面,该是理当吧?"

杜荀鹤:"文昌兄言之有理。也罢,我和桂郎随文昌兄走一遭就是。"

殷文圭附和道:"好,就算是感谢田府相盛情吧。"

沈文昌合掌笑道:"好嘛,这就对了!"

次日,沈文昌便陪同杜荀鹤和殷文圭前往宣州。

田頵得报大喜,早早带领麾下文武官员出城迎接两位嘉宾。

殷文圭、杜荀鹤随沈文昌来到宣州城门外,田頵迎上前去,跪拜于地,说道:"两位伯父不弃小侄浅陋,出山相助,真是宣州百姓之福啊!"

杜荀鹤和殷文圭慌忙下马,田頵上前用手搀扶二人上马,亲手牵着马缰,前驱带路。

午间,田頵在衙署大摆宴席,宣州文武官员作陪,为杜荀鹤和殷文圭接风洗尘。

酒宴之后,田頵亲自送杜荀鹤和殷文圭到客舍歇息。

杜荀鹤与殷文圭小憩一个时辰,起得身来,早有仆人侍奉着洗漱了。田頵走进来,亲手为二人捧上茶水,道:"二位伯父,是否去察看一下小侄为二老修建的宅邸?若是不合意,也好重建。"

杜荀鹤有些难为情,说道:"老朽一介书生,不能为府相效犬马之劳,怎当如此厚待?"

田頵:"两位先生乃当今名士,庙堂之才,小小宣州,委屈两位国士了!"

沈文昌微笑着插言:"昨日,使相已将殷老夫人接来宣州,现已住进新邸,文昌兄前去问安才是。"

殷文圭惊诧道："哎呀呀，如此烦劳府相，殷某甚感不安！"

杜荀鹤道："如此说来，山人也须去拜见伯母了！"

早有几个小吏牵来马匹，侍候众人上了马，望宣州城西北敬亭山驰去。

一行人来到敬亭山下，穿过一片茂密竹林，越过一条清澈小溪，望见山坡上有两座精巧玲珑的庭院，青瓦白墙，整洁雅致，掩映在翁郁的松林之间。

田頵和沈文昌引领杜荀鹤和殷文圭进入东首宅邸，穿过前院，越过中庭，来到后院正房，只见殷母坐在榻上，两个侍女正在为之打扇、捶背。

殷文圭"扑通"一声跪倒在地，道："不肖男拜见母亲！"

田頵、沈文昌和杜荀鹤接连跪下，问候老人家康宁。

殷文圭和母亲说了一阵家常，众人便到客厅叙话。

田頵请殷文圭留下来陪伴母亲，他和沈文昌、杜荀鹤出院门来到西邻，此处是为杜荀鹤修建的宅邸，也是前、中、后三进院落，统共有三四十间房子。

第一进院子，有门房、厨棚和苍头、马夫、厨子等人住所；第二进北首有主人书房、客堂、餐厅；第三进院是后宅，乃眷属和丫鬟仆女居所。

宅邸建筑精巧，小桥流水，树木葱茏，奇花异草，燕舞蝶飞，十分幽雅别致。

一行人进入客厅，早有侍女斟上香茶。

田頵谦恭地对杜荀鹤说："宅院修造仓促，过于简陋，委屈两位先生了！"

杜荀鹤连忙施礼道："山人何德何能，让府相如此费心，在下感愧莫名！"

说话间，殷文圭赶了过来，对田頵作揖道："谢府相厚爱！"

田頵急忙还礼："不敢当，折杀小侄了！老夫人处照料不周，还望海涵！小侄敢请二位先生屈就军府判官之职，不知意下如何？"

殷文圭望着杜荀鹤，杜荀鹤起身向田頵拱手道："蒙府相不弃，抬举我二人襄赞幕府，感激不尽。只是我二人久居山中，懒散成性，判官高位，实不敢当。若府相执意挽留，我二人便做个清客，在府相闲暇之时，与府相饮茶下棋，谈诗论文，如何？"

田頵难为情地说道："这……太委屈两位先生了吧？"

沈文昌出来打圆场道："主公，彦之兄和文圭贤弟无意仕宦，不在乎官位名分。

只要二位肯留下来便好。"

　　田頵击掌道:"好,好! 沈先生所言甚是! 那就委屈二位先生了!"

　　杜荀鹤连连摇头:"在下竭尽驽钝,鞠躬尽瘁便是!"

　　田頵和沈文昌互相望望,会心地大笑起来。

四十 大海波涛浅，小人方寸深

朱全忠胁迫昭宗，诏命其子朱友伦为检校司徒、左军宿卫都指挥使，带兵宿卫宫苑和京城；赐封张廷范为宫苑使，王殷为皇城使，蒋玄晖为巡街使。如此一来，京师、皇城、宫苑尽在朱全忠掌握之中。崔胤以首相兼判六军十二卫事，又兼任盐铁转运使、判度支，把持朝政和赋税钱粮，又兼管禁军，可谓集朝廷大权于一身，权倾朝野。

宰相们赐死的赐死，贬黜的贬黜，政事堂只剩下崔胤一人，如何议政？于是，昭宗想要擢拔最受信用的翰林学士承旨韩偓为相。

这日，昭宗召来韩偓，低声说道："崔胤虽有为国效力之心，但他和你比起来，使用机谋太多。"

韩偓奏道："崔堂老疾恶如仇，敢于任事，朝廷需要这样的栋梁之材。只是他有些任情而为，意气用事，像是一匹缺少调教的骏马，陛下须驾驭有术，用其所长，避其所短，君臣勠力同心，方能重造太平。"

昭宗道："朕想用爱卿为相，与崔胤共同辅政，如何？"

韩偓想了想，回禀道："微臣资望浅薄，恐难担此重任。臣举荐两个人为相，请陛下斟酌裁定。"

昭宗急切地问道："谁？爱卿要举荐哪两个？"

韩偓说："一个是微臣的座主、御史大夫赵崇，另一个是兵部侍郎王赞。二人淳厚忠诚、德才兼备，胜过微臣十倍，陛下可委以治国重任。"

翌日，昭宗与崔胤商议命相之事，说："政事堂相位空缺，堂老只爱卿一人，难免过于辛劳。朕本想擢拔韩偓入政事堂办差，不料韩学士婉言拒绝，却向朕举荐赵崇和王赞为相，爱卿以为如何？"

崔胤闻听此言，心中大为不快：这个韩偓，如此多事！崔胤对韩偓不赞同尽诛宦官本来就心存记恨，如今他又举荐赵崇和王赞为相，心中对韩偓更加不满。但他不好当面违忤昭宗，便想出一着妙策：让朱全忠做恶人，出面阻止昭宗命相。

于是，崔胤微笑道："微臣才力不足，正想请求陛下多册命几位宰相。只是，如今梁王尚在京师，圣上垂询一下梁王，岂不更为周全？"

昭宗连连点头道："爱卿所言甚是，朕自然要与梁王商议！"

崔胤出得宫来，急忙拜见朱全忠。

崔胤对朱全忠说："翰林学士承旨韩偓，对大王诛杀宦官多有微词。如今他向圣上举荐其同党赵崇、王赞为相，图谋庇护阉党，把持朝政，与大王分庭抗礼。大王位列三公，乃朝廷第一重臣，功盖天下，一言九鼎，当劝阻圣人才是。"

朱全忠不由骂道："好一个韩偓，狗屁学士！竟然结党营私，庇护阉狗，与本王作对，真是找死！老子立马进宫，先杀了韩偓再说！"

崔胤急忙劝阻："大王不可急躁！韩偓乃兵部侍郎、翰林学士承旨，号称'内相'，最受圣人器重，眼下不可杀之，以免引起朝议。"

朱全忠叫道："难道便宜了他不成？"

崔胤笑道："韩偓在朝中名望甚高，但他这个翰林学士承旨不宜再做下去了，先贬到远方，做个司马之类的寄食官，日后再与他计较。"

朱全忠恨恨地说道："便宜韩偓了，就让他多活几天吧！"

朱全忠说罢，在腰间系上宝剑，跨上战马，气冲冲向宫城驰去。

朱全忠从广运门进入皇宫，得知昭宗在武德殿，遂打马穿越兴仁门、宜秋门、献春门，直至武德门内，在殿前下马，高声喊道："臣守太尉、诸道兵马副元帅、同平章事、回天再造竭忠守正功臣、汴州宣武等四镇节度使、梁王朱全忠，拜见皇帝陛下！"

宫女慌忙奏报昭宗，昭宗疾步走出殿外，降阶出迎。

朱全忠刚要跪下行参拜大礼，昭宗上前将其搀起，道："爱卿免礼，平身！"

昭宗牵着朱全忠的手，进入武德殿，连声吩咐宫女："快给梁王设座，斟茶！"

朱全忠屁股还没有坐稳，便责问昭宗："赵崇是轻薄浮滑之徒，王赞毫无才能，韩偓为何要举荐这两个鸟人拜相？"

昭宗："朕本打算命韩偓为相，可他一再推辞，并举荐赵崇、王赞自代，足见其高风亮节啊！"

"我看韩偓是结党营私，扰乱朝纲！他对诛杀阉党说三道四，公然庇护阉狗，该当何罪？"朱全忠咬牙切齿，挥舞着拳头叫道。

昭宗为韩偓分辩道："韩学士忠心谋国，向来反对宦官干政，怎会庇护阉党呢？"

朱全忠"哼"了一声，撂下话来："赵崇、王赞两个鸟人，万万不可拜相！韩偓结党营私，须贬出朝廷！"

昭宗心头一震，看了看怒形于色的朱全忠，口中嗫嚅道："朕……依爱卿便是。"

朱全忠站起身，向昭宗唱个喏，扬长而去。

赵崇、王赞拜相之事胎死腹中。昭宗又被迫下诏，贬韩偓为濮州司马。

朝廷规制，贬降诏书一下，贬官须当日离京，不得淹留。韩偓冒死潜入宫中，秘密拜别昭宗。

昭宗拉着韩偓的手，泪如雨下，哽咽道："爱卿一走，朕身边再无可用之人了！"

韩偓哭泣拜于地，说道："朱全忠已今非昔比，臣被贬谪，能够死在远方，实乃万幸！只不过，臣不忍陛下被奸臣挟制，受尽侮辱！"

韩偓说着，竟昏倒于地。

昭宗和宫女呼唤许久，韩偓方醒转来，君臣二人挥泪而别。

当日午后，韩偓雇了一辆牛车，让妻儿乘坐，自己骑一头毛驴，离开京城，前往谪所濮州。

韩偓一家人过灞桥，经华州，出潼关，于二月二十二日来到陕州硖石县境。此地山高谷深，荒草萋萋，一片苍凉景象。时令虽已近清明，韩偓却不能到祖坟祭拜先人，跋涉于贬谪之路，真个欲哭无泪。他悲声在驴背上吟道：

　　谪宦过东畿，所抵州名濮。

> 故里欲清明,临风堪恸哭。
>
> 溪长柳似帷,山暖花如醁。
>
> 逆旅讶簪裾,野老悲陵谷。
>
> 暝鸟影连翩,惊狐尾纛簌。
>
> 尚得佐方州,信是皇恩沐。

谪居濮州不久,韩偓又被贬为荣懿县尉,再贬邓州司马,最后被贬至荒蛮偏远的川贵交界地溱州。

韩偓过着近乎流亡的生活,且不知哪一日会被朱全忠追杀。终于有一天,他不得不私自离开溱州,潜奔福州,投靠了闽王王审知,这已是后话了。

将韩偓贬出京城之后,朱全忠保荐青海军节度使裴枢为门下侍郎、同平章事。

待京城一应事务安排妥帖,朱全忠就要离京返回大梁,昭宗在延喜楼设宴,为之饯行。

酒宴之上,昭宗佯装不忍朱全忠离去,拉着他的手,悲悲切切地诉说离情,并即席赋诗赐给朱全忠。

朱全忠装出一副恭顺模样,也诌了一首打油诗,献给昭宗:

> 延喜楼上御酒香,圣人作诗赠本王。
>
> 吃饱喝足出京去,杀尽阉狗管他娘!

崔胤忍俊不禁,掩口笑道:"好诗! 好诗! 当今天下,只有梁王才能吟出这等好诗!"

奉陪末座的敬翔脸上腾地升起红云,急忙遮掩道:"梁王性情率直,嬉笑怒骂,皆成文章,非一般骚人墨客可比!"

崔胤连忙附和道:"那是,那是!"

昭宗又把自己亲撰的五阙《杨柳枝词》赠给朱全忠,以表折柳送别之意。

朱全忠终于要启程了,昭宗命人将其坐骑牵至延喜楼下,请朱全忠在楼前上马,以示荣宠。

崔胤扶朱全忠上了马,文武百官簇拥着出了宫门,一直送到京城以东十五里长乐驿。

崔胤独自送朱全忠至灞桥驿,置酒为其饯行。崔胤频频敬酒,二人欢饮至日暮,方依依不舍分手作别。

崔胤回到城内,已是半夜时分。昭宗当即召见崔胤,殷殷询问朱全忠是否平安离京。

崔胤却看破了昭宗心事,知他忧虑朱全忠征服李茂贞之后威权过重,生出不臣之心。眼下朱全忠已是目无君上,狼子野心已昭然若揭。崔胤虽与朱全忠沆瀣一气,唯其马首是瞻,可他并不愿大唐朝廷倾覆。崔氏乃高门贵族,世受国恩,崔胤想做大唐一代名相,以便光宗耀祖,留名青史。设若唐廷覆亡,他将何以自处?"皮之不存,毛将焉附",此之谓也。

崔胤便对昭宗直言:"梁王虎狼之性,日后必生篡逆之心,陛下不可不防。如今,梁王留在京城的精兵,已达万人以上,宫城内外,皆在其监视之下,只要梁王一声令下,你我君臣便成阶下囚徒矣!故此,陛下应伺机巡幸荆襄,以摆脱朱温掌控。如今天下方镇,只有山南东道节度使赵匡凝兄对朝廷忠贞不贰,迁都襄州势在必行。"

听了崔胤一席话,昭宗知崔胤确是忠心谋国,便推诚相见,说道:"爱卿言之有理,朱温独霸朝纲,颐指气使,不臣之心已显。朱温在京城留驻精兵强将,而朝廷禁军已散失殆尽,你我君臣没有兵马护卫,如何出得城去,又如何能迁都襄州呢?"

崔胤苦思良久,说道:"朝廷要扩充禁军,又不引起朱温猜疑,便只有先向他讲明,为防止李茂贞犯阙,胁迫朝廷,须适当扩充禁军,以防不测。"

昭宗点点头说:"只好如此了。此事非爱卿亲自出马不可,就烦爱卿择日到汴州走一趟吧?"

崔胤慨然答道:"微臣愿为陛下竭尽绵薄,效犬马之劳。"

崔胤来到汴州州城大梁,拜会分别不久的朱全忠。

寒暄已毕,崔胤便直截了当对朱全忠说:"李茂贞觊觎朝廷之心不死,而西京距凤翔又甚近,不能不防备李茂贞再次犯京。朝廷禁军兵马寥寥,六军十二卫徒具空名。我想请大王允准,在京招募士卒补充禁军,使大王您免去西顾之忧。"

朱全忠虽出身草莽,却机敏得很,对崔胤图谋洞若观火,遂冷笑道:"崔堂老何必过谦，朝廷扩充禁军理所应当，你只管去招兵买马好了。"

崔胤连忙拜谢道："谢大王恩准！"

送走崔胤，朱全忠立即选拔五千名将士，命他们扮成农夫或流民，前往西京去应募禁军。

昭宗和崔胤全然不知中了朱全忠圈套，尚自欢欣不已。崔胤在京城张贴告示，大肆招募禁军，很快就招来六千六百多人。

崔胤命六军诸卫大将军抓紧修缮兵器，训练士卒。

朱全忠之子朱友伦，文武兼备，喜读书，通音律，善骑射，风度翩翩，气宇轩昂。朱全忠常向部属夸耀，说朱友伦乃"吾家千里驹也"！如今朱友伦以检校司徒、武卫大将军身份，带领一万多名汴州兵宿卫皇宫和京师，再加上宫苑使、巡街使等皆汴州将领，事事听从其指挥调遣，朱友伦俨然成了京城主宰，皇帝李晔和宰相崔胤等朝廷大臣，也须看其脸色行事。

朱友伦喜好打马球，常在右神策军军营球场与部属击鞠取乐。

十月某日，秋高气爽，朱友伦带着球队来到左神策军军营球场，举行马球比赛。

球场上鼓角齐鸣，将士们摇旗呐喊。一时骏马嘶鸣，奔腾蹿跃；球杖如剑，竞相搏击；鞠似闪电，凌空飞驰。

宣武军和神策军两棚人马，你争我夺，奋勇争先，龙腾虎跃，人声如潮。

两军争战许久，不分胜负。朱友伦争胜之心大起，催动赤兔马，在球场上东突西杀，似蛟龙入海猛虎下山，无人可挡。

朱友伦杀得性起，奋力与神策军棚头争抢马球。神策军棚头挥杖猛击，马球"嗖"的一声，旋转着飞向空中。

朱友伦用球杖猛抽马臀，赤兔马一声嘶鸣，腾空跃起，朱友伦收束不住，身子离开马背，飞向空中，而后重重摔在地上。

神策军棚头见状，急忙勒住马头，翻身下马，将朱友伦上半身扶起，不停地呼唤："朱大将军！朱大将军！"

两棚击鞠手纷纷下马，围拢过来。

棚头用手探了一阵朱友伦鼻息，许久没有动静，遂慌了神，急忙报告在场观看的神策军都将。都将不敢怠慢，忙命医官前来诊视。

医官为朱友伦把脉，已摸不到脉息，摇摇头，表示无能为力。

都将慌了手脚，急急忙忙请来御医察看。御医为朱友伦把脉，再翻开眼皮一看，瞳孔散开，早魂飞魄散。

御医告诉都将，人已咽气，即便扁鹊再世也无力回天了。

都将吓得呆愣了半日，这才慌慌张张地进宫，到中书省政事堂向兼管六军十二卫的宰相崔胤禀报。

崔胤听说朱友伦坠马而死，知道此事非同小可，急忙来到武德殿，奏明昭宗。

昭宗震惊之余，急忙下诏追封朱友伦为太尉，并辍朝一日，文武百官排班祭奠朱友伦。

朱全忠得知爱子朱友伦坠马而死，伤心欲绝，悲恸不已。

谋士李振说："大将军友伦有经天纬地之才，有望承继大王千秋伟业。此时在球场坠马而死，确是蹊跷，内中必大有文章！"

一句话提醒了朱全忠，他追问："你是说……有人谋害我儿友伦？"

李振点点头说："正是。大王想想看，崔胤与李晔同谋，以防范李茂贞名义扩充禁军，实则是防备友伦带领的宣武军。害了友伦，汴州驻京将士便群龙无首。此计歹毒，不可不察！"

朱全忠勃然大怒，吼道："好你个李晔、崔胤！不是本王迎驾回京，你等君臣不过是李茂贞的阶下囚，岂有今日！如今竟算计到我朱某人头上，真他娘的忘恩负义！"

李振又道："在下得到密报，崔胤为李晔出谋划策，要迁都襄州，而后讨伐汴州。大王须先发制人，尽快除掉崔胤，逼使圣人迁都洛阳。只要朝廷迁到洛阳，一切便在大王掌握之中了。"

朱全忠咬牙切齿地说道："李振，你即刻代本王草表，敦请李晔降诏，诛杀崔胤和他的同党郑元规、陈班等人。我这就命朱友谅带三千骑兵赶往京城，接替朱友伦宿卫都指挥使之职，捉拿崔胤一党，格杀勿论！"

李振当即草表，声言崔胤专权乱国，离间君臣，须将崔胤及其同党刑部尚书兼京兆尹、六军诸卫副使郑元规和威远军使陈班等人处死，以儆效尤，云云。

昭宗接到朱全忠密奏，知他与崔胤出奔襄州的谋划泄露，若不处分崔胤等人，惹怒朱全忠，后果不堪设想。他别无他策，只得舍车保帅，罢去崔胤宰相之职，贬为太子宾客，郑元规贬为循州司户，陈班贬为溱州司户。

相位不能空缺，不日，昭宗册命裴枢、独孤损与柳璨、崔远四人为相。

四名新宰相之中，裴枢、独孤损和崔远皆名门望族之后，只有柳璨出身寒微。他少年时白天打柴，夜晚燃树叶照明读书，博通经史，时人称其为"柳箧子"。箧子，书箱之意也。后柳璨被举荐为史馆直学士，再迁左拾遗。昭宗好文，有人举荐柳璨，昭宗亲试其文，称赏不已，遂擢为翰林学士。此次柳璨骤然显贵，其他三人对其嗤之以鼻，平日里不理不睬，暗中多方排斥。

柳璨心中愤愤不平，一时却也无可如何。

朱友谅带领三千骑兵到达西京长安，当即包围了崔胤在开化坊的府邸。

崔胤府中由新招募的禁军守卫，他见汴州兵来者不善，遂指挥禁军关闭府门，严密防守。不料，混进禁军的汴州兵一声呐喊，呼啦啦打开府门，朱友谅人马随即冲进府中。

双方一番混战，崔胤被擒，朱友谅当即将其斩首，并将其全家男女老幼连同丫鬟仆夫杀个精光。

接着，朱友谅带领人马冲进京兆府，杀掉京兆尹郑元规和陈班等十几个崔胤同党。

崔胤招募的六千六百名士卒，除混入的汴州兵归入朱友谅部下之外，大多被杀，仅有少数人逃出京城，遁入山林。

宁国军节度使田頵带着钱和人质从杭州退兵回宣州之后，心中着实不甘，不由怨气冲天。他怨恨杨行密与钱镠联姻，竟一再强令自己从杭州撤军。田頵以为，若不是杨行密从中阻挠，他和徐绾里应外合，便可攻占杭州，进而占领两浙，而后再回头兼并淮南，他即可成为东南霸主。

田頵想到去年他曾亲赴扬州，请求杨行密将池州、歙州划归宣州宁国军管辖，杨行密却坚执不允，而且处处防范自己，更加气上心头。

几年来,扬州大小官员,甚至连狱吏都一再向田頵索取钱财,田頵想起这些,心中怒火再也按捺不住,咬牙切齿地骂道:"莫非狗头狱吏们知道我就要下狱了不成?不然,何以欺人太甚!"

田頵决计背离杨行密,自立门户,打出一片天下。

于是,田頵大肆扩充兵马,囤积粮草,疯狂蚕食邻镇土地。

田頵有一位部将名康儒,文武兼备,远见卓识。他见田頵野心膨胀,必将叛乱,便劝告说:吴王爱惜部属和百姓,甚得淮南军民之心,不可轻易叛之。再则,宣州弹丸之地,不可自尊自大而与淮南和两浙为敌。连帅已位居使相,足以光宗耀祖,万万不可自毁前程。

田頵哪里听得进去,斥责康儒乃腐儒之见。

康儒执拗,一再劝谏,惹得田頵火冒三丈,说康儒若再啰唆,便把他的脑袋砍下来喂鹰。几番嚷嚷之后,众人皆知田頵不喜康儒此人。

杨行密却对康儒颇为赞赏,以东面诸道行营都统名义,墨敕康儒为庐州刺史。

大臣经朝廷授权任命官员,称为墨敕。

田頵见康儒突然得到重用,显是杨行密故意擢拔与己不和者,气得七窍生烟。他一不做,二不休,派人在康儒即将赴任庐州前夕,将其全家和族人斩尽杀绝。田頵如此作为,一为泄愤,二是向杨行密示威,三则警告幕僚将领,不要步康儒后尘。

康儒确是汉子一条,在临刑前昂首挺立,哈哈大笑道:"我死,你田頵也活不了几日!"

田頵诛杀康儒满门的消息传到扬州,李神福劝告杨行密说:"田頵倒行逆施,反骨已露,日后必叛。大王应早日动手,除掉田頵,以免后患。"

杨行密心中有所顾虑,说道:"田頵立过人功,如今并未反叛。若把他杀掉,其余将领会人人自危。不可,不可呀!"

田頵却已按捺不住,他派人秘密联络润州团练使安仁义,约其共同起兵攻取扬州。

安仁义原为秦宗权部将,后投奔杨行密,成为淮南将领。当年他与田頵联兵进攻孙儒,终将其活捉,为杨行密占有江淮全境立下汗马功劳,被擢拔为润州刺史,后又晋封检校太保、润州团练使。

安仁义与田頵交厚，二人气味相投，亲密无间。安仁义毫不迟疑地答应了田頵的邀约。

约定了安仁义这个盟友之后，田頵又请杜荀鹤做特使，前往寿州，游说奉国军节度使朱延寿一同进攻扬州。

朱延寿，淮南舒城人氏，乃杨行密旧部，先后参与击灭秦彦、毕师铎、孙儒之战，立功甚多。因一举攻占宿州城，被擢为淮南节度副使。又因带领"黑云都"攻拔寿春，大败汴州兵，接连袭取黄州、光州、蕲州而升任寿州团练使。昭宗被劫迁凤翔时，诏命朱延寿进攻蔡州，并擢升其为蔡州奉国军节度使。不过，蔡州在朱全忠地盘之内，朱延寿不过是"遥领"而已。

朱延寿本是杨行密的心腹，朱延寿的姐姐美貌聪慧，被杨行密娶为妻室，朱延寿和杨行密关系更为紧密。然而，这朱氏虽是杨行密正室，却不能生育。杨行密又娶史氏为侧室，生下儿子杨渥和杨隆演，史氏遂大为得宠，朱氏渐被冷落，且常被杨行密嘲骂为"不会下蛋的鸡"。朱氏受到屈辱，便常常向弟弟朱延寿哭诉冤屈。朱延寿气愤不过，几次找杨行密理论，杨行密总是将朱延寿辱骂一番，对其日渐疏远。朱延寿心中愤愤不平，渐生叛逆之心。

田頵自然熟知这般内情，便有意向朱延寿示好，极力笼络。朱延寿投桃报李，与田頵频繁往来，暗中结为盟友。

且说杜荀鹤扮作商人秘密来到寿州，待见到朱延寿，便呈上田頵书信，向他转达田頵邀其共同起兵之意。

朱延寿满口答应，拍着胸脯对杜荀鹤说："请先生回去转告田公，我朱某人愿为田公执鞭坠镫，效犬马之劳！"

杜荀鹤高兴地说："府相有言在先，大功告成之后，阁下便是淮南行军司马兼副大使。"

朱延寿却恨恨地说："我只是想尽快杀掉杨行密小儿！"

杜荀鹤回宣州复命之后，马不停蹄，又受田頵之托前往汴州，拜会朱全忠，商议宣州与汴州结盟之事。

来到大梁，杜荀鹤向朱全忠呈上田頵书信，通报田頵与安仁义、朱延寿于八月六日同时起兵，共同进攻扬州的约定，恳请朱全忠发兵相助，从北面进攻淮南，夹击杨行密。并且许诺，大功告成之后，田頵、安仁义和朱延寿皆奉梁王为盟主。

朱全忠早想并吞淮南，几次进兵皆损兵折将，大败而归。听了杜荀鹤禀报，看了田頵书信，朱全忠心中暗喜，满口答应从宿州出兵，南北夹攻扬州。

朱全忠知杜荀鹤是当今名士，诗名满天下，待之若上宾，特意摆设盛宴，盛情款待，并馈赠许多礼物，安排他在馆驿住下。

吴王杨行密得到密报，田頵、安仁义和朱延寿三路人马定于八月六日同时出动，夹攻扬州，遂召来朱瑾和徐温等人，商议应对之策。

徐温献计说："田頵与安仁义、朱延寿结盟谋叛，大王可取各个击破之策。朱延寿兵马虽少，可寿州临近汴州，若其勾引朱温出兵来犯，则淮南危矣！然朱延寿勇猛有余，智慧不足，大王可设计赚取之。除掉朱延寿，田頵便折一臂，而后再调精兵击败安仁义，田頵孤立无援，必败无疑！"

杨行密点头道："敦美所言甚是。朱延寿，我自有方制之。击破安仁义、田頵，须调李神福大军从鄂州回师，方可稳操胜算。"

朱瑾、徐温皆表赞同。

为刺探军情，朱延寿以吴王妻弟身份，派人前往扬州探望姐姐和杨行密，送上礼品，致意问候。

杨行密将计就计，谎称目疾，看不清人和物，弄得连朱氏都信以为真。

这日，朱延寿使者又前来拜会杨行密。在使者面前，杨行密张大一双死鱼眼，似乎什么都看不见，身子几番撞在屋柱上，有时仆倒在地。使者忍不住发笑，确信杨行密双眼失明无疑。

使者回到寿州，向朱延寿禀报说吴王眼疾确甚重，双目已失明。朱氏送来书信，也说杨行密双眼失明，朱延寿遂信而不疑。

杨行密一连多日让朱氏侍奉在侧，昼夜叹气说，自己眼睛全瞎了，啥也看不见，可如何是好啊？

这日，杨行密自己撞在屋柱上，额头血流不止，朱氏忙命人为其包扎。

杨行密流着眼泪对朱氏说:"我前些时迷恋女色,亏待了夫人,如今才知结发夫妻情深义重。我双眼瞎掉,不能视事,两个儿子又太年幼,军政大事只能交给延寿处置了!"

朱氏感动得落下眼泪,忙给弟弟延寿写信,要他尽快来扬州,接替姐丈处置军府事务。

与此同时,杨行密派推官到宿州传达王命,请朱延寿速来扬州,主持淮南军政。

实则杨行密已与徐温谋定,由徐温带领侍卫亲军"黑云长剑都"将士,日夜埋伏在军府内外,待朱延寿一到,即刻将其擒拿斩首。

朱延寿浑然不知已落入圈套,兴高采烈地与夫人王氏话别,准备启程前往扬州。

王氏劝告朱延寿说:"吴王有儿子,还有侄子,夫君如何能够继承吴王基业?妾身以为,夫君还是辞谢了才是。"

朱延寿不由恼怒,训斥道:"你懂得什么?妇人之见!"

王氏见丈夫执意要去扬州,流泪道:"夫君此行,吉凶难料,请夫君每日派一个使者回来报平安。"

朱延寿不耐烦地说:"好吧,依你便是。"

朱延寿趾高气扬来到了扬州,哪料到刚进入吴王府大门,便被徐温带领武士拿下,就地砍头。

朱延寿妻子王氏在寿州等候消息,多日不见报告平安的使者到来,不由叹息道:"事情已经明白了!"

于是,王氏将府中奴仆概行辞退,分赠银钱让他们各奔前程。而后,王氏命卫兵紧闭府门。

杨行密派出搜捕骑兵来到寿州,围住朱延寿府邸。王氏集合起家人,将钱财珠宝付之一炬,放火烧毁房舍。

王氏对家人说:"我誓死不让仇人玷污清白之身!"说罢,纵身跳入火海,自焚而死。

八月初六,安仁义与田頵依照约定同时出兵。田頵率军沿长江顺流而下,进攻升州；安仁义派一支水军偷渡长江，焚烧吴军在东塘的战舰，自己亲带三万大军，南下进击常州。

常州刺史李遇登上城头，破口大骂安仁义是一个忘恩负义的小人。

安仁义恼羞成怒，命将士全力攻城。李遇一声令下，万箭齐发，滚木礌石纷纷而下，攻城士卒死伤无数。

安仁义带兵猛攻三日，却未能越过雷池一步，两军在常州僵持起来。

杨行密接到安仁义猛攻常州的军情急报，命大将王茂章为润州行营招讨使，带领一万人马增援常州。

安仁义得报，留下一万将士攻城，自领两万人马迎击王茂章。两军在丹阳相遇，展开激战。双方大战三日，互有伤亡，不分胜负，遂在丹阳成对垒之势。

徐温主动请缨带领人马增援王茂章，他统领五千人马渡江南下，将士打着王茂章军旗号，悄然进入王茂章军营。安仁义对此毫无察觉，不知徐温援军已到丹阳。

次日，王茂章带领人马出营挑战。安仁义带兵杀出，两军随即厮杀起来。

双方激战正酣，徐温突然带领五千人马直冲安仁义营寨。

安仁义唯恐营寨失守，急忙回军救护。王茂章挥动人马紧追杀来，与徐温前后夹击。润州兵马阵脚大乱，纷纷逃走，瞬时溃不成军。

安仁义带领护卫亲军杀出重围，向润州退逃。徐温和王茂章追杀直至润州南门外。

安仁义逃回润州城内，检点人马，只剩下八千将士，以后几日陆续又有两三千散兵逃回润州。

安仁义坚闭城门，任凭王茂章叫骂，再不出战。

田頵带领人马水陆并进，直抵升州城下。此时，升州刺史李神福正带领大军进攻鄂州，与杜洪激战正酣。田頵乘机攻占升州州治金陵，俘获了李神福妻子儿女。

李神福接到吴王命他回师讨伐田頵的密令，连夜带领五千水军沿江东下。

田頵派遣使者在中途拜会李神福，转告田頵的话说："使君如能趁此机会与宣州联手，府相愿与使君分地而王。如若不然，使君妻子儿女恐怕性命难保。"

李神福却冷笑道："我跟随吴王起事之时，不过是一名小卒，如今身为上将，职责道义所在,绝不会因妻子儿女丧失操守。田頵有老母在堂,却不顾老母教诲,背主求荣,违逆三纲五常,跟此等人有甚说的!"

李神福说罢,喝令武士将使者斩首示众,以示与田頵血战到底。淮南将士无不为之感奋,疾速向金陵杀来。

田頵急命部将王檀、汪建带领一万宣州水军,溯江而上,迎击李神福。

两军在吉阳矶江面相遇,王檀、汪建命人将李神福儿子押上船头,逼迫李神福退兵。

李神福命将士们向自己儿子射箭,王檀和汪建急忙带着其子躲进舱内。

宣州水军战船甚多,兵力强盛,李神福自知寡不敌众,对将领们说:"彼众我寡,应出奇制胜。"李神福与将领们仔细谋划,议定当晚诱歼敌军。

日暮之后,李神福带领水军向王檀、汪建进攻。

王檀、汪建命将士们点起火把,把江面照耀得一片通明。

两军激战多时,难分胜负。

李神福传令将士伴装败退,王檀、汪建挥军追杀过来。

扬州兵灭掉火把,能够看清宣州水军的舰船,而宣州兵却看不见扬州水军。李神福命将士们对准宣州兵火把放箭,宣州将士纷纷中箭,伤亡累累。

宣州兵一面抵御,一面救护落水者和伤兵,乱成一团。恰在此时,刮起一阵西北风,李神福传令施放火焰箭,宣州水军舰船接连起火燃烧,宣州兵惊恐万状,纷纷退逃。

李神福带兵紧紧追击,将宣州水军舰船冲得七零八落。宣州水军舰船几乎被烧光,许多跳江避火者被汹涌的江水吞没,江面上漂满了宣州兵尸体。王檀、汪建全军覆没。

田頵得知消息,亲自带领水军迎战李神福。

李神福对将领们说,叛贼离开宣州老巢前来迎战,此乃上天要灭亡他!我等在江边安扎水寨,坚闭不出,拖住叛军。而后,请大王发兵断其归路,田頵必败无疑!

于是,李神福带领将士在江边竖栅立寨,田頵多次前来挑战,李神福皆紧闭寨门,坚守不出。田頵气得跳脚骂娘,却无计可施。

　　吴王杨行密趁机命大将台濛带领两万人马，会同王茂章部两万将士，抄袭田頵后路，从江南奔袭宣州，直捣田頵老巢。

　　田頵得报，命大将郭行惊率领两万人马屯驻芜湖，阻击李神福，他自率三万大军，迎击台濛和王茂章。

　　台濛对将领们说："田頵乃沙场老将，智勇兼备，不可不谨慎对付。"为麻痹敌人，传令全军在宿营时减少营帐数目。

　　田頵派出的斥候报告说，台濛军营帐甚少，人马不会超过一万。田頵以为，台濛区区一万人马，容易对付，便不再调集兵马前来会战。

　　台濛和田頵在广德境内遭遇。

　　为瓦解宣州兵斗志，台濛派人秘密将吴王书信送给宣州将领。吴王信中说，凡宣州将士，只要归顺本王，一概既往不咎，立功者重赏。田頵部下许多将领，跪地叩头接受吴王书信，表示效忠吴王。

　　宣州将士互相传递吴王书信消息，一时军心涣散，田頵却浑然不觉。

　　台濛瞅准时机，出兵进攻田頵营寨，宣州将士竟纷纷放弃抵抗，投降台濛。田頵大惊失色，暴跳如雷，可已无力回天，只得狼狈逃窜。

　　田頵带领残兵逃向芜湖，打算与屯驻芜湖的郭行惊两万兵马会合。台濛挥军紧紧追击，在白云山下追上田頵。

　　田頵指挥三千名护卫亲军拼死力战，厮杀一日，傍晚时分突出重围，带领八百亲兵逃回宣州。

　　台濛和王茂章率领大军追至宣州城下，随即将城池包围起来。田頵急命郭行惊带领芜湖驻军增援宣州。

　　郭行惊两万人马被台濛人军阻于城外，无法进入宣州与田頵会合，只得在野外扎营。

　　次日，越王钱镠族弟钱镒带人马进抵宣州，协助台濛攻打田頵。

　　郭行惊见台濛援兵来到，料知宣州终将不保，遂率领将士向台濛输诚投降。

　　台濛、王茂章和钱镒三支人马围困宣州，一个月之后，城内粮食和柴草匮乏已极，军民人心惶惶。田頵外无援兵，内无粮草，形势窘迫，害怕日久生变，只得带领亲卫军"爪牙都"五百壮士，出城突围。

田頵一马当先，猛冲猛杀，锐不可当。台濛见状，命将士们且战且退。田頵以为淮南兵抵挡不住，便加紧向外冲去。待田頵五百将士经吊桥全部越过城壕，台濛悄悄派出两名勇士，乘乱捣毁吊桥立柱。

接着，台濛传令擂响战鼓，指挥数万人马反身杀回。

"爪牙都"寡不敌众，多半战死，余者连连后退。田頵急忙回马，打算退回宣州城内。不料，他的战马刚刚踏上城壕吊桥，突然连人带马掉落水中。

淮南将士将田頵擒拿上岸，随即在城门外将其斩首示众。

宣州城内残余守军见田頵兵败被杀，只得开城投降。

吴王杨行密得报，遂命台濛为宣州观察使，并命台濛派人护送做人质的钱传璙返回杭州。

田頵头颅押送到扬州，杨行密一见，号啕大哭。他当即传命，以礼安葬田頵这个同乡同里的儿时伙伴，并赦免其母和亲属之罪。

接着，杨行密命王茂章回师润州，与徐温联兵进击安仁义叛军。

安仁义是淮南猛将，勇略过人。他尤其擅长弓箭，能百步穿杨，百发百中。淮南军中，朱瑾之槊、米志诚之弓号称第一。然而，安仁义却不以为然，自负地对将士们说："志诚之弓，不当瑾槊之一；瑾槊之十，不当仁义弓之一。"

王茂章、徐温围攻润州，安仁义毫不畏惧，不时带兵出城与之交战。安仁义一张强弓，每发必中，无数将士死于其手，可谓所向无敌。故此，王茂章等人带领数万大军日夜围攻，却久久不能破城。

徐温见润州久攻不下，便与王茂章定下穴地攻城之计，即开挖地道至城内，暗中运兵，而后突然夺占牙城。

每日夜晚，王茂章、徐温指挥将士们悄悄挖洞运土，以免被城头守军发觉。三个月之后，两条地道挖进城内。

这日夜间，王茂章带领千名精兵强将，突然出现在牙城之内，守军将士尚在睡梦中，片刻间被歼大半。

安仁义在三百名亲兵护卫下，匆忙带着眷属登上牙城城楼，拼死抵抗。王茂章命将士猛攻城楼,被安仁义和守军射杀无数,久攻不能得手。

徐温向安仁义喊话:"城楼上食物和饮水都有限,只要紧密围困,不须数日,你等便会束手就擒。"

安仁义不为所动,指挥亲兵严密防守。

王茂章命将士们将城楼围得密不透风,一只麻雀也别想飞出去。

安仁义和亲兵在城楼上坚守五日,食物告罄。更要命的是饮水断绝,妻儿老小哭哭啼啼,其状凄惨至极。亲兵们口焦舌燥,浑身无力,斗志全消。

安仁义知道再也无法抵抗下去,只得请徐温出面答话。

安仁义对徐温说:"你是一个可信赖之人,我愿向你投降,把妻儿老小托付于你,只要不加害他们,我便死而无怨了!"

徐温微笑着答道:"请使君放心,只要你走下城楼,吴王绝不会伤害你的眷属!"

于是,安仁义将自己的弓箭从城楼上扔下,随后走下城楼,束手就擒。

王茂章押送安仁义到扬州,吴王传令将安仁义斩首,优礼厚葬。

杜荀鹤在大梁得悉田頵、安仁义先后兵败身死,不禁扼腕叹息,徒唤奈何。

朱全忠对杜荀鹤日渐冷淡,许久不予垂问。杜荀鹤在馆驿中闲居,备受歧视,巡官乃至吏员皆白眼相加,似乎他就是叫花子一般。

杜荀鹤被迫从上等客房搬进末等宿舍,每日残羹冷饭,将息度日。

寒冬已至,朔风怒号,大雪封门。杜荀鹤宿舍四壁透风,又没有火炉,只有一床薄被,夜晚冻得浑身打战,牙齿"格格"作响,终于患上伤寒。

杜荀鹤发烧厉害,身上热得滚烫,头疼欲裂。驿馆官吏见他得了伤寒,谁也不愿靠近。杜荀鹤接连三日粒米未进,冷水也没人送上一碗,病体虚弱不堪,终至昏厥过去,生命危在旦夕。

四十一　西望长安无归期

　　朱全忠密令朱友谅诛杀崔胤等大臣之后，本欲逼昭宗迁都洛阳，不料夫人张蕙兰突然病故，朱全忠很是悲痛，为张氏大办丧礼，迁都之事暂且延宕下来。

　　朱全忠原是一个色鬼，生性好淫。他在吞并方镇之后，但凡俘获有姿色的女人，总要将其占为己有。朱全忠对在汴州做人质的方镇将帅女眷，百般玩弄凌辱，肆意奸淫。起初，朱全忠干这些苟且之事时，总是避开夫人张蕙兰。随着他职位越来越高，地盘越来越大，便益愈放肆起来，像是一头发情的公猪，连部属妻女都不放过，凡有姿色者一一淫遍。更有甚者，朱全忠将几个儿媳奸淫无遗。起初，张蕙兰曾经耐心劝谏朱全忠，要他以军国大事为重，不要为了妇人女子葬送前程。然而，朱全忠当面满口应承，转过脸便我行我素，甚至变本加厉，形同禽兽。

　　张蕙兰暗自伤心，深感绝望，身心备受煎熬，形销骨立，一病不起，终至撒手人寰。

　　当年朱全忠以勤王名义带兵进入关中讨伐李茂贞，曾围攻邠州。李茂贞义子、邠州靖难军节度使李继徽，因兵力弱小，不得已向朱全忠投降。李继徽恢复本名杨崇本，朱全忠将其妻子作为人质押往河中，见杨崇本妻子姿容秀丽，便占为己有。

　　后来，朱全忠对杨崇本妻子渐渐失去兴趣，便打发她回到邠州。妻子向杨崇本哭诉了朱全忠种种恶行，杨崇本怒发冲冠，发誓报复，洗雪辱妻之恨。

　　杨崇本再次改名李继徽，公开背叛朱全忠，前往凤翔拜见义父李茂贞，流着眼泪说："朱温肆意屠戮朝廷大臣,胁迫天子,唐室眼看要亡于朱温之手,父王难道能够坐视不管吗?"

李茂贞道:"为父岂能坐视不管? 我与朱温斗了多少回合,早已受够朱温欺侮。如今他要灭亡唐室,我愿与你一道发兵长安,勤王护驾,讨伐朱温!"

二人遂联手向长安进兵。

朱全忠得报,随即召来敬翔、李振等人议事。

敬翔说:"李茂贞像是一条疯狗,忘打不忘吃。他几次意欲掌控朝政,挟天子以令诸侯,皆被打得落花流水。如今大王回师汴州,李茂贞以为有机可乘,旧病复发,野心勃发起来。大王可带兵先屯驻河中,威逼李茂贞退兵。如其不识相,大王便挥兵西进关中,扫平凤翔,绝不能让李茂贞得逞。"

李振说道:"在下以为,即刻逼使朝廷迁都洛阳,如此则一劳永逸,朝廷大权便全在大王掌握之中了!"

朱温叫道:"好! 兴绪说得好! 子振代我写一通奏表,要李晔立马迁都洛阳,免受李茂贞小儿胁迫。"

敬翔道:"倘若圣上不愿迁都呢?"

李振冷冷笑道:"这便由不得他了! 大王可派一名大将带兵进京,与朱友谅胁迫朝廷迁都。大王率领大军坐镇河中,哪个敢不从命?"

朱全忠大叫一声,道:"务必将京城宫殿全都拆毁,砖瓦木料统统运至洛阳,在洛阳扩建皇宫!"

李振兴奋地接言道:"大王英明! 依在下之见,索性将西京百姓全都迁往洛阳,将长安城夷为平地,断了李晔的念想,岂不甚好?"

朱全忠仰天哈哈大笑起来,连连叫道:"好,好得很! 就照兴绪主意办!"

李振笑得眼睛眯成了一条缝,说道:"如此一来,压根儿断了李晔和皇子皇孙的念想,再不会想着回西京了!"

不久,朱全忠以朝廷名义征调河南、河北诸镇三万工匠到洛阳,由东都留守兼佑国节度使张全义统领,加紧修造宫室;又传令江南、两浙、湖南、岭南诸道方镇,为修造东都皇宫贡献财物。

天复四年正月初六，朱全忠命部将寇彦卿做先锋，西进长安，胁迫朝廷迁都洛阳。

寇彦卿，字俊臣，大梁人氏，父祖辈皆汴州牙将。寇彦卿身长八尺，隆准方面，声如铜钟，擅长骑射，且好读书史，可谓文武全才，甚得朱全忠信用。他先做通赞官，后擢升元帅府押牙兼右长直都指挥使。朱全忠讨伐凤翔时，寇彦卿为马步军都指挥使。昭宗还京后，寇彦卿赐号迎銮毅勇功臣，授邢州刺史，迁亳州团练使。朱全忠还将自己的乘骑"一丈乌"赐给寇彦卿，可见其受宠之深。

寇彦卿带领三万人马在前，朱全忠亲领十五万大军在后，向河中府进发。

正月十三日，朱全忠抵达河中府城蒲州。

二十一日，昭宗登上延喜楼，接见朱全忠特使寇彦卿及朱友谅、张廷范和蒋玄晖。

寇彦卿呈上朱全忠奏表，启奏道："凤翔李茂贞和邠州李继徽，正带领两镇兵马逼近京师，图谋危害圣上。梁王已率大军进抵河中，前来勤王护驾。眼看关中战火再起，京师危殆，梁王敦请陛下即刻迁都洛阳，命微臣前来护驾前往东都。"

昭宗呆愣一阵，不知如何是好，便询问几位堂老："兹事体大，诸位堂老有何主张？"

首相裴枢出班奏道："臣已接到梁王文书，命臣和文武朝官扈驾离京，前往洛阳。"

昭宗催问道："迁都乃国之大事，诸位堂老以为可否？"

独孤损、崔远、柳璨三位宰相你看看我，我看看你，再看看剑拔弩张的寇彦卿和朱友谅、蒋玄晖，谁也不敢说一句话。

寇彦卿冷笑道："诸位堂老，莫非你等是要待李茂贞带兵入京，和圣人一道再去凤翔做阶下囚吗？"

朱友谅吼道："梁王有旨，凡抗拒王命，欲勾结贼人李茂贞危害朝廷者，灭九族！"

蒋玄晖："朝廷官员，宫中吏人宫女，还有京城百姓，不分男女老幼，士农工商，全要迁往东都洛阳。有不从者，以谋逆罪格杀勿论！"

昭宗和宰相大臣，个个目瞪口呆，说不出一句话来。

终于，柳璨出班奏道："微臣以为，陛下不宜再久居西京。朝廷迁往东都，早有先例，东都原本就是皇都嘛。常言道，识时务者方为俊杰。陛下明察，如今天下大势，确以迁都为宜。"

裴枢、独孤损和崔远对柳璨所言不以为然，却没一人出声。

昭宗见此情景，长叹一口气道："柳爱卿言之有理，按梁王旨意，迁都洛阳好了！"

几位宰相带领朝臣跪地叩头，口称："臣等奉旨，吾皇万岁、万万岁！"

接下来，寇彦卿朗声宣告："后妃、诸王和王子王孙，朝廷文武百官，宫女仆役及内苑小儿，皆须一起随驾离京！"

寇彦卿和朱友谅、张廷范、王殷、蒋玄晖离了延喜楼，一同来到朱友谅驻守的右神策军军营，商议迁往东都之事。

寇彦卿道："梁王要末将转告诸位：迁都之事非同儿戏，诸位万不可粗心大意，以防不测。梁王命朱友谅为左军宿卫都指挥使，蒋玄晖为右军宿卫都指挥使，带领人马护卫圣驾和后妃、诸王迁往东都；张廷范为御营使，王殷为副使，带领本部兵马，监督工匠和役夫，拆毁所有宫殿、官署公廨和西京城内民舍、商肆。拆除下来的梁檩门窗等物，经渭水入黄河漂运至洛阳，用以重建宫殿和民居。"

众人摩拳擦掌，各自领命而去。

正月二十六日，关中大地上厚厚的积雪，发出刺目的寒光。西北风尖厉地刮着，长安通往洛阳大道上，凝结的冰凌仍未开冻。

在朱友谅和蒋玄晖带领的汴州兵护卫下，昭宗及后妃，朝廷文武百官及其眷属，走上迁往洛阳的不归之路。

昭宗和后妃们有车辇可乘，宰相等朝廷大臣有马匹可骑，其余文武官员有的骑骡，有的骑驴，杂沓而行。可怜那成千上万的宫女和内苑小儿，只能靠两只脚长途跋涉了。

官民人等约莫三四万之众，再加上汴州人马，前后逶迤五六十里，见首不见尾。

此刻，昭宗坐在象辂车内，愁眉不展，长吁短叹。他心中十分不情愿迁都洛阳，可如今朝廷命脉握在朱全忠手中，他只有听命遵从。李晔自责自问：自高祖太宗创业至今，大唐近三百年基业，莫非要断送在我手里不成？

李晔心想，此去洛阳，必定落入朱全忠虎口。前些时，崔胤谋划迁都襄州，可惜被朱全忠看破，崔胤、郑元规等人也为此丢了性命。乱世出忠臣，崔胤骨子里是大唐朝忠臣。天下方镇众多，可只有一个山南东道节度使赵匡凝真心忠于皇室，如何才能与赵匡凝通上消息，让他勤王护驾，迎接朕去襄州呢？

崔胤以身殉职了，眼前这几位宰相，能担得起兴复大唐重任吗？难，难，难矣哉！

李晔坐在车辇内胡思乱想，突然间打了个寒战，觉得浑身冷飕飕的。他掀起车窗上的锦帘向外望去，一股西北风"嗖"地卷进车内。李晔不由缩回脖颈，随侍宫女连忙给他披上一袭鹤氅，伸手要把窗帘放下来。李晔摆摆手，贪婪地向外瞭望，只见茫茫原野之上，覆盖着一层冰雪，只有沟沟坎坎向阳一面坡上，积雪融化殆尽，裸露出在寒风中抖动的一丛丛荒草。

李晔从车窗伸出头来，回眸西望长安。偌大长安城灰蒙蒙一片，模模糊糊什么也看不清了。

"走，快走！"

一声断喝惊醒了李晔，是汴州兵在督催朝官。他望见后面迤逦的队伍，王子王孙和文武官员们，一个个夹着脖子在寒风中骑行。几个幼年孩童牵着父母亲衣襟，冻得不停地哭叫。年迈之人口中咒骂着，女人们抽泣着，汴州兵吆喝驱赶着，真是一幅稀奇古怪的流亡图！

随驾出行的宫女们，刚刚出城时，看到宽阔无垠的原野和河流，觉得豁然开朗，心中有一丝小鸟出笼般的愉悦。但，她们娇弱的身躯，经不起在冰天雪地之中长途跋涉的艰辛。出城行走二十里之后，她们便觉得腿酸脚疼。再走上十里路，她们口干舌燥，浑身无力，再也迈不开脚步。押送她们的汴州兵，始则嘲笑奚落，后来便不耐烦地呵斥驱赶她们。再到后来，许多宫女实在走不动了，便倒在路边歇息，任凭汴州兵叫骂鞭打，却是动弹不得。

迁都队伍磨磨蹭蹭，第一天行走四十里，而后越走越慢。这般走下去，西京长安到东都洛阳八百里路程,何时才能到达?

朱友谅和蒋玄晖心中发急,传令将士加紧督催人们赶路,对那些偷懒耍滑延误行程者,严加责罚。

这日晚间,昭宗和后妃以及朝廷大臣们,住进滋水驿宿夜,而宫女、仆役和众多内苑小儿,只能在野外露天宿营。许多宫女脚上磨出了水泡,疼痛难忍,哭爹喊娘地叫唤。雪地之夜格外寒冷,宫女们冻得瑟瑟发抖,牙齿打战,个个一夜不曾合眼。

次日天刚蒙蒙亮,汴州兵就催促人们起身上路。脚上打水泡的宫女,每走一步都钻心般疼痛。走上几里路之后,她们脚上的水泡磨破,更加疼痛难忍。不少宫女实在走不动,就在路边雪地上倒卧下来歇息。

汴州兵先是斥骂,再是推推搡搡,对那些卧在雪地上走不动的宫女,拳打脚踢,用马鞭抽,用枪杆或刀背打,驱赶她们上路。

许多宫女脚底渗出血来,在雪地上留下一行行血迹。一位名叫蝶儿的宫女,脚上血流不止,实在走不动,瘫倒在路边哭泣。恰巧蒋玄晖赶到,举起手中马鞭,猛抽猛打起来。蝶儿在雪地上翻滚着,惨叫着,惹得内苑小儿们驻足,齐刷刷侧目而视。有个眉清目秀的小宦官,冲上来护住蝶儿,替她挨了一阵马鞭。

蒋玄晖喝问小宦官:"你叫甚名字?为何要护着她?"

小宦官跪在雪地上答道:"回禀大将军,小的名叫六儿,是蝶儿姑娘的对食相好,故而应当护着她。"

蒋玄晖"啊"了一声,点点头说:"好,既然你是她的相好,那你就搀着她赶路吧!"

六儿叩头拜谢道:"谢大将军,小的遵命!"

蒋玄晖灵机一动,向将士们传令:"凡有宫女走不得路者,由小宦官或内苑小儿搀扶着走,不得延误路程!"

如此一来,宫女们行走得确是快了些。

昭宗车驾进入华州,城内官员和乡绅跪在街道两旁迎接,同声高呼万岁。

昭宗见此情景,不禁泪流满面。他从辇上下来,亲自搀起一位跪在路边的乡绅,抽泣着说道:"尔等不要再呼万岁了,朕已不再是你们的君主了!"

车驾进入华州衙署，也是当年李晔避难华州时的行宫，名曰"兴德宫"。旧地重来，李晔别有一番滋味在心头，故而辗转通宿，未曾合眼。

次日晨，裴枢、独孤损等宰相大臣前来兴德宫朝见，君臣相对无语，李晔泪下沾衣，哽咽着说道："民间有句俗语说：'纥干山上冻死雀，何不飞去生处乐？'朕今生几度离京播迁，不知流落到何处才是归宿呢！"

李晔说罢，泪如雨下。

裴枢等人伏地叩头，一个个泪流满面。

裴枢自责道："陛下銮舆播迁，皆臣等之罪！臣位居宰辅，却不能匡扶社稷，有何面目见高祖太宗于地下？臣请陛下赐死！"

裴枢说罢，以头"咚、咚"撞地，额头上很快渗出血来。

李晔上前扶起裴枢，慰勉道："爱卿不必如此。朕当自责，卧薪尝胆。卿等须竭尽忠诚，设方让赵匡凝迎驾襄州。"

裴枢等人连连叩头说："臣等谨遵圣命！"

李晔摆手道："卿等下去吧，在这里待久了，会惹人猜疑。"

裴枢等人缓缓退出兴德宫。李晔望着裴枢等人身影，随口吟道：

纥干山头冻杀雀，何不飞去生处乐？

况我此行悠悠，未知落在何所？

李晔是在提醒裴枢等人，不要忘记自己的嘱托。

昭宗君臣离开西京之后，张廷范和王殷带领人马和工匠役夫，动手拆除三大皇宫内苑的宫殿。李茂贞、王行瑜等曾经几次焚烧皇宫，但有些宫殿经过修复，虽残破不堪，与开元盛世不可同日而语，却依然有太乙宫等宫殿群得以保存。

如今梁王有令，西京所有宫殿官署民居，不得存留一间房舍，统须拆毁，且要将拆除下来的物料运往东都洛阳，用以扩建皇宫，抗命不遵者，杀无赦！张廷范和王殷带领将士，督促数万工匠役夫，日夜不停地拆除宫殿楼台亭阁，不敢有丝毫遗漏。好在宫中空空荡荡，只有鸟雀在殿脊上偶尔发出凄厉的哀鸣。工匠和役夫们为加快进度，便在宫殿墙基处挖掉砖石，而后用粗大绳索绑在宫殿梁柱上，一群人像拔河一般用力拖拽，猛然间便会使整个宫殿倒塌下来。

　　朱全忠命寇彦卿指挥张廷范和王殷两部人马,在一个月之内将西京官署民舍尽数拆除,城内百姓迁往洛阳,一个月之后依然滞留者,杀无赦!

　　与拆除皇宫内苑宫殿相比,张廷范和王殷拆除西京民居的差事就不那么顺畅了。西京长安、万年两县,城墙之内东西十里、南北十五里,共一百一十四坊,十余万户居民,人口近百万之众,要全都迁移至八百里之外的洛阳,谈何容易?偌大西京城,房舍鳞次栉比,公署、府邸、民舍、商铺等,不下百万间之多,尽行拆除,岂是一日之功?

　　拆除民居之难,更在于无数百姓拼死抵抗。自古常言道:安居乐业,只有安居才能乐业。百姓辛勤劳作多年,经营三两间房舍,是一辈子甚或几代人安身立命之处,无论何人一声令下,便要他们拆除自家房屋,还要逼迫他们到外地去谋生,无异于要他们性命!故此,许多百姓宁死不从,许多人与强拆家屋的汴州兵厮打拼命。

　　百姓抗命的结果是家破人亡,最终房屋被一间不剩地拆掉,甚至被激怒的汴州兵放上一把火,烧成废墟。被官兵杀死的百姓,难以数计。

　　还有些老年人和妇女,一是不愿背井离乡,二是对自家房屋被毁悲愤难抑,绝望至极,悬梁自尽或投水身亡。还有不少人家气愤不过,一把火烧毁自家房舍,全家人投火而死。诸如此类,惨死者不可胜数。偌大西京城内,哭声震天,狼烟遍地,活脱脱一处人间地狱。

　　终于,宫殿、官署、府邸、民居、商铺等等拆除净尽,到处断垣残壁,满眼灰土瓦砾,历经十三朝一千零三十八年的华夏古都长安,变成一片废墟,终结了它作为东方文明古国都城的辉煌历史。

　　在西京至东都洛阳的驿道上,每日都有成群结队的长安百姓,在汴州兵驱赶下,络绎不绝地向东跋涉着,俨然一幅绵延八百里的流民图。

　　失去家园的百姓,男女老少士农工商各色人等,都成了无家可归的难民。有少数富人骑着骡马或乘坐牛车,有老人或孩子骑着毛驴,大多数人在泥泞的道路上徒步前行。一些老翁、老妇和幼儿,实在走不动路了,由人背着或搀扶着,艰难地一步一步往前走。又冻又饿的孩子们,号叫啼哭之声不绝于耳。

　　漫漫八百里长途,被迫迁移的人群不见头尾。百姓缺衣少食,在冰天雪地之中露宿荒野。冻饿而死者数不胜数，道旁尸体枕藉，无人掩埋。种种惨象，难以尽述。

在寒风刺骨的冰雪途中，人们一步三回头，西望长安，想多看一眼家乡。他们知道，此一去，再也回不得长安了！

永别了，西京长安！

永别了，我的家园！

无数人忍不住哭出声来，有些人眼泪早已哭干，神情恍惚，疯疯癫癫。有人开始号啕大哭，终于，数百里路途上的流民们，全都号哭起来。那哭声，惊天地而泣鬼神，大地山川为之颤抖，滔滔渭水为之呜咽，巍巍华山为之俯首。

渭水河上，另是一番奇特而凄惨的景象。

冰封的渭河刚刚解冻，河面上流凌遍布。从宫殿和民居房屋上拆除下来的大小木料，由汴州兵在渭河放排，再经黄河漂运至东都洛阳。

渭河码头上，汴州兵将堆积如山的木梁、檩、椽等捆扎成木排，而后推进渭河，开始漂流。三五十个木排编为一队，由七八名士卒兼作水手，押送木排顺流东去。

汴州兵乘坐木排漂流，日夜在水浪和冰凌间颠簸沉浮，双脚浸泡在河水中，画裤常常湿透半截。西北风尖厉地呼啸着，汴州兵冻得浑身颤抖。他们食宿在木排上，冻饿交加，每日啃干粮，饮冰冷的河水，苦不堪言。

渭河在风陵渡附近汇入黄河，由北向南奔流的河水在此急转弯，折向东去，在崤山和中条山之间峡谷中穿行。俗语说：黄河无风三尺浪，尤其危险的是漩涡众多。不懂黄河水性之人，往往会被漩涡吞没。

木排漂流至陕州东北砥柱山，又名三门山，河床变得异常狭窄，河水汹涌激荡，奔腾咆哮。更加令人闻之色变的，是狭窄的河床中流矗立着两座石柱，那便是闻名天下的中流砥柱。相传大禹治水时，为使黄河水越过山崖，在此凿开山壁，中间留下两个石柱，谓之砥柱。砥柱将黄河水分为三支，飞流而下，状若三门，后世遂名之曰三门峡。

在三门砥柱背阴处，镌刻着初唐名臣魏徵的《砥柱山铭》：

仰临砥柱，北望龙门。

茫茫禹迹，浩浩长春。

所谓三门,各有名称。北侧之门稍宽,称为人门;中间之门较窄,称为神门;南面之门最窄,只有五六丈宽,称为鬼门。

黄河水涌至三门峡谷,两山夹持,又遇砥柱阻遏,猛烈撞击石壁,激起数丈高巨浪,随即回旋倒流,而后像是脱缰野马,狂奔着冲出三门,直通通地猛然跌进深谷,发出炸雷般惊天动地的轰鸣声。

三门之中,只有北门亦即人门勉强可行小船,只有长年在三门撑船的水手,才敢在此弄险。他们从上游来到三门后,艄公紧把船舵,水手握紧手中木篙,死命抵住石柱,以防木船撞上去。若是撞上石柱或山壁,木船当即迸裂飞散,将水手抛飞向空中,而后跌进呼啸直下的激流之中。

水手们若稍有疏忽,或者运气不佳,木船被激流旋进神门或者鬼门,便只有船毁人亡,连尸首也无处打捞,不知有多少人葬身鱼腹。

唐代大书法家、辞赋家柳公权有《砥柱》诗,歌咏三门峡谷的险恶、砥柱山傲然挺立黄河中流任凭怒涛摧残岿然屹立不折不挠的风骨:

> 禹凿锋铦后,巍峨直至今。
>
> 孤峰浮水面,一柱钉波心。
>
> 顶压三门险,根随九曲深。
>
> 柱天形突兀,逐浪势浮沉。
>
> 岸向秋涛射,祠斑夜涨侵。
>
> 喷香龙上下,刷羽鸟登临。
>
> 只有尖迎日,曾无柱影阴。
>
> 旧碑文字在,遗事可追寻。

汴州兵押运木排至三门峡谷,望见黄河水冲击砥柱喧豗若雷翻腾直下的惊险之状,无不心胆俱裂,魂飞魄丧。他们不敢违抗将令,只得硬着头皮去闯鬼门关。兵卒乘坐木筏接近三门时,往往被回旋之浪卷回,把握不住航向,只能在激流中往复旋转。

汴州兵拼尽力气,将木筏撑回中流,向北侧的人门冲击。他们拼命用木杆顶住砥柱,以防止木筏撞上柱石。运气好者,进入人门,顺流而下,木筏直落数丈,跌入深谷,一下子便被浪涛吞没。士卒们趴在木筏上,双手死死抓住木头,木筏重新浮上来,算是闯过了鬼门关。

有许多汴州兵来到砥柱前,被雷鸣般轰响的浪涛声吓得心慌意乱,一时手足失措,把握不住木筏,便会撞上砥柱,顷刻间木筏迸裂,士卒身子像燕子般飞向空中,而后翻滚着落入激流中,命丧黄泉。

还有汴州兵撑着木排被回头之浪卷入神门或鬼门,随木筏一齐飞流直下,掉落谷底。人和木排都不见了,追寻至下游数十里处,才能看到在浪涛中沉浮的尸体。

朱全忠又派出一支人马,在巩县洛口村黄河、洛河汇流处,拦截打捞散落后漂流过来的木料,再经洛水运至洛阳。

古城洛阳,唐高宗显庆二年定为东都,先后修建了宫城、皇城、东城、上阳宫、神都苑和外郭城。中宗、睿宗、武则天等几代皇帝长年居于洛阳,故而东都皇宫建造得同西京一样恢宏壮丽。

当年,黄巢大军离开洛阳之后,官军和秦宗权、孙儒、朱全忠等先后攻占洛阳,经过一番番烧杀抢掠,皇宫和公廨早就成了一片废墟。朱全忠为逼使朝廷迁都洛阳,命张全义重修皇宫。然而,再建宫殿岂是一日之功?

昭宗一行人马抵达陕州,再有几日便可来到洛阳了。

朱全忠急火火地催问东都留守张全义:宫殿何时竣工?

张全义禀报说,宫殿正加紧修筑,请求梁王让圣上在陕州暂住一时,待新宫殿大体告竣,再移驾洛阳。

朱全忠气哼哼地问道:"你是吃白饭的吗? 怎的半年还没建成?"

张全义道:"要重建十几座宫殿,半年工期如何能成? 请大王再宽限些时日。"

朱全忠:"聒噪! 你他娘的究竟还要多少时日?"

张全义:"再有三个月才能大体完工。"

朱全忠心急火燎:"他娘的,再有三个月,姑娘都生出孩子来了,不行! 两个月必须建成,否则,提头来见!"

张全义喏喏而退,督催工匠们加紧修造,不许一刻停工。

眼看就要到洛阳了,昭宗心急如焚。他知道,一旦进入洛阳城,便是进了朱全忠的牢笼,只有任其宰割了。

这日,朱全忠来到陕州,向昭宗奏道:"东都新宫殿尚未完工,请圣驾在陕州暂住一些时日。"

昭宗心下暗喜,嘴里却道:"有劳爱卿了! 宫殿修筑,乃国之大事,不可草率行事。朕在陕州多住些日子无妨。"

朱全忠又奏道:"贼臣崔胤被诛,六军十二卫无人统领,圣上须敕命忠勇之臣统领禁军,以护卫圣驾,拱卫朝廷。"

昭宗对朱全忠意图心知肚明,只得说道:"爱卿如今是诸道兵马大元帅,再兼判左右神策军及六军诸卫事好了。"

朱全忠:"臣谨遵圣命!"

朱全忠抽出三千名宣武军将士,补入左右神策军,完全控制了朝廷禁卫大权,使李晔君臣日夜处于宣武军监视之下。他吩咐朱友谅和蒋玄晖,严密监视昭宗和裴枢等宰相大臣,严防他们密谋潜往他处。

一待朱全忠离开陕州,昭宗便与裴枢、独孤损加紧筹谋逃脱牢笼之策。

裴枢说:"眼下朱友谅、蒋玄晖对随驾朝臣监视严密,圣上身边虽有不少宫女,可派不上大用场。如今之计,只有二百多名内苑小儿可用。臣请圣上恩准,在内苑小儿之中挑选几个忠勇精明之人,携带密诏,潜往淮南、河东和西川等地,命杨行密、李克用和王建等人共同出兵,勤王救驾。"

昭宗点头许可,裴枢、独孤损便悄悄在内苑小儿中物色密使人选。

内苑小儿,是在宫苑内侍奉皇帝消遣玩乐之人。他们皆擅长一两种技艺,如骑射围猎、斗鸡走狗、驯马调鹰、蹴鞠打球、爬竿耍猴、吞剑喷火、上刀山走绳索,或善于诙谐幽默、说笑逗乐、演参军戏、口技等。内苑小儿随时听命,陪同帝后戏耍游乐,故此又称为"内苑供奉",也被戏称为"翰林待诏"。假如哪个小儿活儿玩得好,皇帝佬一时高兴,便会重重赏赐,黄金白银锦绢美食,无所不有。还有被擢升四、五品高官者,赐绯袍银鱼袋,顷刻间飞黄腾达。

算起来,内苑小儿属俳优之类,在宫苑中最为卑微,被朝官乃至宦官、宫女瞧不起。也正因此,二百多名内苑小儿才得保全性命,没有随同宦官被朱全忠和崔胤一齐杀掉。

裴枢在陪李晔围猎时,认识了擅长射箭的内苑小儿六儿,觉得他不仅箭术高超,且人品也好。裴枢便秘密寻来六儿,试探着向他说出充当密使之事,并且允诺,事成之后赏给他千两黄金。

六儿爽快地答应了,并说他在内苑有五六个要好的兄弟,可劝他们一同当差。

裴枢很是高兴,通过六儿,分别秘密召见了内苑小儿驴儿、狗儿、兔儿、龟儿和猪儿,他们都说愿意为圣上效命,听凭堂老差遣,万死不辞。

昭宗听裴枢禀报说密使人选已物色妥当,随即在白绢上分别写就给杨行密、李克用、王建、李茂贞、钱镠和赵匡凝等人的密诏。密诏中说朱全忠专制朝政,杀戮大臣,尽屠宦官,胁迫朕迁都洛阳,拆毁西京宫殿和官署民舍,篡逆之心昭然若揭。朕至洛阳,必为其幽禁,命卿等迅即出兵勤王,匡复社稷。

裴枢将昭宗密诏分别交付六儿等人,命他们分别秘密前往太原、凤翔、扬州、成都、杭州和襄州传送密诏。

六儿、驴儿、狗儿、兔儿、龟儿顺利逃出陕州,到达目的地。只有被派往襄州的猪儿,在长水县被官吏盘查截获。

猪儿连同密诏被解送洛阳,朱全忠命人严刑拷打。猪儿受刑不过,供出实情。

朱全忠看过密诏,勃然大怒,即刻便要派人前往陕州,向朱友谅、蒋玄晖传令,将昭宗和裴枢君臣统统杀掉。

敬翔急忙劝阻说:"大王此时万万不可杀人。李晔密诏不止颁给赵匡凝一人,太原、凤翔、扬州、成都、杭州等藩镇,都有密使前往传送密诏。如大王此时杀掉李晔君臣,正好授人以柄,给李克用、杨行密和李茂贞等人以口实,李克用等必昭告天下,说大王劫持圣驾,图谋弑君篡位,便会以讨逆之名,联兵进攻中原。如此,您就像被人架在火炉之上烘烤,处于千夫所指的境地。"

朱全忠咆哮道:"我即刻派人追杀几个密使!"

敬翔道:"恐怕为时已晚。密使离开陕州已七八日,怕是追赶不及了。"

朱全忠焦急地问:"这便如何是好?"

敬翔沉吟道:"为今之计,大王可以静制动,权当没有密诏这回事,命张全义加紧修建宫殿,将圣驾迎至洛阳,而后让其诏告天下,褒扬大王迎驾迁都之功。那时,天下人便不好再说短长了。"

朱全忠转怒为喜,拍着敬翔肩膀说道:"好,好!子振不愧是智多星,拿羽毛扇子的诸葛孔明!"

昭宗和裴枢等人得知密使猪儿被截获,忧惧朱全忠见到密诏之后惹动杀机,故而心惊胆战,度日如年。

好在并未见朱全忠有何动静,又过了些日子,李晔君臣渐渐稳住心神,等候李克用等藩帅出兵讨伐朱全忠。

转眼到了四月中旬,朱全忠接连上表,说是洛阳宫殿已建好,催促昭宗尽快驾临洛阳。李晔自然不愿意落入虎口,遂屡屡派人向朱全忠传旨,说是何皇后刚刚分娩,受不得路途颠簸,须到金秋十月方好起驾前往东都。

朱全忠心知昭宗君臣是在故意拖延时日,以待生变,当即召来心腹牙将寇彦卿,命他前往陕州,催逼昭宗启程,断不可再延迟一天。

寇彦卿飞马驰至陕州,与朱友谅、蒋玄晖一同到行宫晋见昭宗。

寇彦卿向昭宗呈上朱全忠催促起驾的奏表,而后不容置疑地说:"梁王有命,微臣不敢违拗。若圣上不能即日启程,微臣只有自裁谢罪!"

昭宗敷衍道:"皇后刚分娩不久,不宜出行。"

寇彦卿道:"臣等请求到后宫问候起居。"

昭宗:"皇后此时不便见爱卿。"

寇彦卿:"那便请侍奉皇后的宫女出来一见,臣等请她代为问候。"

昭宗无奈,只得传唤侍奉何皇后的宫女春燕和秋桂来见。

寇彦卿问二位宫女:"皇后与小皇子安好否?"

春燕答道:"娘娘和皇子均安。娘娘命奴婢代谢将军垂问。"

寇彦卿:"既然皇后和小皇子均安,就是说可以起驾了?"

春燕和秋桂茫然不知如何作答,昭宗急忙在一旁摆手,示意二人不要答应寇彦卿。

秋桂赶忙说道:"皇后刚产下皇子,身子虚弱,受不得路途颠簸。"

春燕也急忙说道："使不得，使不得！娘娘分娩尚未满月，怎可起驾呢？若路途上受了风寒，落下病根，那还了得？"

寇彦卿："大元帅命你等侍奉皇后和小皇子，今日便启程去洛阳，你二人赶快收拾停当，即刻上路！"

秋桂着急地说："使不得！万万使不得！"

寇彦卿喝道："你敢抗拒大元帅之命？大胆！"

寇彦卿向朱友谅、蒋玄晖一挥手，二人抽出腰间佩剑，上前轻轻一挥，春燕和秋桂人头落地，骨碌碌滚出去老远。

昭宗惊讶地睁大眼睛，张着嘴巴，一句话也说不出。

寇彦卿一声号令，早已在行宫外等候的汴州兵冲了进来。

寇彦卿朗声赞道："请圣上起驾！"

两个小校应声上前架起昭宗，拥出门去，登车向洛阳进发。

朱友谅带领人马押送后妃和宫女、内苑小儿上路，蒋玄晖则指挥汴州兵，驱赶朝廷文武官员及其眷属上路。

朱全忠得报，遂依照敬翔谋划，亲自赶到洛阳西六十里新安县城迎驾。

昭宗君臣一到新安，朱全忠便将文武官员禁闭起来，不准出门一步。朝官们见不到昭宗，昭宗也见不到宰相等朝廷官员。只有医官使阎佑之和内都知韦周、司天监王墀侍奉昭宗起居。

为防备阎佑之等三人在李晔与宰相大臣之间传递消息，朱全忠威逼御医许昭远，诬告阎佑之、韦周、王墀和晋国夫人可证欲谋害大元帅朱全忠。随后朱全忠便传令，将阎佑之等四人斩首示众。

此后，昭宗身边只剩下宫女和内苑小儿们了。

由于六儿、驴儿等几个内苑小儿充当昭宗密使，朱全忠对内苑小儿已恨之入骨，恨不得立时将他们斩尽杀绝。李振向朱全忠献计说，入宫明火执仗地屠杀二百多个内苑小儿，动静太大，不如施行偷梁换柱之计，在士卒中挑选与内苑小儿相似者，悄悄替换内苑小儿，李晔身边不全都是大王的人了吗？

朱全忠连连叫道："妙计！妙计！你快快去办！"

于是,李振在军中挑选了二百多个年龄相貌与内苑小儿相似者,日夜加以训练。

天复四年闰四月初九,朱全忠带兵护卫昭宗一行到达洛阳西郊,驻跸谷水。

晚间,李振在军营内设宴慰劳内苑小儿。小儿们不知是计,高高兴兴赴宴。酒过三巡之后,李振猛然将酒杯投掷于地,埋伏在营帐外的汴州兵一拥而进,将小儿们悉数拿下,一一用绳索勒死。

接着,二百多汴州兵穿上内苑小儿衣装,进入行宫。

次日,昭宗身边仅剩的几十个小黄门宦官也被汴州兵杀光。

如此一来,昭宗身边全是朱全忠麾下将士。李晔一举一动,朱全忠了如指掌。

闰四月十一日,昭宗君臣在朱全忠带兵"护卫"下,抵达洛阳。

朱全忠请李晔登上宫城光政门,宣告大赦天下,改元天祐。

昭宗本应登临皇宫正门应天门宣告大赦、改元,由于应天门工程浩大,尚未完工,故而只得改在光政门。

昭宗照朱全忠奏请颁布敕命:蒋玄晖为宣徽南院使兼枢密使,王殷为宣徽北院使兼皇城使,张廷范为金吾将军、充街使,韦震为河南尹兼六军诸卫副使,朱友恭为左龙武统军,氏叔琮为右龙武统军。由此,洛阳皇宫及外郭城之禁卫巡查,尽在朱全忠掌握之中。

朱全忠对裴枢、独孤损等人与昭宗密谋迁都襄州耿耿于怀,恨不得即刻将其铲除,诛灭九族。

敬翔劝谏道:"裴枢、独孤损、崔远等人出身名门,身居宰辅之位,心中自然以唐室为正宗。若大王眼下将此辈全都杀掉,势必召来天下人物议,以致舆论汹汹,众口铄金,于大王十分不利。更为可虑者,是李克用、李茂贞、杨行密等人会借机发难,联手兴兵讨伐大王。"

朱全忠气哼哼地问道:"莫非就便宜了裴枢等人不成?"

敬翔:"大王不妨在宰相大臣中物色可用之人,如此,则堂老们有何举动,大王随时可知。若有宰相替大王说话,事情便好办多了。"

朱全忠点头道:"言之有理。依你看来,堂老之中谁人可用呢?"

敬翔沉吟道:"柳璨虽出身士族,可他的父辈已败落下来。柳璨年少时孤贫无助,受尽饥饿煎熬,久不得朝廷眷顾。况且,他陡然入相,颇受裴枢等同僚鄙视。此人博学强记,才思敏捷,不会甘心屈居裴枢等豪门权贵之下。大王施以恩惠,加意笼络,柳璨会有大用。"

朱全忠:"既如此,子振可先试探于他,而后再作计较。"

敬翔道:"在下谨遵王命!"

次日,敬翔置备厚礼,前往柳璨府拜访。

柳璨不敢怠慢,热情相迎。

宾主在客厅落座,问候、奉茶已毕,敬翔反客为主问道:"堂老初到洛阳,一应物什皆需置备。梁王命在下登门拜访,看堂老有何需求,在下好禀明梁王,派人为堂老置办整齐送进府来。"

柳璨连连拜谢道:"在下何德何能,蒙梁王如此厚爱,又烦劳先生亲临寒舍,真是感激不尽!"

敬翔道:"理应如此,理应如此! 堂老乃朝廷栋梁,日理万机,些许小事,在下应当效劳。"

在柳璨陪同下,敬翔察看了宰相府邸,叹道:"太简陋了! 明日在下便带人为堂老置办桌、椅、床、几等家什,尽快送至府上。"

柳璨赶忙道:"不敢当,怎好劳烦梁王和先生!"

敬翔假意嗔道:"堂老万万莫要见外。梁王说,能与堂老同朝为官,是八百年修来的缘分,理当互相照应! 堂老初来乍到,梁王和在下理当略尽地主之谊。"

柳璨拜谢道:"先生既如此说,恭敬不如从命,在下就多谢梁王和先生了!"

敬翔笑道:"堂老不必过谦,有何难处尽管吩咐,在下定尽力相助。"

柳璨感谢再三,命家人置办酒席,热诚款待敬翔。

宴席之上,柳璨殷勤劝酒,敬翔开怀畅饮。二人酒逢知己,顿成莫逆。

敬翔派人为柳璨置办了一应大小家什,用七八辆牛车送至柳府。

朱全忠嘱咐蒋玄晖和张廷范等人,对宰相柳璨要礼敬有加,有求必应,多多关照。

平日里，蒋玄晖和张廷范颐指气使，不可一世，对裴枢等人动辄训斥，对朝官们视若奴仆，唯独见了柳璨，显得毕恭毕敬。二人有时路遇柳璨，总是避让道旁，施礼恭候。在柳璨相府值守的汴州将士，谨守法度，对柳璨及其家人恭恭敬敬，从不敢越礼。

柳璨是一个聪敏之人，对朱全忠心怀感激，遂投桃报李，与朱全忠渐行渐近，日益亲近起来。

自从住进洛阳皇宫，李晔身边日夜有人监视，处处仰朱全忠鼻息，事事听命于朱全忠。他日夜担惊受怕，战战兢兢，不知哪一日便会遭遇毒手。

一日，昭宗对裴枢说："朕如今处处受制于藩镇，不知还能否保住大唐社稷。爱卿乃朕股肱之臣，要替朕筹划良策才是！"

裴枢拜伏于地，流泪道："圣驾一再播迁，权臣挟制朝廷，全都是臣等之罪！为今之计，臣请圣上用心笼络蒋玄晖、张廷范等人，晓以君臣大义，使其不忘为臣之道，事情或可有转圜之机。"

昭宗疑惑道："蒋玄晖、张廷范等辈，皆朱全忠心腹，岂能尽忠于朕？"

裴枢："谋事在人，成事在天。蒋玄晖和张廷范，已位极人臣。他们做的是朝廷的官，是圣上的辅弼之臣。倘若社稷倾覆，圣上蒙难，于此二人有何益处，其官位还可再升吗？以此来看，保住了圣上，也便保住了他们的官位。故此，只要圣上用心笼络，施以恩惠，二人终会效忠朝廷，亦未可知。"

昭宗沉吟许久，缓缓点头道："爱卿言之有理，就依爱卿所言，试试看吧。"

此后，昭宗每在后宫摆设家宴，总要召来蒋玄晖或张廷范作陪，说是二人日夜禁卫皇宫，为国事操劳，实在太过辛苦。昭宗还让何皇后和嫔妃与蒋玄晖、张廷范相见，热诚向二人敬酒，以示荣宠。

一日，昭宗与蒋玄晖在后宫宴饮，时过三更，昭宗仍意兴盎然，推心置腹地对蒋玄晖说："爱卿身居宣徽院使，又兼枢密使，乃朕股肱之臣。朕和皇后、皇室子孙，乃至大唐社稷，全靠爱卿了！"

蒋玄晖伏地叩头，奏道："臣忝居宰辅之位，全赖天恩。为陛下效力，正是微臣本分！"

昭宗躬身将蒋玄晖搀扶起来，解下自己腰间玉佩赐给蒋玄晖，殷殷说道："爱卿对朕忠心耿耿，朕心甚慰。朕今日将这块玉佩赐给爱卿，以示与爱卿君臣同心，共保大唐江山永固。"

蒋玄晖重又跪下，双手接过玉佩，眼中热泪横流，哽咽着说道："微臣受陛下如此隆恩，当铭记在心，永志不忘！为辅佐陛下，匡扶社稷，臣赴汤蹈火，在所不辞！"

昭宗再次将蒋玄晖搀起，说道："你在后宫就像在自己家里一样，日后不必行此大礼。"

蒋玄晖拭去眼泪，举起酒杯，说道："臣谨祝圣上龙体安康，万寿无疆！"

二人欢饮至天亮，双双大醉，方被宫女搀扶下去歇息。

接着，昭宗如法炮制，将张廷范笼络过来。

裴枢、独孤损不时与蒋玄晖、张廷范商讨朝廷大事，对二人推心置腹，异常敬重。四人相处，日益和睦融洽，越来越亲密无间。

有了蒋玄晖和张廷范辅佐，昭宗重新振作起精神，与裴枢、独孤损密谋逃出洛阳，到襄州投靠赵匡凝，以便挣脱朱全忠牢笼。

柳璨感到自己在朝中受孤立，裴枢、独孤损等人总是有意排挤，就连蒋玄晖、张廷范也不与他商量朝廷大事。因此，他心中愤愤不平，决意报复裴枢和独孤损等人，遂连连向王殷、韦震和朱友恭、氏叔琮等人示好，与之交结，频相往来。

朱全忠在大梁得到密报，说是李晔与裴枢等人密谋潜逃襄州，投靠赵匡凝，顿时气得七窍生烟，跳脚大骂，立马就要带兵前往洛阳，向李晔和裴枢等人问罪。

恰在此时，朱全忠忽然接到急报，说是凤翔节度使李茂贞和西川节度使王建、邠宁节度使李继徽联名发布檄告，声称朱全忠劫持天子，逼迫迁都洛阳，图谋灭亡唐室，篡国称帝。天下方镇，皆应出兵讨伐逆贼朱全忠！

接着，朱友恭、氏叔琮从洛阳派人送来急递文书，说是李茂贞和李继徽带领人马倾巢出动，已逼近咸阳！

朱全忠只得暂时放下问罪李晔和裴枢君臣的打算，亲自统率十五万大军西进关中，迎战李茂贞和李继徽。

朱全忠率领人马进抵华州，恰与李茂贞和李继徽联军相遇。朱全忠命自己的长子、华州节度使朱友裕带六万步骑迎击凤翔兵。

凤翔兵早年是宣武军手下败将,如今见朱全忠人马众多,气势浩大,心中恐惧,惊慌不已,士气一落千丈。

两军交战不多时,凤翔兵便败退下来。汴州兵一路追杀,直到咸阳城下,将城池围困起来。

李茂贞和李继徽二人明白,自己人马太少,难以抵挡朱全忠大军来攻,遂派出几路使者,飞马前往太原、襄州、成都和扬州,请求李克用、赵匡凝、王建和杨行密等人尽快出兵相助,讨伐朱全忠。

不久,李克用、杨行密、王建和赵匡凝等人,先后发布檄文,声讨朱全忠。如此一来,朱全忠既须准备迎战李克用、赵匡凝、杨行密等方镇兵马,又担心昭宗和裴枢等大臣在洛阳生变,心中焦虑不安。

恰巧此时,朱全忠又接到宰相柳璨密报,说是昭宗和裴枢千方百计笼络蒋玄晖和张廷范等人,意图策反二人,以便逃出洛阳,前往襄州依投赵匡凝。朱全忠愈感事情不妙,遂与敬翔、李振等加紧密议应对之策。

朱全忠气呼呼地说:"我几次出兵勤王,救了李晔性命,又在洛阳为他修建了新皇宫。可这小子忘恩负义,竟然背叛于我,一再图谋逃出洛阳,投奔襄州赵匡凝小儿,真是岂有此理!老子恨不得即刻杀回洛阳,将李晔和裴枢、独孤损等鸟人斩首示众!"

敬翔苦笑着说:"李晔图谋投靠赵匡凝,确非明智之举。区区襄州,不过两万兵马,如何能够与大王抗衡?然而,大王此时万万不可有谋害圣上之意。当今天下,只有吴越钱镠不曾宣告与大王为敌,其余方镇皆追随李茂贞、李克用、杨行密等辈,声言讨伐大王。若大王此时杀掉李晔,则篡逆之名就百口莫辩了!"

李振却有不同意见:"当今天下大势,确实汹汹叵测,然不杀掉李晔,终是对大王不利。一是李晔必在洛阳作乱;二是天下方镇会借勤王之名,出兵抢夺李晔。只有杀掉李晔,再扶立一位皇子做新君,由大王主掌朝纲,方为上策。"

朱全忠问道:"扶立哪个王子为好?"

李振侃侃而言:"李晔最宠爱长子德王李裕,且李裕已经成年,果毅明敏,甚有决断,大王自然不可扶持他做皇帝。李晔次子李祚,刚刚十三岁,乳臭未干,若扶持他继位大统,必会言听计从,事事由大王操控。"

朱全忠闻言,转怒为喜,哈哈大笑道:"好!兴绪言之有理!就请兴绪赶回洛阳,加紧操小此事!"

猛然间,朱全忠脸色阴沉下来,咬牙切齿说道:"蒋玄晖和张廷范,本是老子心腹将领,两个鸟人居然背主求荣,投靠李晔,想抱上皇帝老儿粗腿,真是可恨!兴绪到洛阳,随即将这两个鸟人给我砍了!"

李振笑眯眯地说:"蒋玄晖和张廷范两个贼子,辜负大王厚恩,确是该死!他二人无非是想攀龙附凤,荫庇子孙,可谓愚蠢至极!然而,他们还未必敢抗拒大王。若二人不听大王之命,则必杀之。若他们奉命行事,则留待日后再与其计较。眼下,处置李晔和皇后及裴枢等人才是当务之急!"

朱全忠点点头说:"好,就依你!你到了洛阳,命蒋玄晖诛杀李晔,他若抗命,便当即除掉他。只要蒋玄晖杀了李晔,他便成了弑君之人,这个黑锅就背定了!"

朱全忠说罢,仰天哈哈大笑,震得屋梁上灰尘扑簌簌掉落下来。

李振以梁王特使身份来到洛阳,当即召来蒋玄晖、张廷范和朱友恭、氏叔琮等,传达梁王之命:明日夜晚,左龙武统军朱友恭,带领本部人马禁闭皇宫,不许他人出入;枢密使蒋玄晖和右龙武统军氏叔琮,带兵进入李晔寝殿,将李晔和皇后勒毙;皇城使王殷,统领人马禁闭皇城;金吾将军兼巡街使张廷范,率领金吾卫禁闭街道,不许任何人出入往来。

李振杀气腾腾地说:"朝臣和宫中之人有敢反抗者,杀!金吾卫和龙武军将士,有违抗梁王之命者,杀!"

蒋玄晖十分不情愿担当弑君罪名,但又不敢违抗朱全忠之命。他心中明了,若违抗王命,朱友恭、氏叔琮立时便会对自己下手。朱全忠就是要自己担上弑君罪名,跳进黄河也洗不清。此乃一箭双雕之计,可谓狠毒之极!

八月十一日深夜,仲秋月亮高悬天穹,照耀得洛阳城一片光明。

朱友恭、氏叔琮带领龙武军一百多将士,从明德门进入宫城。蒋玄晖身不由己,随同进入皇宫,来到李晔寝殿——椒殿门外。氏叔琮指挥人马,将寝殿层层围住。

　　氏叔琮对蒋玄晖说:"蒋院使,请你叫开殿门吧!"

　　蒋玄晖上前叩门,高声喊话:"臣枢密使蒋玄晖,有紧急军情面奏圣上。"

　　殿门缓缓打开,后宫河东夫人裴贞一探出头来,看见门外立着许多兵将,问道:"尔等向官家奏事,带来许多兵将做甚?"

　　氏叔琮向龙武军牙将史太挥手示意,史太上前一刀将裴贞一杀死。

　　蒋玄晖向殿内问道:"圣人安在?"

　　李晔的昭仪李渐荣在窗口看见大事不好,大呼道:"宁可杀了我等,不要伤害官家!"

　　将士们拥进寝殿,李晔被惊醒,从床上爬起身,穿着睡衣,环绕殿柱躲避追杀。

　　史太追赶过去,照准李晔挥刀便砍。昭仪李渐荣挺身上前护住李晔,史太一刀劈开李渐荣前胸,她未及叫唤一声,当即仆地毙命。

　　史太绕过殿柱,追上昭宗李晔,一刀将其杀死。

　　接着,氏叔琮带领人马闯进何皇后寝宫,要杀何皇后。

　　何皇后跪在地上,向氏叔琮乞求饶命。

　　蒋玄晖对氏叔琮说:"何皇后一个妇道人家,不会危害梁王,就留她一条命吧!"

　　氏叔琮喝令:"把她押走!"

　　将士们上前架起何皇后,拖出殿去。

　　天亮之后,蒋玄晖召集朝臣,在朝堂前列班。李振宣称:昨夜圣上与昭仪李渐荣、河东夫人裴贞一玩博戏,李渐荣和裴贞一乘圣人酒醉,持刀将圣人杀害。李渐荣、裴贞一畏罪,俱已投井自尽。

　　接着,蒋玄晖向朝臣宣读昭宗遗诏:辉王李祚,改名李柷,权监军国事。

　　蒋玄晖又宣读皇后诏令,命太子李柷在先帝灵柩前即皇帝位。

　　天祐元年八月十五日,十三岁的李柷登基继位。因李柷死后谥号昭宣光烈孝皇帝,庙号哀宗,故史称哀宗。

　　李柷遵循祖制,尊生母何皇后为太后。

　　昭宗李晔灵柩停在西宫,李柷和皇子们,另有几位嫔妃和宫女,守在灵柩前饮泣,却无一人敢哭出声来。

　　昭宗李晔,在位十六载,终年三十八岁。

四十二　不废江河万古流

朱全忠得到宣徽北院使兼皇城使王殷和河南尹兼六军诸卫副使韦震密报，说是洛阳城内流言四起，有参与刺杀昭宗的龙武军士卒，整日在洛阳城内横行霸道，胡作非为。这帮人在酒肆喝醉了酒，公然吹嘘他们如何刺杀了昭宗，梁王定会重赏。京城之内，从朝官到市井小民，风传梁王派朱友恭、氏叔琮和蒋玄晖带兵闯进皇宫，杀害了天子，云云。

朱全忠好不气恼，他责问李振，为何这么快便走漏了消息，弄得满城风雨？

李振却说，朱友恭和氏叔琮治军无方，放纵部属横行市井，酗酒滋事，弄得东都百姓怨声载道。若不加以惩处，势必损害大王声誉。

朱全忠气得头上冒火，恶狠狠骂道：“朱友恭、氏叔琮这两个狗才，坏了老子好事，真是活腻歪了！”

忽报朝廷派刑部尚书张祎来河中告哀，李振遂向朱全忠进言：大王在张祎面前要装出十分悲痛模样，隆重哀悼昭宗，以此向朝廷和世人表明，大王乃唐室忠臣！

朱全忠步行来到府门外，毕恭毕敬将张祎迎进署衙客厅。张祎哀告昭宗皇帝宾天，朱全忠立时痛哭哀号，捶胸顿足，涕泗横流，一头栽倒于地，昏厥过去。

众人急忙上前呼唤，朱全忠慢慢醒来，哭泣道：“陛下！陛下几度銮舆播迁，臣披坚执锐，三度入关勤王，铲除逆凶，迎驾回銮。臣为陛下在洛阳重建宫室，护驾迁都，以避贼锋。哪承想，臣带兵出征，远离京师，陛下竟被后宫妇人杀害，致使臣一片忠诚付之东流！哎呀呀，怎不叫人痛断肝肠！呜哇哇——哇！"

朱全忠在地上翻滚着，号啕大哭。张祎和僚属们上前劝慰，朱全忠突然发狂般号叫道："朱友恭、氏叔琮这两个狗奴才，玩忽职守，使天子遇害，教我落下千秋骂名！我要上疏朝廷，追究二人罪责！"

送走刑部尚书、告哀使张祎之后，朱全忠安排好军政事务，立即动身前往洛阳。

朱全忠一到洛阳，便进入皇宫哭祭昭宗。他匍匐在李晔灵柩上，高声哀号，惊天动地，闻者无不为之动容。

接着，朱全忠晋见新君李柷。行过叩拜大礼之后，朱全忠哽咽着奏道："臣的养子、左龙武统军朱友恭和右龙武统军氏叔琮，身负禁卫皇宫重任，却玩忽职守，致使大行皇帝遇害，罪不容赦！他二人治军无方，放纵部属到街市抢劫财物，务须严加惩处！"

哀宗李柷战战兢兢问道："大元帅以为当如何处置二人？"

朱全忠道："朱友恭复其原名李彦威，贬为海南崖州司户；氏叔琮贬为岭南白州司户！"

哀宗顺从地说道："照大元帅之意办便是了。"

朱全忠随即传令金吾卫大将军张廷范和河南尹兼六军诸卫副使韦震，逮捕李彦威和氏叔琮，投入监牢。

李振又向朱全忠进言：不如依照司马昭杀魏主归罪成济的故事，将弑君罪名安在李彦威和氏叔琮的头上，以塞天下人汹汹之口。

朱全忠横下心，决计杀人灭口，遂再次晋见哀宗，敦请下诏赐李彦威和氏叔琮自尽，哀宗当即诏命两人自裁。

李彦威和氏叔琮本都是朱全忠的心腹大将。氏叔琮沉毅果敢，胆略过人，文武兼备，智勇双全。他身经百战，战功赫赫，连李克用都惧怕他三分。李彦威天资聪颖，善察人意，深得朱全忠喜爱，将其收为养子，改名朱友恭。朱友恭南征北战，冲锋陷阵，屡建奇功，如今他做梦也没有想到自己成了养父朱全忠的替罪羊。

临刑之时，李彦威大喊："朱温！你出卖我以堵天下人之口，能瞒过天上神明吗？你做出此等伤天害理之事，必断子绝孙，还想有后代吗？"

刽子手手起刀落，氏叔琮、朱友恭身首异处，冤魂不散。

李茂贞、王建、杨行密、李克用等声称勤王，讨伐逆贼朱温。实则此辈各有打算，有的惧怕朱全忠兵强马壮，有的只是过过嘴瘾，还有人仅为沽名钓誉，落一个忠于朝廷的好名声，并没有人真正出兵与朱全忠开战。

朱全忠见几个方镇皆雷声大，雨点小，并没有人马前来交战，遂放下心来，安然回师大梁。

寒冬腊月，阴云密布，东北风呼呼地掠过大梁城头，窜进纵横交错的大街小巷。接着，鹅毛般雪片纷纷扬扬飘落，大梁瞬间成了银白世界。

傍晚，梁王府小客厅内，朱全忠和敬翔、李振围坐在红泥火炉边，饮着烫熟的荥阳土窟春酒，浑身暖洋洋，头上热腾腾地直冒汗。

朱全忠摘下羊绒帽，甩掉貂皮氅，还直叫唤太热。

李振喝得脸上红扑扑的，眯着小眼睛，摇晃着尖脑袋，捋着山羊胡子，一副胸有妙策腹有良谋的模样。

敬翔离火炉远些，他喜茶不喜酒，即便是上好的名酒"土窟春"，他也只是偶尔抿上一口。

朱全忠对两个心腹谋士说："李家朝廷气数完了！你看看，宗室王子王孙，哪一个是有出息模样？不是斗鸡赌鹅，便是耍弄猴子，调鹰走犬，再不便是打打马球，跳一跳浑脱舞。行军打仗，治国安民，龟儿子一窍不通，尿也不是！"

敬翔叹气道："君子之泽，五世而斩。高祖太宗英烈雄风，在皇子皇孙身上早已荡然无存了！安史之乱以来，朝廷为宦官和朋党操控，黄钟毁弃，瓦釜雷鸣，有识之士，报国无门。投机钻营之徒，献媚取宠者流，大行其道，晋身荣升。天下哪有公平可言？国家何来太平之治？"

李振眉飞色舞地说："大唐国脉延续二百八十多年，应当寿终正寝了。如今正逢乱世，沧海横流，方显英雄本色。大王力挫群雄，匡扶社稷，功昭日月，今日当顺天应人，登基称帝，造福万民。"

朱全忠假意推托说："我出身布衣，怎好骤登大位呢？"

李振摇头晃脑地说："陈涉说过：王侯将相，宁有种乎？刘邦出身无赖，不是开创了刘家四百年基业,成为高祖皇帝而名垂千古吗? 大王兼并山东,征服河北,纵横江淮,扫荡关中,威加四海,声震天宇,较之刘邦、李渊,有过之而无不及,登基称帝正合民心天意。天予不取,是为不祥,大王莫再犹豫!"

一席话说得朱全忠心花怒放,却又故意问敬翔:"如此说来,如今我便可登基称帝了?"

敬翔点头道:"唐室气数已尽,大王若不取而代之,便会有更多人觊觎天子宝座,以致天下纷争,贻害无穷。"

朱全忠精神大振,满面红光,哈哈大笑道:"既然两位高人都这么说,那我朱某也便不推辞了! 只是,那班皇子皇孙和出身豪门的权贵大臣,如裴枢、独孤损之流,心中会服气吗?"

敬翔道:"豪门贵胄以李唐王室为正统,自不会服膺大王。至于宗室诸王,就更不用说了。"

李振冷笑道:"宗室诸王和豪门贵胄,全是酒囊饭袋,尸位素餐,大王要除掉此辈,不过如同捏死几只蚂蚁罢了!"

朱全忠紧紧盯着李振,脸上却微笑道:"此事交给兴绪去办,需用什么人,由你随意调遣。"

李振躬身施礼道:"在下定然不负大王重托!"

天祐二年正月初六,大梁百姓正在家过大年。李振却一大早乘轺车出了乾象门,快马加鞭疾速西行,奔往洛阳。

汴州至郑州间,平畴原野,农田广袤,白雪皑皑。越冬麦苗藏在积雪之下,像是盖上了一幅阔大无垠的棉被。

冰雪覆盖的驿道上,李振的轺车碾压出一道深深的辙印。

轺车进入中牟县境,道路两旁是连绵不断起起伏伏的沙丘,沙丘上树林茂密,枝枝杈杈上积满雪粒。苍黛的松柏树冠上,戴着厚厚的白帽子。林中寒鸟被轺车惊动,扑棱棱飞起,在空中游弋一周之后,又飞入密林中不见了踪影。

坐在轺车中的李振,身穿羔皮袍子,仍觉冷入骨髓。他怀中抱着取暖手炉,似乎也抵挡不住雪后初晴的寒意。

　　李振在这条驿道上往返,已记不清有多少回。他早年经过此地,多是走水路,汴水乘船旅行。近几年来,战乱频仍,河道失修,淤塞不能通船,只能改走驿道。

　　李振投奔朱全忠麾下,至今已整整二十个春秋。他庆幸遇到了明主,得以风云际会,纵横捭阖,屡建奇勋。光化三年,他奉朱全忠之命,从汴州奔赴西京观察朝廷情势,而后力排众议,谏言朱全忠出兵关中平定刘季述之乱,使其获取勤王救驾匡扶社稷的美名。其时,他往返汴州与西京之间,与宰相大臣共谋剪灭刘季述平定叛乱,挽狂澜于既倒,在沧海横流之中运筹帷幄,自以为堪比苏秦、张仪等辈的英雄气概。

　　天祐二年,李振出使青州,说服王师范举家归服朱全忠;去年,他为朱全忠出谋划策,逼使昭宗迁都洛阳,谋杀崔胤和大小宦官、内苑小儿,尤其为梁王夺取大位出谋划策,除掉昭宗,以朱友恭、氏叔琮做替罪羊而杜绝天下人之口,可谓为朱全忠呕心沥血,立下汗马功劳,连敬翔也显得逊色多矣!

　　想至此,李振心中好不得意。他信心满满,以为朱全忠一旦登上帝位,论功行赏,自己便是开国第一功臣!

　　李振脸上露出开心的微笑,连连吩咐驭手:"快! 快一点赶路!"

　　驭手扬鞭策马,轺车骨骨碌碌向西驰去。

　　正月十二日,李振抵达洛阳。

　　多年来,李振到了哪里,哪里便有人会倒霉,轻者贬官罢职,重者杀头族诛。为此,人们视李振为不祥之物,给他送雅号曰"鸱枭"。

　　当夜,李振召来王殷和韦震,传达梁王命他二人诛杀诸王的密令。

　　李振说,昭宗的皇子们对迁都洛阳心怀不满,预谋策动兵变,要杀害梁王,劫持李柷逃往襄州投靠赵匡凝。因此,梁王决计除掉诸皇子。你二人是梁王心腹,要竭诚效命,为梁王建立大功。

　　韦震刚强机敏,多谋善断,雄辩滔滔,甚得朱全忠赏识,如今官居河南尹兼六军诸卫副使,代朱全忠统领禁军,又是洛阳最高长官,手握东都军政大权。

　　韦震思虑良久,说道:"昭宗李晔有十七个儿子,如今十岁以上有九个,即德王李裕、棣王李祤、虔王李禊、沂王李禋、遂王李祎、景王李秘、祁王李祺、雅王李禛、琼王李祥。还有八个王子在十岁以下,若说几岁孩童要策动变乱,恐不能令人信服。"

李振点头道:"韦军容言之有理,那便先除掉九王好了。如何除掉,何时何地动手,要尽快定夺。"

韦震斟酌道:"若派兵进宫诛杀诸皇子,容易招致非议。最好是寻找一个隐秘之地,一并鸩杀,方为妥当。"

宣徽北院使王殷道:"二月初九日是社日,家家户户都要到郊外祭祀土地神,而且要尽醉而归。到了社日,可让蒋玄晖邀请诸王祭神饮酒,乘机除之。"

韦震点头道:"此计甚妙!如此便可说是诸王醉酒落水而死嘛!并且,蒋玄晖出面最好,杀了九王,他更是百口莫辩,跳进黄河也洗不清了!"

王殷与蒋玄晖嫌隙甚深,此刻忍不住狞笑道:"蒋玄晖与皇室勾勾搭搭,妄图做大唐忠臣,留名千古。如此一来,他罪上加罪,铁定背上千古骂名,怕是要遗臭万年喽!"

李振一锤定音:"要速速筹划,细细准备,不可有丝毫疏忽!"

三人又密议许久,直至天色微明,方匆匆散去。

蒋玄晖得知"鸱枭"李振又一次来到洛阳,便知他定是奉朱全忠之命,前来剪除异己,却不知又有何人要遭其毒手。

二月初八,也就是社日前一天,李振和王殷、韦震突然来到蒋玄晖府邸。蒋玄晖心中忐忑,却不得不热情应酬。

寒暄已毕,李振笑眯眯地说道:"明天就是社日了,按照习俗,官民人等都要祭神宴饮。梁王命蒋院使邀请诸位皇子,到九曲池聚宴,欢度社日。"

蒋玄晖浑身一激灵,问道:"昭宗十七个皇子,全都要赴宴吗?"

李振莫测高深地微笑道:"十岁以下皇子,还不能饮酒,就请十岁以上皇子们赴宴好了。"

蒋玄晖又疑惑地问道:"大使是否亲临九曲池呢?"

此时李振职任节度副使,因之称为大使。

李振笑着摇摇头:"在下职位卑微,如何敢与皇子们共饮?有韦军容和王院使陪同宴饮即可。"

蒋玄晖不敢违命,只得应允下来。

昭宗的皇子们居住在宫城西北角隔城之内,与皇宫之间无门可通。隔城面积狭小,而城墙却高达四丈八尺,使得狭长的隔城像是一座深井。皇子们住在此地,有龙武军把守,不得随意出入,如同进了牢狱一般。皇子们整日无所事事,形同笼中之鸟,一个个心情烦闷,枯燥至极。

社日将临,德王李裕等九位皇子接到宣徽南院使兼枢密使蒋玄晖请帖,邀请他们社日进宫,赏玩九曲池,欢聚宴饮。皇子们如逢大赦,欣喜不已。

二月初九一大早,李裕等皇子一改平日高卧晚起的习惯,早早起床盥洗,用过早点,便聚在隔城城头上的阊阖阁内,眺望城外大道,等候蒋玄晖到来。

不多时,蒋玄晖骑马来到阁城北门。皇子们早已跑下阊阖阁,在大门内迎接蒋玄晖。

蒋玄晖向皇子们问候起居,而后请诸王去宫城九曲池游玩。

阁城北门与宫城西北面的嘉豫门,相距不过百步之遥,蒋玄晖与李裕等九王徒步前往。

蒋玄晖陪同九王进了嘉豫门,见一座台阁迎面而立。台阁名为望景台,高四十尺,二十五步见方,乃隋炀帝敕建。

诸王争先恐后拾级而上,登上台顶向南望去,一泓碧水展现眼前,此便是宫城胜景九曲池。

九曲池本名九洲池,呈东海九洲之象,为隋炀帝时引谷水建成的人工湖。九曲池水面占地十顷,水深丈余。因湖岸屈曲,故称九曲池。

九曲池北有望景台,南有临波阁,环池建有花光院、山斋院、翔龙院、神居院、仙居院、仁智院。池内有东、西二洲,东洲之上,建有登春阁,阁下有澄华殿;西洲上建有丽绮阁,阁下是凝华殿。九曲池碧波荡漾,鸟翔鱼泳,绿树成荫,宛若仙境。

此时正值春分时节,杨柳吐翠,桃杏绽放,令久锁深宫的皇子们心旷神怡,精神焕发,意趣盎然。

李裕等九王在望景台上观赏了一阵美景,便沿池岸向东,游赏花光院、山斋院,又乘坐画舫,来到东洲登春阁,欣赏九曲池东部风光。

　　蒋玄晖陪同九位王子下了登春阁，进入澄华殿，品茶歇息。

　　皇子们登上画舫，泛舟湖上。画舫劈开澄清如碧的湖水，荡出一层层涟漪，静谧的九曲池鲜活跳动起来。一群群水鸟不时掠过水面，鸣叫着飞向空中。

　　画舫驶临西洲，皇子们舍舟登岸，进入丽绮阁下的凝华殿，宣徽北院使兼皇城使王殷和河南尹兼六军诸卫副使韦震早已在此候着。

　　王殷和韦震向九王问安，内苑小儿侍奉九王净手洗面，蒋玄晖请他们一同入席饮宴。

　　皇子们惊喜地看到，宴席异常丰盛，不仅有祭祀土地神所用的羊、猪、鸡肉，还有鹿肉、狍子肉等野味。自从离开西京之后，他们已久不闻肉香。

　　野味之外，尚有美酒佳酿：京城西市腔、虾蟆陵郎官清、荥阳土窟春，自然还有洛阳名酒杜康。

　　王殷和韦震一改平日傲慢之态，向诸王殷勤劝酒。皇子们大快朵颐，开怀畅饮。

　　一坛坛美酒见了底，皇子们皆醺醺大醉，有的狂呼乱叫，有的呕吐不止，倒在坐榻上或青砖地上呼呼睡去。

　　蒋玄晖陪同诸王饮酒，早已醉眼蒙眬，伏在几上沉沉入睡。

　　韦震见时机已到，步出殿门，连击三掌，早已埋伏在厢房里的金吾卫武士随即蹿出，冲进凝华殿。

　　武士们抖开备好的麻绳，两个人一伙，缠住皇子的脖子，用力拉紧绳子。皇子们一个个伸腿瞪眼，转瞬间灵魂出窍，命归黄泉。

　　韦震一一察看之后，挥了挥手，武士们将尸体拖出凝华殿，一直拖至九曲池岸边，抛进池水中。

　　日暮时分，蒋玄晖醒了过来，只见凝华殿内空空荡荡，皇子们一个个没了踪影，王殷和韦震不知何往，顿感大事不妙，急急忙忙跑出殿外寻找。

　　蒋玄晖寻到九曲池岸边，见池水上面漂浮着一片尸体，当即吓得头晕目眩，魂飞天外。他呆愣许久，揉揉眼睛，才看清楚池水中漂浮着的正是九王尸身。

　　蒋玄晖一屁股蹾在地上，捶胸号啕大哭，直到昏厥过去。

次日，王殷和韦震宣称：蒋玄晖陪同九王在凝华殿宴饮，皇子们醉酒后乘船游览九曲池，船翻落水，一并遇难溺亡。

哀宗李柷明知九位兄弟被朱全忠谋害，可他只能饮泣吞声，不敢追究任何人罪责。

李振回到汴州，向朱全忠禀报了诛杀九王经过，朱全忠大喜，连连夸赞道："兴绪不辱使命，真是上天派来辅佐老子的干才！"

李振笑眯眯地说："这下皇子们是翻不起大浪了！只有朝中那班宰相大臣，还在痴心梦想延续唐祚。此辈皆衣冠浮薄之徒，常常腹诽大王，如不除之，终是心腹之患！"

朱全忠吼道："裴枢、独孤损这班老东西，全是些绊脚石，我要斩草除根，看还有谁敢与老子作对！"

李振："大王英明！"

朱全忠吩咐："朝中大臣必须除掉，兴绪要快快列出一个名册来！"

李振："是！属下遵命！"

次日，李振列出一个三十多人的名册，呈交朱全忠。

朱全忠召来敬翔，商议诛杀大臣之事。

敬翔看过名册，心中有些吃惊，遂劝谏道："裴枢、独孤损等人没有明显罪责，杀之无名。况且，一次杀掉朝廷三十多位大臣，恐怕会引起天下震荡，对大王声誉损害甚巨。"

朱全忠问道："依你看，要如何处置这班人？"

敬翔斟酌道："裴枢、独孤损和崔远身为宰相，却毫无建树，可将其罢官降职，贬窜远荒之地。"

朱全忠心有不甘地说："太便宜这等鸟人了！"

最终，朱全忠和敬翔、李振商定了一个罢免贬谪官员名册，命李振再赴洛阳，让哀宗李柷颁诏。

于是，李振再一次来到洛阳。

裴枢和独孤损等人得知"鸱枭"降临，心中惴惴不安，不知又会有甚祸事临头。

李振径直入宫,将名册交给李柷,朗声说道:"宰相裴枢、独孤损、崔远等,治国无方,尸位素餐,鸠占鹊巢。梁王为安定社稷,造福百姓,请求陛下依照名册颁诏免官。"

李柷接过名册一看,立时目瞪口呆。

李振冷笑着催促道:"请陛下传谕,命知制诰草麻!"

李柷口不应心地说道:"梁王忠诚谋国,朕心甚慰。朕尽快颁诏便是!"

次日,李柷临朝,一名宫女宣诏,曰:裴枢、独孤损、崔远罢相;裴枢降任尚书省左仆射,独孤损降任安南静海军节度使,崔远降任尚书省右仆射。

五月十五日,李振逼使李柷再次下诏:独孤损贬为棣州刺史,裴枢贬为登州刺史,崔远贬为莱州刺史,吏部尚书陆扆贬为濮州司户,工部尚书王溥贬为淄州司户,太子太保赵崇贬为曹州司户,兵部侍郎王赞贬为潍州司户。

五月二十三日,再贬裴枢为岭南泷州司户,独孤损为海南琼州司户,崔远为岭南白州司户。

六月初一,李振又逼迫李柷诏命贬窜途中的裴枢、独孤损、崔远、陆扆、王溥、赵崇、王赞等人自尽。

朱全忠唯恐裴枢等人逃逸,出动人马将裴枢等三十多位大臣拘捕至滑州白马驿羁押。

李振建议道:"裴枢等辈自称清流雅士,应将他们投入黄河,使其永为浊流!"

朱全忠闻言,仰天哈哈大笑道:"好主意,好主意! 真是妙极了!"

"鸱枭"李振来到滑州白马驿,监督卫士们将裴枢、独孤损等人一一勒死,亲眼看着裴枢等人的尸身在黄河的激流中时沉时浮,上下翻滚着,向东漂流而去。

李振怪笑三声,对着混浊的黄河水吐了一口唾沫,心中好不得意。

裴枢等大臣已死,李振却仍有顾虑,又向朱全忠谏言说:"百足之虫,死而不僵,大唐三百年基业,盘根错节,根深蒂固,应把死心塌地效忠唐廷的余孽清洗干净,以防其生事。清洗朝班之后,朝中不能无人,还要擢拔效忠大王的新人。"

朱全忠爽快答应道:"哪些鸟人该杀、该贬窜,哪些人该擢拔升官,由你操办好了!"

很快,李振拟定出了"生死簿",呈交朱全忠。"生"者,超拔升官;"死"者,处死或贬窜。朱全忠一一圈定允准,命李振再赴洛阳,让哀宗李柷照"生死簿"颁布诏命。

"鸱枭"再次降临洛阳城,又有许多官员遭逢厄运:已致仕还乡的宰相裴贽贬为青州司户,旋又赐死;裴贽外甥、卫尉少卿敬昭贬作县尉;致仕宰相李煴贬为莱州司户,罪名是在位时未能恪尽职守,有负皇恩;密县县令裴练贬为登州牟平县尉;长水县令崔仁略贬为淄州高苑县尉;福昌主簿陆珣贬为沂州新泰县尉;泗水县令独孤韬贬为范县县尉……

朝臣之中,唯有宰相柳璨和礼部尚书苏循得以保全。苏循为人巧佞,厚颜无耻,投机钻营,极力巴结朱全忠,专事阿谀奉承,得到朱全忠赏识和信用。柳璨则因祸得福,往日他受裴枢、独孤损等人排挤,且与王殷、韦震等人交厚,对朱全忠礼敬有加,故而不仅保全了身家性命,且递升为首相。

遵照"生死簿",哀宗命礼部侍郎张文蔚、吏部侍郎杨涉为同平章事,擢升宰相;硖州司户薛贻矩擢任吏部尚书;落第士子张策,破例超拔为翰林学士。

朱全忠忽又想到前朝宰相张浚在长水县闲居,生怕他为朝廷出谋划策,于己不利,遂派人深夜包围张浚家宅,将其全家杀死。张浚儿子张格听到风声,在义士护卫下潜逃,奔至西蜀投靠王建。

朝廷内许多官职卑微者,见势头不妙,纷纷请求辞官,还乡为民。

经过此番清洗,朝中全是朱全忠鹰犬,事事听命,再也无人敢多说一句话。

敬翔向朱全忠提议,搜罗天下文士为大王效力,以便获取民心。

朱全忠平日鄙视文人士子,但为附庸风雅,抬高自身声誉,不得不采纳敬翔建议,让哀宗下诏,征集天下文士入朝为官。

然而,响应者寥寥无几。

朱全忠好不气恼,骂道:"措大们皆轻浮之辈,不识时务,不可信用!"

敬翔劝道:"大王要招纳文士,便须心诚,心诚则灵嘛!大王身边就有一位大文豪,若能重用,自会有更多文士起而仿效,投奔大王麾下。"

朱全忠问道:"此人是哪个?"

"九华山人杜荀鹤。"

"啊，杜荀鹤！我差点把此人忘了！前些日子，他送给我《时世行》诗十首，尽是写百姓生计艰难，要官府减轻徭役少征税赋的鬼话。如今正四处用兵，连年战争，怎能减轻赋税徭役呢？因此，我便把诗稿擦屁股了！"

敬翔尴尬地说："杜荀鹤胸怀天下，心系百姓疾苦，诗作大有陈子昂、杜工部遗风，乃当今天下文士之冠，大王万万不可轻视！"

"杜荀鹤现在哪里？"朱全忠叫道。

敬翔："听说他寄身寺庙，靠僧人施舍斋饭度日。"

朱全忠："你快去把他找来！"

次日一早，敬翔带了两名护卫，骑马直奔相国寺。

相国寺原名建国寺，乃皇家寺院，始建于北齐，唐睿宗于延和元年诏命改为大相国寺，并为寺院亲书匾额。

大相国寺位于汴州城中心，濒临汴河，占尽天时地利。经玄宗、肃宗历朝扩建，规模宏大，庄严瑰丽，名闻天下。相国寺山门，卷檐门楼，巍峨高耸，工艺精妙绝伦。

大相国寺有"十绝"闻名于世，单说这"十绝"之一的"排云阁"，高达三百余尺，耸峙云端，雄视八荒，世所罕见。肃宗李亨向往排云阁之恢宏气象，亲书匾额。

还有不在"十绝"之列的双塔"普满塔"和"广愿塔"，历经肃宗、代宗两朝方告建成，塔高十三层，高三百余尺，宏伟瑰丽，气势非凡，皆国之瑰宝。

昭宗大顺二年七月，大相国寺遭遇雷电起火，燃烧三日三夜，大殿、七宝佛殿、文殊殿、山门、厢房以及排云阁等皆化为灰烬。

敬翔来到相国寺，但见焚烧过的山门和殿堂、廊庑，处处断垣残墙，一片凄凉。烧焦的梁檩、窗户，黑黢黢刺人眼目。庭院内虽经整饬打扫，可残存的一堆堆瓦砾，依然随处可见。

敬翔走过几进满目凄凉的院落，找到相国寺住持贞峻大师，询问杜荀鹤是否在此寄居。

贞峻原是大梁城北封禅寺住持，因相国寺住持在大火中涅槃归西，僧众们前往封禅寺，敦请贞峻大师前来住持相国寺，重建宝刹。

贞峻大师说:"前些日子,池州九华山人曾来相国寺逗留过三五日,老衲尽力接待。只是相国寺遭遇大劫,僧徒们四出化缘以图修复,实在难以照拂好杜秀才,老衲便请杜秀才到封禅寺随缘去了。"

敬翔辞别贞峻大师,出相国寺偏门,与两个护卫打马向城北驰去。

敬翔等人出了封丘门,来到封禅寺。由僧人指引,在一处偏僻斋房中找到了正在酣睡的杜荀鹤。

杜荀鹤被僧人唤醒,见朱全忠帐下大谋士敬翔站在床前,揉了揉惺忪睡眼,问道:"仆射光临寺院,不知有何见教?"

敬翔上前施礼道:"在下追随梁王,戎马驱驰,一时怠慢了先生,致先生流寓寺庙,在下惭愧万分,还请先生见谅!"

杜荀鹤冷冷答道:"去国丧家之人,怎敢烦劳仆射大驾?"

敬翔一揖到地,连忙说道:"先生乃当世奇才,诗文名冠天下,不过命运多舛未遇时机而已。如今梁王虚席以待,在军府专候先生莅临,请先生不计在下疏慢之过,前去王府赴宴。"

杜荀鹤缓缓起身,整整破衣烂衫,随同敬翔骑马入城。

杜荀鹤跟随敬翔来到梁王府,趋至殿前阶下,正要行叩拜大礼,被朱全忠在殿内瞧着,朗声说道:"秀才不合行趋阶之礼!"

杜荀鹤知道,朱全忠平日里专横霸道,他的话任何人不得违忤,否则性命难保。于是,杜荀鹤行叉手礼,唱喏入殿。

朱全忠命座,仆人奉茶。

朱全忠道:"多日以来军务繁忙,冷落了秀才。"

杜荀鹤离座,再次拱手施礼。

朱全忠摆摆手,说:"秀才不必多礼,请坐下说话。"

杜荀鹤:"梁王日理万机,军国重事系于一身。九华山人闲云野鹤,怎敢劳梁王挂牵?"

朱全忠哈哈大笑道:"秀才乃当今名士,文曲星下凡,前程无量哩!"

杜荀鹤拱手道:"山人国亡家破,身无立锥之地,岂敢言他!"

朱全忠瞪大眼睛问道:"说到国事,不知秀才有何高见?"

杜荀鹤侃侃言道:"依山人看来,大唐气数已尽,江山易主已是必然。"

朱全忠盯着杜荀鹤问道:"何以见得?"

杜荀鹤道:"天宝以来,历朝君主多沉湎于声色犬马,少有励精图治之明君。为人主者,或佞佛炼丹,祈求长生之术;或荒淫游戏,挥霍无度;或放纵宦官,听凭阉竖专制朝政,祸国殃民。是以纲纪败坏,朝政昏暗,方镇互相兼并,兵连祸结;百姓转死沟壑,家破人亡。唐廷人心尽失,不亡似无天理。"

朱全忠问:"大唐李氏三百年基业,岂能一朝覆灭?"

杜荀鹤:"万乘之国,其兴也勃焉,其亡也忽焉! 太宗曾告诫其子孙:水可载舟,亦可覆舟。水者,百姓也。若天下万民百姓弃之,孰可救之? 大王手握朝廷大权,雄踞中原,兵多将广,四方拥戴,天下归心,可谓占尽天时、地利、人和。大王何不顺天应人,建立新朝,安邦定国,救民水火? 如此,则国家幸甚,百姓幸甚!"

朱全忠追问道:"我不过是砀山一个平头百姓,岂可君临天下?"

杜荀鹤:"大王几度勤王救驾,匡扶社稷。设若没有大王,金銮殿里早就换了主人。如今,大王功德巍巍,就不必过谦了。人云:天予不取,反受其累。愿大王三思!"

朱全忠哈哈大笑道:"秀才果然非同凡响,高出那班只知子曰诗云的措大多多!"

杜荀鹤拱手道:"大王过奖了!"

朱全忠大叫道:"来人! 摆酒!"

一干仆役连声应诺,匆匆操办酒宴去了。

时值七月酷暑天气,朱全忠直觉闷热难耐,抹了一把额头汗水,叫道:"他娘的三伏天真不是东西,热得老子喘不过气来。子振,命人把酒宴摆在花园凉亭!"

敬翔连忙起身,出殿去铺排宴席。

杜荀鹤随朱全忠出了殿门,向王府西侧花园走去。毒辣辣的日头照得人睁不开眼,大地像是被火炙烤着,人如同在蒸笼里一般闷热。进入凉亭之后,杜荀鹤顿感清爽许多。

两个侍女不停地为朱全忠打扇,他肥胖的身躯上汗水仍滚滚淌流。

朱全忠命侍女为杜荀鹤打扇,杜荀鹤连忙谢过。

陪同朱全忠和杜荀鹤宴饮者,除敬翔之外,还有李振、刘悍和寇彦卿。

朱全忠嘱咐众人:"杜秀才才高八斗,识见超群,确是栋梁之材,朝廷必将大用,你等都要高看一眼哩!"

李振连忙应道:"久闻杜秀才大名,如雷贯耳,日后还请多多赐教!"

杜荀鹤还礼道:"岂敢!岂敢!请诸位多关照,山人感激不尽!"

朱全忠心中高兴,酒兴大发;幕僚们殷勤逢迎,争相劝酒。一时间,宴席之上觥筹交错,杯盘狼藉。

众人酒酣耳热之际,突然间淅淅沥沥下起雨来。众人停住酒杯,起身往凉亭外察看,只见明晃晃大日头悬在头顶,天空万里无云,一片蔚蓝,不禁个个称奇。

朱全忠问杜荀鹤:"秀才可曾见过无云雨吗?"

杜荀鹤摇摇头,说道:"不曾见过。"

朱全忠又问:"无云而雨,叫作天泣,不知是何征兆?"

不待杜荀鹤回答,朱全忠哈哈大笑,吩咐道:"拿纸笔来,请杜秀才题一篇无云雨诗!"

侍女捧了笔墨纸砚,不一刻墨已研好。杜荀鹤提笔在手,饱蘸浓墨,在麻纸上笔走龙蛇,一挥而就。

李振在一旁朗声诵读:

> 同是乾坤事不同,雨丝飞洒日轮中。
>
> 若教阴朗长相似,争表梁王造化功。

敬翔赞道:"好诗!好诗!别出心裁,可谓神来之笔!"

李振皮笑肉不笑地说:"杜秀才不愧文苑怪士!"

杜荀鹤连连拱手道:"献丑了,惭愧,惭愧!"

朱全忠脸膛通红,朗声大笑道:"好一个杜秀才!如此大才,竟不为朝廷所用,公理何在?子振!即刻草表,我要保举杜秀才!"

敬翔诺诺连声。

朱全忠又叫道："来日再为杜秀才特开一筵！"

宴毕，朱全忠命人用辎车将杜荀鹤送至馆驿，住进上等客房，又送来衣物和许多银钱。

不久，哀宗照准朱全忠奏请，敕封杜荀鹤为翰林学士、主客员外郎、知制诰。

昭宗李晔被害之后，何太后悲痛过甚，得了一场大病。幸得身边宫女悉心照料，柳璨又命御医精心调治，何太后方渐渐得以康复。

何太后身体虽然康复，却不免整日忧心忡忡：皇宫和京城内外禁军，全是朱全忠人马。宫中诸司官员、吏员乃至仆役，也都是朱全忠的耳目。朱全忠一手遮天，独霸朝纲，十三岁的皇帝李柷纯属摆设，处置军国大事，不过是照朱全忠旨意传话罢了。朱全忠谋杀昭宗和九王，将朝廷大臣屠戮殆尽，其谋逆篡国之心已昭然若揭。日后，朱全忠必会加害幼帝李柷和己身，进而篡国夺位。

何太后苦思冥想，决计拼死一搏，设法使儿子哀宗逃往襄州，依靠赵匡凝，保存李氏皇室血脉，赓续国祚。

何太后要试探首相柳璨，看他对朝廷还有无一点忠诚之心。

这日，柳璨遵照朝廷礼仪，入积善宫向何太后问安。

何太后屏退宫女，单刀直入追问柳璨："柳堂老，你如今贵为首相，位极人臣，可知这荣华从何而来？"

柳璨俯首答道："乃大行皇帝所赐。"

何太后又问："短短四年之内，爱卿自布衣荣登相位。先帝破例超拔于你，所为何来？"

柳璨："自然是要为臣匡扶朝廷，安定社稷。"

何太后咄咄逼人："如今銮舆播迁，皇室倾危，爱卿匡扶朝廷、安定社稷之责尽到无有？"

柳璨"扑通"一声跪倒在地，泣声奏道："臣……愧对先帝在天之灵，罪该万死！"

何太后饮泣道："堂老何出此言？"

柳璨匍匐在地，泪流满面，奏道："先帝待臣恩比天高，而臣眼看君上遇难，社稷倾覆，却无能为力，束手无策，真是罪不容诛！"

　　何太后擦去眼泪,慰勉道:"哀家知道爱卿并未忘却先帝厚恩,心中尚存报国之志,是以敢请堂老为国谋划运筹,使大唐江山不致断送贼人之手!"

　　柳璨伏地叩头:"为报先帝隆恩,匡扶大唐社稷,臣愿肝脑涂地,万死不辞!"

　　何太后:"爱卿起来说话。"

　　柳璨再拜道:"谢太后!"

　　何太后:"为今之计,爱卿要设法笼络蒋玄晖和张廷范等人,寻找时机,护卫官家前往襄州,若得赵匡凝庇护,朝廷或可免遭倾覆。"

　　柳璨压低声言说:"微臣已在蒋玄晖和张廷范身上下了一番功夫,他二人亦有报效朝廷之意。只是王殷、韦震等手握禁军兵权,监视甚严,实在难以运筹。"

　　何太后道:"老虎也有打盹时,爱卿精心谋划才是。"

　　柳璨:"臣谨遵懿旨。"

　　早前,柳璨拜相之后,遭到裴枢等排斥,对裴枢等人不满,说过他们不少坏话,使朱全忠觉得柳璨可为其所用,因而没有加害于他。柳璨自然明白,昭宗知遇之恩天高地厚,已是无以复加。如今他做的是大唐宰相,若是改朝换代,即便他能保住相位,也必定会落下逆臣的千古骂名。故此,他平日里装作拥戴朱全忠,暗中抓紧谋划护送哀宗潜往襄州之事,有意拉拢蒋玄晖和张廷范等人,一则为保全自身,再则是想保全幼帝和皇后,延续大唐国祚。

　　柳璨和蒋玄晖、张廷范频繁交往,引起掌管宫廷和皇城事务的宣徽北院使兼皇城使王殷猜疑。王殷派人秘密探察,获悉柳璨和蒋玄晖、张廷范交往内情,侦知柳璨与何太后秘密往来。此时,朱全忠带领大军屯驻邓州,正要进兵襄州讨伐赵匡凝,王殷便亲赴邓州,面奏朱全忠。

　　朱全忠说,大军很快要进攻襄州,待我灭掉赵匡凝,夺占襄州,何太后的春梦便做不成了! 他嘱令王殷,严密监视李柷、何太后和柳璨、蒋玄晖、张廷范等人。

　　朱全忠马上上表李柷,逼他下诏削夺赵匡凝本兼各职,同时罢去张廷范金吾将军兼街使之职,让他去做专管祭祀的太常卿。

　　不久,朱全忠命大将杨师厚为先锋,带领五万人马进攻襄州。

　　天祐二年九月初五,杨师厚率军抵达襄州治所襄阳城下。

　　襄阳城建在汉水南岸，引江水贯通护城河，城墙高大坚固，易守难攻。赵匡凝父子二人经营襄州多年，守备严密，杨师厚挥军攻打三日，损兵折将，却未能靠近城池一步。

　　杨师厚仔细察看襄阳地形之后，终于谋得破城之策。

　　一日深夜，杨师厚带领三万人马悄悄出营，进抵襄阳西六十里阴谷口，传令将士砍伐竹木，搭建浮桥，编造竹筏。

　　浮桥建成之后，杨师厚带领人马渡过汉水，从南岸直扑襄阳。同时，挑选千名水手乘坐竹筏，顺流而下，夹攻襄阳城。

　　赵匡凝获悉杨师厚人马抵达襄阳城西南，已和屯扎城北的汴州兵马形成合围之势，急忙带两万精兵出城，在汉水南岸列成阵势，迎击杨师厚大军。

　　两军拼死厮杀，绞成一团。此时，乘坐竹筏的汴州兵杀到，从背后杀向敌阵。襄州兵腹背受敌，抵挡不住，纷纷溃退。

　　赵匡凝见势不妙，带领五百名亲军拼死杀开一条血路，退回襄阳城内。

　　杨师厚乘胜追击，斩获一万余众，接着攻占汉江北岸樊城，将襄阳城池四面围困起来。

　　赵匡凝见情势危急，又畏惧朱全忠后援大军杀到，只得烧毁襄阳城，深夜带领人马登上战船，沿汉水东下，而后转入长江，前往扬州投奔杨行密去了。

　　赵匡凝胞弟、荆南留后赵匡明，得知兄长败逃扬州，感到自己孤掌难鸣，遂舍弃江陵，带领两万人马溯长江入蜀，前去投靠西川节度使王建。

　　朱全忠顺利夺取荆襄，雄心勃发，当即要乘胜进兵淮南，打算一举攻占扬州，灭掉杨行密这个宿敌。

　　谋士敬翔劝谏道："大王出师一个月，便平定了荆襄，开疆拓土千里，威震天下，震动四海。倘若淮南久攻不下，便会丧失威望，不如先班师凯旋，休养兵马，待时机成熟，再向淮南进兵。"

　　朱全忠本对敬翔言听计从，但此时正在兴头上，头脑膨胀，听不进良言，执意传令大军出动，进略淮南。

　　十月初七，朱全忠带人马进至襄阳东一百三十里枣阳县境，天空忽降大雨，将士们冒雨行军三百里,经申州抵达淮南光州。

光州境内道路狭窄,积水成泽,河流纵横。朱全忠没有水军,缺乏船只,难以行军。将士们徒涉过河,饥寒难耐,人困马乏,许多士卒逃往山林。

敬翔一再劝朱全忠退回汴州,朱全忠心有不甘,强令大军进攻光州。

敬翔便给光州刺史柴再用写信,劝其开城投降,否则,破城后大军必将屠城。

柴再用命将士多备弓箭和滚木礌石,严密守备,然后自己穿戴盔甲登上城楼,喊话邀约朱全忠会面。

柴再用站在城楼上,向立马城外的朱全忠毕恭毕敬行礼,而后苦苦哀求说:"光州城小兵弱,不敢劳烦大王动用雄兵攻城。若大王能先攻下寿州,在下定遵大王之命,开城投降。"

敬翔说,此乃柴再用缓兵之计,万万不可听信。若是放弃光州,远攻寿州,便是犯了兵家大忌,中了柴再用圈套。

然而朱全忠一心快速进兵淮南,不愿再与柴再用纠缠,耗费时日,遂下令全军开拔,奔袭寿州。

朱全忠进攻淮南的消息传到寿州,寿州守军坚壁清野,严防死守。朱全忠大军在寿州城外连一棵小树都找不到,无法取柴造饭。汴州兵一无粮草,二无棉衣,长途奔波,饥寒交迫,士气异常低落。

屋漏偏遭连夜雨,船漏偏遇打头风。进入十一月,天公不作美,纷纷扬扬下起一场大雪来。每日都有许多汴州兵冻饿而死,将士苦不堪言。寿州守军见有机可乘,突然杀出城外,攻打汴军营寨。柴再用带领光州兵马也突然杀到,与寿州兵里应外合,杀得汴州兵积尸盈野,溃不成军。

朱全忠只得带领残兵败将向北逃窜,狼狈退回汴州。

杨师厚攻占襄阳和江陵的消息传到洛阳,柳璨和何太后如同五雷轰顶。迁都襄阳的图谋落空,何太后忧心如焚,命宫女给柳璨传话,要他设法保护哀宗,谨防贼人谋害。

柳璨日夜思虑,苦无良策。后来,他终于想到,哀宗原定于十月初九日举行祭祀天地的郊礼大典,按照朝廷礼制,新君即位后,须带领朝廷大臣和藩镇节帅到京城南郊圜丘和方丘祭祀天地，此时便是唯一可以联络藩镇勤王护驾的良机。于是，柳璨与哀宗密议，打算乘祭天大典之机与王建和杨行密等人会面，命其出兵洛阳，护驾勤王。

随后，柳璨与蒋玄晖商议，决计将祭天郊礼定于十一月十九日举行，并与杨行密等先行联络，要他们届时前来参与祭祀大典。

蒋玄晖和柳璨乘向何太后请安之机，禀报了他们的计划，哀宗便依计颁密诏，命诸道藩镇帅臣十一月十九日来东都陪祭。

宣徽北院使兼皇城使王殷和宣徽副使赵殷衡，通过安插在宫中的耳目，侦知柳璨、蒋玄晖、张廷范和何太后图谋，随即禀报朱全忠。

王殷本姓蒋，幼年丧父，被河中节度使王重盈收为养子，遂改为王姓。朱全忠攻占河中，将干舅王重荣、王重盈子孙认作亲戚，王殷遂乘机竭力巴结朱全忠，成了朱全忠的干弟。蒋玄晖权位高于王殷，王殷心生嫉妒一心扳倒蒋玄晖取而代之，于是挖空心思，使出浑身解数刺探蒋玄晖，一再向朱全忠告密，以求一逞。

赵殷衡更是一个擅长投机钻营的厚颜无耻之徒。他原是个孤儿，只知本姓孔，身世不明。他早先认李让为父，随了李姓；李让被朱全忠收为义子，他便又姓了朱。可朱全忠并没理会这个干孙子，他又认朱全忠儿子朱友徽的乳母为干妈，随了干妈丈夫的赵姓。赵殷衡靠着干妈进入朱全忠府中，殷勤侍奉朱全忠及其儿子朱友徽，得到主子欢心，当上宣徽院副使。

王殷与赵殷衡气味相投，二人狼狈为奸，专事窥探皇后和蒋玄晖等朝廷大臣行踪，向朱全忠告密，以求飞黄腾达。

朱全忠刚在淮南吃了败仗，正担心李克用、杨行密和王建等乘机发难，听了王殷和赵殷衡密报，生怕皇后与柳璨、蒋玄晖等人携手，联络藩镇匡扶唐室，遂召来敬翔、李振等加紧谋划禅位之事。

敬翔说："李克用、杨行密和王建等人，皆当世枭雄，绝不会听任大王君临天下。此辈必借勤王救驾、匡扶唐室名义，与大王争夺帝位。如今已到紧要关头，大王应当机立断，行汉献帝禅让故事，以免夜长梦多，节外生枝。"

李振眯起眼睛，似笑非笑地说："大王要行禅让，就得利用柳璨、蒋玄晖等做文章。大王可授意柳璨、蒋玄晖和张廷范等人,要他们劝李柷退位让贤,并要柳璨等向大王劝进帝位,以便昭示天下,大王登基称帝乃人心所向,天意所归。"

朱全忠切齿道:"我本想立马杀掉柳璨、蒋玄晖和张廷范这几个狗头,尤其蒋玄晖和张廷范两个狗才,竟敢背叛于我,妄想攀上皇帝高枝,正该千刀万剐,家灭九族!"

李振:"那就让柳璨、蒋玄晖再多忙碌一些时日,让他们咬死几只兔子,而后剥其皮,食其肉,岂不更好?"

朱全忠笑道:"好,兴绪便再往洛阳走一遭,操办禅让之事去吧。"

李振笑眯眯地拱手道:"微臣领旨!请大王放心,在下定不辱使命!"

"鸱枭"李振到了洛阳,召来蒋玄晖、王殷、韦震、赵殷衡等人,商议禅让帝位之事。

李振侃侃有词:"唐室气数已尽,天命归于梁王。你等是大王心腹,要游说李柷禅让帝位。新朝建立之后,你等便是开国功臣,必享世代尊荣!"

王殷和韦震、赵殷衡争先恐后逢迎说,梁王匡扶天下,削平诸藩,万民拥戴,功高如山,早该登基称帝了!

蒋玄晖知道禅让之事已不可免,只好说他愿劝圣上将帝位禅让与梁王。

蒋玄晖、张廷范和柳璨明白,眼下必须先应付梁王。依照历代禅让故事,应先晋封朱全忠王位,建大元帅府,再加九锡,最后颁布禅位诏书,举行禅让大典。在这个流程之中,他们可以采用拖延之术,延迟一天是一天,其间若有藩镇发兵讨伐朱全忠,禅让之事便可告吹。

上朝之日,宰相柳璨和枢密使蒋玄晖奏请哀宗,给朱全忠加九锡,晋封魏王。

朝臣大都心存不满,却又不敢吭声,朝堂上一片沉寂。

终于,礼部尚书苏循出班奏道:"梁王功勋赫赫,早该加九锡了!"

哀宗遂依照柳璨和蒋玄晖奏请,册封朱全忠为相国,总摄国政,加九锡,特许其"入朝不趋,剑履上殿,赞拜不名"。同时,以汴州、郓州、河中、潞州、徐州、青州、渭州、襄州、荆南等二十一镇为魏国,晋封朱全忠为魏王。

朱全忠拒绝接受册封。

　　原来，李振识破了柳璨和蒋玄晖拖延之计，建议朱全忠逼使李柷直接禅位。

　　朱全忠恨得牙根痒，决意杀掉蒋玄晖和柳璨等人，遂连上三表，坚辞晋封魏王和加九锡的册命。

　　蒋玄晖急忙赶到汴州，对朱全忠说："历朝故事，禅让帝位要先封王，加九锡，循序渐进，方为名正言顺，让天下人口服心服。"

　　朱全忠怒气冲冲吼道："尔等分明是搪塞我！不加九锡，老子便不能做天子吗？"

　　蒋玄晖辩解道："唐运已终，天命归于大王，天下人所共知。我和柳堂老对大王忠心耿耿，定会尽力办差。不过，禅让乃国之大事，当依照古制，遵循礼仪，方显神圣庄严。这全是为大王千秋万代基业着想，请大王明鉴！"

　　朱全忠见蒋玄晖竟敢顶嘴，登时怒不可遏，吼道："你这个狗才，果真有反心了！"

　　蒋玄晖顿时汗流浃背，忙说道："既如此，末将这就回洛阳，请圣上即刻禅位就是了！"

　　当日，蒋玄晖匆匆返回洛阳，将朱全忠急于登基称帝诸般情形奏报哀宗和何太后，哀宗当即召来宰相张文蔚和杨涉，流着眼泪说："运祚去唐久矣，今日之天下，已非予之天下，神器大宝归于梁王，卿等就去筹办禅位大典吧！"

　　三位宰相含泪拜辞哀宗，踉踉跄跄出宫去了。

　　王殷和赵殷衡向朱全忠密报说，蒋玄晖和柳璨、张廷范在积善宫向何太后焚香发誓，要兴复唐祚，为大唐江山社稷甘愿效死！并编派说，蒋玄晖与何太后私通，淫乱后宫，二人以宫女为信使，暗通消息，图谋不轨。

　　朱全忠当即传令河南尹兼六军诸卫副使韦震，即刻捕杀蒋玄晖！

　　韦震带兵深夜包围蒋玄晖府邸，捉拿蒋玄晖。次日清晨，蒋玄晖被押赴城门斩首示众，焚尸扬灰，一众亲信将领全被杖杀。

　　朱全忠以王殷接替蒋玄晖做枢密使，赵殷衡升任宣徽院使。

　　十二月二十五日，王殷、赵殷衡遵朱全忠密令，将何太后勒杀于积善宫。

　　接着，朱全忠逼使哀宗下诏，将柳璨贬为登州刺史，张廷范贬作莱州司户。

王殷、韦震遂将柳璨、张廷范囚禁起来。次日,张廷范在洛阳南市被五马分尸。

柳璨被押解到东门外刑场,洛阳百姓聚集在街道两旁,用鸡蛋和石头投向柳璨,纷纷咒骂道:"该死的奸臣!"

柳璨深感有负于昭宗和何太后的重托,帝后被害,唐室已亡,他成了亡国宰相!柳璨只想早死,边走边呼:"负国贼柳璨,死其宜矣!"

天祐四年(907年)三月二十七日,哀宗李柷亲笔书诏,禅位与梁王朱全忠。同时,命摄中书令张文蔚为册礼使,礼部尚书苏循为副使;摄侍中杨涉为押传国宝使,翰林学士张策为副使;御史大夫薛贻矩为押金宝使,尚书左丞赵光逢为副使。朝廷文武百官,连同皇帝专用"法驾",前往汴州大梁,迎接朱全忠来东都洛阳,即皇帝大位。

朱全忠要登基称帝,再用昭宗所赐"全忠"之名,已然不妥。敬翔、李振煞费苦心,为朱全忠易名为"晃",乃日光照耀之意。

朱全忠早就谋划建都大梁,将王府改作皇宫。按照敬翔和李振提议,命名正殿为崇元殿,东殿为玄德殿,内殿称金祥殿,万岁堂改称万岁殿。

四月十八日,朱晃身披衮冕,头戴平天冠,登上金祥殿,举行登基大典。

张文蔚、杨涉、薛贻矩等禅位使臣,手捧哀宗禅位册书和传国玉玺,随带天子"法驾"车辆,文武百官按班列队,仪仗卤簿前导,出了上源驿,前往梁王府迎驾。

大梁百姓万人空巷,到大街两旁看热闹。

张文蔚一千人等进入梁王府,在金祥殿前按班站定。

张文蔚、苏循手捧禅位册书,进入金祥殿,宣读哀宗退位诏书;杨涉、张策和薛贻矩、赵光逢依次于捧传国玉玺和金宝御玺进殿,献给朱晃。

张文蔚等人退出殿外,带领文武百官向新君朱晃三跪九叩,舞蹈称贺,山呼万岁。

朱晃开口道:"朕辅政未久,即登大宝,此皆诸公推戴之力。"

苏循跪奏道:"吾皇功盖五岳,德被四海,顺天应人,荣登大宝,诚为国家之幸,万民之福!"

张文蔚率文武百官再次高呼:"吾皇万岁! 万万岁!"

朱晃仰天大笑,高声叫道:"众卿平身! 到玄德殿吃酒去!"

次日,朱晃命有司祭告天地和宗庙、社稷。

接着,朱晃依照敬翔、李振等人谋划,遣使宣谕天下诸道方镇,并下诏大赦罪囚。

四月二十二日,朱晃颁诏,建国号大梁,改元开平,以汴州为开封府,命名为东都,以洛阳为西都。李柷被贬为济阴王,囚禁曹州。朱晃追尊其父朱诚为烈祖文穆皇帝,其母王氏为文惠皇后。

朱温,别称朱小三,赐名朱全忠,最后改名朱晃,这个砀山放猪娃,终于登上皇帝宝座,成为后梁开国君主,史称梁太祖。

自此,华夏历史进入了分裂割据杀伐不已的五代十国时期。

朱晃登基伊始,下诏削夺老冤家李克用官爵,命鄜州保大军节度使康怀贞为行营都统,率领八万大军,会同魏博天雄军两万人马,西进讨伐河东,兵临潞州城下。

潞州昭义军节度使李嗣昭见汴州十万人马将城池围得水泄不通,遂传令紧闭城门,坚守顽抗,并向李克用求援。

李克用命蕃汉马步都指挥使周德威为行营都指挥使,率马军都指挥使李嗣本、马步都虞侯李存璋、先锋指挥使史建瑭、铁林都指挥使安元信、横冲指挥使李嗣源和马军大将安金全,统带六万人马救援潞州。

周德威带领河东大军进抵潞州城西三十里高河镇,安营扎寨。后梁行营都统康怀贞得报,带领骑兵进击高河,直扑河东军营寨。

又一场生死大战拉开了帷幕。

(全书终)